TL 소설 속
시녀가
되었습니다

2

다나리 장편소설

TL 소설 속 시녀가 되었습니다

2

위즈덤하우스

차례

14

프러포즈

나는 그제야 이곳에 문맹률이 왜 이렇게 낮은지 알 수 있었다.

'그렇구나. 책의 존재를 숭상해서 다들 웬만하면 글자를 읽을 수 있는 거구나.'

나는 어색하게 웃으면서 말했다.

"그럼, 이베리아는 전생이나 후생은 믿지 않으시겠네요."

"믿는다."

아니, 방금 삶은 한 권의 책이라며! 죽으면 마침표 찍고 끝나야지, 왜 전생이랑 후생을 믿어!

"책이 한 권으로 끝날 리는 없지. 새 책에서 새로운 이야기 시작된다고 믿는다. 그래서……."

그는 끝까지 말을 하지 않았다. 조용히 턱으로 옆을 가리킬 뿐이었다. 나는 조용히 오른쪽으로 시선을 돌렸다.

'어머나!'

옆자리에는 연인이 있었다. 그때였다. 남자는 여자의 손을 꽉 잡으며 말했다.

"내게 다음 삶이 있다면 너와 가족이 되고 싶어!"

"리암!"

"하지만 그때까지 기다릴 수 없어. 그러니 다음 생이 아닌 이번 생에서도 내 가족이 되어 줘. 릴리엣! 내 아내가 되어 줘!"

여자 쪽은 한 손으로 발긋해진 볼을 감쌌다. 남자는 여자의 다른 손에 열렬하게 키스했다.

그때, 갑자기 주위 사람이 손뼉을 쳤다. 분위기에 휩쓸려서 나도 따라 쳤다. 굉장히 뜬금없지만, 커플은 행복해 보였다.

짝짝짝.

박수 소리가 가라앉자 커플들은 주위를 돌아보며 감사인사를 했다. 나는 고개를 돌려 다시 디오를 바라보았다. 그는 퉁명스럽게 말했다.

"저것이 프러포즈다."

"예쁜 프러포즈네요."

디오는 물끄러미 나를 바라보았다.

왜 그런 식으로 봐요? 제가 뭘 잘못했어요?

'나는 손뼉을 치면 안 되는 건가?'

하지만 주위의 사람들 다 치던데? 청소년은 이런 일에는 손뼉 치면 안 되는 풍습이라도 있나?

나는 애써 말을 돌렸다.

"저런 일이 흔한가 봐요?"

"수도에서 대표적인 프러포즈 장소다. 매번 이런 일이 벌어지지."

피식 웃음이 나왔다. 생각보다 이베리아는 로맨틱한 곳이었다.

'그런데 어디서 많이 들어 본 말이긴 하다.'

나는 포크를 다시 접시에 두고 생각에 잠겼다. 뭔가 묘하게 익숙했다.

그때였다.

"아!"

나도 모르게 손바닥을 주먹으로 쳤다. 조금 둔탁한 소리가 들렸다.

"기억났나 보군."

순간 얼굴이 새빨개졌다. 나는 그대로 테이블에 엎드렸다. 그러고 보니, 그때 내가 레오에게 그랬다.

"제게 다음 삶이 있다면 기사님 같은 분이 제 가족이었으면 좋겠어요."

나는 소리 없는 비명을 지르며 온몸을 비틀었다.

'도대체 무슨 짓을 한 거야!'

레오가 날 어떻게 본 걸까. 열다섯 살밖에 안 된 아이가 기사 단장에게 하는 프러포즈라니!

'미치겠다! 나 어떡해!'

몰랐을 땐 모르겠는데, 아니까 고개를 들기 힘들었다. 나는 비명을 삼키며 필사적으로 심호흡했다. 진짜 부끄러워서 어디

들어가고 싶었다.

"레오 님에게 들었다."

아니 그걸 또 왜 얘기를 해!

"너는 몰랐을 거라고 하더군."

나는 고개를 흔들었다. 정말 몰랐어요. 제가 알았으면 그럴 리가 있나요.

"테이블이 흔들린다."

나는 테이블 위에 있던 각종 접시를 떠올렸다. 하나라도 떨어지면 대참사였다. 하는 수 없이 천천히 들었다.

앞에 있는 남자는 날 한심한 눈으로 볼 거라고 생각했다.

'어라?'

은은한 햇살이 붉은 머리에 닿았다 부서졌다. 나는 눈을 가늘게 떴다. 들여다보지 않으면 볼 수 없는 순간이란 것도 있었다.

희미한 웃음이 디오의 입가에 머물렀다. 아주 옅은 미소였지만 굉장히 예뻤다.

멍하니 그만 바라보았다. 옅은 미소는 머무는 시간이 참 짧았다.

"레오는 신경 쓰지 않을 거다."

나는 고개를 끄덕였다. 하긴, 정말 그 말을 신경 썼으면 다음에 말을 걸지도 않았겠지.

'하지만 부끄러움은 제 몫이잖아요.'

어떡하지. 사과해야 하나?

과거의 나에게 꿀밤을 때리고 싶었다. 도대체 왜 그런 말을 한 거니.

그때, 디오가 말했다.

"쓸데없는 생각 하지 말고 먹어라."

디오는 포크까지 내 손에 쥐여 줬다. 나는 케이크가 놓인 접시와 붉은 머리의 남자를 번갈아 바라보았다.

'이건 뭘까?'

먹으라고 하니까 나쁜 건 아닌데, 좀 이상하긴 했다. 왜 이 사람은 나에게 케이크를 사주는 걸까.

'호의겠지?'

나는 은색 포크로 다른 케이크를 먹었다. 새삼스럽지만 이름 모를 붉은 과일로 장식한 케이크도 참 맛있었다.

"저, 디오. 왜 케이크를 사 주신 건가요?"

"사 주고 싶었다."

감사합니다만, 그 이유가 뭔가요. 저는 매우 궁금합니다.

"미안하다."

뭐가요?

도무지 영문을 알 수 없었다. 이 사람이 나에게 사과할 이유가 없었다.

"간호사 관리를 잘못했다."

아, 그 이유였구나.

나는 고개를 저었다. 그건 디오 탓이 아니었다.

'그건 잘생긴 폐하 탓이잖아요.'

미모가 죄라서 벌어진 비극 아니었나. 디오의 잘못은 없었다.

"성실했던 사람이라서 그런 일을 벌일 줄 생각도 못 했다."

"반쯤은 충동적이었을 거 같아요."

"사람을 너무 선량하게 보지 마라."

그는 눈을 가늘게 떴다.

"폐하의 침소에 있을 때부터 영양가 있는 걸 안 쳤더군. 계획적이었다."

나는 어색하게 웃었다. 무른 거 졸업하려고 했는데, 한 번 더 사고를 쳐 버렸다.

"어떻게 됐나요?"

"성에서 나갔다."

나는 고개를 끄덕였다. 그렇게 됐구나.

"일손이 비어서 바쁘시겠어요."

디오는 미간을 찌푸렸다. 붉은 머리의 미남은 신경질이 나는지 깊게 한숨을 쉬었다.

"쓸 만한 사람을 구하기 힘들다."

"그 일이 많이 힘든가 봐요?"

"알아야 할 것이 많고, 실수해서는 안 된다. 돈을 많이 줘도 소용없더군. 솔직히 의사도 몇 명 더 뽑았지만 다들 어느 정도 일하다가 관두는 경우가 많다."

나는 고개를 끄덕였다. 병동은 결코 한산하지 않았다. 더군다나 할 일도 많아 보였다.

"저, 디오. 의사는 어떻게 하면 될 수 있나요?"

나는 의전이나 의대를 떠올리며 물었다.

"소개서와 시험을 봐야 한다."

국가고시 같은 건 아니구나.

"의사는 거의 누군가의 제자다. 간호사도 마찬가지지. 인장을 가진 소개서를 가지고 와서 개인적인 시험을 본다."

신기한 시스템이었다.

'기미 시녀도 비슷했던 거 같다.'

나는 고개를 끄덕였다. 생각해 보면 전문직 중의 전문직이었다.

'조금 흥미가 생기네?'

나는 케이크 하나를 다 먹고 포크를 놓았다. 그러고는 아직 작은 손을 바라보았다. 새삼스럽지만 니나는 기미 시녀였다. 어떠한 독도 빠르게 해독시켰다.

"저, 디오. 제 체질이 이상한 건 맞죠?"

"이상하다기보다는 진귀한 편이지. 네 덕분에 연구비가 백분의 일로 주니까."

"네?"

그건 몰랐네. 제가 걸어 다니는 예산 절감의 요정이었나요.

"기름 나무 열매 해독제는 너에게 엄청난 도움을 받았다. 네가 아니었으면 그 연구를 몇 년간 계류했을지도 모른다."

"시험할 수가 없어서요?"

"네가 없으면 동물에게 실험해야 하고, 건장한 사람도 뽑아야 한다. 게다가 기름 나무 열매는 해독제가 없다."

아, 난제를 푼 셈이구나. 하긴 동물이고 뭐고 스트레이트로 내게 하면 되니, 원가 절감이 장난 아니었겠네요.

나는 고개를 끄덕였다. 이 정도면 요정이 아니었다. 거의 여신으로 모셔도 되는 급이었다.

"예전에는 기미 시녀가 없었나요?"

"네가 이베리아 최초다. 왕족은 마력 때문에 독에 당하지 않는다. 이베리아에서 왕이 독살당한 적은 없다."

순간, 머리에 벼락이 떨어진 거 같았다. 갑자기 좋은 생각이 났다. 나는 이 아이디어가 사라질까 싶어서, 황급히 물었다.

"저 디오, 연구원은 어떻게 되나요? 디오가 하는 일 제가 하면 어떨까요?"

디오가 눈을 가늘게 떴다.

"저 해독할 수 있잖아요. 제 능력도 살리고 엄청난 성과를 낼수 있을 거 같아요. 제가 제 몸에 시험해 보고 새로운 약물을 개발해 내는 거 굉장할 거 같지 않아요?"

디오는 아무 말도 하지 않았다. 그는 빤히 나만 바라보았다. 하지만 조금 이상했다. 그의 눈동자가 사정없이 흔들렸다.

이상하게 얼굴도 붉어졌다.

"제가 이상한 말을 했나요?"

사과해야 할까 고민할 때였다.

"뭘 구해 주면 되지?"

"네?"

"뭐든 부탁해라. 연구원은 아카데미 시험을 보면 된다. 시험 따위는 금방 통과하게 만들어 주겠다. 내 밑으로 들어와라."

"저, 저기 디오 님, 흥분하셨어요."

그는 바로 자리에서 박차고 일어날 기세였다. 심지어는 얼굴도 엄청나게 상기되어 불에 타는 거 같았다.

"너는 예산 감소의 정수다. 네가 내 손에 들어온다면 나는 뭐든지 할 수 있다."

순간 깜짝 놀라서, 나도 모르게 주위를 둘러보았다. 누가 들으면 오해할 거 같았다.

"일어나라. 당장 가자."

"어, 어디를요?"

"책이 필요하다. 아, 생각해 보니 내게도 있군. 일어나지 않아도 괜찮겠군."

"지, 진정하세요!"

나는 옆에 있던 물잔을 그에게 건넸다. 디오는 목이 탔는지 유리잔에 있는 맹물을 단숨에 넘겼다.

"나답지 않게 흥분했군."

"그, 그러시네요……."

"두근거림이 가라앉지 않는다. 연구할 것은 널렸다. 너를 완벽한 내 제자로 삼아 주지."

엄마야. 이 사람 이상해.

눈가가 은은하게 붉어진 남자는 나를 불태울 기세로 바라보았다. 시선이 너무 뜨거워서 나는 그에게 책으로 바람을 부쳐 주었다.

"기미 능력은 어렸을 때 효과가 좋다고 들었어요."

"우린 기미 능력 대한 정보가 없다. 정말인가?"

"고아원에서는 그렇게 들었어요. 몸이 크면 독이 빨리 돌지 않는데요. 그래도 괜찮나요?"

디오는 고개를 저었다.

"좀 이상하군. 네 몸에 약을 시험해 봐서 안다. 성장에 따라 빨라지면 모를까, 느려지지 않았다."

나는 양손을 폈다가 다시 오므렸다. 아직 이상한 점이 많은 몸이었다.

"디오, 저 제 몸에 대해 알고 싶어요."

니나의 몸은 의문투성이였다. 기미 능력은 신력인데, 희한하게 마력과 상성이 좋았다. 아무리 생각해 봐도 도무지 알 수 없었다.

'날름이만 봐도 이상해.'

왜 왕은 내게서 청량함을 느끼는 걸까? 그리고 신력을 싫어하는 생물조차 니나를 꺼리지 않았다.

"일반적인 신력이랑 너무 달라요."

내 말에 디오도 생각에 잠겼다. 나는 더는 니나의 체질을 외면할 수 없었다.

'니나가 서쪽 탑에서 죽었다는 걸 알았으니까, 더 알아봐야 해.'

원작의 니나는 왜 죽은 걸까. 아무리 생각해도 이상했다. 친애하는 폐하에 대해 알면 알수록 이 사람이 성녀를 탈출시켰다는 이유 하나로 어린 시녀를 죽였을 거 같지 않았다.

"절차를 알려 주겠다. 그리고……."

디오는 갑자기 내 손에 자신의 손을 살짝 겹쳤다. 체온이 닿자, 조금 놀랐다.

항상 장갑을 끼고 있던 사람이었다.

"고맙다. 나름으로 사정이 있겠지만 네 존재가 내 소속으로 들어오는 걸 생각하니, 흥분을 감출 수 없군."

"가, 감사합니다."

냉철했던 남자의 얼굴이 아직도 불그스름했다.

'그렇게 좋나?'

좀 이상했지만 환영하는 거 같았다. 나는 작게 심호흡을 했다. 순간 떠올라서 한 말이지만, 아무리 생각해도 나쁜 선택이 아니었다.

'일단 시녀가 아니야.'

연구원은 나름 전문직으로 보였다. 게다가 디오는 괜찮은 사람이었다.

'제자가 되는 셈인가?'

제대로 된 인맥이 생기는 셈이었다. 이건 변덕스럽고 약한 호의가 아니어서, 왠지 웃음이 나왔다. 번개처럼 떠오른 아이디어가 생명줄이 되어갔다.

어떤 절차를 밟아야 하는 걸까. 아카데미 시험은 어떤 식이지? 뭘 공부하면 될까.

'현대로 치면 약사인가?'

학문을 배우다 보면 이베리아에 대해서도 잘 알 수 있을 것이다.

'완벽한 전문직을 가지면 설사 이 성에서 벗어나지 못한다 해도, 미래의 왕비가 나와 왕을 이상한 관계로 보지 않을 거야.'

나는 가슴을 폈다. 깜깜했던 터널에서 밖으로 나온 거 같았다. 앞으로 할 일이 많았지만 겨우 빛이 보였다.

'니나야. 그동안 미안했어. 언니가 좀 답답했지? 하지만 걱정하지 마. 겨우 살길을 찾았어.'

이렇게 갑자기 찾을지는 몰랐지만 말이야.

한참 생각에 잠겨 있을 때, 낮은 목소리가 들렸다.

"니나 케이지."

나는 생긋 웃으면서 디오를 바라보았다. 항상 이상한 것을 먹인 의사 선생님이 오늘은 내 인생의 구세주로 보였다.

"성으로 돌아가자."

나는 밖을 바라보았다. 아직 낮이었지만 슬슬 돌아갈 때였다.

고개를 끄덕이며 자리에서 일어났다. 그는 위쪽 주머니에서 금화 하나를 꺼내서 탁자 위에 올려놓았다. 눈치 빠른 점원은 재빨리 감사하단 말을 했다.

"저, 디오. 새삼스럽지만요. 제가 중요한 것을 안 물어봤어요."

"이제부터 네 질문이라면 뭐든지 대답하겠다. 뭐가 궁금하지?"

"돈은 많이 받나요?"

"괜찮게 받는다."

의사가 짧게 웃었다.

다행이네요. 돈 때문이냐고 하면 할 말이 없었는데, 다행히 이해해 주시네요. 죄송합니다. 하지만 니나는 나이도 어리고 가족도 없는데 돈이라도 있어야죠. 가뜩이나 간당간당한 처지잖아요.

"게다가 시녀보다 많이 받는다. 대신 주급은 아니야. 월급이지."

굉장히 훌륭한 정보였다. 저절로 웃음이 나왔다.

"좋네요!"

하긴 전문직이지. 시녀보단 많이 받는 게 어떻게 보면 당연한가?

"대신 시험이 어려운 편이다."

"공부해야겠네요."

"내가 알려 주지."

그는 아주 만족스럽게 웃었다. 미남의 미소가 찬란하게 빛나서일까. 나는 모르게 슬쩍 한걸음 물러섰다.

'뭔가 무서운데?'

묘하게 뒤가 추운 웃음이었다. 이상하게 도망가고 싶었다.

"아, 그리고 한마디해야겠군."

"뭐, 뭔데요?"

"혼자 다니지 마라."

나는 주위를 둘러보았다. 분수대 위에는 니나의 또래로 보이는 애들이 재잘재잘 수다를 떨고 있었다.

"저 애들도 혼자 다니는 거 같던데, 괜찮지 않나요?"

왜 홀로 다니지 말라는 거지? 스파이 혐의 때문에 그런가?

디오는 작게 한숨을 내 쉬었다.

"그 옷 누가 줬지?"

"친한 시녀님이 주셨어요."

나는 고개를 숙여 내가 입은 옷을 내려다보았다. 하얀 세일러 원피스였다. 물론 니나의 옷이 아닌, 시녀님이 안 맞는다며 준 옷이었다.

'예쁜데?'

좀 구김이 져 있지만 깨끗했다. 세 시녀님도 잘 어울린다고 칭찬했었다.

'거울을 안 봐서 모르지만, 별로인가?'

그냥 보기에는 예뻤는데, 보면 인상 찌푸릴 정도로 별로인가? 하지만 그렇다고 해서 고아원에서 입었던 옷을 입고 다닐 순 없잖아.

'작아져서 못 입는데……'

시녀님들이 작아져서 안 입는 옷 준다고 해서, 새 옷을 안 샀는데 어떡하지. 당장 옷가게부터 가봐야 하나. 촌스러워도 괜찮으니까 쓸데없는 데 돈 쓰고 싶진 않은데.

'그렇다고 시녀복을 입고 나올 순 없잖아.'

남색 시녀복은 성 밖으로 입고 나가면 안 되는 게 규정이었다.

그때, 디오는 의외의 말을 했다.

"눈에 띈다."

"네?"

"분수대에 있을 때부터 눈에 띄었다. 그러니까 웬만하면 누군가와 같이 있어라. 그 외모로 눈에 띄면 좋은 일보다는 곤란한 일이 닥칠 거다."

나는 고개를 갸웃거렸다. 조금 이상했다.

'이 사람 내가 분수대에 있을 때부터 보고 있던 거야?'

알은척을 하지. 그러면 나도 빤히 보고 있지 않았을 텐데.

'나보고는 말 걸라고 했으면서…….'

뭔가 속은 기분이었다. 나는 단정하게 묶은 붉은 머리를 따라가면서 입술을 삐죽거렸다.

"니나 케이지."

"네!"

"너는 폐하의 토끼지만, 이제는 내 제자다."

그는 돌아서서 나를 바라보았다. 나는 안경을 다시 쓰는 남자를 바라보았다.

"각오하도록."

마저 장갑을 끼는 남자는 영화의 한 장면처럼 장엄하고 멋있었지만, 나는 고개를 갸웃거렸다. 뭔가 전제가 이상했다.

'폐하의 토끼…….'

그게 도대체 뭐길래 여기저기서 다 토끼 토끼 하는 걸까. 그 칭호 반납해서 버리면 안 되나요.

너무 깊게 생각하지 말자. 후자가 훨씬 중요하잖아!

일단 제자라면 인사는 해야지. 나는 고개를 꾸벅 숙였다.

"자, 잘 부탁드려요."

디오는 만족스럽게 웃으며 앞으로 나아갔다. 나는 얌전히 흔들리는 그의 머리카락을 따라갔다.

'좋은 게 좋은 거겠지.'

조심하란 말은 날 위해서 한 거잖아. 이제 제자라고 나름대로 걱정하나 보다.

'심각하게 생각하지 말자.'

사랑의 반대말은 미움이 아닌 무관심이라잖아. 제자라서 관심받는다 치자. 미래를 바라봐야지 여기서 머무르면 안 되잖아.

'뭘 배우게 될까.'

대강 약초에 관해 연구하는 거 같던데, 책을 통째로 외우게 되려나.

아무래도 머리 많이 쓰게 될 거 같아. 진짜 영양가 있는 거 먹어야겠다. 이러다 우리 니나 또 쓰러질라.

이런저런 생각을 하며 나아갈 때였다. 나는 순간 발걸음을 멈췄다.

'세상에!'

나도 모르게 디오의 옷자락을 잡아당겼다.

"저, 저, 디오 님! 저게 뭔가요?"

나는 손가락으로 하늘을 가리켰다. 디오는 아무 말도 하지 않았다. 그저 내가 가리킨 것을 보고 혀를 찰 뿐이었다.

구름 한 점 없는 파란 하늘에 거대한 검은 기둥이 쏜살같이 날아갔다. 광장에 있는 사람들은 자기들끼리 웅성거릴 뿐 놀란 기색은 아니었다.

디오는 아무렇지도 않게 대답했다.

"구름 기둥이다."

나는 카스텔리움성에 들어왔을 때를 떠올렸다. 그래. 본 기억이 있었다. 거대한 불기둥과 저런 검은 구름 기둥이 있었다.

"서쪽으로 가는군."

디오의 목소리는 날카로웠다. 나는 손으로 햇빛을 가리고 계속 이동하는 구름 기둥을 바라보았다.

시커먼 먹구름 덩어리가 빠르게 움직였다. 광장에 있는 사람들도 거의 다 나처럼 하늘을 바라보았다.

사람들의 수군거림이 느껴졌다.

"가뭄이라더니, 결국 보내시는군."

그렇게 말하는 디오는 왠지 씁쓸해 보였다. 그는 외알 안경을 들이밀며 고개를 저었다.

"댐과 수차를 정리해도 서쪽은 탈이 잘 난다."

"구름 기둥은 비를 뿌리나요?"

"그렇다. 아마 앞으로 삼 일쯤 서쪽 지역에 광범위하게 퍼져서 비를 내리겠지."

나는 현대에 살았을 때 말만 들었던 인공강우를 떠올렸다. 주변국들의 아우성이 많다고 들었는데, 저건 괜찮은 걸까.

'애초에 내가 아는 지구과학이 통용은 되나?'

나는 고개를 저었다. 여기는 사자 앞발을 가진 새가 날아다니는 곳이었다. 이 세계에 대해서는 내 상식으로 재단할 수 없었다.

"웬만하면 쓰시지 않는 게 좋을 텐데……."

나는 디오를 바라보았다.

"폐하의 상성은 불이다. 상성이 반대되는 걸 사용하시면 고통이 심하지."

"부인이 있으시잖아요."

그는 고개를 저었다.

"아까 말했지만 아무리 그녀라도 반대되는 상성을 쓴 폐하의 고통을 다 없애지는 못한다. 신경이 타들어 가는 작열통까지는 아니더라도 감각은 있으시다고 하더군."

나는 언제나 강해 보이던 폐하를 떠올렸다. 힘도 세고 몸도 좋은 사람이었다. 그렇게 강한 사람이 고통을 겪는 건 잘 상상이 가지 않았다.

"폐하에겐 어떤 약도 듣지 않는다."

"그것도 왕의 문장 때문인가요?"

디오는 고개를 끄덕였다.

"간단한 진통제도 듣지 않는다. 그래서 이베리아의 왕들은 환각제를 흡입했지. 결과는 좋지 않았어. 환각제의 중독을 벗어난 왕은 역사상 한 사람도 없다. 자제라도 하면 다행이지."

그는 천천히 앞으로 걸어갔다. 나는 조용히 디오를 따라갔다.

"이 나라는 강하지만, 한편으로는 너무나 약하다."

말은 하지 않았지만, 그건 나도 동의했다. 여기 와서 참 이상하다고 생각했다.

'이베리아는 왕에게 모든 걸 의지하는 거 같아.'

이곳은 모든 사람이 왕이란 존재에 매달려서 사는 것 같았다. 처음 성에 와서는 그런가 싶었지만, 알면 알수록 확신만 점점 단단해졌다.

'왕 없으면 당장 무너질 거 같아.'

나는 고개를 저었다. 이런 생각을 해 봤자 변할 건 없었다. 그만두자. 이화윤. 나만 이런 생각을 하지 않았을 거야. 베아토 처럼 나라를 걱정하는 사람은 아마 수도 없이 다른 방법을 찾 았겠지.

'그들도 바꿀 수 없었던 걸까.'

하긴. 이건 제도로 보완할 수 없는, 굉장히 근본적인 문제로 보였다.

한참 생각에 빠져 있는데, 디오의 목소리가 들렸다.

"혹시 모르니, 빨리 가야겠군."

디오는 내 팔을 끌었다. 나는 순순히 발걸음을 맞췄다. 빠른 걸음이었지만, 성안을 항상 돌아다녀서인지 따라가기가 쉬웠다.

광장을 가로질러서 쭉 북쪽으로 가면 이베리아 성이 나왔 다. 디오는 금방 들어갔지만, 나는 갈 때 받은 통행증을 내밀어 야 했다. 성안으로 들어가면서 나는 구름 기둥과 불기둥이 있던 자리를 돌아보았다.

타오르는 불기둥만 있는 성은 왠지 조금 이상했다. 나는 고 개를 저으며 내성으로 향했다. 곧 해가 질 시간이었다.

가게에서 샀던 물건들은 이미 남쪽 방에 와 있었다. 나는 대 강 확인하고 서둘러 옷을 갈아입었다. 새하얀 세일러 원피스를 벗고 남색 시녀복을 입자, 이상하게 마음이 안정되었다.

'휴일인데 이상하게 조마조마하다.'

아까 검은 구름 기둥이 움직이는 걸 봐서 그런가, 왠지 심장이 두근거렸다. 나는 침대에 앉았다. 바쁜 듯 부지런히 옷을 갈아입었지만, 그 뒤로는 할 일이 없었다.

그때 문밖에서 노크 소리가 들렸다. 나는 구두를 신고 뛰어가서 문을 열었다.

내 방에 올 사람은 그리 많지 않았다. 세 시녀님과 라라와 쥬시라고 생각했다가, 조금 놀랐다.

"사비나 님!"

뒤로 넘긴 갈색 머리가 여전히 잘 어울리셨다. 나는 활짝 웃으며 옆으로 물러섰다. 사비나는 그런 내 머리를 쓰다듬으며 안으로 들어왔다.

"잘 지냈니?"

"덕분에 잘 지냈어요."

그녀는 방금 산 물건을 넣은 자루를 바라보았다. 조금 부끄러워서 나는 뺨을 살짝 긁었다.

"오늘 처음으로 물건을 샀어요. 막 정리하려고 했는데 지저분하죠?"

사비나는 고개를 저었다.

"그랬구나. 즐거웠니?"

"네!"

정말 즐거운 쇼핑이었다. 물론 자잘한 물건보다 진로가 정해진 게 더 기뻤지만 말이다.

사비나 님은 나를 보더니 작게 한숨을 쉬었다.

"저, 니나야. 부탁이 하나 있단다."

이 언니의 부탁이라면 돈 꿔달란 말만 아니면 뭐든 들을 수 있었다. 나는 얘기를 듣기도 전에 고개를 끄덕였다.

"무슨 부탁이신가요?"

"휴일인 걸 알지만, 나랑 안쪽 방에 가지 않을래?"

나는 성녀가 있던 방을 떠올렸다. 요즘 뜸했지만, 한때는 정말 많이 갔던 곳이었다.

'그걸 왜 사비나 님이 부탁하는 걸까?'

그냥 메어리 님이 가라고 하면, 순순히 갔을 것이다. 시녀장인 사비나 님까지 부탁할 일이 아니었다.

사비나 님이 작게 한숨을 쉬었다.

"좀 이상하지?"

"조금요."

"그래. 그럴 거야."

나는 조금 웃었다.

"갈게요."

정말 별거 아니었다. 지금 그곳에는 부인과 폐하가 있을 것이다. 그것조차 사실 익숙한 일이었다.

'뭔가 특수한 상황인가?'

순간, 머릿속에 아까 봤던 검은 기둥이 떠올랐다.

'아, 지금쯤 고통이⋯⋯.'

왕의 권능을 쓰면 한두 시간 뒤 지독한 작열통이 다가온다고 들었다. 나는 이제야 사비나 님이 왜 내게 왔는지 깨달았다.

"아까 구름 기둥이 움직이는 걸 봤어요."

사비나 님은 희미하게 웃었다.

"역시. 니나는 영리하구나."

"많이 아프신가요?"

그녀는 내게 손을 내밀었다. 나는 조용히 사비나 님의 손을 잡았다.

"고통이 심하실 때는 아무도 가까이 가지 못해서……."

아, 폐하는 아플 때는 홀로 고통스러워하는구나.

짧은 침묵이 그녀와 나 사이에 내려앉았다.

나는 사비나의 손을 붙잡고 조용히 복도를 나아갔다. 살짝 고개를 들어 그녀를 바라보니, 복잡해 보이는 표정을 짓고 있었다.

사비나가 말했다.

"폐하께서 널 부르시지 않았단다."

그녀는 나를 내려다보며 조금 웃었다.

"그냥 내가 널 폐하에게 데려가는 거야."

천천히 고개를 끄덕였다. 좀 의외긴 했다.

'사비나 언니. 폐하를 엄청 생각하나 보다.'

나는 어색하게 웃었다.

"혼나면 사비나 님 탓이에요."

어설픈 농담이었지만, 그녀는 피식 미소 지었다. 나는 살짝 잡은 손을 흔들었다. 참 이상했다. 손을 잡고 걸으니까 정말 어린 아이가 된 기분이었다.

"많이 컸구나."

사비나 님은 나를 내려다보며 다정하게 말했다.

"하루하루가 다른 거 같아요. 줄였던 밑단을 벌써 다 풀었어요."

"새것이 필요하니?"

"그렇지 않을까요? 아, 그래서 구두도 새로 샀어요."

그녀가 고개를 끄덕였다. 나는 사비나를 바라보았다. 시원시원한 언니는 여전히 복잡한 표정이었다.

아이고 언니, 분위기가 왜 이러신가요.

하는 수 없었다. 나는 그녀의 기분을 위해 아이 흉내를 더 냈다.

"첫 휴일이라서 카페에서 케이크를 먹었어요. 다섯 개나 먹어서 오늘 저녁은 못 먹을 거 같아요."

"정말 많이 먹었구나."

나는 활짝 웃으며 말했다.

"그렇게 맛있는 건 처음이었어요."

물론 니나에게 만요. 전 맛있는 거 많이 먹고 살았습니다. 말 나와서 하는 말인데, 성당 고아원은 애들한테 도대체 뭘 먹이는 걸까요. 니나의 기억을 뒤져 보면 감자 하나만 먹어도 감지덕지 일 때가 많더라고요.

"저기, 니나야."

나는 사비나를 바라보았다. 그녀는 고민하다가 겨우 말했다.

"미안하다."

왜 사비나 언니가 사과하는 걸까 싶었지만, 갑자기 주근깨가 떠올랐다.

아, 주근깨가 시녀구나. 그리고 이 언니는 시녀장이지. 그래서 사과를 하는 거구나.

"샬롯을 들인 건 실수였어."

사비나는 이마를 짚었다. 말 속에는 회한이 가득했다.

"어떻게 들어오게 된 거예요?"

"메어리 님의 친척이라 신원도 확실했고, 네가 오기 전까지는 문제가 없었단다. 오히려 괜찮은 편이었어."

나는 고개를 끄덕였다. 하긴 주근깨는 세라피를 좋아했다. 그녀의 잔심부름을 하는 걸 굉장히 영광으로 여겼다.

그런데 걘 왜 나한테만 그러는 걸까. 처음부터 지금까지 참한결같았다.

"얘기는 들었다. 일하기 힘들지?"

"네. 하지만 그것도 곧 끝날 거 같아요."

한숨이 저절로 나왔다.

"더 심해지면 심해졌지, 나아지질 않아서요. 곧 사고 치지 않을까요."

샬롯이 사고 치면, 높은 확률로 내가 다치겠지.

선택을 잘할걸. 역시 다들 말리는 건 이유가 있었다. 정말 기회가 왔을 때 멀리 보내 버려야 했어.

"미안하다."

"아니에요. 제대로 된 판단을 못 한 제 탓이에요."

"왜 그런 선택을 했니?"

쓴웃음이 저절로 나왔다. 아까 그렇게 달콤한 것을 많이 먹었는데, 입안이 텁텁했다.

"메어리 님이 우셨어요. 부탁은 차마 못 하셨지만요."

하지만 몸짓과 표정은 아주 강력한 애원이었어요.

"그랬구나."

"부러워요. 샬롯은 자신을 위해서 울어 주는 이모가 있는데, 왜 이런 짓을 하는 걸까요?"

사비나 님은 잠시 걸음을 멈추고 남은 손으로 내 머리를 쓰다듬었다.

"니나는 참 착하구나."

나는 고개를 저었다.

"다들 이건 착한 게 아니라 무른 거래요. 저도 그게 맞는 거 같아요. 다시는 이러지 않을 거예요. 샬롯이랑 같이 있는 거 너무 힘들어요."

대기실은 참 가시방석이었다. 말릴 수도 없고 나갈 수도 없었다.

처음 여기 왔을 때 메어리 님은 조금 통통하셨는데, 지금은 살도 빠지셨다.

'메어리 님을 위해서도 좋은 선택이 아니었어.'

제발 주근깨야, 사고는 작은 거로 쳐라. 지은 죄가 별로 없을 때 벌받는 게 낫잖아.

그녀를 올려다보았다. 사비나 언니는 정말 미안한 표정이었다.

"사비나 님. 정말 저에게 미안하신가요?"

나는 활짝 웃으며 말했다.

"그럼 나중에 제 부탁 하나 들어주세요. 별거 아닐 거예요."

사비나는 복잡한 표정이었다. 나는 그녀의 팔을 살랑 흔들었다.

"뭘 부탁하려고 그러니?"

"나중에 저와 술 한잔해요."

말하고서 아차 싶었다. 뭔가 좀 이상한 말이었다.

'망했다!'

아무리 생각해도 열다섯 살 아이가 할 말이 아니었다.

내가 미쳤나 봐! 아무리 그래도 상관인데, 할 말이 없는 것도 아니고 고르고 골라서 왜 술이야! 네가 사비나 언니와 퇴근 길 가까운 동료냐!

나는 차마 그녀를 바라볼 수 없었다.

그때였다. 손에서 떨림이 느껴졌다. 살짝 눈만 치켜뜨니, 입을 가리고 웃는 그녀가 보였다.

"저……"

사비나는 나를 보더니 허리를 굽히며 부들부들 떨었다. 그러다가 결국 웃음소리가 새 나왔다.

한번 터진 폭소는 막을 수 없었다. 그녀는 이제는 대놓고 웃기 시작했다. 나는 멀뚱히 웃음이 그치길 기다렸다.

사비나는 숨을 헐떡이며 말했다.

"그래, 니나가 자라면 언제 한번 마시자꾸나."

"죄, 죄송합니다."

"어디서 그런 말을 배웠니."

그녀는 눈물을 훔쳤다. 나는 대강 둘러댔다.

"오늘, 길 가다가 들었어요."

"좀 더 이베리아에 대해서 아는 게 좋겠구나."

사비나는 나를 보자 또 웃음이 터졌는지 입을 가렸다. 나는 고개를 살짝 숙였다.

'나 또 사고 친 거 같다.'

불길한 느낌이 들었다. 혹시 레오에게 했던 짓을 또 한 거 아닐까.

'이베리아에서는 나중에 술 마시자는 게 다른 의미가 있나?'

살짝 걱정됐다. 나는 침을 꼴깍 삼키며 꼭 누군가에게 물어보기로 했다.

한참 웃은 사비나는 나를 데리고 다시 복도를 걸어갔다. 매일 가는 길을 다른 이에 손을 붙잡고 가는 건 좀 이상한 기분이었다.

안쪽 방에 다 왔을 때, 사비나가 말했다.

"니나야."

"예."

"폐하를 잘 부탁한다."

저기, 사비나 언니. 좀 이상하지 않나요. 폐하께 저를 잘 부탁하면 모를까, 왜 폐하를 제게 부탁하나요.

그녀는 병사들에게 눈짓했다. 안쪽 방을 지키는 병사들은 창을 젖혀서 공간을 만들었다.

나는 살짝 묵례하고 방 안으로 들어갔다. 수백 번 들어가서 이미 익숙한 곳이 왠지 낯설게 느껴졌다.

15

가까이 다가왔지만 닿지 않았다

저녁노을이 지는 창가는 붉은빛으로 가득했다. 나는 천천히 안쪽으로 걸어갔다. 세라피가 기도하는 창가를 지나면 커튼이 처진 공간이 나왔다.

심호흡하며 두꺼운 커튼을 젖혔다.

큰 침대가 겹겹이 친 캐노피 사이로 어른거렸다. 발걸음을 조심하면서 천천히 다가갔다. 한 사람의 인영이 어슴푸레 보였다.

앞으로 나아가기가 힘들었다. 나는 주먹을 꽉 쥐었다. 이상하게 긴장이 되었다.

'어느 정도의 고통일까.'

사실 잘 상상이 가지 않았다. 고통스럽다고 원작 책에 나와 있어도, 내가 기억하는 그 남자는 찔러도 피 한 방울 안 날 거 같았다.

만약 세상에서 제일 강한 사람이 누구냐고 물으면, 나는 고민하지 않고 폐하라고 대답할 것이다.

나는 조심스럽게 캐노피 사이로 들어갔다.

'아…….'

신음을 애써 안으로 삭였다.

언뜻 보기에는 그 사람은 아무렇지 않아 보였다. 그저 침대 헤드에 기대 있을 뿐이었다. 단지 하나만 달랐다.

'시트를 쥐고 있어.'

천자락은 너덜거렸고, 손톱이 파고들었는지 피도 언뜻 비쳤다.

나는 조심스럽게 안으로 들어갔다. 그는 침대 헤드에 기댄 채 천천히 눈을 떴다.

땀방울이 그의 이마 사이로 또르르 떨어졌다.

무슨 표정을 지어야 할까. 나는 억지로 미소 지었다. 그러자, 폐하는 어색한 나를 포며 피식 웃었다.

"토끼로군."

나는 천천히 앞으로 걸어갔다. 왠지 다리가 무거웠다.

"사비나 짓인가……."

"부탁하셨어요."

"쓸데없는 짓을 했군."

가까이 다가가자, 왕의 왼쪽 팔과 성녀의 팔이 묶인 게 보였다. 옆에 누워 있는 성녀는 숨소리 하나 나지 않았다.

"재웠다."

나는 조심스럽게 물었다.

"수면제인가요?"

"후유증은 없는 거다."

나는 작게 숨을 내쉬었다. 그러고 보면 이 둘 관계는 좀 이상했다.

'사이가 안 좋아.'

성녀는 폐하를 이를 갈 정도로 싫어했다. 그러면 한쪽에서라도 부드러워야 하는데, 그는 어디 해 보라는 듯 신경도 쓰지 않았다.

'죽고 못 사는 관계였는데, 왜 이러는 걸까.'

후끈후끈했던 TL 소설이었는데 이제는 시베리아의 건조한 한풍이 느껴졌다.

'니나가 탈출 안 시킨 게 이런 결과를 부를 줄이야…….'

참 복잡한 기분이 드는 나비효과 같아. 이게 좋은 걸까, 아닌 걸까.

"성녀를 걱정하는군."

나는 고개를 끄덕였다. 그럼 이 상태인데, 걱정 안 하나요. 가녀리고 예쁜 언니가 팔이 묶인 채 수면제로 잠들어 있잖아요.

"네가 걱정해야 할 건 성녀가 아니다."

그럼 누구를 걱정하는데요?

"짐이다."

아니 이건 또 무슨 소리야.

어이가 없어서 피식 미소 짓자, 폐하도 조금 웃었다. 나는 그제야 이 사람이 농담을 했단 걸 깨달았다.

'이해하기 힘든 유머다.'

완벽하게 혼자 하고 혼자 하는 농담이었다. 폐하. 어디 가서 개그 하지 마세요. 저니까 알아듣습니다.

"많이 아프세요?"

그는 다시 살짝 웃었다. 나는 피가 묻은 시트를 바라보았다. 거센 힘에 갈기갈기 찢겨 있었다.

"이 정도는 참을 만하다."

정말 괜찮으신가요?

나는 작게 숨을 내쉬었다. 왠지 호흡이 힘들었다. 성녀만 있으면 어떤 고통도 없는 줄 알았다.

'그런데 이상하다.'

나와 왕은 굉장히 가까이에 있었다. 하지만 그는 평소처럼 나를 만지지 않았다.

"만지지 않으시네요?"

그는 나에게 닿지 않았다. 그저 성녀와 묶인 팔을 보다, 천천히 시선을 돌릴 뿐이었다.

"토끼."

"네."

"이야기를 해 봐라. 아무 얘기나 좋다."

정말 묘했다. 만지지도 않으면서, 뜬금없이 이야기를 내놓으라니.

'도대체 뭐지.'

하라니까, 해야겠지. 그게 명령이라면야…….

하지만 뭔가 굉장히 이상했다. 고통 속에 있는 왕은 평소와 많이 달랐다.

"외출했어요. 붉은 광장이 예뻤어요."

그는 눈을 감았다. 하지만 내 말은 듣고 있었다.

"케이크를 먹었어요."

디오가 사 줬다는 건 얘기하기 좀 그래서 말하지 않았다.

"아, 그렇군."

낮은 목소리가 작게 속삭였다.

"단내가 나."

순간, 내 옷소매의 냄새를 맡아 보았다. 나는 아무것도 느껴지지 않았다.

'아니, 어디에서 설탕 냄새가 난다는 거지?'

혹시 여태까지 먹었던 내 식사 메뉴들이 다 냄새가 났던 걸까.

후추 비슷한 걸 잔뜩 친 스테이크와 과일을 떠올리고 있는데, 그가 말했다.

"예전부터 났다."

아니, 이건 무슨 소리야. 저 여기 와서 단 거 별로 안 먹었어요. 건강한 식생활을 위해 고기와 채소 위주로 먹었지, 케이크는 이번이 처음입니다.

"어느 순간부터, 단내를 폴폴 풍기더군."

"저, 폐하. 진짜요?"

"짐을 믿지 않는군."

그는 눈을 뜨고 옅게 웃었다.

"처음에는 어린애 냄새라고 생각했다. 하지만 내 토끼가 어미젖을 먹을 나이는 아니지."

나는 고개를 끄덕였다. 하긴 니나가 작긴 하지만 유아는 아니었다.

"그럼, 네 체향이겠지."

그는 소매를 들어 냄새를 맡는 나를 보며 속삭였다.

"나쁘지 않다. 토끼다운 냄새야."

토끼다운 냄새가 무슨 냄새일까. 토끼를 키워 본 적 없지만, 애완동물은 냄새 안 날 수가 없던데.

'이 사람은 날 뭐로 보는 걸까.'

설마 진짜 토끼로 보는 건 아니겠지?

"그래. 그리고 또 뭘 했지?"

왠지 선생님 같았다. 나는 주섬주섬 이야기보따리를 풀었다.

"프러포즈에 박수를 쳤어요."

"참 토끼다운 일을 했군."

도대체 토끼다운 일이 뭡니까!

'내 머릿속에서 토끼다운 일은 깡충깡충 뛰거나 당근 먹는 건데……'

도대체 폐하의 머릿속에 토끼는 어떤 존재이길래 손뼉 친 게 토끼다운 일이 되는 걸까.

"아, 그리고 도서관에서 책을 빌렸어요."

"무슨 책이지?"

참 시시콜콜한 걸 물으시네요.

"『이베리아의 시녀 잔혹사』란 책인데요."

왕은 또다시 웃기 시작했다.

나는 뺨을 살짝 긁었다. 하긴 이베리아 시녀의 역사가 잔혹해진 건 환각제에 시달리는 왕들 탓이었다.

"그런 거 보지 마라. 현왕은 짐이다."

"비슷한 말을 디오 님께 들었어요."

"그와 친한가 보군."

친하다 못해 제자가 되었는데요.

'이거 말해야 하나?'

혹시 허락받아야 하는 일인가?

'스승님이 알아서 하려나?'

위치를 잘 잡을 수 없었다. 묘하게 균형이 안 맞는 느낌이 들었다. 왕에게 난 토끼였고, 디오는 이제 선생님이었다.

'선생님 쪽이 더 끈끈한 관계겠지?'

왕의 토끼는 불면 날아갈 관계 맞지? 나는 눈을 감은 폐하를 보며 고개를 갸웃거렸다. 신분이야 이 사람이 제일 높지만, 관계 순위는 이제 디오가 제일 높았다.

'사람 관계를 줄 세우는 게 좀 우습긴 한데……'

왠지 뒤가 싸해서 목덜미를 쓸었다. 아직 스파이로 의심되는 니나였다. 왕이야 가차 없겠지만 적어도 제자가 되면, 의심받을 때 디오 바지 주름 정도는 붙잡고 해명할 수 있지 않을까.

사람은 자고로 자신이 디디는 곳을 정확하게 알아야 하는 법이었다. 그와 동시에 비벼야 할 대상도 명확하게 바라봐야 했다.

'어디에 아부를 더 해야 하는 걸까?'

둘 다 중요하니까 투 트랙으로 갈까? 그래도 친애하는 폐하께서 제일 높으신 분이니, 제일 중요하긴 했다.

'뭐, 둘이 대립을 할 거 같지는 않다.'

디오도 어떻게 보면 왕의 신하니까. 둘 다 가 보자.

나는 그렇게 결론을 내리고 고개를 들었다.

"저, 폐하."

나는 뺨을 살짝 긁었다. 그는 느릿하게 눈을 뜨고 나를 바라보았다.

고통 속에 있는 폐하는 묘하게 나른했다. 뭔가 조금 느릿해서, 나까지 조마조마했다.

'아슬아슬한 느낌이 들어.'

보들보들하지만 끊어지기 쉬운 실을 손가락으로 쓸어내리는 기분이었다. 조심스럽게 만지지만, 손이 떨렸다.

나는 심호흡을 하며 겨우 말했다.

"디오 님의 제자가 되기로 했어요."

폐하의 눈이 가늘어졌다. 순간 침이 꼴깍 넘어갔다.

"저, 회복력이 있잖아요. 제 몸으로 직접 약초를 실험하면 굉장할 거 같아요. 제 몸도 참 이상한 체질 같던데, 이왕 이렇게 된 김에 제가 직접 알아보려고요. 게다가 기미 시녀는 오래 할 수는 없잖아요. 어릴 때 관둘 수밖에 없대요. 저도 먹고살 길을 찾아야죠."

실컷 해명했지만, 그는 나를 못마땅한 눈으로 바라보기만 했다. 나는 앞치마를 꼭 잡았다. 왜 이렇게 떨리는 걸까. 이상하게 높으신 분들에게 회사의 사활을 건 어려운 프레젠테이션을 하는 것 같았다.

친애하는 폐하. 뭐가 그렇게 마음에 안 드시나요. 아무것도 배운 것 없는 고아인 아이가, 감히 디오의 제자가 된다는 게 별로인가요?

"미덥지 못하겠지만, 열심히 할게요. 저 의외로 배우면 잘할지도 몰라요."

내 딴 애는 열심히 변명했지만, 왕의 표정은 좋아지지 않았다.

"먹고살 길이라……."

낮은 목소리가 커튼 아래로 부딪쳤다. 나는 시험지를 숨긴 애처럼 그를 바라보았다.

"짐이 준 먹이로는 안 되는 모양이군."

웃자. 웃어야 한다. 나는 필사적으로 얼굴 근육을 움직였다.

"폐하께서 주신 먹이로는 먹고살 수는 있지만, 저도 희망이 있어야죠! 토끼는 하는 일이 없잖아요."

폐하의 수려한 미간이 더 일그러졌다. 그래도 절세미남이었지만, 잘생긴 만큼 내 마음은 조마조마했다.

"제 몸으로 약초를 시험하면 그냥 기미 시녀보다 더 도움이 되잖아요! 폐하! 제가 약초 시험에 드는 예산을 획기적으로 줄여 드릴게요."

날이면 날마다 오는 상품이 아닙니다! 말이 그렇지 예산 감소의 여신이라니! 대단하지 않나요? 요정도 아니라 여신이라니까요! 게다가 알 수 없는 이 체질도 연구할 수 있어요! 저는 획기적이라고 생각하는데, 왜 폐하의 심기는 어지러우신가요!

"이베리아의 재정은 넉넉하다."

"그래도 이왕이면 덜 드는 게 좋잖아요."

"마음에 안 드는군."

정말 별로인지 미간이 펴질 생각을 하지 않았다.

'이제 변명거리도 없는데……'

서로서로 좋은데 왜 그러세요. 혹시 제가 다른 일을 벌이면 세라피의 기미를 안 할까 봐 그러시나요?

나는 혹시나 싶어서 운을 띄웠다.

"기미 시녀 일도 잘 할게요."

그는 아무 말도 하지 않았다. 그 모습을 보고 나는 이 말을 그만하기로 했다. 다음번에 다시 하면 모를까, 이 자리에서는 다시 꺼내면 큰일날 거 같았다.

'그래도 모르겠다.'

왜 마음에 들어하지 않는 걸까? 혹시 토끼가 일하는 게 싫은 걸까?

'그놈의 토끼는 하는 일이 뭔데?'

그냥 서늘함 좀 제공하면 끝나는 거야? 저렇게 마음에 들어하지 않으려면 제대로 된 미래의 청사진을 보여 주든가!

'진짜 이대로 가다가는 왕비에게 눈칫밥 먹을 거 같다.'

아차 하는 사이에 우리 니나 카스텔리움성에서 밥도 제대로 못 얻어먹을 거 같았다. 나는 조용히 마음을 다잡았다.

'허락 안 해 줘도 밀어붙여야지.'

이럴 때는 무슨 일이 있어도 앞으로 나아가야 했다. 이화윤의 감이 알려 줬다. 물러서는 척은 해도 되지만, 완전히 물러서면 안 돼. 버티자! 버텨 보자! 나는 할 수 있다!

"저, 폐하."

그는 여전히 눈을 감고 있었다. 나는 기어가는 목소리로 물었다.

"토끼는 하는 일이 뭔가요?"

폐하는 대답하지 않았다. 그저 눈을 감은 채 흘러내린 자신의 머리를 쓸어 올렸다. 평소 같으면 한편의 CF 같은 모습을 멍하니 바라볼 테지만, 나는 지금 죄인이어서 고개를 들 수 없었다.

"아무리 생각해도 모르겠어요."

그는 한쪽 팔로 헤드에 기대어 나를 바라보았다. 쓸어 올린 머리가 다시 흘러내렸다. 나는 윤이 나는 폐하의 머리카락을 바라보면서 고개를 숙였다.

"토끼야."

순간, 깜짝 놀라 어깨가 움찔했다.

"네?"

"토끼야 하고 부르면……."

그는 헤드에 머리를 기댄 채 말했다.

"대답하면 된다."

나는 눈을 깜박였다. 무슨 말을 해야 할지 알 수 없었다.

나른해 보이는 왕은 팔을 들었다. 나는 그제야 이 사람이 나를 만지는구나 싶었다.

하지만 체온은 다가오지 않았다. 커다란 손은 가까이 다가

왔지만 닿지 않았다.

손가락은 내 얼굴선을 따라 천천히 움직였다. 눈가에서 시작해서 콧잔등을 지나, 입술선을 따라갔다.

마지막으로 그는 희미하게 웃으면서 주먹을 꽉 쥐었다.

앞을 가렸던 커다란 손이 침대 위로 천천히 떨어졌다. 나는 그의 팔과, 얼굴을 번갈아 바라보았다.

닿지 않았다.

하지만 왕이 아무렇지도 않게 만졌을 때보다 심장이 떨렸다.

가슴이 계속 두근거렸다. 성녀님이 고쳐 준 심장이 요동을 쳤다. 이유는 알 수 없는데, 왠지 울고 싶었다.

"토끼야."

왕은 희미하게 웃었다. 나는 한 번 고개를 세게 저었다. 니나의 짧은 머리카락이 눈앞에서 살랑거렸다.

안 돼. 감정에 함몰되지 마. 정신 차려. 지금은 안 돼. 그 어떤 순간에도 할 수 있는 일을 해야 해.

나는 잠긴 목소리로 대답했다.

"네. 폐하."

폐하의 입가에 아련하게 머물렀던 미소가 점점 짙어졌다. 하지만 나는 입술을 깨물었다. 아픔이 느껴지니 멍했던 머릿속이 좀 나아졌다.

그러나 눈물이 날 거 같은 먹먹함은 가시지 않았다. 그저 입 안에는 피맛이 느껴질 뿐이었다.

"그래. 그렇게……."

낮은 목소리가 귓가에 속삭였다.

"대답해라."

절세미남은 목소리마저 멋있었다. 하지만 아무것도 와닿지 않았다.

이걸 어떻게 이해하면 좋은 걸까. 그는 정말 만족스럽게 웃고 있지만, 나는 점점 슬퍼졌다. 어떤 것도 명확하게 알 수 없었다. 폐하가 왜 이러시는 걸까. 그리고 나는 왜 이러는 걸까.

확실한 건 하나밖에 없었다.

'불안해.'

앞치마를 꽉 쥐었던 손을 풀었다. 자꾸만 땀이 났다.

대답하자. 이화윤. 별거 아니야. 좀 불안한 거야. 그럴 수도 있잖아.

"쉽, 쉽네요."

나는 어색하게 웃었다. 겨우 한마디였지만, 왠지 모든 힘을 다 쓴 기분이었다.

"쉽다라……."

그는 나른하게 웃으면서 나를 바라보았다.

"그 쉬운 일을 너는 여태 하지 못했다."

"네?"

"불렀을 때 반절은 기절했거나, 다쳤거나, 사경을 헤매더군."

뭐라 할 말이 없었다. 아는 입술에 난 피를 억지로 삼키면서 멋쩍게 웃었다.

'많이 다치긴 했지.'

이베리아 와서 도대체 몇 번 의식을 잃은 걸까. 그러고 보면 벌써 세 번째였다.

"멋대로 죽지 마라. 다치지도 마라. 여러 번 말했는데도 너는 듣지 않더군."

"저도……."

나는 눈을 감았다가 떴다. 당연한 말이었지만, 좀 새삼스러웠다.

"다치거나 죽는 건 싫습니다. 폐하."

하지만 그게 제 마음대로 되는 일이던가요. 바꿔 보려고 여기저기 뛰어다니는데, 예상치 못한 곳에서 뭔가가 튀어나오던데요.

한 치 앞을 알 수 없었다. 적응하려고 하면 흔들리는 일상 속에서, 내가 느낀 건 무력함뿐이었다.

그래서 디오가 준 기회를 포기할 수 없었다. 나는 더는 작은 여자아이가 되고 싶지 않았다.

"내 옆에 있어라."

토끼로서?

어쩔 수 없어서, 웃었다. 이상하게 숨쉬기가 힘들어서 작게 심호흡을 했다.

"디오 옆에서 제자가 되어 열심히 배워도, 전 성에 있을 테고 여전히 시녀인걸요."

그가 또다시 눈을 가늘게 떴다.

"폐하에게 주급 받는 처지잖아요."

토끼는 당신 옆에 있을 테니 허락해 주세요. 폐하. 달라지는 건 하나도 없잖아요. 그냥 제가 인간 리트머스지인 실험용 쥐에서, 성에서 일할 수 있는 사람이 되는 거잖아요.

왕은 아무렇지도 않게 말했다.

"돈을 달라면 돈을 주겠다."

참 좋은 말이었지만, 나는 고개를 저었다.

"원하지 않습니다."

"권력을 달라면 권력을 주지."

와우, 이번에는 더 혹했다. 권력 좋지. 가져 본 적 없지만, 그게 좋은 거라는 거 저도 압니다. 하지만 내 대답은 하나였다.

"필요하지 않습니다. 폐하."

다시 주먹을 쥐었다. 너무 세게 쥐어서 손톱이 파고들었지만, 개의치 않았다.

"저는 기미 시녀라는 게 싫습니다. 독을 먹어서가 아니에요. 저는 폐하의 토끼지만 그래도……."

그의 눈빛이 날카로웠지만 피하지 않았다. 남을 지배하는 게 당연한 이였다. 통찰력이 뛰어난 사람이기도 했다.

아마 내가 무슨 생각을 하는지 말을 안 해도 알겠지.

하지만 말하지 않으면 전해지지 않는 것도 있었다.

나는 피가 난 입술로 활짝 웃었다.

"니나 케이지입니다."

어떻게 보면 참 조잡스러운 이름이었다. 니나라는 이름은 그저 부르기 쉬워서 붙인 이름이었고, 성은 고아원에서 따온 것이었다. 하지만 그래도 그건 여기서 살아가는 나의 또 다른 이름이었다.

나는 이 아이가 당당하게 살았으면 했다. 맛있는 것을 먹고, 푹신한 곳에서 자면서, 좋은 옷을 입었으면 했다. 제대로 능력을 인정받고, 사람들과 잘 지내기를 바랐다.

"이상한 것을 원하는군."

나는 고개를 끄덕였다. 하긴 왕이 보면 한없이 바보 같겠지.

"쉬운 길을 어렵게 가."

맞는 말이었다. 그의 말대로라면 권력이든 돈이든 바라기만 하면 나왔다.

'하지만 폐하, 당신은 내가 그런 걸 원하면 처리하시지 않을까요?'

당신은 내가 정말로 권력과 돈을 원하면 가차 없이 잘라내겠지. 이 사람은 그런 이였다.

'나는 세라피가 아니야.'

약간의 청량함과 쉽게 사라질 시원함 따위가 이 남자에게 그렇게 가치 있을 거 같지 않았다. 이 남자는 무서울 정도로 영리한 이베리아의 왕이었다. 비록 지금은 성녀와 냉랭하다지만, 옆자리에 묶여 있는 그녀가 제일 중요했다.

"마음에 안 들어."

나는 고개를 푹 숙였다.

"죄송합니다."

"건방지군."

그러게요. 어쩌다 보니 이렇게 됐네요. 그 점에 대해서는 할 말이 없어요.

나는 어쩔 수 없어서 그냥 웃었다.

"송구스럽네요."

평범하게 충성 충성할 줄 알았는데, 어쩌다 이렇게 되어 버린 걸까.

왕은 그런 나를 보며 말했다.

"토끼야."

"네. 폐하."

나는 그가 원했던 대로 대답했다. 그리고 조용히 다음 말을 기다렸다.

하지만 왕은 말을 하지 않았다.

이상한 침묵이 내려앉았다. 그는 여전히 나를 바라볼 뿐이었다.

"너는 내가 들어줄 수밖에 없는 부탁을 하는군."

왕은 작게 웃으면서 다시 침대 헤드에 몸을 기댔다. 그가 움직일 때마다 곳곳이 피로 붉게 물든 시트가 서걱거렸다.

나는 그의 긴 머리카락을 바라보았다. 자연스럽게 흐트러진 검은 머리카락이 시트 아래에 흩어졌다.

그때였다. 너무 의외의 말이 들렸다.

"사랑스러워."

나는 지금 내가 들은 것을 믿을 수 없었다.

"네?"

"사랑스러워서 들어줄 수밖에 없군."

나는 멍하니 그를 바라보았다. 왕은 나른하게 웃으면서 손을 뻗었다. 나는 이번에도 그가 나를 만지지 않을 거라 생각했다.

하지만 손가락은 아무렇지도 않게 코에 닿았다. 한번 닿은 피부는 점점 면적을 넓혔다. 그는 내 귀를 쥐었다가 얼굴에 손을 댔다.

"그래."

남자는 눈을 감았다.

"지나치게 청량해."

왕은 천천히 눈을 떴다. 피보다 짙게 느껴지는 붉은 눈동자가 나를 바라보았다.

"아까부터 쭉 이 감각을 기다렸다."

볼을 쓰다듬는 손길은 부드러웠다. 이 사람은 나를 귀한 보석처럼 매만졌다.

"토끼야."

그가 불러서, 나는 대답했다.

"네. 폐하."

"짐은 오늘 너를 만진 것을 후회하지 않을 거다."

그는 정말 기쁜 듯이 나를 보며 웃었다.

"그게 어떤 의미인지, 너는 몰라."

"당연히 저는 몰라요. 폐하."

당신이 설명하지 않으면, 제가 어떻게 아나요.

나는 고개를 푹 숙였다. 이상하게 눈을 둘 곳이 없었다. 그를 바라보기가 힘들었다.

"이베리아의 왕은 항상 약에 중독되어 있었다, 토끼야."

불렀으니 대답했다.

"네. 폐하."

"이베리아는 왕이란 호칭을 쓴다. 황제가 아니야. 하지만 신하들은 폐하라고 부르고, 나는 자신을 짐이라고 부른다. 이건 이유가 있지."

손가락이 귓가에 닿았다 떨어졌다. 나는 천천히 고개를 들었다.

"그리핀을 가지고 적을 불바다로 만들 수 있어도, 이베리아는 한 번도 본토로 진출하지 못했다. 그래서 아직 이베리아가 왕인 것이다. 교황의 조그마한 영지라도 이베리아로 편입시켰으면 바로 호칭을 황제라고 바꿨을지도 모르지. 하지만 그 희미한 구실마저 없는 게 현실이다."

"왜 한 번도 싸우지 못했나요?"

왕은 웃으면서 대답했다.

"그건 이베리아가 약하기 때문이다. 아니, 이베리아가 약한 게 아니라 이베리아의 역대 왕들이 모조리 다 약했지."

손가락은 목덜미에 닿았다가 다시 볼을 쓸었다. 그는 감각을 음미하듯 눈을 다시 감았다가 떴다.

"환각제에 중독된 인간은 현상유지도 힘든 법이지. 왕이 되기 전에는 현명했던 인간들도 약에 중독되면 그 날로 끝이다."

나는 『이베리아의 시녀 잔혹사』를 떠올렸다. 그 책에서 시녀들이 잔혹한 변을 당한 이유는, 적든 많든 왕과 관련되어 있어서였다.

"중독이란 그런 것이다. 토끼야."

그는 내 코를 톡톡 쳤다.

"의지로 어쩔 수 없지."

나는 옆에서 숨소리 하나 없이 잠들어 있는 세라피를 보며 말했다.

"폐하는 아무것도 중독되지 않으셨잖아요."

성녀를 인간 진통제로 쓰고 있긴 하지만, 뭔가 특수한 것에 중독된 것 같지는 않았다.

"조금 전까지는 그랬다."

깜짝 놀라 어깨가 움찔거렸다. 그는 나를 보며 환하게 웃었다.

"지금 막 중독됐다. 그리고 짐은 그것을 후회하지 않는다."

눈가가 파르르 떨렸다. 이 사람은 지금 무슨 말을 하는 걸까. 환각제 중독이 싫어서 맨몸으로 고통을 견딘 이였다. 방법을 찾다가 대담하게 성녀를 납치한 사람이, 겨우 청량함 따위에 중독되었다고?

'못 믿어.'

아니, 안 믿어.

손길은 부드럽고 느긋했다. 그는 떨리는 눈가를 부드럽게 쓸어내렸다.

"아니죠?"

손길을 피하려고, 왕의 손목을 잡았다. 하지만 그는 계속 웃을 뿐이었다.

"이상해요. 아니죠? 여태 견뎠잖아요. 이건 아니에요. 정말 이건 아니야."

엄청난 고통을 아무렇지도 않게 보낸 사람이었다. 그만큼 강한 사람이, 니나의 청량함에 중독이라니 그게 말이 되는 걸까.

힘을 줘서 왕의 손길을 밀어내려 했지만, 그는 움직이지 않았다.

"벌써 정했다."

"아니잖아요!"

"이상한 고집을 부리는군."

나는 그의 팔목을 붙잡은 채 애원했다.

"중독 아닌 거죠? 별거 아니어야 해요. 그렇게 중요한 거 아니죠? 폐하. 이건 아닌 거 같아요. 이런 거에 중독되지 마세요. 여태 견딘 게 아까워요."

"니나 케이지."

왕은 내 힘 따위는 아랑곳하지 않았다. 그저 부드러운 손길로 내려온 머리카락을 쓸어 올렸다.

"네게 중독되었다."

나는 고개를 저었다. 덕분에 그의 손가락에 니나의 백금발이 엉키었다.

"정말 사랑스럽군."

세상에. 살려 줘. 말이 안 통해.

속이 답답했다. 동문서답도 이 정도면 최고였다. 나는 나도 모르게 가슴을 쳤다.

"도대체 어디가 사랑스러워요? 어떤 점이요? 제가 좀 귀엽긴 하지만 이베리아 탈탈 털면 저보다 귀엽고 예쁘며 사랑스러운 아이는 많습니다, 폐하!"

남의 속은 타들어 가는데, 절세미남인 폐하는 즐겁게 웃었다.

"겉모습이라면 그럴지도 모르지."

나는 입술을 깨물었다. 조금 굳었던 피가 다시 났는지, 혀끝에서 피맛이 났다. 그는 그런 내 입가를 살짝 쓸었다.

"네가 나를 싫어한다는 건 안다."

왕은 나른하게 미소 지었다.

"그럼에도 불구하고 조금 전에도 짐을 걱정했지."

어떤 말이라도 하려 했지만, 목소리가 나오지 않았다. 입술을 달싹였지만 아무 소리도 내지 못했다.

"그 점이 사랑스럽다. 이미 늦었다, 토끼야. 내 눈에 띄지 않으려면 처음부터 단내를 폴폴 풍기며 나오지 말았어야지."

그는 나직하게 속삭였다.

"너는 눈을 떼면 멋대로 죽으려고 해서, 번번이 살려야 했다. 그런 주제에 무르고, 어딜 가도 눈에 띄면서 내 옆에서 도망가려고 하니……."

왕은 내 볼을 손가락을 쓸었다.

"이유를 만들어서 가둘 수밖에 없지 않으냐, 토끼야."

그는 만족스럽게 웃으면서 내 손을 꽉 잡았다. 나는 그가 잡은 손과 미소를 번갈아 바라보았다.

'머릿속이 터질 거 같아.'

기가 막혀서 말도 나오지 않았다.

'이건 아니야.'

그래서 당신은 니나를 어떻게 하겠다는 건가요. 진짜 죽을 때까지 옆에 끼고 있을 거야?

"다시 한번 말한다. 나는 네게 중독되었다."

거짓말.

"그러니 토끼는 이제 내 옆에 있을 수밖에 없겠군."

그거 핑계잖아. 사실이 아니잖아. 당신은 그 어떤 것도 중독되지 않았잖아.

"아니잖아요. 폐하는 강하시잖아요. 저 따위에게 어떻게 중독돼요?"

"믿지 않는군."

당연하지. 그걸 어떻게 믿어!

"토끼."

나는 부글거리는 속을 꾹꾹 누르며 대답했다.

"예. 폐하."

"중요한 건 진실이 아니다."

"하지만, 폐하! 이건 너무……."

그는 잡았던 손을 놓고 내 입을 막았다.

"짐이 그러고 싶고, 그렇게 공표할 수도 있다. 중요한 건 그렇게 하겠다는 짐의 의지다."

왕은 나를 보며 나른하게 웃었다. 그는 마치 먹이를 잔뜩 먹은 배부른 맹수 같았다.

"너는 나에게 묶였다."

입을 막아서 말할 수 없었다. 나는 다시 가슴을 쳤다. 친애하는 폐하께서는 티타늄 합금 철갑을 둘렀는지 어떤 말도 통하지 않았다.

'도대체 왜 이러는 거야?'

그렇게 하면 당신이 얻는 이익이 뭔데?

"토끼는 짐을 전혀 믿지 않는군."

당신이 못 믿을 말만 하잖아! 진짜 미치고 팔짝 뛰겠네! 도대체 이게 무슨 일이야!

'침착하자. 침착하게 생각을 해 보자.'

중독은 핑계란 거지? 그러면 그걸로 왕은 무슨 이익이 있는 걸까?

'옆에 두는데 제재를 받지 않겠네.'

하긴 왕이 중독되었다고 하는데, 누가 뭐라고 하겠어.

그는 천천히 손을 내렸다. 나는 슬며시 내려가는 손바닥을 바라보았다. 손마저 예술 작품처럼 생겼지만 열이 받아서인지 다 물어뜯어 버리고 싶었다.

'하지만 그러면 왕 평판이 개판되지 않나?'

중독되지 않은 왕으로 온갖 충성 다 받고 있는데, 고아 기미 시녀의 시원함에 중독되었다고 하면 지반이 약해지는 거 아니야?

나는 그를 바라보았다. 왕은 침대 헤드에 기대서 느긋하게 내 모습을 관찰했다.

'이 정도는 물을 수 있겠지.'

목을 가다듬고 물었다.

"폐하. 중독되었다고 치면요……."

"영 믿지 않는군. 짐은 토끼에게 중독되었다."

"안 믿어요! 아무튼, 이게 중요한 게 아니고요. 그렇다고 하면, 어떤 신하들은 그걸 핑계 삼아 반기를 들지 않을까요? 원래 정치란 건 명분 싸움이잖아요. 이때다 싶어서 마구마구 튀어나오면 어떡해요?"

왕은 내 말에 대답하지 않았다. 대신 물끄러미 나를 바라보았다. 나는 멀뚱멀뚱 눈만 깜박였다.

이상한 정적이 내려왔다.

그때였다. 왕은 입을 가리고 웃었다.

'뭐야?'

요즘 잘 웃긴 하지만, 저렇게 시원하게 웃는 사람은 아니었다. 그는 넓은 어깨를 떨면서 시트를 쥐면서까지 계속 웃었다.

왜 웃으세요. 폐하. 도대체 어떤 게 웃겨요.

'진짜 개그 코드 희한하네.'

나는 깊게 한숨을 내쉬었다. 친애하는 폐하께서 도대체 왜 이러는지 알 수 없었다.

그는 웃어서 흘린 눈물을 닦으면서 말했다.

"그랬으면 좋겠군."

이건 또 무슨 말이야.

"정말 반역이라도 했으면 좋겠군. 간만 보던 것들을 싹 잡아서 없애는 것도 나쁘지 않아."

"이베리아도 그런 게 있어요?"

"왕을 바꾸는 건 가능하지. 아무리 왕이라도 목이 베이면 이 문장은 다른 이에게 넘어가지. 역사적으로 없는 일은 아니지만, 거의 일어나지 않았다."

그는 내 볼을 손가락으로 쓰다듬었다.

"왜 그런가요?"

"해 봤자 바뀐 왕이 환각제의 중독자가 되는 건 시간문제니까."

나는 고개를 끄덕였다. 한마디로 그놈이 그놈이란 얘기였다.

"그러면 폐하도 하지 마세요."

그는 내 뺨을 매만지며 웃기만 했다.

"신하 상대로 사기 치지도 마세요."

"짐을 전혀 안 믿는군."

"믿을 수 있어야 믿죠!"

그는 내 코를 톡톡 건드렸다.

"슬프군. 짐의 토끼인데 짐을 믿지 않아."

잘도 슬프겠습니다. 나는 일그러지는 표정을 애써 참았다. 말이 통하지 않았다.

결국, 나는 최후의 카드를 썼다.

"이만 물러나도 됩니까?"

그는 피식 웃었다. 그리고 살짝 고개를 끄덕였다.

허락이 떨어지자마자 나는 뒤돌아서 걸어갔다. 들어올 때는 천천히 걸어갔지만, 나갈 때는 더없이 빠른 걸음이었다.

커튼을 젖히고 나가자, 왕의 웃음소리가 들렸다.

'아니 저 양반은 들어올 때만 해도 아팠던 거 같은데, 기운도 좋아.'

뭐가 그렇게 재미있고 웃긴가요. 저는 지금 미칠 거 같은데.

안쪽 방에서 나오자마자 나는 머리카락을 쥐어뜯었다. 지키는 병사님께서 걱정스러운지 말리셨지만, 도무지 신음을 참을 수 없었다.

얼마나 그렇게 끙끙거렸을까.

나는 병사들에게 감사하다고 말한 뒤, 심호흡하고 복도를 빠르게 걸어갔다. 머릿속이 혼란스러운데 멍하기만 했다. 누가 내 뇌 속에 번개를 집어넣은 거 같았다.

다 타 버린 느낌이었다. 폐허 속에서 먼지만 부스스 날렸다.

"미치겠다."

어떡하냐, 나.

"뭘 어떻게 해야 할지 모르겠다."

도대체 무슨 일이 벌어진 거야.

나는 멍하니 복도를 걸어가다 창밖을 바라보았다. 어느덧 까만 어둠이 가라앉은 하늘이 한눈에 들어왔다.

복도에 놓은 등이 흔들렸다. 나는 이번에는 천천히 걸어갔다.

'나는 오늘 시장에 갔다가 디오를 만나서 진로를 정하고⋯⋯.'

그걸로 끝이라면 참 좋은 마무리였을 텐데.

'사비나 님을 만나서 안쪽 방으로 갔지?'

나는 잠시 멈춰 서서 내가 걸어갔던 길을 바라보았다. 그저 성녀가 머무는 곳으로 항상 지나다녔던 복도일 뿐이었다.

등불이 바람에 흔들릴 때, 내 그림자도 흔들렸다.

'설득을 못 했어.'

내 딴에는 최선을 다해서 왕에게 주장했지만, 그는 웃으면서 넘어갔다. 그리고 내게 번개처럼 내려쳐진 건 '중독'이었다.

나는 입술을 깨물고 다시 걸어갔다. 복잡해서 하나하나 정리해야 했다. 그러다 보면 흥분해서 이상한 말이 튀어나올지도 몰랐다.

'방에 가서 하자.'

나는 뛰듯이 걸어갔다. 하도 왔다 갔다 해서 익숙한 복도는 이제 길 찾는 건 일도 아니었다.

곧 나만 머무는 숙소에 도착했다. 평소에는 여러 명이 쓰는 게 좋다고 생각했지만, 지금 이 순간만은 아니었다.

나는 안으로 들어와 깊게 한숨을 쉬었다. 그러고는 문을 닫았다.

그것이 끝이었다. 나는 전지가 나간 인형처럼 문에 등을 기댄 채 주저앉았다.

이상하게 심장이 뛰었다. 어지럽고 기운이 없었다. 나는 이마를 짚고 심호흡을 했다.

얼마나 그렇게 있었을까.

정신이 들었을 때는 새끼손톱을 깨물고 있었다. 나는 깊게 한숨을 내쉬었다.

'불안한가 보다.'

1년에 한 번 나올까 말까 했던 버릇이, 니나가 된 뒤로는 자주 나왔다.

억지로 입가에서 손을 떼었다. 하지만 이미 손톱은 흉하게 벗겨져 있었다.

"뭐야……."

이상하게 눈가가 시큰거렸다. 눈물이 나올 거 같아서, 손바닥으로 눈가를 눌렀다. 나는 주위를 둘러보았다.

어두운 니나의 방에는 별빛만이 반짝였다. 촛불을 붙일까 싶었지만 나는 고개를 숙였다.

온몸이 떨렸다. 이런 손으로 불도 잘 붙일 수 없었다.

떨리는 어깨를 잡고 시선을 돌렸다. 등뒤로 달빛이 밝게 빛났다. 나는 제법 통통한 달을 바라보았다. 찬란한 달빛이 창가에 닿았다 부서졌다.

"니나야……."

나는 다시 손을 내려다봤다. 처음 니나의 몸이 되었을 때 봤던 그 손이었다. 하루가 다르게 쑥쑥 크는 바람에 조금 커졌지만, 그래도 이 아이는 열다섯이었다.

"미쳤어."

왕은 도대체 왜 이러는 걸까.

"진짜 중독된 것도 아니잖아!"

그런데 왜 중독되었다고 하는 걸까.

"원하는 게 뭐야? 도대체 왜 이러세요?"

이 작은 아이에게서 뭘 가져가고 싶은 거야?

나는 그가 원하는 것은 아무것도 줄 것이 없었다. 쩌리가 괜히 쩌리가 아니었다. 이 아이를 이용해 봤자 나오는 게 뭘까.

'기껏해야 기미 능력밖에 없잖아.'

왜 그렇게 말도 안 되는 말을 하는 거야. 옆에 둬서 좋은 게 뭔데. 토끼라며. 애완동물이라며. 그런데 왜 그러는데.

눈가를 눌렀지만, 물기가 어렸다. 한번 터진 눈물은 기다렸다는 듯 줄줄 흘러내렸다. 입술을 깨물며 눈물을 참으려 했지만, 손가락 사이로 이미 흥건했다.

울지 마. 운다고 뭐가 달라져?

'괜히 기운만 빠지지……'

니나는 열다섯 시녀였고, 친척도 가족도 없었다. 이방인이었고, 독을 감별하는 시녀였다. 그래서 약초 연구원이 되려고 했는데, 최고 권력자가 방해했다.

'아, 그건 아닌가?'

나는 눈물을 훔쳤다.

'디오의 제자가 되는 건 허락한다고 했던가?'

소매가 축축이 젖었다. 안 울어서 그런지, 물꼬를 튼 눈물은 계속 흘렀다.

나는 침대에 올려놓은 책을 바라보았다. 오늘 도서관에서 빌린 책이었다.

『이베리아의 시녀 잔혹사』

밤하늘 달빛을 받은 책은 왠지 내 운명처럼 느껴졌다. 나는 고개를 저었다. 혼란스럽지만 나는 왕이 했던 말을 되새겼다.

'연구원이 되는 건 분명히 허락했어.'

대신 '중독'이라는 협박이 나왔다. 하지만 바로 신하에게 공표하겠다는 말도 아니었다.

나는 필사적으로 머리를 굴렸다.

평소처럼 해 보자. 이화윤. 너 사회생활 잘했잖아. 그때는 어떻게 했었지?

'계산했었어.'

답이 나오지 않는 난제는 이익과 손해를 계산하는 게 편했다.

그래. 조금 다른 관점이 필요했다.

생각해 보자. 이유가 뭘까. 왜 내가 디오의 제자가 되는 걸 싫어하지? 게다가 중독되었다고 명목은 왜 만든 거지?

나는 스스로에게 물어보았다.

"니나에게 중독되었다고 하면, 가장 손해 보는 이는 누구고 이익을 보는 건 어떤 사람일까?"

나는 물기 어린 손을 내려다보았다. 아이의 손바닥에는 눈물이 홍건했다.

답은 허무할 만큼 쉽게 나왔다.

"손해 보는 사람은 니나네?"

생각해 보자.

대놓고 뭐라 하는 사람은 없지만, 카스텔리움성 대부분 사람은 니나와 왕이 이상한 관계란 걸 알았다. 왕은 아이를 시도 때도 없이 안아 들었고, 그리핀을 태워 주기도 했다.

높은 사람과 관계있다는 건 권력일 수도 있었다. 연줄도 좋지. 하지만 나는 시녀 일에서 멀어지고 싶었다. 이런 와중에 왕과의 관계가 공표되면 엄청난 손해였다. 새 시작을 하기 힘들었다. 쓸데없는 시선과, 짜증나는 질투는 덤이었다.

"그럼 누가 제일 이익이지?"

나는 주먹을 꽉 쥐었다. 단 한 사람으로 좁혀졌다.

"세라피."

중요한 성녀님이었다. 게다가 왕의 약점이었다. 지켜야만 하는 존재였다. 귀중하기 짝이 없었다. 성녀는 그의 고통을 덜어줬다. 괜히 폐하가 그녀를 제일 깊숙한 방에서 기미까지 하며 지키고 있는 게 아니었다.

"하지만 니나에게 중독되었다고 하면 상황이 달라져."

이 작은 아이도 왕의 약점으로 추가된다. 하지만 말만 그렇지 뚜껑을 열어서 보면 중독된 것도 아니었다.

순간, 웃음이 나왔다.

'아, 그런 거구나.'

약점이 두 개가 되면, 표적도 일부는 이쪽으로 몰리겠지. 성녀야 대체 불가능이지만 나는 어떻게 되어도 상관없잖아.

당신은 나를 이용하려고 하는 거구나. 그래서 내가 디오의 제자가 되는 걸 막는구나.

눈물이 쏙 들어갔다. 나는 차분히 심호흡했다. 가슴이 너무나 아팠다.

바보였다. 진짜 바보였다. 이화윤.

"처음부터 이렇게 생각했어야 했어."

누가 이익인지, 손해인지 이것만 생각했다면 지금처럼 혼란스럽지 않았을 거야. 나답지 않았어. 그랬더라면 이렇게 울지도, 슬프지도 않았겠지.

나는 일어나서 비틀거리며 걸어갔다. 겨우 구두를 벗고 침대에 누웠다. 『이베리아의 시녀 잔혹사』가 바닥으로 떨어졌지만, 줍지 않았다.

"니나야, 미안해."

왜 미안하다는 말이 나오는지 알 수 없었다. 나는 피식 웃으면서 이마를 짚었다. 눈가에 말라붙은 눈물 자국이 느껴졌다.

그나마 다행이었다.

'이제 망망대해가 아니야.'

길이 보였다. 쓴웃음이 저절로 나왔다. 아까 깨문 입술 때문에 다시 피가 났지만, 아프지도 않았다.

'이제. 괜찮아.'

다행이야. 이제는 알았어. 정말 다행이야.

"니나야. 언니가 잘 살게……."

약초 연구원 열심히 할 거야. 언니 공부 잘했어. 어떤 공부를 하게 될지 모르지만 맡겨 주렴.

"달라진 건 없어."

언니는 열심히 버틸 거야. 그러다 보면 길이 보이겠지. 니나야. 언니는 기미 시녀로 남을 생각 없어. 독 감별 자체야 그러려니 하는데, 이런 식으로 이용당하는 게 사는 거니.

"돈도 권력도, 잘도 주겠네요."

절세미남이 악마처럼 보였다. 하긴 악마라는 게 원래 저런 존재겠지. 매력적이고, 잘생겼으며, 사람이 혹할 말을 한다.

"당신, 참 나쁜 사람이구나."

사랑스럽다고 꼬시다가 이렇게 뒤통수치기야?

만약 내가 원작의 니나처럼 아무것도 모르는 고아 소녀였다면, 지금 상황에서 어떻게 했을까.

'울고만 있었을 거야.'

시녀들이 괴롭히고, 성녀만 상냥하게 대해 주는 세상은 아이에게 너무 가혹했다. 가뜩이나 손길을 타고 싶어서 눈을 반짝이는 아이였다.

'아이가 그동안 왜 그렇게 착했던 걸까.'

니나는 멀건 죽과 삶은 감자만 겨우 나왔던 성당 고아원에서, 받은 빵을 더 작은 아이에게 나눠 줬었다.

그 이유가 뭘까.

아이가 밝고 선량해서일 수도 있지만, 그건 아마도…….

'그렇게 하면 누군가가 칭찬해 주니까…….'

그래서 니나는 그렇게 살았다. 타락한 성당에서 착해 봤자 손해만 볼 텐데, 아이는 손길이 그렇게 그리웠다.

"불쌍해서 어떡하니."

이 아이가 무슨 이유로 죽었는지 아직 몰랐다. 베아토랑 관계된 기억과 꿈이 유일한 단서였다.

니나는 서쪽 탑에서 죽었다. 내가 아는 건 그게 다였다.

나는 시트를 끌어안고 돌아누웠다. 흐린 시야 사이로 작은 별들이 보였다. 베개 위로 아이의 머리카락이 흐트러졌다.

흘러내린 백금발을 쓸어 올리며, 조금 웃었다. 그렇게 터진 웃음은 이상하게 계속 이어졌다.

"울다가 웃으면 엉덩이에 뿔 나는데……."

신경 쓸 게 참 많다. 가만히 있으면 코 베어 가는 상황이 딱 이거네.

"포기 안 해."

꼭 이 아이를 행복하게 해 줄 거야. 상황은 별로지만, 그렇게 나쁘지 않아. 친절하고 착한 사람도 주위에 분명히 있어.

좋은 사람들에게 능력 인정받고 잘 먹고 잘 거야.

"도와줘요."

엄마 아빠, 동생아. 도와줘. 너무 멀리 있지만 들리긴 하지? 나만 두고 갔으니까, 나 좀 도와줘.

"좀 웃기다."

가족이 죽었을 때도 비슷한 말을 되뇌면서 영정사진 앞에서 잠들었는데, 내가 또 그 짓을 하네. 그때는 세상이 무너지는 줄 알았는데, 두 번째라서일까.

"좀 낫네."

상황이 더 안 좋긴 하지만 버틸 만했다.

'버티지 않으면 어쩌겠어.'

내가 버티지 않으면 우리 니나 진짜 낙동강 오리알 될 거야.

너무 웃어서인지 다시 눈물이 나왔다. 나는 두 손으로 눈가를 가렸다. 기운이 없어서인지 잠이 쏟아졌다.

눈물은 계속 나왔다.

"이용하려고 한다면 죽이진 않겠네."

이제 배 째라고 드러누워도 괜찮겠네.

"진짜 지금 알아서 다행이다."

몰랐으면 계속 혼란스러웠을 거야. 왜 저 사람이 이런 행동을 하는지 갈피를 잡을 수 없었거든.

'혹시나 싶었는데 역시나야.'

토끼고 나발이고 다 집어치우세요. 애한테 무슨 짓이야.

눈을 감았지만, 울음이 멈추지 않았다. 나는 시트를 안은 채 베개에 얼굴을 묻었다. 서러울 이유도 없는데, 감정이 흘러넘쳤다.

문득 베아토의 말이 떠올랐다.

"그러니까, 니나, 울지 마세요."

그 교수님은 이 모든 걸 예상한 걸까.

'울지 말자.'

울어서 달라지는 게 없잖아. 기껏해야 퉁퉁 부은 눈뿐이겠지. 기운 빠진다. 우리 니나 내일 일찍 일어나야지.

지쳐서인지 잠이 쏟아졌다. 나는 그대로 눈을 감았다. 구겨질 시녀복이 신경 쓰였지만, 도무지 일어날 힘이 없었다.

잠이 굉장히 달콤하게 느껴졌다. 나는 조용히 모든 것을 맡겼다. 가물거리던 의식이 한 번 흐트러졌다, 쭉 끌려갔다.

왕은 묶인 줄을 풀고 침대에서 일어났다. 진절머리 나게 힘들었던 고통은 언제 아팠냐는 듯 어느 순간 씻은 듯이 사라졌다.

긴 흑발이 침대 위에 흐트러졌다. 그는 아무렇지도 않게 뒤로 넘겼다. 사락거리는 소리가 커튼에 닿았다 사라졌다.

그는 수면제에 잠들어 있는 성녀를 뒤로 한 채 안쪽 방을 가로질렀다. 왕이 지나가자 병사들은 재빨리 길을 열었다. 문이 열리자, 충직한 신하가 보였다. 갈색 머리를 뒤로 꼼꼼히 넘긴 사비나가 살짝 고개를 숙였다.

"괜찮다."

그는 거침없이 복도로 나아갔다. 수석 시녀는 숄을 가져왔지만, 왕은 고개를 저었다. 마력의 고통은 몸이 불에 타는 거 같은 통증이었다. 더운 것은 이제 질색이었다.

밤이 되자 그럭저럭 식은 바람이 맨살에 닿았다. 하지만 결코 시원하거나 청량하지 않았다.

왕이 된 순간 그 감촉은 잃어버렸다. 그 감각을 주는 상대는 토끼가 유일했다.

백금발에 붉은 눈을 한 자신의 토끼가 생각나자 왕은 자기도 모르게 웃었다. 뒤에 따라오는 사비나는 그런 왕을 바라보며 고개를 살짝 저었다.

"괜한 짓을 했다. 사비나."

그녀는 고개를 깊게 숙였다가 들었다.

"정말 괜한 짓이었으면 니나를 얼씬도 못 하게 하고 바로 쫓아냈겠죠."

수석 시녀의 짙은 갈색 눈이 가늘어졌다. 왕은 장난을 친 사람처럼 어깨를 으쓱했다.

"간절하긴 했지."

그는 자신의 손을 바라보았다. 통증의 잔상이 남았을 때, 토끼를 만지자 금세 기분 좋은 청량함 파고들었다.

고통 때문에 살을 쥐어뜯을 때, 그 청량함이 목이 멜 정도로 간절했다. 그래서 만지지 않으려고 했다.

한번 만지면 고통 속에 있을 때 계속 생각날 것 같았다. 그 이유로 일부러 찾지 않았다.

메이는 건 성녀만으로 충분했다. 붉은 눈이 반짝이는 작고 귀여운 존재에게 묶이고 싶지 않았다.

'이미 늦었군.'

하지만 이미 만져 버렸다. 신경을 짓누르는 거 같은 감각 속에서, 청량함이 손가락을 타고 내려왔다.

숨이 트이는 기분이었다. 참아 왔던 것이 무색하게 닿는 순간 희열이 느껴졌다. 그만큼 참 희한하고 진귀한 토끼였다.

왕은 바람에 흐트러진 긴 머리를 쓸어 올리며 조금 웃었다. 그 조그만 것만 생각하면 저절로 웃음이 나왔다.

하얀 피부에 붉은 눈이 예쁜 토끼였다. 하지만 웃음이 나오는 건 그 아이가 예뻐서도, 감촉이 시원해서도 아니었다.

"토끼는 참 사랑스럽군."

사비나는 표정을 숨기지 않았다. 그녀는 완전히 일그러진 표정으로 왕을 바라보았다. 충직한 신하의 얼굴을 보면서 그가 물었다.

"왜 짐을 그런 표정으로 보지?"

"실례입니다만, 폐하께서 사랑스럽다는 감정을 아시긴 합니까?"

"사비나……."

그는 살짝 미간을 찌푸렸다.

"나도 왕이 되기 전까지는 그럭저럭 인간이었다."

시녀장은 고개를 저었다. 그야 그럴지도 모르지만, 이 남자는 지금은 왕이었다.

"그런 무서운 농담은 하지 마세요."

오래된 신하는 왕의 말을 믿지 않았다.

"너무하는군. 토끼가 사랑스럽다는 짐의 진심을, 그대가 믿지 않는다니……."

시녀장은 한숨을 내쉬며 말했다.

"폐하께서는 사랑스러운 아이에게 그렇게 대하십니까?"

왕은 조금 웃었다. 오늘따라 충직한 시녀는 거침이 없었다.

"그래."

그는 창가로 눈을 돌렸다. 오랫동안 비가 오지 않아서인지 별빛이 그대로 들어왔다. 그는 밤하늘을 바라보았다.

"협박했다."

"네?"

사비나는 흔들리는 눈으로 그를 바라보았다. 그녀는 이해할 수 없었다. 그냥 감촉만 느끼면 끝나는 일이었다. 그러라고 아이를 일부러 꾀어서 들여보냈는데, 협박이라니!

"토끼가 놀라더군."

니나뿐만 아니라 듣고 있던 시녀장도 경악을 금치 못했다.

"무슨 말을 하셨나요?"

"중독되었다고 했다."

사비나는 비명을 지르려는 걸 가까스로 삼켰다.

"중독이요? 친애하는 폐하. 지금, 제정신이십니까? 설마 고통이 지금까지 계속되는 건 아니죠?"

"짐은 지극히 제정신이다. 고통은 끝났어."

시녀는 이마를 짚었다. 왕이 하는 말이 농담인지 진심인지 판단이 서지 않았다.

하지만 경력이 많은 시녀는 수습도 빠른 법이었다. 사비나는 급히 마음을 진정시키고 물었다.

"농담이시죠? 왜 그러셨습니까?"

왕은 씩 웃으며 대답했다.

"멀어지려고 하더군."

"니나가요? 어디로요? 그 아이는 갈 곳도 없을 텐데요?"

"디오의 제자가 된다고 했다."

아, 그런 의미였구나. 사비나는 긴 한숨을 내쉬었다. 이제야 좀 청사진이 그려졌다.

왕에게는 나쁜 버릇이 있었다. 아무도 이 완벽한 왕이 이런 단점이 있을 거라 생각을 못 할 테지만, 오래 보아 온 그녀는 알았다.

'상대가 도망가면 눈빛이 달라지지.'

마치 사냥을 하는 맹수처럼 그 순간 숨을 들이켜고 포획에 집중한다. 그것이 사람이든 목표든 가리지 않았다.

단점이긴 하지만 장점이기도 했다. 이런 점 때문에 그는 완전무결한 이베리아의 왕이 되었다. 하지만 설마 이 버릇이 사람한테 나타날 거라고는 생각도 못 했다.

"니나가 디오 님의 제자가 된다고요?"

"내 토끼지만 자신은 니나 케이지라고 하더군."

사비나는 막 카스텔리움성에 도착했었던 아이를 떠올렸다. 그러고 보면 니나는 처음부터 이베리아에서 제대로 된 직업으로 자리를 잡고 싶다고 했었다.

'기미 시녀는 좀 애매한 자리이긴 하지.'

하긴 위치도 지위도 붕 떠 있긴 했다. 주급이야 제대로 받는다지만, 취급이 모호했다.

'디오 님의 제자라면, 약초를 연구하는 건가?'

독을 감별하는 체질로 약초 연구라니 무서울 정도로 틈이 딱 맞았다. 사비나는 새삼 감탄했다. 참 영리한 아이였다.

"실례지만 폐하. 하나 여쭙겠습니다."

시녀장은 고개를 갸웃거렸다.

"뭐가 문제입니까?"

왕은 눈을 가늘게 떴다. 사비나는 조심스럽게 말을 이었다.

"니나는 열심히 할 테고, 약초 연구는 활발해지겠죠. 어떤 점이 폐하의 심기를 거슬렀는지 저는 잘 모르겠습니다."

그는 팔짱을 낀 채 난간에 기댔다.

"토끼는 토끼로 충분해."

"니나는 평범한 아이입니다. 하지만 노력하는 아이죠. 게다가 그 아이는 폐하 옆에 있는 걸 바랄 거 같지 않습니다."

시원한 바람이 불었다. 사비나는 순간 입을 다물었다.

'무서워라.'

그는 시녀장도 처음 보는 얼굴을 하고 있었다. 사비나는 자기도 모르게 한 발짝 물러섰다.

"내 옆이 싫다라……."

왕은 턱을 괴며 웃었다. 대륙에서 제일 생겼다 경탄 받는 이가 미소까지 지으니, 밤하늘 빛나는 별들이 무색했다.

하지만 사비나는 알았다. 저건 정상적인 웃음이 아니었다.

"짐이 그렇게 인기가 없나 보군."

"폐하. 그런 의미가 아닙니다."

살짝 배어 있던 미소가 서서히 사라졌다. 사비나는 한 걸음 더 물러섰다. 이런 폐하는 위험하기 짝이 없었다.

사비나는 간절히 도망가고 싶었다.

"이베리아에 모든 것들은 짐의 은혜를 받는 줄 알았는데……."

웃음이 사라진 그의 표정은 점점 무서워졌다. 붉게 타오르는 눈동자가 화염 같아서 사비나는 침을 꼴깍 삼켰다.

"토끼에게 좀 더 알려 줘야겠군."

"폐하. 니나는 외지에서 온 아이입니다."

"내 성 안에 있는 토끼다. 교단이 무슨 속셈이 있는지 모르지만 내 팔 안으로 떨어졌어."

사비나는 고개를 숙였다. 붉은 눈동자가 반짝이는 예쁜 아이는 분명히 여기에서 일하고 있긴 했다.

'하지만 그게 폐하 곁은 아니지.'

아마 니나는 자신의 처지가 이렇게 될 줄은 꿈에도 모르지 않았을까.

사비나는 한숨을 쉬며 말했다. 자신이 이런 변명을 하게 될 줄 상상도 못 했다. 하지만 죄 없는 아이를 들이민 건 자신이었다. 이런 결과를 낼 줄은 몰랐다. 노련한 시녀장은 자신의 선택을 후회했다.

"니나는 이상한 아이입니다."

"계속해 봐."

"처음부터 그 애는 홀로 서고 싶다는 생각밖에 없었습니다. 니나는 폐하께서 금화를 들이밀어도 머리만 쥐어뜯을 것입니다."

차마 물리지는 못하고 발만 동동 구르겠지. 사비나가 아는 아이는 그러고도 남았다.

시녀장은 자신이 처음 했던 고민을 떠올렸다. 그때 자신은 니나가 아무것도 바라지 않으면 어떡하나 우려했었다. 그리고 그런 일이 이렇게 실제로 벌어졌다.

아이는 왕에게 바라는 게 없었다. 니나가 원하는 것은 이 남자가 줄 수 없었다.

'희한한 관계네.'

이럴 수도 있구나. 새삼스럽지만 니나 케이지가 조금 대견스러웠다.

사비나는 조심스럽게 말을 꺼냈다.

"폐하. 니나가 마음에 드십니까?"

"유용하다."

"그럼 그냥 유용한 것으로 대하십시오."

그렇게 대하면 그 아이도 이해하지 않을까.

"니나는 거짓말을 잘하지 못합니다."

"그래 보이더군."

"모든 것을 진심으로 대합니다. 말을 삼갈 때가 있긴 하지만, 대체로 솔직해요."

사비나는 고개를 숙였다.

"아마 그 아이는 폐하께도 진심이었을 겁니다."

시녀장은 그것이 참 안타깝다고 생각했다. 다른 이는 몰라도 눈앞에 있는 사람은 이베리아의 왕이었다. 이런 사람한테까지도 그 아이는 솔직한 마음을 드러냈다.

그는 거짓과 예의로 무장해도 시원치 않을 상대였다.

"토끼는 토끼다."

"폐하. 당신의 충직한 신하로서 한마디만 하겠습니다."

왕은 가늘게 뜬 눈으로 대답했다.

"해 봐."

"그 아이는 분명히 화낼 겁니다."

그는 작게 실소했다.

"짐에게?"

"니나라면 폐하의 고통을 진심으로 걱정했을 겁니다. 아무렇지도 않게 상대방의 처지에서 생각하고 배려하는 아이입니다. 이베리아의 주인이신 폐하께는 그 모든 것이 별거 아닐지도 모르지만요. 아이를 도망가지 못하게 하시려면 차라리 꼬리를 잡으세요."

물론 토끼는 꼬리가 짧지만요. 아무튼, 이런 식은 안 됩니다.

사비나는 한숨을 내쉬었다. 이상하게 목이 바짝 탔다.

"정말 중독된 건 아니시죠?"

"그대도 짐을 믿지 않는군."

"성녀를 위해서 이용하실 셈인 거 압니다. 약점이 두 개가 되면 약한 쪽으로 몰리겠죠. 하지만 니나는 착하지만 멍청한 애는 아닙니다. 눈치를 채는 건 시간문제예요."

늦은 시간이어서인지 목소리가 갈라졌다. 하지만 그녀는 말을 멈추지 않았다.

"아시면 어쩌시려고 그러십니까."

왕은 대답하지 않았다.

"모든 것은 폐하 뜻대로 되실 겁니다. 하지만 하나쯤은 어그러질지도 몰라요."

사비나는 재빨리 인사하고 그에게 멀어졌다. 스스로도 도망인 걸 알지만 어쩔 수 없었다.

다행히 왕은 그녀를 붙잡지 않았다. 충분히 멀어지자, 시녀장은 이마를 짚으며 한숨을 쉬었다.

'폭풍이 다가오는구나.'

우스운 일이었다. 막 서쪽 지방의 가뭄을 해소한 뒤건만 카스텔리움성은 지금 태풍이 다가왔다. 시녀장으로서의 감이 말해 줬다.

'폭풍의 눈은 역시 니나일까.'

참 이상했다. 모든 상황이 그 아이의 의지랑 상관없이 돌아갔다. 사비나는 조용히 돌아섰다.

'모르시겠지.'

남을 이용하는 것이 숨쉬는 것과 비슷한 사람이었다. 본인조차 나라를 위한 도구로 쓰는 사람이었다.

'폐하는 지금 자신의 심정이 어떤지도 모르셔.'

항상 지도를 그려서 움직이는 분이었다. 그런 사람이 충동적으로 아이에게 협박했다.

'여태 이런 일이 있던가?'

소름 끼칠 만큼 냉정한 사람이었다. 머릿속에서 이루어지는 정치적 계산은 시녀장인 자신도 범접할 수도 없었다.

"큰일이네."

그런 남자가 한순간이나마 이성을 잃었다.

사비나는 벽에 기댄 채 팔짱을 꼈다. 성녀를 납치할 때보다 지금이 더 혼란스러웠다.

"설마 정말 중독되었다고 공표하시진 않겠지?"

만약 그렇게 되면, 그녀는 미안해서 아이에게 고개를 들 수 없었다.

여름이지만 벽에서는 한기가 올라왔다. 그녀는 멍하니 하늘을 바라보았다. 쏟아질 것 같은 별빛들이 밝게 빛났다.

왜 이렇게 된 걸까.

그녀는 한숨을 내쉬었다. 복잡함 마음이 구겨졌다가 목구멍 아래에 꽉 뭉쳤다.

폐하는 위험했고, 아이는 영리하고 착했다. 줄다리기하면 니나는 사정없이 끌려가겠지.

하지만 아이에게도 고집은 있었다. 니나는 중요한 것은 꽉 잡고 놓지 않았다.

"걱정되네."

그러다가 팔이 빠지면 어떡하지. 사비나는 이마를 쓸어 올리며 깊게 한숨을 쉬었다.

16

너는 정말 대단하군

도자기 대야에 담긴 물은 시원했다. 나는 소매를 걷고 맑은 물에 손을 담갔다. 손안에 서늘함이 흘러넘치다 흐트러졌다.

조심조심 물을 얼굴에 끼얹었다. 뜨끈한 눈가에 찬물이 닿으니 좀 살 거 같았다.

'많이 부었다.'

아침에 일어나서 맞이한 건 팅팅 부은 니나의 눈이었다. 자면서도 울었는지 베개가 다 축축했다.

나는 보드라운 천으로 얼굴을 문지르며, 어제 사 온 미용 기름을 꺼냈다. 세 시녀가 추천한 오일은 조금 끈적끈적했지만, 얼굴에 닿으니 부드럽게 흡수되었다.

살짝 덜어서 문지르니, 얼굴이 매끈매끈해졌다. 기름 뚜껑을 잘 닫고 슬리퍼를 벗었다. 시녀복 칼라를 정리하고 새 구두를 신으니, 그제야 종이 쳤다. 시녀들의 기상을 알리는 종이었다.

나는 팔짱을 끼고 창밖을 바라보았다. 햇살이 비치는 아침은 너무나 아름다웠다. 하지만 이상하게 마음이 허했다.

금빛 햇살에 손을 댔다. 환한 빛줄기가 니나의 손목에 닿았다가 사라졌다.

"반짝이는 모든 것이 금은 아니지."

나는 한숨을 쉬고 옷매무새를 다듬었다. 씁쓸하고 먹먹하면 어쩔 거야. 상황은 벌어졌고, 나는 여기서 살아가야 했다.

"왕이 넘어야 하는 담이 될 줄은 몰랐어."

게다가 높기는 더럽게 높은 담이었다. 게다가 거칠었다가 겨우 나아진 작은 손으로 암벽등반을 쉼 없이 해야 했다.

"올라가다가 돌도 맞을 거 같아."

도대체 왜 이렇게 힘든 걸까.

나는 한숨을 쉬고 앞치마를 둘렀다. 깜깜했지만 그래도 희망은 있었다.

"니나야, 언니가 노력할게. 아주 죽어라 물고 늘어질 거야."

이용당하면서까지 얻은 기회였다. 억울해서라도 약초 연구원이란 직업을 꼭 가지고 싶었다.

"어떻게 보면 그거나 이거나 독 먹는 건 똑같을 수는 있는데……."

그래도 연구원 쪽이 훨씬 희망이 있었다. 그래도 이건 제대로 연구 실적이 남았다. 나는 허리끈을 졸라매면서 이를 갈았다.

"배 째. 그냥 째."

중독이니 뭐니 지껄였으니 이제 드러누워야지. 난 이 직업 꼭 할 거야!

구두 앞코를 바닥에 치면서 뒤돌아섰다.

'밥부터 먹자!'

성질도 든든해야 부릴 수 있었다. 나는 재빨리 밖으로 걸어 갔다. 안타깝게도 날씨는 어제와 비슷하게 화창하고 맑았다.

연구실은 달라진 게 없었다. 나는 외성 병동을 지키는 병사 님과 인사하고 안으로 들어갔다. 책이 바닥에서부터 쌓인 건 여 전했다.

'생각해 보면 이곳도 꽤 넓을 텐데…….'

천장까지 쌓인 책 때문에 이상하게 좁은 곳처럼 보였다. 나 름 햇살도 잘 드는 곳이었지만, 산더미 같은 책에 가려서 채광 도 애매했다.

이곳에는 항상 그가 있었다.

엉망으로 묶은 붉은 머리가 빼꼼 보였다. 디오를 보는 순간, 나는 조금 고민했다. 이런 곳에서 디오는 괜찮을까.

'비타민 D 모자라면 큰일날 텐데…….'

건강을 위해 산책을 권유하면 들을까? 스승님, 지금은 젊어 서 괜찮을지 모르지만, 햇살 안 보면 나중에 훅 가요.

나는 천천히 그에게 다가갔다.

"저 왔어요!"

"앉아라."

여전히 담백한 이였다.

나는 내가 자주 앉는 작은 의자를 끌어다가 디오 옆에 앉았다. 그는 책 사이에 약초를 끼워 넣으며 말했다.

"일찍 왔군."

"일찍 일어났어요. 중요한 날이잖아요."

디오는 외알 안경을 고쳐 쓰며 피식 웃었다.

'어? 웃었다!'

처음에는 굉장히 딱딱한 사람이었는데, 친해지니까 표정이 확 달라졌다.

제자가 좋긴 좋네요. 스승님 미소도 보고.

나는 작은 의자에 앉아서 팔을 쭉 뻗었다. 밥 먹은 게 다였는데 잠을 엉망으로 자서인지 온몸이 삐걱거렸다. 게다가 울어서인지 아직 눈가가 당겼다.

'기름을 좀 더 바를 거 그랬어.'

붓기 좀 가라앉으라고 꾹꾹 누르고 있는데, 스승님이 말했다.

"많이 외워야 한다."

나는 고개를 끄덕였다. 하긴 약초 연구원이라면 저게 당연했다. 약초의 종류와 효능은 굉장히 다양할 테고, 연구원은 그것을 다루는 일이었다.

'조합은 또 다르겠지?'

약초를 서로 섞기도 하던데, 그러면 효과가 달라지겠지? 나는 주위에 가득 쌓여 있는 책 더미를 바라보았다. 이 책 더미에는 그런 과정과 결과가 하나하나 적혀 있는 걸까.

'설마 저걸 다 외워야 하는 걸까?'

나는 침을 꼴깍 삼켰다. 어째 과정이 생각보다 험난해 보였다. 하지만 지금 나는 배수진을 친 채였다.

'까짓것 하자.'

도망갈 곳이 없었다. 이것을 돌파하지 못하면 나는 영원히 독 감별용 리트머스지인 기미 시녀였다.

니나는 아이였지만, 나는 대학까지 나온 경험이 있었다. 공부라면 그럭저럭 잘했었다.

'할 수 있을 거야.'

사람이 노력하면 못할 일이 어디 있어. 칼싸움하는 기사가 되는 것도 아니잖아. 천재는 아니어도 머리 쓰는 것쯤은 나도 뒤처지지는 않을 거야.

"니나 케이지."

"네. 스승님."

그는 돌아서서 흘러내린 머리를 뒤로 넘겼다. 별거 아니었지만 긴 다리를 가진 날씬한 사람이라서 그런가. 한편의 CF 같았다.

훈훈해요. 참 보기 좋군요.

풀릴 거 같은 표정을 숨기면서 수줍게 그 모습을 감상할 때였다. 그가 나를 보며 말했다.

"넌 나에 대해서 뭘 알지?"

순간, 조금 당황했다.

뭘 아냐니요. 항상 독초를 먹이는 의사 선생님으로 알죠. 이름도 몰랐다가 최근에 알았고, 케이크를 사 주셔서 감사한 분이죠.

"성함이랑, 지위는 알아요."

"아무것도 모른단 소리군."

나는 어색하게 웃었다. 그렇게 먹을 것을 사 준 좋은 사람인데, 너무 아는 게 없었다. 게다가 이제는 스승님이었다.

'따로 조사라도 할걸.'

하긴 생각해 보면 모르는 사람에 가까웠다.

'아, 아니구나. 날 몇 번 치료해 줬구나.'

잘해 주셨지. 그렇구나! 그래서 내가 믿는구나!

"디오메데 인 타르스다. 내 가문은 대대로 약초를 연구했다."

"스승님도 레오 님처럼 가주인가요?"

디오는 고개를 저었다. 엉망으로 묶은 붉은 머리가 더 이상하게 늘어졌다.

"가주는 따로 있다. 게다가 가문은 지금은 연구자라기보단 약을 만들어서 파는 쪽에 가깝다."

뭔지 알 거 같았다. 타르스 가문은 처음에는 연구자였지만, 후에는 제약회사 비슷한 게 된 모양이었다.

'디오는 약초계에서는 성골이라는 걸까?'

생각보다 뼈대가 있는 집안 출신이었구나.

'이런 사람에게 배우는 건 영광일지도 모르겠다.'

나는 주먹을 꽉 쥐었다. 열심히 할게요! 스승님 이름에 먹칠하지 않도록 최선을 다하겠습니다!

"나는 방계 쪽 사생아다. 그 집안에서는 아무것도 배우지 못

하고, 제노비오 님의 제자가 됐지. 그분은 주로 변경에서 병사들을 치료하는 분이셨다."

디오는 산더미처럼 쌓인 책을 눈으로 훑으며 말을 이었다.

"내가 처음에 배운 건 약초가 아니라 치료였다. 이쪽은 다친 병사들을 치료하다 보니 자연스럽게 익히게 되었지."

나는 고개를 끄덕였다. 그래서 디오는 병동에서 부상자를 돌보는구나.

"그 변경에서 폐하를 만났다."

아니, 왜 갑자기 여기에서 친애하는 폐하가 나오십니까.

'꽤 어렸을 때부터 만난 걸까?'

나는 붕대를 든 어린 디오와 변경에서 칼 한 자루만 들고 굶는 그 사람을 상상했다. 지금은 둘 다 너무 강해 보이는 사람이었다.

아, 그런 사람이 나를 이용했지.

'또 열받는다.'

나는 볼을 톡톡 쳤다. 그 절세미남 생각만 해도 얼굴이 일그러질 거 같았다.

"폐하의 상처를 치료하는 게 첫 만남이었다. 사생아와 변경에 버려진 왕자는 그 험지에서 오랜 시간을 보냈고, 시간이 지나 같이 성으로 오게 되었지."

나는 볼에서 손을 뗐다.

'생각보다 친하다는 얘기로 들려.'

생사를 함께했다는 말로 들렸다. 정말 폐하와 막역해 보였다. 나는 왠지 디오가 다시 보였다. 이 사람 날카로운 줄만 알았는데. 참 의외였다.

'줄 잘 섰네.'

스승님, 대단하시네요. 사람 보는 눈이 훌륭하세요. 변경에서 다친 쩌리 왕자를 그때 알아보셨군요.

'배우고 싶다.'

어떻게 매의 눈을 가지셨나요. 부족한 제자는 그것이 아직 부족합니다.

스승님은 이런 내 마음을 아는지 모르는지, 쌓여 있던 책을 살짝 쓸어내렸다. 장갑을 끼지 않아서 예쁜 손이 빛바랜 책 사이에 유난스럽게 눈에 띄었다.

"너는 내 두 번째 제자다."

나는 활짝 웃었다. 여기 와서 나를 사람으로 인정해 준 이는 디오가 처음이었다.

'디오도 기미 능력 때문에 날 제자로 받아 준 거겠지?'

하지만 저는 그 능력만 있는 게 아닙니다. 근성과 끈기라고 아시나요? 원래 배수진을 친 사람은 잃을 게 없어서 강해요.

'정말 이 상황에서 더 나빠질 게 없구나.'

또 눈가가 시큰거렸다. 나는 심호흡을 하고 고개를 들었다. 이렇게 기쁜 날, 스승님에게 울상인 얼굴을 보이고 싶지 않았다.

"열심히 할게요."

진심입니다. 디오. 정말 최선을 다할게요.

"내 아래로 들어왔으니 제대로 가르쳐 주지. 네가 할 일은 아주 많다. 이베리아는 마력에만 매달려 있어서 약초 연구는 성국에 비해 많이 뒤처진 편이다. 자생하는 식물에 대해서도 무지한 경우가 많아."

"어느 정도예요?"

그는 외알 안경을 고쳐 썼다.

"대부분이 뒤떨어진다. 하지만 환각제는 무엇보다 잘 연구되어 있지."

나는 어색하게 웃었다. 사람을 치료할 약품들은 모자라는데, 마약만 번성한 꼴이었다.

'깊게 생각 안 했는데 이거 꽤 문제 아니야?'

거의 사회문제 수준인데?

그러고 보면 저번에 폐하도 비슷한 말을 했었다. 나는 광장에서 보았던 사람들을 떠올렸다. 굉장히 평화로워 보였는데, 어떤 사람은 집으로 가서는 마약을 하는 걸까.

'조금 무섭다.'

굉장히 강하지만 그만큼 약한 나라라는 게 실감됐다.

"그럼, 나라에서 환각제 중독을 막는 연구도 하셨겠네요?"

스승은 눈을 가늘게 떴다.

"너는 꽤 예리하군. 당연히 했다. 이베리아가 생긴 후로 모든 약초 연구는 그쪽이었다. 하지만 그런 약은 없다는 결과가 나왔다. 차라리 신화 속에서 타 버린 반려를 되살리는 게 더 나을 거 같더군."

나는 고개를 끄덕였다.

하긴 중독성 없는 마약이라니, 굉장히 모순 아닐까. 게다가 그런 걸 만들면 나라 전체가 그 약에 빠질 거 같았다.

'중독성 없다고 막 먹다가 나라 망하지.'

차라리 안 만드는 게 낫겠어.

"각성 효과가 있는 약이 고작이었다. 이것도 초기에는 효과가 있지만, 결국에는 아무 소용이 없어진다."

정말 죽은 반려 다시 살리는 게 낫겠네.

"이런 낙후된 상황에서 네 존재는 신이 주신 선물 같군."

나는 어색하게 웃었다.

그럼요. 제가 괜히 예산 감소의 여신이 아닙니다. 저도 이 직업이 니나에게 잘 맞을 거 같아요.

'나밖에 할 수 없는 일이라니……'

희소성이 대단했다. 하지만 그렇다고 해서 어설프게 할 생각은 없었다.

이왕 이렇게 된 거 확실하게 하겠습니다. 저는 물러설 생각 없어요.

"일단, 이걸 다 외워라."

디오는 나에게 꽤 묵직한 책 한 권을 줬다. 나는 이 책을 알았다. 조금 전까지 스승님이 약초를 끼워 넣었던 책이었다.

"언제까지요?"

"네 능력에 달렸다."

척하면 척이었다. 그렇군요. 이게 첫 시험이군요.

나는 조용히 책을 폈다. 첫 장부터 말린 약초가 하나씩 들어 있었다.

[갈라잎. 해열. 세이지잎과 섞이면 복통을 일으킨다. 말리면
효과가 증대됨. 이 잎은 남쪽 지방 나무 옆에서 이끼와 함께 자
라며 습기를 좋아한다.]

나는 말린 잎사귀를 바라보았다. 세 갈래로 갈라진 이파리
가 인상적이었다.

"외우는 게 가장 기본이다."

"스승님."

저절로 웃음이 나왔다. 여태까지 이 몸을 써 봐서 알았다. 니
나의 머리는 나쁘지 않았다. 하지만 공부를 해 본 적이 없었다.

즉, 이 아이는 재능은 있지만, 요령은 없었다.

'나는 다르지.'

이래 봬도 암기과목은 항상 만점에 가깝게 나왔던 몸이었
다. 나는 효과적인 방법을 알고 있었다.

"맡겨 주세요!"

내가 자신만만하게 말하니, 디오는 어디 해 보라는 듯 눈을
내리깔았다. 급하기도 하셔라. 바로 보여 드리겠습니다!

나는 니나가 아는 성가의 음에 맞춰서 책을 읽었다.

"갈라~잎~ 세이지~잎~섞이면~복통~ 이끼와 잘 자람~."

디오의 눈동자가 순간 흔들렸다.

아, 미쳤다고 생각하나 보다.

나는 스승을 안심시키기 위해서 환하게 웃었다.

놀라지 마세요. 제가 이 방법으로 얼마나 많은 암기과목을

제패했는지 아시나요. 아직도 사계 음악이 나오면 이탈리아 비발디 사계의 제1악장이라고 속으로 중얼거려요.

"이러면 진짜 잘 외워져요."

쓰면서 외우는 것도 좋지만, 이해가 필요 없는 암기는 이 방법이 제일 좋았다. 나는 디오 앞에서, 다시 중얼거렸다.

"갈라~잎~ 세이지~잎~섞이면~복통~ 이끼와 잘 자람~."

디오는 당혹스러운지 입가를 가렸다.

"벌써 외웠죠?"

순간 그의 어깨가 살짝 흔들렸다.

"스승님?"

춥지 않은 날씨인데, 한기를 느끼시나? 몸이 허하신가?

조심스럽게 되묻자, 디오는 돌아서서 책상에 엎드렸다. 단단한 나무가 갑자기 획 꺾이면 이럴까. 갑자기 허리를 굽힌 남자는 부들부들 떨어서 나는 순간 그가 매우 아픈가 싶었다.

'간질 같은 병이 있으신가? 어라?'

하지만 책이 산처럼 쌓인 곳에서 들린 건, 억눌린 웃음소리였다. 그는 어깨를 떨면서 참다가, 결국은 터져 버렸다.

-푸하하하하하하.

스승의 웃음소리는 의외로 경박했다. 나는 조용히 작은 의자에 앉아서 손을 모은 채 기다렸다.

'나는 진지한데…….'

뭐가 그렇게 웃기시나요. 그 재미 저도 좀 알면 안 되나요.

스승님이 수습되기까지는 시간이 걸렸다. 그는 결국 외알 안경을 벗고 눈물을 훔쳤다. 나는 떨떠름하게 그 모습을 바라보 았다.

"미안하다."

"그렇게 웃긴가요? 그런데 이거 정말 효과 좋아요."

내 말에 그는 한 번 더 터졌다. 나는 스승님을 위해 내 공부 법을 숨기기로 했다.

"너는 정말 대단하군."

그는 얼굴을 가린 채 흐느꼈다.

아, 운다.

나는 차마 할 말이 없었다. 첫날부터 스승님을 울게 하다니, 참 송구스러웠다.

그나저나 스승님, 이런 모습도 괜찮네요. 딱 벌어진 어깨선 과 이어진 팔 선이 참 고우세요. 불초 제자에게 좋은 것을 보게 해 주셔서 감사합니다.

나는 온 마음과 정성을 다해 말했다.

"열심히 외울게요."

그는 내 머리를 톡톡 치다가 또 터졌는지 다시 한번 허리를 굽 혔다. 큰일이네. 이 사람 내가 외운다는 말만 하면 웃을 거 같아.

나는 스승님을 위해 내가 할 수 있는 것을 찾았다. 등을 쳐 줄까? 그러다가 숨 막히면 어떡해.

아, 이거면 되는구나.

"이만 가 봐도 될까요?"

그는 얼굴을 가린 채 고개를 끄덕였다. 나는 조용히 책의 바다를 가로질러 밖으로 나갔다. 단단한 문을 닫자, 안쪽에서 더 큰 웃음소리가 들렸다.

'좀 거식하다.'

분명히 저런 사람 아니었는데, 좀 변한 느낌이 들었다.

문 안쪽에는 아직도 웃음소리가 들렸다.

'좋은 게 좋은 거겠지?'

그래요. 마음껏 웃으세요. 제자는 장하게도 자리를 비켜 드릴게요.

문가에서 고개를 돌리자, 나를 보는 병사님과 눈이 마주쳤다. 그를 본 순간, 저절로 미소가 나왔다. 처음 여기 왔을 때 말을 걸어줬던 그 병사님이셨다.

"많이 컸구나."

나는 살짝 뺨을 긁었다. 삐쩍 마르고 작던 니나는 여기 와서 쭉쭉 컸다. 먹은 게 다 키로 가서일까. 아직도 아이는 너무 가늘었다. 그나마 볼과 얼굴에 혈색이 도는 게 다행이었다.

"여기 식사는 정말 맛있어요."

"많이 먹고 쑥쑥 커라."

"감사합니다, 병사님. 아이는 건강한가요?"

수염이 덥수룩한 남자는 사람 좋은 미소를 지으며 대답했다.

"아내 배 속에서 잘 크고 있어. 애가 고기와 신 열매를 얼마나 보채는지, 그거 사 가는 게 일이다."

"건강한가 보네요."

"응. 다행이지 뭐냐. 아, 그래도 걱정이야. 아내는 그 몸으로 자꾸 일하려고 해. 말려도 안 들어."

병사는 정말 행복하게 웃었다.

나는 복도 바닥에 구두 앞코를 콕콕 찍었다. 배가 부른 아내와 수염이 덥수룩하지만 마음씨 좋은 아버지라니, 참 행복한 가족이었다.

괜히 기분이 가라앉았다. 가족이란 다 이런 걸까. 문득 주근깨와 메어리 님이 생각났다. 그러고 보면 그들도 참 부러운 가족이었다.

'괜찮아. 나도 가족이 없는 건 아니잖아.'

나는 엄마 아빠와 동생을 떠올렸다. 그들이 웃던 모습이 차례차례 머릿속을 스쳤다.

나에게도 남부럽지 않은 가족이 있었다. 그저 여기에는 없을 뿐이었다.

'꿈에서라도 한번 봤으면 좋겠다.'

나타나기만 해 봐. 꽉 껴안고 안 놔줄 거야. 가는 것도 막을 거야. 힘들게 왔으면서 어딜 가. 이왕 가려면 나도 같이……

'아, 마지막은 안 되는구나.'

나는 생각을 멈췄다. 괜히 가슴이 꽉 눌러지는 것 같았다.

애써 고개를 저으며 생각을 털어 냈다. 도움이 되지 않는 생각은 하는 게 아니었다. 게다가 지금의 나는 배수진을 친 채였다. 정신 바짝 차려도 모자랐다.

"산모랑 아이 둘 다 건강할 거예요!"

"고맙다."

나는 활짝 웃었다. 입꼬리가 조금 떨렸지만 개의치 않았다.

'아, 맞다.'

그러고 보면 선물을 준비하려 했었다. 천이랑 실, 바늘과 솜은 이미 다 있는데도, 막상 바느질한 시간이 없었다.

'니나는 바느질 잘하던데……'

고아원에서 하도 시켜서인지 아이의 바느질 솜씨는 괜찮았다. 나는 굳은살이 박힌 니나의 손가락을 매만졌다. 바늘 자국으로 생긴 굳은살은 여기에 와서도 딱딱하기만 했다.

"이만 가 볼게요."

"그래. 잘 지내라."

나는 천천히 앞으로 나아갔다. 생각해 보면 병사들도 듣는 소문이 많았다. 이상한 말이 많이 붙은 니나에게 한결같다니, 참 좋은 이였다.

'내가 사람 보는 눈이 있어.'

정말 롤 모델로 삼을까.

나는 디오가 준 책을 앞치마에 주머니에 넣었다. 앞으로 나는 병동 연구실에 들락날락할 테고, 저 사람을 더 많이 보겠지.

'꼭 그게 아니더라도 선물을 하고 싶어.'

시녀의 주급은 꽤 넉넉한 편이어서, 직접 만드는 것보다 상점에서 사는 게 나을지도 몰랐다. 하지만 나는 저 친절함에 꼭 보답하고 싶었다.

"좋은 사람이 참 많아."

최고 권력자가 거식하지만, 그래도 살 만한 곳이야. 아무 이유 없이 선량한 사람도 분명히 있어.

나는 녹색 카펫을 밟으며 중얼거렸다.

"그러니까 힘내자."

어둡고 슬픈 생각 그만하자. 잘해 주는 사람한테 보답하고, 계획한 일을 꾸준히 하는 게 훨씬 나은 거 너도 알지? 생각해 보면 그렇게 절망의 구렁텅이는 아니잖아. 일단 형장의 이슬도 피했어.

'게다가 익숙해.'

상처받은 마음을 달래는 건, 나름대로 프로였다. 나는 친척하고 얽혀서 고생했을 때를 떠올리며 조금 웃었다.

'평온했으면 좋겠다.'

앞으로 이 아이의 삶에 큰일은 없으면 좋겠다. 나는 앞치마에 든 책을 꺼내서 조심스럽게 안았다. 디오가 준 책이 큰 희망처럼 느껴졌다.

'당장 가서 외워야지.'

비록 스승님은 눈물 흘리며 웃었지만, 노래에 맞춰서 하는 단순암기의 효과는 내가 직접 체험해 봐서 알았다.

나는 빠르게 복도를 가로 질렀다. 할 일이 너무나 많았다. 나는 숙소로 돌아가서 할 일을 손가락으로 꼽으며, 발걸음을 멈추지 않았다.

뜨거운 물은 여전히 기분 좋았다. 나는 작은 욕조 안에서 몸을 돌렸다. 작은 물장구가 흔들렸다가 사라졌다.

'그나저나 이 목욕도 언제까지 해야 할까.'

왕이랑 그렇고 그런 사이 아니란 건 사비나 님도 잘 알 텐데. 난 언제까지 세 시녀님의 과분한 시중을 받아야 하는 걸까.

매번 목욕물을 가지고 올라오는 것도 일일 텐데.

욕조 위로 발끝을 살짝 내밀었다. 차가운 공기가 꽤 기분 좋았다.

나는 나무 욕조 아래에 펴 놓은 책을 보며 중얼거렸다.

-미네트 나무 수액. 고통을 줄여줌.

입으로는 열심히 되뇌었지만, 머릿속까지 와닿지 않았다.

하는 수 없이 고개를 들었다. 목욕물을 가져다주는 세 시녀님이 보였다.

"뭐 필요한 거 있니?"

창가를 보던 시녀님이 물었다. 나는 부끄러워서 고개를 저었다. 그녀는 작게 웃으면서 다시 고개를 돌렸다.

참 새삼스러웠다. 어느 순간부터 사람이 지켜보는 데도 목욕하는 게 익숙해졌다.

'뻔뻔해진 걸까.'

처음에 그렇게 부끄러웠던 게 다 거짓말 같았다.

'세 분께서 각자 할 일하며 잘 쉬셔서 그런가.'

나는 내가 머무는 숙소를 둘러보았다. 혼자 쓰는 곳이지만, 지금은 꽤 복작복작했다.

한 분은 창가에, 두 분은 내 침대에.

처음에는 뻣뻣하게 서 있던 분들은 이제 내가 편해졌는지 행동이 자유로웠다. 나는 그게 참 좋았다.

그때 시녀 한 분이 침대에서 꺼내 놓은 천 조각을 만지며 물었다.

"이걸 이어서 쿠션을 만든다고?"

웃으면서 고개를 끄덕였다. 덕분에 머리에 붙어 있던 물방울이 목덜미를 타고 또르륵 내렸다.

"고아원에서는 흔한 거였어요. 이왕이면 동물 인형을 만들고 싶은데, 그러려면 시간이 오래 걸릴 거 같아서요."

죄송합니다. 롤 모델 님. 바빠서 이 정도밖에 안 되네요.

"솜씨 좋네."

"고아원에서는 그게 평범했어요."

천이 귀해서 자투리 천을 조각조각 이어 붙이는 건 거의 일상이었다.

'성당이어서 하얀 천이랑 붉은 천만 많긴 했지.'

그래서 색을 겹쳐서 스카프를 만들었다. 반응은 꽤 괜찮았다. 어떤 수녀님은 니나에게 빵이랑 사탕을 주면서, 하나 더 만들라고까지 했었다.

"동물도 만들 줄 알아?"

나는 어깨에 물을 끼얹으며 말했다.

"네. 높으신 분에게 선물해야 한다며 토끼나 늑대를 만든 적 있어요. 토끼는 귀 만들기가 좀 번거로웠지만 귀여워서 제일 비싼 값을 받았어요."

그때 니나가 작은 손으로 만든 인형들을 다 어디로 간 걸까.

'성당에서 뒤꽁무니로 냠냠했을 확률이 큰데…….'

신의 이름으로 부지런하라며 노동을 그렇게 많이 시켰는데, 왜 애들은 감자와 멀건 스프밖에 못 먹었던 걸까. 지금 생각하면 욕이 나왔다.

'성당 것들 진짜 너무하네.'

이곳의 교단은 아디비노란 신을 '주신'이라 부르며 섬겼다. 나름대로 훌륭한 신이긴 했다. 니나가 필사했던 성경에는 옳은 말과 좋은 말이 잔뜩 있었으니까.

교단은 겉으로는 청빈과 나눔을 중요시하긴 했다.

하지만 어떤 종교도 어렵고 힘든 이에게 하는 걸 보면 진실이 드러나는 법이다.

나는 고개를 저었다. 고아를 인신매매하는 걸 보면 타락해도 한참 타락했다. 우물 안 개구리 같았던 니나의 시선에도 그 종교는 꽝 중의 꽝이었다.

"솜씨가 좋았겠네."

"삯바느질이었어요. 전문적으로 배운 게 아니어서 막상 만든 걸 보면 웃으실 거예요. 얼마나 어설픈데요. 제가 처음 만든 토끼는 눈이 짝짝이였어요."

이런 건 못 쓴다며 수녀님께 엄청 혼났었다. 결국 니나는 벌로 일주일 동안 저녁을 걸러야 했다. 그렇게 만든 못 쓰게 된 토끼 인형은 제일 나이가 어린 아이가 가져갔다.

어린 니나는 그 인형에게 이름을 붙였다.

'비비안. 애칭은 비비.'

왜 비비안이고 애칭이 비비인지 모르지만, 니나는 만드는 토끼 인형마다 그 이름을 붙였다.

'그런 건 전염이 되나?'

그 인형의 주인인 어린아이도, 어설픈 토끼 인형을 비비라고 불렀다.

비비는 고아원 아이들에게 사랑을 받았다. 비록 눈은 짝짝이에 한쪽 팔이 너무 짧았지만, 아이들은 돌아가면서 비비를 안고 잤다.

"그거라도 하는 게 어디야~."

세 시녀님은 까르르 웃었다.

"난 바느질 싫어해. 자수는 더 싫어."

"나도. 차라리 쟁기를 지고 땅을 가는 게 나아."

나는 다시 책으로 시선을 돌리며 말했다.

"고아원에서 어쩔 수 없이 바느질했지만, 굳이 선택하라면 저도 땅 갈래요. 저도 그게 더 편해요."

시녀님들의 맑은 웃음소리가 들렸다.

그때, 한 시녀님이 물었다.

"아, 니나야. 우리가 소개해 준 화장수랑 미용 기름은 어떠니?"

나는 고개를 들었다. 침대에 앉아 있는 시녀님의 눈빛이 반짝반짝했다. 마치 사용 후기를 묻는 친구 같아서, 저절로 웃음이 나왔다.

"그거 없었으면 큰일날 뻔했어요. 요즘 좀 피부가 거칠었거든요. 정말 잘 쓰고 있어요."

"효과는 어때?"

나는 욕조에서 천천히 일어났다. 물줄기가 피부를 타고 내려왔다. 나는 재빨리 수건으로 온몸을 감싸며 대답했다.

"피부가 매끈매끈해졌어요. 성분이 뭘까요?"

손을 뻗어 오일병을 들었다. 노란 기름이 햇살에 반짝거렸다.

'생각해 보면 약초랑 미용이 그렇게 멀리 떨어져 있진 않은데……'

약초 성분에 대해 익히다 보면, 이쪽 계열도 어느 정도는 통달하게 되는 걸까.

'부업을 한다면 차라리 미용 분야가 낫겠어.'

이럴 줄 알았으면 이화윤일 때 천연비누 좀 만들어 볼걸. 수공예 같은 건 망치는 게 일이라서 얼씬도 안 했었지.

나는 이런저런 생각을 하며 기름을 덜어 피부에 발랐다. 촉촉한 물기를 타고 기분 좋은 향기가 온몸에서 맴돌았다.

그때, 창가를 보던 시녀님이 말했다.

"예쁘다."

하긴 창가에서 보는 카스텔리움성이 좀 예쁘긴 하지. 나는 고개를 끄덕였다.

"그러게."

"처음 볼 때부터 그렇게 생각했는데, 우리가 관리해 줘서 그런가. 정말 예쁘네."

대화가 좀 이상했다. 잘 이해가 가지 않았다. 바로 질문 하고 싶었지만, 속옷 차림이어서 지금 하기에는 좀 그랬다.

나는 젖은 머리를 매만지며 시녀복을 입었다. 물기가 닿지 않게 머리카락을 수건으로 꽁꽁 감싸며, 시녀님들을 향해 돌아섰다.

"뭐가 예뻐요?"

내 말에 그들은 입을 가리고 웃었다.

"니나야."

침대에 앉으신 분은 계속 미소 지으며 말했다.

"그 순진함, 제발 변하지 말아 줘라."

"맞아. 진짜 귀여워."

내가 고개를 갸웃거리자, 그들은 한 번 더 웃었다. 도대체 뭐가 웃기냐고 물어보려고 할 때였다.

묵직한 문을 두들기는 소리가 들렸다. 시녀님들은 각자의 자리에서 일어나서 흐트러진 옷자락을 정리했다.

그들이 다 끝났다고 손짓할 때 나는 문을 열었다.

"니나 케이지?"

"예? 예."

처음 뵙는 낯선 시녀는 다짜고짜 편지를 내밀었다.

"아모르 상회에서 왔어. 이만 갈게."

나는 고개를 끄덕였다. 묘하게 인상이 흐릿한 시녀님이었다. 그녀는 빠르게 돌아섰다.

'이상하다?'

분명히 처음 보는 시녀인데, 이상하게 익숙했다. 식당에서라도 한번 마주쳤었나? 그러고 보니 목소리도 어디에서 들어 본 거 같아.

"수고하세요!"

등뒤에다 인사하니, 손짓을 한 번 하고 사라졌다. 나는 고개를 갸웃거리며 편지를 수상하게 바라보았다.

'니나에게 편지를 줄 사람이 있나?'

편지는 이미 누가 본 모양인지 촛농이 벗겨진 채였다.

"아, 깜짝이야. 다행이다. 에리카 님이 아니구나."

"뭐야? 편지야?"

그들은 다시 각자의 자리로 돌아갔다. 나는 고개를 끄덕이며 세 시녀님에게 촛농이 이미 떨어진 편지를 보여 주었다.

"이거 원래 이래요?"

내 물음에, 그들은 고개를 끄덕였다.

"성이잖아. 집에서 오는 편지도 종종 그래."

"신경 쓰지 마."

"나도 종종 그랬어."

어디에서 온 걸까. 나는 주소를 읽다가 나도 모르게 소리를 질렀다.

"으악!"

읽자마자 손가락에 힘이 풀렸다. 제법 도톰한 편지는 시녀복 치마에 닿았다가 바닥으로 떨어졌다.

"까, 깜짝이야."

나는 심장을 부여잡고 한걸음 물러섰다.

"왜, 왜 그래?"

내가 걱정되는지 창가에 서 있던 시녀님이 내 옆으로 다가왔다. 나는 어색하게 웃으면서 살짝 뺨을 긁었다.

"고아원에서 온 편지예요."

"그래? 그런데 왜 그렇게 놀래?"

친절하신 시녀님은 편지를 주워 주려고 허리를 굽혔다. 나는 시녀님의 허리를 붙잡고 고개를 저었다.

"만지지 마세요!"

"읽어는 봐야지. 안 궁금해?"

"전혀 안 궁금해요. 시녀님 저거 절대 줍지 마세요. 불길해요! 닿은 순간 석 달은 재수가 없을 거예요."

세 시녀님은 자기들끼리 눈빛을 교환했다. 어리둥절한 표정이었다.

"그래 봤자 편지잖아."

"고향이 소리 지를 정도로 싫어?"

나는 편지를 노려보며 고개를 끄덕였다.

"고향도 고향이지만 성당이 싫어요."

"그, 그래? 이베리아로 와서 다행이네."

"네. 그건 정말 다행이에요."

아무리 생각해도 그 고아원에서 팔려 가느니, 여기서 죽을 둥 살 둥 구르는 게 나았다.

'진짜, 그게 종교냐?'

원장 수녀가 높으신 분들에게 니나를 소개했을 때가 아직도 생생했다. 늙은 수녀는 배 나온 개새끼들에 어린 니나는 노예 팔듯이 홍보했었다. 니나야 그저 무서웠겠지만, 그 기억의 진실을 아는 나는 쌍욕을 해도 시원치 않았다.

"왜 편지를 보냈을까요. 할 말도 없을 텐데."

니나의 머리카락을 판 돈까지 꿀꺽한 새끼들이었다. 설마 고아원 재정이 어렵다고 돈 좀 보내라는 걸까.

'끔찍하다. 진짜.'

내 감이 알려 줬다. 저 편지는 불길했다.

"그래도 읽어는 봐야 하지 않아?"

"맞아. 진짜 이상한 거라면 너에게 전해지지도 않을 거야."

나는 고개를 저었다. 웬만하면 태우고, 아예 안 읽고 싶었다.

'아까, 그 시녀 얼굴 좀 자세히 봐 둘걸.'

묘하게 익숙한데 잘 기억이 나지 않았다.

'보통 편지는 이렇게 전해 주나?'

수상하기 짝이 없었다. 나는 심호흡을 하며 놀란 마음을 가라앉혔다. 이럴 때 일수록 침착해야 했다.

나는 천천히 내가 해야 할 일을 손으로 꼽았다. 다행히 여기에는 일 처리에 관해 물어볼 수 있는 경험 많은 시녀님이 세 분이나 계셨다.

"저, 보통 편지는 이렇게 주나요?"

그들은 천천히 고개를 끄덕였다.

"전담하는 시녀가 따로 있어."

"식당에서 주기도 해."

괜히 멀쩡한 시녀님을 의심한 셈이었다. 나는 속으로 반성하며, 천천히 바닥에 쪼그려 앉았다.

눈을 가늘게 뜨고 편지를 살펴보았다. 모서리가 조금 헤진, 너무나도 평범한 편지봉투였다. 그냥 니나의 기억 속에도 이런 게 참 많았다. 아이는 가끔 이런 편지를 수녀님께 건네주기도 했다.

벗겨진 인장이 유난히 눈에 띄었다. 나는 작게 한숨을 내쉬었다.

'그래도 꺼진 불도 다시 보고, 돌다리도 두들겨 봐야겠지?'

니나는 아직도 첩자 의심을 받고 있었다. 여기는 나름대로 체계가 제대로 잡힌 이베리아였다. 그런 아이에게 확인도 안 한 편지를 줄 리는 없었다. 하지만 나는 조금이라도 스파이 혐의를 벗고 싶었다.

'아이답게 좀 멍청해 보여도 좋아. 조금이라도 의심을 누그러트리고 싶어.'

나는 손수건으로 조심스럽게 편지를 감쌌다. 고아원에서 온 편지라서 그런가, 만지고 싶지도 않았다.

'이미 만졌지만……'

나는 편지를 탁자에 놓고, 욕조 물에 손을 씻었다. 진짜 불길하기 짝이 없었다.

'스승님에게 장갑 좀 빌릴까.'

항상 장갑을 끼시는 분이라 버리는 것도 많겠지? 제자니까 못 쓰는 거 하나 달라고 하면 줄 거 같기도 해.

"편지 안 읽어 볼 거야?"

"언젠가 읽을 거지만 지금은 아니에요."

그들은 고개를 끄덕였다. 나는 어색하게 웃었다. 별일 없을지도 모르지만, 감이 좋지 않았다. 이럴 때는 조심, 또 조심하는 게 좋았다.

'정말 감이 안 좋을 때는 막을 수도 없지만…….'

도대체 이 편지는 언제 확인하면 좋을까. 신원이 확실하고 신분이 높으며, 의심받지 않는 분 앞에서 편지를 읽으면, 좀 나을까.

그러고 보면 딱 적당한 사람이 있었다. 왕의 신뢰도 받고, 박학다식하시며, 신분도 높은 분이었다.

'베아토밖에 없나?'

깊은 한숨이 저절로 나왔다. 동선이 안 맞아서 최근에는 못 봤지만, 다시 책을 읽으러 나온다는 얘기는 들었다.

'메어리 님이랑 주근깨가 계속 싸우는 데도 대기실로 오시다니…….'

어떤 면에서 그 남자도 참 대단해. 교수님들은 다 그러신가.

나는 손수건으로 꽁꽁 싸맨 편지를 앞치마에 넣었다.

'대기실로 가자.'

거기서 같이 확인해 달라고 하자. 베아토는 니나가 자신의 친척을 닮아서인지 퍽 친절했다.

이 사람이면 괜찮을 거야.

나는 스승님이 준 책을 옆구리에 끼었다.

"저, 이만 나가 봐야 할 거 같아요."

내 말에 세 시녀님은 자리에서 일어나, 목욕통과 수건을 챙겼다.

"우리도 이만 갈게."

"더 쉬세요."

"주인도 없는 방에서 어떻게 그래."

세 시녀님은 무거운 나무 욕조를 들면서 웃었다.

"우리도 이만 가 봐야 해."

나는 그들이 물이 든 욕조를 나무 수레에 싣는 걸 도왔다. 욕조는 제법 무거웠지만, 이미 익숙해진 일이기도 했다.

"죄송해요, 무겁네요."

"위에서 시킨 일인데, 뭐. 우리 이만 갈게."

그들은 마지막으로 젖은 머리를 꽁꽁 묶었던 수건을 가져갔다. 순간 아차 싶었다. 편지에 정신이 팔려서 이 꼴로 대기실에 갈 뻔했다.

"가, 감사합니다."

내 인사에 세 시녀님은 까르륵 웃으며 앞으로 걸어갔다. 나는 젖은 머리를 뒤로 넘기며 한숨을 내쉬었다.

'아, 그러고 보니……'

나는 니나의 머리카락을 한 꼬집 잡고 쭉 늘렸다. 처참하게 짧았던 니나의 머리는 이미 단발 정도로 꽤 길어졌다.

"자른 머리카락이 길어지니, 고아원이 지랄이네."

무슨 말이 쓰여 있을지 좀 궁금하긴 했다. 나는 천천히 복도를 걸어갔다. 베아토를 빨리 만나고 싶었다.

17

고아원에서 온 편지

대기실에 들렀지만, 베아토는 없었다. 오늘은 안 왔다는 메
어리 님 말에, 나는 한숨을 내쉬었다. 앞치마에 넣은 편지가 유
난스럽게 신경 쓰였다.

'타이밍이 안 맞네.'

베아토. 왜 오늘은 안 온 건가요.

주위를 둘러보다가 주근깨와 눈이 마주쳤다. 그 아이는 여
전히 나를 흘겨보고 있었다. 그리고 그걸 본 메어리 님은 어김
없이 샬롯의 볼을 세게 내리쳤다.

짝-

꽤 아픈 소리여서, 뭔지 알아도 화들짝 놀랐다. 메어리 님은
그런 나에게 미안하다고 몇 번이나 사과했다.

'분위기 진짜 살벌하다.'

베아토가 안 올 만했다. 나는 어색하게 웃으면서 대기실을
나왔다.

'무섭다.'

바늘방석이 따로 없었다. 두꺼운 문을 조심스럽게 닫았지만, 곧 메어리 님의 고함이 틈 사이로 새 나왔다.

대기실을 지키는 병사는 또 시작이라며 고개를 저었다. 왠지 내가 다 송구스러웠다.

'무른 짓 절대 다시 하지 말자.'

또 하면 내가 성을 간다.

'아, 그러고 보니 성은 좀 갈고 싶다.'

니나 케이지란 이름이 찝찝했다. 니나란 이름 자체야 별생각 없지만 '케이지'란 게 마음에 걸렸다. 고아원 이름을 딴 성이라니, 불길했다.

'성은 어떻게 바꾸지?'

나는 천천히 복도를 걸어갔다.

초록색 카펫이 끝나고, 붉은 카펫이 눈에 들어왔다.

붉은 카펫을 보자 빨개진 주근깨의 볼이 머릿속에서 어른거렸다.

한숨이 저절로 나왔다. 그 애는 왜 이렇게 쓸데없는 짓을 하는 걸까. 이쯤 되면 포기할 때도 됐는데 말이다.

'뭐가 그렇게 질투 나고 부러운데?'

개는 도대체 왜 그러는 걸까. 메어리 님은 주근깨가 성녀님을 많이 좋아해서라는데 진짜일까?

'하지만 세라피는 니나를 많이 좋아하잖아.'

나한테 날 세우는 것보다 친하게 지내면서 성녀한테 점수

따는 게 더 낫지 않니?

'뭐, 질투라는 게 머릿속을 마비시키긴 하지.'

질투가 사랑보다 강한 때가 많긴 해. 하지만 이모 가슴에 대못을 박으면서까지 밀고 나가는 건 어리석잖아.

'주근깨야. 제발 있을 때 잘해라.'

나처럼 살아계실 때 아무것도 못 했다고 평생 후회하지 말고.

붉은 카펫 위를 걸어갈 때였다. 앞에서 사람들의 인영이 보였다. 나는 벽 한쪽으로 물러서서 고개를 숙였다.

고개를 들어서 확인하지 않아도 알았다.

'그 사람이네.'

절세미남인 친애하는 왕님.

이베리아에서 제일 강한 사람이어서 그런 걸까. 왕이 성안을 돌아다닐 때 같이 다니는 인원은 두세 명밖에 없었다.

'큰 행사 있을 때는 다른가?'

주로 호위기사 한 분과 사비나 님이 그의 옆에 있었다.

나는 침을 꼴깍 삼켰다. 일부러 쓸데없는 생각을 잔뜩 했지만, 기분은 나아지지 않았다.

'애써 끌어올렸는데 속수무책으로 가라앉는다.'

보고 싶지 않았다. 목소리도 듣기 싫었다. 그럴 수 없다는 것은 알지만, 당분간이라도 좋았다.

조금이라도 만나지 않았으면 좋았을 텐데. 이 성은 넓지만, 가끔 너무나 좁게 느껴졌다.

나는 디오가 준 책을 꽉 껴안으며 그가 어서 나아가길 기다렸다.

하지만 나쁜 예감은 꼭 맞는 법이었다. 벽 한구석에서 얌전히 고개를 숙였지만, 곧 긴 검은 머리카락이 눈앞으로 다가왔다.

"눈이 부었군."

커다란 손이 뺨을 감쌌다. 나는 쓰게 웃으면서 그를 바라보았다. 여전히 무서울 정도로 잘생긴 남자였다.

하고 싶은 말은 참 많았다.

왜 이 아이를 이용했어요? 중독이란 거 거짓말이죠?

하지만 어떤 말도 할 수 없었다.

'힘이란 게 이런 거구나.'

이 사람은 왕이었고, 나는 작은 시녀였다. 애초에 구르라고 구르는 시늉을 해야 하는 관계였다.

마음 한 조각도 통할 수 없는 사이가 이런 거겠지.

'어젯밤 괜히 울었다.'

괜히 우느라 기운만 빼 버렸다. 왜 울었지. 이 사람한테 뭘 기대해. 원작을 떠나서도 왕은 버거운 사람이잖아.

'조금 잘해 줘서 속았다고 치자.'

아이에게 친절해서 좀 혹한 거야. 미남이 잘해 주면 기분이 좋잖아. 그래. 그래서 그런 거야. 자책은 조금만 하고 기운 내자. 이화윤.

"자기 전에 짠 걸 많이 먹었어요."

어색한 변명이었지만, 왕은 조금 웃었다.

"눈가만 부었다. 토끼야."

그냥 넘어가면 안 되나요. 그걸 왜 또 꼬치꼬치 캐고 그래.

"누가 짐의 토끼를 울렸는지 궁금하군."

당신이요. 당신입니다. 당신이네요. 친애하는 폐하께서 바로, 범인이십니다.

'일부러 저러는 거야, 아니면 진짜 모르는 거야.'

나는 주먹을 꽉 쥐었다. 어느 쪽이든 다 재수 없었다.

'내 알 바 아니지 뭐.'

이제는 니나를 위해서라도 잘 먹고 잘사는 것만 생각해야 했다. 나는 디오가 준 책을 꽉 껴안았다. 이 책이 내 생명줄 같이 느껴졌다.

그때, 앞치마에 넣어 두었던 편지가 바스락거렸다. 책을 꽉 껴안아서 눌린 듯했다.

'아, 편지가 있었지.'

나는 서둘러 책을 내리고 앞치마 속에 넣은 편지를 확인했다. 좀 구겨졌지만 찢어진 거 같지는 않았다.

"토끼."

"예. 폐하."

"묘하게 짐에게 집중하지 않는군."

나는 환하게 웃었다. 폐하 아시나요. 이건 서비스업의 미소입니다.

진짜, 울지 못해서 웃었다.

걱정하지 마세요. 오늘부터는 묘한 게 아니라 대놓고 집중 안 하려고요. 폐하께 신경 쓰다가는 제 여린 신경줄이 갈리다가

가루가 될 거 같아요.

'그래도 너무 대놓고 무시하면 안 되겠지?'

절대 권력을 가진 사람한테 드러내 놓고 튕기면, 형장의 이슬이 되는 날이 성큼성큼 다가올 것이다. 죽을 위기를 몇 번이나 겪고 힘들게 벗어났는데, 괜히 다시 갈 필요는 없었다.

"편지가 신경 쓰여서요."

제법 그럴듯한 변명이었다. 왕은 내 뺨을 계속 매만지며 물었다.

"쓸데없는 것에 신경 쓰는군."

손길은 여전히 부드러웠다. 피할 수 없으면 즐겨야 하는데, 어째 마음이 영 동하지 않았다. 나는 어색하게 웃으면서 그의 시선을 피했다.

"고아원에서 온 편지라서 그런가 봐요."

앞치마에서 손수건으로 묶어놓은 편지를 꺼냈다. 그는 아무렇지도 않게 물었다.

"왜 천으로 감싼 거지? 그만큼 중요한가?"

왕의 말에 깜짝 놀랐다. 이 양반이 큰일날 소리하시네!

"아니요! 반대예요! 만지기 싫어서요!"

왕의 눈이 가늘어졌다. 뭔가 흥미 있는 벌어질 때, 저 사람은 이런 표정을 지었다.

아, 망했다.

'관심 없으면 좋겠다.'

내가 왜 그런 핑계를 댄 걸까. 하여간 튀어나온 주둥이가 문제였다. 그냥 가만히 있을걸. 그러면 평소처럼 볼따구나나 좀 만지다 다시 갈 길 갈 텐데.

"토끼는 정말 성당을 싫어하는군."

"네. 소름이 돋을 정도로 싫어요."

"편지에 뭐라고 쓰였길래 이렇게 신경 쓰는 거지?"

나는 고개를 저었다. 감이 좋지 않아서 만지는 것도 싫었다.

"아예 보지도 않았어요."

이왕 이렇게 된 김에, 내 결백이나 증명해야지. 저는 성당이 매우 싫습니다, 폐하.

"느낌이 안 좋아요. 조금 무섭기도 해요."

이 편지가 판도라의 상자처럼 느껴졌다. 보는 순간 온갖 나쁜 것들이 튀어나올 거 같았다.

왕은 긴 머리를 뒤로 넘겼다. 그 모습이 참 우아해서, 나는 시선을 피했다.

이상한 침묵이 내려앉았다. 고개를 돌리지 않았지만, 그는 나를 보고 있었다.

"토끼가 평소와는 좀 다르군."

나는 침을 꼴깍 삼켰다. 적당히 티를 내고 싶은데, 마음이 무거워서인지 영 따라 주지 않았다.

'억지로 웃는 거 생각보다 힘들구나.'

역시, 서비스업은 아무나 하는 게 아니야.

그러고 보면 원작 피하려고 별짓을 다 했는데, 마음은 가는 대로 솔직하게 살았구나.

이런 고생은 몰랐어. 운이 좋았구나, 나.

"토끼."

불러서 대답할 수밖에 없었다.

"예. 폐하."

"짐이 보는 앞에서 편지를 펴 봐라."

놀라서 고개를 들었다가 깜짝 놀랐다. 다른 곳을 보고 있어서 이제야 알았다. 왕의 얼굴이 퍽 가까이 있었다. 그의 예쁜 붉은 눈동자에 내 모습이 보일 정도였다.

"짐이 옆에 있으면 괜찮을 것이다."

이번에는 쓴웃음이 나왔다.

오늘따라 서비스가 후하시네요. 예전 같으면 당황했겠지만, 지금은 아닙니다. 폐하.

'정말 피할 수 없으면 즐겨야 하나?'

이 사람은 내가 아는 사람 중에서 제일 수려한 사람이었다. 어쩌면 세상에서 제일 잘생긴 남자일지도 몰랐다.

"책임져 주실 건가요?"

슬쩍 운을 떼니, 그가 싱긋 웃었다. 꽤 재미있는 것을 본 표정이었다.

"이미 너는 짐의 토끼다."

참으로 성은이 망극했다. 나는 앞치마에서 편지를 꺼냈다. 꽁꽁 묶어 둔 손수건을 푸니 이미 인장이 벗겨진 편지가 드러났다.

여전히 만지기도 싫었다. 얼굴이 일그러지는 걸 참을 수 없었다.

'생각해 보면 베아토보다 이 사람이 더 적당하긴 하다.'

절대 권력은 이럴 때 쓰라고 있는 거구나.

막 편지를 피려고 할 때였다. 나는 갑자기 고개를 들어 그를 바라보았다. 수려한 이목구비에, 환한 햇살이 닿았다가 사라졌다.

"저, 폐하. 다른 이가 좋지 않을까요?"

"그게 무슨 소리지?"

그는 내 뺨을 매만지며 물었다.

"폐하. 저는 최악의 상황을 가정하는 게 익숙해요. 여기 와서 생긴 습관이지만요."

그래도 유비무환이라고 이런저런 생각을 많이 합니다. 폐하. 워낙 상황이 널을 뛰어서 소용없었지만요.

작게 한숨이 나왔다. 다시 생각해 보니까 눈앞에 이 사람은 적당한 이가 아니었다.

"만약 이 편지에 이상한 내용이 적혀 있다고 치면요."

"그렇다고 뭐가 달라지지?"

아, 정말 급하시네.

"제 말을 잘 들어 보세요. 뭔진 모르지만 막 이베리아를 배신하고 폐하에게 독이라도 먹이라는 말이 적혀 있다고 쳐 봐요. 폐하께서는 그 편지가 별거 아니라고 생각하실지도 모르지만, 나라의 안정을 위하는 분들에게 저는 굉장히 수상하지 않을까요?"

왕은 피식 웃었다.

"폐하께서 저를 책임진다고 넘어가려고 해도, 그 사람들은 폐하께서 간자를 감싸 준다고 뭐라고 할 거예요! 게다가 편지에 이상한 게 튀어나와서 폐하께서 다치실 수도 있잖아요! 그렇게 되면 전 정말 큰일나요!"

그는 아무 말도 하지 않았다. 그저 내 볼을 계속 매만질 뿐이었다.

"정말 토끼는……."

낮은 목소리가 귓가에 속삭였다.

"몹시 사랑스럽군."

참 이상한 결론이었다. 왜 그런 결과가 나와?

내가 미간을 찌푸리자, 왕은 웃으면서 내 이마를 꾹꾹 눌렀다.

뭐하세요, 친애하는 폐하?

"폐하, 저는 진지합니다."

"짐의 토끼는 쓸데없는 걱정이 참 많군."

이마가 더 일그러졌다. 이쪽은 생각에 생각을 거듭해서 최대한 안전한 길로 가려고 발버둥치는데, 왕은 그런 내 모습을 느긋하게 감상했다.

'하긴 이게 내 일이지 폐하 일이겠습니까.'

애완동물이 진지하면 나름 재미있긴 하겠지. 나는 한숨을 폭 내쉬었다.

그때 왕은 뒤에 서 있는 시녀장을 불렀다.

"사비나."

"예, 폐하."

갈색 머리를 꼼꼼하게 넘긴 언니가 가까이 다가왔다. 나는 저절로 웃음이 나왔다. 어제 헤어졌는데 이상하게 반가웠다.

"토끼와 편지를 확인해라."

참 알 수 없는 명령이었다. 사비나 언니랑 확인하면 뭐가 달라지나?

"짐이 신뢰하는 신하에게 내린 명령이다. 그 편지가 수상한지 아닌지는 사비나 네가 판단해라."

그녀는 고개를 숙였다가 들었다. 나는 그제야 왕의 명령이 무슨 뜻인지 이해했다.

'한 다리 건너서 듣겠다 이거네.'

확실히 사비나 님을 내세우면, 간자를 봐준다는 말은 어느 정도 들어가긴 할 것이다. 게다가 그가 다칠 확률도 낮아진다.

'머리도 좋아.'

능력이 좋은 사람이라서 그런가. 방법도 바로 나왔다.

명령을 받은 사비나 님이 천천히 다가왔다. 나는 조심스럽게 그녀를 바라보았다. 귀찮은 일을 만든 거 같아서 괜히 죄송했다. 하지만 사비나 님을 나를 보자마자 싱긋 웃었다.

"어젯밤 잘 잤니, 니나?"

웃으면서 고개를 끄덕였다. 왕이 어제 무슨 말을 했는지, 이 언니는 다 아는 걸까. 이상하게 뭉클했다. 여기서는 말할 수 없지만, 전우애가 싹트면 이런 기분일 거 같아.

저는 고생이 참 많아요. 언니도 고생이 많으신가요?

이런 내 마음을 아는지 모르는지 사비나 님은 내 앞으로 성큼성큼 다가왔다. 나는 조심스럽게 촛농 인장이 벗겨진 편지를 꺼냈다.

-니나에게.

이베리아 생활은 괜찮니? 나는 네가 어디 다쳐서 피라도 흘리고 있는지 걱정되는구나. 너는 원래 잘 넘어지잖니. 네 몸 어디에라도 피가 흐르면 나는 매우 슬플 거 같구나.

사랑하는 니나야.

나는 네가 성심이 타락하지 않았는지 피눈물을 흘리며 걱정한단다. 부디 네 어미 유품에 이마를 대고 기도를 하는 걸 잊지 않길 빈다. 저주받은 이베리아 사람들과 지낸다고 해서 성심을 잊으면 안 된단다. 신은 모든 것을 보고 계신다. 신은 네가 기도를 잊으면 네 몸은 갈가리 찢어서 피를 흘리는 벌을 내리실 거야.

제발 어디 다쳐서 피를 흘리지 말려무나. 나는 항상 피눈물을 흘리며 걱정하고 있단다.

이게 다였다.

얼굴이 저절로 일그러졌다. 그 편지를 같이 읽은 사비나 님도 마찬가지였다.

편지 자체는 안부라고 할 수 있는데, 거의 협박처럼 느껴졌다. 나는 고개를 갸웃거리며 물었다.

"이거 저주일까요?"

"그러게. 이게 저주가 아니면 뭐지?"

찜찜하기 그지없었다. 행운의 편지 오백 장을 받으면 이런 기분일까.

"피가 왜 이렇게 많이 나올까요. 다치라는 건지 다치지 말라는 건지 모르겠어요."

"무슨 피눈물을 이렇게 자주 흘리는지 모르겠구나."

"그러게요. 언제 내 걱정을 했다고 피눈물을 흘려."

굉장히 찜찜한 편지였다. 재수 없기 그지없었다.

"도대체 이 편지를 왜 보낸 걸까요?"

내 물음에 사비나 님은 팔짱을 끼고 생각에 잠겼다. 나는 조심스럽게 편지를 다시 봉투에 넣었다.

"태우고 싶어요. 찜찜해요."

"그렇구나. 하지만 이건……."

등뒤에서 낮은 목소리가 들렸다.

"조사가 필요하군."

아, 친애하는 폐하를 잊고 있었다. 사비나 언니는 고개를 끄덕였고, 나는 그런 둘을 멀뚱멀뚱 바라보면서 물었다.

"정말 저주일까요?"

도대체 성당 것들은 니나가 뭘 했다고 이러는 걸까. 아무리 생각해도 그 작은 아이는 착취당한 것밖에 없었다.

'불길하다.'

분명히 뭔가가 더 있었다.

내가 심각한 표정을 짓자, 사비나 언니는 안심하라는 듯 검지로 내 뺨을 톡톡 쳤다. 감촉이 부드러워서 조금 웃음이 나왔다.

"수상하긴 하구나. 조사는 필요하지만, 너무 걱정하지 마렴."

"감사합니다."

"편지는 언제 받았니?"

"오후에 받았어요. 인장도 이미 벗겨져 있었어요."

사비나 언니는 성에 들어오는 모든 편지는 사전에 미리 본다고 말했다. 그거야 세 시녀님께 물어봐서 이미 아는 것이었다.

'하긴 여긴 성이니까.'

왕도 있고 성녀도 있는데 그래야 안전하겠지. 사생활 보호를 바라는 건 너무 큰 바람이었다.

그때 낮은 목소리가 복도에 울려 퍼졌다.

"사비나, 편지를 가져와 봐라."

"예. 폐하."

시녀장님은 내가 조심스럽게 넣은 편지를 다시 빼서 폐하에게 꺼냈다. 왕은 편지를 읽지 않았다. 그저 편지의 모서리를 쓸어내릴 뿐이었다.

그때였다. 나는 내가 본 것을 믿을 수 없었다.

편지지 가장자리가 순식간에 타서 재가 되었다. 까맣게 탄 모서리가 바닥으로 떨어지는 걸 보며, 나는 입을 막았다. 이상한 신음이 튀어나올 거 같았다.

폐하. 이런 능력 있으셨어요? 무슨 성력 감지 센서이신가요? 놀랐잖아요! 제발 부탁인데요. 예고 좀 하시고 일 벌이세요!

"뭔가 있군."

사비나 님은 한숨을 쉬었다.

"성(聖)적인 회로라도 있는 걸까요?"

"강한 것이면 내 마력과 부딪쳐서 바로 재가 되었겠지. 이건 아주 약한 종류야."

왕은 내 편지를 한번 보더니 물었다.

"토끼."

"예, 예. 폐하."

"이 편지를 준 이가 누구지?"

나는 이 편지를 건네준 시녀를 떠올렸다. 참 희한하게도 어떻게 생겼는지 잘 떠오르지 않았다.

"기억이 잘 나지 않아요. 묘하게 인상이 흐릿했어요. 하지만 조금 익숙하기도 했어요."

왕의 눈을 가늘게 떴다. 나는 순순히 인정했다.

'지뢰 밟았다.'

발끝에 폭탄이 있었다. 살얼음판 위에서 나는 숨겨진 지뢰를 밟았다.

폭탄은 금방 터지겠지.

역시 감이 맞았어. 이 편지, 뭔가 있는 거야.

'만약 편지를 바로 버렸더라면 좀 나아졌을까?'

그건 아니란 생각이 들었다. 어디로 가든 이 지뢰는 분명히 터졌을 것이다.

"성안이 뚫렸군."

왕의 눈이 날카로워졌다.

사비나 님은 재빨리 고개를 숙였다.

"교단 짓이군요."

"성녀를 지켜라."

호위 기사는 고개를 숙이고 어딘가로 달려갔다. 나는 입을 막고 한숨을 내쉬었다. 온몸이 사시나무처럼 떨렸다.

'어쩌지?'

나는 디오가 준 책을 꽉 껴안았다. 스승님께 도움을 요청할까? 하지만 제자가 된 건 몇 시간 전이었다.

미치겠다. 어떡하지. 아무리 둘러봐도 도와줄 사람이 없었다.

'아, 딱 한 사람 있구나.'

나는 짧은 머리를 한 서글서글한 남자를 떠올렸다. 하지만 곧 고개를 저었다. 그 사람은 기사였고, 왕의 가신이었다. 그리고 한 집안의 가주였다.

'죽으려면 혼자 죽자.'

괜히 쓸데없는 사람 끌어들이지 말자.

팔자 한번 심하게 요동치네. 죽을 고비 잘 넘겼는데, 여기까지가 끝인 걸까.

왕은 내 어깨를 잡았다. 아직 떨림이 멈추지 않았다.

"토끼."

"예. 폐하."

"짐에게 부탁해라."

뭘? 어떻게? 왜?

나는 입가를 막았던 손을 내리고, 심호흡했다. 그리고 고개를 들었다. 그 사람은 나를 내려다보고 있었다.

'결백하다고 울까?'

아이답게 그럴까?

온몸에 떨림이 멈추지 않았다. 나는 내 손목을 꽉 잡았다. 아직도 너무나 가느다란 아이였다.

'자라게 하고 싶어.'

맛있는 거 많이 먹고, 웃게 해 주고 싶어. 죽기에는 너무 어리잖아.

어떻게 할까. 내가 어떻게 하면 니나가 살 수 있을까.

"살려 달라고 하면……."

나는 희미하게 웃었다.

"살려 주실 건가요?"

이 사람에게 니나는 아직은 이용 가치가 있는 걸까. 하긴 성녀 방패막이 역할을 할 존재는 좀 드물긴 했다. 하지만 첩자 의혹이 더해지면, 다른 쪽으로 기울 것 같기도 했다.

"뭐든 좋으니까 짐에게 간청해 봐라."

정말 어려운 남자였다. 진짜 울면서 무릎 꿇고 옷자락이라도 붙들기를 바라는 걸까.

'못 할 것도 없긴 한데…….'

가뜩이나 막막한 상황이었다. 연기하지 않아도, 그 정도는 충분히 할 수 있었다.

하지만 왜일까.

'이 남자가 그걸 바랄 거 같지 않아.'

나는 왕을 바라보았다. 무섭도록 잘생긴 남자의 살짝 내리깐 눈은, 영상으로 남기고 싶을 만큼 아름다웠다.

하지만 내가 봐야 할 것은 그의 미모가 아니었다.

'잘생겨서 표정을 읽기 힘들어.'

이 사람의 감정을 봐야 했다. 하지만 그는 왕이었고, 통찰력이 뛰어난 사람이었다. 이런 걸 신경 쓰지 않았던 내가 감정의 조각 하나라도 읽으면 다행이었다. 나는 필사적으로 그의 눈을 바라보았다.

작게 숨을 내쉬었다. 상황이 너무나 아슬아슬했다.

"제가 말하지 않아도……."

붉은 눈동자에 내 모습이 비쳤다.

"아시죠?"

내 말이 재미있는지, 그의 입가에 걸린 웃음이 짙어졌다.

'도망가고 싶다.'

요리책을 보는 맹수 앞에서 잘 조리될 사냥감이 된 기분이었다.

지금이라도 엉엉 울면서 죄가 없다고 빌까?

"침착하군."

나는 고개를 저었다. 속은 아주 넝마랍니다. 당신은 내가 침착해 보이나요. 저는 아니에요.

"토끼는 큰일이 생기면, 한 걸음 물러서더군."

그는 아무렇지도 않게 내 뺨을 쓸었다.

"어른스러운 건지, 원래 성격이 이런 건지 모르겠군."

쓴웃음이 저절로 나왔다. 서른 살의 이화윤이 열심히 노력했지만, 결국 상황은 이렇게 되어 버렸다.

"무슨 생각을 하는 거지?"

손길은 부드러웠다. 하지만 떨림이 멈추지 않았다.

"아무도 없다는 생각을 해요."

붉은 눈동자에 깃든 감정이 변했다. 나는 작게 속삭였다.

"전 정말 혼자네요."

이런 상황에 적당한 말이 아니었다. 이 사람은 솔직한 것을 좋아하지만 이런 한탄을 듣고 싶어진 않을 것 같았다.

이판사판이어서 그런가. 나는 고개를 푹 숙였다.

당신은 성녀를 지키기 위해서 나를 이용했다. 니나는 주근깨처럼 지켜 줄 가족이 없었다.

이곳에서 친해진 사람은 있지만, 매달리면 그 사람 인생이 망가지겠지.

"너는 짐의 토끼다."

나는 내 볼을 쓰다듬는 그의 옷자락을 잡았다.

"저번에도 말씀드렸지만, 폐하."

고개를 들어서 왕을 바라보았다.

"니나 케이지이기도 합니다."

왕의 눈빛이 변했다. 순간 소름이 끼쳤다. 이 사람은 감정을 읽기가 힘들었다. 이것이 나쁜 쪽인지 좋은 쪽인지 알 수 없었다.

그때, 그가 웃었다.

순간 넋이 나갈 정도로 환한 웃음이었다. 미인의 미소는 너무나 아름다웠지만, 조금 이상했다.

'왜 웃지?'

평소와는 좀 다른 미소였다. 도무지 이유를 알 수 없었다.

무슨 말을 해야 할지 몰라서 입술을 달싹일 때였다. 어디선가 인기척이 들렸다. 그쪽으로 고개를 돌리니, 사비나 님이 두 발자국 뒤로 물러섰다.

도무지 영문을 알 수 없었다.

그때 그가 말했다.

"토끼는 영리하지만, 기억력이 별로인 것 같군."

나는 눈을 깜박였다. 저거 바보라는 뜻인가?

"짐이 너를 책임진다고 했다."

긴 손가락이 내 볼을 톡톡 쳤다.

"예전에 말했는데 다 잊었나 보군."

나는 쓰게 웃으면서 옛 기억을 떠올렸다. 그래. 그러고 보면 비슷한 말을 하긴 했다.

'그걸 어떻게 믿어.'

애 꼬시느라 하는 말 아니었어? 고개를 갸웃거리자, 그는 눈을 가늘게 뜨고 내 코를 살짝 쳤다.

"정말 짐을 믿지 않는군."

순간, 속마음을 들킨 거 같아서 어깨가 움찔거렸다. 그러다가 깨달았다.

'몸이 안 떨려.'

참 희한했다. 지금도 무섭기 짝이 없는데 떨림이 사라졌다.

뛰어갔던 호위 기사가 다시 달려왔다. 왕은 내 뺨을 쓰다듬으며 말했다.

"성이 뚫린 건 네 탓이 아니다. 짐은 그렇게 아둔하지 않다."

그는 기사에게 눈짓하며 내 귀를 살짝 잡았다가 놓았다.

"사비나."

아까 두 걸음 물러섰던 언니가 다시 가까이 다가왔다.

"예. 폐하."

"토끼는 원래대로 내버려 둬라."

그녀는 고개를 한 번 숙였다 다시 들었다.

"누가 뭐라 하면 짐의 명령이라고 해라."

"분부에 따르겠습니다."

그는 호위 기사와 함께 걸어갔다. 나는 멍하니 그가 사라질 때까지 뒷모습을 바라보았다.

얼마나 그렇게 있었을까.

사비나 님은 남은 편지를 쥐고 작게 한숨을 쉬었다.

"괜찮니?"

나는 천천히 고개를 끄덕였다. 눈앞에 폭풍이 친 것 같았다.

다리에 힘이 풀렸다. 나도 모르게 복도 벽에 미끄러져서 주저앉았다. 사비나 언니는 그런 나를 보며 고개를 저었다.

"도대체 뭐가 어떻게 된 걸까요."

나는 필사적으로 생각을 정리했다.

첫째, 성당에서 온 편지는 수상하다. 둘째, 왕은 나를 일단은 내버려두기로 했다.

'정리하면 간단한데 상황은 그렇지가 않아.'

한숨이 저절로 나왔다. 나는 나도 모르게 머리카락을 쥐어

뜬다. 상황이 너무 복잡하게 돌아갔다.

'나 좀, 살려 주라!'

설마 여기서 또 뭔가가 터지는 걸까. 제발 그러지 말라고 빌고 싶었다. 사람 좀 삽시다. 이건 너무하잖아요.

"니나야, 사람을 불러 줄까?"

나는 고개를 저었다. 너무 떨어서 다리에 힘이 없지만, 그럴 정도는 아니었다.

"저, 사비나 님."

손을 뻗어서 그녀의 치맛자락을 쥐었다.

"감시 좀 해 주세요."

"뭐?"

"저 좀 감시해 주세요. 절 혼자 다니게 하지 마세요."

그녀는 치마를 붙잡은 내 손을 감쌌다. 그러고는 주저앉아서 눈높이를 맞췄다.

그제야 내가 이상한 말을 했다는 걸 깨달았다.

"죄송합니다."

"아니야. 혼란스러운 게 당연하지."

눈빛이 너무나 따뜻했다. 묻고 싶은 게 많았지만, 나는 입을 다물었다. 이 사람은 왕의 신하였다. 어찌 보면 레오는 가주이고 기사지만, 이 언니는 이방인이었고, 시녀장이란 위치 하나밖에 없었다.

'더는 폐 끼치지 말아야겠다.'

벌써 몇 번째 신세를 진 몸이었다. 정말 죄송해서 나는 고개를 살짝 숙였다가 들었다. 사비나는 그런 나를 보며 말했다.

"니나야."

"예. 사비나 님."

"너무 걱정하지 말라고 하고 싶은데, 상황이 어떻게 될지는 모르겠구나. 하지만 이럴 때일수록……."

그녀는 부드럽게 내 머리를 쓰다듬었다. 이베리아에서 연장자가 아이에게 호감을 표현할 때 자주 하는 몸짓이었다.

"식사를 거르지 말렴."

어디서 들어 본 말이었다.

"잠도 제때 자고, 시간이 지나길 기다리렴."

순간 웃음이 나왔다. 시녀들 사이에서 도는 조언인 걸까. 그때 메어리 님도 나에게 이런 말을 했었다.

"이럴 때일수록 정신 차려야 한단다."

그녀는 내 손을 꽉 붙잡고 신신당부했다.

"감사합니다."

"참 이상하구나."

사비나 님은 다른 손으로 내 머리카락을 정리하며 귀 뒤로 넘겨줬다.

"이상하게 네가 가깝게 느껴져. 우리가 친척도 아니고, 눈 색과 머리카락 색이 달라서 닮은 건 하나도 없는데 말이야."

나는 억지로라도 조금 웃었다. 육체적으로는 그럴지 모르지만, 이 언니랑 비슷한 것은 조금 있었다.

"타지에서 와서 그런 거 아닐까요?"

이런 웃음은 전염되는 법이었다. 그녀도 나를 보며 피식 웃었다.

"성당을 싫어해서가 아니고?"

이번에는 제대로 웃겼다. 내가 웃으니까, 그녀는 천장을 보다가 자리에서 일어났다. 그러고는 손을 내밀었다.

나는 사비나 언니의 손을 잡고 자리에서 일어났다.

"폐하께서는 너를 내버려두라고 하시는구나."

무슨 말인지 알 거 같았다. 그래. 아까 절세미남은 그런 말을 했다.

"그래도 감시해 주세요."

"곧 그렇게 될지도 모르겠구나. 이제 어디 가니? 성녀에게 가니?"

나는 천천히 고개를 끄덕였다.

가기 싫긴 하네요. 이왕 이렇게 된 거 방에 콕 박혀 있고 싶어요. 그녀에게 갈 용기가 영 쪼그라드네요.

'아, 폐하가 원래대로 하라고 했지.'

그렇다면 가야지. 괜히 딴짓했다가 더 말려들면 어떡해. 하던 대로 하자.

"성녀님과 함께 있으면서 바느질을 할 셈이었어요."

"바늘은 점검받았니?"

"네. 여기로 왔을 때 바로 받았어요. 그런데 한 번 더 받을까 싶어요. 이왕이면 제가 가진 짐은 모조리 다 검수받고 싶어요."

사비나 님은 내 손을 놓았다.

"검수할 사람을 네 침소로 불러 주마."

"감사합니다."

"기운 내렴."

사비나 님은 내 편지를 챙기고 가려고 하다 갑자기 발걸음을 멈췄다.

"니나야. 이거 처음에는 손수건으로 감쌌지?"

"네? 네."

아직 그 손수건은 앞치마에 주머니에 있었다.

"좀 빌릴게."

나는 순순히 손수건을 건네주었다. 그녀는 나처럼 편지봉투째 손수건으로 둘둘 감았다.

왜 사비나 님도 저렇게 하는 걸까.

"나도 재수가 없을 거 같아서 그래. 성당 새끼들 하는 짓 하고는……."

순간 피식 웃음이 나왔다. 이상한 동질감이 더 깊어져 버렸다.

"식사는 꼭 챙기렴."

사비나 언니는 내 머리를 살짝 쓰다듬고 나서 자리에서 일어났다. 그녀의 뒷모습을 바라보며 나는 긴 한숨을 내쉬었다.

좀 길어진 니나의 머리카락이 턱 끝에서 살랑거렸다.

'니나야, 어떡하면 좋을까.'

정말 밥 잘 먹고 버티면 이 상황이 나아질까? 언니는 잘 모르겠다.

'간당간당하다.'

어딜 가더라도 내가 발을 디디고 있는 곳은 정확하게 알아야 했다. 나는 바닥으로 시선을 돌렸다. 삐죽 튀어나온 새 구두가 반들반들했다. 치마 아래로 보이는 발은 아직 작았다.

어디를 밟고 있는 걸까, 나.

답은 금방 나왔다.

"다 폐하네."

쓴웃음이 저절로 나왔다. 어젯밤 운 것과 조금 전까지 한 결심이 송두리째 바닥으로 버려졌다. 지금 감옥에 갇히지 않은 건, 그의 은혜였다.

'진짜 싫다.'

조금이라도 벗어나고 싶은데, 그럴 수가 없었다. 운명인지 지랄인지 모르겠지만, 자꾸만 나를 그에게 끌어다가 앉혔다.

'진짜 눈칫밥이 니나의 운명일까.'

나는 고개를 저었다. 너무 나간 생각이었다. 지뢰를 밟았지만 움직이지 않아서 아직 터지지는 않았다.

'그런데 편지는 도화선 같아.'

이번 일로 뭔가가 더 끌려 나올 거 같았다. 나는 기도하듯 손을 모아서 깍지를 꼈다. 가라앉았던 떨림이 다시 시작했다.

'일어나자.'

아무것도 보이지 않을 때도, 슬퍼서 죽을 거 같아도 할 수 있는 일은 해야 했다. 그러면 길이 보일 거 같다는 희망 섞인 바람이 아니라, 그냥 그렇게라도 하는 게 나았다.

포기할 수는 없잖아. 조금만 힘내자.

'바늘이랑 천 검수받고, 사람들에게 감시받자.'

나는 벽을 짚고 자리에서 일어났다. 다리에 힘이 하나도 없었지만, 그럭저럭 걸을 수는 있었다.

'뭐라도 좋아. 먹자.'

세상 속에 혼자인데 조금이라도 먹어야지 기운이 나지. 이럴 때 아무것도 안 먹다가는 진짜 한방에 간다? 경험해 봐서 알잖아. 이화윤.

'일단 버티자.'

아무 일도 없었다는 듯 지내 보자. 해 봤으니까, 할 수 있을 거야.

'복잡해서 머리가 터질 것 같아.'

심호흡하며 앞으로 나아갔다. 햇빛이 찬란하게 빛났지만, 눈이 부셔서 눈을 감았다. 서러워서, 음미할 틈도 없었다.

나는 입술을 깨물었다. 비린 피맛이 났다.

사비나 님은 재빨리 사람을 불러 줬다. 저번에 검수할 때는 두세 분이었는데 이번에는 일곱 명이나 왔다. 나는 내 물건을 몽땅 보여 주며 꼼꼼히 검수해 달라고 부탁했다. 그늘은 묵묵히 내 숙소에 있는 모든 물건을 뒤졌다.

"바늘은 이거 하나니?"

나는 고개를 끄덕였다. 그들은 바늘을 돌려가며 손등에 찔

러 봤다. 일곱이나 되는 시녀님 손등에 피가 송골송골 맺히자,
나는 식은땀이 났다.

"저, 죄송합니다."

"아니야. 우리 일이란다."

내 짐까지 열심히 살펴볼 때였다. 그녀는 내 목걸이를 보며
말했다.

"이건 뭐니?"

나는 짐 구석에 대강 둔 낡은 목걸이를 바라보았다. 별거 아
니라서 처박아 뒀는데, 이래 봬도 니나 어머니의 유품이었다.

"아, 돌아가신 엄마의 유품이라며 고아원에서 받았어요."

로켓 형태로 된 목걸이었다. 버튼을 누르면 백금발 머리카
락이 보였다. 니나는 이걸 소중하게 간직했지만 난 좀 의심스러
웠다.

그래서 이곳으로 와서 한 번도 로켓을 열어 보지 않았다.

'이거 진짜 니나 엄마의 유품일까?'

고아원에는 백금발 아이가 많았다. 아무 머리카락이나 잘라
서 넣은 게 아닐까?

다른 시녀분이 서류를 보며 말했다.

"그거 별문제 없긴 했어. 성력 반응도 없었고 말이야."

"그래? 그래도 좀 조사해야 할 거 같은데? 얘, 이거 가져가도
되니?"

"네. 가져가세요."

어깨가 넓어서 멋있는 시녀님은 하얀 천에 조심스럽게 목걸

이를 담아갔다.

'무슨 범죄 수사 같다.'

제가 가져가지 말라면 안 가져가실 건가요?

나는 어색하게 웃었다. 성당 새끼들 때문에 용의자가 되다니 기분이 참 거지같았다.

그들은 사비나 님이 주신 책과, 디오가 외우라고 준 책도 꼼꼼하게 살펴보았다. 그렇게 한참 머물다가, 다 끝났다고 우르르 방 밖으로 나갔다. 나는 엉망이 된 방을 정리하며 한숨을 내쉬었다.

"아, 욕 나와."

이게 사는 거냐.

짐이 많지는 않아서 정리는 쉬웠다. 하지만 마음은 그렇지 않았다. 나는 성녀님 방에 갈 때 사용할 바느질거리를 챙기면서 침대 위에 앉았다.

기운이 쭉 빠졌다.

그때, 노크 소리가 들렸다. 재빨리 문을 여니, 모르는 시녀님이 두 분 서 계셨다.

"사비나 님 명령으로 왔어."

굉장히 깐깐해 보이는 시녀님이 말했다.

"오늘부터 같이 다니자."

나는 고개를 끄덕였다. 아, 이분들이 날 감시할 분이구나.

"잘 부탁드려요."

나는 그 말밖에 할 수 없었다.

두 분은 정말 전문적이셨다.

일단 느껴지는 분위기가 장난 아니었다. 한 분은 호리호리
하고 날렵해 보이셨고, 다른 한분은 주먹에 흉터가 많으셨다.
겉모습은 두 분 다 개성적이었지만, 쉽게 말을 걸 수 없는 분위
기는 비슷했다.

"부인 방에 가는 거니?"

"네."

그들은 내가 든 바느질 바구니를 다시 한번 검수했다. 어색
해서 필사적으로 웃을 때였다.

"잠시만."

호리호리한 시녀님 손가락에서 작은 불꽃이 나왔다. 순간
깜짝 놀랐지만, 이제는 알았다.

'이거 마력이겠지?'

시녀님은 바늘 끝을 살짝 불에 달구었다가 후후 불어 식혔
다. 그러고는 다시 바늘꽂이에 눌러 꽂았다.

'소독이네.'

그러고 보면 저 바늘 오늘 몇 사람의 몸을 찔렀을까. 그분들
다 독을 감별하려고 한 거겠지?

'기미 시녀는 나인데……'

그런 내가 지금은 첩자 의심을 제대로 받는 중이었다.

한숨이 저절로 나왔다. 수고하신 모든 분들에게 죄송스러웠다.

시녀님은 나에게 바구니를 건네지 않으셨다. 다시 달라고 하자, 자신들이 들겠다는 대답이 돌아왔다.

더 송구스러웠다. 왠지 귀하신 두 분을 짐꾼으로 쓰는 기분이었다.

"죄송합니다."

고개를 살짝 숙이자, 두 분은 고개를 저으셨다. 그러고는 아무 말 없이 날 사이에 두고 복도를 걸어갔다. 머리부터 발끝까지 절도 있는 태도가 참 멋있는 분들이었다.

'스파이 혐의가 사라지면, 소소한 선물이라도 드려야겠다.'

열심히 앞만 보고 걸어가니 벌써 안쪽 방이었다. 병사들은 얼굴을 확인하고 안으로 들여보냈다.

'웃자, 웃어.'

할 수 있는 일이 웃는 것뿐이었다. 그렇게 고개를 들 때였다. 갑자기 어디선가 맑은 목소리가 들렸다.

"니나 왔구나!"

고개를 돌리자마자, 백금발의 아름다운 그녀가 니나에게 뛰어왔다. 세라피는 환한 웃음이 햇살 아래 반짝였다.

'누, 눈이 부셔……'

황폐한 마음에 그녀의 미소는 반짝반짝 빛났다. 세라피는 니나를 보자마자 품에 안고 등을 토닥였다.

"왜 이렇게 안 왔어?"

목소리가 은쟁반에 옥구슬이 굴러가는 거 같았다. 정말 너무 예쁘고 사랑스러워서 성스러울 정도였다.

"바빴어요."

"니나야."

귓가에 속삭이는 목소리는 맑은 음악 같았다.

"거짓말하면 못써요."

좋은 냄새와 부드러운 음성이 마음속에 촉촉이 스며들었다. 역시 존재 자체만으로 엄청난 분이었다.

"죄송해요, 잘못했어요."

힘들어서 그럴까. 이상하게 목이 멨다. 성녀는 니나의 등을 부드럽게 어루만지면서, 천천히 품에서 놔줬다.

"우리 니나, 얼굴이 상했네."

고운 손이 내 얼굴을 매만졌다. 손길은 마치 부드러운 비단 같았다.

나는 어색하게 웃었다.

"성녀님도 잘 지내셨어요?"

그녀는 고개를 끄덕이며 밝게 웃었다.

"나, 내일 밖에 나가게 해 준대. 어제 샬롯이 말해 줬어."

나는 그녀의 시중을 드는 주근깨를 힐끗 바라보며, 고개를 끄덕였다. 어쩐지 조금 불안했다.

'괜찮을까?'

평소 같으면 왕은 내가 그때 한 부탁을 들어줬을 것이다. 하지만 지금은 달랐다. 폐하는 '성이 뚫렸다'고 말했다.

"저, 부인. 혹시나 산책하러 못 가게 되더라도 실망하지 마세요."

"그게 무슨 말이야?"

세라피의 부드러운 머리카락이 니나의 뺨을 간질였다.

"성에 무슨 일이 생긴 것 같아서요. 내일 못 가시더라도 언젠가는 갈 테니까, 낙담하지 마세요."

그녀는 담담하게 고개를 끄덕였다. 나는 웃으면서 바구니를 내밀었다.

"이게 뭐야?"

"바느질 바구니요."

세라피는 초라한 바구니를 보며 꽃처럼 미소 지었다. 정말 혼자 보기 아까울 정도로 아름다운 성녀님이셨다.

나는 주섬주섬 천 조각을 꺼냈다.

"이 조각을 이어서 쿠션을 만들 거예요."

그녀는 별거 아닌 걸 너무 신기하게 바라보았다. 나는 슬쩍 운을 뗐다.

"흥미 있으세요?"

"응. 니나야. 나 이거 알아. 바느질이지? 성녀가 되기 전 교사 수녀님이 알려 줬어. 옷은 이렇게 만들어진다며?"

"네."

새삼스럽지만 성녀를 가르치는 수녀도 있었구나.

'자신들의 폐단은 안 알려 줬겠지?'

아주 꼭꼭 숨겼겠지. 걔들은 그러고도 남아.

그런데 이 아름답고 선량한 성녀님이 교단의 더러움을 알면 어떻게 되는 될까.

'언젠간 알 거 같긴 한데……'

매우 큰 충격을 받을 것 같았다.

'너무 아파하진 말았으면 좋겠다.'

어찌 보면 이 사람도 피해자였다. 평생 음식 같지도 않은 걸 먹으면서 병자를 치료했다. 어렸을 때부터 세뇌당하듯 속아 온 셈이었다.

"니나야?"

"아, 죄송해요. 다른 생각을 했어요."

그녀는 다시 나를 꽉 껴안고 뒷머리를 쓰다듬었다. 좋은 냄새와 예쁜 목소리 때문일까. 이상하게 마음 한구석이 녹는 기분이었다.

나는 잠시 눈을 감았다가 다시 떴다. 그러고는 작게 속삭였다.

"바느질, 해 보고 싶으셨죠?"

맑은 웃음소리가 들렸다.

역시, 좋아하는구나.

세라피가 은퇴를 기대했다는 말을 듣는 순간, 나는 그녀가 소박한 것을 좋아할 거란 생각이 들었다. 역시 꽃 가꾸기를 기대했다는 사람다웠다.

"니나야. 나는 은퇴하면 흔들의자에 앉아서 뜨개질하고 싶었어."

정말 아름답고 순수한 꿈이었다.

"상상했어. 햇살이 비치는 곳에서 나는 아이들 옷을 만들고, 애들은 내 주위에서 노는 거지. 어떤 애는 넘어져서 울기도 하겠지? 그럼 나는 천천히 일어나 아이의 눈물을 닦아 줄 거야. 이런 말을 하니까, 다른 수녀님은 애들은 시끄럽기만 한 존재라고 했어. 하지만 나는 아이들은 시끄러운 게 좋아. 애들이잖아."

세라피는 나를 마주보며 환하게 웃었다. 정말 눈이 부셨다. 너무나 착하고 선량해서 눈을 뜰 수 없었다.

마음씨가 비단보다 부드러웠다.

'와, 진짜 미치겠다.'

이런 사람을 싫어할 이가 있을까?

'왕이 문제가 아니야.'

샬롯이 세라피에게 집착하는 게 조금 이해가 갔다. 날개만 없지 그녀는 정말 천사였다. 누군가 이런 세라피를 괴롭히면 나라도 이단 옆차기를 날릴 것 같았다.

"이거 나한테 알려 주려고 가져온 거지?"

나는 고개를 끄덕였다. 이렇게 밝고 아름다워도 음식 같지도 않은 걸 먹으며 갇혀 사는 이였다. 그녀는 기도가 일이라고 하지만, 천사가 아니라 사람인지라 다른 게 필요했다.

'솔직히 우울증 안 걸린 게 어디야.'

나라면 걸리고도 남았을 거야. 아무리 좋은 방이더라도 갇혀 있으면 마음이 망가지는 게 당연했다.

"착해. 착해. 우리 니나."

나는 어색하게 웃었다. 솔직히 너무 일이 많아서 그녀에 관한 건 완전히 뒷전이었다. 그래서인지 양심이 콕콕 찔렸다.

"좋아하실 거 같았어요."

"꼭 해 보고 싶었어. 바느질은 은퇴하기 전에 꼭 배우고 싶었어. 그래야 애들 옷을 잘 만들지."

그녀는 니나의 손을 잡고, 테이블이 있는 곳으로 데려갔다. 그렇게 세라피에게 끌려갈 때였다. 바닥에서 뭔가를 줍는 주근깨와 눈이 마주쳤다.

'어라?'

나는 주근깨가 또 흘겨볼 줄 알았다. 하지만 샬롯은 심술궂게 웃을 뿐이었다.

'쟨 또 왜 이래.'

차라리 째려보는 게 나았다. 뒤가 구린 게 한없이 불길했다.

'재가 드디어 날 괴롭게 할 다른 방법을 찾았나?'

머리 쥐어박고, 정강이를 차는 것보다 저게 더 찜찜하긴 했다.

나는 작게 한숨을 내쉬었다. 신경 쓸 게 너무 많았다. 그래서인지 세라피의 힐링이 간절히 필요했다.

나는 냅다 그녀를 등뒤에서 안았다. 싱그러운 과일 같은 좋은 향기가 느껴졌다.

"어머, 어머?"

그녀는 웃으면서 안은 내 팔을 쓰다듬었다.

"조금만요."

아직 니나의 키는 세라피의 등밖에 오지 않았다. 나는 눈을 감았다. 그녀가 손등을 토닥이는 박자가 너무나 좋았다.

"니나가 나한테 어리광 부릴 때가 있네?"

쓴웃음이 저절로 나왔다.

"요즘 좀 힘들어요."

"어머, 누가 우리 니나를 힘들게 할까?"

머릿속에 세상에서 제일 잘생긴 남자가 두둥실 떠올랐다 가 라앉았다. 참 새삼스러웠다. 어쩌다가 이렇게 된 걸까.

'내가 폐하 때문에 힘들 줄이야.'

그런데 그 사람이 날 도와줬다.

'토끼가 아니면 감옥으로 끌려갔겠지?'

도무지 갈피를 잡을 수 없었다. 모순적인 상황이 굴러가다 가 계속 부딪쳤다.

'지금도 웃기긴 하다. 날 괴롭게 하는 건 교단인데, 성당의 기적인 성녀가 날 위로하네.'

아, 어쩌란 말이냐. 머리 터지겠다.

나는 세라피를 놓아주고 깊은 한숨을 내쉬었다.

"별거 아니에요."

정말 별거 아니었으면 좋겠다.

토끼도, 성당도, 스파이 혐의도 다 별거 아니었으면 얼마나 좋을까.

나는 애써 웃었다. 입꼬리가 파르르 떨렸지만 개의치 않았다. 세라피는 아무 말 없이 다시 내 손을 잡고 테이블로 다가갔다.

의자에 앉으니, 나를 감시하는 두 분의 시선이 느껴졌다.

'와, 진짜 죽겠다.'

이미 가루가 된 신경줄이 파스스 바람에 날리면 이런 기분 일까. 내가 감시해 달라고 요청했지만, 막상 받으니까 이것도 장난이 아니었다.

'신경 쓰지 말자.'

저분들은 저게 일이잖아. 신경줄이여, 굵어져라! 그것이 네가 살 길이다!

나는 애써 밝은 목소리로 말했다.

"바느질 알려드릴게요."

나는 대여섯 명의 손가락을 찌르고 소독까지 끝낸 바늘에다 실을 꿰었다. 정말 별거 아니었는데, 세라피의 반짝이는 눈동자가 느껴졌다.

기운 없는 선생님이라도 의욕을 보이는 학생에게는 약해지는 법이었다. 나는 꿰었던 실을 풀었다.

"해 보실래요?"

그녀는 고개를 끄덕였다. 바늘과 실을 건네주자, 그녀는 바늘구멍에 실을 넣으려고 끙끙거렸다.

"살짝 침을 묻히면 쉬워요."

"정말?"

세라피가 실의 끝을 물려 할 때였다. 날렵하신 시녀님 한 분이 튀어나와 손바닥으로 그 행위를 막았다.

"안 됩니다."

순간 깜짝 놀랐다. 세라피는 어리둥절한 표정이었고, 나는 눈만 깜박였다.

'아, 실에 독이 있을까 봐 그런가?'

정말 섬세한 감시였다. 나는 알았다는 듯 고개를 끄덕였다.

"살짝 잡아당겨도 돼요."

나는 그냥 실 끝을 잡아당겨서, 바늘을 꿰었다.

"나중에 다른 방법도 알려드릴게요."

이럴 때는 아무렇지도 않게 넘어가는 게 좋겠지. 나는 호리호리한 시녀님께 살짝 묵례하고 다시 세라피에게 바느질에 대해 이것저것 알려 줬다.

"이게 홈질이에요. 쉽죠?"

다행히 성녀는 바느질에 집중했는지 금방 잊어버렸다. 세라피는 곧 연습용 천에다 어설픈 홈질을 시작했다.

"생각보다 어려워."

"아직 안 익숙해서 그래요. 마무리하는 법도 알려드릴게요."

실에 매듭을 지을 때였다. 갑자기 누군가가 어깨를 쳤다. 순간 왼쪽 검지가 따끔했다.

"미안해."

주근깨는 내 어깨를 치고는 침실을 정리하려는지 캐노피 안으로 쏙 들어갔다. 나는 바늘에 찔린 검지를 꾹 눌렀다. 붉은 피가 송골송골 맺혔다.

'한 대 치고 싶다.'

주근깨야. 우리 계급장 집어 던지고 그냥 주먹으로 말해 보지 않으련? 아, 그러면 내가 불리하려나? 제 오빠가 기사였으니까, 좀 강할지도 몰라.

"어머, 어머! 니나야 피나!"

나는 어색하게 웃으면서 검지에 묻은 피를 털었다. 뇌출혈도 닷새 만에 나은 몸이었다. 이깟 상처는 금방 나았다.

"바느질하다 보면 흔해요."

꾹 누르니 은은한 통증이 느껴졌다. 니나의 기억 속에서 익숙한 통증이었다. 그러고 보면 아이는 얼음장 같은 고아원에서 곱은 손을 후후 불어 가며 솜 인형을 만들었다. 그거에 비하면 이건 아무것도 아니었다.

"홈질 다시 해 보실래요?"

다시 바늘을 건네주었다. 세라피는 이번에는 삐뚤삐뚤하게 안 하겠다며 의욕적으로 바늘을 놀렸다. 그 모습이 너무 예뻐서 저절로 웃음이 나왔다.

그때였다. 세라피가 천 자락을 놓쳤다.

"부인?"

"찔렸어."

황급히 천을 뒤로 물리고 상처를 봤다. 예쁜 손가락에 피가 한 방울 맺혔다.

"조심해야 해요. 찔리기 쉽거든요."

"그러게. 서툴러서 그런가."

그녀를 치료하려고 자리에서 일어날 때였다. 세라피는 니나의 앞치마를 꽉 잡았다.

"아까 니나는 치료 안 했잖아."

"저는 그냥 두면 나으니까요."

"그럼 나도 낫겠지."

나는 고개를 저었다. 당신은 남을 치료하긴 하지만 자체 치유력은 없잖아요.

'그래도 별거 아니긴 한데…….'

바느질하다 보면 안 찔려 본 이가 드물었다. 나는 세라피의 손가락에 약을 발라야 할지 영 감이 잡히지 않았다.

그때였다.

"성녀님?"

세라피가 의식을 잃고 의자 뒤로 넘어갔다. 그녀가 고개에 힘을 잃고 쓰러지는 순간, 시간이 조각조각 끊어졌다.

백금발을 늘어트린 천사가 바닥으로 떨어졌다.

의식보다 무의식이 빨랐다. 나는 의자에서 일어나 재빨리 그녀의 뒤로 갔다. 그녀가 맨바닥에 쓰러지는 걸 막고 싶었다.

우당탕탕-!

의자가 넘어지는 소리가 둔탁하게 울려 퍼졌다. 카펫이 충격을 흡수해 줬지만, 엉덩이뼈가 아팠다.

"으……."

갑작스러운 충격에 눈앞이 까매졌다가 다시 밝아졌다. 나는 서둘러 성녀를 찾았다. 그녀는 다행히 내 위로 쓰러진 모양이었다.

"성녀님?"

그녀의 긴 백금발이 가슴 가에 흩어졌다. 살짝 세라피의 어깨를 잡으려 할 때였다. 갑자기 억센 힘이 나와 그녀를 갈라냈다.

도무지 뭐가 어떻게 됐는지 알 수 없었다. 나는 바닥에 질질 끌려서 그녀와 멀어졌다. 그러고는 갑자기 병사들이 우르르 달려왔다.

얼굴을 아는 병사들이 내 목에 창을 겨누었다.

"니나 케이지!"

황망함에 눈만 깜박였다. 머리가 잘 돌아가지 않았다. 지금 무슨 일이 벌어진 걸까.

'갑자기 성녀가 기절했어.'

병사들의 다리 틈 사이로, 의식을 잃은 세라피가 보였다.

"왜?"

살짝 중얼거리니 날카로운 창끝이 목을 찔렀다. 따끔한 고통이 느껴졌다.

나를 감시하는 시녀가 말했다.

"감옥에 가둬라."

병사들은 내 손을 밧줄로 묶었다. 그러고는 아무렇지도 않게 달랑 들어서 어딘가로 끌려갔다.

익숙한 방이 멀어지고, 복도를 가로 질렀다. 머릿속이 하얗게 돼서 어떤 생각도 나지 않았다.

"왜?"

왜 갑자기 쓰러진 거지?

희미하게 몸이 떨렸다. 그녀가 너무나 걱정됐다. 설마 어디 아픈 건 아니겠지. 바늘에 찔리면 기절할 정도로, 세라피가 그렇게 약했나?

"설마, 독?"

그건 아니야. 대여섯 명이 확인했고, 불에 소독하기도 했잖아. 그럴 리 없어.

머리를 쥐어뜯고 싶어도, 손목이 묶여 있었다. 영문을 알 수 없었다. 도대체 무슨 일이 벌어진 걸까.

철근이 부딪치는 소리가 들렸다. 찌푸리기 타는 냄새가 났다. 고개를 드니 얼굴이 눈에 익은 병사들은 날 작은 쪽방에 두고 문을 잠갔다.

열쇠가 돌아가는 소리가 요란했다. 나는 멍하니 주위를 둘러보았다. 작은 창과 낡은 침대가 있는 곳이었다.

얼마나 그렇게 있었을까.

너무 당황해서 눈물도 나오지 않았다. 손목은 묶였지만 다리는 자유롭다는 걸 겨우 깨달았다. 나는 천천히 창가로 다가갔다. 조금이라도 빛을 쬐고 싶었다.

정신이 들지 않았다. 마치 나쁜 꿈을 꾸는 기분이었다.

나도 모르게 중얼거렸다.

"엄마, 아빠. 도와줘요."

너무 멀리 있어서 못 듣는 거야?

좁은 틈으로 삐죽 튀어나온 햇살이 목 뒤에 어른거렸다. 문득 이베리아로 올 때 타고 왔던 마차가 떠올랐다. 그때도 햇살이 이렇게 닿았었다.

그제야 이 모든 게 꿈이 아니란 걸 깨달았다.

작게 숨을 내쉬었다. 묶인 손에 손가락도 움직여보았다. 몸을 여기저기 움직이고 깨달았다. 왼쪽 엉덩이뼈가 아팠다.

'어쩌지.'

그냥 내버려두면 나을까?

순간 작은 웃음이 나왔다. 도와줄 사람이 없었다. 어디 아프다고 말할 수 있는 이도 없었다. 내가 할 수 있는 건, 내버려두는 게 다였다.

한숨이 저절로 나왔다.

나는 고개를 들었다. 도대체 왜 이런 일이 생겼는지, 감이 잡히지 않았다. 하지만 한 가지는 분명했다.

"난 아무 잘못도 안 했어."

아무리 생각해도 내가 뭘 했는지 모르겠어. 세라피는 내가 찔렸던 바늘에 다시 찔린 것뿐이잖아. 몸이 약하다고 해도 설마 그걸로 정신을 잃을까? 니나의 피가 독이라도 돼?

그때였다.

문득, 성당에서 받았던 편지가 떠올랐다. 세세한 건 기억하지 못해도, 그 편지에는 피를 흘리지 말란 내용만 잔뜩 있었다.

"설마……."

나는 묶인 내 손을 바라보았다. 바늘에 찔렸던 상처는 흔적도 찾을 수 없었다.

"피?"

아무도 대답해 주는 사람이 없었다. 하지만 나는 정답을 찾은 기분이었다. 아니 그것밖에 없었다.

'뭔가 있어.'

니나의 피에 뭔가 있지 않고서야 어떻게 이런 일이 벌어질까. 괜히 성당에서 그런 편지가 온 게 아니었던 거야.

나는 숨을 깊게 내쉬었다. 침착하자고 되뇔 필요는 없었다.

심장은 두근거렸지만, 마음은 더없이 평온했다.

쥐도 궁지에 몰리면 고양이를 무는 법이었다.

'곧 밝혀내겠지.'

내가 깨달은 것을, 이곳 사람들이 놓칠 리 없었다. 나는 조용히 침대에 앉았다. 딱딱했지만 못 앉을 정도는 아니었다.

'기다리자.'

누명은 곧 벗겨질 거야. 이베리아 사람들은 머리 좋잖아.

니나의 피가 어떤 효과가 있는지는 몰랐다. 하지만 세라피는 쓰러졌고, 나는 이곳에 갇혔다.

"제발 독만 아니었으면 좋겠다."

세라피가 별 탈 없었으면 좋겠다.

거친 나무문 너머로 발걸음 소리가 들렸다. 나는 심호흡을 했다. 누가 이곳으로 올 건지 감이 잡히지 않았다.

어깨를 펴고 허리를 세웠다. 아무리 생각해도 나는 죄가 없었다.

18

모함 속 토끼

성녀가 쓰러지자, 안쪽 방은 아수라장이 됐다. 시녀들이 서둘러 의사를 불렀다. 그렇게 디오가 외성 병동에서 막 뛰어왔을 때였다. 난리가 난 게 무색하게 세라피가 자리에서 가뿐히 일어났다. 그녀는 기지개를 피며, 순진한 눈망울로 뭐가 어떻게 됐냐고 물었다.

디오는 병사들과 눈짓하며, 특수한 은침으로 독 감별을 했다. 은침은 아무런 변화가 없었다. 그녀는 독에 당한 게 아니었다.

"바늘입니다."

시녀복장을 한 여기사가 말했다.

"바늘에 찔려서 쓰러지셨습니다. 하지만 제가 마력의 불로 소독한 바늘입니다. 실제로 니나 케이지가 먼저 찔렸지만 그 아이는 멀쩡했습니다."

디오는 장갑 낀 손으로 바늘을 살펴보았다. 조금 도톰했지만 평범한 바늘이었다.

그는 외알 안경을 벗고, 문장으로 마력을 회전시켰다. 마력으로 인해 그의 눈이 붉게 빛났다가 다시 돌아왔다.

"매우 특수한 바늘이군. 안쪽에 아주 가느다란 관이 있어."

여기사는 눈을 가늘게 떴다.

"독살을 위해 만든 바늘일까요?"

"그럼 독이 있었겠지."

"왜 니나 케이지는 멀쩡했을까요? 미리 해독제를 먹었을까요?"

"애초에 성녀의 몸에는 독이 없다."

디오는 작게 한숨을 쉬었다. 백금발의 소녀가 머릿속에서 어른거렸다. 아침까지만 해도 그를 웃게 했던 아이는 지금 독방에 갇혀 있었다. 대공 때부터 생각했지만 바람 잘 날 없는 아이였다.

"하지만 성녀님이 쓰러지셨습니다."

디오는 여기사를 물끄러미 바라보았다. 이 기사가 하는 일은 감시였고, 충분히 할 수 있는 말이었다.

하지만 괜히 짜증이 났다.

그는 충동적으로 바늘을 자신의 손등에 깊숙이 찔렀다.

"무슨 짓입니까?"

"독이라면 나한테도 효과가 있겠지."

하얀 장갑 위로 빨간 피가 송골 맺혔다가 사라졌다. 의사는 신체의 변화를 기다렸지만 아무 일도 일어나지 않았다.

그는 다시 외알 안경을 썼다.

"어떤 효과도 없군."

"안일하십니다!"

디오는 피식 웃으면서 다시 마력을 회전시켰다. 문장으로 흐른 힘은 여전했다.

조금이라도 몸의 변화가 있으면, 마력의 운용에도 지장이 왔다.

"아무 이상 없다."

여기사 두 명이 그를 노려보았다. 디오는 그들의 시선을 아랑곳하지 않았다.

"독의 효과를 감별하기 위해서 가끔 이렇게 한다. 게다가 지금은 비상시다."

그제야 여기사들의 눈빛이 좀 누그러졌다.

"독이 없다 해도 성녀님이 쓰러지셨습니다."

그는 눈을 가늘게 떴다. 그래, 그것이 문제였다.

"니나 케이지가 먼저 바늘에 찔렸다고 들었다."

여기사들은 고개를 끄덕였다.

"그 뒤에 성녀가 찔리고 쓰러지셨다면……."

그는 바늘을 바라보았다. 안에 관이 있는 굉장히 섬세한 구조였다. 당연히 만들기도 힘들었을 것이다.

왜 번거롭게 이런 바늘을 만든 걸까? 게다가 애써 공간을 만들었지만, 독도 넣어 두지 않았다.

"아무리 강한 독이라도 이 정도면 치사량에 다다르지 못한다."

시녀복장을 한 여기사들이 의문이 섞인 눈빛으로 서로를 바라보았다.

지극히 비효율적이었다. 도대체 이런 바늘로 뭘 하려고 한 걸까. 그들은 각자 생각에 잠겼다.

그는 바늘을 쓸어 보았다. 결론이 나왔다.

"니나 케이지의 피를 조사해 봐야겠군."

여기사들은 바로 반문했다.

"왜 그래야 하죠?"

디오가 막 대답을 하려고 할 때였다. 문이 열리는 소리가 들렸다. 여기사들은 들어오는 일을 보자 바로 무릎을 꿇었다. 디오는 가볍게 고개를 숙였다가 들었다. 긴 검은 머리의 남자는 여유로운 발걸음으로 그들에게 다가왔다.

"성녀는?"

"무사하십니다."

"토끼는?"

여기사들은 대답하지 못했다. 그래서 디오가 대신 말했다.

"독방에 갇혔습니다."

왕은 피식 웃으며 말했다.

"저런. 짐의 토끼란 말을 못 들었나 보군."

여기사 한 명이 바로 말했다.

"성녀를 해쳤을 수도 있습니다!"

이베리아의 왕은 그렇게 말한 여기사를 바라보았다. 자신이 모시는 주인의 날카로운 시선을 여기사는 피하지 않았다.

"믿음직스럽군. 좋은 조치였다."

여기사의 볼에 희미한 홍조가 돌았다. 디오는 한쪽 눈을 찌푸렸다. 예전부터 쭉 봐 왔던 거지지만, 괜스레 속이 뒤틀렸다.

"그래서 어떤 결론이 나왔지?"

"니나 케이지의 피를 조사해 봐야 합니다."

"이유가 말해라."

디오는 차분하게 대답했다.

"안에 관이 있는 특수한 바늘입니다. 제작하기도 힘들었을 겁니다. 하지만 독은 없습니다. 게다가 안쪽 공간이 너무 작아서 치명적인 독이라도 이 정도 양으로는 죽지 않습니다."

왕은 탁자에 있는 바늘을 바라보았다. 끝이 조금 뭉툭한 거 외에는 평범한 바늘이었다.

"니나 케이지를 위한 바늘이었군."

디오는 고개를 끄덕였다. 역시 왕은 이해가 빨랐다.

그는 가볍게 말했다.

"토끼에게 편지가 왔다. 교단에서 세뇌를 넣어 놨더군."

하지만 디오에게는 무겁게 와닿았다. 이건 전혀 몰랐던 일이었다. 의사는 순간 주먹을 꽉 쥐었다.

"어떤 세뇌였습니까?"

"짐도 방금 보고받았다. 기도라고 하더군."

왕은 가지고 있던 것을 탁자에 놓았다. 녹이 슨 로켓형 목걸이가 둔탁한 소리를 내며 떨어졌다.

"편지 자체는 읽는 사람에게 기도를 떠올리게 하는 효과밖에 없다고 들었다. 중요한 건 이 목걸이다. 낡았지만 굉장한 효과가 있더군."

디오는 장갑을 낀 손으로 로켓을 열었다. 백금발이 조금 들어 있을 뿐, 너무나 평범해 보였다.

"그 백금발에는 성력이 담겨 있다. 교단답게 최면과 세뇌를 듬뿍 넣어 뒀지. 만약 토끼가 이 목걸이를 쥐고 기도했으면 단숨에 최면이 걸렸을 거다."

"어떤 최면입니까?"

그는 대답하지 않았다. 느긋하게 자리에 앉을 뿐이었다. 디오와 기사들은 그제야 자신들이 계속 서 있었단 것을 깨달았다. 디오는 타는 속을 누르면서 애써 의자에 앉았다.

모든 이가 자리에 앉자, 왕이 말했다.

"자신을 찔러라. 그리고 성녀의 방에 있는 병사를 바늘로 찔러라."

지극히 수려한 남자는 나른하게 웃었다.

만약 세뇌대로 그 아이가 병사들을 찔렀으면 어떻게 됐을까? 성녀를 지키는 병력이 바로 무너졌다.

"교단은 토끼를 이용해서 성녀를 빼내는 게 목적이었다."

그제야 디오는 모든 걸 이해했다. 왜 이런 바늘인지, 성녀가 쓰러졌는지 말이다.

"성당은 니나 케이지의 피가 사람의 의식을 잃게 할 수 있다는 걸 알았군요."

"그래서 이 아이를 내게 보냈는지도 모르지."

의사는 자기도 모르게 쓰게 웃었다. 왕의 말이 이상했다.

'교단은 그저 기미 시녀로 보낸 것뿐이겠지. 왕에게 보낸 건

아니지.'

성당은 니나 케이지가 왕과 친밀해질 줄은 상상도 못 했을 것이다.

왕은 웃으면서 의사의 이름을 불렀다.

"디오."

"예, 폐하."

"성녀는 무사한가?"

디오는 외알 안경을 밀면서 대답했다.

"아무 이상 없으십니다. 상쾌하게 잘 잤다는 말까지 하시더 군요."

왕은 흘러내린 머리를 쓸어 넘기며 중얼거렸다.

"잘 잤다라, 그녀답군."

"폐하, 간청 드립니다. 즉시 니나 케이지의 피를 조사하게 해 주십시오."

왕은 충실한 신하를 바라보았다. 디오는 시선을 피하지 않 았다.

얼마나 그렇게 시간이 지났을까. 두 여기사가 이상하다 느 낄 때쯤 왕이 말했다.

"허락한다."

디오는 살짝 고개를 숙였다. 그러고는 재빨리 자리에서 일 어났다. 일을 진행하려면 한시가 급했다. 그렇게 붉은 머리를 하나로 묶은 의사가 막 회의실에서 나가려고 할 때였다. 친애하 는 이베리아의 태양이 신하에게 말했다.

"디오."

의사는 발걸음을 멈췄다.

"예, 폐하."

"새로운 제자를 들인 것을 축하한다."

왕의 의도가 너무 눈에 보였다. 의사는 피가 묻은 하얀 장갑을 벗으면서 살짝 고개를 숙였다.

"손이 많이 가는 아이입니다. 그만큼 영리합니다."

"언제부터 그런 생각을 한 거지?"

디오는 희미하게 웃었다.

"그 아이가 먼저 부탁하더군요."

"그렇군."

"제 모든 것을 가르칠 생각입니다. 그 아이라면 이베리아의 약초학을 비약적으로 발전시킬 것입니다."

의사는 고개를 들지 않았다. 하지만 보지 않아도 느껴졌다. 자신이 아는 왕이라면 지금 상황에서 웃고 있을 게 뻔했다.

'마음에 안 들면 안 들수록 웃으시지.'

오랜 경험으로 그럴 때는 도망가는 게 나았다. 디오는 회의실 문을 열고 밖으로 나갔다. 그들이 있는 공간에서 나오자, 눈이 부신 햇살이 쏟아졌다.

그는 잠시 창문을 바라보았다. 금빛 햇살을 보니, 오늘 아침까지 노래를 불렀던 그 아이가 생각났다.

"정말 손이 많이 가는군."

제자가 된 지 반나절 만에 이렇게 되다니, 디오는 다시 장갑을 끼며 고개를 저었다.

그는 숨을 몰아쉬며 복도를 가로질렀다. 손등에 닿는 황금
빛 빛줄기가 왠지 그 아이의 머리카락 색을 같았다. 그래서일
까, 디오의 발걸음은 점점 빨라졌다.

～∞～

"더워……."

땀이 흘러서인지 기운이 저절로 빠졌다. 나는 베개 위에 얼
굴을 묻었다. 습한 곳이어서 곰팡내가 났다. 냄새를 맡자마자
미간이 저절로 찌푸려졌다.

호흡기에 안 좋겠다. 이러다 폐병 걸리면 어떡하지. 우리 니
나 건강해야 하는데.

"별로다. 진짜."

그래도 기미 능력이 있으니 괜찮으려나. 하지만 원작 속 니
나도 서쪽 탑의 습기와 한기 때문에 몸이 많이 안 좋았었다.

'스트레스와 한기에 버텨나는 몸이 있으려나.'

그때 봤던 니나의 꿈을 되새기다 고개를 저었다. 좁고 더운
곳에 있으니 안 좋은 생각만 들었다.

나는 베개에서 얼굴을 떼었다. 묶인 팔 때문에 몸을 움직이
기 힘들었다.

'책장 넘기가 이렇게 힘들 줄이야.'

묶인 손으로 독서를 하는 건 요령이 필요했다. 책장 한 장 넘

기려면 어깨를 한껏 비틀어야 했다.

'팔이라도 풀어 줬으면 좋겠다.'

아니, 그 전에 빨리 나갔으면 좋겠어. 여기 되게 덥고 좁아.

나는 주위를 둘러보았다. 회색빛 벽돌 때문에 더 음산해 보였다.

'스산하다.'

하지만 내가 생각했던 감옥은 아니었다. 죄인을 고문하는 곳은 이 정도가 아니겠지. 적어도 여긴 창문과 침대가 있었다.

'아직 용의자라 그런가?'

그래도 영 아닌 곳에 처넣지는 않았다. 나는 한숨을 쉬며 다시 책에 집중했다. 일이 많아서인지 영 집중이 되지 않았다.

"실라잎. 신맛이 나며 숙취에 효과가 좋음. 변경에서도 자주 발견된다."

나는 이화윤일 때 자주 불렀던 트로트 가락에 가사를 붙였다.

"짜르르르~ 실라잎~ 셔서 숙취에 최고~ 변경에 가득!"

뭐야. 오래된 CF 음악 같아.

순간 내가 부르고 내가 웃어 버렸다. 조금이라도 웃고 나니까 기운이 났다.

그때였다. 문 뒤에서 인기척이 들렸다. 발걸음 소리는 문 뒤에서 바로 멈췄다.

나는 조용히 자리에서 일어났다. 열쇠를 돌리는 소리가 들리고, 곧 문이 열렸다. 나는 들어온 이를 보고 활짝 웃었다.

"스승님……."

들어온 이는 디오였다. 반가워서 웃었지만, 그는 손이 묶인 채 침대에 오도카니 앉아 있는 나를 훑어볼 뿐이었다.

"다친 곳은?"

"없어요."

나는 서둘러 일어나려다, 순간 중심을 잃었다. 손을 쓸 수도 없어서 바닥에 부딪힐 줄 알았다.

'어?'

눈을 질끈 감았는데, 충격이 오지 않았다. 나는 천천히 고개를 들었다. 어깨에 강한 힘이 느껴졌다.

디오가 내 몸을 잡아 줬다.

"가, 감사합니다."

그는 찌푸린 얼굴로 나를 바라보았다.

"조심해라."

워낙 표정이 딱딱한 사람이었다. 그런데 지금 진심으로 걱정하는 게 느껴졌다.

'어쩌지…….'

폐를 끼쳤다.

나는 진짜 울지 못해서 억지로 웃었다. 상황이 너무나 거지 같아서 살짝 서러웠다.

'제자 무르라고 하면 어떡하지?'

나는 그가 준 책을 흘끗 바라보았다. 나름대로 집중하려고 노력했지만, 아직 앞부분밖에 외우지 못했다.

이럴 때일수록 실적이 중요한데. 나도 참, 사람이 덜된 거 같아.

'불안해서 그런가.'

좀 더 강해질 수는 없니? 꽉꽉 외우자, 이화윤. 네 나이가 운다.

그는 내 어깨를 놓지 않았다.

"책을 외우고 있었군."

"어, 어떻게 아셨어요?"

디오는 나를 비스듬히 내려다보았다. 날카로워 보이는 턱선과 살짝 내리깔린 눈이 참 보기 좋았다.

"저기, 책이 펼쳐져 있다."

아, 아직 책이 침대에 있구나.

나는 계속 웃기만 했다. 웃으면 좀 좋게 봐줄 거 같았다.

"외우려고 했는데 도통 집중이 안 되네요."

나나 머리는 나쁘지 않았다. 하지만 천재나 영재는 결코 아니었다. 새삼스럽지만 그건 이화윤일 때도 마찬가지였다.

'한번 보고 외울 수 있으면, 지금쯤 디오에게 점수 좀 땄을까?'

스승님, 저를 놓치면 안 됩니다. 하고 고개를 당당히 들 수 있는 걸까.

"게다가 들렸다."

이건 또 무슨 말일까. 고개를 갸웃거리자 그는 눈을 가늘게 떴다.

"들어올 때 노랫소리가 들렸다."

순간 괜히 부끄러웠다. 내가 어찌할 줄 모르자, 그는 천천히 내 어깨를 놓았다. 나는 오른쪽 다리로 균형을 잡고 침대에 앉았다.

'아프다.'

왼쪽 엉덩이에서 찌르르한 아픔이 느껴졌다. 비명을 지를 정도로 아픈 건 아니었지만, 그래도 미간이 찌푸려졌다.

"왜 얼굴을 찡그리지?"

"아, 별거 아니에요. 엉덩이를 심하게 부딪쳤나 봐요."

내 말을 들은 스승님의 이마가 왕창 구겨졌다.

'왜 화가 나신 거지?'

이유를 알 수 없으니 웃는 거밖에 할 수 없었다.

웃는 얼굴에는 침을 못 뱉겠지. 나는 필사적으로 다시 웃었다.

"어쩌다 다쳤지?"

나는 무심코 왼쪽 엉덩이를 손으로 짚으려다, 손이 묶인 걸 다시 깨달았다. 이거 언제 풀어 주려나. 손목만 묶어서 손가락은 자유로웠지만 불편하기 그지없었다.

'엉덩이가 어쩌다 다쳤더라?'

하도 정신이 없어서 생각을 해 봐야 했다.

"아, 성녀님이 갑자기 쓰러졌는데요. 그때 제가 밑에 깔렸어요."

살짝 디오를 바라보니, 그의 미간이 더 찌푸려졌다.

"제대로 다시 설명해라."

그의 목소리에는 화가 가득 담겨 있었다. 순간, 면목이 없었다.

'죄송합니다. 제자가 바보네요.'

자의든 타의든 사고를 거하게 쳤는데 설명도 못 하네요. 제가 10년에 한두 번 멍청해지는데, 안타깝게도 지금이 그 순간인가 봐요.

"갑자기 성녀님이 쓰러지셔서 제 딴 애는 필사적으로 몸을 날렸어요. 그분은 의자채로 넘어가시는데, 도통 막을 수는 없는 거예요. 눈을 떠 보니 밑에 깔려 있더라고요. 그나마 다행이죠. 그분이 머리라도 깨졌으면 큰일이잖아요."

좀 더 몸이 날쌨으면, 결과가 달랐을까. 멋지게 성녀가 넘어지는 걸 저지하고, 나도 아무 이상 없었을까.

"그래서 걷기 힘들 정도로 아픈 거군."

"아, 통증은 점점 줄어드는 거 같아요. 괜찮지 않을까요? 저 빨리 낫잖아요."

디오는 아무 말도 하지 않았다. 그저 한숨을 크게 쉴 뿐이었다.

이제는 웃을 수도 없었다. 나는 그가 붙잡은 내 어깨를 바라보았다. 그래도 제자라고 팽개칠 수는 없는 모양이었다.

이쯤 되면 내 쪽에서 물러 달라고 해야 하는데, 뻔뻔해서일까.

'차마 그 말은 못하겠다.'

죄송해요, 디오. 저에겐 그 직업이 생명줄같이 느껴져서, 차마 포기할 수 없어요. 이렇게 되면 당신한테도 폐인데, 제가 점점 염치가 없어지네요.

그래도 죄송하다고는 해야겠지. 그게 맞겠지.

막 입을 뗄 때였다. 스승님이 말했다.

"네 체질은 특수하다. 기미 능력이 있고, 웬만한 출혈은 금방 낫는다. 아마 뼈에 금이 가도 이틀이면 나을 거다."

그의 목소리가 회색 벽에 부딪혔다 다시 울렸다. 나는 디오를 바라보았다. 외알 안경을 쓴 의사는 아직도 내 어깨를 놓지 않았다.

"하지만 그래도 네가 이렇게 다칠 필요는 없다."

순간 정신이 멍해졌다. 지금 내가 무슨 말을 들은 걸까.

'뭐, 뭐지?'

지금 나보고 몸조심하라고 한 거 맞지?

"서, 성녀님은 약하잖아요."

그는 나를 조심스레 침대에 앉혔다. 엉덩이가 딱딱한 침대에 닿자, 다시 통증이 느껴졌다.

"너도 약하다."

"전 금방 회복되잖아요."

"그 방에 병사가 대여섯이고, 기사가 두 명이었다. 꼭 네가 다칠 필요는 없었어."

"제가 제일 가까이 있었어요."

그녀가 갑자기 쓰러질 줄 상상도 못 했다. 아마 그 방에 있던 모든 이도 그렇게 생각하지 않았을까. 도대체 이유가 뭘까. 내가 추측한 대로 니나의 피 때문일까.

살짝 몸이 떨렸다. 앞으로의 일이 조금 두려웠다.

"몸을 떠는군."

"아, 죄송합니다."

"네가 나한테 죄송할 이유는 없다."

나는 어색하게 웃었다. 글쎄요. 지금 마구마구 폐를 끼치고 있잖아요. 제자 삼은 애가 반나절 만에 성녀 상해범이 되었어요. 잘하면 당신도 좀 의심받지 않을까요. 폐하와의 관계가 튼

튼해 보여서 괜찮을 거 같긴 하지만, 그래도 귀찮지 않나요?

"저는 재수가 많이 없나 봐요."

몸에 힘을 잔뜩 줘서 떠는 걸 막아 보려 했지만, 어째 마음대로 되지 않았다.

"죄송해요. 그래서 저랑 얽히면 좀 재수 없는 일이 많이……."

그때였다. 뺨에서 따듯한 온기가 느껴졌다.

그는 조심스럽게 내 볼을 매만졌다. 너무나 부드러운 손길이었다.

"네 탓 아니다."

나는 억지로 웃으려다 입술을 깨물었다.

그래. 내 탓은 아니지. 나도 알았다. 하지만 일이 이렇게 벌어졌다. 내 탓은 아니더라도 나는 이 사람에게 폐를 끼쳤다.

'아무 상관없는 사람인데…….'

무슨 말을 해야 할지 알 수 없었다.

"니나 케이지."

"네, 네……."

"무리하지 마라."

나는 고개를 저었다. 내가 무리한 게 뭐가 있나요. 그냥 여기 갇혀 있을 뿐인데.

"보통 이런 상황에서는 절망한다."

"저도 꽤 혼란스럽긴 해요."

"여기서 책을 억지로 외우지 않아도 된다."

그는 내 볼에서 손을 떼고, 딱딱한 침대 위에 앉았다. 나는 묶인 손으로 앞치마를 꽉 쥐었다.

"아니요. 이건 하고 싶어서예요. 제가 좀 필사적인가 봐요."

뛰어 봤자 벼룩이었다. 그런데 왜 이렇게 먹먹한 걸까.

"아무렇지도 않게 견뎌야 하는데, 그걸 못 하네요."

한숨이 저절로 나왔다. 사실 이런 고민도 참 쓸모없었다.

'지금 할 수 있는 일을 하자.'

부모님이 돌아가셨을 때도, 친척들이 돈을 달라고 괴롭힐 때도, 믿었던 새끼가 사실은 개새끼였을 때도 난 할 수 있는 일을 했다. 그렇게 하루가 지나고 이틀이 되면, 상황은 어떻게든 해결되었다.

'여기서도 그럴 수 있을까?'

나는 디오를 보며 조금 웃었다. 이번에는 억지웃음이 아니었다.

"걱정해 주셔서 감사합니다."

상황이 나아지면 꼭 보답할게요.

"저, 스승님. 만약 여기서 나갈 수 있게 되면요."

붉은 머리를 헐겁게 묶은 미남은 눈을 가늘게 떴다. 뭔가 굉장히 못마땅해 보였다.

"적어도 폐는 안 끼치도록 노력할게요."

차마 얼굴을 들 수 없어서 고개를 숙일 때였다. 등뒤에서 따뜻한 온기가 느껴졌다.

'어?'

약초 냄새가 섞인 체향이 느껴졌다. 장갑 낀 손이 묶인 내 팔에 닿았다.

그가 등뒤에서 나를 안았다.

"너는 정말……."

디오의 목소리가 귓가에 속삭였다.

"차라리 부탁해라."

"나가게 해 달라고요?"

나는 바로 고개를 저었다.

"와, 스승님 능력 있으신가 봐요. 성녀 암살을 시도했을지도 모르는 시녀를 막 뺄 수 있는 거예요?"

"할 수 있다."

이건 조금 놀랐다.

"정말요?"

"정 안 되면 빼 줄 테니까, 그렇게 걱정하지 마라."

웃음이 저절로 나왔다. 아이고, 동네 사람들. 제가 성공했습니다. 저 빽 좋아요! 언제 이렇게 든든한 연줄이 생겼지? 생각보다 살 만하네.

"하지 마세요. 걱정은 되지만요."

나는 그의 품에 등을 마음껏 기댔다.

"나갈 거 같기도 해요. 일단 전 성녀님을 죽일 생각이 전혀 없거든요. 게다가 제 피 때문이잖아요."

"알고 있군."

그의 목소리가 좁은 공간에 울려 퍼졌다.

"그렇지 않아도 네 피를 조사하러 왔다."

174

나는 다리를 살짝 흔들었다. 역시 이베리아에는 머리 좋은 사람이 많았다. 나도 한 생각을 이분들이 못할 리가 없었다.

"무슨 효과일까요. 성녀님이 기절했어요."

"그녀는 금방 일어났다."

"다행이네요."

와, 한시름 놨다. 니나의 피가 독은 아니었구나.

"기절보다는 수면에 가깝더군."

이건 또 무슨 말일까.

"내 추측이지만 아마 맞을 거다. 성녀는 잘 자고 일어났다. 네 피는 수면의 효과가 있을 것으로 짐작한다."

나는 고개를 돌려 디오를 바라보았다. 그러고 보니 니나는 아직 몸이 작아서인지, 스승님 품에 너무 폭 안겨 있었다.

"저는 제 피를 먹어도 그런 효과는 느낀 적 없는데요."

"너 자신의 피니까 효과가 없을 수도 있다. 게다가 성력을 가진 이의 피가 이능적인 효능을 지닌 사례는 의외로 흔하다."

이건 또 뭐야. 전혀 듣지도 보지도 못한 사실이라 어안이 벙벙했다.

"설마 성력을 가진 사람 피는 다 이래요?"

"강한 성력을 가진 이가 그렇지."

"네? 강하다니요?"

"추기경이나 교황급의 피는 이능의 효과가 종종 발견된다."

너무 놀라서 침을 꼴깍 삼켰다. 뭐야. 니나 쩌리라며! 성력이 너무 쩌리라서 여태 버려둔 애 아니었어?

"폭주나 세뇌밖에 효능이 없는 줄 알았는데, 수면은 나도 처음이다. 정말 의외군."

"성당에서 제 피가 이런 거 알았겠죠?"

"당연히 알았겠지. 알아서 너에게 그런 편지를 보냈을 거다."

"복잡해라."

머리를 쥐어뜯고 싶어도 손이 묶여 있어서 할 수 없었다. 내가 신음을 내자, 디오는 장갑을 벗고 이마 가에 손을 올렸다.

"열이 있다."

"아, 정말요?"

전혀 몰랐다. 머리가 잘 안 돌아간다 생각했는데, 열이 있었구나.

'어쩐지 집중이 안 되더라.'

그것도 모르고 억지로 외우려고 했구나. 세상에. 정말 바보였네. 집중력이 문제가 아니었어.

"엉덩이 쪽 뼈가 부러졌을 수도 있겠군."

"그래도 통증이 점점 줄던데요?"

"너는 회복할 때 살짝 열이 난다. 그게 출혈이나 외상이면 더 심해지지."

쓴웃음이 절로 나왔다. 진짜 내 몸인데, 아무것도 몰랐다.

"독초를 먹어도요? 항상 이랬어요?"

디오가 고개를 끄덕였다. 나는 한숨을 쉬며 몸에 힘을 뺐다. 자연스레 스승님 품에 체중이 실렸다.

"정리해 보면, 전 성력이 좀 강한가 봐요?"

"적어도 추기경급이지."

"성당에서는 그걸 알았으니까, 이상한 수를 쓴 거겠죠?"

"이상한 수 정도가 아니다. 처음부터 세뇌하려고 아티팩트를 줬다. 아마 계획된 것이었을 거다."

순간 깜짝 놀랐다. 아니, 아티팩트는 또 뭐야. 그건 뭐하는 물건이야. 뭐가 이렇게 복잡해.

"그 어머니 유품인 목걸이 말하는 거죠? 그게 아티팩트예요? 아니, 도대체 아티팩트가 뭔가요?"

"성당에 귀히 여기는 성물이다. 다양한 효과가 있지. 네 아티팩트는 네 몸을 바늘로 찌르고, 그 바늘로 병사를 찌르라는 강한 세뇌가 걸려 있었어."

미치겠네. 난 뭘 가지고 온 거야.

'좀 이상하긴 했어. 유품을 애가 떠날 때 주는 게 어디 있어.'

진짜 니나 어머니의 유품이었으면, 처음부터 애가 가지고 있었겠지.

'효능 참 거식하다.'

이왕이면 해독같이 좀 건실한 물건이면 안 되니? 세뇌라니. 너무 성당다워서 할 말이 없네.

'거들떠보지도 않긴 했지.'

나는 낡은 로켓 목걸이를 떠올렸다. 니나는 나름대로 애지중지했지만, 나는 숙소 구석에 처박아 놓고 잊고 있었다.

'바늘로 찌르라는 세뇌가 걸려 있다니 무시무시하네.'

성당이 니나를 이베리아로 보낸 건 역시 그 이유였구나.

나는 니나 바늘로 병사들을 찌르는 걸 상상했다. 그렇게 하면 긴 창을 든 병사들도 성녀처럼 바로 쓰러지는 걸까?

'대단하다.'

망할 놈들. 개새끼들.

'성녀를 탈출시키기 위해서 꽤 열심히 준비했나 봐?'

생각해 보면 강하게 짚이는 게 하나 있었다. 나는 원작의 니나가 어떻게 성녀를 탈출시켰는지 항상 궁금했다. 성녀가 있는 안쪽 방은 경계가 삼엄했다. 대여섯 명의 병사가 있었고, 시녀들도 한두 명은 꼭 같이 있었다.

'피를 쓴 거였어.'

어떻게 병력을 무산시켰는지 몰랐는데, 그거 니나의 피가 다한 거구나.

'그래도 대여섯 명을 한꺼번에 무산시키는 건 힘들 거 같은데……'

한두 명이야 쓰러트린다 쳐도, 긴 창을 붕붕 휘두르는 병사님들을 조그마한 니나가 어떻게 이길까.

그때 대공이 떠올랐다. 아, 그러네. 원작에서는 지금이랑 전혀 다른 대공이 있었구나. 대공이 어떤 수를 쓴지 모르지만, 병사를 한두 명으로 줄였나 보네.

"로켓도 정교한 회로지만, 머리카락이 핵 같더군."

핵이라니. 그건 또 뭘까.

"그 아티팩트는 백금발 머리카락이 없으면, 그냥 낡은 목걸이다."

나는 눈살을 찌푸렸다. 무슨 말을 하는지 잘 이해가 가지 않았다.

'그 머리카락 뭉치가 동력 같은 건가?'

뚜껑 달린 목걸이가 기계라면, 그 니나 엄마 머리카락인 줄 알았던 그 백금발 뭉텅이가 건전지라는 거구나.

"여태까지 전 그게 엄마 머리카락인 줄 알았는데요."

"그건 모르겠지만, 꽤 정교한 아티펙트다. 아마 추기경급이 만들었을 거다."

디오는 내 묶인 손을 살며시 토닥였다. 꽤 다정해서, 나는 계속 몸을 기댔다.

"성력의 세계는 참 심오하고 더럽네요."

"그 아티펙트는 심층적으로 연구할 예정이다. 아마 더 자세히 드러나겠지."

상황이 진전되자, 마음이 가벼워졌다. 나는 계속 다리를 흔들었다.

"그 편지는 뭐였나요?"

"편지는 간단한 최면이라고 하더군. 네가 그 아티펙트를 잡고 기도를 하게 하는 암시가 들어 있다고 들었다."

얼굴이 저절로 일그러졌다. 성당 새끼들 머리 좀 썼구나.

'시기를 기다린 거 같네.'

괜히 편지가 지금 온 게 아니었다. 그놈들은 성녀를 빼돌릴 계획을 철저하게 세운 것 같았다.

'나를 못 쓰게 되었으니, 계획이 배배 꼬이겠네? 아이, 기분

좋아라!'

진짜 더럽다. 더러워. 나가기만 해 봐라. 성당 방향으로 소금을 포대째 뿌려야지.

"그리고 폐하께서……."

순간 입술을 깨물었다. 머릿속에 절세미남을 떠올린 순간, 한숨이 저절로 나왔다.

'어떻게 되려나?'

토끼라서 평소처럼 생활하라고 놔줬는데, 상황이 이렇게 되어 버렸다.

'복잡해 죽겠다.'

그 사람은 나를 어떻게 할까. 원작의 니나처럼 어디 가두고 잊어버릴까?

'아니다. 다른 이용가치가 있고, 만지면 시원하니까 계속 이렇게…….'

토끼처럼 만지고 쓰다듬으며 청량함을 느낄까?

'씹고 뜯고 맛보고 즐기다가 이용가치 다 떨어진 우린 티백이 되면 그냥 버리는 걸까?'

나는 고개를 저었다. 친애하는 폐하의 계획 따위야 알 바 아니었다.

'나는 약초 연구원 돼서 잘 먹고 잘살 거야.'

연구원 돼서 연구실에만 처박혀 있을 거야. 실력과 실적으로 살게 되면 더는 볼 일도 없겠지.

'이화윤. 정신 똑바로 차려.'

미모에 속지 말고, 외모에 홀리지 말자.

한참 되뇔 때였다. 장갑 낀 손이 입가에 닿았다.

"피난다."

난 입술을 깨무는 걸 멈췄다. 그러고 보니 피 냄새가 느껴졌다. 서둘러 입술을 뗐지만, 피는 멈추지 않았다.

'나 원래 이런 버릇 없었는데…….'

니나가 되고 나서 긴장이 되거나 스트레스를 받으면 나도 모르게 계속 깨물었다.

디오는 하얀 장갑에 묻은 피를 물끄러미 바라보았다.

"죄송해요."

하얀 장갑에 피가 점점 퍼졌다. 저 장갑은 이제 못 쓰게 되는 걸까.

"장갑은 많다."

"저, 전부터 궁금했는데요."

"장갑을 끼는 이유라면 대답하지 않겠다."

나는 고개를 저었다.

"그게 궁금한 건 아니에요. 그 장갑 세탁해서 사용하는 거죠?"

디오는 고개를 끄덕였다.

다행이다. 나 때문에 못 쓰게 되는 거 아니구나.

"이상한 걸 묻는군."

"그러게요."

나는 계속 다리를 흔들었다. 뒤에 받치고 있는 사람이 있어서일까. 마음이 한결 가벼웠다.

"이제 좀 너답군."

그는 내 머리를 부드럽게 쓰다듬었다. 나는 웃으면서 살짝 고개를 숙였다.

"좋은 거죠?"

"그래. 다행이라 생각한다."

그렇게 말한 디오의 입가에는 희미한 미소가 어렸다.

'스승님, 정말 나를 위로하려고 하는구나.'

잘 웃지 않는 사람이었다.

'어쩌다 웃게 한 적은 꽤 있긴 한데…….'

뭘까. 이상하게 촉촉해지는 기분이야. 모래만 서걱거리는 곳에서, 보슬비가 내리면 이런 기분일까.

"폐하께 네 피를 조사해 본다고 했다."

나는 순순히 고개를 끄덕였다.

"정말 수면 효과가 있을까요."

"그럴 거라 짐작한다."

"저, 스승님."

나는 그를 바라보았다.

"아주 소량의 피일 텐데, 단시간이라도 바로 잠들어 버리잖아요."

날카로운 미남은 내 손을 잡았다. 마치 더 말해 보라는 거 같아서, 나는 괜히 기분이 좋아졌다.

"나중에요. 일이 잘 해결되면 제 피요, 마취제로 사용할 수 있지 않을까요?"

갑자기 손에 악력이 세졌다. 올려다보니 그는 상념에 잠겨 있었다.

"지금 마취제로 쓰는 건 비크잎과, 달튼 조각이다. 효과에 관한 건 세세하게 밝혀졌지만, 부작용도 있다."

"어떤 부작용인가요?"

"너무 쇠약한 사람이 사용하면, 정신이 잘 돌아오지 않는다. 각성제를 사용해도 소용없는 경우가 종종 있지."

나는 고개를 끄덕였다. 생각해 보면 현대에서도 저런 의료 사고는 종종 있었다.

'이런 상황에서 참 새삼스럽긴 한데……'

나는 묶인 내 손을 바라보았다.

의료 사고 하니 저절로 떠올랐다.

'나는 어떻게 죽은 걸까.'

의료 사고인 건 분명한데, 수술 중에 심장을 잘못 건드린 걸까? 아니면 약물 주입이 이상하게 된 걸까.

'설마 마취약 부작용은 아니겠지?'

나는 다리를 더 흔들면서 생각을 털어 냈다.

이런 상황에서 왜 거기까지 가. 정신 차리자, 이화윤. 이건 접어 두자. 다음에 생각해도 될 것 같아.

"일단 네 피의 효과를 밝혀내는 게 우선이다."

"저도 그렇게 생각해요."

그는 내 어깨를 토닥이며 자리에서 일어났다. 그러고는 들고 왔던 가방을 열었다, 거친 소리를 내며 열린 딱딱한 가방에는 크기 별로 정리된 주사기가 햇살에 반짝였다.

'연구실은 엉망이면서 이런 건 되게 철저하시네요.'

유리로 된 주사기는 지문 하나 없었다.

"뽑으실 건가요?"

"안 아프게 해 주마."

"아파도 상관없긴 한데요. 다른 게 문제예요. 제가 먹은 게 좀 신통치 않아요."

나는 내가 오늘 뭘 먹었나 떠올렸다. 아까 간수분이 점심을 줬지만 스튜 한 접시와 빵 한 조각이었다.

우리 니나, 빈혈 오면 안 될 텐데. 니나야, 너 헤모글로빈 수치가 평소에 어땠니? 괜찮았니?

"고기 좀 많이 주세요."

디오는 고개를 끄덕였다.

"말해 놓겠다."

"아, 그리고요. 스승님. 좀 염치없지만……."

나는 어깨를 으쓱하며 겨우 말했다.

"윗단추 두 개랑 구두 좀 벗겨 주세요."

빤히 바라보는 시선이 느껴졌다. 염치가 없어서일까. 차마 마주 볼 수 없었다. 죄송합니다. 저도 웬만하면 혼자 해 보려고 했어요.

"더워서요. 손이 묶여서 단추와 구두끈을 풀 수가 없더라고요. 몇 번 시도는 해 봤는데요. 윗단추가 작기도 하고 뒤에 있잖아요."

184

디오는 대답하지 않았다. 그저 묵묵히 내 구두의 끈을 풀었다.

부끄러워서 고개를 돌렸다. 하얀 발이 드러나자 시원했지만, 왠지 고개를 들기 힘들었다.

'맨발을 보이는 게 금기인 거 같진 않던데…….'

이베리아 풍습에도 그런 건 없었다. 하지만 이상하게 부끄러웠다. 게다가 스승에게 참 못할 짓이었다.

그는 내 구두를 다 벗기고 자리에서 일어났다.

"고개를 돌려라."

나는 어색하게 웃었다. 그는 아무런 표정이 없었다. 그저 목덜미에 있는 윗단추 두 개를 풀고는 다시 가방을 가져올 뿐이었다.

손가락이 피부에 닿지도 않았는데, 왠지 얼굴이 화끈거렸다.

"죄, 죄송합니다. 부탁할 사람이 없었어요."

"별로 죄송할 일은 아니다."

그는 딱딱한 가방에서 제일 작은 주사기를 꺼냈다.

"또 부탁할 게 있으면 말해라."

나는 고개를 저었다. 이제는 정말 없었다.

그때였다. 문 뒤에서 인기척이 들렸다. 곧 문이 열리고, 간수가 안으로 들어왔다.

디오가 미간을 찌푸리며 물었다.

"무슨 일이지?"

"손은 자유롭게 하라는 폐하의 명이십니다."

간수는 빠르게 내 앞으로 와서, 굵은 밧줄을 칼로 잘랐다. 순식간에 내 손은 다시 자유를 되찾았다.

손가락을 구부렸다가 펴 보기를 반복할 때였다. 간수는 허리춤에 있는 쇠사슬을 벽에 있는 고리에 연결했다.

쇠가 부딪치는 소리가 요란했다. 꽤 긴 쇠줄의 끝에는 가죽으로 덧댄 족쇄가 있었다.

'아, 묶는 대신 이걸 차는 거구나.'

"실례합니다."

간수는 내 발목에 족쇄를 채우고 자물쇠를 잠갔다. 그러고는 작게 한숨을 쉬었다.

"제일 작은 것을 가져왔는데도 많이 남는군요."

그가 무슨 말을 하는지 금방 알았다. 나는 내 발목을 바라보았다. 니나의 발목이 가늘어서인지 족쇄가 좀 헐렁하긴 했다. 살짝 흔들어 보니 묵직한 사슬이 따라왔다. 쇠사슬이 발목 발끝에서 달랑거리면서 부딪치는 건 꽤 아팠다.

그래도 손이 묶인 것보다는 편했다.

"이 아이는 도망가지 않을 거다."

"저도 이 시녀가 도망갈 거라곤 생각하지 않습니다. 하지만 명령입니다."

디오는 한숨을 쉬었고, 간수는 고개를 숙이고 나갔다. 나는 발목을 돌리며 말했다.

"괜찮아요. 스승님. 곧 나갈 거잖아요."

나는 웃으면서 그를 바라보았다.

"정 못 나가게 되면 부탁할게요."

디오는 한숨을 쉬며 말했다.

"팔이나 내밀어라."

나는 자유로워진 손으로 소매를 걷어올렸다.

곧 팔뚝이 따끔했다. 자고로 이런 건 쳐다보면 더 아픈 법이었다. 나는 일부러 다른 곳으로 시선을 돌렸다.

"곧 나갈 거다."

"당연하죠."

난 내 무죄를 믿었다. 그리고 여기 사람들은 바보가 아니었다. 곧 교단이 무슨 꿍꿍이였는지 샅샅이 밝혀내겠지.

'조금만 참자.'

외로워도 슬퍼도 좀 참자. 다 해결되면 그리운 내 남쪽 끝방에서 맛있는 거 먹으면서 시녀님들과 수다나 떨어야지.

그때 디오가 의외의 말을 했다.

"네가 갇혀 있는 걸 원하지 않을 거다."

"누가요?"

그는 대답하지 않았다. 그저 약초가 묻은 천을 문지를 뿐이었다.

나는 손으로 사람들을 꼽아 봤다. 안타깝게도 몇 사람 없었다.

'레오?'

그러고 보면 잘생긴 그리핀 기사단장님은 뭐하고 계실까. 내가 이렇게 된 걸 아실까.

'알 거 같긴 하다.'

기사단장은 꽤 높은 자리인 것 같던데, 이런 대형 사건을 모를 리 없겠다. 하지만 알아도 어쩔 수 없지 않을까.

사람 좋은 남자였다. 어쩌면 레오는…….

나는 고개를 저으며 떠오른 생각을 지웠다.

'그다음은 그 사람밖에 없네.'

나는 작게 한숨을 내쉬었다.

'절세미남 최고 권력자 님.'

디오는 새 주사기를 내 팔에 넣었다. 따끔함이 둔통으로 변했다.

'폐하는 무슨 생각일까.'

아마 성녀를 지키기 위해 혈안이겠지. 어쩌면 이곳에 갇혀 있는 나는 잊었을지도 몰라. 아, 아니다. 사비나 님께 보고는 받으려나.

'생각하지 말자.'

그 사람 생각을 말단 시녀가 어떻게 알겠어.

나는 자유로워진 손으로 흘러내린 머리를 쓸어 올렸다. 조금 자란 니나의 머리카락이 손가락 사이로 흐트러졌다.

'그 사람은 내가 결백한 것도 성당의 꿍꿍이도 이미 다 알고 있겠지.'

내가 모르는 것도, 생각지도 못한 부분까지도 다 아는 사람이었다. 그 뛰어난 통찰력으로 이미 상황을 이용하고 있겠지.

'폐하는 아직도 니나가 필요할까?'

그야 청량함이 좋다면 계속 옆에 두고 싶긴 하겠지.

'복잡해.'

나는 고개를 저었다. 이리 뛰고 저리 뛰어도 뭐든 아는 사람한테는 소용없지 않을까.

'처음에는 그냥 살려 주면 그걸로 끝이었는데……'

무엇이 변해서 이렇게 힘들어진 걸까.

나는 손으로 꼽아 보았다.

내 위치? 마음? 상황? 세라피와의 관계?

'젠장! 다잖아! 저거 다야!'

너무 많이 변해서 내가 혼란스러운 거였어!

원작은 변했고 미래는 달라졌다. 전혀 몰랐던 사람들과의 관계가 생겼고, 결국 여기까지 왔다.

팔에서 느껴지는 통증이 없어졌다. 나는 주사기를 정리하는 디오를 바라보았다.

'원작의 니나는 디오를 알았을까?'

기미 능력을 검증받으려면 한번 만나기는 했을 거 같은데, 이런 관계는 아니었겠지.

"걱정하지 마라. 금방 밝혀질 거다."

나는 얼얼한 팔을 문지르며 말했다.

"걱정 안 해요. 스승님께서 금방 밝혀 주실 거잖아요."

스승님은 내 머리를 쓰다듬으며 가방을 들었다.

"식단에 대해서는 꼭 말하마."

"네. 고기 많이 부탁드립니다."

"너무 불안해 하지 마라."

저절로 웃음이 나왔다. 이 사람이 나를 걱정해 주는 게 너무나 좋았다.

"안 해요. 믿으니까요."

당신이 오기 전까지는 정말 불안했어요. 떨어진 곁가지 같은 신세 어떡하나, 정말 이러지도 저러지도 못했어요. 그런데 이제는 괜찮아요. 희망이 보이는 걸요.

그는 피식 웃으면서 문을 열었다.

창밖에 가느다란 햇살이 붉은 머리카락에 닿았다. 그러고 보니 헐겁게 묶었던 머리카락이 오늘따라 단정했다.

"웃기는……."

그는 그렇게 속삭이며 문 밖으로 나갔다.

와, 마지막까지 내 마음을 힐링해 주시네. 스승님 저 진짜 잘 할게요.

"에구구구……."

배웅을 마치고, 낡은 침대에 바로 드러누웠다. 나는 멍하니 천장을 바라보았다. 여전히 좁고 스산한 곳이었지만, 이상하게 전처럼 답답하지 않았다.

베개 아래에 딱딱한 책이 느껴졌다. 스승님이 오기 전까지 외우려고 용을 썼던 그 책이었다.

'바보냐. 이화윤.'

열 난 머리로는 안 외워지는 게 당연했다.

책을 보니 저절로 디오 생각이 났다. 나는 책을 안고 다시 침대에 누웠다. 왠지 마음이 따뜻했다.

"좀 쉬자."

열이 나서일까. 온몸이 따끈따끈했다. 하도 버둥거리느라 몰랐는데, 굉장히 멍하기도 했다. 그래도 손이 자유로워서인지 한결 살 만했다.

'조금만 버티자.'

분위기를 보아하니 누명은 곧 풀릴 것 같았다.

'복잡하긴 한데⋯⋯.'

아무것도 변한 건 없었다. 하지만 희망이 있어서 이제는 버틸 만했다.

의식이 가물가물했다. 나는 이마에 손을 얹고 햇살을 가렸다.

어디선가 바람이 불어왔다. 발가락 사이로 흔들리는 시트를 느끼면서 나는 눈을 감았다.

'자자.'

이화윤. 너 너무 지쳤어. 좀 쉬어야 해.

'자고 일어나서 몸이 나아지면, 다시 책을 외우자.'

순간 웃음이 나왔다. 어찌됐든 할 일은 변하지 않았다. 예전이나 지금이나 여전히 책 외우기였다. 하지만 왜일까. 아까와는 달랐다. 지금은 너무나 기뻤다.

'필사적이지 않아도 된다는 게 너무 좋다.'

감사합니다. 스승님 이 은혜는 잊지 않을게요. 어떻게 하면 이 고마움에 보답할 수 있을까요. 제가 좋은 제자가 되면 되나요?

'완벽한 약초 연구가가 될게요. 어디서 저런 제자를 구했냐고 부러움을 살만큼, 열심히 할게요.'

가물거리는 시야 사이로 등에 겹치던 그의 온기를 떠올렸다. 안고 있는 책이 너무나 사랑스러웠다.

피로했는지 바로 노곤해졌다. 열이 오른 몸에 작은 창으로 부는 바람이 너무나 시원했다.

"감사합니다."

나는 그렇게 중얼거리며 잠들었다.

19

토끼는 내 옆에 둘 거다

연구실은 여전했다. 각종 시약이 든 찬장 사이로 책이 작은 산처럼 쌓여 있었다. 그 외에는 책상과 작은 의자 하나가 전부인 곳이었다.

그곳의 주인은 언제나처럼 연구 서류를 정리했다. 마지막 서명을 끝냈을 때였다. 책 사이로 열린 창문에 시원한 바람이 불었다.

디오는 펜을 놓고 창문을 바라보았다. 나풀거리는 커튼 사이로 밤하늘이 비쳤다가 가려졌다.

그는 장갑을 벗고 작게 숨을 내쉬었다. 창가 너머의 황금빛 달이 너무 눈부셨다.

그때 문 뒤에서 인기척이 들렸다. 그는 책상에 턱을 괴었다. 이 시간에 여기로 올 사람은 거의 정해져 있었다.

문이 열리고 한 사람이 들어왔다. 예의를 표시해야 하는 귀한 이였지만, 디오는 하지 않았다. 거추장스러운 사람이 없으면, 두 사람의 관계는 조금 변했다.

"고생하는군."

"덕분입니다."

왕은 싱긋 웃으며 맞은편에 앉았다. 회의실과 집무실과는 조금 다른 사람 같았다.

그러고 보면 참 질긴 인연이었다.

'처음 봤을 때는 상처투성이 소년이었지.'

그때 소년의 팔에 붕대를 감았던 이유는 그저 안쓰러워서였다. 이러니저러니 해도 높으신 분이었던 탓도 있지만, 변경에서 이 사람은 금방이라도 죽을 것 같았다.

몇 년이 지나 소년은 왕이 되었다. 이베리아에서 제일 강한 이었고, 마도의 기적이며, 칭송을 받는 몸이었다.

그런 왕이 물었다.

"진척은?"

연구의 진행을 묻고 있었다. 디오는 순순히 대답했다.

"더 알아봐야겠지만, 일단은 끝났습니다."

그는 서류를 통째로 넘겼지만, 왕은 읽지 않았다. 오랜 시간을 보내서 그가 왜 이런 행동을 하는지 알았다.

읽는 것보다는 설명이 빨랐다. 특히 연구 보고서일 때는 더욱 그랬다.

"니나 케이지의 피의 효과는 수면제입니다."

왕은 작은 의자에 앉아서 웃었다.

"재미있는 토끼였군."

"효과도 특이합니다."

"말해 봐."

디오는 왕에게 건네줬던 서류를 다시 가져갔다.

"니나 케이지의 피가 체내에 흡수되면 기절하듯 잠이 듭니다."

"그것뿐인가?"

"네. 많은 양이 들어오면 오래 잠들고, 적은 양이면 그만큼 빨리 깹니다."

왕은 턱을 쓸어내렸다. 희미했지만 자신도 토끼의 피를 핥은 적이 있었다. 하지만 아무 일도 없었다. 단내가 나는 것 외에는 그냥 평범한 피였다.

"나는 그 효과가 없었다."

디오는 미간을 찌푸렸다.

"아이의 피를 드신 적 있으십니까?"

왕은 어깨를 으쓱했다.

의사는 한숨을 내쉬었다.

"연유가 궁금하군요. 어쩌다 드셨습니까? 아직 어린 시녀입니다."

"짐의 토끼다."

의사는 그의 얼굴을 빤히 바라보았다. 왕은 이럴 때 뻔뻔하기 그지없었다.

사실 어디까지가 진심인지 알기 힘든 사람이었다. 그는 몇 수 앞을 내다보고 사람을 조정하는 데 능했다.

"중독성이 있습니다."

그의 표정이 굳었다. 사실 이건 디오에게도 의외였다. 왕은 어서 말하라고 손짓했다.

"오늘밤이었습니다. 제일 많은 피를 흡수했던 이가 찾아와서 이것저것을 묻더군요."

"환각제인가?"

"비슷하지만 좀 다릅니다. 그 사람은 남성이었습니다. 제게 좋은 꿈을 꿨다고 하더군요."

남자에게 좋은 꿈이란 뻔했다.

왕은 자기도 모르게 웃어 버렸다. 참 이상했다. 번거로운 상황인데, 묘하게 즐거웠다.

항상 토끼에 관한 일은 이랬다. 정말 그 아이는 어디로 튈지 알 수 없었다.

"좋은 꿈을 꾸게 해 주는 피라니, 굉장하군."

"위험합니다."

왕은 고개를 살짝 끄덕였다. 의사의 말이 맞았다. 정말 위험했다.

"어째서 그런 효과를 지닌 거지?"

"왕께서 만지면 청량함을 느끼는 거랑 똑같습니다. 현재로서는 알 수 없습니다. 제 추측이지만 니나 케이지는 성당에서 만들어 낸 존재 같습니다."

두 사람은 각자 생각에 잠겼다. 침묵은 꽤 길었다.

열린 창문 사이로 바람이 불었다. 왕은 흘러내린 머리를 뒤로 넘겼다.

"어느 정도 예상은 했었다. 성력의 정수인 백금발에 마력의 상징인 붉은 눈이 자연적으로 나올 수는 없겠지."

"게다가 그 아이는 고아원에서 자신과 비슷한 머리카락 색이 꽤 있었다고 하더군요."

"일부러 그런 애들을 모아 놓고 키웠군."

디오는 고개를 끄덕였다. 충격적이었지만 익히 알고 있던 사실이었다. 성력은 거의 유전으로 내려왔다.

"사실 성녀도 그렇지 않습니까."

"그녀도 소모품에 불과하지."

"닳으면 갈아 끼우면 되는 존재지요."

성녀가 스물다섯이 넘어서 은퇴하면 어떻게 되는 걸까. 그들은 정말 수녀원에서 여생을 보내는 걸까.

교단에서는 극비였지만, 영원한 비밀은 없는 법이었다. 성녀의 역사도 벌써 오백 년째였다. 하지만 그 어떤 역사서에서도 은퇴한 성녀에 대해 나와 있지 않았다. 그들이 살아서 존재했다는 증거가 없었다.

왕은 머리를 쓸어 올리며 말했다.

"성국 방방곡곡을 뒤져도 은퇴한 성녀가 가는 수녀원은 없더군."

"성당답군요."

"니나 케이지의 고향에 첩자를 보냈다."

왕은 시선을 돌려 창가를 바라보았다.

"시네리필 말입니까??"

"경계가 삼엄해서 알아낸 건 몇 개 없지만……."

까만 밤하늘 사이로 비치는 달이 오늘따라 유난스레 붉었다. 그는 한참을 그렇게 달만 바라보았다.

"비싼 고아들을 파는 곳이라고 하더군."

의사는 안경을 들어올렸다.

"그렇군요."

"진귀한 토끼더군."

그러고 보면 토끼는 양녀로 팔려가기 싫었다는 말을 했었다. 그래서 성당을 싫어한다고, 도망갈 생각은 없다고 쐐기를 박았다.

아이는 그 정도로 거짓말을 못 했다. 차라리 속마음을 이야기하지 않으면 모를까, 없던 말을 꾸며내지 않았다.

토끼를 생각하자 짧은 웃음이 나왔다.

"피에 이능이 있을 정도면 성력이 강하다는 건데 아무렇지도 않게 짐에게 보냈군. 그런 아이들이 많나 봐?"

수십 년을 상대해 봤지만, 적은 상상 그 이상을 보여 줬다. 예전부터 생각했지만, 총체적으로 맛이 가 버린 것들이었다.

"단지 비싸다라……."

도대체 토끼가 있던 고아원에서는 어떤 아이들이 있던 걸까.

"그들이 무슨 속셈인지 매우 궁금하군."

"좀 더 알아보실 겁니까?"

"양녀나 양아들로 팔린 이들을 조사해 보면 금방 나올 것 같군."

디오는 고개를 끄덕였다. 아마 첩자들은 그것에 대해서도 알아보고 있을 것이다.

"니나 케이지의 피의 중독성은 어느 정도지?"

"더 실험해 봐야 합니다."

"정말 그 아이는 재미있군."

왕은 짧은 백금발을 가진 어린 시녀를 떠올렸다. 붉은 눈동자가 예쁜 아이는 토끼면서도 언제나 도망갈 준비만 했다.

표정을 숨길 줄을 모르는 아이였다. 항상 속마음이 표정에 그대로 드러났다.

"디오."

"예, 폐하."

"토끼는 정말 고아원에서 자란 걸까? 짐은 항상 그게 궁금하더군. 교단의 특기는 세뇌와 기억조작이니, 토끼도 그런 거 아닐까?"

의사는 왕이 무슨 말을 하는지 알아챘다. 니나 케이지는 험한 곳에서 자란 거치고는 지나치게 착했다.

"잘 자란 아이 같습니다. 굉장히 어른스럽습니다."

"선천적으로 착하다고 해도 지나치게 선량해. 짐은 가끔 그 아이가 어디선가 뚝 떨어진 존재로 느껴진다. 게다가 그 아이는 그렇게 착하면서도 자신을 신기할 정도로 객관적으로 보더군."

고통도 아픔도 한 발자국 떨어져서 본다. 그러고는 남의 일처럼 얘기했다.

"눈에 떠어."

밝고 착한 주제에 예쁘기까지 했다. 생각이 남과 다르고, 가끔은 놀랄 만큼 다른 관점을 보여줬다.

그런 존재를 교단이 만들었다면 그것도 참 대단했다.

의사는 눈을 가늘게 뜨고 물었다.

"언제까지 옆에 두실 겁니까?"

"짐이 질릴 때까지."

"질리면 저에게 주십시오. 이미 제 제자입니다."

왕은 턱을 괴고 조금 웃었다. 손아귀에서 깡충깡충 뛰는 자신의 토끼는 달라는 사람이 이렇게 많았다.

"아시지 않습니까. 저는 사람을 함부로 두지 않습니다."

디오는 장갑을 벗으며 말을 이었다.

"그런 제가 선택했습니다. 좋은 아이입니다. 두고 가르치고 싶습니다. 그러니 제게 주십시오."

"그런 말을 들으니……."

왕은 자리에서 일어났다. 긴 망토가 바닥에 끌렸다. 그는 긴 머리를 쓸어 올리면서 자연스럽게 웃었다.

"계속 짐의 옆에만 두고 싶군."

디오는 미간을 찌푸렸다.

"폐하."

"토끼 하나 귀여워하는 게 이렇게 힘들 줄 몰랐군."

"이유를 알려 주십시오. 신하들은 위험한 아이라고 할 것입니다. 저도 니나를 폐하에게 멀리 떨어뜨려 놓는 게 더 낫다고 생각합니다."

"위험하니 짐의 옆에 둘 것이다. 이렇게 된 이상 그 아이도 흔한 길로는 갈 수 없어. 좋은 꿈을 꾸게 하는 피를 가진 아이다. 그걸 싫어할 사람이 어디 있지? 환각제에 대표적인 부작용이 잠에 들지 못하는 거다, 디오.”

왕은 의자에 손을 얹고 의사를 바라보았다.

“이 나라도, 성국도 중독자들은 차고 넘친다. 너도 알렉이랑 똑같아. 그 아이를 지키지 못할 거야.”

“폐하.”

“이제 토끼는 어디를 가도 위험하다. 어쩌면 성녀보다 더 위험할지도 몰라.”

“피에 대한 걸 들키지만 않으면 됩니다.”

왕은 고개를 저었다.

“이미 늦었어. 병사들과 기사가 안다. 함구하더라도 수상하게 생각하는 이들이 많아.”

의사는 주먹을 꽉 쥐었다. 할 말이 없었다. 안타깝게도 왕이 하는 말은 다 맞았다.

“토끼는 내 옆에 둘 거다.”

그는 문 쪽으로 걸어갔다.

“마음에 들지 않지만, 토끼가 네 제자가 되는 건 허락하지.”

문이 열리고 왕이 사라졌다. 그가 나가자 디오는 이마를 짚었다.

피의 효능을 밝혀서 아이를 빼낼 계획이었다.

‘위험한 아이라고 여겨지면 버릴 줄 알았는데…….’

오히려 그의 마음에 불을 지펴 버렸다.

자신이 어리석었다. 저렇게 아이에 대해 집착할 줄은 상상도 못 했다. 어째서 생각이 거기까지는 닿지 않았던 걸까.

"미치겠군."

상황을 냉정하게 보면 왕의 말이 맞았다.

백금발에 소녀는 이제 단순히 기미 시녀가 아니었다. 위험한 피를 가진 아이였다. 자신은 피의 효능을 마취제 따위로 봤지만, '좋은 꿈'이라면 상황이 달라졌다.

이베리아는 중독자가 많은 나라였다. 억지로 환각제를 끊게 했지만, 아직도 시골에는 아무렇지도 않게 환각제가 널려 있었다.

게다가 그 마약들은 성국까지 닿았다. 정확한 상황은 모르지만, 그쪽도 환각제로 씨름하는 중이었다.

잠을 자지 못하는 이들에게, 그 아이의 피는 또 다른 마약이었다. 실제로 그 남자도 자신에게 찾아와서 이것저것을 물었다. 마지막에는 또 없냐며 제발 달라고 빌기까지 했다.

대표적인 중독 증상이었다.

붉은 머리카락이 어깨 위로 흩어졌다. 디오는 작게 숨을 내쉬었다.

하아.

숨소리가 어수선한 공간에 흩어졌다 사라졌다.

"정말 손이 많이 가는군."

낮은 목소리가 울려 퍼졌다.

수를 썼지만, 이쪽에서 읽혀 버렸다. 이 부분에는 왕도 제법 진지했다.

디오는 고개를 저으며 창문을 바라보았다. 붉은 달 너머로 자잘한 별들이 눈부시게 빛났다.

아이를 감옥에서 빼 주고 싶었다. 옆에 두고 가르쳐서 괜찮은 약초 연구가로 키우고 싶었다.

저 별처럼 반짝이는 눈으로, 열심히 하겠다고 속삭이는 아이를 누가 싫어할까.

오랫동안 옆에서 보고 싶었다.

그는 묶고 있던 머리를 풀었다. 맨살에 닿은 머리카락의 감촉이 오늘따라 익숙지 않았다. 긴 머리가 허릿가에 흐트러졌다.

디오는 자신의 손을 내려다보았다. 이 손을 잡고 있던 소녀가 떠올랐다. 그 작은 감촉이 계속 남아 있었다.

그는 주먹을 꽉 쥐었다.

그 아이가 어쩌다가 마음에 들어와 버린 걸까.

디오는 천천히 창문을 닫았다. 조금 더 일찍 알았더라면, 상황이 달라졌을까.

"죄송하지만 포기할 생각은 없습니다."

아무리 왕이 고집을 부리며 핑계를 댄다 해도, 그는 이베리아의 왕이었다. 늘 보아 왔던 대로, 아이가 거슬려지면 바로 버리겠지. 레오가 걸리긴 하지만 그도 한 가문의 가주였다. 책임을 진 이들은 어깨가 무거운 법이었다.

순간, 웃음이 나왔다.

디오는 고개를 젖히며 웃었다. 참으로 유치하기 그지없었다. 자신이 이런 경우의 수를 헤아리게 될 줄은 상상도 못 했다.

그는 다시 장갑을 끼면서 천천히 연구실 밖으로 나왔다. 복잡하지만 희한하게도 그렇게 나쁜 기분은 아니었다.

"니나 케이지……."

그는 아이의 이름을 되뇌어 보고 고개를 저었다. 정말인지 어쩔 수 없었다.

~~❦~~

한참을 자고 나니 이미 밤이었다. 나는 자리에서 일어나서 기지개를 켰다. 팔다리 허리 어깨 뻐근하지 않은 곳이 없었다.

천 자락이 어깨를 스쳤다. 나는 나도 모르게 옷 냄새를 맡았다. 이곳은 덥고 습기 찬 곳이었지만, 새로 받은 옷에서는 햇빛 냄새가 났다.

'섬세해.'

저녁이 되자 여성 간수가 가져다준 것은 목욕물과 예쁜 잠옷이었다. 감옥이란 게 원래 이런 곳이냐고 묻자, 간수는 위의 명령이라 대답했다.

'위가 어떤 사람일까?'

스승님? 사비나 님? 그게 아니면…….

"폐하?"

왠지 웃음이 나왔다. 참 새삼스러웠다.

"이게 무슨 봉변이야."

나는 차근차근 내 상황을 정리했다.

어느 날 갑자기 편지를 받았는데요. 성녀를 탈출시키라는 최면이 걸려 있었어요. 다행히 암시에 걸리지 않았는데요. 갑자기 성녀가 쓰러졌어요. 그런데 그게 니나의 피 탓이래요.

'니나가 성녀를 탈출시킨 이유 중에 성당이 있을 줄은 몰랐어.'

그냥 애가 착해서인 줄 알았다. 텃세로 괴로운 가운데 유일하게 성녀가 잘해 줘서, 그래서 탈출을 도와준 줄 알았다.

'미안하다. 니나야. 좀 더 심각하게 생각해야 했어.'

애초에 이러려고 니나를 이베리아로 보내지 않았을까. 암시와 최면을 꽉꽉 눌러 담아 세뇌로 터트리다니 거긴 진짜 신을 믿는 곳이 맞는 걸까. 하는 짓은 마피아 집단이 저리 갈 정도였다.

"복잡해 죽겠다!"

나는 그렇게 외치고 손과 발을 쭉 뻗었다. 그러자 왼쪽 발목에 달린 사슬이 부딪쳐서 요란한 소리가 들렸다.

'신세 한번 크게 요동을 치는구나!'

하다 하다 이제 죄수냐. 어디까지 가는 거니. 인제 그만 가도 될 것 같은데…….

그래도 맑은 머리로 생각하니 좀 나았다. 낮에는 손이 묶인 채, 열이 난지도 모르고 필사적으로 책을 외웠다. 그때 비하면 지금은 천국이었다.

'다 스승님 덕이야.'

진짜 감사하다는 말로는 부족했다. 스승님. 불초 제자는 최선을 다할게요. 정말 당신이 제 유일한 끈이 될 줄 상상도 못 했어요.

나는 다리를 모아서 얼굴을 묻었다. 희미한 시야 사이로 촛불이 흔들거렸다.

"어떡할까."

여기에서 언젠가 나가게 되겠지. 그러면 나는 어떻게 살게 될까. 이제는 어린 기미 시녀가 아니었다. 수면제의 효능을 지닌 피를 지닌 이였다.

'이거 위험한 걸까?'

바늘만 있으면 한두 사람쯤은 마음대로 쓰러트릴 수 있었다.

"모르겠다."

정말 나가 봐야 알 것 같았다. 지금으로써는 아무것도 알 수 없었다.

그때, 문밖에서 인기척이 들렸다. 나는 바로 앉아서, 잠옷을 매만졌다. 그래도 몇 번 겪었다고 좀 익숙해졌다.

누군가 이곳으로 오고 있었다. 신원은 모르지만 내 손님인 건 확실했다.

곧 문이 열리고, 그 사람이 들어왔다. 좀 의외였지만, 굉장히 반가웠다. 나는 밝게 웃으면서 말했다.

"오랜만이에요!"

그는 커다란 덩치로 좁은 감옥을 돌아보았다. 혼자 있을 때는 그렇게 좁진 않았는데, 레오가 들어오니 굉장히 협소하게 느껴졌다.

"웃기는……."

레오는 내 머리를 쓱쓱 쓰다듬었다.

"앉을 곳이 없죠?"

나는 침대 끝으로 몸을 움직였다.

"옆에 앉아요."

좁은 침대였지만, 그가 앉지 못할 정도는 아니었다. 하지만 그는 내 말대로 하지 않았다. 그는 내 허리를 잡고 들어올렸다. 발목이 들려서 쇠사슬이 요란하게 부딪쳤다.

"레, 레오?"

"엇차. 이제 좀 낫네."

그는 침대 중앙에 앉더니, 나를 다리 위로 올려놨다. 그러고는 단단한 팔로 내 어깨를 받쳤다.

'이상한 자세다.'

중심을 잡기가 힘들었다. 몸을 가누질 못하자, 레오는 웃으면서 가슴을 두들겼다.

"기대라, 꼬맹아!"

왜 나를 이렇게 앉혔나요. 그렇게 나란히 앉기 싫었나요? 이게 도대체 무슨 짓이야.

나는 미간을 찌푸리며 슬쩍 그의 품에 어깨를 기댔다.

'어라?'

딱딱할 줄 알았는데 뭔가 굉장히 포근했다. 니나의 몸이 작아서인지 레오의 품에 쏙 들어갔다.

참 이상했다. 왠지 어미 품에 안긴 새끼 새가 된 기분이었다.

나는 레오를 바라보았다. 근육질에 서글서글한 남자가 사람 좋게 웃었다. 그 모습이 참 보기 좋았다.

'아니다. 어미 새보다는……'

나도 모르게 입 밖으로 생각이 튀어나왔다.

"아비 새?"

아차 싶었지만 이미 쏟아진 물이었다.

"뭐?"

"죄송해요. 이렇게 있으니까 먹이 받아먹는 새끼 새가 된 기분이라서요."

"내가 아비 새야? 그럼 너는 병아리겠네?"

"그렇게 되나요?"

그는 내 볼을 콕콕 찔렀다.

"병아리야. 얼굴색이 안 좋다. 밥은 잘 먹니?"

나는 고개를 끄덕였다. 스승님의 은혜로 고기를 잔뜩 먹었다. 덕분에 피를 빼도 쌩쌩하기 그지없었다.

왼쪽 엉덩이의 통증도 이제 느껴지지 않았다.

"잘 먹었어요."

"이럴 때일수록 밥을 잘 챙겨 먹어야 한다. 꼬맹아."

웃음이 저절로 나왔다. 이베리아에 와서 제일 많이 들은 소리였다. 그러게요. 정말 잘 먹어야겠네요.

"그런데 어떻게 오셨어요? 오셔도 돼요?"

레오는 씩 웃으면서 머리를 긁적였다.

"원칙대로라면 안 되지?"

"와우."

어머나. 이 양반 보게. 그러다 큰일나면 어쩌려고 이러시나요.

208

나는 레오의 소맷자락을 붙잡고 살짝 흔들었다.

"들키면 큰일나는 거 아니에요?"

"이미 왔잖아. 늦었어."

"그야, 그렇지만요."

"이 정도는 봐줄 거야. 정 안 되면 용서를 빌지, 뭐."

누구한테 용서를 비는 걸까. 궁금했지만 묻지 않았다.

레오는 한참을 나를 바라보았다. 어색한 침묵이 감돌았다. 아무 말이나 하고 싶었지만, 왠지 새삼스러웠다.

그러고 보면 참 오랜만이었다.

"레오 님."

그는 내 머리를 조심스럽게 쓰다듬었다.

"제가 저번에 물었던 거 기억하시나요?"

나는 힘없는 목소리로 조그맣게 속삭였다.

"저 많이 울 거 같냐고요. 그때 대답하셨죠?"

"울어도 금방 웃을 거 같다고 했지."

나는 잡고 있던 소매를 놓았다. 왠지 고개를 들기가 힘들었다.

"앞으로도 제가 웃을 수 있을까요?"

가볍게 물을 말은 아니었다.

상황이 너무나 달라졌다. 내가 뭘 할 수 있을까 찾아봐도 나오는 게 없었다. 그저 TL 소설 속 시녀가 된 건 줄 알았는데, 점점 위치가 변해 갔다.

'도대체 뭘까.'

성당의 속셈과 내가 여기 와서 이어 놓은 인간관계가 복잡

하게 얽혀 있었다. 내 딴에는 열심히 뛰었지만 마음대로 되는
게 하나도 없었다.

"꼬맹아."

그는 안심하라는 듯 내 어깨를 살짝 토닥였다.

"힘들지?"

고개를 끄덕였다.

"깜깜해요."

나는 두 손을 내려다보았다. 조금 커졌지만 그래도 작은 손
이었다. 나는 이 손으로 뭘 할 수 있는 걸까.

"아무것도 보이지 않아요."

어떻게 하면 상황이 나아질까. 열심히 생각했지만 어둡기만
했다.

"어떻게 하면 좋을까요?"

레오가 답을 해 줄 거라 생각하지 않았다. 날 도와준다고 말
을 했지만, 그래도 이 사람은 왕의 기사였다.

그런데도 나는 왜 이 말을 레오에게 하는 걸까.

"제가 잘할 수 있을까요?"

나는 주먹을 꽉 쥐었다.

그는 아무 말도 하지 않았다. 그저 주먹을 쥔 내 손을 조심스
럽게 감쌌다.

"꼬맹아. 상황이 힘들다."

나는 고개를 끄덕였다. 나도 그건 알고 있었다.

"도와줄까?"

바로 고개를 저었다. 성당의 음모와 성녀까지 덩굴째 얽혀 있었다. 이건 너무나 위험했다.

"이런 말을 해도 될지 모르겠지만⋯⋯."

그는 다리 위에 있는 나를 고쳐 앉았다.

"나나 폐하나, 디오까지. 다 너에게 약해."

순간 깜짝 놀랐다. 지금 무슨 말을 하셨나요? 제가 잘못 들은 거 아니죠?

'레오나 디오는 그러려니 하겠는데 폐하가?'

그 사람이 나한테 왜 약해! 강철도 그런 강철이 없더만! 아주 바늘 하나 찔러 넣기 어렵던데!

"농담이죠?"

"아니. 농담이 아니야. 왜 약하냐고 물어보면, 글쎄. 확실한 이유는 없어. 하지만 너로 인해 우리가 변했어."

그는 나를 보며 조금 웃었다.

"디오는 사람에게 관심 없는 녀석이고, 나는 공과 사를 철저하게 구분하는 기사지. 폐하는 이베리아를 위해서라면 뭐든 자르시는 분이시고 말이야."

바람결에 촛불이 흔들렸다.

"꼬맹아. 너는 네가 별거 아니라고 생각할지 모르지만, 아닐지도 몰라."

"무슨 말을 하시는지 모르겠어요."

"넌 생각보다 대단한 아이야. 지금 내게 여기 온 게 그 증거지. 나도 사람 관계 따위에 연연하지 않는데, 난생처음⋯⋯."

그는 내 귓가에 작게 속삭였다.

"네가 아플까 봐 간절해지더라."

"그, 그건 레오가 친절하고 선량해서 아닐까요?"

"꼬맹아. 나는 그렇게 친절한 사람이 아니야."

그는 손가락으로 내 이마를 살짝 쳤다.

"네가 나를 몰라서 그래. 나 무서운 놈이다?"

순간 웃음이 나왔다. 무섭다고 스스로 말하는 사람이 정말 무서울까. 내게 있어 이 사람은 처음부터 끝까지 친절한 사람이었다.

"너답게 나아가 봐."

"나다운 게 뭔데요?"

"글쎄. 뭘까."

지금 장난하시나요! 나는 심각한데요!

눈을 가늘게 뜨고 그를 흘겨보았다. 그는 겁이 나는지 어깨를 으쓱했다.

그는 내 어깨를 토닥이며 속삭였다.

"우리는 왜 너에게 약한 걸까."

약하지도 않으면서 무슨 소리인가요. 누가 보면 진짜 나한테 꼼짝 못 하는 줄 알겠네.

"네가 귀여워서일까?"

나는 미간을 잔뜩 찌푸렸다. 더는 들을 수 없었다. 나는 머리로 기사의 가슴을 제법 세게 박았다.

"어이쿠?"

하지만 치고 나서 바로 후회했다.

'딱딱해!'

도대체 이 사람은 뭘 입은 걸까. 나는 조심스럽게 레오의 가슴을 콕콕 찔러 봤다. 손끝에 딱딱한 갑옷이 느껴졌다. 아예 눌러지지도 않았다. 이 사람은 어디서든 철갑옷을 입고 있구나. 기사란 다 이런 걸까.

"꼬맹아, 뭐하니?"

"계란으로 바위치고 반성 중이에요."

될 걸 해야지. 잘하면 이마에 멍들 뻔했네.

"꼬맹아, 화났니?"

"말이 되는 소리를 하세요!"

레오는 웃으면서 내 볼을 쓰다듬었다.

"안 믿네. 진짜."

"그런 걸 어떻게 믿어요."

"진짜 약하다니까. 네가 귀여워서."

아니 진짜, 웃기는 소리 하시네. 내가 흘겨보자, 그는 픽- 웃으며 내 시선을 피했다.

"예쁘기도 하고."

얼씨구?

"착하기도 하지."

절씨구?

얼굴이 완전히 일그러졌다. 칭찬은 고래를 춤추게 한다더니, 감옥에 갇혀 있으니까 우울증 걸리지 말라고 응원 퍼레이드라도 벌이는 걸까.

"저보다 귀엽고 예쁘며, 착한 사람 널리고 깔렸거든요?"

"게다가 겸손하기까지 하지."

와, 어디까지 갈까.

나는 두 손 두 발 다 들었다. 아니라고 하니까 더 하는 것 같은데, 까짓 거 피할 수 없으면 즐기겠습니다. 더 하세요. 제가 자리 펴 드릴게요. 아니다 아예 무대를 세워 드릴게, 마음껏 칭찬하세요.

"보고 있으면 계속 보고 싶어."

"제가 좀 볼수록 매력 있죠."

"보다 보면 말 걸고 싶어지지."

"제가 좀 배려를 잘해요."

"말 걸면 시간 가는지 몰라."

"제가 좀 재미있죠."

정말 어디까지 갈까. 나는 더 해 보라는 듯 어깨를 으쓱했다. 몇 년 치 칭찬을 한꺼번에 듣는 셈 치지 뭐. 듣다 보니 기분 좋아지긴 하네.

"이런 걸 다 합치면 뭐라고 해야 할지 몰랐는데……."

레오는 내 흘러내린 백금색 머리카락을 뒤로 넘겼다.

'어라?'

기사가 웃었다.

워낙 잘 웃는 사람이었다. 만나면 대부분은 웃고 있었다. 하지만 왜일까. 지금 그가 짓는 표정은 좀 낯설었다.

"폐하께서 한마디로 정리하시더군."

귓가에 있는 손은 다시 뺨을 쓸어내려 했지만, 허공에서 주먹을 쥐었다. 그의 손은 천천히 바닥으로 떨어졌다.

"사랑스럽다고."

아픈 것을 참는 듯한 미소였다. 레오와는 어울리지 않는 웃음이어서, 나는 그가 놓은 손을 두 손으로 잡았다.

말이 잘 나오지 않아서 입술만 달싹였다. 그는 내가 잡은 손을 물끄러미 내려다보았다.

"꼬맹아."

낮은 목소리가 귓가에 속삭였다.

"상황이 많이 달라졌어."

아까와 똑같은 말인데, 좀 다르게 느껴졌다.

"아, 알아요."

"우리 꼬맹이. 어떡하니. 아직도 이렇게 작아서."

나는 어색하게 웃으면서 잡은 손을 살짝 흔들었다.

"제가 컸으면 좀 달라졌을까요?"

성인이었으면 이 상황이 나아졌을까?

그는 한숨처럼 토해내듯 말을 이었다.

"글쎄. 그것도 그러네. 네가 컸으면 날파리 같은 놈들이 더 들러붙었으려나. 지금도 예쁜데 크면 더 예뻐지겠지."

한탄이 가득 담긴 말이었다.

'나를 걱정하는 건 알겠는데, 뭔가 좀 이상해.'

왜 그렇게 슬프게 웃으세요. 사람 마음 설레게. 맨날 웃던 사람이 갑자기 저렇게 아프게 웃으니까 몸 둘 바를 모르겠잖아요.

"오늘 레오 님 좀 이상해요."

"그러냐."

"저 때문이죠? 레오 님 이상한 거?"

"어휴. 우리 꼬맹이. 둔하지만 알긴 아네."

"이유를 물어도 돼요?"

그는 내가 잡은 손을 조심스럽게 풀었다.

"대답 안 해 줄 거야."

"왜요?"

레오는 웃기만 했다. 나는 조용히 고개를 끄덕였다. 아마 얘기를 안 해 주는 것도 나를 위해서겠지.

가슴이 조금 아팠다. 호의를 받았는데 슬플 수도 있구나.

이럴까 봐 일부러 피했는데, 왜 상황이 마음대로 되지 않는 걸까.

"레오 님한테 폐 끼치기 싫었어요."

디오야 스승님이라는 끈이라도 있었지만, 이 사람은 정말 남이었다.

"그런데 맨날 폐를 끼치네요. 다음부터는 그냥 무시하세요. 저 왠지 이런 일이 계속 생길 것 같아요. 이제 두 손 두 발 다 들었다니까요."

왜 오늘 이런 곳에 오셨나요. 제가 뭐라고. 상황이 나아져서 이곳에서 나가게 돼도, 내가 레오에게 해 줄 수 있는 건 하나도 없었다.

"꼬맹아. 넌 진짜……."

단단한 두 팔이 품에 있는 날 꽉 껴안았다. 처음에는 좀 당황했지만, 곧 레오의 가슴에 얼굴에 대고 눈을 감았다. 커다란 날개에 둘러싸인 병아리가 된 기분이었다. 온기와 체향이 이상하게 포근했다.

"정말 아무것도 모르는구나."

"레오 님, 전……."

"그런 말을 하려면, 제발 아무 말도 하지 마."

레오의 목소리가 벽에 부딪혀서 울렸다. 순간 깜짝 놀라서 온몸이 움찔했다.

"제발. 꼬맹아. 응?"

달래는 건지 애원하는 것인지 알 수 없었다, 나는 그의 품에서 눈만 깜박였다.

'내가 잘못한 것 같아.'

뭔지 모르지만, 그런 것 같아.

얼마나 그렇게 있었을까. 두 팔은 아주 천천히 힘이 풀렸다. 그의 손이 무릎으로 힘없이 떨어졌다.

"꼬맹아. 그거 아니?"

레오는 웃으면서 고개를 들었다.

"어렸을 적 나는 정말 아무 힘이 없었어. 그래서 소중했던 아이를 허무하게 잃었지. 솔직히 그 전에는 자신 있었어. 우리 가문은 든든했고, 나는 촉망 받는 기사였으니까."

그는 자신의 얼굴에 난 흉터를 쓸었다.

"하지만 지금은 이렇게 됐고, 이제는 모든 게 달라졌다고 생각했지만⋯⋯."

나는 그의 손을 잡았다. 그는 내 손에 살짝 입맞췄다.

"이런 건 변하지 않는구나."

"죄, 죄송해요."

"뭐가 죄송한지는 아는 거야?"

내가 고개를 젓자, 그는 눈을 감았다. 레오는 길게 한숨을 내쉬었다.

아무 말도 할 수 없었다. 그는 지금 굉장히 아파 보였다.

"모르는 게 나아."

그는 내 손에 깍지를 꼈다.

"그래. 그게 나아. 지금은 알면 안 된다. 꼬맹아."

니나의 손이 작아서 그의 손이 너무 남았다. 그는 한참을 내 손을 바라보았다.

"커서 알아도 충분해. 아니, 나는 네가 영원히 몰랐으면 좋겠다."

그가 무슨 말을 하는지 알 수 없었다. 그저 가슴이 아플 뿐이었다.

"꼬맹아."

레오는 내 귓가에 작은 목소리로 속삭였다.

"힘들면 꼭 말해라. 도와줄게."

"레오 님, 전⋯⋯."

"이만 갈게. 여기서는 곧 나올 거니까 걱정하지 말렴."

손을 잡았던 온기가 사라졌다. 그는 내 허리를 잡고 자리에서 일어났다. 사슬이 출렁거리며 서로 부딪쳤다.

레오는 나를 침대에 앉히고 머리를 쓰다듬었다.

"다음에 보자."

"저, 레오 님."

무슨 말을 하면 좋을까. 나는 그의 옷자락을 잡고 말했다.

"사실, 와 주셔서 기뻤어요."

그는 피식 웃으며 내 코를 톡 쳤다.

"안다. 꼬맹아."

레오는 두꺼운 문을 열고 밖으로 나갔다. 나는 그가 나가는 모습을 물끄러미 바라보았다. 희미한 달빛이 그의 등뒤에 어른거렸다.

간수의 목소리가 들렸다. 귀를 기울였지만 무슨 말을 하는지는 알 수 없었다. 두 사람의 발걸음 소리가 점점 멀리 울려 퍼졌다.

나는 그가 잡았던 내 손을 바라보았다.

"뭘 모르는 게 좋다는 걸까."

오늘 기사님은 너무 이상했다. 항상 잘 웃고 여유 있던 그 사람이 아니었다. 뭔가에 쫓기는 사람처럼 보였다.

"나 때문일까?"

아니면 다른 일일까.

한숨이 저절로 나왔다. 나 또 뭔가 사고 친 걸까. 도대체 이 상황에서 무슨 짓을 한 걸까.

항상 저 사람은 말하면, 도와주겠다고 한다.

나는 모은 무릎에 얼굴을 묻었다. 정말인지 알기 힘들었다.

'니나야. 참 이상해.'

그가 말한 것을 하나하나 되짚어 갔다. 그러고 보면 이상한 말을 했었다.

레오와 디오, 그리고 폐하까지 다 나한테 약하다고?

'그럴 리가 있나.'

헛웃음이 나왔다. 백번 양보해서 앞의 두 사람이야 그렇다 쳐도, 뒤에 폐하는 아니지 않을까. 나한테 약한 사람이, 사람을 그렇게 이용해?

"아, 놔."

또 그때를 생각하니 가슴이 시큰거렸다. 나는 작게 한숨을 내쉬었다. 이쯤 되면 나도 결론을 내야 했다.

"상황이 달라졌어."

깍 잡고 반항할 생각은 없지만, 비슷한 건 하려고 했다. 하지만 이러니저러니 해도 내 목줄을 쥐고 있는 사람은 폐하였다.

"어떻게 하실까?"

일단 성녀의 탈출은 막으시겠지. 그렇게 되면 세라피는 또 어떻게 될까. 도망갈 수 없게 되면 아무리 그녀라도 절망하겠지?

'그 뒤에는 원작일까?'

왕이 나에게 도망간 여자는 네가 처음이야 하면서, 씬과 씬의 축제가 벌어질까?

나는 고개를 저었다. 두 사람의 씬을 생각하자 속이 메슥거렸다. TL 소설에서 봤던 캐릭터들이면 모를까, 지금은 내가 실제로 아는 사람이었다.

'범죄지.'

소설이니까 좋았던 거지, 실제로 벌어지면 참혹하고 안타까운 범죄지.

"진짜 싫다."

감옥에 갇혀 있는 몸으로 이런 걱정하는 게 좀 우습긴 하지만, 정말 그런 일이 벌어지면 그때는 세라피를 위해서 물불을 안 가릴 것 같았다.

"아, 놔."

나는 내 머리를 쥐어뜯었다.

"내 신세도 가련한데 잘하는 짓이다."

하지만 그 꼴을 어떻게 보냐.

한숨이 저절로 나왔다. 나는 나도 모르게 손을 모으고 빌었다.

'하나님, 부처님, 천지신명님, 제발 그런 일은 일어나지 않게 해 주세요.'

나는 무릎을 더 감싸 안다가 중심을 잃고 옆으로 쓰러졌다. 다행히 침대는 넉넉해서 떨어지지 않았다.

"복잡하다."

아직 벌어지지 않은 일이었다. 원작이랑 비슷하긴 하지만 꽤 변하기도 했다.

'쓸데없는 생각 그만하자.'

무엇보다 왕이 그녀에게 냉랭했다. 소설에서는 세라피가 하는 모든 일을 관심 있게 지켜봤지만, 지금은 전혀 아니었다.

'게다가 억지로 할 사람은 아닌 거 같아.'

폐하는 지극히 이성적이었다. 이런 점에서 믿는다고 하면 우습지만, 정말 그럴 사람이 아니었다.

그런데도 TL 소설에서는 왜 그랬느냐고 물어보면 할 말이 없긴 했다.

'그럼 엔딩은 어떻게 될까?'

나는 시트 위에 누워서 눈을 깜박였다. 반쯤 가려진 시야로 촛불이 흔들렸다.

그러고 보면 『묶인 새』의 엔딩을 떠올린 건 참 오랜만이었다. 나는 손으로 입을 가렸다. 혹시라도 말이 입 밖으로 튀어나오는 걸 막고 싶었다.

세라피에게 접근하는 남자는 한두 명이 아니었다. 막판까지 기어오르는 조연들을 쳐낸 폐하는 상처 입은 몸으로 성녀의 얼굴을 쓰다듬는다. 그녀가 당연히 거부할 거라고 생각했지만, 그 순간 세라피는 왕을 사랑하는 걸 깨닫는다.

'피를 핥았나?'

성녀는 누구나 치료할 수 있으므로 그냥 성력을 쓰면 그뿐이었다. 하지만 그녀는 정성스럽게 상처를 핥고 남자의 상처를 치료한다.

TL 소설답게 그 장면도 야해서 참 좋았다. 세라피의 피 묻은 입술을 쓸어내리는 왕은 정말 기쁘다는 듯 웃었다는 단락이 나올 때는 너무 좋아서 병원 침대에서 버둥거렸다.

'그렇게 서로의 마음을 확인하고 찐한 키스 한 방 날려 주고

엔딩이었는데······.'

물론 TL 소설답게 에필로그까지 쓴이긴 했다.

그런데 여기서는 그게 되려나?

'원작도 무시 못 하겠던데, 이리저리 돌아도 결국 저 방향으로 골인하나?'

솔직히 그동안 원작의 동향은 뒷전이었다.

'내가 살면 그만이었지.'

그냥 성녀만 탈출 안 시키면 어쨌든 살긴 하겠지 하고 그러려니 했는데, 이제는 무시할 수 없었다.

'복잡해 죽겠다.'

그나마 다행인 건 세뇌된 채 사고 치는 건 피했다는 점이었다.

'그러면 뭐해. 죄수 신세잖아.'

다들 금방 나올 거라고 하는 거 보면, 나가기는 할 것 같은데······.

나는 입을 막았던 손을 내렸다. 숨결 때문에 손바닥이 축축했다.

빙글 돌아서 천장을 바라보았다. 회색빛 돌담이 참 답답했다.

우울해지지 말자. 이화윤. 지금 할 수 있는 일을 생각해야지.

'여기서 할 수 있는 일이 있나?'

지금 상황에서는, 아마 없지?

나는 이마를 짚었다. 내 상황과, 스승님의 말과, 아까웠던 레오의 말이 머릿속에서 부딪쳤다. 마치 범퍼카를 탄 기분이었다. 쿠션이 있긴 한데 어딜 가도 부딪쳤다.

'하도 생각했더니 당 떨어진 기분이야.'

이러다 내가 죽겠다 싶어서 머리를 비웠다. 이러니저러니 해도 이곳에서 내가 할 수 있는 건 없었다. 뭘 하더라도 나가야 할 수 있었다.

'아, 하나 있다. 밥 잘 먹는 거.'

순간 웃음이 나왔다. 나는 손가락으로 이 말을 한 사람을 꼽아 보았다.

"처음에는 메어리 님이었고, 두 번째는 사비나 님이었네?"

아까 스승님도 그런 말을 했고, 마지막으로 레오도 했었다.

하나는 인정하자.

"내 인간관계 완전히 망하진 않았구나."

밥 잘 먹으란 말을 이렇게 많이 듣다니! 이정도면 실패는 아니지 않을까. 나는 쓰게 웃으며 눈을 감았다.

침대에서는 여전히 곰팡내가 났다. 문밖에서 간수가 걸어 다니는 소리가 들렸다.

'아직도 밤이구나.'

이 밤이 참 길게 느껴졌다. 어째서 이렇게 시간이 안 가는 걸까.

나는 작은 창문을 바라보았다. 창문을 활짝 열어 놨지만, 너무 작았다.

다시 눈을 감았다. 저절로 내 방이 떠올랐다.

이화윤일 때 살았던 곳이 떠올랐다가, 곧 남쪽 끝방이 생각났다.

나만 생활했던 그 방의 창문은 정말 컸다.

그 방이 너무나 그리웠다. 다시 거기서 세 시녀님과 수다 떨 날이 올까. 왠지 참 멀게 느껴졌다.

길게 한숨을 내쉬었다. 고기를 많이 먹었어도 피를 빼서일까. 몸이 조금 어지럽고 나른했다.

'마음이 중력을 잃은 것 같아.'

상황은 벅차고, 생각할 것은 너무 많았다. 그래서 그런지 붕붕 뜨는 기분이었다. 이러면 안 된다고 마음을 다잡아도, 바람결에 쉽게 굴러갔다.

'조금 전까지는 인간관계 성공했다고 기뻤었는데…….'

한숨 한번 쉬고 나니까 잡아 주는 게 없다고 난리였다.

'하나만 해라, 이화윤.'

마음이 왔다 갔다 하는 게 완전히 난장판이었다. 불안하고 초라해서일까. 사춘기 아이가 된 기분이었다.

'아, 그러고 보니 니나는 사춘기 맞구나.'

아무리 정신 나이가 서른 중반이어도 이 시기 호르몬에는 별수 없나 봐.

"쓸데없는 생각 말고 자자."

아직 밤은 길었고, 나는 아이답게 자는 게 좋았다. 나는 억지로 눈을 감았다. 바람이 부는지 무릎 가에 있는 잠옷이 살랑거렸다.

나는 시트를 꽉 껴안았다.

뭉친 종이가 가슴을 꽉 막은 것처럼 답답했다. 하지만 방법이 없었다.

사비나는 집무실에 있는 촛불을 갈았다. 반쯤은 타 버린 촛불은 사비나의 손길에 흔들리다가 결국 꺼졌다.

그녀는 살짝 뒤돌아섰다. 그녀가 제일 주시하는 이가 그 자리에 있었다.

밤이었지만 왕의 집무실은 밝았다. 여기는 이베리아에서 제일 촛불을 아끼지 않는 곳이었다.

"자세가 흐트러지셨습니다."

집무실 중간에, 커다란 남자가 의자에 앉아 있었다. 하지만 평소에 그라고 생각할 수 없을 정도였다.

사비나의 말에, 그는 한쪽 뺨으로 웃었다.

긴 다리는 스툴에 놓여 있었고, 한쪽 턱을 손으로 괸 채였다. 항상 꼿꼿하게 앉은 그로서는 의외였지만, 자세를 바로 하진 않았다.

"피곤해 보이십니다."

시녀장은 그 사람 옆에 섰지만, 왕은 눈을 감았다. 벌써 몇 시간 째 결론이 나지 않는 생각을 하고 있었다.

"토끼가 인기가 많아서 생각해야 할 게 많군."

그가 무슨 말을 하는지 알아서, 사비나는 눈살을 찌푸렸다.

"니나는 착하고 예쁘죠."

그녀는 백금발에 붉은 눈이 반짝이는 작은 시녀를 떠올렸다. 아이의 맑은 목소리가 아직도 귀에 선했다.

"그거 하나만으로 달라는 이가 이렇게 많을 수 있다니, 놀랐어."

참 어이가 없었다. 사비나는 즉시 반문했다.

"그러는 폐하께서도 아무에게도 안 주셨잖아요."

그는 턱을 괴던 손을 내렸다. 그녀의 말이 맞았다. 몇 사람이
나 아이를 달라고 해도 그는 주지 않았다.

"짐의 토끼다."

그렇게 우기시는 거겠죠. 사비나는 속마음을 얘기하지 않았다.

"좋으시겠습니다."

충실한 신하답게 반쯤 꼬아서 쿡 찌를 뿐이었다.

"뭐가?"

"핑계 김에 옆에 둘 수 있게 되었잖아요."

왕은 조용히 옆에 있는 신하를 바라보았다. 사비나는 웃으
면서 손으로 입을 가렸다. 이 사람 옆에 있은 지 벌써 몇 년일
까. 이 정도는 알 수 있었다.

"만약 아이가 그냥 평범한 기미 시녀였다면, 디오 님의 고집
에 못 이기시지 않았을까요? 결국, 줄 수밖에 없었겠죠. 그래서
폐하께서 아이가 디오 님의 제자가 되었다고 했을 때, 억지로
잡으신 거 아닙니까?"

"그거랑 상관없이 옆에 뒀을 텐데?"

사비나는 입에서 손을 떼고 살짝 고개를 끄덕였다.

"뭐, 그럴 수도 있지만요."

두리뭉실하게 넘어가는 것이 참된 시녀장의 자세였다. 사비

나의 마음은 시원했지만, 왕의 심기는 깊이 가라앉았다.

"신하들이 점점 무서워지는군."

"어머나, 폐하. 농담이 과하시네요."

"점점 짐에게 익숙해져서 큰일이야."

그는 다시 턱을 괴고 씩 웃었다. 그 모습을 보며 시녀장은 고개를 절레절레 저었다. 신하들이 아무리 간청해도 친애하는 폐하는 니나 케이지와 관련된 것에서는 한 걸음도 물러서지 않았다.

"피가 위험하다고 난리더군."

여기사들은 니나 케이지를 멀리 떼어놔야 한다고 간청했다. 심지어는 서쪽 탑에 가둬 놔야 한다는 말도 했다.

'토끼를 가둔다라…….'

서쪽 탑에는 선왕비라는 주인이 이미 있었다. 그것을 얘기하니, 그들은 감옥에 계속 가두라는 간청을 해 왔다.

"짐의 신하들은 쓸데없이 냉철하더군."

아직 아무런 죄가 없는 아이였다. 잘못도 없고, 실수도 없었다.

"니나가 안됐습니다."

"사비나도 그쪽인가?"

시녀장은 입을 다물었다. 쉽게 얘기하기 힘들었다. 아니 차마 얘기할 수 없었다. 이미 너무 인간적으로 다가온 아이였다. 시시각각 변하는 표정과 목소리가 눈에 선했다. 그 아이가 불행해지는 건 바라지 않았다.

"아니요."

"의외군. 맞다고 할 줄 알았는데, 사비나는 의외로 정에 약하군."

"그런가요."

하지만 그건 정말 싫었다. 아이가 어디 갇혀서 힘들어지는 건 왠지 견딜 수 없었다.

공과 사의 구분이 확실히 해야 하는 건 알았다. 스스로 그렇게 살아왔다고 자부했지만, 아이를 가둬 놓는 건 아무리 그녀라도 너무 싫었다.

"폐하의 말씀이 맞습니다."

이성적으로는 여기사들이 말이 옳다고 생각해도, 마음이 따라 주지 않았다.

"저도 아이에게 약한가 봅니다."

"짐의 토끼는 제법이군."

"아마 레오 경도 저랑 비슷한 마음이지 않을까요."

대놓고 반대한 건 벤셀 가문의 가주이자, 그리핀 기사들의 수장이었다. 항상 느긋하고 냉철했던 이가 바로 반대 표시를 했다.

그는 단호하게 말했다.

"차라리 저에게 주십시오."

그 말은 무슨 뜻이었을까. 사비나는 깊게 한숨을 쉬었다.

"레오 경이 그럴 줄은 몰랐어."

"정말 모르셨습니까?"

왕은 웃기만 했다. 하지만 의외로 거짓말은 아니었다. 디오는 어느 정도 예상했지만, 레오 경은 조금 놀랄 정도였다.

그러고 보면 놀란 것도 참 오랜만이었다. 왕이 된 뒤로 거의 모든 것을 예측했고 맞아 떨어졌다. 그러나 성녀가 오고 토끼가 나타난 뒤로는 이런 일이 많이 일어났다.

"큰일이군."

토끼는 왜 이렇게 인기가 많은 걸까.

"다 짐의 충실한 신하인데 말이야. 토끼에게 빠져서 이성을 잃었어."

"저까지 포함된 말처럼 들리는군요."

"포함이야."

"그렇습니까? 맞긴 하네요. 네. 포함시키세요. 폐하."

사비나는 시원하게 인정했다. 떼어 놓고 가두는 게 좋겠다는 것이 충실한 신하가 해야 할 간언이었다. 하지만 시녀장인 그녀는 그러고 싶지 않았다.

"감옥 같은 곳에 가두지 마세요. 너무 안됐잖아요. 차라리 아이를 수도에서 멀리 떨어진 곳으로 보내세요."

만약 그렇게 된다면 그녀가 직접 챙길 생각이었다.

사는 게 힘들지 않도록, 좋은 땅에 튼튼한 집을 지어야지. 목 좋고 예쁜 곳이 좋겠어. 시골 생활이 힘들지 않도록 돈도 넉넉하게 줘야지. 외진 곳이면 치안이 불안할 테니까, 용병에게 돈을 줘서 주변을 지키는 것도 좋겠어.

"참 이상하군."

왕의 웃음이 점점 짙어졌다.

"왜 짐이 토끼를 어디로 보내거나 가둘 거라고 생각하지?"

사비나는 입술을 조금 삐죽였다.

그야, 당신은 원래 그러신 분이니까요. 그게 맞다고 생각하면 돌아보시지 않는 분이지 않습니까.

"사비나. 짐도 토끼를 아낀다."

그녀는 충성을 다 바쳐 모시는 폐하를 물끄러미 바라보았다. 긴 흑발을 내려뜨린 남자는 여유롭기 그지없었다.

"그렇군요."

그건 사비나도 순순히 동의했다.

"폐하께서도 니나를 아끼시긴 하죠."

나름대로이긴 하지만요. 물론 이용하시기도 하죠.

"저도 놀랄 만큼요."

맞는 말이었다. 중독이니 뭐니 난리 칠 만큼, 이 남자도 아이를 옆에 두고 싶어했다. 도망가려는 아이를 향해 웃는 남자였다.

'그때 정말 무서웠어.'

원래도 그런 성격이긴 하지만, 상황이 너무 절묘했다. 아이에게 그러지 말라고 넌지시 충고하는 게 좋았을까. 그때 왕은 물불을 안 가릴 기세였다.

"사비나."

"예. 폐하."

"토끼는 짐의 옆에 둘 것이다."

그야 그러시겠지요. 알아요. 그래서 지금 기분이 좋으시잖아요. 옆에 둘 이유가 생겼으니까요.

'위험해서라니, 지켜야 한다니……'

사비나는 돌아서서 테이블을 정리했다. 어째서 그 아이의 피는 그렇게 특이한 걸까. 닿은 사람을 잠들게 하는 것도 이상한데, 많이 섭취하면 남자에게 '좋은 꿈'을 꾸게 한다니, 끔찍했다.

그녀는 미간을 찌푸렸다.

가뜩이나 무거운 짐을 지고 있는 아이였다. 가벼워지길 바랐는데, 거기서 족쇄까지 차게 될 줄이야.

'좀 예쁘장할 뿐 평범한 아이인데…….'

사비나는 돌아서서 깊게 한숨을 쉬었다. 말갛게 웃던 아이의 얼굴이 생각나서 마음이 무거웠다.

"그나저나, 폐하께는 효과가 없던 게 확실한가요?"

왕은 흘러내린 머리카락을 뒤로 넘겼다.

그는 손가락에 묻은 토끼의 피를 핥았던 기억을 떠올렸다. 평소처럼 단내가 났을 뿐, 평범한 피였다.

"안타까워. 좋은 꿈은 쓸데없지만, 수면 효과는 짐에게도 나타났으면 정말 좋았을 거 같군."

사비나는 쓰게 웃었다. 그건 왕의 말이 맞았다. 그는 마력 부작용으로 깊은 수면에 들 수 없는 사람이었다.

"제일 효과가 있었으면 하는 이에게는 아무런 효능이 없네요."

"혹시 모르니까 다시 한번 시험해 보긴 할 거다."

왕은 아이를 떠올리고 다시 미소 지었다. 정말 눈을 뗄 수 없는 아이였다. 그만큼 즐겁기도 했다.

사비나는 서류를 한곳에 놓으며 말했다.

"아이가 세뇌에 걸리지 않아서 다행이에요."

"아, 그 편지……."

왕은 고개를 뒤로 젖혔다.

토끼에게 왔던 성당의 편지는 작은 최면이었지만, 목걸이에 걸린 건 강도 높은 세뇌였다. 하지만 아이는 세뇌에 조금도 걸리지 않았다.

"신을 믿는 이들은 매일 기도한다고 들었다."

"보통은 그렇죠."

"성국에서는 유품을 들고 기도하는 게 당연한 것 같더군."

"네. 돌아가신 분과 같이 기도한다고 여겨서요. 저도 성국에 있을 때는 그게 일과긴 했습니다."

그는 한쪽 뺨으로 웃었다. 사비나는 성당이라면 치를 떠는 사람이었다. 그런 이가 한때는 매일매일 신에게 기도했다는 게 믿기지 않았다.

"정말인가?"

"네. 저도 돌아가신 할머니의 유품을 손에 쥐고 신에게 빌었던 때가 있었어요."

"지금은?"

시녀장은 고개를 홱 돌렸다.

"몰라서 물으십니까. 기도는 무슨. 가끔 저주는 합니다."

왕은 소리 내어 웃어 버렸다. 그의 신하들은 하나같이 다 개성이 강했다.

"가끔이 아닌 거로 아는데?"

"어머나, 들켰네요. 네. 가끔이 아니라 매일매일 저주합니다.

됐나요?"

"이런."

더 물으면 한 대 칠 기세였다.

왕은 다리를 다시 꼬며 턱을 괴었다. 한 바퀴 빙 돌았지만, 본론으로 돌아가야 했다.

"토끼가 최면에 걸리지 않은 이유가 있더군."

사비나는 화병에 시든 꽃을 치우면서 물었다.

"아이가 세뇌에 강한가요?"

"아니. 그런 이유가 아니다. 토끼가 최면에 걸리지 않은 건, 이베리아로 와서 기도를 한 번도 안 해서라는군."

시녀장은 들었던 화병을 다시 놓고 입을 가렸다. 도저히 웃음을 참을 수 없었다. 참 솔직한 아이였다.

"서, 성당이 싫다는 건 사실이었나 보네요."

신을 믿는 이들은 웬만하면 하루에 한 번은 기도했다. 그게 교리이기도 하고 쓸데없이 강조하면서 안 하면 벌을 받는다고 으름장을 놓기 때문이었다.

"대, 대단하네요. 그래도 성당 고아원에 있었을 텐데 그걸 바로 그만두다니!"

사비나는 아예 대놓고 웃었다. 귀여운 아이였지만, 더 예뻐 보였다. 어쩐지 정이 가더니!

"그렇게 웃음이 나올 정도로 대단한 것인가 보군."

시녀장은 생리적으로 흘린 눈물을 닦으면서 겨우 대답했다.

"죄송합니다. 하지만 대단한 건 맞아요. 여기 와서 그걸 바로 관뒀다니! 니나에게 더 잘해 줄 걸 그랬네요."

"기도를 관뒀다는 게 어떤 의미지?"

"비속어를 좀 섞으면, 신아. 벌을 줄 테면 줘 봐라. 뭐, 이런 각오예요. 제법이네요. 고아원에서 살았으면 아무리 성당이 싫다고 해도 바로 기도를 관두는 건 힘들었을 텐데, 다시 봤어요. 거의 습관이었을 텐데. 배짱이 두둑하네요."

왕은 잠시 생각에 잠겼다. 자신의 토끼는 솔직한 편이긴 했다. 그 아이는 성당을 노골적으로 싫어했다.

"양녀로 팔릴 뻔해서 싫어한다더군."

"저에게도 그 말을 했었어요."

왕은 아이가 있던 고아원을 떠올렸다. 시네리필. 지도에나 겨우 나와 있는 시골이었다. 하지만 지금에 와서는 한없이 수상했다. 첩자를 보냈지만, 몇 명은 소식이 없었다. 그만큼 경계가 삼엄했다.

'진짜 시골이었으면, 첩자가 못 돌아올 리도 없지.'

뭔가가 있었다. 그것도 꽤 거대한 것이 숨겨져 있었다.

그동안 알아낸 것은, 토끼가 있던 고아원에서 파는 아이들은 꽤 비싸다는 것뿐이었다.

"비싼 고아란 어떤 고아인지 궁금하더군."

사비나는 미간을 찌푸렸다. 고아원에서 파는 비싼 고아란 그냥 외모가 출중한 어린아이였다. 하지만 부모 없는 아이가 아무리 예뻐도 비쌀 리가 없었다. 웃기게도 인신매매도 시세가 있는 법이었다.

"뭔가 더 있나 보네요."

"큰 것이 있겠지. 짐은 그것을 기다리고 있다."

"아이는 언제 감옥에서 나오게 할 건가요?"

왕은 물끄러미 시녀장을 바라보았다.

그녀는 미간을 찌푸렸다.

"정말 토끼를 걱정하는군."

"아직 어리잖아요."

"진짜 정을 준 건가?"

사비나는 순순히 고개를 끄덕였다. 굳이 아니라고 하고 싶지 않았다. 처음부터 마음에 들었고, 점점 더 마음이 갔다.

"이번 일이 해결되면, 더 신경 써 주려고요."

그는 웃음을 숨기지 않았다. 시녀장은 꽤 냉정한 편이었다. 정이 없는 건 아니었지만, 노골적으로 편애하지 않는 이였다.

"저런. 큰일이군."

"이런 제가 중임에 어울리지 않는다고 생각하시면, 직분을 거두셔도 좋습니다. 기꺼이 받아들이겠습니다."

사비나는 그렇게 말하고 방긋 웃었다. 왕은 작게 한숨을 쉬었다. 신하의 협박이 제법 날카로웠다.

그는 자신의 토끼를 떠올렸다. 그 아이는 항상 자신을 어려워했다. 무서워했고 항상 다가오면 물러섰다. 아마도 감정도 호의는 아닐 것이다. 하지만 그런데도 토끼는…….

"사랑스러워."

그것을 옆에 둘 수 있어서 좋았다. 솔직히 기회가 와서 기뻤다. 이제 위험한 피를 이유로 대면, 어떤 명분도 부술 수 있었다.

아마 디오도, 레오도 그 사랑스러운 것을 느꼈겠지. 각자의 명분은 분명하기 그지없었다. 하지만 주고 싶지 않았다.

애초에 왜 줘야 하는 거지?

"사비나."

"예. 폐하."

"토끼를 언제 감옥에서 나오게 할 거냐고 물었지?"

시녀장은 고개를 끄덕였다.

왕은 씩 웃으며 스툴에 걸친 다리를 내렸다. 그는 바로 자리에서 일어났다.

왕의 긴 머리카락이 의자 손잡이에 살짝 쓸렸다.

"바로, 지금이다."

사비나는 알았다는 듯 고개를 숙이며 그를 뒤따랐다.

왕은 웃으면서 앞으로 나아갔다. 아직 논의가 끝나지 않아서 지금 나오게 하는 건 절차에 맞지 않았다. 하지만 시녀장은 아무 말도 하지 않았다.

그가 그것을 모를 것 같지 않았다.

'어디로 아이를 데려갈 겁니까.'

아이가 머무는 방은 아직도 여러 사람이 수상한 것이 없나 뒤지는 중이었다.

그녀는 묵묵히 남자를 따라갔다. 생각해 봤자 소용없었다. 앞에 걸어가는 이는 그것도 알고 있었다.

20

기다리지 않았어요

'사람이 적응의 동물이라 들었을 때, 뭔 개소리냐 했었는데…….'

쉽게 넘어간 것을 반성합니다. 역시 지식인들은 훌륭하네요. 진짜 적응 못 할 줄 알았는데, 제가 그것을 해냈어요!

나는 책을 덮고 다리를 흔들었다. 사슬이 부딪치는 소리가 일정했다. 이젠 박자를 맞출 수도 있었다.

'잘하면 굿거리장단까지 할 수 있을 거야.'

덜 청컹 쿵 드륵르르르 덜 청컹 덜 청이긴 하지만 말이야.

시험 삼아 다리를 흔들어 봤다. 철 청컹 쿵 드륵르르르 까지는 쉬웠는데 덜 청컹이 힘들었다. 나는 발목을 좀 더 요령 있게 흔들어 봤다. 이제 적응이 되어서 사슬이 종아리를 때리지 않았다.

'자진모리장단은 쉽던데, 역시 굿거리는 어려워.'

나는 다리를 들어서 종아리에 든 멍을 확인했다. 족쇄는 참 힘들었다. 무게도 거슬렸지만 무심코 흔들다가 사슬에 살이 쓸

238

렸다.

"이 고운 피부가······."

나는 손바닥으로 아이의 다리를 쓸어내렸다. 피멍이 한두 군데가 아니었다.

'니나 피부 진짜 하얗고 뽀얬는데.'

미안하다. 니나야. 언니가 부주의했어. 상처 나도 금방 아문다고 너무 막 사용했나 봐. 언니가 나가면 관리 잘할게.

나는 침대에 누워서 다시 책을 폈다. 억지로 외울 때는 힘들었지만, 여유로워지자 머리에 쏙쏙 잘 들어왔다.

'감옥에서 나가면, 다른 이는 모르겠지만 디오에겐 칭찬받고 싶어.'

그러려고 열심히 외운 건 아니었지만, 칭찬은 고래도 춤추게 하는 법이었다.

'좋은 게 좋은 거겠지.'

나는 책을 이마에 얹어 놨다. 좁고 습한 건 좀 적응이 되었지만, 곰팡내는 아직도 힘들었다.

'나가면 바로 햇볕에 온몸을 일광소독 해야지.'

나는 다리를 쭉 폈다가 다시 오므렸다. 잠옷 자락이 무릎 가에서 살랑거렸다.

그 뒤로 또 하루가 지났다. 감옥이었지만 고기는 여전히 잘 나왔고, 목욕물까지 착착 배달되었다. 나는 이 좁은 곳에서 먹고 자고 씻고를 반복했다.

'다 좋은데 운동량이 부족해.'

억지로 스트레칭을 했지만 움직임이 부족하기 짝이 없었다. 결국 허벅지 운동을 하며 약초를 효능을 외웠는데, 때마침 들어온 여자 간수님과 눈이 마주쳐서 참 민망했다.

'이렇게 하루가 가네.'

족쇄와 사슬에 익숙해지고, 약초의 종류와 효능을 외운 하루가 지나갔다. 오늘은 낮에도 밤에도 아무도 오지 않았다.

'생각해 보면 오는 게 이상한 거긴 해.'

스승님은 뭐하시려나. 아직도 피에 관해 연구하시나? 그러고 보면 니나의 피는 연구가 끝났을까? 정말 디오 말대로 수면제 효과일까?

'만약 그렇게 되면 나는 이제 어떻게 되는 거지?'

불면증 환자에게 인간 수면제로써 피를 널리 이롭게 뿌리고 다녀야 하나?

'피에 특허를 낼까?'

이베리아는 특허청이 있긴 한가? 아니, 특허에 대한 개념이 있긴 한가? 이게 언제 생겼지?

'이런 거 보면 난 내가 살던 세계에 대해서도 잘 모르는 것 같아.'

전공을 인류학이나 역사학을 할걸.

나는 바로 고개를 저었다.

'그쪽 계열은 취직이 힘들잖아.'

적성은 둘째 치고 손가락 빨기 딱 좋았다.

책을 얼굴에 얹어 놔서인지 코가 쓸렸다.

'정신 차리자.'

심심하다 보니 쓸데없는 생각을 해 버렸다. 나는 엎어 놓은 책을 다시 들었다. 이런 소용없는 생각을 하느니 공부라도 한자 더 하는 게 나았다.

다시 약초의 효능을 외울 때였다. 여러 명의 발걸음이 들렸다.

'누구지?'

꽤 분주한 소리였다. 나는 벌떡 일어나서 잠옷 자락을 다듬었다. 이럴 때는 높은 확률로 내 손님이었다.

소매 쪽 레이스를 다듬을 때였다. 두꺼운 철문이 열렸다.

흔들리는 촛불 사이로 그가 보였다. 나는 눈을 깜박였다. 모르는 사람이 아니었다. 그래서 좀 의외였다.

'왜 여기에 오셨지?'

그는 내가 있는 곳을 둘러보았다. 왕의 움직임에 따라 긴 흑발이 살랑거렸다.

나는 홀린 듯 그의 모습을 바라보았다. 순간 신음이 튀어나왔다. 너무 당황해서 잊어버렸다.

"아!"

벌떡 일어나서 한쪽 무릎을 꿇었다가 다시 일어섰다. 왕은 그런 빤히 바라보았다. 왜 갑자기 이런 걸 하냐는 표정이었다.

'좀 뜬금없었나?'

원래 높으신 분들에게 하는 인사였는데, 생각해 보면 별로 한 기억이 없었다.

'와, 나 그동안 완전히 배짱장사였구나.'

인제 와서 지키는 게 좀 이상하긴 하네.

"안 해도 좋다."

나는 어색하게 웃었다. 새삼스럽긴 했다.

올려다본 그는 여전했다. 역시 내가 본 남자 중에서 제일 잘생긴 이였다. 콧대부터 이어진 인중과 턱선이 예술이었다.

만약 죽을 때 이런 외모의 악마가 나오면 바로 지옥행 고속도로를 타지 않을까. 난 얼굴에 약하니까 바로 속을 거야.

며칠 만에 봐서인지 미모가 더 매혹적이시네요. 그런데 뭐라고 말해야 할까.

'배려 덕분에 잘 지냈습니다?'

잘 지내긴 했나?

나는 맨발로 서서 뺨을 살짝 긁었다. 참 할 말이 없었다.

"좁군."

조용히 고개를 끄덕였다. 그나마 혼자 이 공간에 있을 때는 몰랐지만, 한 사람이라도 더 들어오면 숨이 막힐 정도로 꽉 찼다. 게다가 손님이 앉을 곳도 없었다.

'어떻게 해야 하지?'

침대에 앉으라고 해야 하나?

이런저런 고민을 할 때였다. 그는 아무렇지도 않게 나를 들어올렸다. 나는 허둥지둥 중심을 잡았다. 쇠사슬이 요란스럽게 땅에 끌렸다.

"여전히 가볍군. 식사가 별로였나?"

"아, 아니요! 식사는 잘 나왔어요."

제가 먹은 고기 조각이 울겠어요!

"그런데 얼굴색이 왜 이렇지?"

나는 그의 어깨에 손을 올려 균형을 잡았다.

"햇빛을 못 봐서 그런 것 아닐까요?"

사실 나는 내 모습을 몰랐다. 이곳에는 거울이 없었다.

"이런. 안타깝군."

그는 내 뺨을 쓸어 올렸다. 오랜만에 느끼는 그의 손길에 나는 고개를 푹 숙였다. 정말 새삼스러웠다.

'이 사람 원망에 울었던 게 며칠 안 됐는데…….'

신세가 바뀌어서 그런가. 뭔가 복잡한 기분이 들었다.

왕은 계속 내 볼을 쓰다듬었다. 그는 웃으면서 속삭였다.

"이 청량함이 그리웠다."

그러신가요. 하긴 암반수 사이다가 갑자기 사라졌으니까, 보고 싶긴 했겠네요.

순간, 중독이니 뭐니 했던 헛소리가 떠올랐다. 나는 살짝 입술을 깨물었다. 쭉 미뤄뒀던 감정이 다시 떠올랐다.

"토끼야."

나는 왕을 올려다보았다. 절세미남은 부드럽게 웃으면서 내 대답을 바랐다.

무조건 잘 보여야 하는 사람이었다. 그것 외에는 아무것도 없었다. 그런데 왜 나는 혼란스러운 걸까.

왜 나는 이용당하기 싫다고 울었다. 하지만 사실 이용당하건 아니건 내가 할 수 있는 것은 아무것도 없었다.

'도망가고 싶어.'

이 사람 앞에 있는 게 힘들었다. 정말 만나기 싫었다.

그러나 피할 수 없었다.

죄인이었고 갇힌 신세였다. 나는 그가 들어온 문을 바라보았다. 간수와 호위가 서 있는지 빛이 은은하게 들어왔다.

'저기로 달려갈까?'

작게 숨을 내쉬었다.

'진짜 바보 같은 생각이다.'

발목을 살짝 움직이니 사슬이 철그렁거렸다. 다리에는 족쇄가 매달려 있고, 몸은 이 사람에게 안긴 채였다. 옴짝달싹 못 하면서, 도망가고 싶다니. 네가 지금 제정신이니.

내가 진짜 미쳐 가는구나.

"토끼야."

그가 다시 나를 불렀다.

"네, 폐하."

대답하니 날카로운 눈매가 살짝 빛났다. 무슨 생각이실까.

나는 주먹을 꽉 쥐었다. 왠지 숨쉬는 게 힘들었다. 그래서 애써 눈을 피했다. 이 사람을 보면 눈물이 나올 것 같았다.

마음이 조마조마했다. 일부러 고개를 숙였다. 그는 아무 말도 하지 않았다. 그저 엉덩이를 받친 팔을 움직일 뿐이었다.

그때였다.

피할 틈도 없었다. 왕을 나를 품에 안았다.

'어?'

당황해서 눈을 깜박였다. 나를 꽉 안고 있는 팔이 참 단단했다. 순간 퍼져 가는 남자의 체향에 도망가고 싶었다. 하지만 그렇다고 뿌리칠 수도 없었다.

너무 따뜻해서, 입술을 깨물었다. 최고 권력자가 다정하게 안아 줘서 달래 주는데도 전혀 기쁘지 않았다.

'또 날 이용하면 어떡하지?'

또 열심히 생각해야 하는 걸까. 이제 누가 이익이고 누가 손해일까? 세라피? 나? 왕?

가슴이 답답했다. 이상하게 숨이 점점 막혀 왔다. 이제 한계였다. 어떻게 할 수가 없어서 숨을 할딱일 때였다.

얼마나 그렇게 있었을까.

어느 순간 머릿속에 하얗게 변했다. 복잡한 실타래가 뚝 끊겼다.

나는 그의 품에서 가쁘게 숨만 쉬었다.

아무것도 생각하기 싫었다. 다 때려치우고 도망가고 싶었다.

"이런……."

그의 낮은 목소리가 귓가에 속삭였다.

더는 속기 싫었다. 그런데 이제는 상황이 복잡해져서 누가 이익인지 아닌지 가늠할 수도 없었다. 무력한 내가 싫은데, 생각이 나질 않았다.

귀에서 이명이 들렸다. 이상한 기계음을 들으며 나는 그의 옷자락을 꽉 쥐었다. 여전히 머릿속이 하얗기만 했다.

'인정하자.'

나는 새하얀 머릿속을 보며 속삭였다.

'나, 이 사람 좀 좋아해.'

그래서 이용하는 거에 상처받은 거잖아.

'솔직히 슬플 이유도 없잖아.'

순간, 웃음이 나왔다.

'바보니?'

이용하려고 잘해 주는데 잘도 넘어갔구나. 왜 이러니. 한두 살 먹은 애냐? 사탕 준다고 쪼르륵 따라가게? 아이고. 옥장판 사는 건 세라피가 아니라 나였구나.

그는 부드럽게 내 머리를 쓰다듬었다. 나는 필사적으로 숨을 골랐다.

'어쩌지.'

감정이 수습이 안 됐다. 한번 넘친 덩어리들이 계속해서 흘러나왔다. 그러게 이 사람은 왜 감옥으로 온 걸까. 또 뭐하려고 온 건가요. 여기서 나가게 해 주고 싶다면, 높은 사람답게 그냥 명령하면 되잖아.

그때 그가 말했다.

"조금 더 일찍 올 걸 그랬군."

쓰다듬는 손길은 다정하기 짝이 없었다.

"걱정했다. 토끼야."

나는 입술을 깨물었다. 내가 나 같지가 않았다. 심장이 두근거리고 눈가가 시큰거렸다. 오시지 않아도 괜찮다는 말을 해야 하는데, 전혀 다른 말이 튀어나왔다.

"맞아요."

나는 그의 품에서 웅얼거렸다.

"너무 늦게 오셨어요."

단단한 팔이 안고 있어서일까. 그가 웃을 때마다 떨림이 느껴졌다. 그는 나를 쓰다듬는 것을 멈추지 않았다.

"그래. 짐이 잘못했다. 너무 늦게 왔군."

나는 침을 한번 꼴깍 삼키고 그의 품에서 얼굴을 뗐다. 살짝 올려다보니, 왕은 나를 비스듬히 바라보고 있었다.

눈가에는 눈웃음이 가득했다. 예쁘고 귀여운 것을 보는 표정이었다.

'저것도 꾸며 낸 걸까?'

나 이용하려고?

심장이 자꾸 두방망이질 쳤다. 모든 것이 너저분하게 널려 있었다. 감정이 도저히 수습되지 않았다.

"짐을 기다렸나 보군."

나는 고개를 저었다.

"기다리지 않았어요."

오히려 피하고 싶었어요. 지금도 당신과 관련된 모든 것에서 도망가고 싶어요.

'인정하기 싫었어.'

이 사람을 좋아하게 된 걸 받아들이기 싫었어. 하지만 그런데도······.

"보고 싶었어요."

그는 나를 고쳐 안았다. 흐릿한 눈으로 다시 바라보니, 그는 내 말에 여전히 웃고 있었다.

'어?'

나는 그의 어깨를 꽉 잡았다.

무서울 정도로 잘생긴 남자였다. 나는 다시 고개를 숙였다. 방금 든 생각은 정말 바보 같았다.

'졌다. 졌어.'

그가 날 보는 게 좋았다.

'미치겠다.'

마음이 제멋대로 움직여서 휩쓸려 버렸다. 의심하고, 실망하고, 좋아하고. 이 짧은 순간에 저 세 개를 다 해 버렸다.

진짜 다른 사람을 다 좋아해도 폐하는 안 되는데, 이화윤 너 왜 그러니.

"짐도 토끼가 보고 싶었다."

나는 피식 웃었다. 정말일까?

"또 짐을 안 믿는군."

퍽 보고 싶으셨겠어요.

대답 대신 살짝 이마로 그의 가슴을 콩콩 두들겼다. 또다시 떨림이 느껴졌다. 뭐가 재미있는지, 그는 나를 안은 채 계속 웃었다.

얼마나 그렇게 있었을까.

그는 나를 안고 주위를 둘러보았다. 그러고 보면 이곳은 한 사람 더 들어오면 꽉 차는 공간이었다.

"여긴 오랜만이군."

나는 빼꼼 그를 올려다봤다. 그는 나를 고쳐 안고 손으로 벽돌을 쓸어내렸다.

"아주 예전에 이곳에 왔었다."

낮은 목소리가 좁은 벽에 닿았다가 흩어졌다.

"어머니가 이곳에 갇혀 있었지."

그는 웃으면서 내 뺨을 살짝 쓸었다. 나는 폐하의 표정을 읽으려고 했지만, 이번에는 전혀 보이지 않았다.

폐하의 어머니시라면, 시녀였다가 선왕비 때문에 돌아가셨다는 그분 말하는 걸까.

"이곳이 어떤 곳인지 알아서 웬만하면 여기에 널 두고 싶지 않았다."

나는 피식 웃었다. 정신없이 이곳으로 끌려왔지만, 나름대로 특별대우 같았다. 아마 진짜 죄인이면 더 어마어마한 곳에 있겠지.

"좁긴 해요. 혼자 있을 때는 몰랐는데, 한 사람 더 들어오면 꽉 차더라고요. 그래서인지 붙어 있을 수밖에 없더라고요."

그러고 보면 스승님과는 등을 기대고 있었고, 레오는 아예 나를 무릎에 앉혔다.

"그래도 이곳에서 잠 잘 자고 밥도 잘 먹었어요."

웃으면서 그를 바라보다가, 깜짝 놀랐다.

'아니, 표정이 왜 이래?'

폐하의 수려한 미간이 살짝 찌푸려져 있었다.

"누가 왔지?"

"예?"

참 뜬금없었다. 왜 그런 걸 물어요?

"레오 님이랑 스승님이 오셨죠?"

대답하니 그의 미간은 더 일그러졌다.

도무지 영문을 알 수 없었다. 아니 두 사람 다 당신 부하잖아요. 제가 걱정되어서 왔다는데 왜 표정이 이상해지나요. 제가 두 분께 뭔 짓을 했을 거 같아요? 저 그런 사람 아닙니다! 거참 부하 되게 아끼시네.

그는 나를 고쳐 안고는 시선을 맞췄다.

"이런. 정말 짐이 늦게 왔군."

아니, 애초에 폐하는 오지 않아도 되는데요. 당신은 스승님과 레오랑 상황과 위치와 기타 등등이 다 다르지 않나요.

"그래, 이곳에서 단둘이 얼마나 오래 있었지?"

왠지 추궁당하는 느낌이었다. 나는 고개를 갸웃거리며 대답했다.

"오래 못 있으셨어요. 보시다시피 앉을 자리도 없잖아요."

"그들은 서 있었나?"

"침대에 같이 앉아 있었는데요?"

도무지 이 대화의 흐름을 알 수 없었다. 뭔가 이상해서 다시 고개를 들었다가 깜짝 놀랐다.

'아니, 왜 웃어?'

미간을 찌푸렸을 때는 뭔가 마음에 안 드는 것이 있구나 싶었는데, 지금의 폐하의 담뿍 배인 미소는 좀 이상했다.

250

'잘생겨서 웃는 것도 멋지기 한데……'

뭔가 묘하게 뒤가 구린 웃음이었다.

"그렇군. 침대에 단둘이 앉아 있었군. 그들은 언제 왔었지?"

"늦은 시간에 오셨어요. 두 분 다 바쁘시잖아요."

그는 웃으면서 나를 고쳐 안았다.

'왠지 팔에 힘이 많이 들어간 거 같은데, 내 착각일까.'

그러다 아차 싶었다. 생각해 보면 스승님이 여기 온 것은 피에 관한 연구 때문이었지만, 레오는 아니었다.

'실수했다!'

이걸 어쩌지. 나는 황급히 폐하의 옷자락을 꽉 쥐었다.

"폐하. 레오 님이 온 것은 불문에 부쳐 주시면 안 될까요?"

그는 말없이 안고 있는 날 내려다보았다.

"감옥이랑 죄인을 가두는 곳이잖아요. 마음대로 올 수 없는 곳인데, 레오 님은 그냥 제가 걱정되셔서 오셨어요."

유능한 기사단장님 출셋길 막히면 어떡하지. 설마 이런 거로 감사 들어가는 건 아니겠지. 진짜 내가 왜 그럴까. 드디어 바보가 됐나. 진짜 주둥이가 모든 악의 근원이었다.

"레오 님은 마음이 좋으셔서 그래요! 원래 그러실 분이 아닌데, 어쩌다 보니 제가 눈에 밟히셨나 봐요!"

필사적으로 변명했는데, 왕은 웃기만 했다.

"훌륭하신 분이에요! 볼 때마다 이런 사람이 제 가족이면 좋겠다 싶은 게 한두 번이 아니었어요! 듬직하시고 미남이시기도 하고! 제가 걱정되어서 오신 것뿐이니까, 살짝 눈감아 주세요!"

그는 말이 없었다. 그저 내가 하는 말을 듣고 있기만 했다.

'왜 내 무덤 내가 파는 느낌이 들지?'

뭔가 말려도 둘둘 말린 것 같아.

"레오 경은 좋은 기사다."

그는 부드럽게 내 볼을 쓸었다.

"그의 능력은 짐이 더 잘 안다."

참 다행이다. 이런 거로 출셋길 막히지 않겠네. 안심해서 조금 웃자, 폐하가 작게 속삭였다.

"토끼야."

"예. 폐하."

"가족이면 좋겠다는 게 어떤 의미지?"

말 그대로의 의미인데요?

질문의 의도를 알 수 없어서 눈만 깜박였다. 그는 내 볼을 쓰다듬으며 조용히 기다렸다.

"그런 분이 제 가족이면 든든할 것 같아요."

"레오 경은 믿을 수 있는 남자지."

"맞아요. 굉장히 사려 깊으세요."

폐하의 미소는 더욱 짙어졌다. 뺨에서 시작된 손길은 코까지 닿았다.

"그와 가족이 되고 싶나?"

아니, 이게 무슨 소리야.

"가족이 어떻게 돼요?"

제가 어떻게 그 집 딸내미가 돼요? 레오 님 아버지가 살아계시긴 한가요? 이게 무슨 말이지. 다시 태어나란 소리인가?

그는 내 코를 톡톡 두들겼다.

"그런 의미는 아니었나 보군."

"무슨 의미, 아!"

순간 광장에서 봤던 프러포즈가 생각났다. 가족이 되고 싶다는 말이 청혼이었지! 나는 차마 고개를 숙였다. 갑자기 얼굴이 화끈 달아 올랐다.

"아니에요! 아닙니다!"

그가 웃는지 다시 떨림이 느껴졌다. 부끄러워서 차마 고개를 들 수 없었다.

얼마나 그렇게 있었을까. 그는 나를 고쳐 안으며 말했다.

"레오 경이 이곳까지 찾아왔군."

살짝 고개를 들었다. 그는 다시 이곳을 둘러보며 말했다.

"좁긴 좁군."

"예, 그렇죠?"

"레오 경에게 토끼는 꽤 소중한 존재인가 보군. 이런 식으로 공과 사를 그르치는 이가 아닌데 말이야."

나는 그의 옷자락을 다시 꼭 잡았다.

아까 했던 변명을 처음부터 끝까지 다시 해야 하는 걸까.

"네 말이 맞다."

그는 나를 조심스럽게 침대에 내려놓았다. 나는 침대에 앉아서 왕을 올려다보았다. 사슬이 다시 달그락거렸다.

그는 시선을 바닥으로 떨어트렸다가, 다시 나와 마주보았다.

"짐이 너무 늦게 왔어."

붉은 눈동자가 촛불 사이로 흔들렸다. 나는 멍하니 그의 얼굴을 바라보았다.

그는 천천히 한쪽 무릎을 꿇었다. 그러고는 사슬에 걸린 내 왼쪽 발목을 잡았다.

낯선 곳에 닿은 체온이 조금 어색했다.

"멍이 들었다. 피도 좀 났군."

그러고 보면 종아리의 멍이 아직 다 빠지지 않았지. 나는 어색하게 웃으면서 말했다.

"처음에 적응을 못 해서 생채기가 났어요."

나중에는 익숙해져서 휘두르면서 장단 맞추고 놀았지만요. 아, 생각해 보니까 박자 맞추느라 피멍이 몇 개 늘긴 했어요.

"눈을 떼면 항상 다치는군."

별로 아프진 않았다. 게다가 니나는 빨리 낫는 아이였다. 곧 언제 그랬냐는 듯 상처가 사라질 것이다.

"금방 낫지 않을까요? 저는 기미 시녀잖아요."

뇌출혈도 이겨냈는데, 이 정도는 낫고도 남아요.

그는 대답하지 않았다. 그저 허리춤에서 열쇠를 꺼내서, 족쇄 구멍에다 넣을 뿐이었다.

철컥-

가죽이 덧대어져 있던 쇳조각이 땅으로 떨어졌다.

아니, 그건 또 언제 가지고 오셨나요. 여기 오시기 전 미리 받아 놓으셨나요.

이러니저러니 해도, 따라오던 무게가 사라지자 날아갈 거 같았다.

왕은 내 발목을 보며 미간을 찌푸렸다.

"상처가 아물 틈도 없이 계속 났군."

아, 닿은 부분이 좀 쓰라리긴 했다.

"그래도 가죽이 덧대어져 있었어요. 간수님들이 세밀하게 신경 써 주셨어요."

아무리 생각해도 일반적인 죄수에게 고기반찬과 씻을 물을 줄 것 같지 않았다. 나는 어색하게 웃으면서 맨발을 뒤로 끌었다. 더는 상처를 이 사람에게 보이고 싶지 않았다.

'그러고 보니 이상한 복장이네.'

친애하는 폐하 앞에서 잠옷을 입고, 발도 맨발이었다.

벗어 놓은 구두를 찾을 때였다. 그는 침대에 앉은 나를 들어 올렸다. 너무 갑작스러워서 서둘러 그의 어깨를 잡았다.

"꽉 잡아라."

한쪽 팔이 안정적으로 엉덩이를 받치고, 다른 쪽 팔이 내 등을 안았다. 그는 나를 들고 성큼성큼 밖으로 나갔다. 나는 중심을 잡으려고 손에 더 힘을 주었다. 단단한 어깨의 감촉이 느껴졌다.

그토록 바라보았던 두꺼운 철문이 쉽게 열리고, 밖으로 나갔다. 나는 내가 끌려왔던 복도를 바라보았다.

'생각보다 큰 곳이었네.'

정신없이 끌려와서 몰랐는데, 복도는 상당히 길었다.

그는 거침없이 걸어갔다. 등뒤로 간수와 병사가 고개를 숙인 게 보였다. 왠지 송구스러워서 나도 같이 고개를 숙였다.

'나가는구나.'

곧 나갈 거라 생각했지만 이렇게 나갈 줄은 몰랐다. 그는 양손으로 내 몸을 다시 안정적으로 잡았다.

나는 그를 바라보았다. 예전부터 생각했지만 폐하는 아무렇지도 않게 아이를 들고 다녔다.

'이것도 이용하려고 이러는 걸까?'

나는 흔들리는 횃불을 바라보았다. 마음이 다시 바닥으로 뚝 떨어졌다. 마치 족쇄를 단 거 같았다.

'참 이상해.'

내 족쇄는 이 사람이 풀어 줬는데, 마음은 이미 사슬을 달고 있었다.

눈물겨울 정도로 그는 나에게 잘해 줬다. 세상 어디에도 작은 시녀를 들고 옮기는 왕의 얘기는 들어 본 적 없었다.

나는 애써 웃으며 말했다.

"내려 주세요. 걸을 수 있어요."

구두를 들고 오지 않아서 맨발이었지만, 까짓것 걸을 수 있었다. 부축도 당연히 필요 없었다. 나는 혼자 힘으로 어디든 걸어갈 수 있었다.

그는 나를 바라보았다. 나는 왕의 표정을 살폈지만, 어떤 것도 알 수 없었다.

"토끼야."

나는 작게 속삭였다.

"예. 폐하."

"힘들었겠군."

"저곳이요? 아니요. 그렇게 힘들지는 않았어요."

고개를 저었다. 그냥 가만히 있으면 되는 곳이었다. 물론 상황이 복잡해서 마음고생 독하게 하긴 했다.

'하지만 왜일까.'

지금 나를 안고 가는 사람이 더 힘들고 어려우며 복잡했다.

'있잖아요. 폐하.'

나는 희미하게 웃었다.

'절 이용하는 당신을 제가 미워할 수 있을까요?'

이화윤일 때 재산을 노렸던 개새끼는 일생을 다 바쳐 온 마음과 정성을 다해 실컷 미워했는데요, 당신은 참 힘들어요.

물론 최고 권력자인 탓도 있지만요. 잘 보여야 되는 것도 많고, 제 목숨 줄을 쥐고 있어서이기도 한데요.

'조금이라도, 아주 조금이라도……'

저에게 이렇게 잘해 주는 거 말예요. 그냥 당신의 호의라고 믿고 싶어져요.

'바보다. 진짜.'

나는 그의 품에 이마를 콩 박았다.

'진짜 옥장판과 화장품은 내가 다 샀을 거야.'

나잇값을 못하는구나. 이화윤. 네가 정말 열다섯 살 니나라면 이런 마음은 귀여운데 이 나이에 이러지 마. 정신 차리자.

'냉정해지고 싶다.'

그냥 이익이랑 손해만 계산하고 착착 치울 수 있으면 얼마나 좋을까. 왜 사람 마음은 이렇게 복잡한 걸까.

이런저런 생각을 하는 잠깐 사이에 감옥에서 벗어났다. 어두컴컴한 곳에서 나오자 시원한 바람이 귓가를 스쳤다. 그곳은 좁고 더웠는데, 복도에만 가도 바람이 느껴졌다.

좁은 곳에 있어서 그런가. 왠지 복도가 너무 넓어 보였다.

고개 숙인 병사들이 스쳐 지나갔다. 붉은 횃불 사이로 비치는 갑옷을 보며 나고 고개를 숙였다.

얼마나 그렇게 나아갔을까. 인적이 좀 드물어지자 그가 말했다.

"네 의심은 거의 풀렸다."

"다행이네요."

역시 이곳 사람들은 능력이 뛰어났다. 나는 안도의 한숨을 내쉬었다. 수사를 아주 잘하셨네요! 저는 죄가 없어요!

"성녀님은 무사하시죠?"

폐하는 마치 남의 일처럼 대답했다.

"그렇겠지."

저기요. 친애하는 폐하. 세라피거든요? 당신이 그렇게 지키고자 하는 분인데요. 심지어 나를 이용했으면서 너무 건조한 것 아닙니까.

'이것도 일부러인가?'

나 안심시켜서 이용하려고?

갈피를 잡을 수 없었다. 그때, 그가 말했다.

"토끼야."

낮은 목소리가 귓가에 속삭였다.

"예. 폐하."

"너는 이제 어디서든 다치면 안 된다."

나는 살짝 뺨을 쓸었다.

그게 제 마음대로 되나요. 저는 살면서 다치고 싶었던 적이 단 한 순간도 없습니다.

"조심할게요."

"당부가 아니다. 명령이다."

나는 바로 고개를 들어서 왕을 바라보았다.

그의 표정은 부드러웠지만, 어조는 단호했다.

"네 피는 위험하다."

그야, 그렇겠지.

니나의 피는 사람 몸안에 넣으면 픽픽 쓰러지게 할 수 있는 수면제였다. 확실히 위험하긴 했다.

"저, 폐하."

나는 그의 옷자락을 꽉 쥐었다.

"조심스럽게 살아서 다치지 앞으로 않는다 쳐도요……."

작게 속삭였지만, 고요한 복도에는 내 목소리가 크게 들렸다. 숨소리마저 들릴 거 같아서, 나는 어깨를 움츠렸다.

"누가 제 피를 억지로 뽑고 그러면 어떡하죠?"

허리를 받친 팔의 힘이 강해졌다. 나는 쓸쓸하게 웃었다.

"그건 제가 어떻게 할 수 없을 것 같아서요."

속이 종이뭉치로 꽉 막힌 거 같았다. 나는 억지로라도 숨을 뱉어 냈다. 생각해 보면 참 복잡했다.

'나, 멀리 떠나야 하는 거 아닌가?'

누가 니나의 피로 병사들을 기절시키고 세라피라도 납치한 다는 경우의 수도 충분히 있었다.

"네 피는 한 시간이 지나면 효과를 잃는다."

아, 유효기간이 있었나요. 좀 짧긴 하네요. 하지만 사고 치기에는 충분한 시간 같은데요.

나는 조심스럽게 속삭였다.

"저, 성에서 멀리 떨어져서 살아야겠죠?"

적어도 뭘 해도 한 시간 안에 올 수 없는 곳으로요.

어떡하지.

나는 모아 놓은 돈을 떠올렸다. 그 돈이면 나가서 살 수 있나? 그래도 여기 있는 편이 낫긴 한데. 쫓아내면 어디로 가지. 설마 맨몸으로 내보내려나.

이런저런 생각을 하는데, 왕의 목소리가 들렸다.

"너는 짐의 토끼다."

아, 예. 토끼긴 하죠. 네.

"기억을 못 하는군. 짐의 옆에 있으라고 했다."

하지만 상황이 변했잖아요. 그때와 지금은 다릅니다. 폐하.

"저도 성이 좋긴 해요."

주급도 받고, 다른 목표도 생겼다. 마음씨 좋은 사람들과도 친해졌다. 나도 웬만하면 이곳에 있고 싶었다.

"그래도……."

나는 천장을 바라보았다. 난생처음 보는 복도라서 여기가 어딘지 알 수 없었다. 그림으로 장식된 화려한 천장이 보였다.

"안 되면 어쩔 수 없잖아요."

고집부리고 울면서 버틴다고 해도 쫓아내면 어쩔 수 없었다. 여긴 내 의견이 중요한 곳이 아니었다.

"토끼."

나는 웃으면서 대답했다.

"예. 폐하."

"신하들이 비슷한 말을 하긴 했다."

역시. 사람 생각하는 건 거기서 거기이긴 하구나. 하긴 내가 생각한 걸 그들이 못할 이유가 없지.

"여러 가지 방법이 있다."

무슨 방법이요? 제가 여기 있을 방법이요?

"제일 확실한 건, 공표해 버리는 거다."

"뭐, 뭘요?"

뭘 공식적으로 땅땅 박는 건데?

그는 나를 보며 조금 웃었다.

"잊었나 보군. 짐은 네게 중독되지 않았느냐."

소스라치게 놀랐다. 아니, 이 양반이! 그거 거짓말이잖아요! 당신이 나한테 중독될 리 없잖아!

"마력의 고통 속에서는 토끼의 피부가 절실해지지."

피부라니. 말이 진짜 이상했다. 누가 들으면 어쩌려고 이런 말을 하시나요! 나는 주위를 둘러보았다. 다행히 복도에는 호위 기사 외에 다른 이는 아무도 없었다.

"참으실 수 있잖아요!"

"네가 있는데, 짐이 왜 참아야 하지?"

이렇게 나오시겠다? 그럼 저도 할 말 있습니다. 폐하!

"하지만 그동안 참으셨잖아요."

"아, 중독될까 봐 두려웠지."

"중독 안 되셨잖아요! 그럼 계속 두려워하세요!"

그는 더는 참을 수 없는지, 나를 보며 웃음을 터트렸다. 안은 팔의 떨림을 느끼며 나는 눈을 가늘게 떴다.

친애하는 폐하. 뭐가 웃기신가요. 남은 심각한데!

"짐이 그때 뭘 했는지 토끼는 기억을 못 하나 보군."

협박한 건 아주 잘 기억합니다. 폐하.

"그때 짐은 결국 너를 만졌다."

나는 입술을 깨물었다. 그래. 그러긴 했다.

"토끼는 무서운가 보군."

올려다본 얼굴에 눈웃음이 가득했다. 기생오라비 같아야 하는데, 절세미남은 저런 모습조차 기품이 가득했다.

"짐의 관심을 이렇게 두려워해서야……."

"아니. 진짜! 그게 아니잖아요!"

나는 머리를 쥐어뜯었다. 와 어떻게 한마디도 안 지지! 여긴 왕 뽑을 때 말싸움으로 뽑나? 아니 태교를 논리로 하셨나! 논쟁이 천하무적이야!

'나도 상어 이빨이었는데!'

나도 한 말싸움 했는데! 최고 권력자라 그런가? 어째 나만 계속 말렸다.

"네 두려움을 이해한다."

그는 내 등을 다정하게 토닥였다.

"짐의 관심이 버겁기는 하겠지."

얼굴이 완전히 일그러졌다.

"하지만 너는 짐의 토끼다. 안타깝지만 네가 감당해야 한다."

"폐하. 농담이시죠? 농담이라고 해 주세요."

왕은 나를 빤히 바라보았다.

나는 침을 꿀꺽 삼키고 두 손으로 그의 옷자락을 꽉 잡았다. 생각 같아서는 멱살을 쥐고 흔들고 싶었다.

그때였다.

그는 갑자기 나를 꽉 안았다. 영문을 몰라서 눈만 깜빡일 때였다.

갑자기 몸이 흔들렸다.

곧 억눌린 웃음소리가 들렸다. 나는 주먹을 꽉 쥐었다.

왕은 나를 꽉 껴안고 웃고 있었다.

'젠장!'

일부러 놀렸구나!

나는 심호흡을 했다. 어디서부터가 농담이었는지 가늠이 되지 않았다.

'잘도 웃으시네.'

10년 만에 한번 터진 큰 웃음인지 흔들림이 쉽게 가시지 않았다. 나는 멍하니 천장을 바라보았다. 왕이 웃을 때마다 내 시야도 흔들렸다.

없던 난시가 생길 것 같았다.

'이러려면 그냥 내려놓으시죠. 저 맨발로도 잘 걷습니다.'

나는 입술을 깨물었다.

'참자. 참아야 하느니라.'

뭐가 그렇게 웃기세요. 남은 열받아 죽겠는데. 생각 같아서는 찰랑찰랑한 긴 머리를 쥐어뜯어 버리고 싶었다.

'한 대 치면 소원이 없을 것 같아.'

나는 필사적으로 손을 쥐었다가 폈다. 참자. 참아야 하느니라. 여기서 성질대로 했다가는 큰일난다. 이화윤.

'일단, 기다리자.'

나는 못마땅한 눈빛으로 그의 웃음이 멈추기를 바랐다.

얼마나 그렇게 있었을까.

영원히 안 멈출 것 같던 떨림이 멈추었다. 그는 눈에 맺힌 눈물을 우아하게 훑으면서 말했다.

"토끼."

나는 그를 흘겨보며 대답했다.

"예. 폐하."

"짐을 그만 웃겨라."

헛웃음이 나왔다. 뭐 때문에 그렇게 재미있는지 모르지만,

저는 당신 앞에서 한 번도 개그 한 적 없습니다.

'매 순간 진지했는데……'

내가 심각한 게 이 사람한테는 웃긴 건가.

"정말이지……."

그는 내 볼을 쓰다듬으며 속삭였다.

"사랑스러워."

퍽이나 사랑스럽겠네요. 기가 막혀서 고개를 돌리자, 뺨을 매만지던 손이 내 턱을 돌렸다. 이건 또 무슨 짓이야. 나는 그가 원하는 대로 멀뚱히 바라보았다.

"토끼야."

아, 왜 또 부르시나요.

"예. 폐하."

"아무한테도 못 준다."

미간이 저절로 찌푸려졌다.

"레오 경에도, 디오에게도 안 보낸다."

아니 여기서 그 사람들 이름이 왜 튀어나와. 그 사람들이 나 달래? 무슨 소리야, 진짜.

이런 내 마음을 아는지 모르는지, 그는 손가락을 내 코를 톡 쳤다.

"가끔은 너를 가두고 싶구나."

붉은 눈동자가 반짝였다.

나는 이 사람의 말이 진심인지 아닌지 도무지 알 수 없었다.

"그럼 이 사랑스러움을 짐만 볼 수 있을 텐데."

"폐, 폐하?"

술 마셨어요? 왜 이러세요. 통촉하여 주세요!

"가둬 버리면 토끼는 시들어 버리겠지. 짐은 궁금하구나. 도대체 어떻게 자라면 이런 사랑스러운 토끼가 되는 걸까."

점점 더 무슨 의미인지 알 수 없었다. 혼란스러워서 눈만 깜박일 때였다.

그때, 그가 말했다.

"토끼야. 너는 고아로 보이지 않는다."

순간 깜짝 놀랐다.

"외롭게 자란 아이는 관심과 애정만 쫓아가지. 하지만 너는 전혀 그런 모습을 보이지 않아. 표정을 못 숨기는 주제에 어설프게 솔직하고, 지나치게 한 걸음 뒤에 서 있어."

정곡에 찔려서인지, 아무 말도 할 수 없었다.

이 사람은 어떻게 아는 걸까. 그렇게 티가 난 걸까.

'아, 그러고 보면 레오도 알았어.'

나는 여기서 눈에 띄게 어설펐던 걸까.

"성당에서 성녀를 탈출시키기 위해 너를 짐에게 보냈지. 하지만 짐은 네 비밀은 그게 다가 아닐 거라 생각한다."

붉은 눈동자 속에 니나의 모습이 비쳤다. 나는 멍하니 그를 바라보았다.

"숨기에는 늦었다. 토끼야."

왕은 나를 고쳐 안으며 웃었다.

"너는 내 옆에 둘 거다."

별거 아니라고 얘기하고 싶었다.

뭘 궁금해 하는지 모르지만, 정말 별거 없다고. 당신이 관심 가질 만한 건 아무것도 없다고, 그렇게 말하고 싶었다.

'말 못해.'

왜냐하면, 안 믿을 테니까.

있잖아요. 폐하. 믿기 힘드실 테지만 원래 니나는 기억만 남기고 사라졌어요. 이유는 저도 몰라요. 여기에 있는 건 다른 세계에서 온 사람입니다. 저도 어느 날 갑자기 눈 뜨니까 이 아이였어요.

아, 다른 건 별로 중요하지 않은데요. 딱 하나 특이한 게 있어요. 나는 당신의 운명을 알고 있습니다. 책에서 봤어요. 폐하는 세라피와 사랑에 빠져요.

'아니구나.'

하지만 내가 알았던 책의 지식은 이미 쓸모없었다. 미래는 얼추 맞았지만, 세세한 건 다 비틀렸다.

어디서부터 들킨 걸까. 혹시 처음부터일까.

'처음에 눈에 띄지 않았다면, 조금 다른 결과가 나왔을까.'

어째서 이렇게 되어 버린 걸까.

그는 말 없는 나를 들고 계속 걸어갔다. 고개를 들자, 화려한 휘장이 눈에 띄었다. 나는 이곳을 알았다.

금실로 장식된 그리핀은 여전했다.

'그때, 그곳이구나.'

그는 나를 커다란 침대에 내려놨다. 익숙한 감촉이 느껴졌다. 나는 손으로 시트를 쓸었다. 선왕비에게 다치고 나서 눈을 떴던 곳이었다.

왜 여기로 온 걸까.

"오늘만 여기서 머물러라."

그는 내 머리를 쓰다듬었다.

"네가 있는 곳은 엉망일 거야."

나는 멍하니 고개를 끄덕였다. 이유는 몰랐지만, 그가 말한 게 맞겠지.

폐하는 나를 침대에 두고, 자신은 의자에 앉았다. 검과 그리핀 조각이 있는 의자는 꽤 화려해 보였다.

나는 물끄러미 그를 바라보았다. 아이를 들고 왔던 넓은 어깨가 한눈에 들어왔다.

'어지럽다.'

이 사람을 만나면 항상 당황스럽고 혼란스러웠다. 나는 마른세수를 했다. 어설픈 변명이라도 해야 했다.

"저, 폐하."

목소리가 갈라져서 침을 꼴깍 삼켰다.

"제, 제가, 그렇게 이상한가요?"

내 딴에는 기억 속에 있는 니나를 열심히 연기했는데 완전히 망한 걸까.

'생각해 보면 연기란 게 꽤히 전문 직업이 아니야.'

수상해 보일 거라고 생각 하지 않아서, 그쪽은 전혀 신경 쓰지 않았다. 오히려 스파이 혐의만 열심히 생각했다.

"이상하다라……."

그는 턱을 한쪽 팔로 턱을 괴었다.

"피에는 수면 효과가 있으며, 짐이 만지면 청량함이 느껴진다."

왕은 계속 말을 이었다.

"성당에서 일부러 이곳으로 보냈지만, 그런데도 본인은 교단을 싫어한다."

요약정리 감사합니다. 구구절절 다 맞네요. 그런데 성당은 니나도 싫어했어요.

나는 순순히 인정했다.

"정말 수상하긴 하네요."

뭐가 이렇게 복잡해.

그는 피식 웃으며 흘러내린 머리를 뒤로 넘겼다.

"여전히 자기 일을 남의 일처럼 멀리서 보는군."

순간, 아차 싶었다. 또 이런 말을 들었다.

생각해 보면 여기서 나는 항상 그랬다.

'왜냐하면, 책 속 세계의 일이니까.'

당연히 한걸음 뒤에서 볼 수밖에 없지. 와, 이상한 거 엄청 티내고 다녔구나. 이화윤. 너 도대체 왜 그랬니.

'바보가 따로 없다.'

이마를 짚었다. 한숨이 저절로 나왔다.

"왜 그런 성격인지는 모르지만……."

그는 의자에 등을 기대며 속삭였다.

"나쁘지 않다. 오히려 사랑스럽더군."

"수, 수상하잖아요."

"눈에 띄긴 하지."

긴장해서일까. 목이 말라서, 자꾸 목소리가 갈라졌다.

"왜 그런지 궁금하진 않으세요?"

왕은 다시 웃었다. 절세미남의 기분 좋게 웃는 건 참 보기 좋았지만 나는 가슴이 타들어 갔다.

"물으면 대답할 건가?"

그, 그러게요. 안 할 거 같네요.

나는 뺨을 살짝 긁으며 고개를 돌렸다. 도저히 폐하의 얼굴을 볼 수가 없었다.

다시 웃음소리가 들렸다. 나는 다른 곳을 보며 한숨을 폭 내쉬었다. 쥐구멍에 가서 숨고 싶었다.

"대답 못 할 거란 걸 안다."

두 손 두 발 다 든 기분이었다. 미쳤다. 진짜! 통찰력이 대단하십니다.

"정말 폐하는 모르는 거 빼놓고 다 아시네요."

티내고 다닌 나도 바보지만, 이 사람도 기가 막혔다. 왕이라서 그런가. 사람을 꿰뚫어 보는 게 장난 아니었다.

'돈 없으시면 명동에서 돗자리 까세요.'

점집 하시면 아주 떼돈을 버실 거예요.

"토끼."

"예, 폐하."

"토끼는 영리하지만, 가끔 중요한 걸 모르더군."

멍청하다고 뭐라고 하는 건가?

'그런데 아니라고는 못 하겠다.'

저기요. 폐하. 당신과 비교하면 다 이러지 않을까요. 아니, 중요한 게 뭔데요. 설명을 해 주세요. 세상 사람은 다 폐하처럼 척하면 척이 아닙니다.

"상관없다는 얘기다."

뭐가 상관없는데요.

"모르는 것 같군."

"송구합니다. 폐하. 제가 가끔 멍청한데, 지금이 그때인 것 같아요."

조각 같은 미남이 다시 피식 웃었다. 지나가던 새가 떨어질 만큼 아름다운 얼굴이었지만, 말의 의도를 몰라서일까. 조금 답답했다.

"네가 누구든 상관없다."

그는 흘러내린 머리카락을 쓸어 올렸다. 흔들리는 촛불 사이로 결 좋은 머리카락이 손가락 틈에 엉켰다가 풀어졌다.

"성당의 첩자라도 괜찮아."

입가에 머문 선이 좀 더 짙어졌다. 나는 멍하니 그의 모습을 바라보았다.

"그래도 옆에 둘 거니까."

나도 모르게 입가를 가렸다. 신음이 새어 나올 거 같았다.

'뭐야.'

스파이라도 상관없어? 왜? 이유가 뭐지? 만지면 시원해서?

아니면 토끼라서?

'뭐야, 진짜.'

머리가 복잡했다. 도대체 왜 이런 말을 하는 거야. 헷갈리잖아. 이러면 내가 칠락팔락 풀어질 줄 아나?

'이용하려고 이런 말을 하나?'

나를 또 꼬시는 건가?

목은 여전히 타들어 갔다. 나는 침을 꼴깍 삼켰다. 몸이 떨린다는 걸 그제야 알았다.

'믿지 말자.'

거짓말일 수도 있어. 이 사람 세라피를 위해서 나를 어르고 달랬던 사람이야. 잘해 주는 것도 다 목적이 있을 거야.

나는 고개를 들어서 왕을 바라보았다. 그는 여전히 느긋하게 웃으면서 나를 바라보았다.

여전히 무서울 정도로 잘생긴 남자였다. 조각 같은 얼굴과 넓은 어깨가 마치 그림 같았다.

나는 자리에서 일어나, 천천히 그에게 걸어갔다.

'참 이상해.'

왕과 나 사이에는 아무것도 없었다. 가리는 것도 발에 채는 것도 없었다. 게다가 몇 걸음 안 되는 거리였다.

하지만 평균대 위를 걷는 것 같았다.

맨발로 한 걸음 한 걸음 다가갈 때마다 조심스러웠다. 그는 가까이 다가온 나를 바라보았다.

"폐하."

나는 잠옷 자락을 꽉 쥐었다. 이 사람이 날 이용한다는 것을 알았을 때부터 쭉 묻고 싶었다.

"저를……."

목이 잠겼지만, 억지로 목소리를 냈다.

"좋아하세요?"

수려한 이마가 찌푸려졌다.

"거기까지는 아니더라도 그거랑 비슷한 거긴 한가요?"

생각해 봤다.

이 사람은 몇 번이나 날 구해 줬다. 만약 왕의 관심이 없었다면 선왕비한테 공격받았을 때 이미 난 죽었다.

이번 일도 그랬다.

왕의 토끼가 아니었다면 그냥 이유 없이 그곳에 갇혔을 것이다. 스승님과 레오가 도와줬을 수도 있지만, 그건 또 다른 얘기였다.

'게다가 상관없대.'

이유는 알 수 없지만, 성당에 스파이라도 옆에 두겠대.

'난 왜 이런 걸 묻는 걸까.'

두루뭉술하게 넘어가는 게 나았다. 이 사람이 본심을 숨기고 있다면, 나도 패 정도는 소매 속에 넣어야 했다.

하지 마. 손해 보는 짓이야.

이 사람은 뭐라고 대답할까. 그걸 생각하니 웃기기도 했다. 그렇다고 대답하면 어떡할 거야? 아니라고 대답하면 뭐가 달라져?

'하지만 묻고 싶어.'

옷자락을 쥔 손이 떨렸다.

"폐하께서는 저에게 잘해 주세요."

누가 고아인 시녀에게 이렇게까지 해 줄까.

"이렇게까지 해 주시는 이유가 뭘까."

나는 겨우 숨을 한 번 몰아쉬었다.

"그런 생각을 항상 해요."

고개를 들어서 더없이 잘생긴 그 사람을 바라보았다. 찡그렸던 미간은 이미 없었다. 얼굴에 드러난 표정이 없었다.

"짐의 관심이 버겁나 보군."

나는 고개를 저었다.

"조금 달라요."

그런 게 아닙니다.

저는요. 폐하. 있잖아요. 그거 아세요?

'사실은 당신이 날 이용하는 게 슬퍼요.'

웃기죠? 복수하겠다고 이를 갈면서 욕을 해야 하는데, 제일 먼저 느낀 건 슬픔이었어요.

'당신이 나에게 잘해 준 모든 게 세라피를 위해서라면……'

그렇게 생각하면 갑자기 세상이 깜깜해져요.

'그 이유라면 차라리 잘해 주지 마세요.'

물에 젖은 솜이 가슴을 내리누르면 이럴까. 호흡이 가빴다. 필사적으로 숨을 내뱉었지만, 꽉 눌린 것은 없어지지 않았다.

나는 가슴을 손가락으로 콕콕 찔렀다. 이러면 여기 꽉 막힌 게 좀 나아질 거 같았다.

차라리, 그냥…….

'세라피를 위해서 희생하라고 명령했으면 좋겠어.'

그럼 이렇게까지 슬프지 않을 거 같아.

"좋아한다."

나는 왕을 바라보았다. 촛불 아래에 홍안의 남자는 내게 손을 뻗었다.

"좋아한다. 토끼야."

따뜻한 체온이 눈가를 쓸었다. 나는 나도 모르게 입술을 깨물었다. 비릿한 피맛이 나서 멈춰야 했지만, 그럴 수 없었다.

눈이 뜨거웠다. 입을 막았지만 결국 한 방울이 볼을 타고 내려왔다.

'믿고 싶다.'

저 말을 믿을 수 있다면 얼마나 좋을까.

한번 물꼬를 튼 눈물은 계속 바닥으로 떨어졌다. 아무리 입술을 깨물어도 멈출 수 없었다.

"왜 우는 거지?"

그러게요. 저는 왜 우는 걸까요.

"폐하, 저는……."

그 말을 믿고 싶어요.

"저는……."

그런데 믿을 수 없어요.

나는 다시 그를 바라보았다. 무표정했던 얼굴은 사라지고, 곤란함이 스며 있었다.

"짐은 아이를 달래는 방법은 모른다."

저것조차 연기일까?

눈물이 하염없이 흘렀다. 그제야 깨달았다. 나는 이제 저 잘 생긴 얼굴을 볼 때마다 계속 의심을 하겠구나.

'싫다. 정말.'

이런 건 너무 힘들잖아.

"왜 우는지 모르겠군."

"폐하도 모르는 게 있으신가요."

그는 피를 흘리는 내 입술을 손으로 훑었다. 빨간 피가 그의 손에 묻었다. 나는 숨을 크게 들이마셨다.

"버리지 않는다. 어디로 보내지도 않을 거야. 너를 해치는 이가 있다면 짐이 죽여 주마. 토끼는 그저 짐의 옆에만 있으면 된다."

그는 다시 젖은 내 볼을 매만졌다.

"뭘 원하지? 지위? 돈? 뭐든 원하면 줄 테니까 울지 마라."

큭-. 웃음이 나왔다.

정말 달래는 데는 소질 없으시네요. 사탕 줄게 울지 말라는 초보 아빠 같잖아요. 게다가 그런 질문에 제 대답은 한결같았어요. 폐하께서 주실 수 없다고 그렇게 말했는데, 잊으셨나요?

"뭐든 들어줄 테니까 제발 눈물을 멈춰라."

정말 쩔쩔매는 것처럼 보였다. 그러고 보면 이 사람이 당황한 모습도 처음이었다.

'저것도 연기일까?'

나는 눈을 감았다. 남았던 눈물이 볼을 타고 주르륵 떨어졌다.

어쩌지. 이런 거 너무 싫어.

심장이 두근거렸다. 필사적으로 눌러 왔던 것들이 조금씩 커졌다. 그러면 안 된다고, 네 처지를 생각하라고 미루어 왔던 것들이었다.

소매 속에 숨겨 왔던 패들이 주르륵 떨어졌다. 더는 숨길 수 없었다. 나는 다시 그를 바라보았다. 조각 같은 얼굴에는 곤란함이 어려 있었다.

그 난감함이 나 때문이에요? 아니면 다른 이유예요?

'한계야.'

더는 참을 수 없었다.

나는 다짜고짜 그의 품에 파고들었다. 그의 옷을 장식한 보석이 뺨에 닿았지만 아랑곳하지 않았다.

내가 그를 안은 건 처음이었다. 왕의 체향과 온기가 닿자, 꽉 눌러 놓았던 것들이 한꺼번에 터졌다.

"토끼?"

이화윤. 하지 마. 지금 네 머릿속에 든 생각, 제발 내뱉지 마.

'그런데 참을 수 없어.'

세상천지에 이런 바보는 없을 거야. 알아. 나도 말하면 안 된다는 거.

하지만 꽉꽉 닫아 둔 상자는 마침내 열리는 법이었다. 결국 벌어진 판도라의 상자처럼, 나도 말해 버렸다.

"폐하, 저, 저에게 뭘 원하세요?"

솔직하면 안 되는 사람이었다. 누가 사기꾼에게 이런 알맹이를 드러낼까.

"다 넘어갈 테니까⋯⋯."

상자에서 나온 감정조각들은 너저분했다.

"다 그러려니 할 테니까⋯⋯."

나는 왕의 옷자락을 꽉 쥐었다.

"그러니까⋯⋯."

나를 아무렇지도 않게 만졌던 사람이, 지금은 뻣뻣하게 굳어 있었다. 정곡을 찔렀으면 좋겠지만, 아마 이 사람에게는 별거 아니겠지.

이렇게 잘해 주는 척 속이지 마세요. 차라리 명령하세요.

솔직하게 다 말할 수 있으면 얼마나 좋을까.

'후회할 거야.'

돌이키면 나는 이 순간을 매번 한탄할 거야. 그러지 말았어야 했다고 머리를 쥐어뜯을지도 몰라.

그런데 멈출 수 없어.

그의 품안에서 눈을 떴다. 초점이 잘 맞지 않았지만, 옷자락에 묻은 내 눈물들을 보였다.

나는 천천히 뒷걸음질쳤다. 눈가에 남은 눈물들이 바닥으로 후드득 떨어졌다.

억지로 웃었다. 울다가 웃어서 이상할 테지만, 그런 표정밖에 지을 수 없었다.

"두 배 주세요."

그는 아무 말 없었다. 나는 다시 입술을 깨물었다.

어이없겠지? 그러게. 내가 생각해도 황당했다.

"주급 두 배 주세요."

별거 아니었다.

그런다고 뭐가 달라질 거란 생각도 하지 않았다. 이 사람은 앞으로도 눈물날 정도로 잘해 주겠지만, 아무렇지도 않게 이용도 하겠지.

하지만 나는 핑계가 필요했다. 그런데도 이 사람 옆에서 오롯하게 있을 이유를 원했다.

"그럼, 뭐든지 넘어갈게요."

일부러 고개를 들지 않았다. 그의 얼굴을 보는 게 무서웠다.

'어떤 표정일까.'

황당하다는 얼굴로 혀를 찰까? 아까처럼 미간을 찌푸리셨을까? 무서울 정도로 잘생긴 양반이니 뭐든 그림 같겠지.

'짜증나셨을지도 모르겠네.'

손안에 쥐고 굴리던 애완동물이 영문을 모를 행동을 한다. 그런 식으로 생각할까.

'화를 내실 수도 있겠다.'

혹시 감정을 내보일 가치도 없다고 여길까.

'최고 권력자에게 한낱 시녀의 감정은 그 정도일지도 모르겠다.'

실컷 전쟁을 치렀고, 잔해는 너저분했다.

'아예 신경 안 쓸 수도 있겠네.'

하지만 오로지 나만 신나게 싸운 전장이었다.

"토끼야."

그가 나를 불렀다.

나는 예의에 맞게 한쪽 무릎을 살짝 굽혔다가 폈다.

"예. 폐하."

"알 수 없는 행동을 하는군."

나는 계속 웃었다. 일그러진 미소였고 이상하게 보일 거란
것도 알았다. 하지만 그 표정이 유일하게 내가 지을 수 있는 것
이었다.

"뭐든 주겠다고 했는데……."

그는 의자에서 일어나서 천천히 나에게 다가왔다.

"고작 그거라니, 어이가 없군."

내가 물러났던 건 서너 걸음이었지만, 그가 다가오는 건 두
걸음이면 충분했다.

나는 그를 올려다보았다. 촛불 사이로 눈물에 젖은 그의 옷
이 유난히 눈에 띄었다.

커다란 손이 젖은 뺨을 쓸어내렸다.

"그쳤군."

왕은 다리를 굽혀 나와 눈을 마주쳤다. 그가 다가온 만큼 다
시 뒤로 가려고 했지만, 다른 팔이 허리를 잡았다.

"감히 짐을 곤란하게 하다니, 토끼."

나는 피식 웃었다.

그럴 리가. 백번 양보해서 황당하긴 했을 것 같은데. 곤란할
것 같지는 않았다.

"네가 알아 둬야 할 것이 있다."

내가 알았다는 듯 고개를 끄덕이자, 그는 다시 허리를 잡고 좀 더 가까이 끌어당겼다.

"짐은 말이 짧다."

순간 박수를 칠 뻔했다. 맞아요. 폐하는 말이 참 짧습니다. 누가 그런 소리를 했나요. 정말 폐하를 잘 아시는 분이네요.

'가끔 주어가 없어.'

생각해 보면 이 사람이 말을 하면 알아듣기보다는 추측을 해야 했다.

"어렸을 때부터, 쓸데없는 오해를 부른다고 말 좀 길게 하라는 말을 종종 들었다."

뺨을 쓸어내리던 손이 툭 떨어졌다.

"토끼."

나는 갈라진 목소리로 대답했다.

"예, 폐하."

"날 곤란하게 한 사람은 네가 처음이다."

순간 나도 모르게 조금 웃어 버렸다.

아니, 왜 갑자기 일일드라마에서 재벌 아들이 하는 말을 하세요.

"믿지 않는군."

글쎄요.

나는 손바닥으로 그의 입을 막았다. 전 같으면 상상도 못 할 무례한 행동이었지만, 왜일까. 아예 털어 버리고 나니까 몸이 가벼웠다.

"폐하께서 주급을 두 배로 주시면, 전 이제 모든 걸 그러려니 할 거예요."

손으로 입을 가리고 있어도, 절세미남은 그림처럼 아름다웠다. 나는 환하게 웃으면서 그에게 가까이 다가갔다.

붉은 눈동자가 마주쳤다. 그러고 보면 남의 눈동자에서 비친 나를 보는 건 참 오랜만이었다.

"폐하께서 뭘 해도 아, 그러시구나, 할게요. 그러니까, 변명하시지 않아도 돼요."

조심스럽게 손을 내리자, 수려한 미간이 찌푸려졌다.

"주급 두 배 주실 건가요?"

항상 머리 꼭대기에 있는 사람이어서 그럴까. 말이 짧다는 변명은 어설프기 그지없었다. 환하게 웃으면서 대답을 보채자, 그는 불만스러운 눈빛으로 작게 속삭였다.

"토끼답지 않게 짐을 어르는군."

나는 그의 입을 가렸던 내 손을 바라보았다. 무슨 소리지? 웃은 거? 입 가린 거? 아니, 이런 게 어르는 게 될 수 있나?

"그런가요? 하긴, 주급이 걸려 있으니까요."

"행동이 가벼워졌군."

"이제 무섭지 않으니까요."

어쩌면 난장판 된 집을 포장지로 가리는 것일 수도 있었다. 아무리 가려 봤자 언젠가 드러날 방이었다.

'하지만 마음이 가벼워.'

이 사람은 최고 권력자였고, 나는 시녀였다. 피할 수도 도망 갈 수도 없었다. 게다가 조금 좋아하기도 했다.

피할 수 없으면 받아들이기라도 해야지.

'죽음의 다섯 단계인데 좀 빠졌네.'

부정은 안 했고, 분노는 좀 했고, 이제 협상 단계였다.

'그다음에는 우울인데…….'

어떤 식으로 침울하게 될까?

'그런데 우울하진 않을 것 같아.'

나는 침을 꼴깍 삼켰다. 걱정 많이 했는데 참 이상했다. 손해 보는 짓을 실컷 했는데 마음이 가벼웠다.

'실컷 어린애 같은 짓을 해서 그런가?'

사이다 한 병 들이킨 것처럼 속이 많이 시원했다.

"토끼."

"예, 폐하."

이 사람은 어떤 대답을 할까.

조용히 기다리고 있을 때였다. 갑자기 온몸이 들썩거렸다. 깜짝 놀라서 다리를 버둥거렸지만, 그는 내 겨드랑이를 잡고 들어올렸다. 그리고 뭐라고 말할 틈도 없이 왕은 재빨리 나를 침대 위에 놓았다.

"너는 지금 정상이 아니다. 온몸에서 열이 난다."

그는 묵묵히 내 어깨를 잡아 누르자, 허리가 젖혀지고 푹신한 시트에 등이 닿았다.

순식간에 침대에 눕게 된 나는 눈만 깜박였다. 왕은 시트를 내 위에 덮고 옆자리에 앉았다.

낮은 목소리가 울려 퍼졌다.

"자라."

도대체 이게 뭔 일이야.

갑자기 벌어진 일에 정신이 하나도 없었다.

'열이 난다고?'

이마를 손으로 짚어 봤다. 좀 따끈하긴 했다.

'하지만 머리는 맑은데?'

나는 그의 소매를 잡았다. 중요한 건 이게 아니었다. 니나니까 열은 빨리 낫겠지. 나는 왕의 대답을 꼭 듣고 싶었다.

"주실 거죠?"

그는 새초롬한 표정으로 시트를 툭툭 쳤다.

"자라."

"안 아파요."

"명령이다. 자라."

아니 별거 아니라며! 그런데 왜 뜸을 들여요!

다시 달라고 얘기를 하려고 할 때였다. 이번에는 그의 손으로 내 입을 막았다.

"잘 때까지 이러고 있을 거다. 그러니까 제발 자라."

왜 말을 못 하게 하는데?

황당해서 눈만 깜박이자, 왕은 긴 한숨을 쉬었다.

"이런, 눈도 가려야겠군."

입이 막혀 있어서 변명할 틈도 없었다. 큰 손이 다가와서 시야를 가렸다.

순식간에 세계가 가려졌다. 손가락 틈으로 빛이 들어오긴 했지만, 왕의 체온은 뜨끈뜨끈했다.

'뭐, 뭐야.'

왜 이러는 거지? 대답하기 싫은가? 왜?

'주급 두 배 주는 게 아까워?'

폐하, 이베리아 돈 없어요?

이유를 묻고 싶은데, 시야는 가렸고 입은 막혔다. 이러지 마세요! 왜 말을 못 하게 해! 사람이 말은 해야 할 거 아니야!

'확 깨물어 버리면 안 되겠지?'

살짝 물면 그래도 괜찮을까?

고민에 빠져 있는데, 그의 목소리가 들렸다.

"깨물지 마라."

'아, 들켰다. 아니, 물리기 싫으면 애초에 가리질 말든가!'

손바닥으로 시야가 가려진 세상이 조금 답답했다. 치워 달라고 두 손으로 왕의 팔을 붙잡았다. 하지만 그는 여전히 내 눈과 입에서 손을 떼지 않았다.

"버둥거리지도 마라."

참을 수 없어서 웅웅 거렸더니, 웃음소리가 들렸다.

'이 양반이 지금 뭐하는 거야!'

내가 이러는 게 즐거워?

"자꾸 짐의 명을 어기면 어쩔 수 없지."

왜요. 묶어 놓기라도 하시게요?

그는 내 눈을 가렸던 손을 뗐다. 드러난 시야 사이로 수려한 얼굴이 드러났다. 여전히 잘생겼지만 곱게 보이지 않았다.

"토끼는 안아 주면 잘 자더군."

순간 입을 가린 그의 팔을 떼려던 걸 멈췄다.

"짐의 품에서 잠들고 싶지 않으면, 지금 빨리 자라."

나는 눈을 깜박였다. 이 사람이 진심인지 아닌지 영 갈피가 잡히지 않았다.

"진심이다."

그의 붉은 눈이 살짝 휘어졌다.

나는 순간 미간을 찌푸렸다. 아니 어떻게 내가 생각한 걸 딱딱 맞추지.

'정말 진심일까?'

뭐야. 도대체 왜 이러시나요.

나는 왕의 품에 안겨 자는 나를 상상했다. 순간 오한이 올라와서 몸이 부르르 떨렸다.

'그건 안 돼!'

나는 눈을 질끈 감았다. 이러니저러니 해도 협박이 너무나 확실하게 먹혔다.

'그런데 이런 상황에서 눈을 감아도 잠들 수 있을까.'

그것도 이 사람 앞에서?

하지만 몸은 정직했다. 억지로라도 눈을 감자, 몸이 뒤로 휙 밀렸다.

'잠들면 안 되는데……'

286

대답을 들어야 하는데.

그것이 마지막으로 한 생각이었다. 순식간에 온몸이 나른해지고, 의식이 하얗게 변했다.

눈을 떴을 때는 이미 대부분이 끝나 있었다.

21

성녀의 탈출

아이는 고른 숨을 내쉬며 잠들었다. 그는 입을 가렸던 손을 뗐다. 색색거리는 숨소리가 조용한 공간에 흩어졌다.

왕은 니나를 살짝 흘겨보았다. 생각해 보니 기가 막혔다.

"짐에게 품에 안기는 게 그렇게 싫은가 보군."

협박으로 한 말인데, 몸까지 떨지는 몰랐다.

요 자그마한 녀석은 무던히도 자신을 싫어했다.

그는 한쪽 턱을 괴고 아이를 바라보았다. 눈물 자국이 난 열다섯 시녀는 세상모르고 잠들어 버렸다.

발그레한 볼과 복숭앗빛 입술이 잘 어울렸다. 지금은 감겨 있지만 붉은 눈동자를 반짝이며 말할 때는 이상하게 마음에 누그러졌다.

그는 시녀의 머리카락을 쓸어 보았다. 부드러운 촉감이 꽤 기분 좋았다.

이렇게 잘해 주는데 토끼는 항상 품에서 깡충깡충 뛰어나갔다.

"좋아하냐니……."

왕은 피식 웃으며 아이를 흘겨보았다. 작고 사랑스러워서 그런가. 시녀는 곤란한 질문을 골라서 했다.

그런데도 아이는 귀여웠다.

그는 니나에게 시선을 떼지 않았다. 아니 뗄 수가 없었다.

"아직은 네가 필요하다. 니나 케이지."

성당이 무슨 속셈으로 이걸 자신에게 보냈는지는 몰랐다. 하지만 이건 존재 자체가 이용가치가 컸다. 어쩌면 성당의 비밀에 실마리가 될 수도 있었다.

그때, 인기척이 들렸다. 그는 아이가 잠든 침대에 앉아서 들어오는 이를 바라보았다. 등을 손에 쥔 시녀장은 조심스러운 발걸음으로 그에게 다가왔다.

"끝났나 보군."

왕의 말에 사비나는 고개를 살짝 숙였다가 들었다.

"네. 추측이 맞았나 봐요."

"저런. 짐의 실책이군."

사비나는 고개를 저었다. 그러고는 바로 무릎을 꿇었다.

"제 수하에서 일어난 일입니다."

"네 잘못이 아니다. 사비나. 세뇌에는 답이 없다."

"하지만 샬롯은 시녀입니다. 제 불찰이에요."

왕은 고개를 저었다. 의외이긴 했다. 외부에서 세력이 들어올 줄 알았는데, 안쪽에서 성녀를 탈출시킬 시도가 생길 줄은 몰랐다.

"아직은 일어나지 않은 일이다. 사비나. 샬롯이란 시녀가 성녀를 어디까지 탈출시킬지 결론이 나오고, 그 뒤에 일을 정해도 늦지 않아."

시녀장은 깊은 한숨을 쉬고 고개를 끄덕였다. 이미 내일이면 다 벌어질 일이었다. 처분 따위는 늦게 생각해도 충분했다. 일단 그 일을 막는 것이 더 중요했다.

시녀장은 침대 위에서 자는 니나 케이지를 바라보았다. 아수라장이 펼쳐졌는데도 아이는 잘 자고 있었다.

"자나요?"

"자라고 하니까 착하게도 명령을 듣더군."

물론 입과 눈을 가렸다는 말은 하지 않았다. 그 사실을 모르는 사비나는 침대에 가까이 다가갔다. 단발보다 조금 짧은 백금발을 늘어트린 시녀는 천사처럼 잠들어 있었다.

"미열이 있다."

시녀장은 아이의 이마에 손을 댔다. 차가운 손이 기분 좋은지, 아이는 콧소리를 조금 내다가 작게 뒤척였다.

"아직 조금 있네요. 감기인가요? 감옥이 춥나요?"

왕은 고개를 저었다.

"아니. 그곳은 항상 덥다. 춥지는 않은 곳이야. 토끼가 열이 난 것은 아마도……."

멀쩡하던 아이가 그 얘기를 하고 열이 났다. 그 정도로 열과 성을 다해서 한 말이었다.

'좋아하냐고…….'

그는 아까 아이가 했던 말을 떠올렸다. 하찮기 그지없었다. 하지만 별거 아니라고 넘어가고 싶어도 이상하게 가슴에 박혔다.

왕은 니나의 뺨을 쓸었다.

"감히, 건방지게도."

시원한 청량함이 손가락을 타고 내려왔다. 이 감촉 때문일까. 다른 이였다면 거친 대가를 주고도 남았을 일인데, 토끼에게는 한없이 관대해졌다.

'짐을 당황하게 하다니…….'

본인이 눈물에 약해질 줄 상상도 못 했다. 진짜 아이가 울 때는 금이라도 쥐여 주고 그 상황을 벗어나고 싶었다.

그럴 가치가 있는지, 그 뒤에는 어떻게 할 건지 그때는 정말 생각나지 않았다. 조그마한 시녀의 눈물을 빨리 멈춰 주고만 싶었다.

"사비나. 물어볼 게 있다."

"하문하세요."

시녀장은 아이의 구겨진 잠옷을 펴면서 시트를 목까지 덮어 줬다.

"모든 걸 그러려니 하겠다는 게 무슨 뜻이지?"

사비나는 왕을 바라보았다. 워낙 설명이 없는 폐하였지만, 지금 한 말은 잘 이해가 가지 않았다.

"좋아하냐 묻고, 좋아한다 대답하니까 돈을 두 배 달라더군."

그녀는 점점 더 이해할 수 없었다.

"그러면 모든 걸 그러려니 하고 넘어가겠다고 울면서 말하는데, 당황스럽더군."

사비나는 미간을 찌푸렸다. 돈이 두 배가 문제가 아니라 마지막 말이 심각했다.

"잠깐만요. 폐하께서요? 당황하셨다고요?"

왕은 순순히 고개를 끄덕였다.

"짐은 매우 당황했다."

사비나는 이마를 짚고 몇 걸음 물러섰다. 소리 없는 비명이 가슴 안에 울려 퍼졌다.

'니나야! 무슨 짓을 한 거니!'

왜 이 사람을 당황하게 한 거야.

'아니, 폐하가 당황할 수 있는 인간인가?'

시녀장은 자신이 모시는 친애하는 폐하를 아래위로 훑어보았다. 실례지만 뭘 잘못 드신 게 아닌가 걱정이 되었다.

눈빛이 퍽 불경했는지, 왕은 한쪽 팔로 턱을 괴며 물었다.

"왜 그런 눈으로 보지?"

사비나는 서둘러 본연의 자세로 돌아왔다.

"죄송합니다."

"대답이나 해라. 그게 무슨 뜻이지?"

사비나는 작게 숨을 내쉬었다.

"말 그대로입니다. 폐하."

"주급 두 배에 내 말을 다 듣겠다는 건가?"

"그것도 맞습니다."

"설명해라. 답답하다."

어떻게 설명해야 할까.

사비나는 침대 위에서 자는 아이를 바라보았다. 첫 만남부터 영리하다고 생각했지만, 역시나 머리가 좋은 아이였다.

'알았구나.'

이 사람이 너를 이용한다는 걸 깨달았나 보네.

'주급 두 배가 그래서 나온 결론이니?'

시녀장은 나오려는 웃음을 애써 참았다. 뭐랄까, 참 니나다웠다. 그리고 보면 이 아이는 늘 솔직했다.

착한 아이였다. 그래서일까. 주급 두 배는 참 눈물겨운 결론으로 보였다.

"앞으로 폐하의 명령을 잘 따르며……."

사비나는 왕을 보며 고개를 숙였다.

"명령에 대해 깊이 생각하지 않겠다는 뜻입니다."

그는 눈을 가늘게 떴다. 깊이 생각하지 않고 무조건 복종한다고? 그런 충성은 토끼에게 바란 적 없었다. 게다가 자신의 말에 무조건 충성하겠다는 뜻은 아닌 듯 보였다.

"사비나. 짐은 멍청하지 않다. 제대로 설명해."

사비나는 다리를 한번 굽혔다가 폈다.

"정중한 말로는 설명 못 합니다. 혹시 모를 무례를 용서해 주세요."

"허락한다."

"폐하를 포기한다는 말입니다."

왕의 미간이 일그러졌다.

"다 포기할 테니까 돈이나 달라는 말입니다."

"뭘 포기한다는 거지?"

"다요."

"토끼가 짐에게 화를 내는 건가?"

사비나는 피식 웃으면서 팔짱을 꼈다.

"니나가 화가 나도, 폐하에게 화를 낼 수 있는 처지인가요?"

게다가 아이는 일이 이상하게 되어서 감옥에 갇힌 신세였다. 기사들은 니나 케이지가 위험한 피를 가졌다며 평생 감금하라는 말까지 했다.

'영리하구나. 니나.'

죄인이 되지 않은 이유가 '왕과의 친분'인 걸 너는 아는구나.

"펑펑 울더군."

"포기하는 건 슬프니까요."

"짐을 포기한다고?"

왕은 다시 아이의 뺨을 쓸었다. 청량함이 스치자 웃음이 나왔다.

"감히?"

사비나는 팔짱을 풀었다.

'왜 감히란 말이 나와?'

시녀장의 얼굴이 사정없이 일그러졌다. 억지로라도 평소처럼 있어야 하는데, 조절이 되지 않았다.

"짐을 포기하고 레오 경이나 디오한테 간다는 건가?"

아니, 왜 거기로 튀는데?

"저, 폐하. 그건 아닌 것 같은데요."

"몸은 짐의 곁에 있지만, 마음은 둘 중 한 명에게 간다는 거군."

점점 더 가고 있었다. 이러다간 돌아오지 못할 거 같아서, 사비나는 서둘러 외쳤다.

"아니요! 그건 아닐 겁니다!"

"오랜만에 화가 나는군. 짐을 그렇게 신경 쓰게 만들었으면서, 감히 도망칠 생각만 하고 말이야. 토끼가 깨어나면 가만두지 말아야겠어."

큰일 났다. 말을 듣지 않아.

사비나는 손으로 이마를 짚었다. 항상 여유롭던 왕은 어디로 갔는지, 지금은 평정을 잃은 남자가 이 길길이 날뛰고 있었다.

결국, 시녀장은 모든 예의를 내다 버리고 소리쳤다.

"애초에 아이를 이용하신 건 폐하이십니다!"

왕의 행동이 멈췄다. 사비나는 한숨을 폭 내쉬며 말했다.

"그걸 알고 슬퍼서 돈 주면 다 그러려니 하겠다는 말이잖아요! 제발 제 말 좀 들으세요! 제가 그때도 후회할 거라고 했잖아요!"

그러게 왜 사람 말을 안 들어. 그럴 거라고 했잖아! 사비나는 속이 답답했다.

"짐이 후회를 해?"

왕은 다시 침대에 앉았다. 사비나는 고개를 돌렸다. 상황이 피곤해서인가. 어째 어깨가 뻐근했다.

어색한 침묵이 침실에 맴돌았다. 시녀장은 충실한 시녀답게 적막을 받아들였다. 친애하는 폐하께서는 생각할 시간이 필요했다.

"후회하지 않는다."

'그야 그러시겠죠.'

후회할 일이었다면 애초에 하시질 않으셨겠죠. 그런 면에서는 소름 끼치게 앞을 내다보시지 않습니까.

왕은 순식간에 평정을 되찾았다.

"짐답지 않았군."

그는 고이 잠들어 있는 아이를 바라보았다. 작은 시녀는 세상모르게 누워 있을 뿐이었다.

"니나가 떠나겠다는 말은 없었죠?"

"없었다."

"곁에는 있겠죠."

"마음은 레오 경과 디오 옆에 있는 건가?"

아니, 왜 그 길로 또 돌아가는데. 거기 아니야.

사비나는 아이를 위해 서둘러 변명했다.

"그분들을 좋아한다고 하던가요?"

"그런 소리는 없었다."

"그럼 아닐 것 같습니다. 니나는 솔직하니까 좋아하면 얼굴에 드러날 것 같네요."

시녀장은 이제 슬슬 무서워졌다. 너무나 냉정해서 혀를 내둘렀던 남자가 지금은 화약처럼 이리저리 튀었다. 아니, 아이가 그 두 사람을 좋아하는 걸 왜 신경 쓰는 건데?

어쨌든 이곳에 있으면 위험했다. 사비나는 필사적으로 도망갈 이유를 찾았다.

시트 아래에 맨발에 보였다. 그러고 보면 바닥에 니나의 신발이 보이지 않았다.

"니나 구두가 안 보이네요. 가져오겠습니다."

아랫사람을 시키면 그만인 일이었지만, 시녀장은 빨리 이곳에서 도망가고 싶었다. 하지만 왕의 말에 그녀는 걸음을 멈췄다.

"괘씸하군."

사비나는 어색하게 웃었다. 나 아니지? 니나가 괘씸하다는 거겠지? 왕과 대화를 많이 해 봤지만, 처음 듣는 단어였다. 그는 괘씸한 사람은 그런 감정을 느끼기 전에 처리했다.

"토끼의 신발 따위는 아무래도 좋다. 내 질문에 대답해라. 사비나."

도망갈 길이 막혀 버렸다. 그녀는 억지로 끌려가는 소처럼 다시 왕의 앞에 섰다.

"토끼가 그 두 사람을 좋아할 것 같나?"

그걸 내가 어떻게 아나요.

"폐하께서 니나가 깨어나면 직접 물어보세요."

"그 둘을 싫어하는 여자는 없다."

"괜찮으신 분들이죠."

한 번도 그런 식으로 생각해 본 적은 없지만요.

"정말 괘씸하군."

왕은 잠이 든 아이의 코를 톡톡 건드렸다. 아이는 귀찮은지 어깨를 움찔거렸다.

사비나는 눈을 가늘게 떴다. 조금 의외였다.

"건방진 아이다."

말이랑 행동이 달랐다. 그는 웃고 있었다.

말은 금방이라도 아이를 내칠 거 같았지만, 왕은 부드럽게 미소 지으며 매만졌다. 거친 손길도 아니었다. 귀한 보석을 만지듯 조심스러웠다.

사비나는 그 순간 깨달았다.

'니나의 그런 점을 마음에 들어하시는군.'

조금 안심이 되었다. 적어도 아이를 험하게 내치지는 않을 거 같았다.

그는 아이의 뺨을 매만지며 말했다.

"사비나. 명령이다."

시녀장은 친애하는 폐하의 명에 한쪽 다리를 굽혔다.

"시녀 주급 백 년 치에 달하는 장신구를 가져와라."

그녀는 고개를 숙였다. 분위기가 좀 더 너그러웠다면 아이가 원하는 건 현금일 거란 말을 했겠지만, 차마 용기가 나지 않았다.

"짐은 관대하니, 그 정도는 들어줘야지."

전혀 관대해 보이지 않았다. 심지어 구질구질했다.

그런데 왜 그런 결론을 내리신 건가?

사비나는 그의 명령을 실행하러 자리를 떠났다. 이번에는 순순히 보내 줘서 다행이었다. 그녀는 문가에서 기다리는 시녀에게 감옥에서 아이의 구두를 가져오라고 말하며, 팔짱을 꼈다.

그녀는 등을 바라보았다. 창가에서 불어오는 바람에 등은 조금 흔들렸다가 다시 돌아왔다.

뭔가 조금 이상했다.

보석 따위야 가져올 수 있었다. 그런 장신구 따위야 창고에 넘쳤다. 하지만 왕이 여자에게 보석을 선물한 적이 있던가?

'없었어.'

타국에 외교 목적으로 보낸 적은 있지만, 개인에게 하사한 적은 결코 없었다. 그것도 이상하지만 아이는 주급에 두 배를 원했다. 백 년 치에 보석을 바란 게 아니었다.

'뭐지?'

바란다고 주는 것도 이상해. 수상하고 미심쩍어. 아니, 왜 이러시지?

사비나는 곰곰이 생각에 잠겼다.

더럽게 냉정했던 남자가 치졸해졌다. 별거 아닌 것에 흥분하고, 충동을 참지 못했다.

아무리 생각해도 이유는 한 가지밖에 없었다.

'니나를 좋아하시나?'

설마. 그 친애하는 폐하가?

아니라고 대답하고 싶은데, 왠지 정답이란 생각을 지울 수 없었다. 사비나는 고개를 갸웃거렸다.

'좀 더 두고 봐야 될 거 같긴 한데…….'

섣부른 판단은 주의해야 하지만, 그렇게 생각하면 이 사태가 다 설명이 되었다.

한숨이 저절로 나왔다. 성도 시골에서 올라온 작은 시녀가 가져온 파장이 의외로 컸다. 폭풍의 눈이라고 생각했지만, 생각보다 거대했다.

좋아한다고 하면 이어질 수 있긴 한가?

신분은 어쩌며 상황은 어떻고, 아이의 마음은 또 어디에 있는데?

'니나는 포기하려고 하잖아?'

왕 쪽은 괜씸하다고 하지만 이러면 또 어떻게 되는 걸까.

사비나는 고개를 저으며 생각을 털었다. 뭔가 굉장히 복잡했다. 남의 연애사 따위에 참견한 적도 해 본 적도 없지만, 뭔가 한없이 수렁으로 굴러가는 느낌이었다.

어깨가 흔들렸다. 좀 더 자고 싶어서 뒤척였지만 흔들림은 멈추지 않았다. 짜증 섞인 신음을 뱉어 봤지만, 거센 힘만 느껴졌다.

하는 수 없이 눈을 떴다. 초점이 안 맞는 눈을 비비면서 자리에서 비적비적 일어나자, 낮은 목소리가 귓가에 울렸다.

"잘 자더군."

남아 있던 졸음이 순식간에 사라졌다. 나는 서둘러 고개를 들었다. 환한 햇살에 시야가 조금 흔들렸다.

"폐, 폐하?"

순간, 머릿속에 어제의 일이 파노라마처럼 지나갔다. 세상에!

'잤어?'

내 신경줄 대단하다! 의외로 강심장이었어! 대단하다! 이 사람이 보고 있는데 쿨쿨 꿈나라로 달려가다니!

'아무리 열나고 피곤했지만 자란다고 진짜 자?'

명령이라면 '네! 마님' 하고 후딱후딱 따르는 돌쇠 근성이라도 있는 걸까. 엄마 아빠, 혹시 우리 집안 족보 산 건가요?

"조, 좋은 아침입니다. 폐하."

어색하게 웃으면서 그를 바라보았다. 어젯밤과 옷이 달라진 폐하의 흑발이 햇살에 반짝거렸다.

왕은 침대 가에 앉아서 못마땅한 눈으로 나를 바라보았다. 순간 아차 싶었다. 그러고 보면 내가 왕의 침대를 뺏은 셈이었다.

어디서 주무셨을까. 아니다. 왕은 잠을 잘 못 잔다고 했으니까 그냥 집무실에서 일하셨을까?

'설마 성인데, 성수기 호텔처럼 잘 곳이 없는 건 아닐 테고……'

나는 뺨을 살짝 긁으면서 침대에서 내려가려고 했다.

"죄송합니다. 돌아갈게요."

"네가 머무는 곳은 아직도 조사하고 있다."

내 방 아직도 난리인가요. 그럼 저는 어디로 가나요. 설마 감옥?

'그건 싫다.'

좁고 습기가 찬 방을 생각하니 몸이 부르르 떨렸다.

그때 그의 손이 내 뺨으로 다가왔다. 한두 번 겪은 일이 아닌데, 순간 어깨를 움직여 왕의 손을 피했다.

내가 한 일에 내가 놀랐다.

"토끼."

"예. 예 폐하!"

"짐의 손길이 싫은가 보군."

순간 식은땀이 흘렀다. 아니, 갑자기 다가와서 놀랐잖아요!

"자, 잠이 덜 깨서요. 지금 이것도 꿈인지, 현실인지 헷갈려요!"

"꿈에서도 토끼는 짐이 싫나 보군."

뭐라 할 말이 없었다. 핑계를 생각했지만 어째 다 내 무덤을 파는 느낌이 들었다.

한번 물러섰던 손은 다시 올라왔다. 그는 아랑곳하지 않고 볼을 쓰다듬었다.

"상관없다. 관대한 짐이 참아 주지."

전 매우 상관있는데요. 하지만 차마 그 말은 할 수 없었다.

"가, 감사합니다. 좀 놀랐나 봐요."

"넘어가 주지. 토끼. 짐이랑 갈 곳이 있다."

이 상황을 넘길 기회였다. 나는 후다닥 침대에서 내려왔다. 급히 바닥을 둘러보며 구두를 찾았지만 보이지 않았다.

'까짓것 맨발로 가지 뭐.'

설마 성인데 유리 조각이 있겠어.

각오를 다지고 있는데 그는 일어나서 나를 안아 들었다. 나는 내 엉덩이를 받친 팔을 느끼며 고개를 떨구었다.

아, 또 이거야. 아니, 폐하께서는 사람 못 들어서 생기는 병이라도 걸리셨나요. 아주 고민도 없이 덥석덥석 들어올리시네요.

'그런데 익숙해.'

심지어 이제는 편해.

나는 아무렇지도 않게 남자의 어깨에 팔을 기댔다. 균형을 이렇게 잡는 게 훨씬 편했다.

'숨소리가 들려.'

새삼스럽지만 지나치게 가까웠다.

순순히 팔을 두르자, 왕은 작게 웃었다. 나는 어색하게 같이 웃으면서 필사적으로 시선을 피했다.

그는 천천히 걸어갔다. 나는 창밖을 확인했다. 아침인지 낮인지는 모르지만, 햇빛이 찬란했다.

참 잘 잤나 봐. 아무리 열나고 피곤했다지만 이 난리 통에도 숙면이라니.

어쩐지 몸이 참 개운했다.

'아직 니나가 어려서 그런가.'

하긴 나도 학교 다닐 때는 잠팅이긴 했어. 애면 잘 자는 게 당연하지. 니나는 아직 열다섯이잖아. 여기 와서 좀 크긴 했지만, 아직 작고 말라서 큰일이야. 아, 그러니까 이 꼴로 다녀도 그렇게 이상하게…….

'보겠지.'

이상하지. 충분히 이상해. 익숙해졌지만 왕이 시녀를 안고 다니는 거 자체가 웃겨.

'그런데 이제 누가 볼까 무섭지도 않아.'

한두 번이 아니어서 그런가. 왠지 이 성 사람들도 이 행위를 아무렇지도 않게 생각할 것 같아.

'올 때 구두 챙길걸.'

그러면 걸어가겠다고 핑계라도 댈 수 있었을 텐데.

그는 조용히 움직이기만 했다. 덕분에 어색한 침묵이 감돌았다.

"저, 어디로 가나요?"

살짝 운을 떼니, 돌아온 건 머리를 쓰다듬는 손길이었다. 이럴 때는 정말 인형이 된 기분이었다.

'아, 인형이 아니라 토끼구나.'

나는 주위를 둘러보았다. 몇몇 시녀가 복도에서 고개를 숙인 걸 보자, 괜히 부끄러워졌다.

그때 그가 말했다.

"안쪽 방이다."

성녀님 계시는 곳이요? 왜 갑자기 그곳으로 가나요?

'게다가 첩자 의심받는 중 아니었나?'

이런 아이를 세라피 옆에 둬도 돼?

"그녀는 외출 중이다."

네?

나는 깜짝 놀라 고개를 들었다. 성녀가 언제 이베리아로 왔는지 모르지만, 그녀는 계속 그 방에 갇혀 있었다. 그런 세라피가 외출이라고?

"토끼는 짐과의 약속을 잊었나 보군."

이건 또 무슨 소리야.

"네가 원했지 않느냐. 성녀에게 산책을 시켜 달라고 했던 이는 바로 너다."

아, 그거구나.

순간 부끄러움이 확 몰려왔다. 산책 말하는 거였구나. 정원 산책하는 거 기대하시던데 즐거우시겠네.

'보안 같은 건 괜찮나?'

내 일로 철통 보안 일 텐데 외출시킬 여유는 있나 보네요.

"성안은 괜찮은가요? 이런 일이 있었는데……."

그는 내 코를 톡 건드렸다.

"다 대비가 되어 있다. 그렇지 않으면 그녀를 밖에 나가게 할 리가 없지."

나는 어색하게 웃었다. 하긴, 그렇구나. 성녀를 탈출시킬 나는 이미 감옥에 갇혀 있었구나. 오히려 그러면 위험이 없는 건가?

"그런데 왜 안쪽 방인가요?"

성에 남는 방은 많을 텐데? 아무리 내 방에 엉망이라고 해서 그 방에 있을 이유는 없었다.

"거기서 기다려라."

"부인을요?"

왜요? 갑자기 니나가 사라져서 걱정할 세라피를 위해서요? 친애하는 폐하께서 그렇게 섬세하게 마음을 쓰시던 분인가요?

"이유를 물어봐도 되나요?"

그는 피식 웃으며 나를 고쳐 안았다. 아무 말 없는 왕을 보며 나는 입을 다물었다.

'얘기 안 할 거 같다.'

왕은 다리가 긴만큼 보폭도 컸다. 어느덧 익숙한 복도를 지나갔다. 눈에 익은 병사들은 창을 젖혔고, 나는 부끄러워서 고개를 숙였다. 차마 눈을 맞출 수 없었다.

제일 깊숙한 안쪽 방문이 열리자, 익숙한 세라피의 공간이 드러났다. 그는 그제야 날 바닥에 내려줬다.

푹신한 카펫의 감촉을 느끼며 나는 주위를 둘러보았다. 세라피의 공간은 내가 떠났을 때와 똑같았다. 아무것도 달라진 게 없었다.

"곧 그녀가 올 거다."

그야 세라피 방이니까 당연히 주인이 오겠죠.

나는 그녀의 모습을 상상했다. 아마 성녀님은 나를 발견하자마자 반가워서 뛰어오실 거야. 그러고는 대뜸 안아 버리겠지? 처음에는 좀 어색했지만, 이제는 나도 그녀의 품이 익숙했다. 체취는 향기롭고 온기는 포근했다. 목소리는 얼마나 맑고 깨끗한지!

'그녀는 힐링하기 위해서 태어난 사람 같아.'

힘들 때 나도 모르게 매달릴 정도로 세라피는 순수하고 착했다.

"기대되는군."

나는 고개를 살짝 기울였다. 아니, 뭐가?

"무슨 일 있나요?"

왕은 느긋하게 웃으면서 내 뺨을 매만졌다. 꿍꿍이가 느껴지는 표정이어서 나는 손을 한번 폈다가 다시 오므렸다. 이상하게 온몸이 간지러웠다.

뭔가 한없이 수상했다.

"이만 가 봐야겠군."

나는 급히 다리를 굽혔다가 폈다. 그는 다시 한번 내 뺨을 쓰다듬다가 획 돌아섰다. 나는 얌전히 손을 모은 채 그의 뒷모습을 바라보았다.

'뭔 일이 난 거 같은데⋯⋯.'

왜 나만 모르는 느낌이 드는 걸까.

한낮의 햇살이 그에게 닿았다. 황금빛 빛줄기를 느끼면서 나는 다시 손을 오므렸다가 폈다.

새삼스럽지만 친애하는 폐하의 뒷모습은 잡지 속에 튀어나온 상상 속에 인물 같았다. 긴 흑발과 짙은 색 망토가 한없이 현실성 없었다. 넓은 어깨와 큰 키 때문일까. 이런 배우가 나온다면 전 세계적으로 난리가 날 거 같았다.

'절세미남에 몸도 좋구나.'

좋은 것과 좋은 것이 합쳐지니 좋기 그지없었다.

게다가 힘도 참 세서, 니나를 번쩍번쩍 들었다.

한참 생각에 빠져 있을 때였다. 갑자기 직진하던 폐하께서 고개를 돌렸다.

'까, 깜짝이야!'

멍하니 훔쳐보다 딱 들킨 느낌이었다. 어깨를 움찔하자, 그는 눈을 가늘게 뜨고 성큼성큼 다가왔다.

"폐, 폐하?"

왜 갑자기 방향을 돌리는지 알 수 없었다.

"짐은 말이 짧다."

커다란 손이 어깨에 닿았다. 무슨 말을 하는지 알 수 없지만, 나는 조용히 고개를 끄덕였다.

"설명이 부족하단 말을 가끔 듣는다."

아, 알고는 계시네요. 그런데 어제도 그 말 하셨잖아요.

"상관없다고 생각했지만, 토끼는 약한 생물이지."

그 토끼가 저인가요? 내가 약한가?

'아니, 당신에 비하면 약한 건 맞는데……'

살짝 고민했지만, 순순히 인정했다. 하긴 이 성에서 나보다 신체적으로 약한 사람은 손에 꼽히네.

'솔직히 니나보다 신체적으로 약한 사람은 세라피밖에 없지 않나?'

물론 그녀의 위치와 힘은 니나보다 훨씬 강했다. 나는 조용히 내 몸을 바라보았다. 상처 잘 낫는 것과 강함은 상관없나? 하진 아무리 회복이 후딱후딱 되어도 니나는 약하기 그지없었다.

이런 내 생각을 아는지 모르는지, 왕은 내 머리를 쓰다듬었다.

"창밖을 보면 조금 놀랄지도 모른다."

나는 창 쪽으로 고개를 돌렸다. 저기 말하는 건가? 아니 갑자기 웬 창밖인가요?

"도대체 무슨 일인가요?"

"조금 걱정되는군."

질문을 해 봤자 동문서답이었다. 아니 설명이 부족한 줄 알았으면, 이유를 알려 줘야 제가 이해하고 받아드리죠! 말이 짧으면 제가 또 머리를 굴려서 추측해야 하잖아요!

"자그마한 심장을 잘 관리하도록. 겁내지 마라. 나는 토끼를 버리지 않는다."

도무지 무슨 말인지 모르겠지만 폐하는 꽤 뿌듯해 보였다. 왜 자기가 말하고 자신이 보람차 하시나요.

나는 표정이 일그러지려는 걸 애써 참았다.

'하룻밤 사이에 좀 달라지셨네요.'

뭔가 가벼워지셨네요. 폐하.

"이만, 가 보마."

간다니 별수 없었다. 나는 다시 한쪽 무릎을 굽혔다. 그는 꽤 기분 좋게 다시 돌아서서 걸어갔다.

큰 키만큼 넓은 보폭으로 왕은 순식간에 사라졌다. 이번에도 나는 도무지 영문을 알 수 없었다.

문이 닫히는 소리가 들렸다. 그와 동시에 한숨이 저절로 나왔다.

'뭔 소리야. 여기서 무슨 일이 일어난다는 거야.'

나는 창문을 바라보았다. 성 제일 깊숙하게 있는 안 쪽방은 창문도 그리 크지 않았다. 커튼과 캐노피가 겹겹이 처진 침실이면 모를까, 성녀가 기도하는 공간은 햇살도 세지 않았다.

나는 창가 쪽으로 걸어갔다. 맨발이었지만 바닥은 푹신하기 그지없었다. 메어리 님과 주근깨가 부지런히 관리하는 카펫이었다. 혹시라도 세라피가 넘어질까 싶어서 한층 푹신한 것을 깔아 놓았다.

'그러고 보니 오랜만인가?'

이곳에서 넘어지는 세라피 밑에 깔리고, 감옥으로 끌려갔었다.

'아니다. 생각해 보면 며칠 안 됐구나.'

나는 왼쪽 엉덩이를 쓰다듬었다. 여기가 아팠는데 빨리 나아서 다행이었다.

하도 많은 일이 있어서인지 오래전처럼 느껴졌다.

"여기서 놀랄 일이 벌어진다고?"

아무리 창밖을 봐도 아무것도 보이지 않았다. 혹시나 소란스러울까 싶어서 귀를 기울여 봤지만, 그것마저 평온하기 짝이 없었다.

창밖은 평범했다. 병사들이 줄지어 걸어가고, 간간이 시녀들이 보였다. 도무지 무슨 일이 벌어질 거 같지 않았다.

하지만 왕은 분명 예고했다. 이런 거로 거짓말을 하는 사람은 아니었다.

"기다려 봐야 하나."

나는 창문을 열었다. 늦은 여름의 바람은 제법 선선했다. 나는 칼라를 여미다가 내 옷차림을 깨달았다.

'아, 잠옷 차림이네.'

세상에. 시녀복도 아니고 잠옷 차림이야.

'이 꼴로 왕에게 안겨 간 거야?'

이상한 소문 돌기 딱 좋았다. 나는 안겨 가는 게 익숙하다고 생각했던 과거의 나를 매우 쳤다. 익숙하긴 뭐가 익숙해! 이건 아니야!

나는 급히 쪼그려 앉아서 두 손으로 얼굴을 가렸다. 정말인지 울고 싶었다.

'소문에 소문이 더해지겠네.'

카드 혜택 CF도 아니고 뭔 상황이 이러냐. 워낙 안드로메다로 갔던 평판이어서 반쯤은 포기했지만, 떡밥을 더 뿌릴 건 없잖아.

'수습할 수 없어.'

그렇다고 왕이 번쩍 드는데 놓아라! 무례한 놈아! 내 발로 걸어가겠다! 할 수도 없잖아.

"니나가 좀 크면 안 하려나?"

지금이야 작고 말라서 아무렇지도 않게 안아 올리지만, 조금만 자라도 안 하겠지?

한숨이 저절로 나왔다. 나는 아예 바닥에 철퍼덕 앉아서 무릎을 모았다.

"그러고 보면 대답 안 하셨어."

친애하는 폐하께서 주급 두 배 달라는 걸 구렁이 담 넘어가듯 얼렁뚱땅 넘어가 버리셨다.

'아침에 일어나자마자 그것부터 물어야 하는데……'

나는 뒷덜미를 툭툭 치다가 머리카락을 살짝 잡아당겼다.

이제 와서 후회해 봤자 소용없었다.

'게다가 물어봤어도 대답 안 했을 것 같아.'

어쩜 그렇게도 수단이 좋은 걸까. 사주 몰라도 돗자리 깔면 떼돈을 버실 거예요. 진짜 생각할 틈도 없이 당하네.

나는 다리를 쭉 폈다. 항상 복작거렸던 공간에 홀로 있으려니 참 새삼스러웠다.

'아, 혼자는 아니다. 병사님들이 계시는구나.'

며칠 감시를 당해서인지 시선에 무뎌졌다. 나는 한숨을 쉬며 아예 바닥에 누워 버렸다. 아침을 안 먹어서인지 기운이 없었다.

얼마나 그렇게 있었을까. 간간이 새소리를 들으며 눈을 깜박였다. 잠을 못 자서일까, 괜히 졸렸다.

그때였다. 갑자기 비명이 들렸다.

"뭐, 뭐야!"

찢어질 듯한 비명이 밖에서 울렸다. 나는 급히 일어나서 창가로 시선을 돌렸다.

"세상에!"

파란 하늘에 선명한 불줄기가 치솟았다. 아주 가느다란 불줄기였지만 구름까지 뻗은 불길은 모든 것을 태울 듯이 타올랐다.

나는 멍하니 불길을 바라보았다. 저 불줄기가 성에 처음 들어왔을 때 봤던 불기둥 같지는 않았다. 하지만 나는 이런 일을 할 수 있는 사람을 알았다.

"폐하?"

선왕비의 몸을 파고들었던 불꽃을 떠올랐다. 나는 조용히 입을 막았다. 바람결에 뭔가가 타는 냄새가 느껴졌다. 그때 맡았던 그 냄새였다.

"무슨 일이 벌어지고 있는 거야."

그의 말이 떠올랐다.

"창밖을 보면 조금 놀랄지도 모른다."

조금이 아니잖아요! 이게 무슨 아수라장이야!

날카로운 비명과 남자의 고함이 어지럽게 흩어졌다. 하지만 무슨 일이 벌어졌는지는 볼 수 없었다. 창가에 보이지 않는 곳에서 일어나는 거 같았다.

더 무서운 건 그다음이었다.

선명했던 불줄기가 사라지자, 고함도 비명도 순식간에 사라졌다. 나는 침을 꼴깍 삼켰다. 조금 전까지는 난리가 났었는데, 갑자기 새소리밖에 들리지 않았다.

아까 전 상황이 꿈같았다. 지금은 평화롭기 그지없었다.

귀를 기울였지만, 발걸음 소리만 겨우 들렸다.

도대체 무슨 일인지 알 수 없었다. 문 앞을 지키는 병사님에게 물어볼까 싶었지만 그만두었다.

'대답 못 하실 거 같아.'

왕도 자세한 것은 얘기하지 않았다.

'극비인가?'

뭔가 이상하게 불안했다. 저 일이 나와 관련이 있는지 없는지 갈피가 잡히지 않았다.

왕이 뭐라고 했었지?

"자그마한 심장을 잘 관리하도록. 겁내지 마라. 나는 토끼를 버리지 않는다."

나름대로 안심하라고 한 말 같았다.

'뭐야, 진짜.'

창밖을 보고 있지만, 이제는 평온하기만 했다. 그때 불현듯 어떤 사실이 떠올랐다.

"오늘 성녀님 정원 산책하신다고 했잖아."

내가 왜 이걸 잊고 있었을까. 순식간에 퍼즐 한 조각이 맞춰졌다. 저 소란은 성녀님에게 일어난 걸까?

'어디 다치시진 않았겠지?'

왜 이런 일이 벌어진 걸까? 혹시 누군가 그녀를 탈출시키려고 했나? 아니, 니나가 안 했잖아.

순간 몸이 떨렸다. 분명 나는 아니었다.

'그럼 누가 그런 거지?'

어떤 사람이 니나의 역할을 대신한 걸까.

갑자기 몸에 소름이 오도독 돋았다. 등뒤에서 한기가 느껴졌다. 마치 찬물을 뒤집어쓴 거 같았다. 팔짱을 끼고 팔을 문질렀지만, 소용없었다.

얼마나 그렇게 있었을까.

갑자기 안쪽 방의 문이 열렸다. 깜짝 놀라서 고개를 돌리자, 익숙한 이가 들어왔다.

다리를 굽혀서 인사할 수가 없었다. 나는 멍하니 두 사람을 바라보았다.

왕은 나갔을 때와 똑같은 옷차림이었다. 결 좋아 보이는 흑발도 장신구도 아무것도 변하지 않았다. 하지만 어깨 위에 누군가를 얹어 놓은 채였다.

'세상에!'

나는 서둘러 달려갔다. 그의 어깨에 있는 이는 나도 아는 사람이었다.

왕은 아무렇지도 않게 그 사람을 바닥에 팽개쳤다. 높은 비명이 아찔했다. 세상에! 나는 서둘러 세라피가 다치지 않았는지 확인했다.

"이게 도대체 무슨 일이죠?"

내 질문에 그는 여유롭게 웃었다.

"토끼. 작은 심장은 잘 챙겼나 보군."

"깜짝 놀랐어요! 아니, 그게 중요한 게 아니잖아요!"

"보이는 대로다."

나는 세라피를 부축했다. 하지만 성녀님은 다리가 풀렸는지 일어서질 못했다. 그녀는 나를 보자마자 내 허리를 꽉 껴안았다.

성녀는 심하게 떨고 있었다. 나는 도무지 일이 어떻게 됐는지 알 수 없었다.

"도망치려고 했다."

나는 세라피와 왕을 번갈아 바라보았다. 그러고 보면 성녀는 평소와 같은 옷차림이 아니었다. 그녀는 시녀의 옷을 입고 있었다.

그녀가 혼자 이런 계책을 짜낼 리 없었다.

"조력자가 있었나요?"

나는 이마를 짚었다. 그러고 보니 원작에서 니나가 성녀에게 시녀복을 입힌 채 탈출시키려고 했었다.

"그래."

왕은 웃으면서 말했다.

"네가 아니다. 토끼야."

그럼, 누가 이런 건가요?

의심은 받았던 게 무색하게 사고는 다른 사람이 쳤다. 나는 내 허리를 필사적으로 붙잡고 있는 세라피를 바라보았다. 그녀는 겁에 질려 있었다.

'그러고 보면 이런 장면도 있었어.'

이화윤일 때 가장 좋아했던 페이지였다. 왕은 산 넘고 물을 건너 도망친 세라피를 잡아 온다. 그러고는 그녀를 안고 다시 안쪽 방으로 갔다.

'그때도 팽개치긴 했어.'

바닥이 아닌 침대였지만 말이야.

이상하게 마음이 복잡했다. 나는 그녀의 어깨를 토닥였다. 원작이랑 많이 달랐다. 니나인 나는 꼼짝도 하지 않았고, 왕은 산을 넘고 물을 건너지 않았다. 그녀의 탈출은 너무나 허무하게 끝나 버렸다.

'니나가 돕고 안 돕고가 차이가 크구나.'

세라피의 미래는 조금 뒤로 미루고 나는 내 신세를 생각했다. 이렇게 의심이 풀리면 나는 이제 괜찮은 걸까.

'무사히 디오의 제자가 될 수 있나?'

빨리 능력 있는 약초 연구가가 되어서 시녀 일을 때려치우고 싶었다. 정말인지 이 일은 파란만장해서 적응할 틈이 없었다.

'모든 건 다 왕에게 달려 있구나.'

나는 그를 바라보았다. 희미한 미소를 머금고 있는 남자는 너무 수려해서 무서웠다.

그때였다. 세라피가 소리쳤다.

"샬롯을 살려 줘요!"

순간 깜짝 놀랐다. 샬롯이라면 주근깨를 말하는 건가?

"그 애는 나를 도와준 것뿐이야!"

주근깨가 세라피를 도와줬어?

'아니 일이 왜 이렇게 되지?'

항상 나에게 날을 세우다 메어리 님에게 볼을 맞는 아이였다. 아니, 오빠가 기사단에서 잘린 것도 큰일인데, 이런 대형 사고를 친 거야?

'주근깨 미쳤니? 메어리 님은 어쩌고 이런 일을 벌여!'

메어리 님은 그래도 조카라고 포기 안 하셨는데! 어떻게든 갱생시켜 보려고 그 연세에 팔짝팔짝 뛰시던데!

'말이 조카지 전생에 원수였나.'

나는 주근깨보다 메어리 님이 더 걱정되었다. 노련하고 경험 많으신 시녀님이셨다. 비록 조카 일에는 조금 약해졌지만, 나는 그분이 좋았다.

'별일 없으셨으면 좋겠다.'

나는 다시 왕을 바라보았다. 수려한 얼굴에 머물렀던 미소가 사라졌다. 무표정도 여전히 잘생겼지만, 왠지 무서웠다.

날카로운 눈이 그녀를 훑어보았다.

"당신은 아름답습니다. 성녀님."

침을 꼴깍 삼켰다. 저거 절대 칭찬 아니야. 단어 하나하나에 서슬이 파란 날카로운 칼날이 느껴졌다. 말투가 부드러워서 더 무서웠다.

"그렇게 시녀가 걱정됐다면, 탈출하지 마셨어야 합니다, 성녀님."

시녀복을 입은 세라피는 내 허리를 더 껴안았다. 손에 힘이 세서 아팠지만, 상황이 심각해서 뭐라 말할 수가 없었다. 나는 그녀를 바라보았다. 아름답기 그지없는 얼굴이 파랗게 질려 있었다.

"성녀님."

낮은 목소리가 벽에 부딪혀다.

"짐은 어리석은 사람을 싫어합니다."

왕은 천천히 나와 그녀 곁으로 걸어왔다.

"내게 지껄이기 전에, 네가 그만뒀어야지. 정말 도망가는 게 가능할 줄 알았다면 그건 그거 나름대로 멍청이군."

세라피의 안색이 더 파리해졌다. 나는 허둥지둥 그녀를 팔을 매만졌다.

"반반한 얼굴, 신의 기적. 온화한 성격이라 그대는 당연히 칭송받지만, 머릿속에는 아무것도 없더군."

나는 그를 바라보다 급히 고개를 숙였다.

'무서워라.'

수려한 얼굴에는 감정이 한 톨도 보이지 않았다. 이 사람이 조금 전에 날 안고 온 사람이란 게 믿기지 않을 정도였다.

'제발, 성녀님. 그냥 지나가세요.'

저 사람 지금 엄청나게 화난 것 같아요. 불 지르지 마세요. 아니면 나 없을 때 서로 지지고 볶으세요. 무서워 죽겠네.

'나는 왜 여기에 있는 걸까.'

그러고 보면 왕이 여기로 데려왔다.

'이 아수라장을 보고 뭐하라고?'

말리라는 거야? 아니면 박수라도 치라는 거야? 이기는 편 우리 편이라고 응원이라도 할까?

'승기는 정해져 있는 거 같긴 한데…….'

살짝 눈알을 굴려서 그를 보았다가 급히 고개를 숙였다. 여전히 소름 끼칠 정도로 무표정이었다.

그때 세라피가 외쳤다.

"나, 나를 억지로 납치한 건 당신이잖아!"

내 허리를 껴안고 외쳐서 그런지 귀가 쟁쟁했다. 나는 조용히 숨을 죽였다. 그러게. 이건 성녀님 말이 맞았다. 애초에 잘 먹고 잘 사는 성녀님을 억지로 납치한 건 당신이잖아요. 그러니 탈출하려고 하는 것도 당연하지.

"짐은 말했다."

그의 목소리는 평온하기 그지없었다.

"탈출하고 싶으면, 대신할 것을 내놓으라고."

"그런 게 있을 리 없잖아! 내가 유일무이한 성녀인데!"

그러게. 맞는 말이네. 성녀 대신할 것이 널려 있으면 세상에 질병과 부상이 반쯤은 줄었을 거 같네요. 이 능력이 희귀하니까 이 사람이 하늘에서 내린 성녀님인 거잖아요.

"왜 없다고 생각하지?"

순간, 깜짝 놀랐다.

"그대가 이베리아로 온 뒤, 새로운 성녀가 그 소임을 맡은 모양이더군. 이 나라 저 나라를 돌아다니면서 기적을 행한다고 들었다."

'뭐, 뭐야.'

이거 진짜야?

너무나 놀랐다. 성녀라는 게 한 사람 아니었어?

"그럴 리 없어!"

"사실이다."

"성녀의 인장을 받은 건 나뿐이야!"

"그대는 성녀 중 하나다."

왕의 목소리에는 비웃음이 가득했다.

"그대가 제일 아름다워서 부르는 데 제일 돈이 많이 들었다고는 하더군. 대외적으로 그대를 성녀로 알고 있는 이가 제일 많긴 하지. 하지만 애초에 성녀는 교단에 제일가는 돈벌이다. 하나만 만들어서 부릴 리 없지."

등뒤에 소름이 돋았다. 나는 세라피를 바라보았다. 눈동자가 충격으로 흔들렸다. 그 모습이 안쓰러워서, 나는 그녀를 살짝 껴안았다.

몸이 얼음장처럼 차가웠다. 안쓰럽지만 방법이 없었다.

"그대는 귀한 존재지만 유일하진 않다."

세라피가 중얼거렸다.

"거짓말이야. 그럴 리 없어."

"사실이다. 그대가 외면한 더한 진실도 많더군."

왕은 굉장히 즐거워 보였다. 그만하라고 말리고 싶지만, 그럴 수도 없었다.

"아는가. 성녀여. 전쟁이 일어나면 교단은 양쪽에 다 성녀를 보내지."

왕은 무릎을 굽혀서 그녀와 눈을 맞췄다.

"승리가 점쳐지는 곳에는 그대를, 패배가 유력한 곳에는 다른 성녀를 보내지. 교단은 그대를 승리의 여신으로 보이길 원했더군."

세라피가 주먹을 꽉 쥐었다.

"아니야."

"실제로 승리의 여신이라고 불렸더군. 진 쪽보다 이긴 쪽의 목소리가 크긴 하지. 백금발의 성녀님. 은총을 내려 주시어 우리를 승리로 이끄소서. 들어 본 적 있을 거라 생각한다."

그녀의 몸이 계속 떨렸다. 나를 붙잡은 손의 악력이 점점 세졌다.

"그대는 한 번도 자신의 위치를 의심해 본 적 없는 것 같더군."

"나는 성녀야."

"그대는 성녀 중 한 명이다. 제일 아름답고 온화하여 다루기 편한 존재지."

세라피는 고개를 저었다. 어느덧 아름다운 눈가에 눈물이 한 방울 떨어졌다.

"부정하는 건 쉽다. 하지만 짐의 말이 진실인 건 그대도 느끼지 않는가."

그녀는 갑자기 나를 돌아보았다. 아니, 왜 나를 보나요.

'아니라고 해 주길 바라나.'

난처하게 웃었다. 하지만 나는 아직도 니나의 옛 기억이 선했다.

원장 수녀는 작은 아이를 팔려고 했었다. 예쁜 외모를 강조하기까지 했다. 그때 높은 가격에 팔렸다면, 니나의 남은 인생은 지옥보다 더 고통스럽지 않았을까.

"니나야! 너는 성당의 아이잖아."

나는 살짝 고개를 끄덕였다.

"저 사람이 하는 말, 아니지? 거짓말하는 거지?"

이번에는 고개를 저었다. 그러자 왕의 웃음소리가 들렸다. 나는 그제야 이 사람이 왜 나를 이곳으로 데려왔는지 알 것 같았다.

'성녀가 잡은 지푸라기마저 태워 버리시려고 날 이곳으로 데려왔구나.'

카스텔리움성에서 니나만이 성국에서 온 아이였다. 아니, 이 방인이 많으니 벗겨 보면 더 있을지 모르지만 그녀와 가까운 이 중에는 나밖에 없었다.

나는 작게 심호흡을 했다. 상황은 격정적이고 안쓰러웠다. 하지만 나는 원작의 상황을 알았다. TL 소설 속에서 왕은 이렇게 진실을 얘기하지는 않았지만, 이 장면은 분명히 씬이었다.

'그나마 다행인 걸 아무도 모르겠지.'

속이 쓰렸다. 왕의 뜻대로 돌아가는 목격하는 건 참 이상한 기분이었다. 이럴 때는 약삭빠르게 나만 생각해야 하는데 그러기에는 세라피가 눈에 걸렸다.

'내가 당신에게 뭘 해 줄 수 있을까.'

두 번이나 날 살려 준 성녀였다. 이 자리에서 그녀를 두둔해서 은혜를 갚으면 완벽하지만, 그런다고 상황이 나아질 거 같지 않았다. 내가 필사적으로 그녀에게 아니라고 해 봤자, 진실은 밖에 널려 있었다.

"저게 맞다고? 아니야. 그럴 리 없어."

"토끼를 닦달하지 마라. 그 아이는 성당에서 노예로 팔릴 뻔했다."

세라피는 내 허리를 붙잡았던 팔을 풀었다. 그러고는 천천히 나를 바라보았다.

"정, 정말이야?"

아니라고 말하면, 세라피의 마음이 가벼워질까.

나는 쓸쓸하게 웃었다. 하지만 그러기에는 니나의 삶이 더 무거웠다. 원장 수녀의 목소리는 아직도 아이의 가슴속에 선명했다.

"맞아요. 성녀님."

나는 그녀를 껴안았다. 시녀복 때문일까. 향긋한 체취 대신 지푸라기 냄새가 났다.

"저는 성당을 싫어해요."

솔직히 싫어하는 정도가 아니라 그 집단은 없어지는 편이 낫다고 생각해요. 이 세계에서 살면 살수록 그들이 인간 같지 보이지 않아요.

'사이비 종교 같아.'

고아가 일해서 번 것까지 악착같이 착취했던 집단이었다. 위로 갈수록 쌓아져 있는 부는 얼마나 거대한 걸까.

'사람 팔아 돈 벌고, 성녀 팔아 돈 벌고……'

그 수많은 돈은 다 어디로 갔을까. 그리고 어떤 곳에 이용했을까.

"니나야. 우리는 신의 피조물이야. 그런 말을 하면 안 돼."

나는 고개를 저었다.

"몇 번이고 더 할 수 있어요. 성당이 싫어요. 교단이 싫어요.

아, 싫다기보다는 무섭지만요."

"그러다 벌받아! 그런 말하지 마!"

"벌받죠. 뭐. 싫다는 말 한마디로 받는 벌이라면 별거 아닐 거 같지만요."

애초에 나는 무신론자였다. 신은 있어도 없어도 아니면 그뿐이었다.

"그, 그럼 나도 싫어?"

그렇게 묻는 세라피는 애처로워 보였다. 나는 활짝 웃었다. 성녀님이 어떻게 신에게 그런 말을 할 수 있냐며 소리친다면, 나도 더는 그녀 옆에 있을 수 없었다.

참 다행이었다. 그녀는 여전히 착했다.

"아니요."

"왜?"

"글쎄요."

나도 궁금하긴 했다. 두 번이나 구해 줘서? 예뻐서? 상냥해서?

'충분하네.'

좋아할 이유가 한 바구니였다. 손을 넣어서 아무거나 골라도 넉넉하기 그지없었다.

나는 그녀의 손을 잡았다. 항상 따듯했던 손이 지금은 차가웠다.

세라피에게 어떤 말을 하는 게 가장 좋을까. 내가 무슨 말을 해야 그녀가 조금은 나아질까.

"그냥 좋았어요. 처음 뵈었을 때부터 아무 이유 없이요."

당신이 착하고 상냥하지 않았다면 별거 아닌 호감이었을 테지만요.

유치한 말이었지만, 세라피는 눈물을 흘리며 나를 껴안았다.

와, 이거 정답은 아니지만, 괜찮은 대답이었나 봐.

나는 그녀의 등을 쓸어내렸다. 별거 아닌 말로 조금이라도 위로가 되었다면, 충분히 성공이었다.

'복잡하다.'

나는 계속 등을 토닥이며 왕을 바라보았다. 그는 뭔가 마음에 들지 않은 지 미간을 찌푸린 채였다.

"새와 토끼는 서로에게 지극하군."

그래서 심기가 불편하신가요?

"기운이 빠질 정도야."

그것 참 송구스럽네요. 내가 눈을 가늘게 뜨자, 왕은 내 코를 한번 톡 두들겼다.

"무르구나. 토끼야."

아니, 그럼 벼랑 끝에 몰려 있는 사람에게 발길질합니까!

"그녀는 너를 팔려고 했던 집단의 수장이다."

나는 계속 그녀의 등을 토닥이며 말했다.

"모르셨잖아요."

"알려고 하지 않았을 거다."

왕은 다시 일어섰다. 햇살이 비쳐서일까. 그의 그림자가 길게 늘어졌다.

"성녀님, 그거 아십니까?"

낮은 목소리가 벽에 부딪혔다. 또 무슨 폭탄을 던지시려고 분위기를 잡으시나요. 좀 작작하세요. 이러다 성녀님 죽겠습니다.

"성녀의 은퇴에 대해 조사해 봤습니다."

아, 시골로 간다는 그거?

"좀 이상하긴 하더군요. 성녀는 스물다섯에 은퇴한다고 알려져 있는데, 그 성녀가 다 어디에 있는지는 아무도 모르더군요."

세라피는 팔을 풀고, 왕을 노려 보았다.

"거룩한 성녀의 일을 욕되게 하지 마!"

"아주 오래전에는 탑에서 머물렀다는 설도 있더군요. 그래서 조사해 봤습니다. 과연 어디일까."

왕은 느긋하게 말을 이었다.

"시네리필이란 익숙한 지명이 나오더군."

순간 깜짝 놀랐다. 아니 니나의 고향이 왜 여기에 나와.

"토끼. 대답해라."

나는 순순히 고개를 끄덕였다.

"네가 있는 곳에 탑이 있었느냐?"

나는 니나의 기억을 헤집어 봤다. 시네리필은 너무나 한적한 시골이었다. 녹초지와 밭만 조금 있는 곳이었다.

"성당 주위에는 없었어요. 아, 산길 깊숙한 곳에 가면 폐허가 있다고 사냥꾼 아저씨가 말해 준 적은 있어요."

그 말을 들은 다른 아이들은 보고 싶다고 재잘거렸었다. 한참 어떤 곳인지 얘기하다, 염소젖을 짜는 게 늦었다고 혼났던 기억이 있었다.

"폐허에 사람이 살 리 없지."

"아니야! 거짓말하지 마! 성녀는 은퇴하고 고아들을 돌보며 산다고 했어!"

왕은 필사적인 그녀를 보며 웃었다.

"노예로 파는 아이들을 돌봐 줄 리가. 그 말을 믿었습니까. 고귀하신 성녀님?"

세라피는 주먹을 꽉 쥐었다. 난 그녀가 다시 아니라고 외칠 줄 알았다. 하지만 고개를 돌리며 그와 눈을 마주치지 못했다.

'뭔가 걸리는 게 있나 보다.'

왕은 돌아서서 창가로 걸어갔다.

"성녀는 인장을 후대에 보내고 나면 죽는다고 하더군."

성녀의 인장이라면, 왕의 문장이랑 비슷한 건가? 대대로 이어받는다는 그거?

나는 눈을 감았다. 마음이 가시에 찔린 것처럼 따끔거렸다. 죽는다고? 그거 너무한 거 아니야?

'진짜 나쁜 놈들이다.'

젊고 어린 성녀를 병자와 전쟁이 있는 험한 곳으로 잔뜩 가게 하면서 스물다섯이 넘으면 죽인다니, 너희들이 인간이냐.

'제대로 된 것도 안 먹이고, 청빈이니 뭐니 하면서 그 난리를 쳤으면서……'

소모품처럼 쓰고 버린다니.

'참 교단답다.'

역시 인신매매하는 집단다웠다. 도대체 어느 정도로 더러운지 감도 잡히지 않았다.

'와 진짜 신이 어디에 있는지 모르겠네.'

잔인하고 잔혹했다. 나는 세라피를 바라보았다. 그녀는 손에 얼굴을 묻었다. 가느다란 손목 아래로 물방울이 뚝뚝 떨어졌다.

흐느낌이 안쓰럽기 그지없었다.

"변명을 못 하는 걸 보니 짚이는 게 있나 보군."

아니, 이미 K.O된 사람에게 왜 칼을 두 번이나 꽂나요.

"그러고 보니 그대의 나이가 이미 스물둘이었군."

그는 창문을 보며 그녀를 힐끗 쳐다보았다.

"3년이 지나면 신의 안식으로 돌아갈 분이었어."

칼날 하나 추가였다. 그는 성녀에게 세 번이나 칼을 꽂았다. 게다가 이번에는 능글맞기까지 했다.

놀리는 거야, 까는 거야. 아니면 둘 다인 거야.

'사람을 아주 넝마로 만들어 놓으시네요.'

친애하는 폐하의 성격은 원래 이렇군요. 통찰력도 깊으신 분이 독설을 팍팍 날리시니 저도 정신을 못 차리겠어요.

"나, 나는 안식이 두렵지 않았어."

성녀님은 흐느끼며 중얼거렸다.

"하지만 조, 조금 이상하긴 했어."

그녀는 나도 왕도 바라보지 못했다.

"그래서 전대 성녀님이 비명을 질렀구나. 왜 그렇게 겁에 질리신 걸까 알 수 없었는데 그런 거였어."

가느다란 손가락 사이로 눈물이 하염없이 흘렀다.

"나는 그러지 말아야지. 의연하게 인장을 넘겨야지. 그런 생각밖에 안 했는데……."

나는 한숨을 폭 내쉬었다.

'참, 착하긴 하다.'

눈물겹게 선량했다. 이런 사람도 참 드물겠지. 이렇게 착한 사람을 이용한 교단이 나빴다.

'속은 사람보다 속인 사람이 나쁘지.'

나는 물끄러미 왕을 바라보았다. 그만하라는 간절함을 꽉꽉 담은 눈빛이었지만, 그는 피식 웃기만 했다.

"멍청하기 그지없군."

아이고야. 나는 고개를 폭 숙였다. 생각 같아서는 왕의 입을 손으로 막고 싶었다.

"칭송을 받으면서도 자신이 어디에 있는지는 몰랐다니……."

힐난하는 그는 즐거워 보였다.

"토끼야."

나는 또 왜 부르나요. 썩은 지푸라기 역할로 날 불렀으면 이제 끝났잖아요. 저는 아파서 우는 사람한테 칼 꽂기 싫어요.

"예. 폐하."

"짐은 어리석은 사람을 싫어한다."

아까 말한 걸 왜 반복하시나요. 네, 참 싫어하시나 봅니다.

"죽음이 두렵지 않다니."

그는 코웃음을 쳤다.

"멍청하기 그지없어."

이번에는 성녀님도 참을 수 없는지, 그녀는 크게 소리쳤다.

"당신이 나에 대해 뭘 알아!"

"장담하지. 어리석은 그대보단 짐이 더 그대에 대해서 잘 안다."

그는 창가에서 나에게 다가왔다. 세라피는 독기를 품은 눈으로 왕을 바라보았다.

'가녀리고 착한 사람이 저런 눈을 하다니⋯⋯.'

나는 고개를 살짝 저었다. 원작에서 그녀는 아무리 힘들어도 상냥하고 착한 이였다. 그래서일까. 이런 눈빛을 할 수 있는 사람이란 게 믿기지 않았다.

"토끼야."

아니, 이 와중에 또 왜 날 불러. 날 좀 빼 줘요. 당신들끼리 주고받으시면 되잖아요.

"예. 폐하."

"짐은 이상하다고 생각했다. 성국에서 데려온 새를 가둬 놨는데, 새장 안에서 너무 당연하듯 살아가더군."

또 무슨 말을 하시려고 그러세요.

"새는 당연하게 엄선된 먹이를 요구하고, 나갈 생각은 추호도 하지 않았다."

성녀는 고개를 푹 숙였다. 그런 그녀를 보면서 왕은 작게 속삭였다.

"알아보니 간단하더군."

그는 팔짱을 끼고 웃었다.

"새는 나가 본 적이 없다는 보고를 받았다."

나는 그녀를 바라보았다. 정말일까.

"항상 마차에서 갇혀 살았더군."

나는 미간을 찌푸렸다. 정말 해도 해도 너무했다. 성당 새끼들 너무하네. 먹을 것도 쥐꼬리만큼 주면서, 밖에도 안 내보내니! 이건 완전히 학대였다.

'어쩐지 답답해 하진 않더라.'

안쪽 방이 마차보다 넓긴 하구나. 게다가 덜컹거리지도 않고 말이야.

'성녀가 탄 마차였으니 고급이었을 거 같긴 하지만⋯⋯.'

그래도 험한 길은 어쩔 수 없었겠지.

완전히 감금이나 다름없는 삶이었다. 나는 그녀의 손을 꼭 잡았다. 차가운 체온이 너무나 안쓰러웠다.

새삼스럽게 책 제목이 생각났다.

'정말 그녀는 묶인 새였구나.'

어디를 가도 묶일 수밖에 없는 운명이라니. 그건 너무 가혹했다. 새장 속에서 살아야 하지만, 그래도 새라면 날고 싶지 않을까.

"짐에게 충성해라."

그는 마지막으로 쐐기를 박았다.

"평생 고상하게 살게 해 주지. 교단보다는 낫다고 장담한다. 짐은 관대하게도 어리석은 이에게 많은 것을 바라지 않아."

나는 세라피의 손을 잡았지만, 그녀는 손에 힘을 주지 않았다. 오히려 내 손을 밀어냈다.

툭-

시녀복 치마로 떨어지는 성녀의 손이 너무나 안쓰러웠다.

"잘 생각해 보도록."

왕은 그 말을 끝으로 돌아섰다. 나는 긴 한숨을 내쉬었다.

이제 끝인가 보다.

나는 그녀를 바라보았다. 왕이 나가면 저 여린 어깨를 나라도 꽉 안아야지 싶었다.

'뿌리칠 거 같기도 하지만⋯⋯.'

안쓰럽기 그지없었다. 도대체 어떻게 해야 그녀의 충격이 좀 덜어질까. 나는 세라피에게 조금이라도 뭔가를 하고 싶었다.

막 그녀의 손을 다시 잡으려고 할 때였다. 나간 줄만 알았던 남자의 목소리가 들렸다.

"토끼!"

화들짝 놀라서 그를 바라보았다. 왕은 긴 머리를 쓸어 올리며 말했다.

"짐을 따라와라."

아니 이건 또 무슨 일이야. 홀로 고고하게 퇴장하시지 왜 나까지 나가래.

'내키지 않아.'

내가 뭘 할 수 있겠냐만은, 그래도 그녀를 위로하고 싶었다. 하지만 그는 그것이 마음에 들지 않는지, 내 앞으로 빠르게 걸어왔다.

세라피는 그런 왕과 나를 한번 바라보더니 다시 고개를 숙였다. 그는 성녀를 아랑곳하지 않고, 또 내 몸을 달랑 들었다.

"아니, 폐하!"

이곳에 성녀를 어깨에 걸치고 왔듯이, 그가 나를 어깨에 걸치고 밖으로 나갔다. 도무지 영문을 알 수 없었다.

'이게 무슨 수미상관이야!'

넝마가 되어서 흔들리는 사람 앞에서 이게 무슨 짓이에요!

"짐이 나가면 따라 나와야지."

"뭐, 따로 하문하실 일이라도 있으신가요?"

더 이상 용건 없잖아. 나 다시 들어갈래요. 세라피 위로해야 해요. 저렇게 두면 그냥 두면 큰일이야.

그는 걷다가 발걸음을 멈췄다. 그러고는 새초롬한 눈빛으로 날 바라보았다. 잘생겨서 그런지 그것마저 어울렸지만, 나는 어리둥절할 뿐이었다.

"꼭 다른 일이 있어야만 짐을 따라올 건가?"

이건 또 무슨 소리지?

나는 고개를 갸웃거렸다. 보통은 그렇지?

"아마도요?"

왕은 아무 말 없이 척척척 걸어갔다. 다리가 길어서인지 보폭도 넓기 그지없었다. 게다가 어깨에 걸쳐 있어서인지 온몸이 들썩거렸다.

"폐, 폐하 좀 천천히요!"

그는 내 간절한 외침을 무시한 채 속도만 더했다. 얼마나 빠

334

르게 걷는지 날아가는 거 같았다.

'어디 부딪칠까 무섭다.'

피가 몰려서인지 결국 그의 어깨 위에서 축 늘어졌다. 처음에는 주위를 둘러보았지만, 나중에는 그것마저 포기했다.

'빨리 내려 줬으면……'

얼마나 그 상태로 있었을까. 그는 낯선 복도를 지나더니 어딘가로 쑥 들어갔다. 나는 안도의 한숨을 내쉬었다. 이제 내려 준다면 어디든 좋았다.

그는 나를 바닥으로 내려 주었다. 나는 피가 몰린 이마를 쓰다듬었다. 괜히 빈혈이 날 것 같았다.

"토끼."

"예, 폐하."

건성건성 대답했더니 수려한 얼굴이 쑥 밀고 들어왔다. 순간 화들짝 놀라서 뒤로 물러서자, 그가 미간을 찌푸렸다.

"한 가지만 묻겠다."

두 가지 물어도 되는데요. 나는 작게 고개를 끄덕였다.

"이베리아에서 네가 제일 중요하게 여기는 이가 누구냐?"

굉장히 뜬금없었다. 아니 왜 이런 걸 물으세요?

"성녀인가?"

나는 재빨리 고개를 저었다. 아니 왜 여기에서 세라피가 나와.

"그런 것 치고는 애틋하던데?"

나는 뺨을 살짝 긁었다. 뭐, 걱정되긴 했다. 나쁜 사람은 아니었고, 두 번이나 목숨을 구해 줬다. 착하고 상냥한 이가 충격

받은 게 안타까웠다.

"걱정은 하는데 지금 더 걱정되는 분은 따로 있어서요."

"그게 누구지?"

나는 작게 한숨을 내쉬었다.

"메어리 님이요."

그가 미간을 찌푸렸다. 기분 안 좋으신가? 나는 살짝 눈치를 봤다. 그래도 옆에 있으니 알게 되는 게 꽤 많았다.

'누군지 모르는 거구나.'

하긴 아무리 친애하는 폐하이시더라도 시녀의 이름을 일일이 외우고 다니시진 않겠지.

왕은 다시 나를 바라보았다.

"성녀 옆에 있는 나이 든 시녀를 말하는 건가?"

하지만 추리는 훌륭했다. 나는 고개를 끄덕였다. 사실 세라피야 이러니저러니 해도 안전한 곳에서 밥은 먹겠다 싶지만, 메어리 님의 처지는 곤란하기 짝이 없었다.

'조카가 왕의 명령을 어기다니……'

주근깨는 어떻게 되는 걸까. 니나처럼 서쪽 탑에 갇힐까? 만약 그렇게 되면 메어리 님은 얼마나 속상하실까.

'잘하면 경력도 날아가겠네.'

이베리아에 퇴직금 제도가 있는지 모르지만, 있다면 그것도 없어질 거야.

'아니다. 그게 문제가 아니야.'

이곳에 연좌제가 있나? 잘하면 주근깨가 받는 벌을 같이 받을 수도 있겠다.

생각하니 진짜 걱정이 되었다. 불쌍한 메어리 님. 그냥 동생이 부탁해서 오누이를 거둔 것뿐인데, 말년에 팔자 한번 더럽게 사나워지셨다.

"성녀를 도망치게 한 시녀와 친척이라 들었다."

나는 고개를 끄덕이다.

"그걸 토끼가 왜 걱정하지?"

"일단은 제 위에 계신 분이기도 하고……."

나는 작게 한숨을 내뱉었다.

"경험에서 우러나오는 좋은 말을 많이 해 주셔서, 조금 의지했거든요."

"단지 그 이유로 걱정한다니, 어처구니가 없군."

어색한 웃음이 나왔다. 그야 당신이 보기에는 별거 아니겠죠. 하지만 사람과 사람 사이인데 정 정도는 있어도 좋잖아요.

"토끼."

"예. 폐하."

"네가 의지해야 할 이는 짐이다."

참 뜬금없었다. 이걸 어떻게 해석해야 할까.

"네가 걱정해야 할 이도 짐이다."

어디까지 가시려나. 아주 한술 더 뜨셨다.

그나저나 걱정이라.

'세상에서 제일 걱정하지 않아도 될 사람 같은데…….'

친애하는 폐하께서는 무인도에 뚝 떨어져도 나 홀로 고고하게 잘 먹고 잘 사실 거 같았다.

'내가 이 사람을 걱정할 상황이 오려나?'

왠지 죽었다 깨어나도 그 날이 올 거 같지는 않았다. 오히려 이 사람 때문에 생기는 환난과 고통을 걱정해야 하지 않을까.

'아니, 뭘 잘못 드셨나. 왜 이렇게 이상해지셨지.'

아까 성녀에게 칼 꽂을 때 무서웠던 그 사람이 맞나?

내가 미심쩍은 눈으로 그를 바라보자, 그가 내 코를 톡 쳤다.

"불경한 눈빛이군."

아, 들켰다. 나는 어색하게 웃었다.

"그 시녀랑 깊은 관계였나?"

메어리 님 말씀하시나? 나는 고개를 저었다. 솔직히 친하다고 보기에도 모호한 관계였다. 접시에 담긴 스프보다 얕은 관계였다.

"그런데 왜 걱정하지?"

"죄가 없으니까요."

그분이 아무리 휙 도셔도 주근깨에게 성녀를 탈출시키라고는 안 했을 것 같으니까요.

'세뇌면 어쩔 수 없다지만……'

성당이 한 일이니 무슨 사술을 썼을지도 모르지만, 내가 아는 메어리 님은 빈틈이 없으셨다. 그래서 사비나 님도 세라피 옆에 그녀를 둔 거겠지.

"조카를 심히 걱정하시던 분이었거든요."

부러울 정도로 주근깨를 책임지려 하셨다.

338

"그리고 저도 조금은 책임을 느껴요."

일이 이렇게 돼서 드는 생각일지도 몰랐다. 하지만 그 생각을 멈출 수 없었다.

"제가 그때 샬롯에게 무른 짓을 안 했으면, 이렇게 안 되었을 거 같아요."

괜히 메어리 님 부탁을 들어드리는 게 아니었어. 그때 주근깨가 시녀를 그만두게 되었으면 이런 대형 사고는 안 일어났겠지.

"나이 든 시녀는 지금 울고 있다고 들었다."

"주근, 아니 샬롯은요?"

"갇혀 있다."

어디에? 혹시 내가 있었던 그 감옥일까? 나는 깊게 한숨을 내쉬었다. 일이 왜 이렇게 된 걸까. 그 애는 뭘 믿고 사고를 친 거야.

"그나마 시녀 쪽은 목숨이 붙어 있지만 기사 쪽은 죽었다."

순간 깜짝 놀랐다. 이건 또 무슨 말입니까, 폐하! 기사가 죽어요? 누가요?

'혹시 레오?'

나는 고개를 저었다. 아는 기사가 레오밖에 없어서 바로 그를 떠올렸지만, 그는 잡는 쪽이었지 잡히는 쪽은 아닐 거 같았다.

'주근깨와 관련 있지만, 죽을 만한 기사가……'

순간 생각이 짧던 기사가 생각났다.

'주근깨의 오빠……'

한숨이 저절로 나왔다.

생각이 없긴 했지. 말도 함부로 하고 말이야. 기사의 지위로 연약한 시녀인 니나에게 다그치는 나쁜 사람이긴 했어. 하지만 죽을 만큼 죄를 지었느냐 물어보면 그건 아닌 거 같은데…….

'왜 죽은 걸까.'

나는 고개를 들어 그를 바라보았다. 모든 답은 친애하는 폐하가 알고 계셨다.

"별거 아니다."

사람이 죽었는데 별거 아니라니요.

높은 사람들은 다 이런가. 꼭대기에서 내려다보면 다 별거 아닌가요?

"그리핀으로 성녀를 탈출시킬 계획이었더군."

신음이 나올 거 같아서 입을 막았다. 주근깨야! 생각 좀 하지 그랬어!

'그런 방법으로 탈출할 수 있어?'

원작에서 니나가 썼던 방법도 허술했지만, 주근깨의 방법도 눈물날 정도로 어설프기 그지없었다.

'성에 그리핀이 한 마리밖에 없으면 모를까, 그리핀 기사단이 쫙 깔렸는데 그런 걸로 탈출할 수 있을 리가…….'

어찌어찌 잘 되어서 그리핀을 탔다고 해도 따라잡혀서 공격당하면 끝이잖아.

내 생각을 아는지 모르는지 그가 말했다.

"성녀를 그리핀에 태우기도 전에 불에 타 죽었다."

손가락 사이로 신음이 터졌다.

그때 봤던 그 불이 사람을 태우는 불이었구나.

한숨이 저절로 나왔다. 정말인지 바보 소리가 절로 나왔다.

"걱정되네요."

메어리 님은 이 사실을 아셨으려나. 아마 아시고도 남았겠지? 세상에. 정말 속상하시겠네.

"누가 걱정되지?"

"당연히 메어리 님이죠."

그래도 친척이라도 아끼셨는데 지금 얼마나 마음이 아프실까.

'위로라도 하고 싶지만…….'

날 보면 더 슬퍼하지, 덜 슬퍼하실 거 같진 않았다.

그는 작게 중얼거렸다.

"의외군."

또 뭐가요, 폐하.

"그 기사랑 안면이 있어서 토끼가 더 슬퍼할 줄 알았는데 의외야."

나는 뺨을 살짝 긁었다.

"안타깝긴 해요."

나에겐 지위로 윽박지른 나쁜 사람이긴 했다. 다시는 보고 싶지 않았다.

"여동생 바람을 들어준 대가치고는 크네요."

어리석어서 죽을 수도 있구나.

"동생의 부탁을 아무 의심 없이 들어준 기사라니, 타국에서 비웃음을 살 일이군. 굳이 이번 일이 아니더라도 결과는 같았을 거다.”

아, 그런 식으로도 생각할 수 있구나. 나는 나무밖에 못 보는데 이 사람은 숲까지 보네. 새삼스럽지만 참 능력 있는 이였다.

‘그렇게 따지면 메어리 님도 어리석은 걸까.’

하긴, 나도 뭣 모르고 친척 애를 괜찮은 자리에 소개해 줬다가 혼났었지.

“토끼.”

“예, 폐하.”

“짐에게 부탁해라.”

이건 또 무슨 소리야. 제발 우리 주어 좀 넣어서 얘기합시다. 뭘 부탁해요?

나는 물끄러미 그를 바라보았다. 그는 만족스러운 웃음을 머금고 있었다.

“토끼가 애원하면 감형해 주지.”

미간이 저절로 찌푸려졌다.

“누구를요?”

“누구든지.”

나는 한숨을 폭 내쉬었다. 진짜 시험 한번 거하게 하시네요. 속에 있는 거 다 꺼내서 포기한다고 했는데 왜 압박 면접이세요.

‘이게 내가 부탁한다고 해서 해결될 일이야?’

그리핀 기사가 죽었고, 왕의 고통을 없애 주는 성녀가 사라질 뻔했다. 말단 기미 시녀가 부탁한다고 해서 풀릴 일이 아니었다.

'농담인가?'

나는 옷자락을 잡았다가 놓았다. 무슨 의도인지는 알 수 없지만, 대답은 해야 했다.

"레오 님이 저 찾아온 거 용서해 주세요."

왕의 미간이 살짝 찌푸려졌다. 그와 대비되도록 나는 환하게 웃으며 말했다.

"폐하께 부탁하고 싶은 건 그거 하나밖에 없어요. 아, 디오 님의 제자가 되는 걸 허락해 주셔서 감사합니다. 주근, 아니 샬롯의 일은 이베리아의 방식대로 하는 게 옳아요. 절차도 있고 방법도 이미 있잖아요."

주근께가 무슨 목적으로 그랬는지는 감이 잡히지 않았다. 개인적인 감정은 미뤄 두더라도 이유도 모르는데 섣불리 부탁할 수 없었다. 메어리 님이 걱정되긴 하지만 사실 이것도 경험 많은 시녀가 감수할 것이었다. 친척에게 모질지 못한 대가치고는 너무 크지만 말이다.

"내가 토끼를 얕봤군."

그는 내 머리를 톡톡 두들겼다. 나는 환하게 웃으면서 수려한 왕의 얼굴을 바라보았다.

"폐하. 폐하께서는 모든 것을 꿰뚫어 보시지만요."

열 길 물속은 알아도 한 길 사람 속은 모른다는 속담이 괜히 있을까.

"가끔 제 속은 모르실 거라 장담합니다. 그러니까 다시는 이런 큰일에 저를 시험하지 마세요."

이런 짓 안 해도 나대지 않습니다. 폐하.

나는 한쪽 다리를 굽혔다가 폈다.

"이만 돌아가는 걸 허락해 주세요. 쉬고 싶습니다."

그는 내 머리에서 손을 뗐다.

"그렇군."

왕은 나를 보며 속삭였다.

"니나 케이지."

그가 부른 건 '토끼'가 아니었다. 나는 고개를 들었다. 낯선 천장 아래에서 나를 바라보는 남자는 여전했다.

"예, 폐하."

너무 잘생겨서 무서웠다.

'그만하자.'

잘생김에 대해 마르고 닳도록 찬양했으면 이제 그만해도 될 텐데, 왜 나는 아직도 이 사람 외모에 놀라는 걸까.

'질릴 정도로 오래 보면 그만하게 될까?'

그의 옷에 장식된 보석에서 빛이 반짝했다가 사그라졌다. 나는 주먹을 꽉 쥐었다가 다시 풀었다. 지금 한가하게 폐하의 미모를 보고 있을 때가 아닌데, 이상하게 의식이 흐트러졌다.

'눈도 좀 흐릿하다.'

잠도 잘 잤는데 왜 이럴까.

"네 혐의는 다 사라졌다."

"감사합니다."

"이런, 안 되겠군."

낮은 목소리에 웃음이 섞였다.

"좀 재워야겠어."

나는 어색하게 웃으면서 벽을 잡았다. 아니라고 하고 싶은데 상태가 좀 이상했다.

"좋은 먹이를 먹어야겠어. 무슨 일 있을 때마다 픽픽 쓰러지니 원······."

폐하의 목소리가 가까워졌다가 멀어졌다. 그는 겨우 중심을 잡은 나를 들어올렸다. 잡았던 것이 없어져서 손이 휑했다.

잡을 것이 없어져서일까. 나는 그의 머리카락을 쥐었다. 웃음소리가 들려서 다시 쥐었던 것을 놓자, 그의 손이 내 손을 감쌌다.

'몸이 흔들린다.'

정신이 왔다 갔다 했다. 한번 눈을 감자, 온몸이 기다렸다는 듯 아래로 푹 꺼졌다.

손을 조금 흔든 게 마지막이었다. 귓가에 그의 목소리가 들렸지만, 무슨 말인지는 알지 못했다.

22

여파

'체력을 길러야겠어.'

나는 시트를 안고 다른 쪽으로 돌아섰다. 따끈따끈 햇살이 볼을 찔렀지만, 온몸이 물 묻은 솜처럼 늘어졌다.

'자꾸만 잠들어.'

어려서 그런가. 그런데 열다섯이면 픽픽 쓰러질 나이는 아니지 않아? 왜 이러지? 고아원에서 워낙 못 먹고 자라서 애가 아직 약한가? 하지만 이렇게 잠들면 안 되잖아. 한 번은 그렇다 쳐도, 두 번은 아니다. 이화윤.

'잠든 사이에 왕이 날 어디에다 팔아 버리진 않겠지.'

나는 시트에 이마를 비볐다.

이화윤 씨. 아무리 그래도 악으로 깡으로 버텨야 되는 거 아닙니까. 졸립다고 자 버리면 어떡합니까. 정신 똑바로 차립시다. 너 그러다 죽어요!

그런데 방법이 없잖아. 잠드는 걸 어떡해.

'근본적인 대책이 필요해.'

어떡하지. 일단 영양가 있는 걸 더 먹을까?

나름대로 열심히 먹었는데, 성장기 아이에게는 모자란가 봐. 양을 더 늘려야 하나. 배부르게 먹었는데, 그게 아니었나.

'여기서 더 먹으면 얹힐 거 같은데……'

그러고 보면 이렇게 큰일이 빵빵 터졌는데, 니나의 몸은 한 번도 소화불량에 걸린 적이 없었다. 하긴 열다섯이면 쇠도 씹어 먹을 나이지. 게다가 아직 키도 크는 시기였다.

'니나야. 언니가 조금만 더 먹을게.'

나는 안고 있는 시트에 볼을 비볐다. 햇볕에 잘 말린 냄새가 기분 좋았다. 계속 이렇게 있으면 얼마나 좋을까.

'그런데 여기는 어디지?'

그 생각을 하자마자, 눈이 번쩍 떠졌다. 초점이 맞지 않는 눈을 비비고 주위를 둘러보았다. 곧 안도의 한숨이 나왔다.

"다, 다행이다."

익숙한 가구와 커튼이 보였다. 이곳이 어디인지 아는 순간 온몸이 늘어졌다.

"진짜 집 나가면 고생이다."

집이 아니라 숙소고, 여행이 아니라 구금이었지만 말이다.

나는 다시 시트를 안고 누웠다. 이번에도 그 휘황찬란한 방에 있으면 어쩌나 싶었는데, 다행히 남쪽 끝방이었다.

'정말 그리웠다.'

나는 베개에 얼굴을 묻었다. 이 햇살이 너무나 반가웠다. 그곳은 감옥치고는 있을 만했지만 좁고 더운 데다가 습기가 심했다.

'다시는 가고 싶지 않아.'

착하게 살게요. 죄 짓지 않을게요. 물론 이번 일이 내 탓이라는 건 아니지만요.

익숙한 곳에서 햇볕 냄새를 맡으니 팔다리가 하염없이 나른했다. 손가락 하나 까딱하기 싫었다. 나는 베개에 얼굴을 묻었다.

'생각해야 하는 게 잔뜩인데…….'

급한 일은 없는데 결정해야 할 것은 쌓여 있었다. 상황 파악도 다시 해야 하고, 만나야 할 사람도 많았다.

'그냥 잠만 자고 싶다.'

침대에서 뒹굴뒹굴할 때가 아닌데, 몸과 마음이 휴식을 간절히 원했다. 환난을 겪었는데 이 정도는 해도 되지 않을까. 나는 시트를 머리 위까지 끌어 올리며 작게 속삭였다.

"조금만 더……."

일어나면 열심히 살게요. 조금만 더 이렇게 있으면 안 될까요.

얼마나 그렇게 있었을까.

누군가 조심스럽게 머리까지 올린 시트를 걷었다. 아, 누가 왔구나. 왜 몰랐지. 나는 눈을 비비며 말했다.

"누구세요?"

흐릿한 초점 사이로 남색 시녀복이 보였다. 다행이다. 친애하는 폐하나, 갑옷 입은 레오가 아니구나. 누구지? 혹시 목욕물 가져오는 세 시녀님?

자리에서 비적비적 일어나자, 귀에 익은 목소리가 들렸다.

"허락 없이 들어온 걸 사과하마."

나는 고개를 저으며 웃었다.

"아니에요, 사비나 님."

환한 햇살이 그녀의 갈색 머리에 닿았다. 빈틈없이 꼼꼼히 넘긴 앞 머리카락 때문일까. 여전히 시원시원해 보이는 언니였다.

그녀는 내 침대에 걸터앉았다. 나는 흐트러진 머리를 누르면서 어색하게 웃었다.

'새삼스럽지만 나는 말단이고, 이 언니는 시녀장이지.'

원래라면 이렇게 가까이 있을 일이 없을 텐데. 그런데 어쩌다 보니 마주할 일이 많네.

"혐의가 풀려서 다행이구나."

"풀릴 거라 믿었어요."

이렇게 빨리 해결될 줄은 몰랐지만요.

"감옥살이가 쉽지는 않더라고요. 좁아서 그런가, 이 방이 그리웠어요."

"웬만하면 이곳에 구금시키고 싶었는데, 기사들이 반대해서 어쩔 수 없었어."

순간 깜짝 놀랐다. 와, 사비나 언니. 저 감동했어요.

"가, 감사합니다."

"별거 아니야. 죄가 없는 게 빤히 보이는데 더럽게 안 믿더구나. 수상하다며 한 발짝도 물러서지 않는 게 참 그들다워."

와, 사비나 언니. 진짜 제대로 설득하려고 했구나.

왠지 조금 부끄러웠다. 나는 뺨을 살짝 긁었다.

'아, 어떡하지.'

나는 가슴에 손을 얹었다. 마음이 아릴 정도로 고마웠다.

"항상 시녀장님께 폐만 끼치네요."

언니, 제가 온 마음과 정성을 다해 잘해 드릴게요. 제가 여기 와서 감사해서 몸 둘 바를 모르겠는 분들이 참 많이 생기네요. 그분들께 받은 은혜 다 갚으려면, 온몸이 부서지라 뛰어다녀야 할 것 같아요.

시녀장은 피식 웃으며 고개를 저었다.

"모든 게 내 탓이란다."

아니, 이게 무슨 소리야.

"메어리 님이 자신의 조카를 추천할 때 받아들이지 말았어야 했어."

아, 주근깨 얘기구나.

"메어리 님께는 나도 도움을 많이 받았거든. 착하고 성실한 아이란 말을 너무 곧이곧대로 믿어 버렸어."

나는 주근깨를 떠올렸다. 그 아이가 착하고 성실한 건 맞았다. 주근깨는 성녀를 정말 성심성의껏 보살폈다. 그러고 보면 그 아이는 나 빼고 다른 사람에게는 멀쩡했다.

'왜 니나한테만 그런 걸까.'

니나가 돈 꾸고 안 갚았니. 나한테 왜 그래.

"널 괴롭히는 걸 몰랐어."

"아니, 그걸 사비나 님이 어떻게 알아요."

"알아야 했어. 내가 시녀장이잖니."

사비나는 어깨를 쭉 펴며 중얼거렸다.

"그놈의 텃세는 나아진 줄 알았는데 여전한가 봐. 이 자리에 오르자마자 성질 나쁜 애들은 다 다 쫓아냈는데, 지치지도 않는지 번번이 일어나. 이것들이 일이 편한가."

뭔가 말투가 좀 가벼웠다. 아니, 이러실 분이 아닌데.

"쓸데없는 일 벌이지 못하게 아예 중노동을 시켜 버릴까."

나는 살짝 고개를 돌려 그녀를 훑어보았다. 얼굴색은 변하지 않았다. 하지만 좀 익숙한 냄새가 났다.

'술 냄새가 나.'

언니, 한잔하셨군요.

"샬롯이 많이 힘들게 했지? 미안하다."

"아, 아니요. 워낙 일이 많이 벌어져서요. 사실 그 애를 신경 쓸 틈도 없었어요."

그래서 그냥 넘어갔는데 이런 일이 벌어졌네요.

"샬롯은 세뇌를 당한 건가요? 그래서 성녀님을 탈출시키려고 한 건가요?"

사비나 언니는 깊은숨을 내쉬었다.

"부인의 소원을 들어주라는 세뇌가 강하게 걸려 있었어."

그녀는 내 침대에 있는 시트를 모아서 허리를 받쳤다.

"아, 성녀님이 소원이라면 도망가고 싶다는 거겠네요."

사비나는 고개를 끄덕였다. 그제야 알았다. 그래서 폐하께서 매섭게 다그친 거구나. 어쩐지 말이 험하더라. 이제야 이해가 되네.

"너에게도 그런 부탁을 했니?"

나는 고개를 저었다.

"이곳에 있으면 안 된다고 말은 했었지만, 도망치게 해 달라고는 하지 않았어요."

설사 들어도 제 코가 석 자라서요. 한 귀로 듣고 한 귀로 흘렸을 거 같지만요.

"안타깝네요."

하지만 원작에서는 니나가 했던 일이었다.

'일이 이렇게 될 줄은 몰랐는데……'

나는 아이의 손을 내려다보았다. 잠옷 소매가 길어서 반쯤 가려진 손은 아직도 작았다.

'니나가 안 하니까, 다른 사람이 그 역할을 대체할 줄이야.'

원작에서 세라피는 제법 긴 거리를 도망갔다. 생각해 보면 주근깨의 계획은 너무 어설펐다. 차라리 『묶인 새』에서 니나가 쓴 방법이 훨씬 나아 보였다.

'읽을 때는 아무 생각 없었는데……'

생각보다 성공률이 높은 체계적인 방법이었어.

"메어리 님은 어떠신가요?"

내 질문에 사비나 언니는 쓰게 웃었다.

"독방에 구금되어 계신단다."

작게 한숨을 내뱉었다. 친척 아이 잘못 맡아서, 중년에 고생하시네요. 메어리 님.

'확실하신 분이신데 그놈의 정이 뭔지……'

나는 천장을 바라보며 다리를 흔들었다. 안타깝지만 할 수 있는 일이 없었다.

"샬롯에게는 판단력을 흐리게 하는 최면과 강한 세뇌가 걸려 있었단다."

어머나, 세상에! 그런 최면도 있답니까. 성당 대단하네요. 신을 모신다는 것들이 사술을 하다니, 악마의 뺨을 칠 거 같아요.

'하는 짓도 사탄이 울고 가겠어.'

사람 이용하고 버리는 건 악당이 한 수 배워야 할 정도였다.

"어떻게 성으로 와서 그런 일을 벌인 걸까요?"

"그 일을 벌인 이들을 찾고 있단다. 서로가 첩자 보내는 일이야 흔하지만, 나도 이번 일은 조금 충격이야. 카스텔리움 성에서 교단 찌꺼기들이 버젓이 일을 벌일 줄은 몰랐어."

평소와는 달리 살짝 상기된 어조와 말투가 느껴졌다. 아, 역시 취하셨구나.

"쥐보다 질긴 새끼들. 다 태워 버려야 하는데 잊을 만하면 보여."

단어들이 점점 강해졌다.

'살짝 풀리신 거 같다.'

슬슬 말려야 하나 싶어서, 나는 그녀를 요리조리 살펴봤다. 그러고 보니 늘 빳빳했던 칼라와 우그러지고, 소매에는 때가 묻어 있었다.

'눈가에 다크써클이 장난 아니다.'

결론을 내렸다.

'과로구나.'

고생하시네요. 사비나 언니.

성녀님 일 때문에 쉬시질 못하셨군요. 하긴 시녀들이 얽혀 있고 총 책임자니 어쩔 수 없으셨겠네요.

"어쨌든, 혐의는 다 사라졌으니 이제 안심하렴."

"가, 감사합니다."

사비나 언니는, 어깨를 움직이며 목을 풀었다. 그럴 때마다 두득거리는 관절 꺾이는 소리가 들렸다. 아주 피곤함에 떡이 되어 계셨다.

'남의 일 같지가 않다.'

나도 야근할 때는 저 모습이었지. 아이고, 시녀장님. 도대체 며칠 째이신가요.

"이런, 내 정신 좀 봐. 용건을 말하지 않았네."

그녀는 탁자를 가리켰다. 헤진 자국이 많은 테이블 위에는 책 한 권이 보였다.

'스승님이 준 책이다!'

그뿐만 아니라, 탁자 아래에는 그리웠던 구두 한 켤레도 있었다.

"감사합니다!"

"이걸 전해 주려고 왔다가 쓸데없는 얘기만 잔뜩 했구나."

"아니에요! 오히려 송구스러워요! 언질만 주셔도 되는데, 폐를 끼쳤어요."

사비나는 피식 웃으며 고개를 저었다.

"일부러 내가 가져온 거란다. 술이 깰 시간이 필요했거든."

그녀는 입을 가리고 작게 하품했다.

"몸이 피곤해서인지 잘 깨질 않는구나. 아직 해결해야 할 일이 있는데 큰일이네."

"어떤 일이 남았나요?"

시녀장님은 이제 아예 대놓고 스트레칭을 했다.

"샬롯과 메어리 님의 처분."

사비나는 고개를 푹 숙였다가 다시 들었다.

"제일 골치 아픈 일이지."

그녀는 한숨을 폭 내쉬었다.

"그래서 이러면 안 되는데 하필이면 다 모인 자리에서 한잔 내리셔서 어쩔 수 없이 마셨더니, 이렇구나."

나는 뺨을 살짝 긁었다.

'높은 자리였나 보다.'

그녀에게 한잔 내리신 분은 아마 폐하이시겠지. 술을 먹을 정도면, 정말 일이 어느 정도 다 해결된 거구나.

"메어리 님은 어떻게 되시나요?"

"걱정되니?"

나는 고개를 끄덕였다.

"착하구나."

저, 그렇게 간절한 건 아닌데요. 엄청나게 걱정하지는 않아요.

"원칙대로라면 성을 나가시겠지."

사비나는 한숨을 폭 내쉬었다.

"그런데 지금 메어리 님이 안 계시면, 내가 곤란해. 성녀의 시중은 아무에게나 맡길 수 없거든. 물론 그 아무나에 샬롯이 낀 것은 내 잘못이지만."

꽹장히 골치 아파 보였다. 역시 지휘관도 아무나 하는 게 아니었다.

"신분이 보장되고 경험이 많고 성실하며 입이 무거운 시녀는 의외로 별로 없단다."

"딱 메어리 님이시네요."

"맞아. 그렇다고 네게 전담을 맡길 수도 없으니까."

그러게요. 저는 이제 디오를 스승으로 모시고 약초 공부를 시작하니까요. 아니, 그보다는 저는 애초에 신분이 확실하지 않아서 안 될 거 같은데요.

"그렇다고 내가 할 수도 없어. 왕비의 전담 시녀를 골라야 해도 이렇게 머리 아프지는 않을 거야. 무조건 지켜야 하는 대상이란 참 피곤해."

고려할 게 매우 많네요. 진짜 세세하게 골라야 하는구나.

"설득을 잘해야 하는데 남의 말을 듣는 분들이 아니지."

사비나 언니는 이마에 손을 얹고 중얼거렸다.

"원리 원칙 아니면 칼을 뽑으실 분들이 한둘인가."

나는 살짝 다리를 흔들었다. 점점 푸념이 섞였지만 말리고 싶지 않았다.

'신기하다.'

처음 만났을 때는 이런 관계가 될 거라고 생각도 못 했는데, 살다 보니 이런 날도 오는구나.

"아, 또 쓸데없는 말만 했네. 나 원 참. 여기 온 이유는 따로 있었지, 니나야."

"예!"

"폐하에 대해서 어떻게 생각하니?"

순간, 아무 말도 할 수 없었다.

'아니, 왜 갑자기 폭탄을 터트리시나요.'

나는 친애하는 폐하를 떠올렸다. 무섭도록 수려한 얼굴과, 낮은 목소리가 어른거리다 사라졌다.

'어떻게 대답해야 하나.'

그냥 용비어천가 한번 해야 하나. 존경합니다. 충성합니다?

'솔직하게 말하면 안 되겠지.'

잘해 줘서 무서워요. 이런 완벽한 분이 또 날 속이는 게 싫어서 주급 두 배 달라고 했는데 답이 없으시네요.

어쩌다 보니 조금 좋아하기도 해요.

"폐, 폐하는, 폐하시죠?"

언니 도대체 왜 이런 걸 물으시나요.

"혹시 좋아하니?"

나는 그녀를 바라보았다. 술 때문에 살짝 흐트러졌던 그녀가 지금은 진지하기 그지없었다.

'농담으로 가볍게 묻는 거 같지 않아.'

나는 눈을 가늘게 떴다. 대답을 잘해야 했다.

"조금요. 하지만 그분은……."

아닌 거 같아요. 잘해 주시긴 하지만요. 그렇다고 원작처럼 세라피에 대해 광적인 애정을 퍼붓느냐 하면, 또 그건 아니지만요.

"니나야. 술김에 얘기할게."

사비나 언니는 내 손을 꽉 잡았다.

"그분이 네 일에는 이상하긴 하단다. 하지만 내가 본 그분은, 감정이 없어."

손에 잡히는 온기는 따듯했다. 나는 그저 듣기만 했다.

"모든 것을 이익을 위해 움직이시는 분이야. 모든 말과 행동을 철저하게 계산하신단다. 나는 그분이 인간적인 감정으로 판단하는 걸 본 적이 없어."

와, 친애하는 폐하는 생각보다 더 대단하신 분이네. 매일 옆에 있는 시녀장이 이렇게 말할 정도면, 정말 장난 아니신가 봐.

'그렇구나.'

그 통찰력과 철저함은 저런 사람이라서 가능한 거였구나.

잘 모르겠지만, 사비나 언니가 거짓말을 하는 것 같지는 않았다.

"누군가를 귀여워하거나 시녀를 안고 다니실 분은 아니긴 하지. 하지만 그분은 여전히 그분이란다."

나는 고개를 살짝 끄덕였다.

"지금은 네가 특이해서 좀 색다르게 행동하시는 것뿐이야."

정말 나를 위해 하는 얘기 같았다. 왠지 조금 웃음이 나왔다.

"저도 그렇게 생각해요."

그런가. 만지면 시원해서, 사고방식이 이베리아 사람과 좀 달라서 좀 신기하신가.

갈피를 잡기 힘든 분이었다.

나는 턱을 괴었다. 문득 베아토의 말이 떠올랐다.

"울지 마세요, 니나."

높은 학자라서 이런 걸 다 예상한 걸까.

"질리면 관두시지 않을까요."

시간이 지나면 그분은 나에 관한 관심을 거두시지 않을까
요. 레오는 질려도 곁에 둘 거라고 했지만, 사람 일은 몰라요. 사
랑도 2년이 지나면 세로토닌 농도가 옅어진다고 하는데, 이런
신기함은 금방 사라질 거예요.

"1년만 지나도 변하실 거예요."

제가 세에라자드는 아니잖아요. 천일의 밤 동안 왕과 대화
할 수 있는, 창의성과 대중성으로 무장한 콘텐츠의 여왕이 아니
랍니다. 익숙함은 무료함을 부르고, 결국 공중분해되면 남은 것
은 아무것도 없지 않을까요.

'와, 생각만 했는데 내가 상처받네.'

나는 주먹을 꽉 쥐었다. 역시 사람은 요행으로 살면 안 돼.
얇은 인정에 기대어 사는 게 사는 거냐. 역시 남는 건 기술밖에
없어! 약초 열심히 배워야지! 기다리세요, 스승님! 못난 제자가
달려가서 뭐든지 배우겠습니다!

다시 한번 다짐하는데, 시녀장님의 목소리가 들렸다.

"그, 그렇게 생각하니?"

끝이 살짝 떨렸다. 어라, 당황하셨나?

"심한 말을 해서 아무리 너라도 충격을 받을 줄 알았는데……."

"오히려 제대로 말해 주셔서 감사해요. 저는 넌지시 생각만 했지만, 갈피가 잘 잡히지 않았거든요. 시녀장님이 보는 건 더 정확하시겠죠. 혹시나 싶더니 역시나이긴 하네요. 하지만 이제는 대비할 수 있으니까요. 감사합니다."

나는 그녀의 한 손을 두 손으로 감싸며 활짝 웃었다.

"저를 생각해서 말해 주신 거죠?"

그냥 넘어갈 수도 있는 일인데, 걱정해서 일부러 말해 주셔서 감사합니다. 역시 처음 봤을 때부터 느꼈지만, 정말 좋은 분이네요.

"아, 이게 아닌데."

사비나 언니는 남은 손으로 이마를 짚었다.

"나는 혹시나 싶어서 말한 건데, 니나야. 내 얘기가 다 맞진 않을지도 몰라."

"에이. 설마요. 폐하 옆에 항상 계시잖아요. 제일 잘 아시겠죠."

"사람을 어떻게 다 아니! 그것도 폐하를!"

시녀장님은 소리 지르다가 고개를 푹 숙였다. 그러고는 깊은 한숨을 내쉬었다.

"애한테 내가 뭐하는 거람."

살짝 술 냄새가 났다. 그녀는 내가 잡았던 손을 빼고, 내 어깨를 툭툭 두들겼다.

"어쨌든 내 말은 그냥 참고만 하렴."

"예? 예."

"참고만 해야 한다? 꼭 참고만 해야 돼!"

참고 안 하면 큰일날 거 같았다. 네네. 참고만 할게요. 아니, 왜 세 번이나 강조하시나요. 영문을 모르겠어요.

"이만 가 볼게."

"예. 책이랑 구두 정말 감사합니다."

사비나 언니는 내 책과 구두를 힐끗 바라보았다. 그러더니 조금 생각에 잠겼다.

'뭐지?'

내 구두에 더러운 거 묻었나?

아무리 살펴봐도 그냥 내가 썼던 책과 구두였다.

그녀가 다시 나를 봤다. 나는 웃으면서 그녀가 할 말을 기다렸다.

"힘, 힘내렴."

이 말 외에 다른 말은 하지 않고 그냥 가 버렸다. 잔뜩 기대했던 나는 그녀의 뒷모습을 보며 말했다.

"가, 감사합니다."

높게 올린 갈색 머리카락은 여전했다. 사비나 언니의 곧은 등과 하얀색 앞치마가 사라지자, 나는 기지개를 켰다.

할 말이 뭐였나요. 사비나, 언니. 저 좀 궁금한데요.

"뭐가, 뭔지."

나는 주위를 둘러보았다. 조사해서 엉망이 된 방이 눈앞에 펼쳐졌다. 앞치마와 속옷까지 죄다 밖으로 나와서 완전히 난장판이었다.

"어수선하다."

짐이 별로 없다고 생각했는데, 다 나와 있으니 꽤 되네.

"이런 방에 사비나 님이 온 거구나."

왜 이렇게 되었는지 아시니까 아무 말 없으신 거겠지?

나는 다시 팔을 쭉 폈다. 푹 자고 일어났는데도 온몸이 찌뿌드드했다.

"옷 정리는 나중에 하자."

하지만 다른 정리는 이제 슬슬 해야지.

'답답하고 아직 모르는 것투성이지만, 할 건 하자. 이화윤.'

나는 굴러다니는 남색 시녀복을 들었다. 조금 구겨져 있지만 못 입을 정도는 아니었다. 나는 잠옷을 벗으며 해야 할 일을 손에 꼽았다.

'일단 씻고, 힘내자.'

가슴 한쪽이 무거웠지만, 그래도 할 일은 해야 했다. 나는 쓰게 웃으면서 시녀복의 단추를 풀었다.

오랜만에 먹는 제대로 된 식사는 맛있었지만, 잘 넘어가지 않았다.

'또 쓰러지면 안 돼.'

성장기인 니나의 몸을 위해 억지로 먹고 일어났다. 갈 곳이 있어서 급히 접시를 정리하는데 시선이 느껴졌다.

'대놓고 수군거리지는 않지만, 신경 쓰이네.'

하긴 감옥에 갇혔던 애가 하루아침에 멀쩡하게 돌아다니는 셈이었다. 내가 평범한 시녀라도 뭐 저런 애가 있냐며 수군수군할 거야.

'주근깨에 대해서는 어떻게 퍼진 걸까.'

나는 고개를 저으며 생각을 털어 냈다. 나중에 생각하자. 평판은 가만히 있어도 귀에 들어오겠지. 지금 해야 할 일이 널렸어.

나는 빠른 걸음으로 복도를 가로 질렀다. 의원실 문을 지키는 병사에게 급히 인사하고 들어가자 익숙한 공간이 보였다.

"어, 레오 님도 계시네요!"

인기척이 들리자, 두 사람이 뒤를 돌아보았다. 나는 활짝 웃으면서 그들에게 달려갔다. 스승님은 외알 안경을 들이밀며 말했다.

"왔군. 몸은 어떻지?"

"괜찮아요. 식사까지 하고 왔어요."

며칠 만에 보는 스승님은 여전했다. 헐겁게 묶인 붉은 머리도, 하얀 장갑도 아무것도 변하지 않았다.

순간, 뜨거운 것이 왈칵 올라왔다.

"폐를 끼쳤습니다."

"네 탓이 아니다."

"제자가 된 지 하루 만에 감옥에 구금되다니, 제가 좀 어지간하죠?"

씩 웃으니 스승님은 눈을 가늘게 떴다. 그때, 머리에 커다란 손이 얹어졌다.

"나갔다는 말은 들었어."

조심스럽게 쓰다듬는 손길이 기분 좋았다. 나는 돌아서서 레오를 바라보았다. 짧은 머리의 기사가 사람 좋게 웃고 있었다.

"레오 님께도 폐를 끼쳤어요. 그날 위로해 주셔서 감사합니다."

"별거 아니다. 꼬맹아."

"에이. 별거 아니긴요. 사실 안 되는 건데 저 걱정해서 와 주신 거잖아요. 아, 맞다!"

그러고 보니 레오가 나를 위해 감옥에 온 것을 들킨 게 떠올랐다.

"저, 저 레오 님! 하나 아셔야 할 게 있어요."

"뭔데?"

"레오 님께서 감옥에 오신 거, 폐하께 들켰어요."

머리를 쓰다듬던 손길이 잠시 멈췄다. 레오는 고개를 돌려 스승님과 눈을 맞췄다.

'아니 왜 서로를 봐?'

두 사람은 내가 모르는 정보를 눈빛으로 주고받고, 다시 원상태로 돌아왔다.

"무슨 말을 하셨지?"

순간 가족이 되고 싶냐던 질문이 떠올랐다.

"그, 글쎄요. 쓸데없는 말?"

"자세히 얘기해 봐라."

"별거 아니에요. 레오 님이 여기 오신 거 불문에 부쳐 달라고 부탁하면서 제가 단장님은 훌륭한 분이시라고 했거든요. 그러니까 가족이 되고 싶냐고 물으셨어요. 그런 뜻이 아니라고 했지만 정말 쓸데없죠?"

그때 제가 좀 푼수 짓을 했어요. 나는 살짝 두 분의 눈치를 봤다. 스승님은 생각에 잠기셨고, 레오는 내 머리에 손을 얹어 놓을 뿐 움직이지 않았다.

스승님은 나를 보며 말했다.

"정말, 쓸데없는 말이군."

왠지 디오의 눈초리가 매서웠다.

어떡하지. 죄송해서.

'나…… 해서는 안 되는 말을 한 거구나.'

미안해서 레오를 바라보자, 기사는 씩 웃으며 말했다.

"아니야. 좋은 말이야."

뭐, 뭐가 좋은데요?

"나를 칭찬했는데 그런 말을 하셨다는 거지?"

"네. 죄송해요."

레오는 다시 스승님을 바라보았다. 두 사람은 다시 서로 눈을 맞추더니, 동시에 고개를 끄덕였다.

'도대체 무슨 텔레파시를 주고받는 건가요.'

둘만 아시지 마시고, 저도 좀 알려 주세요.

"맞나 보군."

"진짜 맞네."

뭐가 맞는데요.

기사는 다시 내 머리를 쓰다듬으며 말했다.

"꼬맹아, 너 큰일 났다."

"큰일은 이미 많이 벌어졌는데요. 뭘 새삼스럽게요."

"아니, 그게 아니라……."

레오는 내 머리에서 손을 떼고 다시 디오를 바라보았다. 둘은 다시 눈을 맞추더니 동시에 말했다.

"폐하께서 네게 마음이 있으신 거 같다."

묵직한 목소리 두 개가 합쳐지니, 울림도 참 컸다. 나는 어깨를 으쓱했다. 땡입니다! 안타깝지만 사비나 언니가 아니라고 이미 결론을 내렸습니다!

"흥미는 있으신 거 같은데, 그건 아닌 거 같아요. 저도 살짝 의심했는데요, 오늘 시녀장님이 오셔서 그런 마음이 아니실 거라고 했어요."

"시녀장이 직접 왔어?"

"예. 남쪽 끝방에 책이랑 구두 가지고 오셨어요. 저도 시녀장님의 말이 맞다고 생각해요. 제가 좀 신기해서 그러신가 봐요."

나는 잘생긴 두 남성을 보며 활짝 웃었다.

"제가 시골에서 와서 사고방식이 좀 튀잖아요."

튀고 싶어서 튄 것은 아니지만요. 잘 몰라서 생긴 해프닝이라 칩시다.

디오는 나를 바라보기만 했지만, 레오는 달랐다. 기사는 내 어깨를 살짝 잡았다.

"아니야. 내가 감옥에서 말했잖아. 우리는 다 네게 약해."

나는 뺨을 살짝 붉었다. 그때 레오가 해 준 칭찬을 떠올리니 참 부끄러웠다.

"뭐, 그래도 시간이 지나면 달라지실 거예요."

백번 양보해서 제가 사랑스러워서 그런다 쳐도, 몇 년만 지나면 다 사그라지지 않을까요.

"절 귀여워하는 건 맞지만, 이런 저를 계속 보다 보면 결국 질리시지 않을까요."

스승님은 고개를 저으며 말했다.

"폐하께서는 허튼 말을 하시지 않는다. 곁에 두신다고 했으면, 옆에 두실 거다."

"관심이 사라지면 그것도 달라질 거예요. 뭐, 그렇게 성에 붙잡아 둔다면 그것도 나쁘지 않겠더라고요. 눈칫밥 좀 먹겠지만 일하다가 은퇴해야죠. 뭐."

레오는 잠시 생각에 잠겼다가 다시 나와 시선을 맞췄다.

"그렇게 되면, 너는……."

나는, 뭐요?

기다렸지만 레오의 나머지 말은 이어지지 않았다. 그래서 결국 내 생각을 말했다.

"저도 열심히 생각해 봤는데요. 정말 상관없겠더라고요. 저는 스승님께 열심히 배워서 약초 연구가가 될 거잖아요. 시녀가 아니게 되면 폐하를 뵐 일도 없는 거고, 그러다 보면 관심도 자연스럽게 사라지겠죠."

나는 두 남자를 보며 다시 웃었다.

"시간이 지나면 서서히 식을 거예요, 전 열심히 배우면서 그날을 기쁘게 기다리려고요."

두 사람은 다시 서로 눈을 맞췄다. 무슨 생각이 오가는 걸까.

"폐하의 관심은 접어 두고, 저는 좀 더 생산적이며 건설적인 미래를 다지고 싶어요."

솔직히 도움은 됐어요. 스파이 혐의를 벗고 사지 멀쩡하게, 곱게 넘어갔으니까요. 탁 까놓고 이번 일은 폐하의 눈에 들어서 이 정도지, 절차대로 갔으면 큰일이었을 거 같네요.

'좋은 게 좋은 거겠지.'

숱한 의심과 실망을 걷어 내자 실리가 보였다. 꼭꼭 감추어 둔 속마음을 모조리 다 보여 주자 마음이 편했다.

'난 패 다 던지고 자리 떴습니다.'

깔끔하기 그지없었다. 깨끗해진 마음이 보기 좋아서, 웃음마저 나왔다.

"스승님. 일단 주신 책의 반을 외웠어요."

디오는 외알 안경을 올리며 물었다.

"잘했다."

"금방 다 외울게요. 이런 일이 없었으면 더 외울 수 있었는데 아쉽네요."

"기대한다. 내일 시간이 나면 언제든지 와라. 알려 줄 게 있다."

"네!"

나는 활짝 웃으며 다시 한번 인사했다.

"제게 주신 신뢰를 꼭 갚을게요. 제가 할 수 있는 게 뭔지는 잘 모르겠지만, 열심히 할게요!"

스승님의 입가에 희미한 웃음을 어렸다가 사라졌다.

"기대한다."

"감사합니다! 이만 가 볼게요! 내일 올게요!"

막 연구실을 나설 때였다. 레오가 말했다.

"나도 이만 일어날게. 같이 가자, 꼬맹아!"

"레오 님, 애한테 쓸데없는 말 하지 마십시오."

"어이쿠. 무서워라. 디오는, 날 못 믿어?"

디오는 눈을 가늘게 떴다. 레오는 웃으면서 내 손을 붙잡고 달리듯이 연구실에서 나왔다. 아니 이 양반은 오늘따라 왜 이렇게 발랄해. 그는 알프스의 풀밭에서 양떼와 달리는 하이디처럼 해맑았다.

"레오 님, 좀 천천히요! 걸음이 빠르세요!"

덩치가 커서 그런가? 그가 한 발짝 걸을 때 나는 두 번은 가야 했다. 그는 바로 멈춰 서서 생글생글 웃었다.

"아, 미안. 디오가 좀 무서워서, 좀 달렸어."

나는 그를 살펴보았다. 아무리 봐도 무서워하는 사람의 표정이 아니었다. 단장님, 기분 좋아 보이는데요.

'이렇게 보니까, 감옥 안에서의 레오와는 다른 사람 같아.'

그때는 왜 달랐던 걸까.

"꼬맹아, 무슨 할 말 있니?"

나는 고개를 끄덕였다. 할 말이 아주 많았다. 돌려서 물어볼까 살짝 고민했지만, 눈앞에 있는 사람은 레오였다. 솔직하게 물어보면, 제대로 대답해 줄 이였다.

"쓸데없는 말이란 게 뭐예요? 아까 스승님께서 하신 말이요."

레오는 대답하지 않았다. 그는 그저 내 옆으로 걸어와 손을 잡을 뿐이었다.

아니, 왜 갑자기 손이야? 고개를 들어서 그를 보자, 기사가 웃었다.

"꼬맹이가 아직 작아서 말 못 해."

"무슨 얘기인데 그래요."

"좀 더 크면 얘기할게."

어머나. 진짜 수상하네. 생각보다 진지한 얘기인가.

"얼마나 크면요? 저 요즘 부쩍부쩍 크는 중인데요."

"글쎄. 어느 정도면 좋을까? 내 어깨쯤? 내 옆에 서서 아이로 보이지 않으면 얘기할게."

나는 그를 아래위로 훑어보았다. 새삼스럽지만 정말 큰 사람이었다. 아니, 얼마나 자라야 얘기해 준다는 거지.

"레오 님 곁에 서면 대부분 시녀는 다 작아서 아이로 보이지 않을까요?"

"그래도 너만큼 작은 사람은 별로 없어."

하긴. 내가 제일 작긴 해.

나는 고개를 숙여서 니나의 몸을 바라보았다. 그러고 보면 아직 2차 성징이 보이지 않았다. 하지만 아이는 벌써 열다섯 살이었다.

'여기 와서 많이 컸으니까, 금방 자라겠지.'

오밀조밀한 이 예쁜 이목구비가 어떻게 변할까. 사실 나도 이 몸이 자라는 걸 기대 중이었다.

'살면서 가끔 미인이었는데, 니나가 자라면 매일매일 미인이 겠지?'

예쁜 사람은 난생처음인데, 잘할 수 있을까. 너무 미인이라 서 애먼 놈이 들러붙으면 어떡하지. 그래도 성이니까 치안은 괜 찮을 거 같은데, 너무 나간 생각인가?

그래도 예쁜 게 좋긴 했다. 이게 무슨 횡재일까. 나는 웃으면 서 대답했다.

"금방 클 거예요."

레오는 씩 웃으며 잡은 팔을 흔들었다.

"그래, 그래. 꼬맹아. 금방 커라."

기사님이 웃으면 이상하게 나도 따라 웃게 되었다. 왜 이 사 람 앞에서는 어린애가 되는 기분일까. 참 신기했다.

우리 둘은 복도를 걸어갔다.

"날씨가 참 좋네. 햇살은 환한데 옆에 꼬맹이까지 있으니, 정 말 좋은걸."

이런 말을 해서 내가 웃게 되나.

나는 그가 잡은 손을 살짝 흔들었다.

"영광입니다. 기사님."

"그러십니까. 레이디. 제가 더 영광이죠. 근데 꼬맹아, 너 얼 굴이 안 좋아. 잘 먹고 다니는 거야?"

나는 볼을 톡톡 두들겼다. 그렇구나. 하루 자고, 한 끼 먹는 다고 낫는 피로가 아니구나.

"몸은 편한데, 신경 쓸 게 많네요. 아직 여러 가지가 남아 있어서요."

아주 널려 있는 게 장난 아니에요. 이걸 언제 다 치울까.

"아, 시녀 쪽은 복잡하구나."

"기사님 쪽은 안 그런가 봐요?"

"뭐, 우리 쪽이야 죽은 게 더 깔끔하니까."

순간 숨이 조금 멈췄다. 주근깨의 오빠가 떠오르자, 마음이 조금 아팠다.

'생생하게 움직였을 때를 기억해서 그런가. 상관없는 사람인데도 안타까워.'

남자가 폐하의 불에 타는 걸 생각하자, 온몸에 소름이 돋았다. 평소에는 그러려니 했지만, 새삼스럽게 실감했다.

'여기는 내가 살던 곳이 아니야.'

사람이 낸 불로 죽을 수 있는 곳이었다.

'뭐, 마력과 병기가 다른 게 뭐냐고 물으면 대답을 못 할 거 같긴 한데…….'

생각해 보면 총기나 폭탄이 더 위험하긴 했다.

"꼬맹아? 안색이 더 안 좋아졌는데?"

"아, 별거 아니에요. 쓸데없는 생각을 좀 했어요. 그나저나 날씨가 정말 좋네요. 햇살도 따듯해서 졸음이 올 거 같아요."

말을 돌리려고 했지만, 이미 레오가 알아 버렸다.

"이런. 누가 어떻게 죽었는지 이미 들었구나. 모르는 줄 알았는데……."

사람 좋게 웃던 기사의 얼굴에서 표정이 지워졌다. 나는 살짝 고개를 숙였다.

그러게요. 알아 버렸네요. 레오는 괜찮은가요. 그래도 같이 훈련하던 동료였잖아요.

"기사여, 그대는 가치가 있는 것만을 사랑하라."

레오는 창밖을 보며 중얼거렸다.

"기사의 미덕 중 하나야. 아무것도 몰랐을 때는 그냥 지나가는 말이었지만, 책임자가 되니 이 말이 얼마나 우스운지……."

나는 그를 바라보았다. 강인해 보이는 턱선에 햇살이 어른거렸다.

"나쁜 놈은 아니었는데 말이야."

"왜 그런 걸까요."

"몰라. 조사하고 있으니까 나중에 결론이 나오겠지. 동생의 부탁을 들어주려는 세뇌가 걸려 있지 않았을까 추측할 뿐이야."

가슴이 답답해서 작게 숨을 토해 냈다. 정말 자기들끼리는 끔찍한 오누이였다.

"시녀는 감옥에서 울고 있다고 하더라."

"슬프겠네요."

"울어 봤자 죽은 사람은 돌아오지 않지."

나는 고개를 끄덕였다. 맞는 말이었다. 아무리 울어도 사람이 죽으면 돌이킬 수 없었다.

'병과, 부상이라면 성녀의 치유라는 기적이라도 있지.'

그런 성녀라도 죽은 사람을 살릴 수는 없었다.

주근깨야. 도대체 왜 그런 거니. 그렇게 세라피가 좋았어?

나는 머리를 흔들며 생각을 털어 냈다. 이미 다 끝난 일이었다. 내가 할 수 있는 아무것도 없었다.

"안타깝니, 꼬맹아?"

대답 대신 잡은 손을 흔들었다. 사람인지라 조금 안타깝긴 하지만, 내가 할 말은 아니었다.

"저야 한 번 본 사람이니까요. 우리 다른 얘기해요."

내 말을 들은 그는 갑자기 자리에서 멈췄다. 이상해서 돌아보자, 커다란 손으로 얼굴을 가린 남자가 보였다.

"레오 님?"

"정말. 꼬맹아. 너를 어쩌면 좋냐."

아니, 뭐가? 왜 이러시나요, 단장님.

"네가 이러니까……."

손가락 틈 사이로 조금 불그스름한 얼굴이 보였다. 레오는 나와 땅을 번갈아 보다가 한숨을 내쉬었다.

"이러니까 나나 디오가 네게 약한 거야."

"아니, 제가 뭘 했다고요!"

그는 얼굴을 문지르면서 시선을 돌렸다.

"꼬맹아. 나는 너보다 강해."

그야 그렇겠죠. 한 번도 제가 기사님보다 강하다는 생각은 해 본 적 없는데요. 겉모습만 봐도 압니다.

"날 배려하지 않아도 돼."

점점 더 알 수 없었다. 내가 언제 배려를 했어?

"하지도 않은 거로 안 해도 된다고 하시면……."

"정말, 미치겠다."

레오는 얼굴에서 손을 떼고 나를 바라보았다.

"그놈은 내 밑에 있던 놈이었어. 폐하와의 일이 없었으면 몇 년 구르면 적당한 기사가 되었을 수도 있겠지. 하지만 일이 터졌고, 기사단에서 제명되었어."

나는 고개를 끄덕였다.

"제명된 이유는 여동생이 한 말을 너무 믿어서야. 그리고 같은 이유로 죽음을 자초했다."

그가 잡은 손에 힘이 들어갔다.

"멍청한 놈이 멍청한 이유로 죽었어. 그것도 자신과 파트너인 그리핀을 사적으로 이용하려고 했으니, 이미 중죄야."

"그야, 그렇지만 그래도 같이 훈련하셨잖아요. 시간 보내며 정 드는 건 어쩔 수 없잖아요."

"꼬맹아. 난 단장이야. 제대로 관리 못 한 것에 죄책감을 느껴야지, 그놈이 죽은 것에 대해 안타까워하면 안 돼."

아, 그렇구나.

나는 고개를 끄덕였다. 하긴 이 사람은 기사단장이었지. 나랑 시선이 다르구나.

"함부로 그러지 마라, 정말."

누가 보면 내가 죄를 지은 줄 알겠어요.

'아니, 그런데 처지를 생각한 게 잘못한 건가?'

이건 좀 억울했다.

"아무에게나 이러면 안 돼."

"왜, 왜요?"

"귀여우니까. 안 된다. 꼬맹아."

순간 할 말을 잃었다. 아니 이게 도대체 무슨 말이야.

"이런 배려를 받으면 어떤 놈이라도 오해해. 가뜩이나 작고 예쁜데 매사가 이런 식이니 우리가 초조하잖아. 꼬맹이 너, 폐하에게도 이랬냐?"

"그, 글쎄요?"

"했겠지. 했을 거야."

그는 주저앉아서 이마를 문질렀다. 무슨 말을 해야 할지 몰라서 우물쭈물하자, 그는 한숨을 내뱉었다.

"너무 착하면 안 된다. 꼬맹아."

"뭔가 오해를 단단히 하셨어요. 예전부터 레오 님은 저를 천사처럼 보는 거 같아요. 저는 이래 봬도 약삭빠르며 이기적이며, 비겁합니다!"

그는 내 말을 듣자, 고개를 절레절레 저었다.

"안 믿으시네요."

"그걸 어떻게 믿냐."

언어의 한계가 느껴졌다. 잘 설명하면 이해하실까.

'속마음을 빼서 펼쳐 놓을 수도 없고……'

레오는 다시 일어나서 걷기 시작했다. 나는 그를 따라가면서 변명을 준비했다. 내 속을 제대로 알면 저런 말 못 할 텐데. 도대체 기사단장님은 언제부터 저런 생각을 하신 걸까.

"꼬맹아."

"네."

"너는 사람을 감동하게 해."

나는 미간을 찌푸렸다. 정말 뜬금없기 그지없었다.

'제가 그런 능력이 있어요?'

엄청나네요. 어머나, 나도 모르는 내 재주네.

"함부로 감동하게 하지 마라. 다 나같이 되면 네가 괴로워져."

도대체 이게 무슨 말이지. 다 레오같이 된다고?

나는 그를 아래위로 훑어보았다. 아무리 봐도 선이 좀 거칠지만 괜찮은 미남이었다. 다 저렇게 변하면 굳이 겉모습이 아니더라도 좋을 거 같은데요.

'사람 좋고, 능력 있고 다정하고……'

제가 뭘 어떻게 감동을 주는지 모르지만 다들 레오같이 변한다면 해 볼 만하네요. 아주 방방곡곡을 돌아다니며 감동하게 해 볼까요.

"안 믿네?"

웃음이 저절로 나왔다. 나는 뺨을 살짝 긁으며 고개를 돌렸다. 정말 할 말이 없었다.

"그걸 어떻게 믿어요."

그는 잠시 멈춰 섰다. 레오는 눈이 부신지 손으로 눈을 가렸다가 긴 숨을 내쉬었다. 그러더니 물끄러미 나를 바라보았다.

황금빛 햇살이 그의 갑옷에 부딪쳤다. 왠지 분위기가 이상해서 한 걸음 물러섰지만, 그가 손을 잡고 있어서 벗어날 수 없었다.

"갈구하게 되네. 우리 꼬맹이."

커다란 손이 내 머리에 닿았다.

"여기서 더 바라게 되면 어떻게 될까."

부드럽게 쓰다듬었지만, 손의 힘이 세서인지 머리가 이리저리 움직였다. 흔들리는 시야 사이로 그의 모습이 보였다. 레오는 계속 나를 주시했다.

얼마나 그렇게 있었을까. 그는 자신이 잡은 손을 보며 깊게 한숨을 내쉬었다.

"너무 작아."

"레. 레오 님?"

그의 낮은 목소리가 흩어졌다.

"이렇게 작은 애한테 내가 뭘 하는 건지……."

그는 피식 웃으며 고개를 저었다.

"미안. 아까 내가 한 말은 잊어라. 꼬맹아."

아니 심각하게 말해 놓고 잊으라니요.

"어떻게 잊어요."

"그래도 잊어. 잊는 게 좋아."

나는 입술을 살짝 깨물었다. 치사해요. 이상한 행동을 실컷해 놓고 잊으라고 하면 다예요?

'감동부터 갈구까지 생뚱맞아.'

레오, 오늘 뭐 잘못 먹었나요. 도대체 왜 이러세요.

"이상해요."

"미안."

"제가 레오를 그렇게 만든 건가요?"

그는 내 머리를 거칠게 쓰다듬었다. 대답은 하지 않았지만, 왠지 정답이란 생각을 지울 수 없었다.

"좋은 건 아닌 거 같네요."

감동은 좋은 거 아닌가. 왜 사람이 이상해지는 거지.

내 말에 레오는 웃기만 했다. 나는 한숨을 폭 내쉬었다.

"전 왜 사람을 이상하게 만들까요."

"무슨 소리야?"

"아니, 뭐랄까 어쩌다 보니 그런 거 같아서요."

"꼬맹아. 제대로 설명해."

나는 앞치마를 꼭 쥐었다. 이 말을 해도 되는 걸까.

'어쩌다 튀어나왔는데, 뱉은 말은 주워 담을 수 없구나.'

괜한 속담이 아니었어. 경솔했다. 이화윤.

"성녀님을 탈출시키려고 했던 시녀 말예요."

"샬롯 리젠, 17세를 말하는 거지?"

"굉장히 문서적으로 기억하시네요. 아, 레오 님은 단장님이시니 당연하시겠네요. 아무튼, 그 애요, 조잡하게 절 괴롭혔어요."

"알아. 그때 나도 같이 들었으니까."

"혹시나 싶은데요."

샬롯이 성녀를 탈출시켰다는 것을 알았을 때부터, 이 생각을 지울 수 없었다.

"저 때문에 그런 건 아니겠죠?"

레오는 고개를 저었다.

"왜 그런 쓸데없는 생각을 하니. 꼬맹아."

나는 어색하게 웃었다.

'원작에서 성녀를 탈출시킨 건 니나니까요.'

니나가 변해서 역할을 안 하니까, 주근깨가 말려든 거 아닐까 싶어서요.

'너무 나간 생각이란 건 나도 아는데…….'

하지만 묘하게 신경 쓰였다.

만약 그냥 원작대로 갔으면, 주근깨는 어떻게 되었을까. 소설 속에 샬롯의 존재는 나오지 않았다. 평범하게 메어리 님 옆에서 시녀 일을 오랫동안 했을지도 모른다.

"아닌 거 저도 알아요. 마음이 싱숭생숭한가 봐요. 전혀 그럴 거 같지 않았거든요. 저는 그 애가 이런 사고를 칠 줄 몰랐어요."

레오는 날 보며 중얼거렸다.

"착한 녀석."

아니, 어디가?

"알았으면 꼬맹이는 어떻게 했을 거야?"

"말렸겠죠? 최대한 설득해 보겠지만 그래도 안 되면……."

"안 되면?"

"당장 윗선에 보고했겠죠."

메어리 님이나 사비나 님께 말했겠죠. 그랬더라면 적어도 사람 하나는 살렸겠네요.

"착한 녀석."

"아닌데요!"

"사고 칠 놈은 언젠가 사고 쳐. 빠르건 늦건 말려도 소용없어. 그리고 꼬맹아. 그러면 안 돼."

이건 또 무슨 말이야. 뭐가 안 된다는 거야.

"네게 들켰으면 그들은 너를 죽였을지도 몰라. 네가 할 일은 설득이 아니라 살아남는 거야."

순간 아차 싶었다. 이건 레오 말이 맞았다.

"그, 그렇네요."

"이건 성에서 일어난 일이야. 저번에도 생각했지만, 꼬맹이 너는 위험을 너무 몰라."

나는 한숨을 폭 내쉬었다. 이런 점을 고치자고 그토록 다짐했건만, 여전히 정신을 못 차렸다.

"걱정이다. 진짜."

"죄송해요."

"아, 그런 의미에서 샬롯 리젠 만나 볼래?"

나는 깜짝 놀라서 고개를 들었다. 주근깨를? 지금 감옥에 갇혀 있을 텐데?

"어떻게요? 그래도 돼요?"

"내가 동행하면 돼."

나는 고개를 저었다. 또 이 사람에게 폐를 끼칠 수 없었다.

"안 돼요. 저번에 제가 있던 감옥으로 오신 것도 사실 안 되는 거였잖아요."

"그렇긴 하지."

"괜히 폐하께 꼬투리 잡히시면 어떡하게요. 그렇게 목맬 정도로 주, 아니 샬롯을 신경 쓰고 있진 않아요. 하지 마세요."

긁어 부스럼을 만들 필요가 없었다. 더는 책잡히지 마세요! 기사님!

"꼬맹아, 내가 걱정되냐?"

고개를 끄덕이니, 레오가 웃었다. 작게 울리는 소리는 퍽 기분 좋아 보였다.

"아까 내가 한 말은 잊었냐. 이러니까 내버려둘 수가 없잖아."

아까 뭐요. 감동을 주지 말라는 거요? 아니 그거랑은 상관없잖아. 나 때문에 피해 보지 말라는 건데, 왜 그쪽으로 방향으로 회전하나요.

'레오가 하지 말라는 게 구체적으로 뭐지. 그냥 염치없이 살라는 건가.'

아니, 이 양반이. 기사단장에 한 가문의 가주이면서 이런 거로 반대파에 공격당하면 어쩌려고 그래. 게다가 아무리 첩자 의혹이 사라졌어도, 나는 전적이 화려합니다. 붙어 있는 꼬리표가 한두 개가 아니에요!

이런 내 마음을 아는지 모르는지 그는 입을 가리고 계속 웃었다.

"아마 샬롯이란 아이를 직접 보면 그런 마음은 바로 없어질 거야."

"그, 그런가요?"

"보러 가자."

"안 봐도 돼요! 괜찮다니까요!"

그는 내 손을 잡고 성큼성큼 걸어갔다. 놀라서 반대편으로 잡아당겨 봤지만, 오히려 나만 질질 끌려갔다.

"안 갈 거예요! 끌지 마요!"

내가 끙끙거리며 억지로 버티자, 기사는 씩 웃었다. 뭔가 이상해서 한걸음 물러서자, 그는 아무렇지도 않게 내 곁으로 성큼 다가왔다.

"어쩔 수 없네."

몸이 붕 떴다. 아니, 여기 사람들은 나를 둘러매야 하는 병이라도 걸린 걸까?

"내려 줘요!"

"싫다, 꼬맹아."

다리를 버둥거리며 최대한 저항했지만, 그는 요지부동이었다.

"얌전히 있어라. 이러지 않으면 안 갈 거 아니야."

"안 가도 된다니까요! 괜한 거로 뒷말 나와요!"

"괜찮아. 너라면 오히려 환영이야."

나는 괜찮지 않습니다. 기사님, 진짜 뭐 잘못 드셨어요? 왜 이러세요!

"전 몰라요! 이거 다 기사님이 한 일이에요. 나중에 뭐라고 하지 마세요. 전 말렸어요!"

"괜찮다니까. 좀 얌전히 있어라."

이 사람이 고집을 부리면 어쩔 수 없었다. 내가 저항을 포기하자, 그는 밀가루 포대처럼 들고 있던 나를 내려 줬다.

"아, 진짜 이러지 않아도 되는데……."

"내가 보여 주고 싶어서 그래."

그는 다시 내 손을 잡고 걸어갔다. 나는 코 꿰인 소처럼 그를 따라갔다. 중간에 병사들이 말리면 그 핑계로 도망가려고 했는데, 다들 레오를 보면 아무 말도 하지 않았다.

'힐끔힐끔 보긴 하는데……'

왜 말리지 않나요. 이베리아 기강이 이러면 나라를 어떻게 지키나요. 병사님들!

얼마나 그렇게 걸었을까. 돌계단을 내려가니 곰팡내가 훅 났다. 나는 주위를 둘러보았다. 밖은 낮인데, 여기는 너무 어두웠다.

'지하인가?'

레오는 계속 내 손을 잡고 걸어갈 뿐이었다. 횃불이 타들어 가는 소리를 들으면서 나는 거친 돌담을 바라보았다. 틈 사이로 붉은 자국이 보였다.

저거 아무래도 핏자국이겠지?

'여기가 진짜 죄인이 있는 곳이구나.'

역시 내가 있던 곳은 괜찮은 곳이었어. 하긴 거긴 창문도 있고 침대도 있었지. 편의를 봐준 게 맞았구나.

그때 레오가 말했다.

"이곳도 그렇게 험한 곳은 아니야."

"그, 그렇군요."

"심한 곳이면 안 데려왔을 거다. 꼬맹아."

지금이라도 좋습니다. 우리 유턴하면 안 될까요. 나는 어색하게 웃으면서 그의 손을 흔들었다.

그때였다. 익숙한 이가 보였다.

그는 잡았던 손을 놓아줬다. 나는 살짝 고개를 끄덕이며, 그 아이를 바라보았다.

횃불 사이로 창살의 그림자가 길게 늘어졌다. 나는 천천히 다가갔다. 지푸라기 타는 냄새가 코끝을 찔렀다.

주근깨는 구석에서 웅크리고 있었다. 항상 깔끔했던 시녀복은 얼룩덜룩했다. 그녀는 팔로 얼굴을 가리고 중얼거렸다.

"난 아니야. 내가 그러지 않았어. 오빠. 나 어떡해. 이모. 살려줘요. 난 아니야. 난 결백해."

주근깨는 깨진 녹음 파일처럼 계속 그 말만 반복했다.

"계속 저래."

"왜 이런가요?"

"세뇌에 당하면 원래 저렇게 돼."

나는 입술을 깨물었다. 그녀는 내 목소리를 듣고 고개를 들었다. 내가 누구인지 확인한 샬롯은 벌떡 일어났다.

"야, 야!"

급히 다가오려 했지만, 사슬이 매여 있는지 금세 바닥에 넘어졌다.

"너, 너 개지? 폐하랑 잔 애."

나는 미간을 찌푸렸다.

"헤픈 년. 난 알아. 너 한두 명 하고 그런 게 아니지?"

한숨이 저절로 나왔다.

평가가 굉장하네. 안 좋은 소문 출처가 궁금했는데, 아무래도 반절은 너인 것 같구나.

"그래. 좋아. 다 좋아. 부탁이야. 폐하께 말 좀 해 줘. 넌 할 수 있잖아. 나 좀 꺼내 줘. 나는 결백해."

나는 아무 말도 하지 않았다.

"해 주면 뭐든지 할게. 나는 아니야. 기억에 없단 말이야! 난 그러지 않았어! 여기 싫어. 돌아갈래. 성녀님, 살려 줘요. 나는 아니야. 오빠, 오빠 어디 있어? 오빠 기사잖아. 나 좀 구해 줘."

그녀는 내게 가까이 오려 했다. 하지만 발목에 메인 사슬 때문에 손 하나 델 수 없었다. 주근깨는 자신의 발목에 매인 족쇄를 보다가 갑자기 소리 질렀다.

"악!! 싫어! 싫어!"

나는 작게 숨을 내쉬며 레오에게 고개를 돌렸다. 더는 볼 필요가 없었다. 그가 한 말이 맞았다.

'내가 어떻게 할 수 있는 영역이 아니었어.'

이건 성녀를 탈출시키기 위한 성당의 음모였다. 그 자투리로 희생된 것이 주근깨 남매였고, 나는 처음부터 휘말려 있었다.

"교단은 치사하네요."

사람을 희생시키고 자신들은 쏙 빠지다니.

"걔넨 원래 그래."

"진짜 첩자는 잡았나요?"

레오는 고개를 저었다.

"찾는 중이지만, 글쎄."

나는 다시 절규하는 주근깨를 바라보았다.

'처음 이 아이한테 맞았을 때는, 그냥 동치미 담그게 하고 싶었는데…….'

어쩌다가 이렇게 되었니.

"만약이란 거 다 부질없는 거 알지만요."

샬롯은 다시 웅크렸다. 그 아이가 소리를 지르지 않으니, 이곳은 다시 조용해졌다.

"만약 그냥 나랑 평범하게 지냈으면 어떻게 됐을까. 그런 생각이 드네요."

성격이 안 맞아서 잘 지내지는 못해도, 그럭저럭 인사하는 사이는 됐을까. 그래도 얼굴은 계속 보는 관계였다.

적어도 주근깨 오빠는 살았을 것 같았다.

"갈래?"

나는 기운 없이 고개를 끄덕였다. 레오는 다시 내 손을 잡고 걸어갔다.

천천히 샬롯과 멀어졌다. 나는 마지막으로 고개를 돌려서 그 아이를 바라보았다. 원작이었다면 평범했을 아이는 팔에 얼굴을 묻고는 움직이지 않았다.

'복잡하다.'

세뇌와 최면이 참 무서웠다. 만약 이용당한 거라면, 죄를 묻기도 힘들었다.

"언제 제정신으로 돌아와요?"

"몰라. 개인차가 심해. 어떤 사람은 금방 들어오고 어떤 이는 영원히 돌아오지 않아. 하지만 저 경우는 우리도 처음이야. 기억을 잃어버렸다는 사람은 없었거든."

그는 가파른 돌계단에서 나를 부축하며 말을 이었다.

"제일 중요한 건 성당 끄나풀들을 잡아내는 건데, 영 보이지가 않으니 문제지. 꼬맹아. 알겠지?"

나는 부지런히 계단을 올라가며 고개를 끄덕였다.

"예. 레오 님 말이 뭔지 알 거 같아요. 너무 크고 먼일이었네요."

"몸조심해라."

"그러게요. 할 수 있는 게 없네요."

순간, 말만 하면 뭐든지 들어준다는 폐하의 말이 떠올랐다. 아이고, 친애하는 폐하. 거짓말도 정도껏 하세요. 이렇게 중요한 일을 잘도 들어주겠습니다.

"그런데요. 레오 님. 진짜 괜찮아요?"

"너 데려온 거?"

"네. 원래는 안 되지 않아요?"

레오는 씩 웃기만 했다. 나는 걱정인데 이 양반은 왜 웃기만 할까.

"꼬맹아. 그렇게 걱정돼?"

"네. 저 때문에 높으신 분들께 찍히면 어떡해요."

"그럼, 계속 걱정해."

"예?"

이건 또 무슨 말이야! 황당해서 고개를 돌리자, 기사는 웃기만 했다.

"네가 걱정하는 거 참 좋다. 계속해. 나 볼 때마다 하는 거다?"

"아니, 도대체 왜 이러세요!"

"계속해라. 어이쿠, 기분 좋아라."

이 사람 날 놀리는 걸까. 눈살을 찌푸리니 그는 계속 웃으면서 또 나를 들어올렸다.

"내려 줘요!"

"버둥거리지 마. 아직 계단이야. 귀여워 죽겠다. 우리 꼬맹이."

아, 진짜 왜 이러세요.

"데려다줄게. 어디로 모실까요, 레이디?"

어깨를 두들겼지만, 내 손만 아팠다. 하는 수 없이 나는 이마로 그의 어깨를 쿵 치며 중얼거렸다.

"성녀님께 갈 거예요."

그 전에 메어리 님도 한번 봬야겠지만요.

"데려다줄게."

"감사합니다."

나는 억지로라도 조금 웃었다.

메어리 님을 생각하자 가슴이 답답했다.

'내가 밉겠지?'

원래 사람이 힘들면 이 핑계 저 핑계 다 끌어오던데, 거기에 내가 없을 확률이 얼마나 될까. 아무리 메어리 님이시더라도, 이성이 흔들리시겠지.

'피할까?'

차라리 안 보는 편이 서로에게 좋나?

'하지만 어차피 기미는 계속해야 하는걸.'

오늘 피한다고 해도 내일 볼 사람이었다. 정말 오십보백보여서, 나는 메어리 님을 뵙기로 했다.

'대신 각오를 해야겠어.'

이성을 잃고 소리칠 수도 있어. 상처받을 말을 막 하셔도, 그러려니 하자. 내가 죄 없는 건 하늘도 알고 땅도 알며, 폐하도 알고 스승님과 레오도 알잖아. 그러면 됐지.

이런저런 생각을 하다 보니 벌써 대기실 앞이었다. 나는 기사단장님께 감사하다며 다리를 굽혔다. 그는 한편의 CF처럼 상큼하게 웃으면서 뒤돌아섰다.

병사들은 창을 치워 줬지만, 나는 대기실 문손잡이를 한참을 바라보았다. 안은 조용하기 그지없었다.

얼마나 그렇게 있었을까. 보다 못한 병사님 한 분이 말했다.

"무슨 일 있으면 소리 질러라. 당장 달려가마."

나는 웃으면서 고개를 끄덕였다.

"감사합니다."

"힘내라."

세상에 참 고마운 사람이 많았다. 나는 심호흡을 하고 방문을 열었다. 높은 창문과 찬장이 있는 대기실은 여전했다.

"니나, 왔니?"

나는 그녀를 돌아보았다. 환한 햇살 한 줄기가 그녀에게 닿왔다.

메어리 님은 평소처럼 의자에 앉아서 뜨개질하고 계셨다. 그 모습이 너무나 평온해서 마치 아무 일도 없는 것처럼 보였다.

"예."

"기미할 건 트레이에 있단다."

나는 고개를 끄덕이며, 평소처럼 기미를 끝냈다. 할 일을 마치고 다시 돌아보니, 메어리 님은 여전히 침착하기 그지없었다.

"니나야."

조금 쉰 듯한 목소리가 귓가에 울렸다. 올게 왔구나. 나는 두근거리는 마음을 누르며 대답했다.

"예. 메어리 님."

"난 예전부터 뜨개질을 좋아했단다. 실을 엮으면 따듯한 게 만들어진다는 게 좋았어. 그래서 자투리 시간이 생길 때마다 이걸 했단다."

나는 그녀가 짠 편직물을 바라보았다. 처음에는 목도리인가 했지만, 그거보다 훨씬 커 보였다.

"처음에는 내가 쓸 것만 만들었단다. 그러다가 남아서 동료들 것을 만들었어. 다들 고맙게 받아갔지. 하지만 시간이 지나니까, 이제 만들어 줄 사람도 없어지더구나."

그녀는 뜨개질을 멈췄다.

"동생이 죽고 아이들을 맡았을 때, 뜨개질로 떠 줄 수 있는 사람이 늘어서 기뻤어."

"메어리 님……."

"니나야."

그는 내게 가까이 오라고 손짓했다. 천천히 다가가니, 메어리 님은 내 손을 잡았다.

"미안하다."

"아니요."

"나는 알았단다. 성에서 일한 지 벌써 30년이 넘었어. 샬롯이 널 괴롭히는 걸 내가 왜 모르겠니. 하지만 너는 폐하의 관심을 받는 아이잖니. 적당한 견제는 필요하다고 생각했단다."

나는 고개를 끄덕였다.

'씁쓸하다.'

네 주제를 알라. 뭐 이런 거야? 누군가가 괴롭히면 아, 나를 싫어하는 이가 많구나. 미천한 고아여서 죄송합니다. 이러면서 납작 엎드려서 내가 말단에 이방인인 걸 사무치게 되새기라는 건가?

'싫다.'

차라리 겸손하게 굴라고 충고 듣는 게 낫지. 이게 뭐야.

'왕후장상의 씨가 따로 있나.'

배알이 뒤틀렸다. 차오르는 쓴맛에 나는 미간을 찌푸렸다. 꼭 이런 식이어야 해?

"미안하다."

그녀는 다시 사과했지만 나는 아무 말도 하지 않았다. 괜찮다는 말이 선뜻 나오지 않았다.

"네가 샬롯을 용서해 줬을 때, 절실히 깨달았단다. 나는 사람

보는 눈이 있는 줄 알았는데 이미 눈이 침침하더구나. 온갖 사건에 휘말린 너를 보며 얼마나 미안했는지 몰라."

숨이 막혀서일까. 한숨이 저절로 나왔다.

"신경 쓰지 않았어요."

메어리 님이 잡은 손이 뜨거웠다.

"사실 이것저것 생각하느라, 샬롯이 절 괴롭히는 건 그냥 그러려니 했어요. 세상 사람들이 다 절 좋아할 수 없잖아요. 그래서 일이 터졌을 때 넘어갔던 거예요."

나는 메어리 님을 바라보았다. 항상 기운 좋던 분인데, 지금은 평소보다 나이가 들어 보이셨다.

"하찮아서 내버려 뒀어요. 나중에는 후회했지만요."

차라리 그때 일을 못 하게 했으면 이런 일은 생기지 않았을 것 같지만요.

"미안하다. 니나야."

나이 든 시녀 님의 주름진 눈가가 파르르 떨렸다. 나는 고개를 돌렸다. 미운 건 아니지만, 마음이 무거웠다.

"모아왔던 모든 것이 필요 없어졌단다."

뜨개실과 바늘이 바닥으로 떨어졌다. 통통 튀긴 실타래는 데굴데굴 구르더니 내 신발에 닿았다.

"물려줄 이들이 다 사라졌어."

나는 실타래와 바늘을 주웠다. 그녀가 짜고 있던 숄들이 주르륵 따라왔다. 그러고는 그것들을 다시 메어리 님께 가져다줬다.

"걱정했어요. 저는 심성이 착하지 않아서, 물론 제가 걱정한

이는 메어리 님뿐이지만요. 친척 아이를 아끼시다 죄도 없으신데 고초를 겪으시는 거 같아서요."

그런데 샬롯이 절 괴롭히는 걸 방관하셨다는 말을 들으니까, 무슨 말을 해야 할지 모르겠어요. 솔직히 야속하고 슬퍼요.

"나를 걱정했니?"

"잘해 주셨잖아요. 신경도 써 주셨으니까요."

그녀는 내가 내민 실타래를 받지 않았다.

"솔직히 좀 실망했어요. 제 의지로 휩쓸린 게 아니잖아요. 만약 그때 메어리 님께서 샬롯에게 한마디하셨다면 그 애가 절 내려다보지 않았을 거예요."

나는 한숨을 폭 내쉬었다.

"만약이란 게 다 부질없긴 하지만요."

지나간 일을 가정해 봤자, 현실이 달라지지 않으니까요.

"네 말이 다 맞구나."

"이만 나가 볼게요. 쉬세요. 메어리 님."

그녀가 받지 않은 실과 바늘은 탁자에 두고 나가려고 했다.

"잠깐, 기다리렴. 할 말이 있단다."

나는 천천히 뒤돌아섰다. 들어올 때 걱정했던 것이 지금 펼쳐지는 걸까.

'설마 때리진 않겠지?'

도망갈 준비를 해야 하나? 나는 조심스럽게 메어리 님의 손을 내려다보았다. 다행히 빈손이셨다.

"니나야."

무서워서 살짝 목소리가 떨렸다.

"예, 메어리 님."

무슨 말을 하실까. 아까보다 더 독한 말인 걸까.

'위험한 거 들어서 던지지만 않으셨으면⋯⋯.'

그렇게 해서 다치게 되면 우리 둘 이제 더는 얼굴 못 보잖아요.

그녀의 목소리가 조용한 대기실 안에 울려 퍼졌다.

"내 모든 거 네가 가지렴. 다 줄게."

나는 눈을 깜박였다. 무슨 말인지는 알겠는데, 이해가 가지 않았다.

"모아 놓은 돈이 꽤 있단다. 그거 너에게 주고 싶단다."

"메어리 님?"

아니, 이분이 왜 이러실까. 나는 혹시나 농담인가 싶어서 찬찬히 그녀를 살펴봤다. 하지만 그녀의 표정은 더없이 진지했다.

"농담이 아니란다. 빨리 네게 주고 싶어."

"아니, 왜요? 그러지 마세요. 남매가 없어도, 다른 친척분들이 계시잖아요. 그분들에게 주세요. 죄책감 때문이라면 괜찮아요."

메어리 님은 고개를 저었다. 그녀는 나에게 한 걸음 다가왔다.

"대신 조건이 있단다."

나는 주먹을 꽉 쥐었다.

'설마 주근깨를 구해 달라는 말일까?'

폐하께 말이라도 해 달라고?

마음이 복잡했다. 나는 그런 권한도 권력도 다 없다고 말하면, 이 사람은 이해할까.

"가끔 찾아와서 나와 대화 좀 해 주렴."

순간 머릿속이 새하얗게 변했다.

"예?"

아니 이게 무슨 소리야.

"나이가 드니 얘기할 사람이 없어서 적적하단다."

세상에. 메어리 님, 충격을 심하게 받으셨나 봐. 아니 왜 이러시나요. 이러시지 마세요.

나는 허둥지둥 그녀를 말렸다.

"저, 메어리 님. 힘든 일을 겪으셔서 지금 혼란스러우신 거 같아요."

"싫니?"

"싫고 좋고의 문제가 아니에요! 지금 약해지셔서 그래요! 하룻밤 지나면 내가 왜 그 말을 했지 하며 후회하실 거예요. 자, 심호흡하세요. 평정을 찾으세요! 아니, 평생 힘들게 모은 돈을 왜 절 주세요! 메어리 님! 세상에 즐거운 게 많은데요. 그중에 대부분은 돈으로 할 수 있어요!"

그녀는 나를 바라보았다. 왠지 모를 진땀이 나서, 나는 손부채로 얼굴을 식혔다.

"게다가 나이 들면 들수록 돈은 꼭 있어야 해요. 여자는 특히 더해요! 거적데기 걸치고 우는 거랑 캐시미어 코트 입고 우는 거는 전혀 다른 얘기잖아요."

여기에도 캐시미어가 있는지는 모르겠지만요!

흥분이 쉽게 가라앉지 않았다. 나는 두 주먹을 꽉 쥐었다.

"이러지 마세요! 메어리 님! 돈은 삶의 빛이요 기름이고, 낙이며 목숨이에요!"

나는 필사적으로 주장하는데, 그녀는 평온하기 그지없었다.

"혹시 무료하신가요? 다른 취미는 없으세요? 하긴 뜨개질은 좀 심심하긴 하네요. 운동은 어때요? 환한 햇살 속에서 걸으면 좀 나아지실 거예요! 메어리 님! 저랑 얘기하는 건 돈을 주시지 않아도 충분히 할 수 있어요! 저 말이 많거든요! 숨기고 살았지만, 꽤 수다쟁이예요!"

나는 그녀의 짙은 밤색 눈동자를 물끄러미 바라보았다. 주름진 눈가가 파르르 떨렸다.

'화가 나셨나?'

안면근육이 떨림은 심장질환의 전조라던데, 설마 어디 아프신 건 아니겠지?

경험 많은 시녀는 조용히 손으로 입을 가렸다. 나는 겁이 덜컥 났다. 기침하시나? 설마 각혈은 아니겠지?

나는 조마조마 한 눈으로 바라보았다.

그때였다.

메어리 님 몸이 고개가 푹 꺾여지더니, 큭- 하는 웃음소리가 들렸다.

'어라?'

그것이 시작이었다. 한번 터진 웃음은 멈추지 않았다. 그녀는 새우처럼 등을 굽히며 웃었다. 좁은 대기실 안에 메어리 님의 웃음소리가 가득 찼다.

아니, 왜 웃으시지.

나는 뺨을 살짝 긁었다.

'침울한 것보다는 웃는 게 낫긴 한데……'

두 손으로 입을 가리고 있는 시녀님이 황금빛 햇살 아래에서 빛났다.

손가락 사이사이의 음영 때문일까. 그녀의 모습은 눈을 가늘게 뜨고 보면 한 폭의 그림 같았다.

'눈물까지 흘리면서 웃으시네.'

나는 그녀가 진정될 때까지 기다렸다. 한참을 그렇게 몸을 떨던 메어리 님은, 눈물을 훔치며 내 팔을 잡았다.

"니, 니나야."

"예."

"조금 더 이베리아에 대해 알아 두려무나."

시녀님은 숨까지 헐떡이셨다. 나는 그녀를 부축해서 다시 의자에 앉혔다. 그녀는 계속 눈가를 손수건으로 문지르며 말했다.

"내 모든 거 네가 가지라는 뜻은, 유산을 준다는 의미란다."

아, 그런 거구나.

나는 안도의 한숨을 내쉬었다. 그나마 다행이었다.

'주근깨 일 때문에 우울해서 모든 걸 다 내던진 게 아니구나.'

삶을 포기하신 줄 알았잖아요. 놀라라. 큰일나는 줄 알았네.

'그런데 웬 유산?'

왜 날 주신다는 거지?

"줄 사람이 없거든. 그 애들이 마지막으로 남은 핏줄이었단다."

아니, 어쩌다가 그렇게 되었나요.

"가질 사람이 없어. 네가 가지렴."

"아니요. 샬롯은 감옥에 있을 뿐이잖아요."

메어리 님은 고개를 저으셨다.

"그 애와 나는 함께 있으면 안 돼. 물론 어느 정도는 미리 줄 거란다."

그녀는 내 어깨를 잡았던 손을 놓았다.

"감옥에서 언제 나올 수 있을지는 모르겠지만 말이야."

"세뇌를 당했던 거니까요. 어느 정도는 참작해 주시지 않을까요."

경험 많은 시녀님은 차분한 어조로 말했다.

"그랬으면 좋겠지만, 상황이 복잡하더구나. 샬롯뿐만 아니라 내 일도 어떻게 될지 몰라서 쉽게 단정할 수 없단다. 사비나 님이 설득하시고 계시지만, 사실 거의 포기했단다."

나는 남쪽 끝방에 찾아오신 살짝 술에 취하신 시녀장님을 떠올렸다. 성녀의 시중을 들 이를 뽑는 게 힘들다는 한탄이 아직도 생생했다.

"어떤 결론이 나도 따를 거란다."

메어리 님은 내 손을 잡고 살짝 흔들었다.

"사실, 따르는 방법밖에 없지만 말이다."

모든 것을 다 내려놔서일까. 그녀는 홀가분해 보였다.

"그러니까 네가 가지렴. 별거 아닐지 모르지만 네게 주고 싶구나."

"왜 저인가요? 성에 오랫동안 계셨으니, 친한 이들도 많으시잖아요."

"글쎄. 왜인지는 모르겠구나."

아니, 왜 이러세요. 이러다 큰일나시겠네.

"그래. 너보다 오래 본 시녀도 많지. 절친한 이도 꽤 있단다. 그런데 왜 너일까."

메어리 님은 내 뺨을 쓸어 올렸다.

"늙은이의 변덕이라 치렴."

아니, 왜 세상을 다 사신 분처럼 말씀하세요. 이러시지 마세요.

"메어리 님은, 아직 젊으세요."

"나는 나이가 많이 들었어."

"아직 쌩쌩하시잖아요! 메어리 님은 앉았다 일어섰다 마음대로 하시고, 귀도 눈도 다 밝으세요!"

관절도 튼튼하신데 무슨 막말을 하세요! 이 정도면 산도 타시겠구먼!

"그러니?"

"네. 어떻게 될지 모르지만, 메어리 님은 남은 생을 잘 보내실 거예요. 다시 한번 말하지만, 대화에 유산은 필요 없어요."

"네가 수다쟁이라서?"

"예. 저 말이 많아요. 숨기고 살아서 그렇지만요."

나이 든 시녀는 다시 피식 웃었다. 그러더니 내 손을 다시 흔들었다.

"왜 많은 이들이 널 좋아하는지 알 거 같구나."

아니 이건 또 무슨 말이야. 메어리 님! 뜬금없어요!

"하긴 네가 사랑스럽단 걸 나도 꽤 일찍 알았지."

너무 비행기를 태우셔서 듣기 좋은 거짓말인가 싶었다. 하지만 목소리가 퍽 따뜻했다. 눈빛과 어조가 알려 줬다. 이분은 지금 진심이셨다.

"유산은 그냥 네가 받으렴."

"메어리 님, 아니 여태 제 말을 어떻게 들으신 거예요."

"줄 사람이 없어."

그녀는 깊은 한숨을 내쉬었다.

"내 아버지는 환각제에 취해서 손을 올리시는 분이었단다. 난 어린 나이에 도망치듯 집을 나와서 시녀가 되었어."

그녀는 다른 손으로 내 손등을 두들겼다.

"집은 당연히 가난했단다. 먹을 것이 없어서 막내를 먼 친척에게 보낸 날, 집에 불이 나서 모든 게 사라졌어. 원인은 밝혀지지 않았지만, 나는 안단다. 아마 환각제의 취한 아버지가 무슨 일을 저지른 거겠지."

메어리 님은 고개를 들어 천장을 바라보았다.

"우리 가족의 이야기는 그렇게 덮였단다. 그리고 나도 이제는 책장이 덮이길 기다리는 나이구나."

그녀는 다시 나와 시선을 맞췄다.

"죽을 때 돈을 가져가는 것도 아니니, 네가 가지렴. 절차는 잘 밟아 놓으마."

코가 시큰거리고 눈가가 뜨거웠다. 눈물이 나올 거 같아서 나는 입술을 깨물었다.

"선왕의 계셨던 때도 버텼는데, 내 어리석음에 무너졌구나."

"아직 결과는 나오지 않았잖아요."

"편안하게 기다리고 있단다."

"저, 메어리 님."

가슴이 답답해서 침을 꼴깍 삼켰다. 하지만 울컥 올라오는 건 가라앉지 않았다.

"저 약초 공부하기로 했어요. 디오 님이 키워 주신대요. 기미 능력이 있는 저에게 천직이라 생각해요."

그녀에게 잡힌 손이 뜨거웠다.

"아직 배우는 중이라서 약초 종류를 외우고 있어요. 효능별로 정리되어 있더라고요. 이걸 잘 조합하고 연구하면 효과 좋은 걸 많이 만들 수 있을 거 같아요."

나는 고개를 들어 메어리 님과 눈을 맞췄다.

"좋은 약 많이 만들어서 자잘한 병은 낫게 해 드릴게요. 제가 치료해 드릴 테니까, 오래 사셔야 해요. 메어리 님. 혹시 알아요? 수명이 팍팍 늘어나는 약도 만들지!"

밤색 눈동자가 깜박였다. 나는 애써 미소 지었다.

"저랑 오래오래 말 상대해 주세요."

다시 가슴이 답답해졌다. 울면 안 될 거 같아서, 애써 눈물을 참았다. 하지만 코끝이 찡해지더니, 결국 한 방울 찔끔 나와 버렸다.

"전 고아라서 가족이 없어요. 그래서 여기에서 만난 분들이 소중해요. 메어리 님도 제 몇 안 되는 소중한 분이세요. 그러니까 너무 아파하시지 마세요."

"니나야……."

메어리 님은 자리에서 일어나서 나를 꽉 안았다.

"아무도 없는 건 나도 마찬가지란다."

"왜 아무도 없어요. 아직 샬롯이 있어요. 제가요. 정말 주근깨에게 관심 없었는데요. 단 하나 부러운 게 있었어요. 메어리 님 같은 이모가 있다는 게 정말 부러웠어요."

"그렇구나."

한번 흐른 눈물은 하염없이 흘렀다. 메어리 님의 품은 참 포근해서, 더 마음이 아렸다.

"유산 필요 없어요. 그냥 건강하게 사세요."

그녀는 내 볼에 흐르는 눈물을 손수건으로 닦아 줬다.

"그냥, 받으렴. 내가 염치없고 미안해서 그래."

"싫어요. 필요 없어요."

메어리 님은 내 등을 토닥였다.

"니나야. 이런 늙은이한테 정을 많이 주면 안 된단다."

"왜 그런 말을 하세요."

"나 같은 고약한 늙은이에게 마음을 쓰면 어떡하니."

결국, 그녀의 목소리에도 물기가 어렸다.

"이 착한 것. 이걸 내가 이용하려고 했다니……."

어깨가 점점 축축해졌다. 우는 건 전염되는 걸까. 눈물이 도저히 멈추지 않았다.

결국, 우리 둘은 한참을 그렇게 울었다. 눈을 떴을 때는 이미 꽤 시간이 지나 있었다.

23

어설픈 위로

울어서 부은 눈가가 아팠다. 찬물로 세수해 봤지만 나아지
질 않았다. 나는 한숨을 쉬며 눈가를 꾹꾹 눌렀다. 열심히 지압
을 해 봤지만, 괜찮아질 거 같지 않았다.

'이 얼굴로 갈까, 말까.'

부둥켜안고 우는 바람에 메어리 님도 얼굴이 엉망이 되었
다. 한참을 우시고 나자, 그분은 트레이를 부탁하며 쉬시겠다며
숙소로 돌아가셨다.

'부, 부끄럽다!'

열다섯 살 니나라면 모를까 서른 살 중반인 내가 이래도 되
는 걸까.

'반성하자, 이화윤.'

실컷 울어서인지 마음은 가뿐했다.

우는 게 스트레스에 도움이 된다는 게 맞나 봐. 기운은 없는
데 희한하게 심장이 샤워한 기분이야.

나는 트레이를 끌고 안쪽 방 앞에 섰다. 병사들은 조용히 창을 내리고 문을 열어 줬다. 고맙다고 말하며 천천히 걸어갔다.

방 안은 조용하기 짝이 없었다. 들리는 것은 내 발소리뿐이었다.

'세라피는 어디에 있지?'

주위를 둘러보았지만, 그녀가 보이지 않았다. 눈에 띄는 건, 처음 뵙는 시녀님 한 분뿐이었다.

나는 다리를 굽혀 인사했다.

"처음 뵙겠습니다. 니나 케이지예요."

"난 셸리라고 해. 앞으로는 내가 종종 올지도 몰라. 아, 네가 기미 시녀구나."

"네. 잘 부탁드려요. 저, 부인께서는 어디 계시죠?"

셸리는 내가 밀고 온 트레이를 확인하고, 한쪽을 가리켰다. 나는 고개를 끄덕이며 그녀가 알려 준 방향으로 걸어갔다.

'이상하다. 지금쯤이면 기도할 시간인데…….'

나는 겹겹이 처진 커튼을 젖혔다. 붉은 노을이 창밖에 펼쳐졌다. 한 폭의 풍경화 같은 하늘을 잠시 보다, 고개를 돌렸다.

'아이고, 이를 어째…….'

성인 열두 명이 자도 될 것 같은 넓은 침대 위에서 그녀가 있었다. 기적의 성녀님은 시트를 머리까지 올린 채 미동도 하지 않았다.

'내가 미취학 아동일 때 가끔 저런 짓을 했는데…….'

동생이 아끼는 게임기를 망가트렸을 때 삐져서 저렇게 이불

밖으로 나오질 않았다.

시트 안에 있는 성녀님은 몸을 동그랗게 말아서, 꼭 엎어진 달팽이 같았다.

'움직이지도 않으니 원⋯⋯.'

나는 작은 목소리로 그녀를 불렀다.

"성녀님."

시트가 조금 요동쳤지만 그뿐이었다.

'어떡하지.'

나는 팔짱을 끼고 그녀를 바라보았다. 내버려두고 가도 되나. 배고프면 일어날까?

'안 돼.'

성녀님께 받은 은혜가 벌써 두 개였다. 하나면 모를까, 이대로 무시하기에는 양심이 찔렸다. 나는 한숨을 폭 내쉬었다. 아까 너무 대성통곡을 해서일까. 어째 머리가 어질어질했다.

"성녀니~임!"

이번에는 미동도 하지 않았다. 하는 수 없었다. 나는 침대 중앙으로 가기 위해 구두를 벗었다.

'침대 가에 계시면 이러지 않아도 되는데⋯⋯.'

침대를 밟고 갈까 살짝 고민했지만, 이곳은 폐하도 가끔 자는 곳이었다. 그래서 더욱 잘근잘근 밟아 버릴까 싶었지만, 겨우 스파이 혐의 벗어났는데 모독죄로 끌려가고 싶지 않았다. 하는 수 없이 나는 엉금엉금 기어갔다.

"성녀님, 괜찮으세요?"

동그랗게 몸을 말고 있는 성녀는 움직이지도 않았다. 나는 눈을 가늘게 떴다. 시트 자락이 달팽이 껍질처럼 보였다.

'노크해야 하나.'

달팽이 껍질은 두들기면 더 숨어 버리던데.

'조심하자.'

지금 예민하실 거야. 심정이 오죽하겠어.

'큰일이다. 난 사람 위로하는 거 서툰데……'

말 잘하고 싶다, 진짜. 어떻게 하면 슬픔을 덜어 드릴 수 있을까.

"성녀님. 뭐라도 조금 드세요."

힘들더라도 밥은 드셔야 해요. 입맛이 없다고 식사 안 하면 한번에 훅 가요. 게다가 성녀님은 평소에 드시는 것도 걸그룹 식단이잖아요. 그것마저 안 드시면 큰일나요.

세라피는 여전히 미동도 하지 않았다. 대화를 거부하는 그녀가 안쓰럽기 그지없었다.

'일단 저 껍질이 문제야.'

나는 시트를 만지작거리다 결심했다. 조심스럽게 다가가려고 했지만, 그녀는 연약한 존재였다. 적어도 수프라도 먹으면서 우셔야 했다.

성녀님, 먹고 힘든 거와 굶고 힘든 거는 많이 달라요.

"들어갈게요."

나는 침대 모서리까지 기어가서 시트 안으로 들어갔다. 그러고는 그녀를 향해 꾸물꾸물 나아갔다.

'침대가 크니까 이런 일도 하는구나.'

그때도 느꼈지만, 무식하게 큰 침대였다. 나는 숨을 몰아쉬면서 시트 한쪽을 터놓는 걸 잊지 않았다.

'혹시 모르잖아. 세상에 수많은 죽음이 있지만, 시트 아래에서 산소가 모자라서 변을 당하고 싶진 않아.'

나는 침을 꼴깍 삼켰다. 항상 볕에 말리는 시트였지만, 그래도 먼지가 있는지 목이 칼칼했다.

얇은 시트 아래로 햇살이 은은하게 들어왔다. 그 안에 흐트러진 세라피가 보였다. 참 이상한 기분이었다. 항상 단정한 그녀만 봐서일까. 한쪽으로 돌아서서 넋 놓고 있는 그녀는 가련하기 짝이 없었다.

진짜 있는 거 없는 거 다 빼서 도와주고 싶을 정도로 불쌍했다.

'괜히 서시빈목(西施矉目)이라는 말이 있는 게 아니야.'

니나가 저러고 있어도 이렇게 예쁠까?

나는 바로 고개를 저었다. 정말 쓸데없는 생각이었다. 하지만 미모의 힘이 대단하긴 했다. 그렇게 누워 있는 그녀는 물에 젖은 장미 같았다.

나는 다시 세라피에게 기어갔다. 그녀는 눈을 감고 있지 않았다.

'눈높이를 맞춰야겠지?'

이래도 되나 싶었지만 별수가 없었다. 나는 시트 아래에서 세라피를 향해 옆으로 돌아누웠다.

그녀는 나를 빤히 바라보았다. 얼마나 오랫동안 보는지 눈을 깜박이는 게 큰 움직임처럼 느껴졌다.

"니나야."

"예. 성녀님."

옥구슬 굴러갈 거 같은 맑은 성녀님의 목소리가 갈라졌다. 이름을 불러서 대답했지만, 그다음 말은 없었다.

어쩔 수 없어서, 나는 조금이라도 웃었다.

'화, 화를 내려나.'

만약 화를 낸다면 받아 줘야지. 사람이 혼란스러우면 그럴 수도 있으니까. 인생이 뒤흔들릴 정도로 충격을 받았을 텐데, 나 하나로 참아 줬으면 좋겠다. 나야 수틀리면 다시는 안 봐도 되는 사람이니까 말이야.

하지만 그녀는 화를 내지 않았다.

"네가 몇 살이지?"

왜 뜬금없이 나이를 물어보는 걸까.

"막 열다섯이 되었어요."

"그렇구나. 네 나이대에 난 성녀가 되었어."

세라피는 담담하게 말했다.

"그 전에는 성녀 후보였어. 그런데도 보좌 시녀님은 날 소중하게 대해 줬지. 난 물 한번 따라 본 적 없어. 내 몸도 스스로 씻어 본 적도 없어. 항상 다른 이들이 대신해 줬어."

정말 귀하신 몸이었네요.

'하긴 일반적인 왕족이 이렇긴 하지.'

시녀를 막 들고 다니는 폐하가 이상하지.

"헤진 걸레로 바닥을 닦는 수녀가 나랑 동갑이었어. 이상해서 물어봤지. 저 수녀님과 제가 무엇이 다른가요. 그러니까 보좌 수녀님이 대답했어."

그녀의 목소리는 착잡하기 그지없었다.

"그건 당신이 신의 대리자이기 때문입니다. 기적을 일으킬 몸은 칭송만 받으시면 됩니다. 대신 성녀님은 순결과 청빈의 의무가 있습니다. 저희가 모든 것을 다 해 드릴 테니 욕심을 가지지 마세요. 성녀님께서 죄의 아버지인 욕심을 잉태한 순간, 기적의 힘은 흐트러집니다."

얼굴이 저절로 찌푸려졌다.

'저거 사실일까?'

교단 놈들이 한 말을 믿을 수 있나? 걔네들은 콩으로 메주를 쑨다 해도 못 믿을 거 같던데.

"나는 욕심을 부리면 안 돼."

성녀는 내 볼에 손을 얹었다.

"바라는 것이 있어도 안 돼."

손길은 새털처럼 부드러웠다.

"먹고 싶은 것이 있어도 안 돼."

아련한 손길이 그녀 같아서, 나는 그녀의 손을 마주 잡았다. 가느다란 손가락이 겹치자 이상하게 마음이 애달파졌다.

"성녀의 의무를 저버린 순간, 기적의 힘이 쇠퇴할 테니까."

"그게 사는 건가요."

한숨이 저절로 나왔다. 정말 이건 아니지 않나요.

"사람이 그렇게 살 수 있어요?"

아무것도 바라지 않고 병자만을 치유한다는 게 말이 되나? 로봇도 그건 불가능할 것 같았다.

'인공지능도 보상을 줘야 게임을 한다는데 수양해서 깨달음을 얻는 것도 아니고 다짜고짜 욕망 자체를 금지하다니…….'

진짜 이상한 것들이네.

'말만 청빈이지 그냥 돈 쓰기 싫어서 핑계거리 만든 거 아니야?'

아무리 그래도 황금알을 낳는 거위인데 먹이라도 잘 줘야지.

'눈을 가리고, 귀를 막고, 입을 막고 아주 잘하는 짓이다. 자기들은 할 거 다 하고 살던데. 사람을 뭐로 보고. 못된 것들. 천벌받아라.'

내가 툴툴거리니 성녀님은 희미하게 웃었다. 파리한 얼굴에 드러난 웃음이 너무나 안쓰러웠다.

"그렇게 살아야 해. 나는 성녀니까."

그녀는 계속 내 볼을 쓰다듬었다. 살짝 닿은 온기가 애달프기 그지없었다.

"하지만 내 역량이 모자랐는지, 자꾸만 욕망이 생겼어."

"그건 당연한 거 같은데요."

세라피의 손가락이 볼을 타고 내려갔다. 그녀는 내 귀밑머리를 매만졌다.

"니나야. 나는 자유롭게 세상을 구경하고 싶어."

가련한 목소리가 귓가에 닿았다가 흩어졌다.

"커다란 마차를 타고 다녔지만, 창문을 쉽게 열 수 없었어.

가끔 마차가 갈 수 없는 길로 가야 할 때만 밖을 구경했어. 물론 그것도 베일을 쓴 채였지만 말이야."

그녀는 담담하게 말했지만, 나는 가슴이 아팠다.

"풀 냄새를 맡을 때마다, 베일 안으로 파고드는 바람을 느낄 때마다, 지저귀는 새를 볼 때마다 참을 수 없는 느낌이 들었어."

그녀는 내 귀밑 머리카락을 귀 뒤로 넘겨 줬다.

"그래서 은퇴를 기다렸는지도 몰라."

깊은 한숨이 저절로 나왔다. 이건 너무나 답답한 삶이었다.

"기적의 힘이 약해지지 않게 노력했지만, 사실 다 버리고 편해지고 싶었어."

그야 당연히 그렇겠죠. 사람이라면 그럴 수밖에 없죠.

"하지만 그 사람의 말이 맞아."

손가락이 목선을 타고 내려가 어깨에 닿았다.

"난 내가 서 있는 자리를 몰랐어."

세라피의 손가락에 힘이 들어가는 게 느껴졌다. 그 모습이 안쓰러워서 나는 그녀를 안았다. 향긋한 냄새가 느껴졌다. 오랜만에 느끼는 그녀의 체취였다. 나는 눈을 감았다.

'성녀가 폐쇄되어 산 것을 이미 오래전에 알았을 텐데⋯⋯.'

친애하는 폐하께서는 왜 그렇게 냉정한 걸까. 진짜 그때 세라피가 쓰러지지 않은 게 용했다.

'하긴 원래 그런 성격인 것 같긴 해.'

강함과 통찰력으로 무장한 냉정하고 날카로운 왕. 원작에는 그저 글로 쓰여 있을 뿐이었지만, 상대해 본 나는 사무치게 깨달았다.

"어떡하지?"

그녀의 목소리가 떨렸다.

"죽기는 싫어."

진짜 못된 새끼들.

"나는 성녀의 인장을 위한 바구니였다는 걸 왜 이제야 안 걸까."

나는 그녀를 안은 팔에 힘을 줬다. 세라피도 더 단단하게 나를 껴안았다.

"니나야, 어떡하지?"

그녀는 힘없이 속삭였다.

"무서워."

목소리에 울음이 섞였다. 나는 작게 숨을 내쉬었다. 어떤 말이 이 사람에게 위로가 될까.

'두려운 게 당연하지.'

이용당하고 버려질 운명이란 걸 알면 당연히 그렇겠지.

'나라면 화가 났겠지만······.'

아주 분노가 치밀어 올랐을 거야. 이판사판 공사판 되어서 배 째라고 드러누웠을지도 몰라.

'그런데 성당 새끼들은 드러누우면 칼로 매우 쳤겠지?'

그러고도 남지, 그놈들은.

나는 그녀의 등을 토닥였다.

'게다가 나도 감옥에 있었을 때는 정말 무서웠어.'

몸을 부딪쳐 저항해도, 목소리로 힘껏 외쳐도 당해 낼 수 없는 걸 겪으면 정말 기분 더러울 거 같아.

'절망의 나락에서 발끝이 무너진 기분일 거야.'

흐느낌이 심해졌다. 나는 계속 그녀의 등을 토닥였다.

착하고 아름다운 성녀님.

TL 소설 속 여주인공.

'안쓰러워 죽겠네.'

설마 친애하는 폐하와 맺어지지 않아서, 이런 결과가 나온 걸까.

'뭐가 낫냐고 물어보면 내 기준에서는 이게 나은 거 같은데…… 만약이라고 가정하는 게 다 부질없긴 하다.'

세라피는 성당에서 온 고아라서 날 좋아했을 텐데. 신이 싫다고 한 나를 안고 울다니, 우리 성녀님 불쌍해서 어떡하지.

"여긴 성당이 아니잖아요."

이베리아예요. 물론 납치당하셨지만요.

'도긴개긴인데 여기가 낫다고 말하기도 어렵네.'

그렇다고 답이 있는 것도 아니야.

'복잡하다.'

한숨을 폭 내쉬니, 그녀가 말했다.

"왕은 나에겐 너무나 잔인해."

나는 고개를 끄덕였다. 맞아요.

"니나한테는 아니지? 그 사람, 니나는 좋아하는 거 같아."

깜짝 놀라 어깨가 크게 요동쳤다. 아니 이게 무슨 말인가요.

"그, 그래 보이나요?"

나는 곰곰이 생각해 봤다. 하긴 표면적으로 보면 더없이 다정한 사람이었다. 막 안고 다니고, 살려 주겠다고 하면서 어떻게 하고 싶냐고 물어보기까지 한다.

'하지만 세라피 당신을 위해서 날 이용했다고 말하면 누가 믿을까.'

입안이 씁쓸했다. 그런데 필요해서 무시할 수도 없어요. 망할 절대권력! 이러지도 저러지도 못해서, 제가 주급 두 배로 넘어가겠다고 했어요.

'이화윤, 넌 자존심도 없니.'

조금 좋아했어요. 아주 조금이지만요. 그 얼굴로 다가오는데 어떤 여자가 싫어할까 싶긴 하네요.

'외모에 속았다 칩시다.'

나는 조금 웃었다. 왜 이렇게 먼 과거처럼 느껴지는 걸까. 어쩌면 시작일지도 모르는데 말이다.

'지겨울 때까지 기다린다니…….'

제가요. 그 사람 관심이 식을 때 얼씨구나 하고 직업을 갈아탈 예정인데요. 막상 그때 되면 시원섭섭할 거 같긴 해요.

"폐하가 누군가를 좋아하는 게 가능은 할까요?"

연애도 결혼도, 심지어 사랑도 정치적인 수 싸움이지 않을까요.

생각해 보니, 매사가 그런 분이긴 하네요. 친애하는 폐하께서는 잘생기고 멋지고 아름다우시며 강하신데, 가시 돋친 장미세요.

416

"니나는 왕을 좋아해?"

"그런 감정을 품을 대상이 아니에요."

아무리 마음은 자유라지만, 저는 더 다치고 싶지 않아요. 게다가 저는 시녀잖아요. 고용인과 피고용인의 사랑은 현대에서도 매우 힘듭니다.

"난 그 사람이 무서워."

"저도 무서워요."

세라피는 울먹이면서도 조금 웃었다.

"내가 그를 무서워하는 이유는 니나랑은 달라."

아니 이건 또 무슨 말일까.

"저랑 어떤 점이 달라요?"

"글쎄."

그녀는 내 머리를 쓰다듬으며 말했다.

"비밀이야."

"예?"

"말할 수 없어."

당연히 그녀가 말할 줄 알았는데, 비밀이라고 하자 새끼 고양이 앞발로 한 방 맞은 거 같았다. 아프진 않은데, 너무 의외여서 할 말이 사라졌다.

'궁금하다.'

겨드랑이 간질이면서 대답하라고 협박하면 순순히 말할 거 같은데 확 해 버릴까.

이런저런 생각을 할 때였다. 그녀는 다시 나를 껴안았다. 익숙한 체향을 느끼며 나는 다시 등을 토닥였다.

'좀 이상해.'

그녀가 나를 안을 때마다 심장이 뜨거웠다. 마치 새빨갛게 달아오른 쇠붙이가 가슴에 엉겨오는 느낌이었다.

아프지는 않았다. 하지만 너무나 이상했다. 필요 없는 게 달라붙는데 뗄 수가 없어서 답답했다.

그래서일까, 왠지 머리가 어질어질했다.

"어떡하지. 무서워."

나는 그녀의 등을 다시 두들겼다. 그녀의 마음을 환기할 만한 단어를 찾았지만, 영 떠오르지 않았다.

"성녀님, 제 말을 적당히 거르고 들어 주세요."

세라피는 팔에 힘을 풀고 나를 내려다보았다. 좋은 향기가 나고 푹신했지만, 악력 때문에 숨이 막히는 것도 사실이어서 한시름 놓았다.

"저도 이 나라에 온 지 얼마 안 돼서 잘 모르지만요……."

이 말을 해도 되는 걸까.

"폐하와 거래를 해 보세요."

그녀의 눈이 동그래졌다. 나는 작게 숨을 내쉬면서 서둘러 덧붙였다.

"폐하께서는 통찰력이 대단하신 분이에요. 말할 때마다 머리부터 발끝까지 숨겼던 것들이 모조리 털리는, 아니 들키게 되는 느낌이긴 해요. 냉정하고 야멸차며 날카롭기가 이루 말할 수 없지만 그래도……."

나는 그녀에게 작게 속삭였다.

"말은 통해요."

목석같이 아무것도 안 통하는 상대는 아니에요. 잘해 보세요. 성녀님. 차라리 거래하면 잘 될 수 있어요. 앞으로 얌전히 당신의 고통을 덜어 줄 테니까, 뭐라도 내놓으세요 하면 의외로 오케이 사인이 떨어질지도 몰라요.

'물론 제가 제안한 거래엔 대답이 없지만요.'

주급 두 배 주는 게 그렇게 아까운가. 왜 내버려두는 거지. 아껴서 아주 잘살겠습니다. 폐하.

"성녀님은 중요하신 분이니까 무시하지 않으실 거예요."

저는 무시하지만요.

"아, 성녀의 권위가 다칠 수는 있어요. 그건 각오하셔야 해요."

내 말에 그녀는 살포시 웃었다.

"아무것도 없는데, 그대로 살았으면 죽었을 텐데……."

내 볼을 쓰다듬는 손길이 애달팠다.

"권위라니. 내게 남은 게 뭐가 있겠니. 난 이미 모든 걸 내려놨어, 니나야."

시트 아래에서 슬프게 웃는 세라피는 너무나 아름다웠다. 그녀의 처지가 안타까워서 눈물이 나올 거 같았지만, 한편으로는 마음을 놓았다.

'다행이다.'

성녀님께서 고집 피우면서 세상이 싫고 사람이 밉다며 물건 던지면 어떡하나 살짝 걱정이었는데요. 천지 분간 못 하는 사람이 아니어서 안심이에요.

'의외로 현실적이네.'

강제로 껍질을 벗게 된 새끼 새는 어떻게 될까. 날갯짓을 연습해서 날아오를까, 아니면 그대로 주저앉게 될까.

"니나 말대로 해 볼까?"

세라피는 조금 웃었다.

"어떤 거로 거래할까? 뭘 하고 싶다는 부탁도 들어주려나? 나 배우고 싶은 게 많거든."

"어떤 걸요? 바느질이요?"

"그것도 좋지만, 사실은 말이야."

그녀는 한쪽 손으로 입을 가리며 웃었다.

"지리를 공부하고 싶어."

정말 의외였다. 학술적이네요, 성녀님.

"여러 곳을 다녔지만 내가 어디를 갔는지 기억 못 해. 니나야, 나는 세상에 대해 알고 싶어. 다른 이들이 어떻게 사는지, 무엇을 먹는지 아무것도 몰라."

그녀는 다시 나를 안았다.

"아무것도 모르는 건 이제 싫어. 그리고 다시는 그 남자한테 무시당하고 싶지 않아."

나는 그녀의 등을 토닥였다.

"다시는, 다시는 내 무지로 인해 누군가가 다치지 않았으면 좋겠어."

어깨가 축축해졌다. 젖어가는 옷자락을 느끼면서 나는 눈을 감았다.

참 그녀답다는 생각이 들었다.

'매력적인 사람이야.'

원작에서 왜 그 폐하가 세라피에게 집착했는지도 알 것 같아.

'보석처럼 빛나는 사람 같아.'

참 선량해. 햇살보다 반짝이는 백금발과, 부드러운 하얀 피부가 전부인 이가 아니야. 이 사람은 마음이 너무 예뻐.

나조차도 아무 이유 없이 지켜 주고 싶었다. 물론 내 코가 석 자라서 한 발짝 뒤로 물러서지만, 할 수 있는 범위에서 모든 걸 해 주고 싶었다.

"니나야. 어떻게 하면 샬롯을 살릴 수 있을까."

나는 눈을 떴다. 세라피 품에서 금빛 햇살이 어른거렸다.

'세뇌에 당한 것뿐이긴 한데…….'

섣불리 판단을 내릴 수 없었다. 최소한 정신이 돌아오기라도 해야 할 텐데.

'오빠가 죽었다는 걸 받아들일 수 있을까.'

그것이 무서워서 넋이 나갔다고 여기면, 너무 얕은 생각일까.

'정신과는 겉핥기로만 알아서 모르겠다.'

이베리아는 세뇌로 죄를 저지른 사람을 어떤 방법으로 처리할까. 분명 이번이 처음은 아닐 텐데 말이다.

"그 애가 너무 불쌍해."

문득 원작이 떠올랐다.

세라피. 세라피는 원작에서 니나가 서쪽 탑에 갇혔을 때도 이랬나요.

'그랬을 거 같아.'

이렇게 보석 같은 사람이면 당연히 그랬겠지.

'웬만하면 나가게 할 텐데……'

죄는 죄지만, 그렇게 대역죄는 아니었을 텐데. 게다가 죽고 못 사는 세라피의 부탁이면, 아무리 왕이라도 들어줬을 텐데.

'왜 니나는 서쪽 탑에서 죽은 걸까.'

뭔가 다른 이유가 있는 걸까.

'여태까지는 그냥 넘어갔는데 수상해.'

니나의 피에 이상한 기능이 있어서일까. 이번에는 눈감을 수가 없었다.

'잠이 오는 피라니.'

별거 아닌 거 같아도 상황에 따라서는 위험했다.

'호위 기사를 바늘로 찔러서 잠들게 하면 폐하를 해칠 수도 있는 거 같은데……'

폐하는 왜 나를 곁에 두려고 하는 걸까.

나는 한숨을 폭 내쉬었다. 깊이 생각하니 복잡하기 그지없었다. 열심히 가정했지만, 정답을 알아낼 수 없었다.

'알아서 하겠지.'

할 만하니 했겠지. 더럽게 강해서 괜찮은가 보다. 내가 신경 쓰지 말자.

'난 열심히 약초 공부를 하면 되는 거야.'

계속 그녀의 등을 두들기고 있을 때였다. 어느 순간 그녀의 목소리가 들리지 않았다. 나는 살짝 고개를 들었다.

고른 숨소리가 느껴졌다.

'잠드셨네.'

등을 두른 팔을 살짝 내려도 미동도 없었다. 나는 애벌레처럼 꾸물꾸물 움직여서 그녀의 품에서 벗어났다.

'아주 깊게 드셨어.'

그동안 계속 침대에 누워 있었지만, 잠은 못 잔 걸까.

나는 한숨을 쉬며 머리까지 덮인 시트를 잡아당겼다. 하얀 세상이 사라지자, 금빛 햇살이 그녀의 피부 위에 부서졌다.

나는 그녀의 엉망이 된 머리를 뒤로 넘겨 줬다.

"주무세요, 성녀님."

자고 일어나면, 뭔가 달라질 거예요.

"뭐라도 드시게 할걸."

우리 성녀님, 기운 없을 텐데.

이런저런 생각을 하며 침대에서 일어나려고 할 때였다. 순간 몸에 힘이 풀리며 그대로 엎어졌다.

'난 또 왜 이래.'

난 밥도 먹었는데 왜 또 픽픽 쓰러지나요.

'다리가 풀린 거 같은데?'

내가 밥 먹고 뭐 했더라? 여기 온 게 끝인데? 아니, 여태까지 한 일이라곤 세라피랑 침대에서 뒹굴뒹굴한 거밖에 없잖아!

'니나 무슨 병 있는 거 아니야?'

일어나려고 용을 써 봤지만, 허벅지에 힘이 들어가지 않았다. 하는 수 없이 침대 끝에서 천장을 보며 누웠다.

'심장이 두근거려.'

아까부터 가슴이 심하게 요동쳤다. 야근할 때 에스프레소를 아메리카노 마시듯 넘겼을 때 이랬었다. 아프지는 않지만 불쾌한 감각이 계속 이어졌다.

'심혈관 질환은 아닌 거 같은데……'

그건 내가 이화윤일 때 아파 봐서 알았다. 심장에 문제가 있으면 굉장히 고통스러웠다.

"스승님께 진료라도 볼까."

도대체 왜 이런 걸까.

안쪽 방은 조용하기 그지없었다. 가끔 커튼이 바람에 부딪히는 소리가 다였다. 한숨을 쉬며 다시 다리를 움직이려 할 때였다.

"어머, 왜 그러니?"

아까 보았던 시녀의 목소리가 들렸다. 나는 성녀를 손가락으로 가리키며 속삭였다.

"겨우 주무셨어요."

안심됐는지 시녀의 얼굴에 웃음이 배어 나왔다.

시녀는 내 곁으로 쪼르르 와서 작은 목소리로 말했다.

"다행이다. 먹지도 주무시지도 않았거든."

"일어나면 배고프실 거예요."

"음식을 준비해 놔야겠네. 그런데, 너는 왜 그러니?"

나는 다시 몸을 일으키려다 도로 누워 버렸다.

"힘이 빠졌어요."

시녀님은 입으로 손을 가린 채, 나를 바라보았다.

"어머나!"

"죄송하지만, 좀 도와주세요. 여기서 계속 이렇게 있으면 안 될 거 같아요."

화려하게 장식된 천장이 눈이 아팠다. 시녀는 고개를 끄덕이며 내 어깨를 잡고 천천히 일으켰다.

"침대에서 나가면 사람을 불러 줄게."

"부탁드려요. 바로 병동에 가 봐야 할 것 같아요."

"왜 그런 거니?"

"모르겠어요. 어디 아픈가 봐요."

니나가 아직 작아서일까. 시녀 한 분이 부축하는데도 쉽게 걸어 나올 수 있었다.

'기분 탓인가?'

세라피에게 멀어질수록 다리에 힘이 들어갔다.

'희한하네. 성녀님이 내 혈당을 다 잡아 드시나. 왜 멀어지니 좀 낫지?'

문 쪽으로 가자, 그럭저럭 걸을 수 있었다. 시녀님은 병사에게 말했다.

"사람 불러 주세요. 혼자 보내면 안 될 거 같아요."

"아니에요. 갈 수 있어요."

"안 돼. 지금 보니까 안색도 안 좋아. 가만있어 보자……."

시녀는 내 이마에 손을 대고 체온을 쟀다.

"너, 열나."

나는 어색하게 웃었다. 그러고 보니 뒷덜미도 좀 축축했다.

'식은땀이 난다.'

진짜 나나 무슨 병 있나. 심장은 쿵쾅거리고, 체온은 올라가고, 땀도 났다.

그때 안쪽 방을 지키고 있던 병사 한 분이 말했다.

"내가 데려다주지."

"부, 부탁드려요."

병사는 한쪽 무릎을 꿇고 등이 보이게 돌아섰다.

"업히렴."

나는 병사의 널찍한 등을 바라보며 작게 한숨을 내쉬었다.

'이래도 되는 걸까.'

부축만 해도 충분할 거 같은데…….

"이게 더 편해서 그래. 업히렴."

나는 고개를 살짝 끄덕였다. 하긴 힘이 좋으면 부축보다 업는 게 더 편하긴 하지. 염치는 좀 없지만, 구급차라고 생각하자.

나는 우물쭈물 병사에게 다가가 등에 몸을 겹쳤다. 병사는 아무렇지도 않게 내 엉덩이를 받치고 일어났다.

꽤 익숙해 보이시네요. 딸이나 조카가 있으신가요.

"미안하다. 조금만 참으렴."

뭐가 미안하다고 하는 거지? 아, 엉덩이 받친 거 때문에 그런가?

"아니에요. 괜찮아요."

"숙녀의 몸에 손을 댄 건 실례지."

"안 받쳐 주시면 제가 미끄러지잖아요."

병사는 피식 웃으며 천천히 걸음을 옮겼다. 오늘 처음 만난 시녀님은 문밖까지 배웅했다.

'이게 뭐람.'

몸이 아프니까 별일을 다 겪는구나. 한숨을 쉬자, 병사가 말했다.

"미안하다."

굉장히 뜬금없었다.

뭐, 뭐가요? 머릿속을 뒤져봐도 이번에는 사과하실 일이 없으신데요?

"아팠니? 그때 내 칼에 목을 살짝 베여서 내내 미안했단다."

아니 이건 또 무슨 말이람. 나는 내 목을 쓰다듬었다. 내가 이곳이 베인 일이 있던가?

"아!"

나는 그제야 이 병사님이 뭐가 미안하다는 건지 깨달았다.

'나 잡아간 사람이구나.'

성녀님이 쓰러지셨을 때 포박한 병사님 중 한 분이신가.

"몰랐어요."

"미안하다."

"아니요. 괜찮아요. 신경 쓰지 마세요. 기억도 못 한 걸요."

"내가 칼날을 너무 들이밀었어. 상처가 난 게 내내 신경 쓰였는데, 잘 아물어서 다행이야."

아니 뭐 그런 걸 고민하고 그래요.

'아니다. 나라도 신경은 쓰이겠다.'

아무리 일이라도 아이에게 칼날 들이밀어서 상처 입히면, 가슴이 따끔거릴 거 같아. 게다가 그 애가 죄 없는 게 밝혀지면 더하겠지.

'그런데 난 정말 기억 못 했는데……'

목에 상처 낸 병사가 이 병사인지도 이제야 알았다.

"몸은 괜찮니?"

"아, 네! 기분 탓인지 모르겠지만 열도 좀 덜 나는 거 같아요."

"긴장이 풀리면 원래 아픈 법이야."

나는 흔들리는 복도를 보면서 피식 웃었다.

"그러게요. 아플 법도 하네요."

그런데 긴장을 풀 수는 없어요. 아직 일이 다 안 끝났거든요. 오히려 시작하는 일도 있어요.

'폐하는 언제 대답을 주시려나.'

설마 어물쩍 넘어가는 건 아니겠지?

'그럴 거 같기도 하고 아닐 거 같기도 하고……'

그 사람 마음을 내가 어찌 알리오.

'복잡하다.'

최고 권력자에게 거래를 요구하면 이럴 수도 있군요. 그때는 이걸 생각 못 했네요.

"쉬어야 해. 우리도 전투나 험한 훈련이 끝나면 꼭 휴식을 취한단다. 이걸 안 하면 몸이 축나서 이 일을 오래 못해."

"나름대로 잘 먹고 잤는데도, 몸이 이러네요."

"쉬는 동안 잡생각 했니?"

순간 조금 놀랐다. 아니, 어떻게 아셨을까. 명동에서 돗자리 까서도 되겠네요. 병사님.

"고민거리가 있어도 머리를 비우지 않으면 안 된단다. 얘야."

"그, 그렇네요."

하도 생각할 게 많아서 내 몸이 이렇게 된 걸까.

"고민해도 어쩔 수 없는 건 과감하게 포기하는 것도 방법이란다."

피식 웃음이 나왔다.

'벌써 포기했어요.'

애초에 그 사람의 마음을 바란 것도 아니지만요.

"병사님 말이 맞아요."

나는 웃으면서 허리를 조금 폈다. 기분 탓인지 안쪽 방에서 멀어질수록 두근거림이 사라졌다. 식은땀도 덜 나는 거 같았다.

"정말 피곤해요. 잠을 자고 싶어요. 아주 편한 잠이요. 오래 잤으면 좋겠어요. 자고 일어나면 몇 년이 지나 있으면 얼마나 좋을까요."

병사는 내 말에 대답하지 않았다. 그는 묵묵히 복도를 가로 질렀다. 나는 한숨을 폭 내쉬었다.

친하지도 않은 사람한테 무슨 말이니. 너무 나갔어. 돌아오렴, 이화윤.

'잘한다. 몇 년 자고 싶다니 네가 무슨 잠자는 숲 속의 미녀냐.'

아니다. 잠자는 숲 속의 공주님보단, 야근 계속하며 상사에게 시달리는 직장인의 피로함에 가까운가.

'뭐든 열다섯짜리 아이가 할 말은 아니긴 하네.'

나는 병사의 등을 보며 한숨을 내쉬었다. 잊어 달라고 하면 잊어 줄까.

'그래도 좋은 사람이다.'

그냥 넘어가도 좋은 일에 사과까지 하다니. 성숙한 책임감이 느껴져.

'이런 면에서 이베리아는 참 좋은 나라 같단 말이야.'

그러고 보니 만났던 사람의 대부분이 괜찮은 이였다. 나는 스승님과 레오를 떠올렸다.

'아니다. 내가 운이 좋은 거 같다.'

그러게. 아무리 내가 사회생활의 모든 기술을 다 쓴다고 해도, 나쁜 이들을 만나면 친절은 기대할 수도 없겠지.

주근깨 같은 애들만 한 다스 있었다면, 나도 만인에 대한 만인의 투쟁이었을 거야.

"기운 내렴. 이제 괜찮겠지."

나는 피식 웃으며 다리를 까딱거렸다.

"그러게요. 좋은 날이 오겠죠."

병사가 웃어서 떨림이 느껴졌다. 그는 내 엉덩이를 추어올리며 말했다.

"너 꼭 우리 엄마처럼 말한다?"

"어머나! 제가 좀 어른스럽긴 하죠!"

화기애애한 대화를 나누는데 갑자기 병사가 멈춰 섰다.

"어라?"

나는 무슨 일인가 병사 등뒤로 고개를 빼꼼 뺐다.

'아니, 왜 이 시간에 여길 지나가.'

복도가 만남의 광장인가요. 카스텔리움성 은근히 작은 곳인가요. 그러고 보면 꽤 많이 만났는데, 이게 어떻게 가능한가요.

나는 고개를 푹 숙였다. 그래 봤자 다리가 보일 거 같지만 그래도 얼굴은 숨기고 싶었다.

병사는 복도에 끝에 서서 허둥지둥 창을 수직으로 세웠다. 보고 있을 때는 몰랐는데, 업혀 있어서일까. 병사님이 긴장하는 게 느껴졌다.

폐하는 천천히 걸음을 옮겼다. 나는 그가 지나가길 기다렸다.

'이건 무슨 마음일까.'

그가 시선을 돌리면 좋겠다는 바람과 만나기 싫다는 마음이 충돌했다. 나는 입술을 조금 깨물었다.

'돌리면 어쩔 거야.'

춤이라도 출 거야?

'싫으면 또 어쩔 거야.'

폐하 얼굴 보기 싫다고 콧방귀라도 뀔 거야?

'제발, 상황을 좀 보자. 이화윤아.'

저 사람은 친애하는 폐하고, 넌 약초를 공부하려는 시녀야. 정신 차려!

'뭐, 사실 그 시녀는 소설 속에서 들어왔으며 현대 문물 사이

에서 살았던 경험이 있습니다. 이걸 추가하면 좀 다르긴 한가?'

그렇다고 그게 그렇게 큰 도움이 되지는 않지만 말이야.

'새삼스럽지만 복잡하다.'

익숙해졌지만 이거 말하면 정신이 이상한 줄 알겠지? 진지하게 미쳤다고 생각할 거 같아.

그렇게 꿍얼거리고 있을 때였다. 갑자기 엉덩이를 받쳤던 병사의 손이 사라졌다. 순식간에 몸이 갑옷을 타고 미끄러졌다.

쿵—

엉덩이가 바닥에 떨어지는 소리가 생생했다. 갑작스러운 난리에 나는 눈을 깜박였다.

지금 무슨 일이 일어난 거지.

"미, 미안! 괜찮니?"

나는 카펫과 병사를 번갈아 보았다.

상황은 간단했다.

'갑자기 손을 빼서 엉덩방아 찧은 거구나.'

병사님은 허둥지둥 손을 내밀었다. 나는 그의 손을 잡고 자리에서 비적비적 일어났다.

엉덩이에 얼얼한 둔통이 느껴졌다.

아무래도 멍들었겠지? 오래 가려나? 아, 이 몸은 회복이 빠르니까 금방 없어지나?

나는 허벅지를 살짝 움직여 봤다. 다리는 잘 따라왔다. 허리도 괜찮고 팔도 괜찮았다. 하지만 놀라서인지 머리가 좀 먹먹했다.

"괜찮은 것 같아요."

심장이 다시 벌렁벌렁했다. 가슴에 손을 얹고 심호흡을 할 때였다. 까만 머리카락이 한 줌이 나와 병사의 사이에 파고들었다.

낮은 목소리가 귓가에 스쳤다.

"무슨 일이지?"

병사는 재빨리 몇 걸음 물러섰다.

나는 물끄러미 그를 바라보았다. 어제도 잘생겼던 폐하께서는 오늘도 휘황찬란한 미모를 뽐내셨다.

내일도 기대되네요. 별로 보고 싶진 않지만요.

"제, 제가 아이를 놓쳤습니다. 스, 습관적으로! 차, 창을 들다가!"

아이고, 딱해라. 병사님이 말을 제대로 못 하셨다. 나는 웃으면서 일단 다리 한쪽을 굽혀 인사부터 했다.

"제가 몸이 안 좋아서, 병사님께서 데려다주시는 중이었어요. 제가 다리를 버둥거리는 바람에 놓치셨나 봐요."

폐하는 변명하는 나를 내려다보았다. 그 구도에서 보는 미남의 얼굴은 더 없는 예술 작품 같았다.

눈이 부실 정도로 미남이시네요. 뭘 먹으면 그렇게 잘생기나요. 미남 폐하. 그런데 왜 답을 안 해 줘.

하고 싶은 말이 많은데, 나는 웃기만 했다.

'다 아시겠지?'

대답이야 그렇다 쳐도 이건 쉽게 쉽게 넘어갑시다. 병사님 불쌍하잖아요.

'별거 아니기도 하고요.'

몸이 아파 보여서 등에 업은 시녀를 놓친 게 뭐 대수라고.

"짐의 토끼는 허약해서 큰일이군."

이런 내 마음을 아는지 모르는지. 왕은 내 뺨에 손을 얹었다.

"미열이 있군. 병동에 가는 길이었나?"

거참 보지도 않았는데 척 아시네요.

나는 고개를 끄덕였다.

"저런."

그는 조금 웃더니 나를 아무렇지도 않게 안아 들었다. 나는 들썩이는 몸을 느끼며 한숨을 내쉬었다. 이제는 뭐라 할 말도 없었다.

말려 봤자 들을 양반도 아니지. 그래요. 마음껏 들어올리세요.

"짐이 데려다주지."

"가, 감사합니다?"

"토끼는 짐의 은혜를 가볍게 여기는군."

나는 한숨을 폭 내쉬며 그를 바라보았다. 은은한 미소가 폐하의 얼굴에 걸려 있었다.

'동생이 우리 집 똥개가 웃기는 짓 하면 저런 표정이었는데……'

이 사람 나를 진짜 토끼로 아는 건가.

'성은이 망극합니다 라도 하라는 건가?'

나는 폐하의 어깨에 손을 얹으며 속삭였다.

"진심으로 감사합니다."

붙어 있어서, 그의 몸이 웃음으로 떨리는 게 느껴졌다. 이봐요. 잘생긴 분. 뭐가 그렇게 우스우신가요. 마음 같아서는 흘겨

보고 싶지만 나는 내 목숨이 중요했다. 그래서 애써 눈을 내리 깔았다.

"토끼."

"예, 폐하."

"오늘 뭘 했지?"

어라. 이건 뭐지.

나는 고개를 들어 폐하를 바라보았다. 뭔가 대화가 이상했다.

'왜 이런 걸 물으시지?'

알아서 뭐하시게요? 굉장히 쓸데없는데요. 물으시니 답은 합니다만 떨떠름합니다, 폐하.

그나저나, 뭘 했더라?

나는 오늘 일을 곰곰이 생각해 봤다. 일어나서 아침 먹고 이리저리 쏘다녔다. 그러고 보니 오늘따라 날 붙잡고 운 사람만 두 분이었다.

'좀 이상한 날이네.'

나는 내 가슴 가를 매만졌다. 두 분이나 울어서일까. 가슴과 어깨가 아직도 축축했다.

"그, 글쎄요. 위로?"

나는 어색하게 웃었다. 누군가를 달래는 거 잘하지 못하는데 두 분 다 괜찮으실까. 나는 메어리 님과 세라피를 떠올렸다.

시녀복은 아직도 축축했다. 지금 보니 하얀 앞치마에 눈물 자국이 선명했다.

'아, 이래서 물으신 거구나.'

와우. 나 이런 줄도 몰랐네. 그럼 병사님도, 그 부축해 준 시녀님도 다 아셨겠네?

한숨이 저절로 나왔다. 괜스레 부끄러웠다.

그때 왕의 목소리가 들렸다.

"토끼가 운 게 아니라 다행이군."

아니 이건 또 무슨 소리야. 나는 미간을 찌푸리고 그를 바라보았다. 폐하는 그런 내 이마를 손가락으로 살짝 누르며 말했다.

"그때도 말했지만, 짐은 남을 달래는 재능이 없다."

뭐야. 저건. 내가 울면 위로해 주겠단 거야?

'퍽이나.'

그런데 아무리 폐하라도 위로는 못 하실 거 같긴 하다. 정말 그래 보이고 실제로도 그랬다고 하면 황실 모독죄로 끌려갈까?

순간, 나도 모르게 피식 웃음이 나왔다.

"왜 웃지?"

"저도 위로에 서툴러서요."

아, 이건 너무 무례한 말이었나? 감히 너랑 나를 비교하냐고 뭐라고 하시려나.

'뭐, 혼내면 혼나지 뭐.'

열이 나서 그런지 내가 바닥에 드러눕나 보다. 해 볼 테면 해 보세요. 폐하.

왕은 아무 말 없이 나를 고쳐 안기만 했다. 나는 살짝 눈치를 보며 말했다.

"듣고 싶은 말을 해 주면 된다는 걸 아는데……."

나는 일부러 다른 곳을 보며 그의 시선을 피했다.

"그 말이 이루어질 수 없는 걸 알면, 또 다른 상처가 될까 봐서요."

작게 숨을 내쉬었다. 열이 나서일까. 숨결에 열기가 느껴지고, 이상하게 몽롱했다.

"괜찮아질 상황에서야 괜찮아진다고 해야 위로가 되지, 무턱대고 그럴 수도 없고……."

갑자기 큰 손이 턱밑으로 다가왔다. 깜짝 놀랐지만, 그의 손은 내 얼굴을 잡고 억지로 자신을 보게 하였다.

"또 쓸데없는 생각을 하는군."

나는 쓰게 웃었다.

그러게요. 좀 별로이긴 하네요.

"토끼가 쓸데없는 생각을 하니, 짐도 하찮은 생각을 할 수밖에 없군."

이건 또 무슨 말입니까, 폐하.

"토끼를 붙잡고 울 이는 뻔하군."

고개를 돌리고 싶었지만, 그가 붙잡고 있어서 움직일 수 없었다. 하는 수 없이 나는 시선을 다른 데로 돌렸다.

"저, 폐하."

이리저리 다른 곳을 보던 나는 눈을 질끈 감으며 말했다.

"말해 봐라. 토끼야."

"성녀님이, 좀 달라지실 거예요."

살짝 눈을 뜨고 그를 바라보았다. 그의 얼굴에 관심 없다고 쓰여 있지만, 나는 말해야 했다.

'성녀님, 이게 별거 아니긴 한데요. 그래도 은혜 갚은 까치가 되는 첫걸음이에요.'

쿠션 깔아드립니다. 부디 거래에 성공하세요!

"보석 같으신 분이에요. 예쁜 생각을 하세요."

"그래서?"

"좀 잘해 주세요. 우느라 식사도 못하고 잠도 못 주무셨대요."

폐하. 원작에서 물고 빨고 하신 거 다 압니다. 그렇게 예쁘고 가녀린 사람이 슬픔에 빠져 있는데 기분이 어떠신가요.

그는 내 볼을 쓰다듬으며 말했다.

"정말 쓸데없는 말이군."

"다시 보면 분명 폐하께서도 놀라실 거예요. 전에 아시던 그런 성녀님이 아니세요. 새로운 성녀님이라니까요."

말하다 보니 유행가 가사와 비슷했다. 나는 침을 꿀꺽 삼키고 다시 쿠션 깔기에 집중했다.

"그래도 바르고 선한 행동만 평생 하신 분이에요. 주위를 돌아보지 못했지만, 그 지위에서는 평생을 참고 지내셨잖아요."

"토끼야."

"예. 폐하."

그는 거침없이 앞으로 나아갔다. 어깨 위에 올린 손 위로 그의 머리카락이 닿았다가 떨어졌다.

"성녀는 그녀뿐만이 아니다. 그런데도 짐은 그녀를 데려왔지. 그 이유가 뭔지 아느냐?"

나는 고개를 저었다. 그걸 제가 어떻게 아나요. 폐하.

"그녀가 제일 다루기 쉬울 거 같다는 보고를 받았고, 짐이 채택했다."

와우. 그런 이유였나요.

'심하다.'

사람을 수단으로 여기다니 기분이 썩 좋진 않네요. 당신에게는 그게 당연한지 모르지만요.

입술을 일그러질 거 같아서 그냥 조금 깨물었다.

"짐은 멍청한 이를 동정하지 않는다."

아니, 누가 보면 세라피가 진짜 멍청한 줄 알겠네.

'새삼스럽지만, 진짜 본격적으로 데려온 거구나.'

고통에 못 이겨서 이성을 상실한 채 다짜고짜 납치한 줄 알았는데, 상당히 계산적이시네요. 알면 알수록 대단하십니다, 폐하.

'그런데 조금 멀리서 생각해 보면, 이래서 원작대로 갔구나 싶긴 하다.'

무시하던 상대가 뺨을 치고 멀리 도망간 셈이네. 그녀를 쫓다가 집착하게 되고 그것이 사랑이 된 거구나.

'원작 개연성 대단하다.'

나는 그를 바라보았다. 무서울 정도로 잘생긴 남자는 내 볼을 쓰다듬으며 걸어갔다.

'그래도 세라피가 탈출한 거 보면, 원작도 어느 순간에 일어나지 않을까.'

달라지긴 했지만 변하진 않았다. 니나와 관련된 것은 크게 요동쳤지만, 막상 세라피와 이 사람의 관계는 여전히 평행선이었다.

'내가 착각한 것일 수도 있겠다.'

니나의 역할이 달라져서, 이 둘이 관계가 확 변했는지 쉬이 알 수 있었다.

'반하시지 않을까?'

원작이랑은 다르지만, 그래도 사랑하게 되지 않을까.

'아이고, 미치겠다.'

뭐가 이렇게 복잡하냐.

나는 그의 머리카락을 살짝 잡았다. 결 좋은 검은 머리카락이 손가락을 타고 내려왔다.

'쓸데없는 걱정을 한 것 같아.'

언제 날 놔주나. 왜 속일까. 그런 걸 괜히 생각한 거 같아.

한숨이 저절로 나왔다. 머리가 안 좋으면 손발이 고생한다던 속담이 떠올랐다.

'이 경우는 속앓이지만 말이야.'

머리가 안 좋아서 속이 들끓었습니다. 혼자서 공회전하다가 제풀에 쓰러지고 나니, 남은 건 닳은 건전지네요.

"토끼? 이상한 표정이군."

"예? 아, 별거 아닌데 깨달은 게 있어서요."

나는 어색하게 웃으며 말했다.

"머리가 좋아서 영리했으면 이 고생을 안 했을까 싶네요."

그는 내 볼을 살짝 찔렀다.

"또 쓸데없는 생각을 하는군. 정말 이 조그만 머릿속에는 도통 뭐가 들어 있는지 모르겠어."

나는 그가 눌렀다 튕기는 볼을 느끼며, 그냥 조금 웃었다.

"열이 있어서인지 쓸데없는 생각을 하나 봐요. 성녀님 잠깐 뵙고 나오니까 이 모양이네요."

볼을 누르던 손이 멈췄다.

"성녀와 만나고서 이런 건가?"

나는 고개를 끄덕였다.

"이런, 빨리 디오에게 가야겠군."

갑자기 발걸음이 빨라졌다. 나는 균형을 잡으려고 그의 어깨를 더 꽉 잡았다.

"토끼야."

"예. 폐하."

"그녀와 멀어져라. 토끼와 새는 같이 있으면 안 되는 것 같군."

나는 흔들리는 복도를 보며 물었다.

"아니, 왜요?"

"아직은 추측이다. 네 신력은 불안하다고 하더군. 이상하게 성녀랑 접촉할 때마다 그 불안성이 높아지는 거 같다."

어머나, 세상에. 이게 다 무슨 일이야.

"크, 큰일날까요?"

막 어디 한구석 마비되고 그런 건 아니겠지?

"모른다. 애초에 네 몸에 대해서는 아무것도 모른다."

하긴 애초에 닿으면 시원한 것부터가 이상하구나.

"무섭네요."

"토끼. 네가 있던 곳이 시네리필이라 했나?"

"예. 시골이에요."

"어떤 곳이지?"

나는 니나의 기억을 천천히 뒤졌다.

"나무딸기를 땄던 숲 속에는 낡은 탑이 있어요. 그 외에는 평범해요. 그냥 성당과 고아원 있을 뿐이에요. 평소에는 양 떼를 돌보고 감자 농사를 지었어요. 틈틈이 필사해서 성경을 베꼈고, 바느질로 인형을 만들었던 거 같아요."

생각해 보니 노동량이 장난 아니었다. 애한테 이런 중노동을 시키다니. 진짜 너무한 것들이었다.

나는 어색하게 웃었다.

"어떤 아이들이 있었지?"

나도 모르게 백금발을 매만졌다.

"그냥 평범한 아이들이었어요. 아, 한 가지 이상한 게 있어요. 이 머리카락이 성력의 증거라면서요?"

그래도 몇 개월 지났다고 니나의 머리는 꽤 자라 있었다.

"고아원에서 저랑 비슷한 머리색을 가진 아이는 세 명이나 더 있었어요. 그래서 이 머리카락 색이 특이하다고 생각해 본적 없어요."

그냥 그 지방에는 흔한 색인 줄 알았지.

'그런데 니나의 성력은 추기경급이라며. 그렇다면 거기 애들도 성력이 있는 거 아닌가?'

뭔가 좀 이상했다. 성력을 가진 이들은 귀하다고 들었다. 그런데 왜 그 고아원에는 머리카락 색이 비슷한 애들이 세 명이나 있는 걸까.

순간, 머릿속에 이상한 생각이 스쳤다.

'설마 싶긴 한데……'

너무 나간 생각인가?

"일부러 모아 놓았나?"

입 밖으로 말을 꺼낸 후 아차 싶었다. 나는 손으로 입을 막았다. 안겨 있는 게 익숙해졌나, 내가 왜 이러지.

나는 그가 듣지 않았길 간절히 바랐다. 하지만 폐하의 낮은 목소리가 귓가에 울렸다.

"토끼."

역시 들으셨구나. 나는 입을 가렸던 손을 내렸다.

"예, 폐하."

"그렇게 생각하나?"

나는 살짝 고개를 끄덕였다. 성당에 대해서 모를 때는 좀 이상한 거로 넘어갔지만, 지금은 아니었다.

교단은 나쁜 쪽으로는 상상도 할 수 없는 일을 저지르는 놈들이었다.

"짐도 그렇게 추측한다."

나는 침을 꼴깍 삼켰다. 갑자기 온몸에 긴장되었다.

"토끼의 고향, 시네리펠에 보고는 단 한 줄이었다. 비싼 아이들을 팔았다고 하더군."

나는 미간을 찌푸렸다. 양녀로 팔릴 뻔한 기억들이 한순간에 쏟아졌다.

원장 수녀는 웃으면서 내 어깨를 잡았다. 징그러운 시선이 쏟아지자, 몸이 떨렸다. 파리한 얼굴로 원장 수녀를 바라봤지만, 그녀는 장사치처럼 사람을 팔면서 홍보를 할 뿐이었다.

'그 아이들이 비쌌어?'

왜?

'예뻐서?'

나는 살짝 고개를 저었다.

침착하게 생각하자. 이화윤. 니나는 기미 능력이 있는 아이야. 게다가 피에 수면 효과도 있어. 쓰임새가 어떨지 모르지만, 추기경급 이능을 가진 애야.

'그런 아이를 능숙하게 팔았다?'

나는 고아원을 떠올렸다. 백금발을 가진 아이들이 머릿속에 떠올랐다 사라졌다.

그때, 왕이 말했다.

"이능이 있는 아이를 팔았으니 비쌌겠지."

나는 멍하니 그를 바라보았다. 요점을 잘 짚어 주시네요. 폐하.

"아이들을 어디에다 쓴 걸까요."

성노예? 제물? 실험체?

한없이 나쁜 생각이 들었다. 생각했던 것보다 더 잔인하고 더 러웠다. 설마, 지금 내가 떠올린 것보다 더 안 좋은 것이었을까.

이상하게 몸이 떨렸다. 나는 그의 옷자락을 꽉 쥐었다.

왕은 작게 속삭였다.

"네가 생각하는 게 맞을 거다."

가슴이 답답했다. 나는 깊게 숨을 내쉬며 눈을 감았다. 고아
원에 있던 아이들의 얼굴이 하나하나 떠올랐다 가라앉았다.

그 애들은 다 그런 용도였을까.

'가슴이 아파.'

신 것이 울컥하고 올라왔다. 그 순간 눈물이 찔끔 나왔다. 참
으려고 그의 옷자락을 꽉 잡았지만, 손만 떨릴 뿐이었다.

"울지 마라. 토끼야."

"죄, 죄송합니다."

어느덧 병동에 다다랐다. 눈에 익은 병사님은 사색이 된 채
문을 열었다. 폐하를 알아본 간호사들은 허둥지둥 제일 끝에 있
는 침대로 안내했다.

그는 아무렇지도 않게 침대에 나를 앉혔다. 나는 왕의 옷자
락을 놓으면서 눈물을 훔쳤다.

서둘러 칸막이가 쳐졌다. 그는 내 옆에 앉으며 말했다.

"다른 이가 보면 짐이 토끼를 울린 줄 알겠군."

순간 피식 웃음이 나왔다. 그러게요. 그런데 언제는 그런 것
신경 쓰셨나요?

"웃기는."

그는 한쪽 팔을 들어 나를 감싸 안아 주었다. 뭐라 말할 틈도
없었다. 나는 왕의 가슴에 몸을 기댔다.

참 이상했다. 그러고 보면 이게 몇 번째일까.

'안아서 달래 준 적이 꽤 많구나.'

왕의 품은 여전했다. 여전히 딱딱하고 넓었다. 망토 때문에 어두워진 시야 때문에 익숙한 체향이 느껴졌다. 나는 눈을 깜박이다, 그냥 감아 버렸다.

낯익은 어둠이 내려앉았다. 편안해서일까. 이상하게 입술이 떨렸다.

정말 이 사람이 이렇게 날 지켜 주면, 세상 두려울 게 없을 텐데.

피식 웃음이 나왔다.

'미쳤구나. 이화윤.'

이 사람은 세라피 때문에 날 이용하고, 세라피 때문에 잘해 주고, 세라피 때문에 좋은 말로 날 꼬시는 사람인데…….

'그냥 빨리 둘이 잘 살면 안 돼요?'

만약 성녀님이 도망가지 않았다면 원작이 완전히 바뀌었다고 믿었을지도 몰라. 하지만 어설프게나마 사건이 일어났어.

'변하긴 했는데 그래도 일어날 것은 일어나는 것 같아.'

등장인물들의 감정도 그럴까? 그렇게 되면 나는 어떻게 되려나.

나는 눈을 깜박였다. 몸이 녹을 것처럼 편해서, 더 슬펐다.

얼마나 그렇게 있었을까.

갑자기 망토가 치워지고 빛이 들어왔다. 눈이 부셔서 손으로 햇살을 가릴 때였다. 커다란 손이 눈앞으로 다가왔다.

어깨가 저절로 움츠려졌다. 뭐라 말할 틈도 없었다. 허공에서 손의 그림자가 움직였다. 그가 무엇을 한지는, 보석이 가슴 가에 툭 떨어졌을 때 알았다.

나는 그것을 바라보았다.

'목걸이?'

금으로 장식된 붉은 보석이 밝게 빛났다. 나는 목걸이를 쥐고 잡아당겼다. 목덜미에 걸린 체인이 따라왔다.

보석에 대해서는 잘 모르지만, 세공이 꼼꼼해서 꽤 비싸 보였다. 도무지 영문을 알 수 없었다.

"왜 이런 걸 걸어 주셨나요?"

나는 고개를 들어 그를 바라보았다. 그는 만족스러운 듯 웃으며 구부린 손가락으로 내 볼을 쓸었다.

"네 것이다."

"네?"

"보석만 해도 네 주급의 백 년 치는 된다."

손안에 보석은 밝게 빛났다. 나는 그제야 이것이 그의 대답이란 걸 알았다.

'나는······.'

장신구를 달라는 게 아니었는데?

머릿속이 혼란스러웠다. 나는 이마를 짚으려다가 내 볼을 음미하는 그의 손가락을 보고 조용히 팔을 내렸다.

아니, 왜 목걸이예요? 나는 주급 두 배 달라고 했는데요.

'아니다. 이게 중요한 게 아니라······.'

뭐든 그러려니 하겠다는 내 제안을 이렇게 받아들이면 뭐 어쩌라는 거지?

"이상한 얼굴이군."

"저, 폐하. 저는 이런 걸 바라는 게 아닌데요."

나는 목걸이를 풀려고 체인을 잡으려 했다. 하지만 그는 여유롭게 내 손을 잡아챘다.

"생각해 봤지만, 짐은 네 말이 무슨 뜻인지 도통 알 수 없더군."

"저는, 그게, 그러니까……."

"네가 뭘 포기한다는 건지 모르겠더군. 토끼. 짐이 바라는 건 네가 내 곁에 있는 것이다."

머릿속이 하얗게 변했다. 너무 당혹스러워서 무슨 말을 해야 할지 단어가 떠오르지 않았다.

그는 내 양팔을 내리고, 자신이 직접 건 목걸이에 입맞췄다.

"짐이 주는 것이 소중히 여겨라."

"이, 이건, 저에겐……."

"더 원하는 것이 있다면, 언제든지 말해라."

아니야, 이건 아니야.

나는 필사적으로 고개를 저었다. 설명이 나오질 않으니 행동이 더 앞섰다. 나는 다시 그가 걸어 준 목걸이를 벗으려고 했다. 하지만 그는 여유롭게 내 팔을 붙잡았다.

"큰일이군."

세상에서 제일 잘생긴 남자가 웃었다.

"이런 점마저 사랑스러워. 과연 중독될 만해."

뭐, 사랑스러워? 게다가 중독? 아직도 중독 타령이야?

찔끔 나왔던 눈물이 다시 흐르기 시작했다. 입술이 파르르 떨렸다. 하얗게 된 머릿속이 점점 휘몰아쳤다.

"아, 아니라고……."

눈물이 앞치마 위로 뚝뚝 떨어졌다.

"아니라고 하잖아요!"

나는 어깨를 비틀어 그의 팔을 치우려고 했다. 하지만 왕은 움직이지 않았다.

"그 말은 그 뜻이 아니잖아요!"

그의 눈이 가늘어졌다. 나는 숨을 몰아쉬었다. 가만히 앉아 있었는데도 숨이 가빴다.

나는 그를 바라보았다. 눈물 때문에 잘생긴 얼굴이 잘 보이지 않았다. 눈물을 훔치고 싶었지만, 양팔이 계속 그에게 잡혀 있었다.

숨을 쉴 때마다 어깨가 떨렸다.

"사람 속을 그렇게 잘 알면서, 왜 이런 건 몰라요."

말끝이 자꾸 울음에 덧칠되었다.

"이용하지 말란 거잖아요."

눈물이 뚝뚝 떨어졌다.

"제가 다른 건 몰라도 구르라면 굴러야 하는 신세인 건 잘 알거든요? 저번 같은 일도 폐하가 아니었다면 이렇게 쉽게 끝나지 않았을 거란 것도 알아요. 하지만 이건 그런 뜻이 아니잖아요. 꼭 이렇게 대놓고 말해야 하나요? 왜 알아듣지 못하는데요! 간단하잖아요! 성녀님을 위해서 날 이용하지 말란 말이에요!"

가슴이 떨려서, 숨을 쉬기가 더 힘들었다. 입을 다물어야 하는데, 그럴 수 없었다.

비참해. 비참해 죽겠어.

"슬프단 말이에요."

눈물이 멈추지 않았다.

"알아요. 슬퍼 봤자 아무 소용없다는 거. 이렇게 울어 봤자 제 손해라는 걸 아는데도 이용당하는 게 슬프니까, 포기하겠다는 거잖아요. 그래요. 다 좋아요. 이용해요. 실컷 써먹으세요. 저에게는 크지만, 폐하께는 별거 아닌 주급 두 배 주면 다 그러려니 하겠다는데, 이게 다 뭐예요. 뭘 어떻게 하시겠다는 건데요!"

머리에 열이 확 올랐다. 어깨를 다시 비틀었지만, 그는 여전히 날 놓지 않았다.

소리를 쳐서일까. 심장이 두근거렸다. 뜨거운 것이 휘몰아치던 머릿속이 갑자기 가라앉았다. 왠지 눈을 뜨기 힘들었다. 눈가가 파르르 떨렸다. 정신을 차리려고 노력했지만, 시야는 자꾸 희미했지만 했다.

"토끼?"

그의 목소리가 먼 곳에서 들렸다. 나는 멍하니 중얼거렸다.

"더럽고 치사해."

그 말이 마지막이었다. 가물가물했던 상념들이 완전히 사라졌다. 이렇게 쓰러지면 안 돼. 그렇게 생각했지만, 그런 의식마저 까무룩 하게 흩어졌다.

마지막으로 느낀 건, 쓰러지는 허리를 받치는 힘이었다.

24

폐하의 약속

왕은 토끼를 바라보았다. 자기 할 말을 끝낸 시녀는 그대로 뒤로 넘어가려고 했다. 등을 받치자, 아이는 끈 떨어진 인형처럼 축 늘어졌다.

왕은 잠시 그대로 있었다.

얼마나 그렇게 있었을까. 그는 자신이 직접 걸어 준 목걸이가 반짝인다는 걸 깨달았다. 그는 보석과 시녀를 번갈아 바라보다, 드디어 알게 되었다.

당혹스러웠다. 그걸 의식한 순간, 웃음도 나오지 않았다.

그때, 낮은 목소리가 들렸다.

"폐하."

사람이 오는지도 몰랐다.

왕은 고개를 돌려 자신의 충실한 신하를 바라보았다. 의사는 칸막이 안쪽으로 들어왔다. 그제야 아이와 있던 곳이 병동이란 걸 깨달았다.

장소를 모를 정도로 놀랐었다.

"다 들었겠군."

"송구합니다."

붉은 머리를 엉망으로 묶은 의사는 왕이 받친 아이에게 다가갔다. 이상하게 할 말이 없었다.

"대단하군."

"대단하죠."

디오는 아이를 보면서 말했다.

"의식을 잃었지만, 괜찮습니다."

"또 성녀 때문인가?"

"그런 것 같습니다. 아직도 제 제자는 성력이 굉장히 불안전한 것 같군요."

왕은 미간을 찌푸렸다. 단어 하나가 유난히 걸렸다.

"제자?"

"허락해 주셔서 다시 한번 감사드립니다."

사정없이 치고 들어오는 한마디에 왕은 피식 웃었다.

"정말 대단하군."

흐트러진다 싶으니 무섭게 헤치며 올라왔다.

이런 식으로 신하와 싸우게 될 줄 몰랐는데.

디오는 외알 안경을 올려 쓰며, 아이의 흘러내린 머리카락을 넘겨 주었다. 꽤 다정한 모습을 다 본 왕은 고개를 저었다.

짐이 보라고 하는 짓이군.

여러 가지 의미로 기가 막혔다. 의사의 행동이 당혹스러웠고, 쓰러지기 전 토끼가 지른 매서운 한 방이 얼얼했다.

"한 대 맞았군."

아니, 여러 대 맞고 있군.

왕에 되고 나서 처음으로 당혹스러웠다. 그는 의사와 토끼를 보며 머리를 쓸어 올렸다. 긴 흑발이 손가락을 타고 흘러내렸다.

"너무 쉽게 보셨습니다."

"짐의 불찰이군."

의사는 돌아서서 희미하게 웃었다.

"이 아이는 영리합니다."

"뒷발이 정말 매섭군."

"계속 토끼라고 생각하면 더 맞으실지도 모릅니다."

왕은 미간을 더욱 찌푸렸다. 오랜만에 보는 솔직한 왕의 구겨진 표정에 디오는 함박웃음을 지었다.

"충실한 신하가 드리는 충언입니다. 오해하진 말아 주십시오."

"더 충실했다가는 큰일나겠군."

"이 아이는 솔직합니다. 가끔은 이 솔직함이 무기가 되더군요."

아이는 아직 자신의 팔로 받친 채였다. 아직 어린 티가 가시지 않은 얼굴로, 숨만 색색 내쉬는 모습은 천사처럼 귀여웠다.

그는 토끼의 코를 살짝 쳤다. 청량한 감촉이 손끝을 타고 내려왔다.

"그런 것 같군. 제대로 맞았다."

"전 이런 제 제자의 대범한 점이 마음에 듭니다. 더럽고 치사한 폐하는 어떠십니까."

헛웃음이 저절로 나왔다. 틈을 보이니 정말이지 가차 없이 또 치고 들어왔다.

"사탕으로는 안 끝나는데, 사탕을 들이미시니 당한 겁니다."

왕은 이마를 짚었다. 순순히 인정했다. 이 부분에서는 신하의 말이 맞았다.

"충언을 받아들이지."

디오는 어깨를 으쓱했다. 정말이지 의사는 이럴 때 얄밉기 짝이 없었다.

두 사람은 말없이 시녀를 바라보았다. 이런 분위기를 아는지 모르는지, 아이는 미동도 없었다.

"재미있다는 말로는 부족하군. 이 조그만 머릿속에는 이런 생각이 가득한 건가?"

"그런 거 같습니다."

"자백제를 먹이면 더 재미있겠군."

"효과는 잠시뿐일 겁니다. 기미 능력이 더 강해졌으니까요. 자백제는 폐하께서 원하신다면 만들겠습니다."

"제자를 아낀다면서 그 독한 약을 먹이겠다는 건가?"

붉은 머리 의사는 장갑을 벗으며 웃었다.

"굳이 약을 만들지 않아도 됩니다. 이 아이는 저처럼 가까운 이에게는 더없이 솔직해지더군요. 저는 속이는 게 없으니, 신뢰를 얻었나 봅니다. 아마 제가 부탁하면 니나 케이지는 자백제를 먹은 것보다 솔직해질 것입니다. 그 모습을 폐하께도 한번 보여 드리고 싶군요. 아마 재미있고 사랑스러워서 눈을 뗄 수 없을 겁니다."

그는 신하의 의도를 단번에 알아차렸다.

"이런, 당했군."

친밀한 관계라고 유세를 부리고 있었다. 표정이 없던 의사는 더없이 행복하게 웃으며 마지막으로 쐐기를 박았다.

"다시 한번 부탁드립니다. 그저 토끼라면 저에게 주십시오."

왕은 대답하지 않았다. 그저 드러났던 표정을 지울 뿐이었다.

그는 다시 아이를 바라보았다. 이 분위기를 아는지 모르는지, 시녀는 그저 자고 있을 뿐이었다.

왕은 시녀의 흘러내린 백금발을 넘겼다. 손끝에 살짝 닿은 감촉은 여전히 청량하기 짝이 없었다.

이걸 달라고?

침묵이 내려앉았다. 왕은 희미하게 웃으며 드러난 생각을 감추었다. 토끼에게도 신하에게도 어쩌다 보니 꽤 얻어맞았지만, 더 당하라는 법은 없었다.

왕은 의사를 바라보았다. 디오는 안경을 고쳐 쓰고, 왕의 대답을 기다릴 뿐이었다.

"이렇게 된 거, 다 불러야겠군."

디오는 왕의 무슨 말을 하는지 알 수 없었다. 그래서 막 물어보려고 할 때였다. 왕은 시녀를 제대로 눕히고 자리에서 일어났다.

"레오 경과 스게르토, 디오까지. 다 불러야겠군. 알렉은 변경에 있으니까 제외하겠다."

수려한 얼굴에 짙은 웃음이 드러났다 사라졌다. 의사는 눈을 가늘게 떴다. 왕이 호명한 이들은 다 니나와 관련 있는 자들이었다.

"반복해서 말하는 건 번거로우니 한번에 해야겠군. 그게 알아듣기도 쉽겠지."

왕은 순식간에 본래의 모습으로 돌아왔다. 이제 그는 평소처럼 당당하기 그지없었다.

"명령이다. 디오. 집무실로 갈 것이다. 따라와라."

명령이라면 들을 수밖에 없었다. 의사는 한숨을 쉬며 알았다는 듯 고개를 숙였다. 왕은 가벼운 발걸음으로 앞으로 나아갔다.

왕은 병동 밖에 서 있던 시녀에게 두 사람을 부르라고 명령했다. 항상 왕을 지척에서 모시는 수석 시녀가 빠른 걸음으로 사라졌다.

'설명을 안 하시는군.'

그렇다고 물어볼 수도 없었다. 아니, 설사 질문을 하더라도 왕은 대답하지 않을 것 같았다.

디오는 한숨을 내쉬었다. 씁쓸함이 목을 타고 올라왔다.

왕은 농담이라도 니나 케이지를 주겠다는 말을 하지 않았다.

이것이 무엇을 뜻하는지, 디오는 알았다.

의사는 묵묵히 왕을 따라갔다. 정말인지 욕이 나올 것 같았다.

집무실의 분위기는 쥐 죽은 듯이 조용했다. 왕은 화려하게 장식된 의자에 앉아 서류를 보며 사람이 모이길 기다렸다. 디오는 맞은편에 앉아 안경을 닦았다. 한 사람쯤은 말을 꺼낼 법했지만, 침묵만 감돌았다.

이 기묘한 분위기 속에서 스게르토인 베아토는 아무것도 묻지 않았다. 그는 고요함에 올라타서, 다른 이와 눈이 마주치면 옅은 미소를 지었다.

마지막으로 레오가 들어오자, 왕을 따라다니며 모시는 사람들은 문을 닫고 밖으로 나갔다.

집무실에는 왕이 부른 사람들밖에 없었다.

왕은 턱을 괴고 탁자에 기대며 모인 이들을 하나하나 바라보았다. 여유롭기 짝이 없어서 디오는 눈을 가늘게 떴다.

곧 낮은 목소리가 벽에 부딪혔다.

"눈치가 빠른 이들이니, 짐이 왜 모이라 했는지 알 것이다."

레오는 넉살 좋게 웃으며 말했다.

"어이쿠. 저는 모르겠습니다. 무슨 일이십니까."

디오는 고개를 절레절레 저었다. 레오가 알아차리지 못할 리가 없었다. 사람 좋아 보이는 기사였지만, 그만큼 영리하기도 했다.

왕은 웃음 섞인 목소리로 말했다.

"그대들이 짐에게 충성하는 이유는, 짐이 왕이기 때문이지."

왕은 느긋하기 짝이 없었다. 그것이 마음에 들지 않아서 디오는 미간을 찌푸렸다.

"짐은 그 충성에 보답하기 위하여, 많이 노력해 왔다."

햇살이 수려한 얼굴에 닿았다가 흩어졌다. 왜 저런 말을 하는 걸까. 왕의 말투나 어조 다 훌륭하게 짜인 한 편의 극 같았다. 하지만 억지로 감상하는 처지에서는, 참 재미없는 연극이었다.

"능력이 부족하여 미흡한지도 모르지만, 짐의 노력은 깎아 내리진 말았으면 좋겠군."

여기에 모인 사람 중 누구도 왕을 깎아내린 적 없었다. 오히려 그 지독한 훌륭함에 혀를 내두르는 쪽에 가까웠다.

"짐에게는 많은 신하가 있지만, 믿는 이는 많지 않지."

베아토는 왕의 장황한 연설을 미소를 머금은 채 들었다. 웃으면서 듣는 건 레오도 마찬가지였다. 왕도 미소를 짓고 있으니, 이 공간에서 인상 쓰는 이는 의사인 디오 하나였다.

"짐은 그대들을 믿는다."

슬슬 지겨워졌다. 디오는 왕이 빨리 본론으로 가 줬으면 싶었다.

"그런 의미에서 꽤 중요한 것을 의논하고자 한다."

왕은 신하들의 눈을 하나하나 마주치며 말했다.

이제 니나 케이지에 대해서 나오겠군. 친애하는 폐하의 신뢰를 받는 충성스러운 세 신하는 조용히 마음의 준비를 했다.

왕의 미소가 짙어졌다.

"알렉 대공이 변경에서 재미있는 걸 발견했더군."

나온 말은 매우 의외였다.

"선조의 유적으로 추정되는 걸 발견한 모양이야. 고어가 빼

곡히 적힌 벽을 알렉이 해석해서 문서로 보내 줬다."

왕은 탁자 위에 있는 서류를 베아토에게 밀었다.

"보니 선조의 반려에 관한 게 몇 가지 더 있더군."

베아토는 바로 서류를 펼쳐 보았다. 얼굴은 미동도 없었지만, 눈동자는 이리저리 움직였다. 종일 글자를 보며 사는 이답게 무서운 속도로 서류를 돌파해 냈다.

"이건 굉장한 발견이군요."

학자는 상기된 얼굴로 중얼거렸다.

"전설로만 남은 반려가 실제로 존재했는지조차 의문이어서 학계에서도 말이 많았는데, 한쪽 이론이 제대로 뒤집힐 발견입니다. 이걸 찾은 곳이 변경입니까? 저를 그곳으로 보내 주세요. 제가 직접 가서 확인해 보겠습니다. 아니, 꼭 확인해 봐야 합니다! 정말 다행입니다. 이것을 발견한 무리에 알렉시온 대공이 있는 게 행운이었습니다. 고어는 왕족과 학자만 배우니까요. 군데군데 잘못된 해석이 보이지만, 이 정도면 괜찮은 편입니다. 정확한 것은 제가 가서 해석해야겠지만요."

흥분했는지 베아토가 그 자리에서 일어나려 했다.

"빨리 대학으로 가야겠습니다. 보여 드려야 할 교수가 많아요."

서류를 안은 학자는 마치 약에 중독된 이처럼 보였다. 왕은 한쪽 턱을 괸 채 느긋하게 그를 바라보았다.

허락을 안 할 이유가 없었다.

"가 보도록."

"감사합니다!"

학자는 서류를 안고 그대로 달려나갔다. 가다가 중간에 다리를 접질려서 넘어졌지만, 아랑곳하지 않았다.

요란한 소리를 내며 베아토가 떠나자, 집무실은 다시 조용해졌다. 레오는 나뒹굴고 있는 의자를 다시 밀어넣었다. 의자 끄는 소리가 세 사람 귓가에 울렸다 사라졌다.

"베아토가 흥분한 건 처음 보는군."

"변경은 험할 텐데 걱정이네요. 가실 때 병력을 넉넉하게 보강해야겠습니다."

"학자가 가기에는 지나치게 험한 곳이지."

왕은 턱을 괸 팔을 내렸다.

"스게르토 말이 맞다. 이건 알렉이 아니면 발견을 못 했을 거야. 유적을 발견한 일행들은 고어가 새겨진 벽이 이끼에 가려져 있어서 단순한 무늬인 줄 알았다고 하더군."

"대공께서 공을 세우셨군요."

"소원을 들어줄 정도는 아니다."

레오는 짧은 머리를 긁적이며 한숨을 쉬었다. 유약해 보이던 금발 도련님의 마지막 모습이 머릿속을 스쳐다.

'다음에 만나면 전에 알던 소년이 아니겠군.'

꼬맹이의 부탁으로 배웅했던 도련님은 꽤 제법이었다. 변경은 거칠기 짝이 없어서 상상도 못 할 정도로 험할 텐데, 여태까지 불평했다는 보고는 단 한 줄도 없었다. 오히려 상급자는 처음에는 손이 야물지 못했지만, 지금은 꽤 쓸 만하다는 평을 남겼다.

'소년이 성장한 이유는 역시 꼬맹이일까.'

그 작은 시녀가 성장시킨 대공이라니, 조금 재미있었다.

'정말 공을 세울 모양이군.'

만약 혁혁한 공을 세우면 알렉시스 대공은 왕께 무엇을 바라며 무릎을 꿇을까.

그때 왕이 의외인 말을 했다.

"알렉이 자신을 첩자로 성국에 보내 달라더군."

레오는 턱을 쓰다듬으며 생각에 잠겼다. 정말 뜬금없었다.

"친필로 쓴 편지가 짐에게 왔다. 알렉은 진심이야."

"첩자는 아무나 하는 게 아닐 텐데요."

"훈련을 받겠다더군. 허락했다."

기사의 머릿속에 경우의 수가 여러 개 생겼다. 후계자로서의 위치가 완전히 밀려났지만, 그래도 왕족이고 대공이었다.

그런 사람이 군이 성국에 첩자로 갈 이유가 있나? 왜 그런 걸까. 혹시 그것이 왕위 계승이랑 관련 있나? 설마, 꼬맹이는 아니겠지.

'전자는 최악이고 후자는 골치 아프군.'

우리 꼬맹이는 왜 이렇게 인기가 많은 걸까. 넋 놓고 있을 틈이 없었다.

그때 디오가 물었다.

"지금 성국의 상황은 어떻습니까?"

왕은 손가락으로 탁자를 한 번 살짝 두들겼다. 탁- 둔탁한 소리가 울렸다 사그라졌다.

"기밀이지만, 교황이 죽을지도 모른다더군."

레오는 미간을 확 찌푸렸다. 현 교황의 나이는 여든하나. 평범한 사람이라면 충분히 죽을 수 있는 나이었다. 하지만 역대 교황은 오래 살기로 유명했다. 전 교황도 그 전 교황도 거의 백 살은 사는 게 기본이었다.

"왜 일찍 죽는 거랍니까? 귀찮게."

"짐도 조사하고 있다. 첩자들 보고에 따르면 다음 후계자 때문이라더군."

"교황 후계자요? 그 정보는 저도 기억합니다. 교황파들과 세력 싸움을 하고 있단 건 알았는데, 이겼나 보군요."

"물밑에서 교황의 힘이 승계되고 있단 기밀이 들어왔다. 아무래도 후계자 쪽이 이긴 모양이야."

"이런. 뭐라도 대비해 놔야겠네요."

더럽게도 변하지 않는 집단이었지만, 교황이 바뀔 때마다 성국은 항상 요동쳤었다. 대놓고 대립하는 이베리아로써는 이 시가가 제일 신경이 곤두섰다.

"우리로서는 기회가 될지도 모르지."

"다른 계획이 있으십니까?"

"아직은 생각 중이다. 여러 가지 겹친 게 많아서, 고려할 게 많더군."

레오와 디오는 고개를 끄덕였다. 그 모습을 본 왕은 느긋하게 속삭였다.

"새와 토끼가 있으니까, 생각할 게 많아서 큰일이야."

디오는 바로 미간을 찌푸렸지만, 레오는 넉살 좋게 물었다.

"토끼라면 꼬맹이 말씀하시는 겁니까?"

왕과 레오는 서로를 바라보며 웃었다. 곁에서 보기에는 더없이 좋은 군신 관계로 보였지만. 각자의 마음은 번개 치듯 부딪쳤다.

"토끼에 대해서 짐은 경들에게 할 말이 있다."

올 것이 왔구나. 레오는 자세를 바로 하고 조용히 마음을 다잡았다. 하지만 기사와 다르게 왕은 다시 턱을 괴었다. 그는 여유롭기 짝이 없었다.

"짐의 토끼는 진귀하지. 독을 해독하는 기미 능력은 엄연한 성력임에도, 마력을 가진 짐과 부딪치지 않는다. 심지어 청량함마저 느껴지지. 이것만 해도 드물기 그지없는데 짐의 토끼는 피도 이상하더군."

디오는 안경을 고쳐 쓰며 말했다.

"제 제자의 피에는 수면 효과와 중독 효과가 있습니다."

"어이쿠야. 그 사실을 꼬맹이도 압니까? 우리 꼬맹이, 고생이 많네요."

이름은 하나인데 각자 부르는 호칭은 세 개였다. 왕은 피식 웃으며 말했다.

"하도 진귀해서 혈통을 파 보니 이상한 게 나오더군. 짐의 토끼가 살았던 시네리필을 계속 조사하고 있지만, 쓸 만한 게 잘 나오지 않더군."

"저도 제 제자에게 물어보겠습니다. 하지만 제 제자도 자세한 건 모르는 거 같더군요."

"뭐, 꼬맹이 얘기로는 별로 좋은 곳이 아니더군요."

그들은 각자의 호칭에서 한 걸음도 물러서지 않았다.

"첩자가 그곳은 비싼 고아를 팔았던 곳이라더군. 수많은 고아원이 있는데, 고아가 비쌀 리는 없지. 그 말을 듣는 순간, 교단의 힘에 대해 근본적인 의문이 들더군."

디오와 레오는 왕을 바라보았다. 수려한 외모를 지닌 왕은 흐트러진 자세로 말을 이었다.

"쓸 만한 추기경이 나오는 가문들이 양자를 들인다는 정보가 떠오르더군. 짐의 유능한 신하들은 이미 비슷한 보고를 내놓았다. 어디서 아이를 데려오는지는 의문이었는데, 토끼가 실마리를 줬어. 짐은 그것이 시네리필이라 생각한다."

이건 굉장히 중요한 정보였다. 레오와 디오는 각자 생각에 빠졌다.

의사는 자기도 모르게 중얼거렸다.

"일부러 만들었다?"

왕은 피식 웃으며 대답했다.

"짐도 그렇게 생각한다."

"꼬맹이도 그렇게 만든 존재일까요?"

"어떤 연구를 해서 짐의 토끼가 만들어졌는지는 모르겠더군. 하지만 사랑스러운 토끼를 짐에게 보낸 이유가 밝혀졌으니, 그쪽도 파면 나오겠지."

백금발에 붉은 눈이 반짝이는 사랑스러운 아이는, 성녀를 탈출시키기 위해 교단에서 보낸 존재였다. 비록 그 기회는 토끼의 선택 때문에 시도조차 되지 못했지만 말이다.

"그런 의미에서도 짐의 토끼는 진귀하다. 어쩌면 교단의 비밀을 풀 열쇠가 될지도 몰라. 이렇게 소중한 존재를 어떻게 해야 할까."

왕은 흘러내린 머리를 여유롭게 뒤로 넘겼다.

"짐의 곁에 둘 것이다."

디오는 바로 외쳤다.

"폐하!"

"짐은 그동안 권력을 사적으로 행하는 걸 주의해 왔다. 그대들도 그것을 모르진 않겠지? 하지만 토끼에 관해서는 달라."

디오는 미간을 찌푸렸다. 거의 협박이나 다름없었다.

"한 번쯤은 이래도 될 거 같더군. 레오 경."

항상 웃는 낯이었던 기사의 얼굴에 표정이 사라졌다. 왕은 자신의 충실한 신하들에게 마지막으로 쐐기를 박았다.

"짐의 것이다. 그렇게 정했어."

레오는 눈을 감았다. 오늘 아침 보았던 아이의 모습이 살짝 스쳤다. 남색 치맛자락 사이로 드러난 발목은 아직 너무나 가늘었다. 웃던 얼굴이 눈앞에 아른거렸다. 기사는 주먹을 꽉 쥐며 다시 눈을 떴다.

꼬맹아, 너 어떡하냐?

고작 열다섯인 아이였다. 아직 작은 시녀인데, 이 모든 걸 감당할 수 있을까. 그래서 기사는 다시 평소처럼 웃을 수밖에 없었다.

"꼬맹이가 폐하의 뜻에 따를까요?"

그는 농담처럼 가볍게 어깨를 으쓱거렸다. 하지만 지나치게 뻣뻣하기 그지없었다.

"아이의 바람이 다르면 폐하께서 어떡하실 겁니까?"

왕은 피식 웃으며 충실한 기사를 바라보았다.

"이미 짐의 토끼다."

"폐하!"

"이것이 짐의 뜻이다."

왕은 자신의 충실한 신하를 바라보았다.

"토끼의 의향은 충분히 고려하겠다. 하지만 짐은 니나 케이지를 항상 닿는 곳에 두고 싶다. 이 문제에 대해서는 함구를 명령한다."

"다른 것은 생각 안 하십니까? 아이의 행복은요? 아직은 작지만, 곧 자랄 겁니다. 어쩌시려고 그러십니까. 폐하 곁에 있는 게 괴로울 수도 있지 않습니까?"

"함구를 명령했는데 들을 생각을 안 하는군."

왕은 피식 웃으며 자리에서 일어났다. 레오는 입술을 깨물었다. 디오는 그런 둘을 보며 미간을 찌푸렸다.

"명령이다. 함구해라."

왕이 발걸음이 귓가에 울렸다. 곧 두꺼운 문이 닫히는 소리가 들렸다. 주인이 나간 집무실에서 기사는 숨을 몰아쉬었다.

의사는 손등으로 탁자를 살짝 쳤다. 탁- 둔탁한 소리가 공기

속에 떠올랐다 가라앉았다.

"너무 흥분하지 마십시오."

"디오!"

"사적으로 권력을 사용하겠다고 하셨습니다. 안 들으실 겁니다."

"하지만, 꼬맹이의 바람은 너도 알고 있잖아."

의사는 다시 탁자를 두들겼다. 속이 부글부글 끓었다. 왕이 집무실로 세 사람을 부를 때부터 각오했지만, 막상 닥치고 보니 기분이 더 더러웠다.

"우리를 함구시킬 수는 있지만……."

그는 안경을 다시 추어올렸다. 화가 나서일까. 이상하게 손끝에 힘이 들어갔다.

"제 제자의 마음은 확신할 수는 없는 모양이군요."

"그게 무슨 뜻이야?"

"도망가셨지 않습니까? 폐하께서는 왕자 시절부터 피하시는 걸 참 잘하셨습니다. 그대로 자라셨군요."

디오의 말에 기사는 꽉 쥔 주먹에 힘을 풀었다. 레오는 디오가 무슨 말을 하는지 알 것 같았다.

"아무리 권력을 써도 한쪽이 붙잡는 관계는 언젠가 끊어질 겁니다. 게다가 제 제자는 당당하게 살고 싶어하는 아이라서요. 폐하는 결혼도 하셔야 할 거 아닙니까. 아이가 그런 관계를 버티겠습니까."

"우리는 못 막아도 아이가 진심으로 폐하를 사랑하면?"

"그건 또 다른 이야기겠죠."

디오는 자리에서 일어났다.

"시간이 필요하지만, 언젠가 닥칠 일입니다. 끊어집니다."

의사는 성큼성큼 문밖으로 나갔다. 부글부글 끓었던 마음은 여전했다. 지금은 때가 아니라 되뇌었지만, 도무지 가라앉지 않았다.

그는 복도에서 집무실 문을 바라보았다. 그리핀 문양이 화려하게 장식된 문 안쪽에는 이베리아의 기사단장이 있었다. 디오는 고개를 돌렸다. 평소와 다름없는 성의 복도가 눈앞에 펼쳐졌다.

먼저 나간 사람이 있었다. 이 성의 주인인 왕이었다. 디오는 흘러내린 머리를 쓸어 올렸다.

'기다릴 겁니다.'

그 두 사람은 언젠간 부딪칠 것이다. 그때 어떤 파문이 생길지는 아직 몰랐다.

디오는 그 모든 것을 기다릴 수 있었다.

그는 끓어오르는 마음을 내리누르며 천천히 걸어갔다. 병동에는 쓰러져서 온 제자가 있었다. 금방 일어나겠지만, 한 번이라도 더 보고 싶었다.

'빌어먹을 감정이군.'

제자를 생각하자 끓어올랐던 마음이 순식간에 가라앉았다. 기가 막혀서 헛웃음이 저절로 나왔다. 정말인지 그 작은 아이가 이런 존재가 될지 상상조차 못 했다.

햇살은 은은하게 복도 안쪽으로 쏟아졌다. 의사는 계속 걸어갔다. 이상하게 제자의 목소리가 듣고 싶었다.

～◈～

잠이 오질 않았다. 나는 한참을 뒤척거리다 자리에서 일어났다. 홀로 쓰는 남쪽 끝방은 조용하기 짝이 없었다. 들리는 거라곤 내 옷자락이 부딪치는 소리뿐이었다.

'벌써 밤이네.'

다리를 침대 아래로 내리니 부드러운 시트가 종아리를 타고 내려갔다. 나는 시트를 침대 위로 끌어 올리고 잠옷을 정돈했다.

한숨이 저절로 나왔다. 제법 서늘해진 공기가 발등을 스쳤다. 나는 멍하니 침대 위에 앉아 다리를 흔들었다.

"왜 잠을 못 자고 그래. 일찍 자야 일찍 일어나지."

닫힌 창문 사이로 환한 달빛이 부서졌다. 그 모습이 너무 예뻐서 물끄러미 하늘만 바라보았다. 끝이 없이 펼쳐진 까만 도화지에 별빛이 쏟아져 내려왔다.

밤하늘이 아름다워서일까. 어째 정신이 점점 더 말똥말똥해졌다. 나는 침대에서 내려와 창가로 다가갔다.

"미안하다. 내일의 나야. 오늘의 내가 실례 좀 할게."

내일 좀 피곤할 거야. 그런데 도저히 잠이 오질 않아서 말이야.

나는 반쯤 충동적으로 창문을 열었다. 바람에 하얀 커튼이 흩날렸다.

나는 다시 침대에 앉아서 내 방을 둘러보았다.

'아직 엉망이네.'

짐이 없다고 생각했는데 조사받느라 들쑤셔진 방을 보니 그렇지도 않았다.

'산다는 건 자질구레한 짐이 느는 거라더니……'

물건 좀 받고 쇼핑 좀 했더니 벌써 짐이 한가득이었다. 돌아온 뒤 대강 치우긴 했지만, 아직도 널려 있는 게 많았다.

'내일 치우려고 했는데……'

나중에 하자. 내일 졸지나 않으면 다행이야. 나는 침대에 앉아 한숨을 내쉬었다. 머릿속이 너무나 복잡했다.

"이런 걸 왜 주는 거야."

나는 그가 걸어 준 목걸이를 잠옷 위로 뺐다. 어떤 이의 안목인지 모르지만, 목걸이 자체는 정말 예뻤다. 목에 걸린 붉은 보석은 별빛에 반짝였다.

나는 목걸이를 들어서 요리조리 살펴보았다.

"가만있어 보자. 보석도 보석인데 세공도 장난 아니네?"

날이 밝을 때 다시 보면 장난 아닐 거 같은데?

"그런데 이러면 뭐하냐."

나는 목걸이를 쥔 손에 힘을 뺐다. 가슴 가에 툭 떨어진 붉은 보석은 여전히 빛났다.

"이건 아무리 봐도 어물쩍 넘어간 거야."

친애하는 폐하께서는 아주 구렁이 담 넘어가듯 지나가려 했다.

"잘났다. 정말. 잘생기면 다 이래?"

아, 왕이라서 그런가? 아이고야. 절대권력 만세네! 더럽고 치사해서 어디 말단은 살겠냐.

"어쩌자는 거야."

생각하니 다시 열이 확 올랐다. 나는 침대에서 한 바퀴 데굴 굴렀다.

"죽이 되든 밥이 되든 그 자리에서 버텼어야 하는데 난 또 왜 정신을 잃고 그러냐."

멱살잡이라도 해야 했어. 중간에 쓰러지는 바람에 식어 버렸잖아. 니나야, 네 몸 되게 약해. 독을 해독할 수 있는 몸이면 뭐하니. 이렇게 픽픽 쓰러지는데.

나는 시트를 발로 찼다. 죄 없는 하얀 시트는 내 발길질에 이리저리 쓰러졌다.

"침착하자. 침착하게 생각을 해 보자."

더럽고 치사하고 아니꼬워서 욕만 나오지만, 생각은 해 봐야 하지 않겠니.

"근데 생각할 게 있긴 해?"

나는 내 마음을 아주 활짝 열고 다 털었는데? 대놓고 말했잖아. 이용하려면 주급 두 배 주고 이용하라고!

"이딴 걸 주고 어쩌라는 거야."

홧김에 목걸이를 확 빼 버리려다 팔을 내렸다. 아, 그리고 보니까 빼지 말라고 했지. 괜히 뺐다가 무엄하다며 무슨 일 당하려나?

나는 입술을 잘근잘근 씹다가 목걸이를 확 벗어 버렸다. 기분 같아서는 창문 밖으로 던져 버리고 싶었지만, 거기까지는 차마 할 수 없었다.

한숨이 저절로 나왔다. 나는 빛나는 목걸이를 얌전히 손에 쥐었다. 붉은 보석은 손안에서 예쁘게 반짝였다.

나는 보석을 꽉 쥐었다.

"그럴 사람은 아니지."

목에서 뺐다고 벌줄 폐하가 아니긴 해.

"잘해 주긴 하고."

구해 주기도 했고, 편의를 봐 주기도 했지.

나는 그와 함께 있는 순간을 떠올렸다. 왕은 나와 있을 때 잘 웃었다. 그 웃음도 이용하기 위해서 짓는 걸까 의심이 들긴 했지만, 그래도…….

"솔직히 그저 시녀였다면 치워서 버리는 건 일도 아닐 거야."

나는 시트를 꽉 껴안았다. 손에 쥔 목걸이가 이상하게 무거웠다.

얼마나 그렇게 있었을까. 갑자기 문을 두드리는 소리에, 황급히 자리에서 일어났다.

"열려 있어요."

옷매무새를 고치는데 방문이 열렸다. 나는 들어온 이를 보고 살짝 미소 지었다.

'하긴. 이 시간에 여기 올 사람은 이분밖에 없구나.'

꼼꼼하게 넘긴 머리가 잘 어울리는 시녀장님은 천천히 내 방 안으로 걸어 들어왔다. 그녀는 탁자에 가져온 등을 놓고는 한숨을 쉬며 말했다.

"늦은 시간에 미안하구나."

"아니에요. 여기 앉으세요."

사비나 님은 옅게 웃으며 내 침대 끝에 앉았다. 나는 엉망이 된 시트를 서둘러 정리했다.

"앉을 곳이 마땅치 않네요."

"그러게. 의자도 필요하겠구나."

사비나 님은 한숨을 쉬며 내 방을 둘러보았다. 시트야 재빨리 정리할 수 있어도, 방 안은 아직 어지러웠다.

'이럴 줄 알았으면 방부터 치울걸.'

부끄러워서 살짝 뺨을 긁었다. 이래서 사람은 미리미리 준비해 놔야 하는구나.

사비나 님은 열린 창을 보며 물었다.

"몸은 어떠니?"

"아, 괜찮아요. 병동에서 한숨 자고 일어났더니 언제 그랬냐는 듯 기운이 났어요."

"다행이구나. 또 쓰러졌다는 말을 듣고 걱정했단다."

여전히 마음결이 비단 같으시네요. 신경 안 쓰셔도 될 텐데, 사비나 님은 역시 좋은 사람이시네요.

나는 조용히 그녀를 바라보다, 조금 놀랐다. 어른거리는 촛불에 비친 사비나 님의 얼굴이 평소와는 달랐다.

'어, 어라?'

세상에. 사비나 언니! 얼굴이 왜 이 모양인가요! 다크써클이 엄청 내려와 있고, 얼굴색도 이상한 데다 푸석거리기까지 하잖아요!

'야근 엄청나게 하셨나?'

설마 그때부터 지금까지 계속 일하신 거야?

나는 서둘러 일어나 물컵을 건넸다. 뭐 좋은 거라도 드리고 싶었지만, 어지러운 방 안에 마실 만한 건, 물밖에 없었다.

"고맙구나. 마침 목이 말랐어."

"피곤해 보이세요."

"아직 처리할 일이 많단다. 이제야 메어리 님에 관한 일이 다 끝났어."

사비나 님은 한숨을 폭 내쉬며 물을 마셨다.

"끈덕진 것들."

뭐, 뭐가요?

"사람 말을 더럽게 안 들어."

저, 사비나 언니? 저번처럼 술 마신 건 아니죠?

"잠을 계속 못 자니 머리가 어질어질하구나. 물 한 잔 더 주지 않으련? 말을 하도 많이 했더니 목이 칼칼해."

나는 얼른 물을 한 잔 더 가져다줬다. 그녀는 한숨을 푹 내쉬며 나를 바라보았다.

"내가 여기 왜 왔더라?"

아니, 언니 왜 이러세요!

"많이 피곤해 보이세요! 잠은 좀 주무셨나요?"

"아, 맞다. 폐하가 시킨 일이 있지. 내 정신 좀 봐."

눈물 없이는 보기 힘들었다. 하긴 나도 프로젝트 두 개 겹쳤을 때 저랬지. 헛소리도 늘고 말이야.

'비닐봉지를 고양이로 착각하기도 했어.'

계속되는 야근은 이렇게 무서운 겁니다. 사람은 쉬어야 하는 존재예요. 야근 죽어라.

이런 내 마음을 아는지 모르는지, 사비나 님은 앞치마에서 편지 한 장을 꺼냈다.

"니나야. 폐하의 서신이다. 받으렴."

굉장히 뜬금없었다. 왜 이런 걸 주는 거지? 불러서 말로 하면 되잖아.

"받으렴."

"네? 네……."

주니까 일단 받긴 했다. 손에 잡히는 종이가 고급스러워서 왠지 울고 싶었다.

'이건 또 무슨 폭탄이야.'

서신은 인장까지 제대로 봉인되어 있었다.

"읽으렴."

선뜻 인장을 망가트리기가 무서웠다. 사비나 언니는 침대 헤드에 기대며 중얼거렸다.

"보는 것까지 확인하라고 하셨어. 열어 보렴."

"무, 무서운데요."

"짐의 토끼, 짐의 토끼 하는데 죽이기야 하겠니. 그냥 열어 봐."

서신도 무서웠지만, 나사 풀린 시녀장님도 무서웠다. 나는 우물쭈물 편지를 폈다.

편지는 길지 않았다. 오히려 굉장히 짧았다.

토끼는 짐을 혼란스럽게 만드는군. 이용하지 않겠다. 안심해
도 좋다.

이게 끝이었다. 나는 어른거리는 촛불 사이로 비치는 서신
을 계속 바라보았다.

"뭐라니?"

"직접 보실래요?"

사비나 님은 고개를 끄떡였다. 나는 편지를 펼쳐서 그녀 앞
에 대령했다. 사비나 언니는 휙 보더니, 미간을 찌푸렸다.

"별꼴이구나."

저, 언니?

"세상 모든 걸 이용하는 사람이 잘도 이용 안 하겠다. 니나
야, 믿지 마. 사람 머리 꼭대기에서 노시는 분이야."

나는 서둘러 주위를 둘러보았다. 아무도 없는 걸 알지만 이
러다가는 시녀장님이 왕족 모독죄로 끌려갈 거 같았다.

"거, 거짓말이실까요?"

내 질문에 사비나 님은 얼굴을 왕창 구겼다.

"거짓말을 잘 안 하시긴 하시지."

아니 믿지 말라며. 사비나 님, 왜 이러세요. 모순이잖아요.

"한 말은 거의 지키시긴 해."

"그, 그러신가요."

"지킬 필요 없으면, 당연히 안 지키시지만."

뭐 어쩌라는 건지 알 수 없었다. 나는 어색하게 웃으며 서신을 내렸다.

"니나야. 내가 저번에 했던 말 기억하니?"

"예? 예, 사비나 님."

그럼요. 당연히 기억하죠. 그걸 어떻게 잊나요.

'속지 말라고 하셨지.'

질리실 거라고 일장연설을 하셨지.

"널 위해서 한 말인데 요즘 후회해."

사비나 님은 내 침대에 돌아누우셨다.

"니나야. 난 말이야. 그 남자가 성녀한테 반할 줄 알았어."

시녀장님은 빈틈없이 묶은 머리를 흐트러트렸다. 나는 그녀의 갈색 머리카락을 멍하니 바라보았다.

'예, 예리하시네요.'

저도 그런 미래를 보고 왔답니다.

"성녀는 예쁘고 가녀린 새잖니. 솔직히 그런 분은 누구나 마음이 쓰이게 되잖아. 사연도 기구하고 말이야. 그녀를 처음 이성에 데려왔을 때 폐하의 태도가 좀 이상했어. 하나하나 묘하게 걸리는 느낌이라고 해야 하나. 다짜고짜 데려온 것은 둘째로 쳐도 말이야."

나는 고개를 끄덕였다. 지당하신 말씀입니다. 『묶인 새』 소설 초반도 그렇긴 했어요.

"그래도 그땐 폐하가 낯설지는 않았어."

아니 이건 또 무슨 말인가요. 지금은 낯설다는 말인가요?

"지금은 폐하가 아닌 느낌이야."

"네? 어제도 오늘도 똑같으시던데요. 어, 어디 아프시기라도 한가요?"

"카스텔리움성에서 제일 강하신 분이 그럴 리가 있니! 성안에 모든 이가 시름시름 앓아도 그분은 멀쩡할걸?"

그건 저도 동의합니다. 사비나 님.

"네가 변하게 한 거 같아."

깜짝 놀라 그녀를 바라보았다. 머리를 푼 시녀장은 한숨을 폭 내쉬었다.

"너를 처음 봤을 때 들었던 예감이 맞았어. 니나 네 존재가 요즘은 폭풍 같아. 뭔가 예상할 수 없게 변해 가는구나."

"죄, 죄송합니다."

"네가 왜 미안해 하니. 넌 그저……."

사비나 님은 말을 하다 고개를 절레절레 저었다.

"그냥 착한 애일 뿐이지."

칭찬이겠지?

뭐라 할 말이 없어서 살짝 뺨을 긁었다.

"그러니까, 니나야."

"예, 예. 사비나 님."

"내 말도 다른 사람 말도 듣지 말렴. 충고랍시고 던지는 거 다 무시해도 돼. 폐하를 계속 지켜본 나도 모르겠는데, 다른 이라고 그의 심중을 알겠니? 그가 너에게 하는 모든 일은 다 이상한 것뿐이야."

그녀는 나에게 가까이 오라고 손짓했다. 나는 재빨리 그녀에게 다가갔다.

"착한 것. 아프지 말아야 할 텐데. 나는 네가 걱정이야."

따듯한 손이 이마를 매만졌다. 한참을 쓰다듬었던 손은 갑자기 힘을 잃고 툭 떨어졌다.

쓴웃음이 저절로 나왔다. 나는 일단, 그녀가 쥐고 있던 컵을 탁자에 놓았다.

'주무시네?'

며칠 밤을 새우신 거지. 나는 그녀의 구두를 벗기고, 허리에 묶인 앞치마 끈을 느슨하게 풀었다. 꽉 조이는 칼라의 단추까지 풀며 제대로 눕히자, 기분 좋게 뒤척이셨다. 몸을 압박하는 게 사라진 그녀는 한결 편해 보였다.

'처음 볼 때는 뭐든 확실한 분이신 줄 알았는데…….'

어쩌 만날 때마다 풀어지시는 거 같은데, 기분 탓일까?

'아니야. 그냥 내가…….'

편해지신 거 같아.

나는 자리에 쪼그리고 앉아서 턱을 괴었다. 사비나 님은 알 수 없는 잠꼬대를 하시며 허공에 발길질하셨다.

순간, 급히 입을 가렸다. 언니, 잠버릇이 험하시네요.

얼마나 그렇게 웃었을까.

나는 목덜미를 매만지며 자리에서 일어났다. 창문을 열어서

서늘한 공기가 느껴졌다. 아이고, 문 닫아야겠네. 이 언니 춥겠어. 감기라도 걸리면 큰일이지. 나는 그녀의 몸에 깔린 시트를 낑낑거리며 빼서 덮어 줬다.

'졸지에 자리를 뺏겼네.'

나는 조용히 창문을 닫았다. 바람이 멈추자 하얀 커튼도 움직이지 않았다. 나는 손가락으로 커튼을 콕콕 찔렀다.

'나도 이 커튼처럼 폐하께서 들쑤시지 않으면 이렇게 평온하려나.'

나는 아직도 그가 준 목걸이를 쥐고 있었지만, 솔직히 보석보다는 편지가 신경 쓰였다.

사실일까?

'진짜 안 속일까?'

팔짱을 끼고 밤하늘을 바라보았다. 초승달은 아름답지만 찔리면 아플 정도로 날카롭게 보였다.

'저 달, 폐하 같다.'

찔리면 아플 거 같아.

'실제로 아팠어.'

성녀를 위해서 날 이용했다는 걸 알았을 때 뒤통수가 얼얼했어. 그런데 이제 속이지 않겠다고? 그걸 믿으란 걸까?

나는 한숨을 폭 내쉬었다. 조언해 줄 분은 아무 충고도 듣지 말라고 하며 잠들어 버렸다. 나는 계속 밤하늘을 바라보았다.

믿을까, 말까.

'혹시 이거, 선택의 기로인 걸까?'

인생의 갈림길 뭐 이런 거야? 하긴 하나 선택하면 돌이킬 수 없겠지. 게다가 니나의 삶도 마구마구 요동칠 거 같아.

'너무 어려운 거 아닙니까!'

차라리 사느냐 죽느냐가 편하겠다! 각각의 리스크와 기회비용을 표로 정리해도 복잡할 거 같은데, 이건 뜬구름 잡기잖아!

'침착하자. 이화윤. 믿으면 어떻고, 안 믿으면 어떤데?'

나는 고개를 푹 숙였다. 아이고, 바보야! 또 저질렀구나.

'그래 봤자 내가 뭘 하겠어. 그냥 이렇게 사는 거지.'

속이지 않으면 감사한 거고 아니면 당하는 거지. 나는 말단이고 그 사람은 왕정 사회의 절대 권력자잖아. 구르라면 굴러야하는 내가 선택한다고 뭐가 달려져.

'정신 차려라!'

다시 밤하늘을 바라보았다. 총총히 수놓은 별빛은 여전히 아름다웠다. 나는 한참을 보다 검지 하나로 달만 가렸다. 날카로운 초승달은 폐하 닮아서 보기 싫었다.

순간 피식 웃음이 나왔다.

'가려 봤자지.'

손가락 사이로 달빛이 새어 나왔다. 하는 수 없이 나는 팔을 내렸다.

'믿을까 말까가 아니었어.'

목걸이는 여전히 손안에 있었다. 나는 쓰게 웃으면서 그가 준 보석을 바라보았다.

아주 작은 목소리로 속삭였다.

"믿고 싶은 거였어."

혹시나 사비나 님이 깼을까 싶어서 침대를 바라보았다. 하지만 잠든 이의 숨소리만 들릴 뿐이었다. 나는 다시 목걸이를 목에 걸었다.

'나는 바보다. 진짜 바보야.'

친애하는 폐하. 저는 당신을 사랑하는 걸까요?

나는 눈을 감았다. 울고 싶었지만, 눈물이 나오지 않았다. 그저 마음이 무겁게 가라앉았다.

문득, 옛날 생각이 났다.

잘생기신 폐하, 있잖아요.

'태풍이 온다는 소리를 들은 날이었어요.'

출근하기 전에 창문을 꼼꼼히 닫고 단수가 될까 싶어서 물을 받았죠. 비옷을 챙기고 밖으로 나왔는데, 나비 한 마리가 날아가더라고요.

'내일 비바람이 몰아칠 거라는데, 평범한 흰나비가 팔랑거리는 걸 보니 기분이 참 이상했어요.'

나야 집 안에서 뜨신 거 먹으면서 리모컨 돌리겠지만, 쟤는 어디서 태풍을 피하려나. 구멍에라도 들어가서 거친 비바람을 견디려나?

폐하. 아직 태풍은 오지 않았어요. 하지만 언젠가 불어닥치겠죠.

당신과 나의 관계는 이상해요. 지금 그냥 그렇게 지나갈 수도 있어요. 하지만 분명히 뭔가가 도화선이 되어서 팡 터질 거 같아요.

'내 곁에 있어라. 속이지 않겠다.'

그 두 가지를 믿고 살기에는 제가 너무 가진 게 없잖아요.

'어렵다, 어려워.'

나는 꽉 쥐고 있던 보석을 놓았다. 붉은 보석은 핑그르르 돌다가 가슴 가에 닿으며 멈췄다.

"태풍에 다 쓸려 가게 되려나?"

그래도 열심히 살아야지. 당장 내일부터 약초 공부부터 열심히 하자.

어쩐지 조금 웃음이 나왔다.

'지구가 멸망해도 사과나무 심는 심정이 이런 거구나.'

그거 굉장히 심오한 철학이었네요. 다 쓸려 갈 줄 알면서도 열심히 살라니 무슨 개소리야 싶었는데, 역시 사람은 경험해 봐야 되나 봐요.

나는 다시 밤하늘을 바라보았다. 까만 밤하늘은 평온하기만 했다. 나는 고개를 저으며 생각을 털어냈다. 벌써 지칠 수 없었다.

나는 천천히 침대로 다가갔다. 사비나 님이 자고 있지만, 작은 니나가 들어갈 틈은 있었다. 억지로 몸을 껴 넣자, 사비나 님 팔이 어깨에 얹어졌다.

'자자.'

자고 일어나면 다른 날이 펼쳐질 거야. 그날이 오늘보다 좋은 날일지 아닐지는 모르지만, 그래도 자야 해.

'괜찮아. 괜찮을 거야.'

괜찮지 않으면 어쩔 거야. 참 이상해. 길도 찾았고 나아가기만 하면 되는데, 눈물이 나올 거 같아.

그때 봤던 나비는 팔랑거림이 머릿속에 맴돌았다 사라졌다. 안타깝고 안쓰러워서, 참았던 눈물이 눈가에 맺혔다.

의식의 끄트머리에서 나는 손가락으로 눈물을 훑었다.

괜찮은데 왜 이러는 걸까.

"당신은 이런 내 마음을 모르겠죠? 리카르도?"

사비나 님 숨소리가 귓가에 들렸다. 나는 시트를 덮으며 눈을 감았다. 상념이 몰아쳤던 머릿속이 한번 붕 떠오르다 가라앉았다.

나는 다시 한번 그의 이름을 불렀다.

리카르도 르시어 그란데 이베리아.

폐하.

시녀 셸리는 머리에 쓴 캡을 풀고 한숨을 내쉬었다. 곱슬거리는 갈색 머리가 흐트러지자, 조금 살 거 같았다. 하지만 어깨는 여전히 뻐근했다. 보직이 바뀐 뒤로 온몸에 군 힘이 들어갔다.

"피곤해."

이럴 줄 알았다면 받아들이는 게 아니었어.

며칠 전, 시녀장님이 따로 부르시더니 그녀의 보직이 달라졌다.

안쪽 방, 부인 담당.

그 부인이 성녀 세라피란 건 카스텔리움성에서 모르는 이가 없었다. 무조건 지켜야 하는 존재고, 귀한 이라며 시녀장은 신신당부했다.

셸리도 성에서 오래 근무한 시녀였다. 그 말이 무슨 뜻인지, 또 그 전임자가 어째서 이 일을 못 하게 되었는지 잘 알았다.

"힘들어."

주급이 올라가서 신나서 받아들였지만, 그만큼 신경 쓸 게 많았다. 그 안쪽 방에는 폐하도 오셨고, 그 아이도 다녀갔다.

한참 시녀복을 벗고 있을 때였다. 같은 방을 쓰는 쥬시가 촛불을 켜며 물었다.

"이제 왔어? 늦게 왔네."

"응. 지금 왔어. 힘들지도 않은데 어깨가 아파."

"뭉쳐서 그래. 저번에 줬던 거 또 줄까?"

셸리는 웃으며 손을 내밀었다. 3년째 같은 방을 쥬시는 가끔 피로 해소에 좋은 열매를 줬다. 정원에서 주웠다는 과실은 달콤했고, 먹고 나면 잠이 잘 왔다.

"응. 줘."

쥬시는 피식 웃으면서 말했다.

"내가 줬다고 말하면 안 돼! 나 먹을 것도 별로 없단 말이야. 너니까 특별하게 주는 거다?"

어머나, 고마워라! 감사에는 응당 예의를 표현해야 했다. 셸리는 살며시 일어서서 한쪽 다리를 굽혔다가 폈다.

"감사합니다, 쥬시 님."

두 시녀는 서로를 보며 까르륵 웃었다. 맑은 웃음소리가 둘이 있는 방에 가득 찼다.

"일 많이 힘들어?"

셀리는 고개를 끄덕이며 작은 과일을 한입 물었다.

"처음이라서 그런지 적응이 안 돼. 폐하도 오시는 곳이잖아. 아, 나 얼마 전에 그 애 봤다? 그 너도 아는 애!"

쥬시는 침대에 걸터앉아 다리를 꼬았다.

"니나 케이지?"

"어! 그 애. 근데 소문은 복잡한데 착하더라? 아무튼, 그 애 때문에 살았어. 부인께서 아무것도 안 드셨거든. 니나 케이지가 간 뒤로 조금이나마 드시고 주무시더라."

"다행이나. 그 애가 위로한 걸까?"

"아무래도 그렇겠지?"

셀리는 잠옷으로 갈아입으며 재잘거렸다.

"그런데 개도 좀 아파 보이더라. 내가 부축해서 끌고 나왔다니까. 몸이 허약한가?"

셀리의 말에 쥬시는 조용히 생각에 잠겼다. 셀리는 침대에 벌렁 누워서 어깨를 돌렸다.

"잠 솔솔 온다. 고마워. 쥬시."

"아니, 뭐. 괜찮아. 셀리?"

셀리는 침대에 누워서 눈을 감았다. 눈꺼풀이 부드럽게 감겼다.

"응? 왜?"

잠에 취해서 단어가 뭉그러졌다. 쥬시는 그런 셸리를 보며 작게 속삭였다.

"미안해."

셸리는 '뭐가?'라고 묻고 싶었다. 하지만 암흑이 순식간에 내려앉았다. 그리고 그녀의 의식은 시커먼 늪에 순식간에 잠겼다.

쥬시는 그런 그녀를 물끄러미 바라보았다. 방금까지 같이 얘기했던 시녀는 미동도 없었다.

"정말, 미안해."

쥬시는 칼로 손가락에 피를 내고 셸리의 이마에 오각형 별을 그렸다. 피로 만든 문장은 은빛 빛을 내다가 사라졌다.

쥬시는 천천히 무릎을 꿇었다. 곧 미동도 없던 그녀가 일어났다.

"오랜만에 뵙습니다."

일어난 셸리는 이마를 짚었다. 말투나 행동도 자기 전의 그녀와는 달랐다. 그 존재는 작게 한숨을 내쉬었다. '코페이스트'를 하면 언제나 머리가 쪼개질 듯 아팠다.

"오래간만이긴 하군."

쥬시는 환하게 웃으면서 그녀를 바라보았다.

"머리 아파. 이 시녀는 정말……."

그녀는 한숨을 쉬며 중얼거렸다.

"별것 없는 삶을 살았군."

"셸리는 좋은 시녀였습니다."

"중요한 것에 대해 아는 게 하나도 없어. 이렇게 쓸모없는 기억을 코페이스트 하다니, 교황의 권능이 울겠어."

셀리였던 여자는 몸을 일으켜서 한숨을 내쉬었다. 쥬시는 그런 그녀를 부축하면서 다시 무릎을 꿇었다.

"성하를 뵙습니다."

"일어나. 오랜만에 만났는데, 할 일 없이 왜 무릎이나 꿇고 있어."

쥬시는 일어나며 활짝 웃었다.

"훌륭한 교황이 되셨군요."

"힘들었어. 그 늙은이, 망령이 다 되어도 주도권을 놓지 않으려고 하더군."

"잘 이겨내셨습니다."

"넌 어때? 잘 지냈어?"

쥬시는 차오르는 기쁨을 숨길 수 없었다. 그녀는 셀리였던 이의 손을 꼭 잡았다.

"아니요. 힘들었어요. 이곳은 경계가 삼엄한 곳입니다, 성하."

"상관없어. 뭐, 성력만 있는 교황이면 견디지 못할 거야. 마력 때문에 온몸이 찌릿찌릿해. 하지만 이 몸에 마력도 있지. 그걸 이베리아의 왕이 아는지 모르겠군."

교황은 어깨를 돌렸다. 일을 많이 했는지, 이 시녀의 근육은 뻣뻣하기 그지없었다.

"모를 겁니다. 니나 케이지 존재 때문에 조금은 눈치챘을지도 모르지만요."

아, 그렇지. 한숨을 내쉬며 이마를 짚었다. 배 나온 추기경들의 탁상공론을 생각하니 열이 받았다.

"무능한 것들. 그래서 나는 그 애를 보내는 걸 반대했어. 일이 잘못되면 세라피가 위험하다고 그렇게 말했는데 안온에 젖어서는……."

"실제로 세라피 성녀의 인장이 자꾸 나나 케이지에게 넘어가고 있습니다."

"미치겠군. 이번 왕은 눈치가 빠르던데, 잘못하면 다 들통나겠어."

쥬시는 걱정스러운 눈으로 교황을 바라보았다. 시녀의 몸을 가진 교황은 씩 웃으며 말했다.

"내가 왔으니까 걱정하지 마."

"교황 성하……."

교황은 팔을 쭉 펴며 주위를 둘러보았다. 그러다 침대에 발라당 누워서 천장을 바라보았다.

"세라피. 드디어 내가 왔어."

교황은 밝게 웃으며 속삭였다.

"내가 널 구하러 왔어."

쥬시가 걱정스러운 얼굴로 말했다.

"교황 성하. 하지만 오래 걸릴지도 모릅니다. 이번 왕은 철저해요. 빈틈을 찾기가 힘듭니다."

"오래 걸리면 오래 버티지 뭐. 회로를 위한 통로는 내가 만들게. 뭐, 나밖에 할 수 없겠지만 말이야."

"그렇다면 세라피의 몸에 만드셔야 할 텐데요. 시녀로 오래 있어도 되나요?"

교황은 손가락 하나하나를 오므렸다 폈다. 그의 의지에 따라 시녀의 손가락은 자유자재로 동작했다.

"여자 몸이라서 어색하지만 나쁘지 않아. 이 몸으로 세라피를 만나는 것도 즐거울 거 같고 말이야."

"성하, 시녀의 일을 하실 수 있으시겠습니까?"

"나 고아 출신인 거 잊었어? 기억대로 하면 되겠지. 시녀 일은 돼지 똥 치우는 것보다는 섬세하지만 쉽지 않을까?"

"그들은 상상도 못 할 것입니다."

교황은 씩 웃었다. 세상 모든 이보다 높은 교황은 고아 출신이고, 지금 타국 시녀의 몸에 머물고 있었다.

"교황의 능력은 생각보다 별거 없는 거 같아. 사람에게 씌워지기라니. 그거 외에는 회로 조작 같은 조잡스러운 거밖에 없잖아. 아, 세뇌랑 기억 조작도 있긴 하다. 어쨌든 세상에서 제일 높은 사람치고는 초라하잖아."

"성하, 왜 그런 말씀을 하십니까."

"사실이잖아. 아무리 신이 우리에게 한 권의 책을 줬더라도, 교황인데 이따위 능력이라니! 차라리 이베리아 쪽이 훨씬 나아. 불기둥이랑 구름 기둥이라니, 그쪽은 멋있지 않아?"

쥬시는 한숨을 내쉬었다.

교황은 그런 그녀를 보며 장난스럽게 미소 지었다.

"나 이런 거 원래 알고 있잖아."

"교황 성하."

"이런 쓸모없는 능력을 추앙받으며 대대로 이어 왔다니 추악하기 그지없어."

침묵이 내려앉았다. 쥬시는 조심스럽게 교황을 바라보았다. 셀리의 몸을 가진 그는 꽤 지친 표정이었다.

그때 교황은 옆자리를 톡톡 두들겼다. 쥬시는 가까이 다가가 누운 교황 옆에 앉았다.

"이런 자가 교황이라도, 충성해 줄 거지?"

쥬시는 흘러내린 머리를 쓸어 올리며 살며시 고개를 숙였다. 그러고는 그녀의 이마에 키스했다.

"예. 성하. 저는 당신의 것이니까요."

"여태까지 수고했어. 더 수고하게 될 테지만, 미안해. 나는 꼭 세라피를 살려야 해."

"아닙니다. 그녀는 성하의 단 하나뿐인 존재니까요."

교황은 웃으면서 쥬시의 손을 잡았다.

"나는 아무리 큰 희생을 해도, 그녀를 살릴 거야. 그녀를 위해서라면 어떤 이도 죽일 수 있어. 세상을 멸망시켜도 좋아. 세라피를 사랑해."

"성하……."

교황은 천장을 보며 속삭였다.

"기다려, 세라피. 내가 왔어."

쥬시는 그런 교황의 손에 깍지를 꼈다. 교황은 장난스럽게 팔을 흔들며 씩 웃었다. 오랜만에 다른 사람에 씌워서인지 어색했지만, 그래도 이 정도는 참을 수 있었다.

"이만 잘게. 이 몸 조금 피곤했나 봐."

"네. 주무십시오. 성하."

쥬시는 셀리였던 이에게 시트를 덮었다. 그는 피식 웃으며 옆으로 돌아누웠다. 눈을 감자 익숙한 안식이 내려왔다.

곧 세라피를 볼 수 있었다. 교황은 그것이 너무나 기뻤다.

만약 한 사람을 희생시키면 아흔아홉 명을 살릴 수 있습니다.

그 사람을 죽이겠습니까?

한 사람을 희생시키면, 당신이 사랑하는 사람을 지킬 수 있습니다.

그 사람을 죽이시겠습니까?

만약 당신이 죽으면, 당신이 사랑하는 사람을 지킬 수 있습니다.

당신은 희생할 수 있나요?

그 사람을 죽이면, 당신은 살 수 있습니다.

그 사람을 죽이시겠습니까?

만약 모든 것을 가질 수 있는데, 당신이 사랑하는 사람을 죽여야 한다면

그 사람을 죽일 수 있나요?

25

저 벌써 스무 살이에요

아무것도 보이지 않았다. 하지만 느껴졌다. 이유를 물으면 대답하기 힘들지만, 이상하게 확신할 수 있었다.

'이건 꿈이구나.'

꿈 좋지. 자각몽은 오랜만이네. 뭘 할까? 미남이라도 나오려나. 이왕 꾸는 꿈, 좋은 게 나왔으면 좋겠다.

그때 뭉그러진 눈앞이 점점 선명해졌다. 뭔가 보이나 싶어서 열심히 바라보았는데, 갑자기 다시 깜깜해졌다. 나는 알았다. 세상이 까매진 이유는, 누군가가 내 눈을 검은 천으로 가렸기 때문이었다.

그 순간, 꿈을 꾸는 내가 사라졌다.

다시 눈을 떴을 때, 낯선 감각만이 느껴졌다.

흘린 눈물 때문에 천이 축축했다. 하지만 그렇다고 해서 눈가를 문지를 수도 없었다. 손은 뒤로 묶어져 있었고 발에는 족쇄가 달린 채였다. 걷는 것도 앉는 것도 다 누군가의 힘에 강제로 행해졌다.

'신이여.'

낯선 내가 간절히 속삭였다.

'미워요.'

내가 사라진 자리에 슬픔이 가득 메워졌다. 시린 아픔이 볼을 타고 계속 흘러내렸다. 나는 알았다. 나는 이제 울지도 못했다.

나는 여기서 죽는다. 정말 이것이 마지막이었다.

'다 미워요. 절 죽이는 모든 사람이 미워요.'

그래서 미웠다. 아무 죄 없는 나를 죽이는 모든 사람이 미워서 참을 수 없었다.

날 죽이지 마. 나는 죄가 없어. 내가 왜 죽어야 해.

미워. 다 미워.

여기 사람들 베아토, 당신 빼고는 다 미워.

'날 죽인 만큼 괴로웠으면 좋겠어. 이 나라 사람들 비참하게 다 죽어 버렸으면 좋겠어.'

숨을 쉬지 못해 괴로웠다. 억지로 헐떡이니 막힌 입에서 쇠를 긁는 소리가 들렸다.

철컹. 난생처음 듣는 소리가 들렸다. 보이지 않아도 알았다. 지금 어떤 사람이 나를 죽이려고 칼을 뽑았다.

그때 낮은 목소리가 들렸다.

"미안하다. 적어도 고통 없이 보내 주마."

싫어. 미안하면 죽이지 마.

죽기 싫어서 몸부림쳤지만, 거센 힘에 가로막혔다. 나는 주먹을 꽉 쥐었다. 묶인 손에 잡히는 거라고는 밧줄뿐이었다.

얼마나 그렇게 몸부림쳤을까. 결국 힘이 빠졌다.

나는 축 늘어진 채 속삭였다. 입 밖으로는 나오지 못하는 말이, 가슴속에 포개졌다.

'하지만 신이여. 그거 아세요? 저는 바보예요. 그래서 이런 것만 바래요.'

숨을 크게 들이켰다. 아무것도 보이지 않는 시야 사이로, 나는 간절히 빌었다.

'신이여. 매일 밤 무릎 꿇고 기도했던, 신이여. 제가, 저를 죽인 사람들을 미워하지 않게 해 주세요. 한 권의 책이 우리의 인생이라면서요. 그럼 제 책이 달라지게 해 주세요. 주신 아디비노여. 당신이 정말 신이라면, 그렇게 주세요. 제발 이 바보의 소원을 들어주세요.'

칼이 허공을 가르는 소리가 들렸다. 뜨거운 눈물이 볼을 타고 흘러갔다.

'제발, 제 소원을 들어주세요. 내 책에서 내가 없어져도 좋아요. 저는 바보라서 사람을 미워하기 싫어요. 제발, 제발……'

고통은 느껴지지 않았다. 곧 암흑이 다가왔다. 생각도 끊기자, 나는 얼굴을 문질렀다.

나는 작게 숨을 내쉬었다. 이건 꿈이었다. 생생했지만, 그래도 꿈속이었다. 하지만 느껴졌다.

너는 니나구나.

내가 모르는 네 끝이 이렇구나.

우리 니나, 많이 아팠니? 아픔은 느껴지지 않던데, 그러면 그나마 다행이긴 한데…….

그런데 어떡하니.

우리 니나 왜 죽은 거야. 무슨 사연이니? 왜 그렇게 억울하고 슬프게 죽었어! 니나야, 대답하렴. 누가 죽인 거야? 그 칼 휘두른 놈 누구니? 언니가 찾을게! 찾아내서 생명에는 지장 없지만, 고통스러운 약초를 한 트럭 먹일게. 어떤 놈이야. 사는 걸 후회하게 만들어 주마! 언니가 살인은 못 하지만, 고자 정도는 만들 수 있어! 진짜 사채 쓰고 치매 걸리게 만들어 줄게!

그때, 니나가 웃는 게 느껴졌다.

'그거 아세요?'

꿈속에서 소녀가 속삭였다.

'저는 달콤한 것을 좋아하고, 꽃을 좋아해요.'

그건 나도 좋아해. 그런데 그걸 싫어하는 사람이 있을까? 아, 단것은 그럴 수 있나?

'그래서 저는, 당신이 제가 좋아하는 것을 할 때마다 너무 기뻐요.'

어머나, 그래? 좀 더 많이 먹을게. 좋았어. 이베리아에 있는 카페란 카페는 다 턴다! 니나 소원이면 내가 뭘 못 해 줘. 그런데 니나는 어떤 맛을 좋아하니?

'뭐든 좋아요. 고마워요.'

뭘, 이런 걸 다. 오히려 내가…….

"더 고맙지."

나는 눈을 깜박였다. 어른거리는 속눈썹 사이로 햇살이 내려왔다. 눈을 비비자 흐릿한 초점이 돌아왔다.

나는 주위를 둘러보았다. 젖힌 커튼 사이로 내려오는 햇볕이 방 안 구석구석 닿았다. 5년 전부터 매일 공부하는 책상에도, 가끔 털어서 말리는 카펫 위에도, 옷장에도.

"뭐가 고맙다는 거지?"

참 뜬금없었다. 조금 전에 왜 그런 말을 한 걸까. 뭔 꿈을 꾼 거 같은데 잘 기억이 나지 않았다.

나는 머리를 꾹꾹 누르고 주위를 둘러보았다. 그리고 볼을 꼬집었다. 믿기지 않았다. 꿈이었으면 좋겠는데, 아쉽게도 현실이었다.

헛소리하고 있을 때가 아니구나.

"이게 도대체 무슨 일이야!"

한숨이 저절로 나왔다.

"방 꼴이 왜 이래!"

나는 허리에 놓은 팔을 팽개치고 침대에서 벌떡 일어났다. 옆에서 자고 있던 시녀님이 잠에서 깼는지 웅얼거렸지만 아랑곳하지 않았다.

냄새가 장난 아니었다. 항상 꽃냄새가 향긋하길 바란 건 아니지만 이건 아니잖아! 누가 내 방에 들어오면 술독에 들어온 줄 알겠어!

슬리퍼를 주워 신고 여기저기 널려 있는 빈 술병을 모았다. 카펫 위로 흩어진 안주 쪼가리를 보니 왠지 머리가 어지러웠다.

나는 이마를 부여잡았다. 이걸 다 언제 치워!

"으아, 머리야. 니나야, 나 물 좀 줘."

카펫 위에서 널려서 자는 시녀님 한 분이 비적비적 일어나서 손을 내밀었다. 나는 그런 시녀님을 흘겨보았다.

도대체 남의 방에서 몇 시까지 술 파티를 한 겁니까!

"사람들 좀 깨워 줘요. 어제 몇 시에 잤어요? 이게 다 뭐예요!"

내 침대에서 같이 자고 있던 시녀가 대답했다.

"동이 틀 때까지?"

"우린 이 밤의 끝을 잡고 끝까지 갔어."

저러니까 꽐라가 되지. 나는 고개를 저으며 그들에게 약초 잎을 넣은 물컵을 건넸다. 그들은 달게 물을 마시며 방긋 웃었다.

"고마워! 우리가 이거 믿고 달렸잖아!"

"이거 먹으면 속이 편하더라!"

나는 한숨을 폭 내쉬었다. 그러고 보면 어제 나도 꽤 많이 마셨지. 나는 침대에 걸터앉아 물을 한 모금 넘겼다. 세이라 잎과 말린 칼렘초를 넣어서 상큼한 맛이 났다.

"이거 괜히 만든 거 같아요."

숙취해소 음료를 만든 이후로 아무래도 이 시녀님들이 정신줄을 놓고 달리는 거 같아.

"무슨 소리니! 이게 없으면 안 돼!"

"맞아!"

"우리가 얼마나 이것에 기대어 살고 있는데!"

나는 물끄러미 세 시녀님을 바라보았다. 처음 이베리아로 와서 목욕물을 가져다주신 세 분과 친해졌을 때는 이렇게 될 줄 생각도 못 했다.

'술친구가 될 줄이야.'

나는 한숨을 쉬며 잔을 탁자에 뒀다. 잠옷 사이로 흘러내린 머리카락을 뒤로 넘기자, 시녀님 한 분이 말했다.

"예쁘다."

나는 주위를 둘러보았다. 뭐가 예쁘다는 거지?

"그러게. 예쁠 거라 생각했는데, 정말 예쁘네."

"저렇게 예쁜 건 우리 때문일 거야. 우리가 좋은 거 많이 찾아 줬잖아."

아무리 봐도 그녀들이 말하는 예쁜 게 보이지 않았다. 눈에 들어오는 건 그냥 5년 동안 살아왔던 내 방이었다. 뭘 말하는 거지? 책상? 책? 침대? 설마 카펫 위에 말라붙은 안주 쪼가리가 예쁘다는 건 아니겠지?

"뭐가 예뻐요?"

내 물음에 세 시녀님은 까르륵 웃음을 터트렸다.

"아, 뭔데요!"

"니나야. 언니가 부탁할게."

가장 가까이 앉아 있던 시녀님이 내 어깨를 두들겼다.

"그 순진함은 그대로 있어 주렴."

"맞아. 맞아."

"넌 이런 면이 여전히 귀여운 거야."

나는 미간을 찌푸렸다. 이분들 아주 사람을 놀리고 있었다.

"아, 좀 알려 줘요!"

"싫어."

"싫지롱!"

치사하게 자기들만 알아.

나는 입술을 쭉 내밀고 흘러내린 머리를 뒤로 묶었다. 아직도 치울 게 산더미였다. 카펫도 털어야 했고, 술병도 정리해야 했다.

"내가 못 살아. 방은 치우면 된다지만, 시녀님들 간은 하나입니다. 좀 적당히 마시세요! 왜 이렇게 많이 마셨어요!"

세 시녀님은 서로를 바라보았다.

"우리가 왜 마셨더라? 뭔가 이유가 있었는데?"

"아, 축하였잖아!"

"맞다! 기억났어!"

그분들은 갑자기 박수를 치셨다. 나는 한숨을 쉬면서 고개를 절레절레 저었다. 시녀님들, 어제 기억 못 하세요? 어제도 이러셨잖아요! 박수 벌써 다섯 번째예요!

"연구원 시험에서 1등 한 거 축하해, 니나야!"

"우리 니나! 장해!"

"시녀 일도 하면서 틈틈이 공부해서 1등이라니! 하긴 네가 열심히 하긴 했지."

그들은 각자 팔짱을 끼고 중얼거렸다.

"무섭게 공부하더라. 나 무슨 시체가 성에 돌아다니는 줄 알았어."

"복도 다니면서도 중얼중얼하고 말이야. 다른 시녀가 니나 어디 아프냐고 물어봤을 때 변명하느라 혼났잖니."

"너 그렇게 있다가 나중에 폐하께 혼났지?"

나는 뺨을 살짝 긁었다. 시험공부에 바빠서 남은 시간을 죄다 공부에 투자했었다. 일상생활도 약초의 효능과 배합을 외우는 데 썼다가 결국 대참사가 벌어졌다.

"폐하 앞에서 사고를 치긴 했어요."

아직도 아찔했다. 환한 햇살이 비치는 정원에서 폐하의 검은 머리카락을 잡고 무심코 '골레파리. 해초. 산모에게 좋음'이라고 중얼거렸다.

"얼마나 무서웠다고요."

고개를 들자 절세미남이 환하게 웃고 있었다. 두려워서 몇 걸음 물러서자, 그만큼 성큼성큼 다가왔다. 그러고는 내 귀를 쓰다듬으며 말했다.

'토끼에겐 짐이 이제 해초로 보이나 보군.'

죄송하다고 온 마음과 정성을 다해서 필사적으로 빌었지만, 바로 허리를 잡혔다. 그는 나를 무릎 위로 올려놓았다.

'짐은 자비로운 왕이라 토끼의 공부를 방해하지 않겠다. 자, 편히 공부해 보아라.'

나는 고개를 푹 숙였다. 그때를 생각하면 한숨이 저절로 나왔다. 왕은 거의 반나절을 나를 무릎 위에 앉히고 정무를 보았다. 결국, 막판에는 사비나 님이 구해 줬지만, 아직도 부끄러웠다.

"소문 엄청났어."

"드디어 취하시는 건가. 뭐 이런 유."

나는 피식 웃으면서 고개를 저었다.

"폐하께 저는 그냥 토끼예요."

나는 손으로 토끼 귀를 하고 오므렸다 폈다.

"애완동물이죠."

세 시녀님은 아무 말도 하지 않았다. 갑작스러운 적막 속에서 나는 다시 웃었다.

"시간이 말해 주잖아요. 벌써 5년이 지났어요. 별일 없는 거 시녀님들이 더 잘 아시잖아요."

나는 손을 내리고 가슴 가를 톡톡 두들겼다. 이곳에는 폐하가 주신 목걸이가 있었다. 너무 화려해서 옷 밖으로 걸지는 않았지만, 명령이라서 매일 걸고 있긴 했다.

'한시도 떼 놓지 마라. 떼 놓으면 벌을 주겠다.'

어떤 벌을 줄까. 주기는 하나. 분위기 좋을 때 한번 물어볼까.

나는 생각을 털어내며 웃었다. 그러고 보면 이 시녀님들에게 드릴 게 있었다.

"아, 사과잼 드릴게요. 어제 안주였던 빵 찍어 드신 거요."

나는 궤짝에 넣은 잼을 주섬주섬 꺼냈다.

"고마워."

"맛있더라. 그거 메어리 님이 주신 거야?"

나는 웃으면서 세 시녀님에게 잼을 나눠 줬다.

"네. 의외로 과수원이 적성에 맞으신가 봐요."

"잘 지내시나 보네."

"네. 저번에 가 보니까 정말 메어리 님답게 지내셔서 안심했어요."

쉬는 날 찾아간 메어리 님 집은 튼튼해 보이는 이층집이었다. 나이 든 시녀님은 아기자기하게 꾸며 둔 집을 구경시켜 주면서 말했다.

'이 집은 내 집이지만 네 집이기도 하단다. 니나야.'

저도 주급 받아요. 굳이 주실 필요 없어요. 왜 그런 말씀을 하세요. 계속 설득했지만, 그녀는 듣지 않았다. 심지어 이웃 분들에게는 친척 아이라고 소개까지 했다.

'정말 좋았어.'

기뻐서 눈물이 나는 걸 억지로 참았다. 혈혈단신에 천애고아였는데, 돌아갈 곳이 생겼다는 게 너무 좋아서 메어리 님을 꽉 껴안았다.

니나야. 언니가 친척이 생긴 거 같아.

"하긴 5년 전에는 심각했지."

나는 메어리 님이 주신 사과잼을 한번 쓸었다. 맞아. 그땐 정말 어떻게 되나 걱정했었다.

'성에서 퇴출당하는 거로 끝나서 다행이야.'

나중에 사비나 언니가 깐깐한 분들을 설득하느라 혼났다고 들었다. 그때 피곤함에 절어서 주무시던 거 생각하니 한숨이 저절로 나왔다.

'시녀장은 아무나 하는 게 아닌 거 같아.'

나는 궤짝을 다시 제자리에 넣었다. 메어리 님이 주신 모든 게 자취할 때 엄마가 준 반찬처럼 느껴졌다.

'안부 편지 또 보내야지.'

아마 좋아하실 거야.

"잼은 맛있게 먹을게."

나는 웃으면서 고개를 끄덕였다. 신세 진 분들이 많아서 잼을 줄 사람도 넘쳤다.

그때 한 시녀님이 내 이름을 불렀다.

"니나야."

나는 고개를 들었다. 세 시녀님은 웃으면서 종이로 싼 뭔가를 건넸다.

"스무 살, 생일 축하해."

순간 깜짝 놀랐다. 생각지도 못했다.

"모, 몰랐어요."

"그런 거 같더라."

나는 그들이 준 것을 조심스럽게 받았다. 예쁜 종이를 벗겨내자, 동그란 로켓이 나왔다. 뚜껑을 열자 불그스름한 연지가 보여서, 나는 조금 웃었다.

"이거 비싸잖아요."

며칠 전 거리에서 봤었다. 배합을 어떻게 하는 걸까 궁금해서 오랫동안 봤는데, 가지고 싶어서 그러는 줄 아셨구나.

이들의 마음이 너무 좋았다. 정말 행운이야. 내가 복이 많구나. 어떻게 이런 분들을 만났을까.

"우리가 큰돈 썼어."

"잘 어울릴 거 같더라."

"발라 볼게요!"

나는 새끼손가락으로 연지를 덜어 조심스럽게 입술에 발랐다. 다 바르고 돌아서자, 시녀들은 그런 나를 요리조리 살피더니 고개를 저었다.

"미안하다."

"우리가 잘못했어."

"지우자, 니나야."

나는 연지를 바라보았다. 붉은색이 참 예뻤다.

'얼굴색이랑 조합이 안 되나?'

니나 흰색 피부색이라서 붉은색 어울릴 텐데. 아, 머리카락 색과는 안 어울리나? 아닌데! 눈 색이랑 잘 어울리는 거 보면 붉은 것도 나쁘지 않을 텐데?

"별로예요?"

"아니."

"어울려. 너무 예뻐. 우리가 고른 건데 당연히 예쁘지."

그런데 왜 지우라는 걸까. 영문을 알 수 없어서 고개를 갸웃거리자, 시녀님들은 손수건으로 직접 연지를 지워줬다.

"너무 예뻐서 안 돼."

"다 널 위해서야. 니나야. 가뜩이나 눈에 띄는데 더 띄면 안되잖니. 네 삶이 힘들어질 거야."

"특별한 날에만 바르자? 약속?"

시녀님 한 분이 준 선물을 도로 뺏어서 서랍에 넣어 버렸다.

'너무 예쁘다니……'

농담이야, 진담이야. 믿어야 돼, 말아야 돼. 미심쩍어서 눈을 가늘게 뜨자, 그들은 서로를 보며 웃기만 했다.

'뭐, 니나가 예쁘긴 하지.'

솔직히 5년이나 지났는데도 적응이 되지 않았다. 니나는 어렸을 때도 예뻤지만 자라고 나니, 예상을 훨씬 웃도는 미인이었다.

'거울 볼 때마다 놀라잖아.'

어떻게 이런 얼굴로 자란 걸까. 오뚝한 코도, 분홍빛 입술도 예쁘게 반짝이는 붉은 눈도 동화에서 막 나온 공주님 같았다.

'게다가 이 백금발이 장난 아니야.'

끝이 약간 곱슬거리는 머리카락이 자라자 니나의 미모는 훨씬 돋보였다. 게다가 이 몸은 아무리 먹어도 살이 안 쪘다. 어렸을 때야 워낙 못 먹어서 그런가 싶었지만, 2년 후엔 이게 체질이구나 싶었다.

키도 컸고, 머리카락도 자랐다. 외모가 변한 만큼 주위 상황도 달라졌다. 그리고 그 변화는 그럭저럭 다 좋은 방향이었다.

'니나가 벌써 스무 살이구나.'

나는 묶었던 머리를 풀었다. 햇살 사이로 백금발이 사락거리며 손등을 스쳤다. 나는 겉옷을 벗고 시녀복으로 갈아입으며 말했다.

"나가 봐야겠어요."

"오늘 휴일이잖아."

나는 옷매무새를 정리하며 웃었다.

"스승님 좀 뵈려고요. 그리고 병동도 둘러보고요. 여유가 있으면 간호사 언니도 좀 도울까 싶어요. 거긴 사람이 있어도 없어도 바쁜 거 같아요."

세 시녀님은 웃으면서 자리에서 일어났다. 그러고는 카펫 위로 떨어진 캡을 찾으시면서 안주 쪼가리가 묻은 옷을 털었다.

"카펫 청소는 이따 저녁 때 도와줄게."

"아, 내 캡 어디 있지?"

"저기 굴러다니는 거 네 거 아니야?"

"아, 내 거다."

두 분은 캡을 잘 찾아 쓰셨지만, 한 분은 계속 바닥을 둘러보았다. 나는 서랍을 열어서 새로운 캡을 꺼냈다.

"이따 청소하면 나오겠죠. 일단 이거 쓰실래요?"

"고마워."

"뭘요. 그냥 가지셔도 돼요. 저는 안 쓰잖아요."

내 말이 끝나자 세 시녀님은 서로를 보고 웃으셨다. 순간 부끄러움이 확 올라왔다. 나는 흘러내린 머리를 억지로 뒤로 넘겼다.

'원래는 쓰는 게 맞지.'

나는 손부채질을 하며 얼굴을 식혔다. 하지만 화끈거림이 가라앉지 않았다.

"그럼, 그럼! 쓰면 큰일나지."

"무려 폐하의 명령이잖니!"

"안 지키면 벌받을걸?"

부끄러워서 고개를 들 수 없었다. 뭐라 변명을 할 수도 없었다. 시녀님이 하는 말은 죄다 사실이었다.

'왜 그런 명령을 내린 거야!'

머리카락이 어깨에 닿을 때쯤이었다. 평소와 같이 꼼꼼하게 묶고 캡을 썼는데, 복도에서 만난 폐하가 물끄러미 튀어나온 잔 머리를 바라보셨다.

'명령이다. 니나 케이지. 앞으로는 머리를 푸르고 다녀라.'

심지어 그런 말을 하고 내 머리를 직접 푸르기까지 했다. 당황에서 이유를 묻자, 그는 뻔뻔하게 내 머리카락을 매만지며 말했다.

'만지고 싶을 때 만지고 싶다.'

얼굴이 다시 화끈 달아올랐다. 나는 입을 가리고 땅만 쳐다보았다.

"아직도 부끄러워?"

"네. 부끄러워 죽을 거 같아요."

"벌써 몇 년 전이잖아. 그냥 받아들여. 폐하가 만지고 싶다는데 어쩌겠어."

"아니, 그러니까, 그게, 네……. 그래야죠."

명령이라면 당연히 듣긴 해야죠. 그게 맞긴 하는데요.

나는 열심히 숨을 골랐다.

'진짜 그 사람은 무슨 속셈이야!'

덕분에 시녀들 사이에서 나는 어마어마하게 튀었다. 옛날에는 작아서 눈에 띄었다지만, 요즘은 혼자만 머리를 풀어서 멀리서 봐도 딱 보였다.

'묻어가고 싶은데!'

생각하니 얼굴이 더 화끈거렸다. 나는 필사적으로 숨을 내쉬며 마음을 정리했다.

'그냥 지키지 말까?'

목걸이도 그렇고, 머리카락도 이렇고. 그냥 눈 딱 감고 명령 거부할까?

'그럼 어떻게 되려나.'

벌받으려나? 어떤 벌을 받지? 설마 감옥에 가두려나?

나는 고개를 저으며 생각을 털어냈다. 어째 더 복잡한 기분이었다.

"저, 이만 가 봐야 해요."

부끄러워서 허겁지겁 문을 여니, 뒤에서 시녀님들이 까르륵 웃었다.

"네 방이야. 같이 가야지."

"진짜 당황했나 보네."

"놀리는 보람이 있다니까. 몇 년째 저래."

나는 문밖에서 서서 그들을 흘겨보았다. 세 시녀님은 가볍게 걸어와서 내 어깨를 툭툭 쳤다.

'놀림감이 된 기분인데……'

정말 이분들 날 놀리는 재미로 사시나. 뭐라 한마디하려고 할 때였다. 한 시녀님이 등뒤에서 꽉 껴안았다.

"축하해. 니나야."

두 시녀님도 웃으면서 내 볼을 쓰다듬었다.

"1등인 것도 축하하고, 생일도 축하하고."

"너무 무리해서 공부하지 말고, 일도 열심히 하지 마. 젊어서 너무 일하면 나이 들어서 힘들어."

"이만 우리 가 볼게! 저녁 때 보자. 같이 방 치우자!"

따듯한 체온이 사라졌다. 그들은 유쾌하게 웃으면서 나를 지나쳤다.

피식 웃음이 나왔다.

'못 당하겠다.'

진짜로 나를 걱정해 주신 걸 알아서일까. 이분들에게는 나도 두 손 두 발 다 들었다.

"술은 좀 줄이셔야 할 텐데."

나는 복도를 걸어가며 어깨를 쫙 폈다. 이분들 원래는 그렇게 많이 마시지 않으셨는데, 숙취해소 음료를 만든 후부터 제어를 안 하셨다. 역시 그걸 만드는 게 아니었어. 나는 그렇게 중얼거리며 계속 걸어갔다.

복도에는 햇살이 아른거렸다. 금빛 줄기가 예뻐서일까. 이상하게 단것이 먹고 싶었다.

스승님과 내가 연구하는 병동은 오늘도 평화로웠다. 들어서니 간호사는 스승님이 연구실에 계신다고 하면서 침상을 치우고 계셨다. 시트는 언제 들어도 무거워서 거들어 드리니, 그녀는 착하다며 머리를 쓰다듬었다.

나는 한 발짝 뒤로 물러서며 말했다.

"저 벌써 스무 살이에요."

"어머, 니나가 벌써?"

"네. 그렇습니다. 오늘이 생일이니, 이제 성년입니다."

간호사는 웃으면서 내 머리에 얹은 손을 치웠다.

"죄송합니다. 레이디가 자란 줄 몰랐군요. 이제 머리를 함부로 쓰다듬지 않겠습니다."

나는 치마를 들고 한쪽 다리를 굽혔다가 폈다.

"배려에 감사드립니다!"

간호사와 나는 서로를 바라보며 웃었다. 나는 들어가겠다고 손짓했고, 간호사 언니는 이따 시간 나면 조금만 도와 달라고 했다.

"지금은 한가한데요?"

"곧 혼잡해질 거야."

이유가 뭘까. 대규모 훈련이라도 하는 걸까.

"자자. 생일 맞은 숙녀는 들어가 보세요. 너무 알려고 하지 마시고요."

"네? 네."

나는 우물쭈물 연구실 안쪽으로 들어갔다. 간호사는 그런 나를 보며 손을 살랑 흔들었다.

'뭐가 뭔지.'

파면 더 나올 거 같은데 보내니 할 수 없었다. 나는 머리를 단정하게 하나로 묶으면서, 연구실 안으로 들어갔다.

익숙한 공기가 코끝에 닿았다.

책이 층층이 쌓여 있고, 책상이 두 개 있는 곳. 나는 웃으면서 걸어갔다. 스승님은 언제나처럼 머리를 대충 묶은 채 책을 보고 계셨다.

"스승님!"

디오는 그런 나를 보며 말했다.

"왔군."

"들으셨죠?"

스승님은 안경을 고쳐 쓰며 책을 한쪽에 두었다.

"1등 축하한다."

나는 스승님 앞에서 박수를 세 번 쳤다. 짝짝짝- 함박웃음이 저절로 나왔다.

"저 진짜 노력했어요. 그 자식이 여자라고 무시하고, 스승님도 뭐라 그러고! 아 진짜 다시 열받네! 저, 정말 참을 수 없었어요. 꼴좋다. 2등한 거 알면 뒤집히겠지? 1등이라고 없는 잘난 척 있는 잘난 척 죄다 하더니! 실력으로 눌렀으니 여한이 없어요, 스승님!"

연구 실적을 발표할 때마다 뺀질거렸던 놈을 생각하니 아직도 이가 갈렸다. 왜인지는 도무지 알 수 없었다. 이베리아에서 제일 촉망받는 인재라는 놈이었다. 언제부터인지 그놈은 스승님과 내 업적을 발표할 때 사사건건 방해했다.

"아, 데일런 말하는 건가?"

"걔 이름이 데일런이에요? 알 게 뭐예요. 하찮은 놈 이름 따위 머릿속에 넣느니, 약초의 효능이나 더 외울래요."

스승님은 팔짱을 끼고 나를 빤히 바라보았다. 나는 활짝 웃으며 말했다.

"어쨌든 그놈을 제가 이겼어요! 스승님 저 열심히 했어요! 자나 깨나 책 외우고 효능 외웠어요."

스승님은 피식 웃으며 고개를 저었다.

"축하한다."

"다 스승님께서 잘 알려 주신 덕이죠."

"데일런은 좀 불쌍하군."

"예? 왜요? 집에 불이라도 나서 연구한 서류가 다 타기라도 했대요? 알 게 뭐예요. 알아서 잘 살겠지."

스승님은 장갑을 벗고 내 머리를 쓰다듬었다.

"그렇다고 치자."

"무슨 대답이 그러세요."

"정말 데일런이 불쌍하군."

스승님은 내 머리를 쓱쓱 쓰다듬고, 책상 한쪽에 둔 책을 펼쳤다. 나는 조용히 책을 바라보았다.

약용 신물 학명: 그린카라 효능 첨부 의견[1] ……니나 케이지

와, 드디어 내가 책에 이름을 남기는구나. 잘했다. 이화윤. 역시 지성이면 감천이었던 거야. 내 노력이 하늘을 감동시켰어!

"제 이름이 책에 있는 거 참 좋네요. 1등 한 것도 기쁘지만, 이것도 너무 좋아요."

나는 그가 준 책을 꽉 껴안았다. 딱딱한 책이 사랑스럽기 그지없었다.

"수고했다."

"뭘요. 이제 시작이잖아요. 스승님께 자랑스러운 제자가 되도록 더 노력할게요!"

"넌 노력을 너무 많이 해. 그만해도 된다."

나는 배시시 웃으며 고개를 저었다.

막상 제자가 되어서야 알았다. 아무런 능력 없는 여자아이가 카스텔리움의 촉망받는 의사의 제자가 된 것은, 굉장히 파격적인 일이었다. 덕분에 스승님은 온갖 소리를 다 들었다.

'참 더러운 소문이었어.'

그래서인지 아카데미의 시선도 곱지 않았다. 물론 시간이 지나서 실적으로 상대하자 소문은 많이 줄어들긴 했다.

'그래도 아직도 그런 새끼들이 종종 나와.'

아카데미에서 줄곧 1등을 달린다는 그놈은 사사건건 시비였다.

내가 돈 빌리고 도망간 것도 아닌데 왜 못 잡아먹어 안달이야. 하여간 꼴좋다. 2등으로 밀렸으니 지금 얼굴색이 흙색이겠지. 이제 시작이다. 이놈아! 사는 동안 평생 깔아뭉개 주마.

그놈을 이기겠다고 내가 몇 밤을 새웠을까. 저절로 웃음이 나왔다.

"이번 일은 축하한다. 하지만 더 노력하지는 마라."

"아니, 왜요!"

"너는 노력을 너무 많이 해."

나는 고개를 저었다. 스승님이 모르셔서 하는 말씀입니다. 대한민국 수험생에 비하면 아직 멀었어요. 게다가 니나는 아직 젊어요!

'늙으면 체력이 달려서 밤도 못 샙니다!'

이것도 다 젊은 혈기로 할 수 있는 일입니다! 스승님! 배움은 때가 있다는 말이 괜히 있는 게 아니에요!

"더 할 수 있어요! 제자는 아직 배가 고픕니다!"

앞으로 1등을 다섯 번쯤 더 할 거예요! 그래야지 제가 스승님이 직접 제자로 삼을 만한 수재로 길이길이 빛날 거 같아요!

"하지 마라."

스승님은 한숨을 쉬시며 말했다.

"그러다 또 쓰러진다."

아, 그거 때문에 이런 말을 하시는구나.

나는 뺨을 살짝 긁었다. 시험 일주일 전, 너무 밤을 새워서 복도 지나가다가 제대로 고꾸라졌다.

'아무도 없는 복도면 괜찮았을 텐데.'

그러면 지나가던 병사님이나 시녀님들이 발견하고 병동으로 옮겨 주셨겠지.

'하필 폐하와 성녀님 지나갈 때 그러다니……'

그때를 생각하면 아직도 몸이 부르르 떨렸다. 그들이 지나가는 걸 본 순간 갑자기 땅이 쑥 꺼지며 의식이 흩어졌다. 본능인지 행운인지, 그나마 주저앉았다가 쓰러진 게 다행이었다.

'생각하기 싫다.'

누가 옮겼는지는 잘 몰랐다. 성녀님의 목소리를 들은 거 같긴 한데, 눈을 뜨니 병동 침대에 누워 있었다.

"그건 우연이에요!"

"너 그때, 밤을 사흘이나 새웠다. 폐하도 그 정도로 밤을 지새우지 않아. 게다가 검증되지 않는 피로해소제 음료를 얼마나 마신 것인지 위장마저 기능이 약해졌더군."

"독을 해독하는 체질이라서 좀 진하게 타 마셨더니……."

약초 연구가는 각종 건강 음료수를 직접 타 먹을 수 있었다. 나는 내 체질을 믿고 피로회복제를 잔뜩 만들었다. 시험 기간마다 계속 마신 게 탈이었을까.

'농도 조절에 실패했어.'

아무리 좋은 약초라도 과하면 독인걸, 몸으로 깨달았다.

"차라리 영양가 있는 걸 먹고 잠을 자라. 네가 말한 붕붕 음료나, 피로회복제 다 금지다."

나는 어색하게 웃었다. 스승님 그래도 그 음료들은 획기적인 발명이에요!

'이미 비슷한 거 약초의 종류나 배합 별로 열두 개나 만든 걸 알면 혼나겠지?'

절대 말하지 말자, 이화윤.

"아니, 뭐 그래도 잘 일어났잖아요. 위도 회복했고요."

스승님은 미간을 찌푸렸다.

"폐하의 명령을 거부할 셈이군."

순간 소름이 돋았다. 나는 고개를 푹 숙였다.

'눈 떠 보니 폐하가 계셨지.'

심지어 침대 옆에 서서 스승님과 논쟁을 벌이고 계셨다. 나는 이마를 짚었다. 아직도 그의 목소리가 생생했다.

'디오는 참 대단하군. 멀쩡했던 짐의 토끼를 단번에 쓰러지게 하다니.'

물론 스승님도 지지 않았다.

'심려를 끼쳐 죄송합니다. 제 제자가 저를 위해 노력하는 걸 말리지 못했군요.'

정신이 들었지만 차마 일어날 수가 없었다. 눈을 감아도 느껴졌다. 아닌 척하면서 둘 다 제대로 싸우는 중이었다.

'한 번 더 이런 일이 일어날 시에는 짐의 토끼로만 살게 하겠다.'

'폐하. 아이가 그걸 납득하겠습니까?'

겁도 없는지 스승님이 파이널 펀치를 날렸다.

'아이가 진정으로 바라는 건 폐하의 토끼가 아니라 제 제자일 것입니다.'

세상에! 스승님 목숨이 열두 개라도 되나요? 어쩌자고 친애하는 폐하께 시비를 거시나요!

순간, 더는 두고 볼 수 없어서 벌떡 일어났다.

'일어났습니다! 일어났어요! 멀쩡합니다! 폐하, 죄송합니다! 제 탓이에요! 제가 욕심을 부리느라 체력을 과신했어요! 다시

는 이런 일이 일어나지 않도록 건강관리를 잘하겠습니다!'

나는 작게 숨을 내쉬었다. 그때 두 남자가 날 내려다보던 시선이 잊히지 않았다.

순간 정적이 내려앉았다. 내 상태를 보러 온 간호사는 이상한 분위기에 칸막이 안쪽으로 들어오지도 못했다.

얼마나 그렇게 시간이 지났을까.

'명령이다. 다시는 쓰러지지 마라.'

폐하는 그 말만 남기고 휑하니 돌아섰다.

나는 손으로 어깨를 감싸 안고 몸을 부르르 떨었다. 그때를 생각하니 왠지 등이 오싹했다. 별거 아닌 말이었지만, 그 뒤로 폐하를 보는 게 굉장히 힘들었다.

'그거 삐진 거 맞지?'

불러도 대답 안 하고 시선을 피했다. 그래서 바쁘신가 보다 하고 돌아가려고 하면 팔을 잡고 놔주질 않았다.

'뭐가 섭섭한지 통 말을 안 하셨어.'

정말 번거롭기 짝이 없었다. 그 상황에서 내가 어떻게 하는 게 좋았을까. 가끔 돌이켜봤지만, 영 답이 나오지 않았다.

"다시는 건강관리를 소홀히 하지 않을게요."

두 번 쓰러졌다가는 정말 큰일날 거 같아요.

"니나 케이지."

나는 스승님의 다정한 목소리에 고개를 들었다.

'아……'

스승님은 끼고 있던 장갑을 느릿하게 벗었다. 나는 그 모습을 멍하니 바라보았다. 하얀 장갑 아래 숨겨 있던 그의 손이 드러났다.

'언제 봐도 예뻐.'

그는 맨손으로 내 볼을 쓰다듬었다.

손길은 부드러웠다. 왠지 부끄러워서 눈을 마주보기 힘들었다.

"네가 왜 쓰러졌는지 안다."

몸이 움찔 떨렸다.

'아시는구나.'

나는 어색하게 웃었다. 세상에, 스승님. 어떻게 아셨나요.

'아직 아무도 모르는데……'

나는 디오를 바라보았다. 그는 다정한 눈빛으로 계속 내 얼굴을 매만졌다.

"네가 걱정이다."

"죄송합니다."

"니나 케이지. 나는 항상 이 자리에 있다."

나는 조금 웃었다. 예전 같으면 무슨 말인지 알아듣지 못했겠지만, 지금은 알았다. 이건 정말 다정한 위로였다.

'내가 돌아갈 곳이 있다는 얘기겠지?'

폐하의 토끼가 아니라도, 나는 이제 약초 연구원이었다. 시험에서 1등을 했고, 저서에도 이름이 실렸다. 나는 순조롭게 자리를 잡아 가는 중이었다.

'좋은 제자가 되고 싶긴 했는데, 스승님이 이렇게 다정해지실 줄 몰랐어.'

마음이 간질간질했다. 나는 웃으면서 그의 맨손을 꼭 잡았다. 장갑을 끼지 않은 스승님의 손은 딱딱했지만 부드러웠다.

"감사합니다."

손의 온기가 기분 좋아서 배시시 웃자, 그는 미소 짓는 게 느껴졌다. 그 모습이 너무 예뻐서 나는 멍하니 스승님만 바라보았다.

'진짜 미남이다.'

붉은 머리와 날카로운 턱선이 매력적인 남자였다. 목선과 손이 예쁘기도 했다.

나는 작게 숨을 내쉬었다. 스승님, 이러니까 제가 더 노력할 수밖에 없잖아요. 당신은 잘생기고 상냥하니까요. 은혜를 조금이라도 갚고 싶단 말이에요.

"이만 가볼게요. 휴일인데 들러야 할 곳이 많아요."

"그래. 가 봐라."

나는 돌아서려다가 잠시 그를 바라보았다. 스승님은 다시 장갑을 끼면서 말했다.

"뭔가 용건이 있니?"

"저, 스승님 장갑 남은 거 있으면 빌려주세요. 성녀님한테 가 봐야 하는데, 제가 오늘 정신이 없어서 가져오질 않았어요."

세 시녀님과 얘기하느라 중요한 것을 빠트렸다. 평소 같으면 장갑 한 켤레쯤은 앞치마 주머니에 있는데, 하필 갓 세탁한 것을 입어 버렸다.

그는 가까이 오라고 손짓했다. 나는 스승님 앞에 다시 섰다.

"너답지 않군. 잃어버렸으면, 아예 가져라."

"아니요. 방에 가면 넉넉하게 있어요. 돌려드릴게요. 오늘 좀 정신이 없어서 못 챙긴 것뿐이에요."

스승님은 자신이 끼던 장갑을 벗어서 내 손에 씌웠다. 남은 온기가 닿자, 조금 이상한 기분이 들었다.

'얼굴 만지는 것보다 이게 더 부끄러워.'

왠지 눈을 마주치기 힘들었다. 이상하게 마음이 조마조마했다. 부끄럽기도 해서 묘하게 숨이 막혔다.

스승님은 손목에 있는 단추까지 제대로 잠가 줬다.

"가져도 된다."

그가 직접 끼워 준 장갑은 헐렁하기 그지없었다. 손가락도 한 마디나 남았고, 손목도 헐렁했다.

마지막 단추가 끼워졌다. 나는 겨우 한걸음 물러났다.

"그럼 진짜 가 볼게요."

"니나 케이지."

"네. 스승님."

"그녀와 닿지 마라."

나는 희미하게 웃었다.

"닿지 않을게요."

마지막에 본 그는 희미한 미소를 머금고 있었다. 나는 숨을 몰아쉬며 연구실에서 나갔다. 처음 만났을 때는 딱딱하기 그지없었던 의사는, 지금은 나를 보면 부드럽게 웃었다.

'아직도 간지러워.'

그 분위기가 이상하게 조마조마했다. 결국, 나는 손을 오므렸다가 폈다. 그가 준 장갑은 헐렁했지만, 소매가 채워져 있어서 빠지지 않았다.

'잘 살고 있는 거겠지, 이화윤?'

나는 억지로라도 조금 웃었다. 모든 것이 순조로웠다. 앞길도 제법 밝았다.

'그런데 왜 난 불안한 걸까.'

좋은 사람들에게 둘러싸여서 넘치는 사랑을 받는데, 이상하게 발걸음이 무거웠다. 나는 고개를 저으며 애써 생각을 털어냈다.

'이럴 때는 몸을 움직이는 게 최고야!'

할 일은 많고, 날 찾는 사람은 많았다. 나는 힘차게 병동 문을 열었다. 시끌시끌한 소리를 듣고, 바로 할 일을 찾아 달려갔다.

"왜 이렇게 사람이 많아요?"

나는 지혈을 위한 약초를 챙기며 간호사 언니에게 물었다. 그녀는 이마를 짚으며 붕대를 건네주었다.

"나도 몰라."

"아까는 한가했잖아요."

간호사 언니는 피식 웃으며 대답했다.

"그러게나 말이야. 다들 기다렸다는 듯 딱 맞춰서 온다? 신기하지?"

나는 고개를 갸웃거렸다. 성에서 갑작스럽게 단체로 다칠 일이 있나? 평화로운 걸로 아는데, 내가 모르는 일이 벌어졌나?

"일단, 가 볼게요."

"7번 침대에 가 줘. 힘들면 소리치고, 바로 달려갈게."

"네!"

나는 서둘러 7번 침대로 향했다. 병사들이 갑자기 몰려와서 인지 칸막이 칠 틈도 없었다.

'아, 또야.'

나는 7번 침대를 차지한 환자를 보며 이마를 짚었다.

"한스!"

나는 붕대와 약초를 한곳을 치웠다. 이 사람에게 약과 붕대 는 사치였다.

"오, 시녀 님! 또 보네?"

"오늘은 또 무슨 일로 왔어요! 또 쥐 눈곱만 한 상처로 오신 거죠!"

"무슨 소리야, 부상당한 거 맞습니다!"

그는 곤틀릿을 벗고 손을 보여 줬다. 나는 눈을 가늘게 떴다. 새끼손가락에 개미 눈곱만 한 상처가 있긴 했다.

나는 주먹을 꽉 쥐었다.

"한스, 장난해요? 이게 상처예요?"

"내가 엄살이 심하잖아요. 어이쿠, 아파라. 시녀님, 치료해 주십시오!"

"아, 진짜! 안 해요! 안 해! 지금 병동 안 보여요? 정식 간호사 도 아닌 제가 치료할 정도로 바쁜데 이런 상처로 오고 싶어요?"

그는 턱수염을 쓸면서 주위를 둘러보았다.

"다 나 같은 거 같은뎁쇼?"

나는 얼굴이 완전히 일그러졌다. 뭐라고?

"다들 별거 아닐걸?"

나는 눈을 가늘게 뜨고 주위를 둘러 보였다. 이상하게 눈이 마주치는 병사들이 참 많았다. 아니 저 사람들은 아파서 왔는데 왜 나만 보고 있지?

그때, 낮은 목소리가 울려 퍼졌다.

"별거 아닌데 병동에 온 건가?"

순간 한스가 침대에서 벌떡 일어났다.

"레, 레오 경!"

키도 크고 어깨도 넓은 기사는 천천히 병동 안으로 들어왔다. 그와 눈이 마주친 병사들은 죄다 병상에서 일어났다.

"한두 명이 아니군."

한스는 사색이 된 채 몸을 떨었다.

"언제부터 이베리아 병사가 이런 시답지 않는 상처로 병동에 왔지? 성안에서 독에 감염될 리도 없는데 말이야?"

병사들은 부들부들 떨었다. 나는 조용히 레오를 바라보았다. 항상 서글서글하고 여유 있어 보이는 기사에게 이런 면이 있는지 몰랐다.

'굉장히 엄해 보여.'

역시 기사들의 수장다웠다. 관록과 위엄이 철철 넘쳤다.

레오는 병사들을 한 명 한 명 바라보았다.

"익숙한 자도 보이는군."

서너 명의 병사가 흙빛 얼굴을 한 채 더욱 허리를 꼿꼿이 세웠다. 아, 저 사람들 그리핀과 관련 있는 병사들이구나.

그러게 왜 농땡이를 쳐요.

"기강이 이렇다니, 가만둘 수 없군."

나는 조용히 한스를 바라보았다. 수염이 덥수룩한 능글맞던 병사가 식은땀을 흘렸다.

'와우.'

당황하고 쩔쩔매는 모습을 보니 속이 다 시원했다. 언제부터인가 허구한 날 별것도 아닌 부상으로 병동에 오더니 딱 걸린 모양이었다.

'참기름 먹은 거 같아. 고소하다.'

나는 단장님을 보며 배시시 웃었다. 레오! 파이팅! 기강을 위해서라도 더 엄하게 하세요!

"여기 있는 이들은 다 기억했다."

레오는 느긋하게 말을 이었다.

"기대해도 좋아. 내일부터 즐거운 일이 생기겠군."

그때였다. 뻣뻣하게 굳어 있던 병사들이 갑자기 한쪽 무릎을 꿇었다. 병동 바닥에 쇳조각이 부딪치는 소리가 요란했다.

"필요 없으니 나가라."

병사들은 우렁차게 외쳤다.

"조, 존명!"

아, 깜짝이야.

그들은 걸음아 나 살려라 병동 밖으로 몰려나갔다. 나는 붕대를 쥔 채 주위를 둘러보았다. 그 많던 병사들은 다 어디로 갔을까. 마치 썰물처럼 빠져나갔다.

"레오 님!"

"아, 꼬맹아."

웃음이 저절로 나왔다. 세상에 무슨 영문인지 모르지만, 갑자기 일이 확 줄었어!

"감사합니다!"

레오는 피식 웃으며 시선을 돌렸다. 하지만 오랫동안 보아 온 나는 알았다. 이 남자는 앞에서 칭찬하면, 묘하게 귀가 붉어졌다.

'좋다. 좋아.'

냉정하고 서글서글한데, 부끄러움이 많다니.

'여기서 더 칭찬하면 얼굴까지 빨개지지.'

보고 싶지만, 그건 그간의 정으로 참겠습니다. 기사단장님.

"꼬맹아. 잘 지냈냐?"

"두 달 만에 뵙네요. 변경은 어때요?"

"늘 똑같지 뭐."

나는 레오의 얼굴을 요리조리 살펴보았다. 변경은 그렇게 험하다는데, 우리 단장님 어디 다친 건 아니겠지?

'얼굴색이 나쁘지 않아서 다행이야.'

좀 까칠해 보이긴 했어도, 혈색이 나쁘진 않았다. 나는 기사 주위를 돌며, 그의 모습을 꼼꼼히 확인했다. 강인해 보이는 어깨도, 허리와 허벅지도 전과 변함없었다.

"부상은 없죠?"

"그걸 꼭 그렇게 확인해 봐야 하니?"

"그럼 어떡해요. 레오는 다쳐도 말 안 하잖아요. 그런 적이 한두 번인가?"

나는 손가락으로 세 개를 접었다. 기사단장님께서는 제법 큰 상처를 입어도 내 앞에서 티를 내지 않았다. 처음에는 화를 냈고, 두 번째에는 간곡히 설득했고, 세 번째에는 내가 알아보고 확인하기로 다짐했다.

'이 남자는 이상한 거에 고집이 세.'

회복초라든지, 마취약이라든지 스승님 몰래 더 좋은 거 쓸텐데. 왜 말을 안 하는 걸까. 레오, 우리의 관계가 그거밖에 안 돼요? 좀 섭섭해요.

"생각 같아서는 레오가 병동에 올 때마다 몸을 만지고 싶어요. 확인하려면 그 수밖에 없잖아요."

레오는 한숨을 쉬며 고개를 푹 숙였다.

"꼬맹아. 제발 그건 하지 말아 주라."

"레오! 전 이래 봬도 의학에 한 발 걸치고 있어요. 절 못 믿으시는 거예요?"

그러던 기사단장님은 고개를 절레절레 저었다. 아니 그럼, 왜 말을 안 하는데! 내가 왜 당신이 상처 입은 걸 나중에 알아야 하냐고! 그때 제가 얼마나 열받았는지 아시나요? 기사단장님?

그는 내 머리를 쓰다듬으며 말했다.

"우리 꼬맹이. 아직도 이렇게 작구나. 이래서 내 마음을 모르나?"

"레오. 저 좀 봐요."

그는 발긋한 귀로 나를 내려다보았다. 나는 단장님 앞에서 팔짱을 끼고 허리를 폈다.

그래. 처음 만났을 때는 내가 좀 작긴 했지. 그때는 꼬맹이라고 불러도 그러려니 했는데, 지금은 좀 아니지 않나요?

"이젠 꼬맹이가 아니에요."

내 말에 머리를 쓰다듬던 그의 손이 멈췄다.

"잘 봐요. 많이 컸어요."

그는 뚫어져라 내 얼굴을 바라보았다.

'반응이 좀 이상한데?'

왜 넋을 놓고 보나요? 게다가 레오답지 않게 얼이 빠진 표정이야.

"레오?"

그때였다. 그는 화들짝 놀란 듯 내 머리에서 손을 뗐다. 그러고는 무서운 것을 본 거 마냥 몇 걸음 뒷걸음질쳤다.

'왜 이러는 거지?'

그렇게 가다 큰 남자는 빈 침대와 부딪쳤다. 철이 부딪치는 소리를 들으며 나는 고개를 갸웃거렸다.

아니, 변경에서 뭘 잘 못 드셨나? 설마 피곤하신가? 여독이 아직 안 풀린 거야?

"자, 잠깐. 꼬맹아. 아니 그러니까……."

"꼬맹이 말고 니나라고 이름 불러도 돼요."

"꼬, 꼬맹, 그래. 니나."

그는 새빨개진 얼굴을 큰 손으로 가렸다. 도무지 영문을 알 수 없었다. 부상 좀 확인하겠다는 것과 꼬맹이 아니란 게 이렇게 당황할 일인가?

나는 레오가 물러난 만큼 다가갔다. 그러자 그가 갑자기 팔을 들며 말했다.

"일, 일단 다가오지 마."

어머나. 왜 이러세요. 제가 단장님을 해치기라도 하나요?

"제발. 꼬, 아니 니나 양."

니나 양? 뭐지 저 웃기는 호칭은?

일단 레오 말대로 다가가지 않았다. 그는 몇 번 심호흡했지만, 새빨개진 얼굴을 가라앉히지 않았다.

아까 우렁차게 질렀던 낮은 목소리가 지금은 작기 그지없었다.

"네 말이 맞아."

뭐가 맞다는 걸까.

"꼬맹이가 많이 컸구나. 두 달간 못 봤는데, 정말 어엿한 숙녀가 됐어."

난 또 뭐라고. 순간, 웃음이 나왔다.

왜 이렇게 당황하나요. 애는 자라는 게 당연하죠. 니나가 좀 더디게 크긴 했지만, 이 정도는 평범하지 않나요?

"그게 그렇게 당황할 일이에요? 레오 님답지 않아요."

첫 만남에 폭탄 질문을 하신 분이, 지금은 왜 이러실까.

"아니, 그게……."

기사는 말을 못하고 끙끙 앓았다. 조용히 그의 다음 말을 기다릴 때였다. 갑자기 억눌린 웃음소리가 들렸다.

나는 천천히 소리가 난 방향으로 고개를 돌렸다. 익숙한 웃음소리여서 누구인지는 뻔했다.

나는 눈을 가늘게 떴다.

"언니는 또 왜 이러세요."

돌아선 그곳에는 배를 부여잡고 웃는 간호사 언니가 있었다. 그녀는 치료도 팽개치고 환자용 시트를 움켜쥐고 눈물을 흘렸다.

'누가 보면 어디 아픈 줄 알 거야.'

나름대로 소리를 죽인다고 입도 가렸지만, 한번 터진 웃음은 어쩔 수 없는 모양이었다. 나한테 들키자 그녀는 아예 대놓고 웃었다.

나와 레오 사이에 간호사 언니의 웃음소리가 흘러갔다.

'분위기 참 뭐하다.'

뭘 어떻게 해야 이 상황에서 벗어날까.

"그게, 그러니까⋯⋯."

레오는 작은 목소리로 중얼거렸다.

"예쁘다. 내 꼬맹이. 정말 예쁘게 자랐네."

아, 꼬맹이 아니라니까요. 키가 아주 크진 않지만 무난하게 중간 정도는 가거든요? 이제 작지도 않은 애 가지고 자꾸 꼬맹이래.

"니나 양이 뭐예요. 그냥 니나라고 불러요."

"어? 어. 그래. 니, 나나."

"어디 아픈 곳 없는 거죠? 나중에 들켰다간 가만 안 둘 거예요!"

"아프지 않아. 아주 멀쩡하다. 이제는 어디 다치면 꼭 말할게."

와, 이겼다. 나는 의기양양하게 팔짱을 꼈다. 아직도 얼굴이 불그스름한 기사는 그런 나를 보며 피식 미소 지었다.

"이제 머리도 쓰다듬으면 안 되겠구나. 정말 많이 컸네. 우리 꼬맹이."

"꼬맹이 소리, 하지 말라니까요!"

레오는 어깨를 으쓱했다. 흉터가 남은 눈매가 아주 보기 좋았다.

"좀 봐주라."

"이름 부르면 되잖아요."

"마음의 준비가 안 됐어."

아니, 이름 부르는 게 뭐 별거라고. 이게 마음의 준비까지 할 일이야?

"레오는 저를 너무 어리게 봐요."

단장님은 긴 한숨을 내쉬었다. 그러고는 아직도 침대를 부여잡고 웃는 간호사 언니에게 물었다.

"계속 이랬습니까?"

간호사 언니는 눈물을 훔치며 말했다.

"단장님 가고 나니 병동이 아주 미어터졌어요. 막상 저 아이는 병동에서 일하지 않는데도 말이죠."

레오는 골치가 아픈 듯 이마를 짚었다.

"안 온다는 걸 알고 몇 번 허탕 치고 나자, 어떻게 알았는지 아예 시간 맞춰서 들어오더라고요. 저 애가 오면 우르르 와요."

"미친놈들. 두 달간 자리를 비우니 기강이 해이해 빠져서는……."

"미모가 죄죠. 저 얼굴 보세요. 진짜 보기 드문 미인이잖아요."

레오는 고개를 돌려 내 얼굴을 빤히 바라보았다. 그러고는 다시 고개를 푹 숙였다.

간호사는 즐거운지, 방긋 웃었다.

"후훗. 단장님도 느끼시면서."

나는 살짝 뺨을 긁었다. 이쯤 되면 나도 돌아가는 분위기가 느껴졌다.

'나 때문이구나.'

한숨이 저절로 나왔다. 영양가 있는 거 먹고, 운동도 해서 그런가. 5년 후에 니나가 이렇게 예쁠 줄 몰랐지.

"앞으로 이런 일 없을 겁니다."

"잘 부탁드립니다. 별것도 아닌 거로 와서 좀 짜증났었거든요."

"죄송합니다."

간호사 언니는 어깨를 으쓱하더니 다시 붕대를 챙기려고 일어났다. 레오는 나를 다시 한번 보고는 또 한숨을 내쉬었다.

"미안해요."

"꼬맹아."

"제 얼굴 보려고 병사가 득실득실했던 거죠?"

죄송합니다. 레오. 사실 저도 미인은 처음이라서요. 어느 정도 예상하긴 했지만, 이 얼굴은 정말 예쁘네요.

'좀 더 처신을 잘해야 하는 걸까?'

나는 고개를 저었다. 아니 내가 왜 처신을 걱정해. 이만하면 됐지. 얼굴 보려고 오는 병사들이 잘못이지. 내가 왜 나를 검열해야 해. 나쁜 건 내가 아니야.

'하여간 예쁜 건 알아가지고.'

니나야, 네가 너무 예뻐서 큰일이다. 이럴 줄 몰랐어. 어떡하면 좋니. 언니가 시간이 없어서 호신술은 못 배울 거 같은데. 대신 호신용품은 들고 다닐게.

'엉큼한 눈으로 보면 다 찔러 버려야지.'

어떻게 잘해서 니나의 피를 먹인 후에 그것을 차 버리면 되나?

'아, 그건 안 되지.'

나는 장갑 낀 내 손을 들어올렸다. 그러고 보면 5년 전에 폐하께서 명령을 내렸다.

'피에 대한 비밀을 들키지 마라. 알려지면 네가 위험하다.'

그 뒤로 한 번도 피와 관련된 일은 벌어지지 않았다. 진실을 아는 이들이 함구했는지는 모르지만, 적어도 피해는 없었다.

"사과는 내가 해야지. 내 잘못이잖아."

나는 레오를 보며 미소 지었다. 5년 전이면 아니라고 하겠지만, 지금은 좀 달랐다.

"맞아요. 레오 님 잘못이에요."

그는 피식 웃었다.

"어떻게 사죄하면 되겠습니까? 레이디?"

나는 치마를 잡고 한쪽 다리를 살짝 굽혔다가 폈다.

"케이크를 원합니다."

레오는 턱을 쓰다듬으며 물었다.

"케이크를 좋아했어?"

"솔직히 단 걸 그렇게 좋아하진 않는데요. 오늘따라 먹고 싶네요."

"생일이라서 그런가?"

나는 눈을 깜박였다. 어라?

"제 생일이 오늘인 거 아셨어요?"

"어, 응. 그래서 좀 서둘러서 왔어."

어머나. 나는 다시 레오를 바라보았다. 조금 피곤해 보이긴 했다. 얼굴이 까칠한 이유가 변경에서 서둘러 와서야?

'어떡하지?'

왠지 너무나 기뻤다. 그는 살짝 상기된 얼굴로 살짝 손을 내밀었다.

"호위를 허락하시겠습니까?"

순간 옛날 생각이 났다. 그때도 레오는 이랬었지.

나는 살짝 손을 얹었다.

"허락합니다."

우리는 서로를 보고 조금 웃었다. 레오는 머쓱한지 다시 턱을 쓰다듬었다.

그의 귀는 여전히 빨갰다. 아니 자기가 해 놓고 자기가 부끄러워하다니, 단장님 이러시면 안 돼요. 너무 귀엽잖아요.

"어디로 가실 겁니까, 레이디?"

"정원에 나가 보려고 합니다. 기사님."

"무슨 용건인지 물어도 되겠습니까? 레이디?"

"부인께서 거기 계셔서요. 한번 뵈려고요."

그는 장갑 낀 내 손을 내려다보았다.

"그래서 장갑을 꼈구나."

"스승님이 끼던 거라 좀 크죠?"

"왜 디오 걸 껴? 장갑이 없니? 꼬맹아?"

나는 고개를 저었다.

"깜빡 잊어서 빌려주셨어요."

레오는 묵묵히 병동의 문을 열어 줬다. 나는 살짝 돌아서서 간
호사 언니에게 눈인사했다. 그녀는 얼른 가라며 손 인사를 했다.

복도에는 환한 햇살이 내려앉았다. 나는 레오의 에스코트를
받으며 천천히 걸어갔다.

"이제 이거 안 해도 돼요."

"기사의 소양입니다. 레이디."

"꼬맹이라고 했다가 레이디라고 했다가 레오 님도 바쁘네요."

그는 씩 미소 지으며 걸어갔다. 나는 그를 바라보았다. 두 달
만에 봐서일까. 정말 반가웠다.

"그동안 괜찮았어?"

"이루 말할 수 없을 정도로 괜찮았어요. 평화롭고, 순조롭고,
평범해요."

나는 초록색 카펫을 바라보았다. 치마 사이로 갈색 구두가

드러났다 사라졌다.

"아무것도 변하지 않았으면 좋겠다 싶을 정도로 좋았어요."

그는 묵묵히 발걸음을 옮겼다. 나는 고개를 저으며 말했다.

"계속 이렇다면 얼마나 좋을까요."

내 말에 레오는 피식 웃었다.

"글쎄. 내가 보기에는 꼬맹이가 평온했던 적은 없는데?"

아니 이건 또 무슨 말이야.

"지금 전 매우 평안한데요?"

"만나면 항상 뭘 하는 중이거나, 이미 했거나, 그로 인해 무슨 일이 벌어졌거나 셋 중 하나던데?"

나는 순간 가슴을 부여잡았다. 와, 이 사람 오랜만에 제대로 된 직구를 던졌어.

"꼬맹이는 항상 도망치지 않으면 죽는 사냥감처럼 달려. 왜 그렇게 필사적인 걸까. 보는 사람이 다 조마조마해."

"마, 말리시지 그러셨어요."

"말려도 꼬맹이가 들을까?"

레오는 묵묵히 나를 에스코트하며 다시 한번 돌직구를 날렸다.

"폐하도 못 말리는데, 내가 저지할 수 있을 리 없잖아?"

그만 던져요. 뼈가 시려요. 레오.

나는 발걸음을 멈췄다. 아니라고 반박하고 싶은데, 할 말이 없었다. 레오가 말한 건 너무나 핵심이었다.

'족집게 강사를 해도 되겠어.'

죄다 사실이었다. 그 일이 있은 후에 나는 1년을 하루 같이 달리기만 했다.

"그거야, 저는 고아에 이방인이고 빨리 자리 잡아야 하니까요. 상황도 복잡하고요."

그는 멈춰선 나를 보며 부드럽게 웃었다.

"그래서 더 말을 못 하겠더라."

환한 햇살 아래 눈가에 흉터가 있는 남자가 나를 바라보았다.

"나나 디오가 네게 안심이 안 되니?"

아니라고 말하고 싶었다. 하지만 차마 입 밖으로 나오지 않았다. 그래서 입술만 달싹였다.

"그, 그게……."

네. 맞아요. 안심 안 돼요. 좋아하고 믿긴 해요. 하지만 이런 관계에 의지하기에는 제가 짊어진 게 많잖아요. 아니, 그보다 말예요.

'스승님은 그렇다 쳐도 레오와 제가 무슨 관계인데요?'

뭐라 말하기에는 모호한 사이 아닌가요? 친구도 아니고, 직장 동료도 아니잖아요.

"와, 진짜 그렇구나. 좀 상처받았어."

"죄, 죄송해요. 그런데요. 하나 물어봐도 돼요?"

레오는 고개를 끄덕였다. 나는 앞치마를 살짝 잡았다. 이런 걸 정말 입 밖으로 내뱉어도 되는 걸까.

"레오는 절 어떻게 생각하세요?"

그의 모든 움직임이 멈췄다. 나는 고개를 들어 레오를 바라보았다. 서글서글하고 준수한 기사님은 나와 시선을 맞추지 못

했다.

"아, 아니 그게⋯⋯."

조금 웃음이 나왔다. 그것 봐요. 레오도 말 못하잖아요.

나는 숨을 크게 내쉬었다. 만나면 좋은 관계면 되지. 제법 가까운 관계는 맞잖아요. 우리 그냥 넘어갑시다.

나는 그를 보며 방긋 웃었다.

"좋은 관계죠?"

"어? 어⋯⋯."

내가 성큼성큼 앞으로 걸어가니, 멍하니 있던 기사가 따라왔다. 나는 계속 그렇게 걸어갔다. 복도가 너무나 환해서일까. 이상하게 눈이 부셨다.

"꼬맹아. 내가 할 말은 아니지만⋯⋯."

나는 잠시 걸음을 멈추고 돌아섰다. 금빛 햇볕에 기사의 흉터가 도드라졌다.

"변하는 게 무섭니?"

나는 어깨를 한번 으쓱했다. 앞치마가 조금 들썩였다가 다시 제자리로 돌아갔다.

"글쎄요. 무서워도 변할 건 변하겠죠."

그는 조용히 내 손을 잡았다. 나는 그의 손을 살짝 흔들었다.

"전 막을 힘이 없어요."

레오의 손은 컸다. 거친 손바닥이 조금 까슬까슬했다.

"그렇구나."

"착잡해도 별수 있나요. 적응하는 수밖에."

"꼬맹아. 왜 안 좋은 방향으로만 생각하냐. 좋은 쪽으로 변할 수도 있잖아."

이건 좀 의외였다. 생각해 보면 그의 말이 맞았다.

'그러게? 왜 나쁜 쪽으로만 생각했지?'

왜 비관적인 사고만 했지? 도대체 언제부터야! 밝고 긍정적이어도 모자란데!

'이러다간 오던 행운도 달아나겠다.'

나는 앞치마를 꽉 쥐었다. 맞아! 요즘 내가 건설적이며 생산적인 사고방식을 잊고 있었어!

"레오 말이 맞아요! 좋은 쪽일 수도 있죠!"

"이제 좀 꼬맹이답네."

"뭐가 저다운지는 잘 모르지만, 고마워요!"

그는 나를 보며 환하게 웃었다. 서글서글한 미남의 미소가 참 보기 좋았다. 그래서일까. 나도 웃을 수밖에 없었다.

"꼬맹아. 내가 기밀 하나 알려 줄까? 곧 대공께서 오실 거야."

대공? 알렉?

잊고 있던 이름이 떠올랐다. 나는 손으로 입을 막았다. 금빛 머리를 했던 소년의 얼굴이 스쳤다가 사라졌다.

아련함이 가슴 가를 두들겼다. 손가락 사이로 작게 숨을 내쉬었다. 그때 그렇게 헤어졌던 소년은 어떻게 변했을까.

"언제요?"

"곧 오시겠지. 서쪽 탑에 있는 선왕비가 이제는 힘들다고 들었어."

"아, 그렇군요."

나에게 칼을 들던 노인이 언뜻 머릿속에 스쳤다. 그때의 순간이 떠오르자, 나는 침을 꼴깍 삼켰다.

맞아. 나이가 있던 사람이었어. 그렇게 따지면 생각보다 오래 버텼네. 서쪽 탑은 추울 텐데 말이야.

"대공께서 절 기억하실까요?"

"당연히 기억하겠지."

하긴 꽃을 뿌렸으니까 기억에는 남아 있을 거야. 하지만 그는 이제 내가 아는 소년이 아니겠지.

벌써 지나간 세월이 5년이었다. 꽃처럼 예뻤던 미소년은 얼마나 자랐을까.

'키도 많이 컸겠지?'

변경에서 오래 있었는데, 어디 다치진 않았겠지? 그 고운 얼굴에 상처라도 하나 있으면 굉장히 슬플 거야.

'그런 미소년은 보호해야 하는데……'

피부도 가꿔 주고 좋은 옷을 입혀야 했는데. 그래야 인류의 보배가 꽃을 피우지.

'꽃이라…….'

순간, 대공에게 받았던 꽃다발 여섯 개가 생각났다. 첫 만남, 참 이상하긴 했었지. 그래서일까. 자꾸 웃음이 나왔다.

그 추억이 알렉에도 도움이 됐을까. 나는 굉장히 좋게 남아 있는데, 짐이 많던 그 소년에게도 그랬으면 좋겠다.

"한번 뵙고 싶긴 해요."

"대공비가 되려고?"

"네? 그게 무슨 말이에요. 레오 님, 농담이죠?"

나는 미간을 찌푸렸다. 아니 대공비가 왜 튀어나와.

"대공께서 절 기억은 하시겠죠. 그럭저럭 좋은 추억이었을 거 같긴 해요. 하지만 기억이랑 현실은 다르잖아요. 자란 저를 보면 아 역시 추억은 추억이구나 하지 않을까요?"

"글쎄다."

레오는 나를 보며 말했다.

"기억 속에 소녀가 정말 아름답게 컸구나 싶을 텐데?"

나는 순순히 인정했다.

아, 그런가? 외모야 그럴 수도 있겠다. 나는 고개를 끄덕였다.

"제가 잘 크긴 했죠. 그래도 대공비는 아니죠. 그런 건 농담이라도 무서워요. 레오. 왕족은 대부분 정략결혼이잖아요."

"그렇긴 하지."

"게다가 결혼은 대공보다 폐하께서 더 급하시잖아요."

레오는 창가로 고개를 돌렸다. 나는 바닥을 보며 계속 걸어갔다.

"또 약혼녀 후보가 생겼겠군."

순간 씁쓸함이 올라왔다. 레오 말이 맞았다. 폐하께 또 약혼녀 후보가 생기셨다.

"세 번째 약혼녀 후보가 생기셨어요. 결혼식을 하실지는 모르겠지만요."

젊고 잘생겼으며 미혼인 폐하에게 약혼녀 후보가 있는 건 꽤 예전에 알았다. 하나같이 도도해 보이는 영애셨다. 그들이 화려한 드레스를 입고 카스텔리움성에 들어올 때마다, 시녀들은 비상이었다. 왜 그런지는 나중에 알았다. 그들은 마치 성의 주인처럼 굴었다.

'좀 더럽고 치사하긴 했어.'

카펫이 더럽다느니, 성안 분위기가 칙칙하다느니, 이것저것 트집을 잡다가 결론은 왕비가 없어서로 마무리되었다. 신하들은 빨리 왕비를 들이라고 간언했지만, 막상 당사자인 폐하는 느긋하기만 했다.

'그러다가 하나씩 없어지더라.'

첫 번째 약혼녀 후보가 어떻게 사라졌더라? 아, 약혼녀 후보 쪽 가문이 길길이 날뛰다가 결국 시골로 보내는 것으로 끝났었어.

사실 나는 아직도 두 번째 약혼녀 후보의 얼굴을 잊지 못했다.

'진짜 무서웠어.'

그때를 생각하면 몸이 부르르 떨렸다. 진짜 마음은 불편해도 몸은 편하게 산다고 방심했을 때였다. 딱 맞춰서 사건이 터졌다.

"꼬맹아, 괜찮니?"

나는 레오를 보며 활짝 웃었다.

"괜찮아요. 지나간 일이잖아요. 다시는 안 올 텐데요. 뭐. 더 무서운 일을 많이 겪어서 그런가. 그건 정말 별거 아니었어요."

레오는 헛웃음을 지었다.

단장님, 웃기죠? 저도 웃깁니다. 니나로 살다 보니까, 괴상한 사건 사고에 나도 모르게 익숙해지더라고요. 새삼스럽지만, 니 나는 참 운이 안 좋아요.

어느덧 정원이었다. 나는 오랜만에 본 레오를 향해 돌아섰다.

"이만 가 볼게요. 다음에 봐요."

"그래. 잘 가라."

"다치면 꼭 얘기하세요! 나중에 들으면 가만 안 둘 거예요?"

레오는 피식 웃으며 말했다.

"어떻게 가만 안 둘지 기대되는걸?"

"레오 님!"

"건강해라. 꼬맹아. 휴일에 보자. 잊지 않았지?"

순간 손뼉을 쳤다. 아, 생각해 보니까 벌써 그날이구나.

"잊고 있었냐?"

"아니요. 어떻게 그걸 잊어요. 시험 보느라 정신없었지만, 똑똑히 기억하고 있었어요."

"꼬맹아, 변명인 거 다 보인다? 너 너무한 거 아니냐. 어떻게 그날을 잊냐?"

나는 뺨을 살짝 긁었다. 그러게요. 제가 어떻게 그날을 잊었을까요.

'그땐 진짜 놀랐는데……'

대공께 꽃을 뿌려 준 대가로 레오가 내 시간과 몸을 요구했다. 어디 팔려고 하나 의심했지만, 막상 그가 원한 것은 별거 아니었다. 그는 '여성이 좋아할 선물'이 어떤 거냐며, 같이 사러 나가자고 했다.

'애인인 줄 알았어.'

몸도 마음도, 얼굴도 훌륭하니 애인 정도야 당연히 있을 줄 알았지. 나중에 알았다. 그 선물의 주인은 레오의 죽은 여동생이었다.

'어떻게 세상을 떠난 걸까?'

이유를 물었지만 얘기하지 않았다. 그저 웃기만 하는 단장님을 보며, 나는 다시는 묻지 않았다. 쓰게 웃는 그 모습은 마치 고름투성이 상처에 다시 칼을 대는 거 같아서 가슴이 아팠다.

'죽은 사람에게 선물하는 건 어떤 기분일까.'

나는 긴 숨을 내쉬며 일부러 웃었다. 레오의 그 씁쓸한 웃음을 다시 짓게 하고 싶지 않았다.

"날짜 맞춰서 휴일 잡아 놓을게요! 에스코트 기대합니다. 단장님!"

"그래. 잘 가라. 꼬맹아."

나는 돌아서서 걸어갔다. 한참을 걸어가자 이상하게 한숨이 나왔다. 상념들이 머릿속을 떠돌다 가라앉았다.

"괜찮아. 괜찮아. 지금은 평온하잖아."

이런저런 일이 있었지만, 지금은 더할 나위 없이 좋잖아. 신경 쓰지 말자.

'그래도 무서워.'

그 이유가 뭔지는 너무 잘 알고 있어서일까. 나는 빠른 걸음으로 걷다가 결국 달려갔다. 몸을 움직여서라도, 이 생각에서 벗어나고 싶었다.

26

토끼는 여전히 짐을 믿지 않는군

한낮의 정원은 햇빛이 찬란했다. 나는 나무를 보는 그녀를 향해 다가갔다.

"성녀님!"

뒤에서 살짝 속삭이니, 세라피가 돌아섰다. 나는 웃으면서 말했다.

"저 왔어요!"

"니나야! 왜 이렇게 안 왔어! 내가 얼마나 기다렸는데!"

그녀의 긴 머리카락이 살짝 흐트러져 있었다. 나는 장갑 낀 손으로 그녀의 머리카락을 뒤로 넘겼다.

손가락 사이로 백금발이 닿았다. 감촉을 느낄 수 없는 게 참 아쉬웠다.

여전히 아름다운 머리카락이었다. 시간이 지날수록, 세라피의 미모는 눈이 부셨다.

"그때 시험 본다고 했잖아요. 정말 시간이 안 났어요."

"시험은 어땠어?"

나는 고개를 들고 가슴을 내밀었다.

"당연히 1등이죠!"

제가 이런 사람이랍니다. 성녀님. 할 땐 해요!

'물론 이번 시험은 복수심에 불타서 준비했지만요.'

잘난 척하던 그놈은 어떻게 됐을까. 지금은 배가 아파서 데 굴데굴 구르려나. 소용없다 이놈아! 이게 너와 나의 차이다!

"역시 니나야!"

은쟁반에 구슬처럼 맑은 웃음소리가 들렸다. 나는 자세를 바로 하고 그녀에게 팔짱을 꼈다. 폭신한 온기와 기분 좋은 체 향이 느껴졌다.

"잘 지내셨어요?"

"응. 여전히 배울 게 많아서 힘들지만 즐거워."

나는 세라피를 바라보았다. 겉모습은 달라진 게 없었다. 그 녀는 여전히 아름다웠고, 선량했다. 하지만 성녀님은 그날 이후 로 완전히 변했다.

'뜻밖에 배움에 대한 배고픔이 크셨어.'

그녀는 폐하게 선생님을 요구했다. 어떤 과목을 배우고 싶 었는지는 나중에 알았다. 그녀는 역사와 지리, 생물을 빠르게 익혔다.

'베아토 말로는 그렇게 깊은 지식을 가르치진 않는다고 했 지만……'

그녀는 배우는 걸 좋아했다. 명석하지는 않았지만, 더없이 성실한 학생이었다. 세라피는 가르치는 사람이 내준 숙제를 성실하게 했다.

뭐, 거기까지는 순순히 이해할 수 있었다. 하지만 이건 정말 의외였다.

"몸을 쓰는 건 참 좋은 거 같아."

성녀님, 왜 그렇게 변하셨나요.

나는 고개를 푹 숙였다. 설마 세라피가 헬스 마니아가 될 줄이야.

"좀 더 영양가 있는 걸 먹어야겠어. 고기를 얼마나 더 먹어야 더 좋은 근육이 생길까?"

나는 그녀의 팔뚝을 매만졌다. 탄력 있는 근육이 느껴졌다.

'한때는 걸그룹 식단으로 사시던 분이었는데……'

나는 그녀가 처음 고기를 먹었을 때를 잊지 못했다. 눈이 휘둥그레진 그녀는 삼시 세끼 고기만 먹으려고도 했다. 얼마나 고집이 센지 시녀의 말도 듣지 않아서, 결국 내가 풀떼기도 먹어야 한다며 위장과 소화에 좋은 약초 쌈을 싸 줬다.

'괜히 그걸 준 거 같아.'

그 뒤로 세라피는 약초 쌈이 없으면 식사를 하지 않았다. 이렇게 맛있는 건 처음 먹어 본다며 구운 고기와 약초 이파리를 흡입하는 성녀님을 볼 때마다 심정이 참 복잡했다.

'여리여리하고 청순하며 불면 날아갈 거 같은 매력을 지닌 이였는데……'

지금은 양고기 약초 쌈을 좋아하고, 헬스 마니아에 근육에 관한 관심이 지대하며, 공부에 매진하고 계셨다.

나는 이마를 짚었다.

'이거 내가 변하게 한 걸까?'

나는 세라피를 바라보았다. 피부는 맑고, 혈색은 좋아 보였다. 그녀는 참 건강하고 즐거워 보였다.

저러면 됐지 뭐. 아주 심신이 다 창대하고 좋네.

"니나야. 나 내일부터 격투기 배워!"

와우. 거기까지 가시나요. 하긴 배우고 싶다고 하셨죠.

'좋은 게 좋은 거겠지?'

좋은 쪽으로 생각하자. 세라피가 깨끗하고 맑고 자신 있으며 건강하잖아.

게다가 좋은 것은 하나도 변하지 않았다. 그녀의 선량함과 밝음은 여전했다.

'솔직해지자, 이화윤.'

너도 5년 전의 성녀님보다 지금의 세라피가 더 좋잖아.

"살살 배우세요. 이왕이면 조금만 다치시고요."

"내가 다치면 니나가 치료해 줄 거지?"

"에이. 부인인데 스승님이 오시겠죠. 간단한 거면 모를까, 성녀님 귀한 몸을 제가 어떻게 손을 대요."

내 말에 그녀는 고개를 저었다. 그러고는 살짝 주위를 둘러보더니, 나를 한적한 곳으로 끌고 갔다.

'성, 성녀님. 힘 되게 세시다.'

언제 이렇게 강해지셨나요. 제가 시험에 매진하는 동안 팔

근육을 단련하셨나요?

너무 으슥한 곳은 위험하다고 했지만, 그녀는 아랑곳하지 않았다. 뒤에서 병사들이 따라오는 게 보였지만, 그래도 조금 걱정이 되었다.

'이래도 되나?'

아니, 이 언니가 어쩌시려고 이래. 저랑 정분나고 싶으세요? 후미진 곳으로 끌고 가는 게 꼭 물레방앗간 가는 거 같잖아요.

그렇게 반쯤 질질 끌려가서 도착한 곳은 호숫가였다. 그녀는 내 손을 잡고 방긋 웃었다. 나는 피식 웃으며 호수를 바라보았다. 파란 물은 제법 깊어 보였다.

'애증의 호수다.'

생겼을 때부터 참 많은 일이 있던 호수였다.

시원한 바람이 목덜미를 스쳤다. 나는 고개를 들어 내 방 쪽을 바라보았다. 제법 가까운 곳에 내가 머무는 방이 있었다.

'왜 하필 여기일까.'

5년 전 폐하는 갑자기 성안에 호수를 팠다. 면적도 넓었지만, 제법 깊은 호수였다.

'다리도 있고, 예쁜 꽃도 심어 놓긴 했지만…….'

좋게 말하면 호수공원이었지만, 나는 이걸 만든 의도가 좀 의심스러웠다.

'다 좋은데, 왜 내 방 밑이야.'

나중에 알았지만, 내가 머무는 남쪽 끝방은 참 희한하게 생긴 곳이었다. 내성의 제일 바깥쪽에 있는 내 방은 베란다처럼 뜬금없이 톡 뛰어나온 구조를 자랑했다. 그래서일까. 웃풍 때문에 겨울에는 무시무시한 추위를 자랑했다.

'친애하는 폐하께서 괴조 가죽을 삼중으로 둘러 줘서 겨우 살았지.'

창문이 가려져서 방이 음침해졌지만, 괴조 가죽은 웃풍을 전면 차단해 줬다. 게다가 침대를 안쪽으로 옮기고 양털 이불을 세 개나 줬다.

'괴조 가죽으로 만든 탕파도 있어서 그렇게 춥진 않았지만······.'

나는 소리 없이 외쳤다. 애초에 방을 옮기면 다 해결되는 일 아닌가요.

이런 내 마음을 아는지 모르는지, 호수는 뚝딱뚝딱 만들어졌다.

덕분에 1년 가까이 소음에 시달렸다. 만들고 나니 방에서 구경하는 재미는 쏠쏠했지만, 소음에는 장사 없다고 그때는 진짜 폐하의 머리카락을 확 잡아 뜯고 싶었다.

나는 고개를 절레절레 저으며 나뭇가지 하나를 잡았다. 폴리스트 나무였다. 이 호수를 만들 때 스승님과 나는 해충이 없는 나무를 찾느라 고심했다. 조경도 생각해 봐야 해야 해서, 총책임자와 참 많은 얘기를 나눴다.

'의논 끝에 고른 나무였어. 수액에 항염 효과가 있어서 비상시에도 유용하고 좋지. 열매도 먹을 수 있고 말이야.'

물론 다 좋을 수는 없었다. 이 나무는 한 가지 흠이 있었다.

'좀 으스스해 보여.'

그래서일까. 새로 만든 호수는 왠지 마녀가 나올 거 같았다. 시녀님들도 이곳은 낮에는 괜찮은데 밤에는 왠지 무섭다고 했다.

그래도 호수 자체는 아름다웠다. 나는 햇살에 투명하게 빛나는 물방울을 바라보았다. 보기에도 퍽 시원해 보였다.

나는 세라피와 팔짱을 낀 채 호숫가를 거닐었다. 미인과 하는 데이트는 퍽 기분이 좋았다. 그녀의 어깨에 볼을 비비자, 성녀님은 까르륵 웃었다.

"니나야."

"예, 부인."

"비밀 하나 알려 줄까?"

나는 어색하게 웃었다. 갑자기 이분이 왜 이러시는 걸까. 솔직히 별로 알고 싶지 않았다.

"니나가 알고 싶지 않아도, 말할 거야."

들켰다. 어떻게 알았지. 초능력을 쓰시나? 아니 이곳 사람들은 왜 이렇게 내 마음을 잘 알지. 아직도 표정에 다 티 나나.

아니, 그보다 무슨 비밀을 알려 주실 건가요. 저 왠지 무서운데요.

"성녀는 스물다섯이 되면 은퇴하잖아. 이유를 몰랐는데 그 나이가 넘으니까 조금 알 거 같아."

전조가 좋지 않았다. 나는 누가 들을세라 주위를 둘러보았다.

"어디 안 좋으세요?"

세라피는 고개를 저었다.

"몸은 건강해. 하지만 성력이 약해진 게 느껴져."

바람이 불자 나뭇가지들이 부딪쳤다. 그녀는 흐트러진 머리를 뒤로 넘기면서 환하게 웃었다.

"어렴풋이 느꼈는데, 그때 이후로 확실해졌어. 기억하지? 정원에서 니나가 많이 다쳤었잖아."

한숨이 저절로 나왔다. 그때를 생각하니 괜히 다 나은 어깨가 욱신거렸다.

1년 전이었다. 정원에서 세라피와 산책하고 있는데, 한 귀족 영애가 다가왔다. 스무 살쯤 됐을까. 녹색 드레스를 입은 여자는 다가올 때는 평범했다.

'갑자기 돌변할 줄이야.'

그녀는 천천히 나와 세라피에게 다가왔다. 인사를 할까 고민할 찰나였다. 갑자기 드레스 아래 숨겨 둔 작은 칼을 휘둘렀다.

정신이 하나도 없었다. 내가 할 수 있는 일은 세라피를 감싸는 게 다였다.

'어깨와 등이 찔렸다고 들었어.'

아파서 기절했다가 눈 뜨니 이미 상황은 다 끝나 있었다. 상처는 흉터 없이 깨끗했고, 나는 그저 기운이 없어서 고기만 찾았다.

'방심했었어.'

그동안 몸 상할 일이 없어서 잊고 있었다. 첩자 의심으로 감옥에서 돌아온 지 4년이 지나서 이제 환난에서 해방인 줄 알았다.

나는 고기 스튜를 먹으면서 니나는 왜 이렇게 운이 없는가 진지하게 고찰했다. 그리고 시장에서 불운을 막아 준다는 인형 몇 개를 샀다.

"성력이 예전 같지 않아. 회복력이 약해졌어."

"에이. 설마요. 제 어깨는 흉터 하나 없는데요. 성녀님께서 치료해 주지 않았다면 어떻게 이렇게 깨끗하게 나아요."

"그건 니나의 체질 탓일 거야. 니나는 상처가 빨리 낫잖아. 나도 놀랐어. 왜 성력이 쇠퇴한 걸까?"

세라피는 그 말을 하고, 조금 웃었다.

"집히는 이유가 너무 많아서 모르겠어."

맑은 웃음소리가 왠지 슬프게 들렸다. 나는 작게 숨을 내쉬었다.

'이거 생각보다 큰일 같은데……'

왜 성력이 줄었을까. 설마 스물다섯이 지나서일까?

'고기를 먹어서? 아니다. 기도를 안 해서?'

그녀 말이 맞았다. 이유가 너무 많았다.

세라피는 이제 청빈에 매여 있는 성녀가 아니었다. 당당하고 강해졌다. 착하고 아름다운 건 여전했지만, 사고방식이 달라졌다.

'여전히 새장 속의 새인데, 강한 새가 되었다고 하면 웃을까.'

나는 큰 새장 속에서 아령을 들었다 놓는 작은 새를 생각하며 고개를 저었다.

어째서 이렇게 된 걸까. 니나가 탈출시키지 않은 것뿐인데, 세라피가 완전히 변해 버렸다.

'참 이상해.'

생각해 보면 세라피만 달라졌다. 나는 친애하는 폐하를 떠올렸다. 결 좋은 검은 머리카락을 늘어트린 절세미남이 머릿속에 스쳐 지나갔다.

'좀 본받으세요.'

당신만 안 변했어.

한숨이 저절로 나왔다. 폐하. 봐요. 세라피는 좋은 쪽으로 변했잖아요. 그런데 왜 폐하는 그대로이신가요.

그 사람을 생각하니 머릿속이 복잡해졌다. 나는 고개를 저으며 생각을 털어냈다.

"저, 성녀님."

한참 호숫가를 바라보던 그녀가 고개를 돌렸다.

"폐하께 말은 하셨어요?"

"그 사람한테? 아니. 무서워서 말 못했어."

세라피는 자신의 손을 바라보았다. 나는 그녀가 무엇을 떠올리는지 알 거 같았다. 지금 그녀가 보는 것은, 항상 폐하와 묶여 있던 손이었다.

"내가 필요 없어질까?"

"성녀님……."

"아직 그의 고통은 덜어 줄 수 있어."

그녀는 다시 호수를 바라보았다. 나는 침을 꼴깍 삼켰다. 위로하고 싶었지만, 말이 잘 나오지 않았다.

'필요 없어지면…….'

바람이 다시 불었다. 나뭇잎이 하나가 호수 안쪽에 떨어졌다가 천천히 가라앉았다.

'버리겠지.'

그 사람이라면 충분히 가능해.

원작대로 흐를 거로 생각했던 옛날이면, 그렇지 않다고 바로 말했을지도 몰라. 하지만 지금은 상황이 달라.

나는 세라피를 바라보았다. 눈부시게 아름다운 성녀님은 젖은 꽃같이 가련하게 웃었다.

"성녀님. 이건 기미 시녀에게 너무 무거운 비밀이에요."

"그런가."

"왜 저에게 비밀을 얘기하셨어요?"

그녀는 장갑 낀 내 손을 꽉 잡았다. 천 사이로 체온이 느껴졌다.

"글쎄. 왜일까. 니나가 좋아서?"

"성녀님. 경솔하셨어요. 저는 윗사람이 물어보면 그대로 고해 바쳐야 하는 처지예요."

바람결에 그녀의 목소리가 흩어졌다.

"알아."

"성녀님!"

"알아서 얘기한 거야. 그 사람을 만날 때마다 매번 결심했어, 얘기해야지. 얘기해야 돼. 수없이 속으로 되뇌었는데, 안 되더라."

세라피는 고개를 숙였다.

"무서워서 말이 나오지 않아."

성녀님은 내 손을 잡고 살짝 흔들었다.

"어떡하지?"

"성녀님……."

"그러니까 니나가 얘기해 줘."

이건 또 무슨 소리일까. 나는 그녀를 바라보았다. 세라피는 깊게 숨을 내쉬며 속삭였다.

"니나가 그에게 알려 줘. 나는 무서워서 못 하겠어."

나는 고개를 저었다.

성녀님. 안타까운 상황인 건 알겠어요. 하지만 왜 짐을 저에게 넘기시나요. 그것도 그냥 짐이 아니라 폭탄이잖아요.

"직접 하세요. 직접 하셔야 해요. 어떤 결과가 나올지 모르지만, 누가 하든 같을 거예요. 성녀님답지 않아요. 폐하께 말하세요. 아직 고통을 덜어 주는 그 힘이 사라진 건 아니잖아요."

성녀님은 아무 말도 하지 않았다. 이분이 왜 이러실까. 순간, 속이 답답해서 가슴을 살짝 쳤다.

"니나야. 나 너 좋아해."

"저도 성녀님을 좋아해요. 하지만 이거랑은 상관없어요."

"미안해."

"미안하면, 미안한 일을 시키지 마세요."

세라피는 웃기만 했다.

나는 한숨을 폭 내쉬었다. 도대체 왜 이러시나요. 저는 당신의 의도를 모르겠습니다.

"니나 말이 맞아. 얘기는 누가 하든 상관없을 거야. 그런데 니나야. 나는 왠지 이 얘기를 니나가 해야 한다는 생각을 지울 수 없어."

이게 도대체 무슨 말이야. 이분이 폐하랑 지내시더니, 수수께끼를 배우셨나. 알쏭달쏭하게 버무리다가 뒤통수치는 방식이 똑 닮았어.

나는 이마를 짚으며 그녀를 바라보았다. 안 된다고 한소리 하려 할 때였다.

그녀가 웃으며 말했다.

"나랑 약속 하나 할래?"

저절로 눈이 가늘어졌다. 이건 또 무슨 수작이세요. 갑자기 생뚱맞게 약속이 왜 나와요.

'뭔지 몰라도 안 해요. 성녀님.'

저는 이제 물렀던 이화윤이 아니거든요? 이 세계에서 5년간 데굴데굴 구른 니나 케이지입니다. 성녀님.

"저랑 친한 세 시녀님이 말했어요."

나는 고개를 저었다. 어림도 없었다.

"약속은 함부로 하는 게 아니래요."

내 말에 그녀는 입을 가리고 웃었다. 반짝반짝하고 예뻤지만, 폐하의 미모에 속아서 맘고생 한 적 있어서인지 더욱 경계가 되었다.

나는 그녀가 잡았던 손을 슬그머니 뺐다.

"니나가 손해 보는 약속이 아닌데?"

"방금까지 엄청 곤란한 걸 아무 죄 없는 저에게 맡기려 하시지 않았나요? 제가 지금 성녀님의 말을 믿을까요, 안 믿을까요?"

그녀의 얼굴에 미소가 짙어졌다. 성녀님, 웃으라고 한 말 아닙니다. 저는 심각하고 진지해요.

세라피는 내 앞치마를 잡으며 말했다.

"약속해. 다시는 날 감싸지 마."

굉장히 뜬금없었다. 이게 도대체 무슨 말이야.

"날 위해서 다치지 마."

성녀님의 예쁜 눈동자에 단호함이 느껴졌다. 나는 순간, 할 말을 잃었다.

'그때 많이 다치긴 했었지.'

칼을 휘두른 영애는 폐하의 약혼녀 후보에게 왜 그랬는지 이유를 알고 싶었다. 하지만 폐하도 레오도 스승님도 다 얘기하지 않았다.

'정말 엄청나게 혼났어.'

첫 타자는 스승님이셨고, 연이어 레오에게 한소리 들었다. 하지만 그 둘은 폐하에 비하면 약과였다. 진심으로 화를 내는 폐하는 정말 무서웠다.

'폐하. 하지만 성녀님은 이 성에서 폐하 다음으로 중요한 사람이잖아요. 그러면 저는 당연한 일을 한 거 아닌가요?'

그 말을 하자, 폐하는 화를 멈췄다. 수려한 미간이 찌푸려지는 걸 보며, 나는 내가 정답을 얘기했다는 생각을 지울 수 없었다.

'또 보상금을 받아.'

이번에는 만 골드였다. 묵직한 주머니를 다시 예치하며 나는 한숨을 내쉬었다. 설마 보상금으로 트리플 크라운을 달성할 줄이야. 참 별일이었다.

예전 생각을 해서일까. 이상하게 속이 답답했다.

"성녀님, 그건 어쩌다 보니 그렇게 된 일이에요."

나는 웃으면서 세라피와 시선을 맞췄다.

"게다가 전 회복이 빠르잖아요. 이왕 누군가가 다친다면 제가 다치는 게 나아요."

"니나야!"

성녀님은 고개를 저었다.

"그래서 약속하라는 거야. 다시는 날 위해 다치지 마!"

"성녀님……."

"이젠 너를 낫게 할 수도 없어!"

순간 가슴속에 시큼한 것이 퍼져갔다. 아, 그래서 이런 말을 했구나.

"난 날 위해 다치는 사람은 누구나 치료할 수 있었어. 그런데 이제는 못 해. 더는 성녀인지도 모르겠어. 니나야. 제발 부탁이야. 날 위해서는 이제 아무것도 하지 마."

그녀는 나를 꽉 껴안았다. 키가 자라서일까. 5년 전 같으면 그녀의 허리춤에 있었겠지만, 지금은 눈높이가 비슷했다.

나는 그녀의 등에 손을 두르고 살짝 토닥였다. 세라피의 체향과 온기는 언제 느껴도 좋았다.

"성녀님은 절 두 번이나 살려 주셨어요."

"니나야. 그건 내가 성녀라서야. 나는 사람을 살리는 게 일이야."

언젠가 들어 본 말이었다. 이 말을 그녀가 스스로 하게 될 줄이야.

'이상하게 성녀님이 폐하랑 닮아 가네.'

어쩌다 이렇게 되어 버린 걸까. 쓴웃음이 저절로 나왔다. 나는 계속 그녀의 등을 토닥였다. 어깨가 젖는 게 느껴졌다.

'울고 계셔.'

불안하시겠지. 미안하기도 할 거야. 세라피라면 그러고도 남아. 그런데 왜일까.

'약속을 못 하겠어.'

세라피는 나를 아꼈다. 나도 나름대로 그녀를 귀하게 여겼다. 상냥하고 아름다운 존재를 싫어하긴 매우 힘든 법이었다. 하지만 그 마음 한구석에는 죄책감이 있었다.

'내가 당신의 미래를 변하게 했어요.'

그게 가끔은 미안해요. 그래서 당신을 신경 쓴 거예요. 저도 목적이 있어서 한 거니까, 그러니까······.

'복잡하다.'

머릿속에 엉킨 실타래가 들어찬 기분이었다. 색색의 실 뭉치가 뭉쳤다가 데굴데굴 굴러갔다.

"생각해 볼게요."

세라피는 고개를 끄덕였다. 그러고는 생각할 것이 있다며 먼저 가라고 했다. 나는 내 손수건을 그녀의 손에 쥐여 주었다.

다가오지 않는 병사에게 살짝 묵례하고 돌아섰다. 눈물에 젖은 어깨가 이상하게 무거웠다.

다시 바람이 불었다. 흔들리는 나뭇가지를 보며 나는 작게 숨을 내쉬었다. 느슨해진 칼라 사이로 바람이 파고들었다.

천천히 호숫가를 벗어나려고 할 때였다. 뒤에서 목소리가 들렸다.

"성녀님이 널 왜 좋아할까?"

나는 이마를 짚었다. 가뜩이나 복잡해 죽겠는데 왜 튀어나 오고 그러냐. 좀 가라.

"참 답답해."

나는 칼라를 정리하며 말했다.

"그 정도만 해요. 셸리. 왜 또 시비예요."

"도무지 이해가 안 가서 말이야. 왜 성녀님은 널 신경 쓸까. 하찮기 그지없는 먼지를 성녀님은 너무 신경을 써."

나는 한숨을 폭 내쉬며 그녀를 바라보았다. 참 한결같습니 다. 넌 왜 만날 때마다 시비야. 진짜.

'세상 모든 사람이 날 좋아하진 않겠지만, 앤 뭘까.'

첫 만남에는 부축까지 해 준 좋은 언니였는데, 어느 날 갑자 기 서슬이 퍼레졌다. 메어리 님의 자리를 물려받은 이 시녀는, 항상 나를 못 잡아먹어 안달이었다.

왜 갑자기 변한 걸까. 이상한 소문이라도 들었나.

나는 머리를 쓸어 올리며 말했다.

"머리카락 색이 똑같기 때문인 것 같아요."

셸리는 사정없이 날 흘겨보았다. 아, 진짜. 주근깨는 어설프 기라고 했지. 이쪽은 그렇지도 않았다.

'번거롭고 귀찮아.'

니나는 세라피의 시녀들과 잘 지내지 못하는 운명인 걸까. 아니다. 메어리 님과는 그런 관계가 아니지.

'뭐, 성에서 대놓고 시비 거는 사람은 셀리밖에 없긴 해.'

다들 내가 폐하와 관련 있는 걸 알아서일까. 무시는 하더라도 괴롭히지는 않았다. 그래서 난 시녀가 좀 신기했다.

"그렇군. 머리카락 색 때문이군."

"같은 색 머리카락은 처음 본대요."

"니나 케이지 주제에 과분한 관심을 받고 있네. 그딴 거 정말 별거 아닐 텐데 말이야."

나는 내 머리카락을 뒤로 넘겼다. 화를 내라고 부추기는 사람 앞에서 길길이 날뛰고 싶지 않았다.

"맞아요. 제가 있던 고아원에는 몇 명 더 있었어요. 그런데 성녀님이 절 좋아하는 이유가 이것뿐이겠어요?"

셀리의 눈이 가늘어졌다. 나는 환하게 웃으며 말했다.

"제가 좀 예쁘고, 귀여우며, 착하고, 영리해요."

"뭐?"

"셀리는 모르겠지만요. 아, 맞다. 죄송해요. 잘못 알려드렸네. 전 이제 예쁘고 귀엽진 않아요."

그녀가 뭐라 하기 전에 재빨리 말을 마쳤다.

"스무 살이 되어서 그런지 한층 더 아름다워진 거 같아요. 어쩌겠어요. 이렇게 생긴 것을. 고아라서 부모님의 외모는 모르지만, 저를 보면 알 거 같지 않나요? 두 분 다 굉장하셨을 거야. 이럴 때는 제가 언니나 오빠가 없는 게 안타까워요."

나는 최대한 빠른 걸음으로 도망쳤다. 등뒤에 있는 셀리가 어떤 표정일지는 안 봐도 뻔했다. 아마 무시무시하게 일그러져 있겠지.

'다짜고짜 시비 거는 사람한테는 잘해도 욕먹고, 못 해도 욕먹어. 그럴 바에는 그냥 처음부터 욕먹는 게 나아. 그래야 나중에 후회가 안 되지.'

내가 주근깨에게 두고두고 한이 되는 게 그거야.

억울하면 제 머리채라도 잡아 뜯으세요. 셀리 양. 나란히 사비나 님께 들켜서 벌을 받아 봅시다. 기껏해야 감봉인데, 그딴 거 몇 개월은 이제 끄떡없거든요?

'연구원 월급과 같이 받아서, 몇 년만 더 버티면 어디서든 잘 먹고 잘 살 수 있습니다.'

따라오는 거 같지는 않았다. 나는 속도를 늦췄다. 호수와 멀어진 후, 고개를 드니 서쪽 탑이 보였다.

'선왕비가 오늘내일한다고 했지?'

그래서 알렉이 오는 걸까. 마지막이라도 어머니를 보려고.

바람결에 꽃잎 하나가 팔랑 떨어졌다. 바닥에 떨어진 노란 꽃잎은 몇 번 들썩이다 다시 날아갔다.

'원래는 저기에서 니나가 죽었지.'

원작은 변했다. 나는 니나가 언제 서쪽 탑에서 죽었는지 몰랐다. 하지만 왜일까. 이상하게 그날은 벌써 지났을 거 같았다.

"모든 것이 달라졌어."

조금 걸으니 작은 벤치가 보였다. 나는 치마를 털면서 냉큼

자리에 앉았다.

환한 햇살이 내려왔다. 늘어진 그림자를 보면서 의자 등받이에 온몸을 기댔다. 아무것도 하지 않았는데 이상하게 피곤했다.

'아니다.'

나는 장갑 낀 내 손을 바라보았다.

'성녀님과 만나면 항상 피곤해.'

햇볕이 시려서 눈을 감았다. 저절로 한숨이 나왔다.

스승님의 목소리가 아직도 선했다.

'성녀와 만나지 마라. 네가 쓰러지는 원인은 성녀.'

그게 무슨 말이냐고 묻자, 스승님은 장갑 한 켤레를 건네주었다.

'아직 밝혀지진 않았다. 하지만 네 몸에 균형을 이루고 있던 성력과 마력이 그녀를 만나면 흐트러진다. 늘 그런 것은 아니야. 하지만 웬만하면 피부에 닿지 마라.'

나는 시녀복 소매를 매만졌다. 생각해 보면 이 남색 옷은 꽁꽁 싸매져 있어서 손 외에는 접촉할 수 있는 게 극히 드물었다.

'새삼스럽지만 드러난 피부는 얼굴이랑 목밖에 없구나.'

나는 볼을 매만지며 한숨을 쉬었다.

찝찝하기 그지없었다.

'혹시 이거 세라피가 성력을 잃는 거랑 관련 있는 거 아니겠지?'

나는 고개를 저었다. 설마. 이화윤. 괜히 이상한 생각하지 마. 그럼 니나가 성녀가 된다는 거야?

나는 눈을 뜨고 두 손을 내려다보았다. 세라피의 성력은 겨어봐서 알았다. 하얗고 부드러운 빛이었다.

이 손에 그 빛이 나온다고?

"설마. 나나는 찌리였는걸."

성녀의 힘을 물려받을 존재라면 감자만 주는 고아원에 있지 않았겠지. 따듯한 옷 입히고 귀하게 키워서 바로 힘을 물려받았을 거야.

뭐, 피의 이능이 추기경급이라고 하지만 말이야.

'도대체 뭐가 뭔지.'

성당 놈들 생각은 알 수가 없어.

나는 등받이에 온몸을 기댄 채 다리를 흔들었다. 치마가 펄럭이면서 바람이 들어왔다.

'아이고. 복잡해.'

나는 하늘을 바라보았다. 한참 위에 있는 파란 도화지에 하얀 구름이 둥실둥실 떠다녔다.

"몇 년쯤 지나면 다 괜찮을 줄 알았는데……."

왜 사는 게 이렇게 만만치 않은 걸까. 약초 연구원도 됐고, 돈도 모았고, 이젠 성이 아닌 다른 곳에서도 날 오라 하는 이도 있었다. 천애고아지만, 친척 비슷한 관계도 생겼다.

'성에서도 그럭저럭 잘 지내잖아.'

술친구도 세 명이나 있는데 말이야.

"그래도 여전히 태풍이 오긴 전의 나비 같아."

한번 쏟아지면 나비는 다시는 날 수 없겠지.

그때 낮은 목소리가 귓가에 울려 퍼졌다.

"태풍이라도 오면 좋겠군."

나는 시선을 내리고 고개를 돌렸다. 사실 보지 않아도 알았다. 너무나 익숙한 목소리였다.

검은 머리카락이 바람결에 흩날렸다. 나는 희미하게 미소 지었다.

'오늘도 잘생기셨네요. 폐하.'

세상에서 제일 잘생겼는데, 친애하는 폐하께서는 인생에서 최대 걸림돌이셨다.

"그러다 정말 오면 어떡해요. 서쪽 지방 가뭄이 여전한가요?"

그의 망토 자락이 흔들렸다가 멈췄다. 나는 일어나서 살짝 다리를 굽혔다 폈다. 뒤에 오시는 사비나 님과 기사님께 눈 맞추고 나자, 그가 갑자기 내 손을 덥석 잡았다.

"이건 뭐지?"

나는 헐렁한 장갑을 보며 웃었다.

"장갑입니다, 폐하."

그는 벤치에 앉았다. 그러고는 옆자리를 툭툭 두들겼다. 나는 흘러내린 머리카락을 뒤로 넘기며 그의 옆에 앉았다.

"물러가 있어라."

내게 하는 말이 아니었다. 사비나 님과 호위에게 한 말이었다. 그들은 살짝 고개를 숙였다가 돌아섰다.

그는 내 손을 들어올렸다. 손가락 한 마디가 남는 장갑이 달랑거렸다.

"토끼 것이 아니군."

"스승님이 빌려주셨어요."

"디오?"

나는 고개를 끄덕였다. 이 성에서 제게 장갑을 빌려줄 이는 스승님밖에 없잖아요.

"장갑을 꼈다면 새를 만났나 보군."

"네. 아직 호수에 계실 거예요. 가 보실 건가요?"

그가 일어서면 나도 내 방으로 돌아가야지. 그런 생각을 하고 있을 때였다. 그는 내 손을 감싼 장갑의 단추를 풀었다.

손목을 붙잡고 있던 단추가 사라지자, 헐렁한 장갑은 금방 벗겨졌다. 벤치 위로 스승님의 장갑이 툭 떨어졌다.

장갑을 주우려고 할 때였다. 손가락 마디 사이로 그의 손이 파고들었다.

부드럽게 다가온 힘은, 거센 깍지를 끼고 끝났다. 나는 물끄러미 그가 잡은 손을 바라보았다.

이건 또 무슨 짓인가요. 폐하. 너무 세게 쥐어서 아파요.

"아무리 무심한 디오라도 이 장갑을 생일 선물로 줬을 거 같진 않군."

나는 살짝 웃었다. 하지만 폐하, 제 스승님은 평소에는 무심하지만, 가끔 놀랄 정도로 다정하답니다.

'그럴 때마다 진짜 발을 동동 굴러요.'

너무 좋아서요. 진짜 혼자 보기 아깝거든요. 미남이어서 그런가. 한번 당하면 일주일은 기분 좋아서 웃게 돼요.

"토끼!"

폐하의 눈초리가 날카로웠다. 아, 딴생각한 거 들켰다.

"예, 폐하."

"짐에게 집중해라."

나는 다른 손으로 살짝 뺨을 긁었다. 정말 귀신같으시네요. 어쩜 이렇게 잘 아시나요.

"제, 생일을 기억하시네요."

성은이 망극합니다만, 잊어도 됩니다. 폐하.

'막상 잊으면 좀 섭섭하려나.'

사실은 좀이 아니라, 많이 섭섭하겠지.

'이러려면 차라리······.'

나는 그가 꽉 잡은 손을 내려다보았다. 번쩍번쩍 들고 다닐 때부터 알아봤지만, 정말 힘이 셌다.

이상한 충동이 들었다. 그 손을 맞잡고 싶었다.

'아, 또 이러네.'

나는 고개를 저으며 애써 생각을 털어냈다. 집중하자. 이화윤. 네가 이럴 때가 아니다. 누울 자리 보고 발을 뻗어야지.

나는 폐하를 보며 방긋 웃었다.

"생일 선물 주실 건가요?"

그는 그런 내가 마음에 안 드는지, 여전히 눈초리가 사나웠다.

"항상 원하는 것을 주겠다고 하는데도, 필요 없다고 하는 건 너다."

다시 바람이 불었다. 나는 머리를 뒤로 넘기며 고개를 살짝 뒤로 뺐다. 조금 멀어지니 그의 수려한 얼굴이 한눈에 들어왔다.

시간이 지났다. 벌써 5년이었다.

내 머리카락은 이렇게 길어졌는데, 이 사람은 5년 전과 변하지 않았다. 결 좋은 검은 머리도, 붉은 눈동자도 넓은 어깨도 늘 한결같았다.

그가 내 손을 잡아끌었다. 나는 힘이 가는 방향으로 천천히 끌려갔다.

'아이고 또 왜 이러세요.'

한숨이 저절로 나왔다. 그가 반대쪽 어깨를 꽉 끌어안았다. 정말 대단하신 분이었다. 정신을 차리고 보니 품안이었다.

'5년 전도 아니고 이건 좀⋯⋯.'

그가 내 머리카락을 쥐었다. 그러고는 작게 속삭였다.

"여전히 단내가 진동하는군."

나는 머리로 그의 가슴을 톡 쳤다. 살짝 떨림이 느껴졌다. 친애하는 폐하께서는 토끼를 가슴에 끌어놓고, 웃고 계셨다.

'그래도 너무 붙어 있는데⋯⋯.'

그의 손은 내 머리카락을 매만졌고, 폐하의 얼굴은 내 머리 뒤에 있었다. 게다가 다른 손은 내 손을 꽉 잡은 채였다. 나는 그가 숨을 쉬는 소리를 들으며 겨우 한마디했다.

"폐하. 저도 이제 스무 살인데요."

누가 보면 어쩌려고 이렇게 오징어처럼 달라붙어 계시는가요. 진짜 온몸의 면적이 다 닿아 있네요. 이제 나나도 애가 아닌데, 약혼녀 후보도 계신 분이 이러시면 안 됩니다.

"그렇군. 토끼가 벌써 스무 살이군."

"좀 놓으시는 게⋯⋯."

"여전히 쓸데없는 것에 신경 쓰는군."

나는 다시 머리로 그의 가슴을 한 대 쳤다. 내 반항이 사소한지, 그는 더욱 내 손을 꽉 잡았다.

'이러다 피 안 통하겠네.'

왜 또 갑자기 이러시는데요. 손 아파 죽겠거든요?

"손이라도 놔주세요. 아파요."

그는 내 말에 순순히 손에 힘을 뺐다.

"이런. 짐이 잘못했군. 토끼가 작고 연약한 걸 깜박했어."

그는 웃으면서 내 머리카락에 코를 비볐다.

저기요. 폐하. 이게 뭐하자는 건지 물어봐도 되나요. 몇 개월 뜸해서 니나가 컸으니까 이제 안 하나 보다 싶었는데, 갑자기 왜 이러세요.

숨소리가 귓가에 들렸다. 기분이 이상해서 몸을 뒤척여 봐도 어깨를 감은 손은 단단하기만 했다.

"토끼."

"예, 예 폐하."

"바르작거리지 말고 가만히 있어라. 어젯밤 왕의 권능을 썼다. 지금 짐은 네 몸이 절실하게 필요하다."

아이고. 몸이 필요하다니, 오해하기 딱 좋네요. 나는 필사적으로 주위를 돌아보았다. 누가 들을까 봐 겁났다.

'아니, 잠깐. 왕의 권능이라니 이 사람 지금 어디 아픈가?'

조금 걱정돼서 그를 올려다보았다. 친애하는 폐하. 지금 '마력회복에 따른 부작용'으로 고통스러우신가요?

"만나를 보냈다. 남쪽에 기근이 왔다고 하더군. 심하지는 않지만 이런 건 빠른 게 좋아."

하긴 물가를 위해서라도 그게 좋긴 하겠다. 그런데 만나의 효능에 물가 안정도 있네요. 이건 좀 신기해요.

'이베리아는 왕이란 존재를 알뜰살뜰 잘 써먹는 거 같아.'

가뭄 나면 비구름 보내고 기근 나면 만나를 보내네.

그는 내 손을 다시 매만졌다. 처음에 닿은 건 손톱 끝이었다. 하지만 손길은 점점 올라가서 결국 다시 깍지를 끼게 되었다.

이번에는 그렇게 세게 쥐지 않았다.

나는 그를 보다가 시선을 내렸다.

'차라리 성녀에게 이러지.'

그쪽이 진통제 효과는 더 확실하지 않나요. 니나보단 훨씬 좋잖아요.

그때 폐하가 작게 속삭였다.

"단내가 더 나는군."

나는 쓰게 웃었다. 아니 그 단내가 도대체 뭘까요.

"달콤한 향기가 점점 짙어져."

"그거 진짜인가요?"

아무리 봐도 핑계 같은데?

그가 피식 웃었다.

"토끼는 여전히 짐을 믿지 않는군."

나는 다시 그의 가슴을 머리로 한 대 쳤다. 단단해서 내 이마만 아팠지만, 진짜 가증스럽기 짝이 없었다.

믿었다간 큰일나게요. 폐하. 제 목숨은 하나입니다. 전적이
화려하시면서 무슨 막말을 하시나요.

그때였다. 손을 쥐던 온기가 사라졌다. 이제 슬슬 그만하려
나 싶었는데, 품에서 정교하게 조각한 나무 상자를 꺼냈다.

"짐의 선물이다."

아니, 이건 또 뭐야. 왜 품에서 이런 게 나와. 게다가 항상 사
람 시켜 주시더니, 이제는 직접 주시네요.

"항상 짐의 선물을 마음에 안 들어하더군."

"그야, 필요가 없는 것들이었으니까요."

나는 한숨을 폭 내쉬었다. 그의 선물은 참 과했다. 차라리 장
신구는 나았다. 금이고 보석이니 언젠가 팔 수 있으니까.

'드레스를 어디에다가 쓰라는 거야!'

높으신 분들만 입는다는 드레스에는 보석이 박혀 있어서 번
쩍번쩍했다. 생일 선물이라는 편지를 받은 나는 머리를 쥐어뜯
으며 외쳤다.

'저거 이 방에 계속 둬야 해요?'

그 말에 드레스를 가져온 사비나 님이 제대로 웃음보가 터
지셨다. 아주 배를 잡고 깔깔거리시던데 내가 없었으면 바닥을
구르면서 웃었을 거야.

'진짜 쓸모없었어. 입을 일이 있긴 한가. 외출할 때? 에이, 그
거 입고 어떻게 나가. 치마가 사방팔방으로 부풀어져 있는데.
입고 가게도 못 들어갈 거야. 입구에 걸릴걸. 게다가 1년 전에

준 거니 이제는 나나가 커서 입지도 못하잖아.

쓸데없이 번쩍이는 옷은 아직도 그 방에 고이 놓여 있었다. 덕분에 방만 좁아졌다.

"짐의 성의를 무시하다니, 무례하군."

"죄송합니다. 그런데 정말 입을 일이 없어요."

공부하느라 바빠서 시녀복 안에 입는 속치마도 가끔 빠트리는데요. 혼자 입을 수도 없는 옷을 어디에다가 쓰나요. 파티라도 가면 모를까.

"사비나도 비슷한 말을 하더군."

"말 좀 들으시지 그러셨어요."

그는 고개를 저으며 나무 상자를 열었다. 나는 미심쩍은 눈으로 손바닥 두 개만 한 작은 상자를 바라보았다.

'어머?'

조금 놀랐다. 브로치나 반지라고 생각했는데 나온 건 좀 의외였다.

"이거 들어 본 적 있어요."

들었다기보다는 먹어 본 적 있지만요.

"이 조그만 것이 귀하다더군."

나무 상자 안에는 조그마한 초콜릿이 열두 개 정도 들어 있었다. 나는 하나를 집어 입에다 쏙 넣었다. 굉장히 그리운 맛이 났다.

'이 세계에서는 초콜릿이 그렇게 비쌀 줄이야.'

가게에 진열된 초콜릿을 보며, 시녀님들은 먹어 보고 싶다고 하셨다. 하나 사 드릴까 했는데 쓰여 있는 가격이 너무 비싸서 신음이 나왔다.

부드러운 단맛이 혀를 타고 내려갔다. 나는 눈을 감고 초콜릿의 맛을 음미했다. 안에 들어 있는 게 포도주인 걸까. 술맛과 어우러져서 향이 기가 막혔다.

"정말 좋아하는군."

아, 나만 혼자 먹었구나. 그러면 안 되지.

나는 초콜릿 하나를 그의 입안에 쏙 밀어넣었다. 친애하는 폐하는 내가 그럴 줄 몰랐는지, 당황한 기색이 보였다.

'예전 같으면 몰랐을 거야.'

5년을 옆에 있어서일까. 드디어 그의 감정을 어느 정도 읽을 수 있었다.

나는 다른 초콜릿 하나를 입에 넣고 살살 녹였다. 이번에는 견과류가 씹혔다.

"단맛이 나는군."

그럼 초콜릿이 달지 쓰겠습니까.

폐하는 내 머리카락에 다시 매만졌다. 나는 조용히 그의 손에 든 초콜릿 상자의 뚜껑을 덮었다.

"네 것이다. 더 먹어라."

"아깝잖아요. 충분히 즐겼어요. 이제 다른 분께도 맛보게 해 드리고 싶어요."

그의 미간이 찌푸려졌다. 아니 왜 이러세요. 또 뭐가 마음에 안 드는데요!

"토끼."

"예. 폐하."

"짐이 준 걸 남과 나누지 마라."

아이고, 치사해라. 좀 나눠 먹으면 어디가 어때서. 제 선물이라면서요. 그럼 마음대로 하게 좀 둬요.

"누구에게 짐이 직접 준 선물을 나누어 줄 거지?"

"그야, 저와 가까운 분들이죠?"

나는 손가락으로 한 분 한 분 꼽아 봤다.

"일단 스승님이 계시고, 레오 님이랑, 사비나 님, 시녀님 세 분이랑, 아! 성녀님께도 드려야 하고……."

"많기도 하군 다 줄 생각인가?"

"모자랄 테니까, 만나는 순서대로 드리겠죠?"

그는 갑자기 내 코를 톡 하고 쳤다.

"짐이 네게 준 것이다. 토끼가 다 먹어라."

나는 그를 바라보았다. 수려한 눈동자에 든 감정은 '못마땅함'이었다. 나는 그의 찌푸린 미간을 꾹꾹 눌렀다. 얼굴 찌푸리지 마십시오. 폐하. 잘생긴 이마에 주름집니다.

"폐하. 좋은 건 나눠 먹는 게 좋아요."

"이유를 모르겠군."

"그 기쁨을 모르시나 보네요. 좋아하는 사람들이 맛있게 먹는 걸 보면 기분이 굉장히 좋아져요. 왜인지는 모르겠지만요."

순간 옛날 생각이 났다. 우리 엄마는 종종 나와 동생이 밥 먹는 걸 빤히 바라보곤 하셨다. 왜 그렇게 보냐고 물어보면 항상 대답은 한결같았다.

'내 새끼들 잘도 먹네. 아이고, 내 새끼들 먹는 걸 보니 안 먹어도 배부르다.'

무슨 말인지 몰랐다. 식구들이 다 떠나고 나서야 혼자 밥 먹는 게 외롭다는 걸 깨달았다.

나는 고개를 저으며 생각을 털어냈다. 그는 여전히 샐쭉한 눈빛으로 날 바라보았다.

'의외로 속이 좁은가.'

그때였다. 그는 피식 웃었다. 세상에서 제일 잘생긴 남자가 웃는 건 정말 보기 좋아서, 나는 넋을 놓고 폐하의 자태를 감상했다.

"토끼답군."

놀리나? 아니 이게 좋은 뜻이야, 나쁜 뜻이야.

"하지만 허락할 수 없다. 네가 다 먹어라."

"명령이신가요?"

그는 미소를 머금은 채 내 코를 살짝 쳤다. 아, 명령은 아닌가 보네. 그럼 권유인가. 어떡하지. 다른 분들이야 그러려니 해도 세 시녀님은 드시고 싶어했는데. 살짝 빼돌릴까?

그때였다. 폐하는 다시 상자를 열었다. 영문을 몰라서 눈을 깜박이자, 초콜릿 하나가 입안으로 쏙 들어왔다.

"토끼. 네가 자초한 일이다."

뭐, 뭐가요?

"짐의 말을 잘 안 들으니, 강제로 먹일 수밖에 없군. 여기서 짐이 직접 먹여 주지."

나는 초콜릿을 녹이면서 미간을 찌푸렸다. 폐하, 이게 무슨 짓인가요.

"이러시지 않으셔도 됩니다, 폐하!"

"명령이다. 착하게 얌전히 있어라."

그는 다시 내 입으로 초콜릿을 넣었다. 게다가 이번에는 두 개였다.

'다, 달아!'

정말 지나치게 달았다. 이러시지 말라고 폐하의 손을 붙잡자 그는 의기양양하게 웃었다.

"짐의 내린 것을 다른 남자와 나누려고 한 벌이다."

나는 다시 주위를 둘러보았다. 누가 보면 제가 바람이라도 피우는 줄 알겠습니다!

"디오와 레오 경과 나눠 먹는다고?"

채 삼키기도 전에 다시 초콜릿이 들어왔다. 안 먹으려고 했지만, 그는 내 입으로 초콜릿을 밀어넣고 손으로 입을 막아 버렸다.

'이거 고문인가?'

그거 비슷한 거 맞지?

"짐에게 한 것처럼 그들에게도 먹여 줄 생각인가?"

아니 왜 생각이 거기로 튀는데요! 좀 진정하세요!

뭐라 변명을 하고 싶은데 입을 막아놔서 이상한 신음만 나왔다. 어쩔 수 없었다. 나는 숨을 고르고 입안에 든 초콜릿을 꼭 꼭 씹어 넘겼다.

'여기서 귀한 건데 이렇게 막 먹기 진짜 아깝다.'

이런 건 천천히 음미하면서 먹는 게 좋은데! 게다가 들어 있는 것도 하나하나 다 달라서 맛이 섞이니까 이상해!

입안에 든 것을 다 넘기고 나자 그의 손이 치워졌다. 나는 숨을 몰아쉬며 말했다.

"폐하. 천천히요! 천천히!"

내 말에 그는 두 개를 넣으려던 걸 한 개로 줄였다.

참으로 성은이 망극했다.

'아니, 이게 아니라……'

그냥 넣지 마요. 이게 무슨 고문이야.

원망스럽게 쳐다봤지만, 친애하는 폐하께서는 기분이 좋은지 웃기만 했다. 나는 화가 나서 초콜릿을 와그작 깨물었다.

그때였다. 순간 깜짝 놀랐다. 목구멍이 뜨끔했다.

'이건 최소한 보드카 이상인데?'

제법 높은 술이 느껴졌다.

'목이 불타는 거 같아.'

조그마한 불덩이를 삼킨 거 같아. 목구멍을 타고 내려가는 게 심상치 않아.

"왜 그러지?"

"수, 술이 세요."

얼굴이 화끈 달아올랐다. 처음 먹은 과실주와는 차원이 달랐다.

'그러고 보면 니나가 도수 높은 술을 먹어 본 적 있나?'

그동안 세 시녀님이랑 한 술 파티에서 먹은 거라곤 맥주 종류나 과실주였다. 이베리아에 증류주가 있는지조차 몰랐다.

머릿속이 순식간에 흐트러졌다. 이런 나를 아는지 모르는지, 그는 나에게 고개를 바짝 들이밀었다. 그러고는 피식 웃으면 말했다.

"그렇군. 술 냄새가 나."

순간 눈앞이 살짝 흐릿해졌다. 니나가 된 후로 꽤 여러 번 마셔 봐서 알았다.

'큰일이야.'

취했어. 확 올라와. 아니 얼마나 도수가 센 거야. 니나 그렇게 술 약하진 않는데. 높은 술에는 한방에 가는구나.

시야가 뿌옇게 변했다가 선명해지길 반복했다. 나는 필사적으로 눈을 깜박였다.

정신 차리자, 이화윤. 지금 너는 빌어먹게도 친애하는 폐하와 붙어 있어!

'미치겠다.'

어떡하지. 제정신으로 안 돌아와.

"저, 저는 이만 물러가겠습니다."

일어서려고 했지만, 강한 힘이 어깨를 눌렀다.

"짐의 말을 잊었나 보군."

"가 봐야 해요. 폐하. 제발요."

"다 먹기 전까지 못 간다."

그는 날 놔주기는커녕 더 바짝 끌어안았다.

"안돼요. 폐하. 저 취했어요. 이러다가 실수해요."

"별걸 다 신경 쓰는군. 너는 짐의 토끼다."

"아, 진짜!"

"토끼의 술주정이라니 재미있군."

나는 그를 바라보았다. 수려한 얼굴이 한눈에 들어왔다. 눈가가 발긋해서일까. 초점이 흐릿해졌다가 다시 돌아오길 반복했다.

'잘생겼다.'

조금 전까지 내 머리카락에 비벼댔던 콧대는 여전히 훤칠했다. 웃음이 걸린 입매와 이어진 턱선은 오늘도 참 보기 좋았다.

'진짜 악마가 있다면 저런 생김새일 거야.'

나는 살짝 고개를 저었다. 차라리 보지 말자. 외모에 홀리겠다. 구미호가 따로 없네. 진짜.

"토끼."

"예. 폐하."

"왜 눈을 감고 고개를 돌리지? 짐을 봐라."

아, 또! 왜! 사람이 좀 참으려고 노력하는데 협조를 안 해 줘!

'가끔 생각하지만, 폐하, 이 사람 말이야.'

자기 잘생긴 걸 아는 것 같아. 아니 알다 못해 이용하는 방법도 빠삭할지도 몰라.

'잘생긴 놈이 머리도 좋고, 그걸 이용할 줄 아는데 절대 권력자야.'

와. 조금 재수 없다. 뭘 이렇게 넘치게 다 가지고 있냐. 너무 하다.

나는 실눈을 뜨고 친애하는 폐하를 바라보았다. 여전히 잘생긴 남자는 만족스러운 듯 웃으며 나를 고쳐 안았다.

그의 손이 내 뺨을 쓸었다.

"술에 달아올랐는데도 청량하군."

나는 정신을 차리려고 노력하면서 그의 손을 잡았다.

좀 그만 만지세요. 애도 컸는데 무슨 짓이야.

하지만 아무리 힘을 줘도 폐하의 팔은 움직이지 않았다. 예전부터 생각하지만, 힘도 세, 진짜.

나는 몇 번 낑낑거리다가 한숨을 폭 내쉬었다. 내쉰 숨이 그의 손등에 닿았을 거 같지만, 그것까지 신경 쓸 정신머리가 없었다.

이분이 왜 이러실까.

"마력 회복에 따른 고통이 그렇게 심하세요?"

약혼녀 후보도 새로 생기신 분이, 슬슬 멀어져야 하는 시녀를 만질 만큼?

"참을 만하다."

"참지 못하니까 이러고 계신 거 아닌가요?"

뺨으로 올라온 손길이 점점 아래로 내려갔다. 그는 내 머리카락을 한 줌 쥔 채 살짝 입맞춤했다.

'와, 진짜 누가 보면 오해하겠다.'

저는 지나가는 사람이 볼까 봐 겁이 나네요. 폐하는 아무렇지도 않으신가요? 이러다가 세 번째 약혼녀 후보께 오해를 살 거 같은데요. 폐하, 저는 또 칼 맞고 싶지 않아요.

이런 내 마음을 아는지 모르는지, 나를 손에 쥔 남자는 만족스러워 보였다. 그는 계속 내 뺨을 음미하며 머리카락을 매만졌다.

'되게 좋아하네.'

폐하. 예전부터 생각했는데 백금발 정말 좋아하시네요. 하긴 몇 개월 전에 머리 푸르고 있는 게 하도 눈에 띄어서 자르려고 했는데, 막으셨죠. 그때 뭐라 그랬더라.

'명령이다. 자르지 마라.'

왜 묶지도 자르지도 못하게 하냐고 물으니 이유도 가관이었다.

'만질 건 많은 편이 좋다.'

그때 깨달았다. 내 머리카락이 이 사람에게는 강아지 털이구나. 하긴 저도 애완견 미용한 사진 보는 걸 좋아하긴 했습니다.

"토끼."

"예, 폐하."

"너는 짐이 고통스러워서 네 피부를 만진다고 생각하는군."

나는 눈을 가늘게 떴다.

"아니었나요?"

폐하는 웃으면서 내 코를 톡톡 두들겼다.

"그게 편하면 그렇게 믿어라."

이건 또 무슨 소리야.

'생각해야 하는데, 취해서일까. 생각이 짧아져.'

숨이 점점 더워졌다. 술기운이 점점 올라왔다. 몸이 달아오르는 걸 느끼며, 겨우 말했다.

"폐하 저 방으로 돌아가 봐야 해요. 술에 취해서 진짜 실수할 거 같아요."

"했던 말을 또 하는 걸 보면 그런 것 같군."

하지만 그는 나를 고쳐 안고 더 단단하게 어깨를 감싸 안았다. 목덜미에는 숨결이 느껴졌다. 뭔가 싶어서 보니까, 내 칼라가 이미 한 계단 풀어져 있었다.

나는 한숨을 폭 내쉬었다.

"저 이런 거, 누가 보면 오해합니다."

"별걸 다 신경 쓰는군."

"또 칼 맞기 싫어요."

말하고 입을 가렸다. 아, 이 말 하면 싫어하던데.

얼굴을 매만지던 손이 멈췄다. 나는 조심스럽게 시선을 위로 올렸다. 그는 내 머리카락을 쓸어내리며 작게 속삭였다.

"미안하다."

나는 작게 한숨을 쉬었다.

진짜 미안한 걸까 이 사람. 그랬으면 좋겠는데, 영 믿을 수 없어.

"이용한 건 아니죠?"

"토끼에겐 그렇게 보이겠군."

구렁이 담 넘어가듯 부드럽게 넘어가시네요. 했다는 거야, 안 했다는 거야. 술 때문일까. 가슴속에 열불이 났다.

눈에 힘을 주었다. 그러자 시야가 흔들리던 게 좀 줄었다.

나는 그가 나에게 한 것처럼 그의 머리카락을 손에 감싸 쥐고 입맞춤했다. 트리트먼트에 돈백을 썼을 거 같은 매끄러운 질감이 더 짜증났다.

"뭐하는 거지?"

"피할 수 없으면 즐기려고요."

나는 절세미남을 바라보며 웃었다. 솔직히 당신이 나에게 있어서 좋은 게 잘난 얼굴 말고 더 있긴 한가요.

"취했나 보군."

"똑같이 해 드릴게요."

"네가 오해를 받을 텐데?"

"쓸데없는 거 걱정하시네요. 칼 한 번 더 맞죠. 뭐."

5년이 넘는 시간을 같이 보내서 알았다. 나는 말싸움으로 이 사람을 못 이겼다. 이 사람을 말로 이길 방법은 친애하는 폐하께서 했던 말을 그대로 쓰는 수밖에 없었다.

그때 그의 몸이 떨렸다. 얼씨구. 내가 이러는 게 웃긴가 보네.

"좋다. 나쁘지 않군."

갑작스럽게 머리카락 사이로 손이 들어왔다. 칼라 사이로 쑥 들어오는 손 때문에 깜짝 놀라 허리를 곧추세웠다.

"이, 이게 무슨 짓이에요!"

"별거 아닌 거에 놀라는군."

나는 그의 머리카락을 쓰다듬었던 손을 풀고 두 손으로 이미 풀어진 칼라를 꽉 잡았다. 폐하는 그런 나를 아랑곳하지 않았다. 오히려 손을 더 넣을 뿐이었다.

"토끼목을 조른 왕으로 남고 싶지 않다. 손을 떼라."

"손, 손 빼요!"

그는 피식 웃으며 목덜미를 쓰다듬었다.

'뭔가 손길이 이상해…….'

볼이랑 손을 만질 때와는 달랐다. 이상하게 바들바들 떨렸다. 칼라를 잡고 부들부들 떨었지만, 손길은 느긋하기만 했다.

피부에 닿은 감촉이 이상해서, 몸을 어떻게 할 수 없었다. 나는 몸을 이리저리 비틀어서 팔을 빼내려고 안간힘을 썼다.

눈에 띄게 움찔하자, 그제야 옷 사이로 들어갔던 손이 떨어졌다.

"이런……."

친애하는 폐하께서는 내 눈가를 쓸었다.

"더 만졌다간 울겠군."

나는 칼라를 쥔 채로 그를 노려보았다.

와, 진짜. 대단하네. 나는 당황해서 미치겠는데 이 양반은 여유로워. 아무리 토끼라지만 이건 너무한 거 아니야?

"눈초리가 불순하군."

"그럼, 이 와중에 제 눈이 반짝반짝 빛날까요?"

그는 평소처럼 내 볼을 쓰다듬으며 말했다.

"네 눈은 항상 반짝반짝 빛난다."

저기요, 폐하? 지금 장난하세요? 사람을 뭐로 보고! 그런 말로 어르고 달랠 수 있다고 믿으신다면 오산입니다! 폐하!

나는 주먹을 꽉 쥐었다. 정신이 멀리멀리 날아가는 게 느껴졌다. 이러면 안 된다고 필사적으로 말리던 이성도 마찬가지였다.

"제가 못 할 줄 아나요?"

나는 그의 어깨를 팔로 짚으며 의자에서 몸을 일으켰다. 그러고는 그의 맨살에 손을 쑥 넣었다.

얼마나 덩치가 큰지 거의 매달린 셈이었지만, 나는 그의 피부를 마구마구 만지며 말했다.

"당하는 기분은 어떠신가요?"

등을 이리저리 쓸었다. 넓어서일까 만진다기보다는 왠지 청소하는 기분이었다. 그는 아무 말도 하지 않았다. 그냥 거의 매달려 있는 내 허리를 받칠 뿐이었다.

나는 미간을 찌푸렸다. 손에 왕의 문장이 닿았는지 그때처럼 뜨거웠다.

'아프긴 아팠나 보네.'

문장은 사용할수록 뜨거워진다고 스승님께 들었다. 나는 팔을 더 내렸다. 손바닥이 뜨끈뜨끈했다. 하지만 그렇게 불쾌한 느낌은 아니었다.

'전기장판에 등 지지는 거 같은데?'

이거 좀 좋다?

예전에는 그냥 신기했는데, 지금은 시원하게 찜질하는 기분이었다. 참 요상하네. 고개를 갸웃거리며 더 손을 내리려고 할 때였다. 갑자기 온몸이 떨렸다.

귓가에 시원한 웃음소리가 들렸다. 폐하의 어깨가 떨려서 중심을 잃으려고 하자, 그는 내 허리를 더 단단히 잡았다.

그가 계속 웃어서, 몸도 같이 흔들렸다. 어찌나 움직이는지 마치 안마 의자에 앉은 거 같았다.

정원에 울려 퍼지는 웃음소리를 듣자, 나는 그제야 내가 무엇을 했는지 깨달았다.

'망했어.'

이화윤 네가 제정신이니.

'꿈이면 좋겠는데 꿈은 아니야.'

와, 어떡하지. 지금이라도 잘못했다고 빌까?

나는 슬금슬금 옷에 들어 있는 손을 뺐다. 걸쳐져 있던 몸을 내리려고 했는데 이번에는 그의 팔이 움직이지 않았다.

"저, 폐하."

그는 계속 웃으며 내 등을 툭툭 쳤다.

"죄송해요. 제가 좀 취했나 봐요."

여기에도 주취 감형이 있나. 내가 외워야 할 게 약초의 효능이 아니라 법전이었나 봐. 아니, 그러니까 제가 간다고 했을 때 놔주면 좋잖아요.

계속 웃는지 떨림이 가시지 않았다. 죄인은 할 말이 없었다. 나는 그의 웃음이 멈추길 기다렸다.

얼마나 그렇게 있었을까.

친애하는 폐하께서 힘을 빼 주셨는지, 몸이 밑으로 천천히 내려왔다. 나는 차마 고개를 들지 못했다.

"토끼,"

"예, 폐하."

"오해다."

뭐가요. 뜬금없이 무슨 말이야.

"그녀가 칼을 휘두를지 몰랐어."

아, 약혼녀 후보 얘기였구나. 나는 한숨을 폭 내쉬었다. 하여 간 주어 안 쓰는 건 여전하다니까. 그나저나 이걸 믿어야 돼, 말 아야 돼.

'아니어도 그렇구나고, 맞아도 그렇구나이긴 하지.'

허무하기 그지없었다. 나는 고개를 들어서 그를 바라보았다. 잘생긴 남자의 촉촉한 눈빛은 꽤 마음에 들었다.

물론, 실컷 웃어서 촉촉한 거겠지만 말이다.

"제가 칼 맞아서 그나마 다행이에요. 성녀님이었어 봐. 상상 도 하기 싫어요."

내 말에 그의 미간이 찌푸려졌다.

"화끈하게 피 보긴 했지만, 흉터랑 후유증도 없어서 다행이 긴 하네요. 선왕비 때는 한동안 복도 다니는 게 무서웠지만, 이 번에는 그런 일도 없고요."

늘어놓고 보니 팔자 한번 사나웠다. 니나야, 넌 정말 운이 안 좋은 거 같아. 어째 안심하면 일이 팡팡 터지니. 아주 어지러워 죽겠어. 게다가 여기에는 부적이 없더라. 이건 좀 놀랐어.

나는 한숨을 폭 내쉬었다.

"보상금도 쏠쏠하게 챙겼으니까 그러려니 할게요. 시간도 꽤 지났고요."

폐하. 아시나요. 폐하의 두 번째 약혼녀 후보가 칼부림 한 건 생각보다 견딜 만해요. 자연재해처럼 느껴져서 좀 우습기까지 해요.

'게다가 제가 아는 폐하라면 희생자를 완벽하게 저로 밀고 끝나지, 성녀님까지 위험하게 만들 거 같진 않아요.'

이용하려면 더 철저하게 했겠지. 그러니 우연이라고 칩시다.

'근데 되게 기분 나쁘긴 하네요.'

이렇게 끝난 결론이라니. 서러워서 살 수가 있나.

바람이 다시 불었다. 나는 그의 머리카락을 쥐었다. 매끄러운 검은 머리카락이 손등에 한 번 감겼다가 흐트러졌다.

다시 폐하의 손이 뺨을 쓸었다. 나는 가만히 그를 바라보았다.

'모르겠어.'

이 사람이 진짜 안타까워하는지, 청량함을 느끼며 즐기기만 하는지, 몸을 떨면서 웃지만, 그것조차 연기인지 아닌지, 내가 어떻게 알아.

'그런데, 나는 왜⋯⋯.'

나는 조금 웃었다. 그러자 폐하도 그런 나를 보며 웃었다.

나는 고개를 푹 숙였다. 그의 체온이 목선을 따라 미끄러졌다.

'미안하다, 니나야.'

왜 이렇게 꼬이는 걸까. 판단을 잘해야 하는데 자꾸 흐트러져. 아무것도 믿을 수 없다면 포기하고 돌아서면 되잖아. 너무나 간단한 결론 아니니.

나는 다시 그에게 시선을 돌렸다. 흐트러진 머리를 쓸어 올리는 폐하는 한 폭의 그림 같았다. 순간, 심장이 두근거렸다. 나는 손바닥으로 가슴을 눌렀다.

'심장님. 너는 또 왜 이러는데.'

우리 인간적으로 외모에 헬렐레하지 맙시다. 여기서 이러면 안 됩니다. 정신 똑바로 차리셔야죠.

'얼굴을 보지 말아야 해.'

아니면 잘생긴 걸 좋아하는 내 취향을 바꾸던가. 아니, 그런데 잘생긴 거 싫어하는 사람이 있긴 한가.

나는 숨을 몰아쉬며 바닥을 내려다보았다. 그때 알았다. 그가 벗긴 스승님의 장갑이 바닥에 뒹굴고 있었다.

'언제 떨어졌지.'

죄송합니다. 디오. 바닥에 있는지 몰랐어요. 제가 깨끗이 세탁해서 돌려드릴게요.

나는 장갑을 주우려고 자리에서 일어났다. 허리를 굽히고 막 손을 뻗을 때였다. 갑자기 큰 힘이 어깨를 잡고 끌고 갔다.

익숙한 체향이 느껴졌다. 갑작스러운 힘에 등이 반동으로 한번 튕겼지만, 거센 힘이 다시 끌어당겼다.

"폐하?"

그의 팔이 배와 어깨를 단단히 잡았다. 나는 시선을 내렸다가 한숨을 내쉬었다. 힘의 방향대로 움직였더니 자세 한번 요상했다.

'이건 또 뭐야.'

왜 갑자기 잡아당기세요. 제가 폐하의 무릎 위에 앉아 있잖아요. 아, 또 누가 볼까 겁나네.

주위를 둘러보다 다시 그를 바라보았다. 배에 있는 팔을 풀라고 툭툭 쳐도 요지부동이었다.

"줍지 마라."

"스승님 건데요."

"그러니까 줍지 말라는 거다."

나는 눈을 가늘게 떴다. 아니 스승님이 직접 끼워준 소중한 장갑인데 왜 폐하께서 난리예요. 뭐가 마음에 안 드는데요.

'뭐, 나중에 주우면 되지.'

나는 그의 팔을 밀어내 말했다.

"저는 이만 가 봐야 하는데, 폐하께선 한가하신가 봐요."

폐하는 눈을 살짝 내리깔고 나를 바라보았다. 와우. 참 새초롬하시네요. 뭔가 못마땅하시군요. 그런데 제가 알 바는 아닙니다.

"바쁘시지 않나요?"

"토끼는 오늘 휴일일 텐데?"

"제 휴일도 기억하세요?"

되게 한가하시네요. 별걸 다 아네. 머리가 좋아서 그런가. 이제는 시녀가 쉬는 날도 아시나요?

"뜬금없이 사고를 쳐서 저절로 알게 되더군. 네 일정에 대해서는 사비나가 항상 보고한다."

나는 뺨을 살짝 긁었다. 순간 할 말이 없었다. 제가 그때 사고를 치긴 했습니다. 하지만 사비나 님께 무슨 짓이세요. 그분은 시녀장이세요. 기미 시녀 일정을 읊을 위치가 아닙니다.

"그래도 이제 슬슬 들어가서 공부도 해야 하고……."

그가 내 말을 가로막았다.

"토끼."

"예. 폐하."

"그렇게 짐에게서 벗어나고 싶나 보군."

그의 손의 귀를 잡았다. 나는 한숨을 폭 내쉬었다. 알긴 아시네요. 그럼 보내 주세요. 저 오늘 머리 되게 복잡하거든요? 정리해야 할 게 한두 개가 아니에요. 성녀님이 말한 것만 해도 머리가 터질 거 같아요.

"벌을 줘야겠군."

나는 그의 손을 붙잡았다. 와, 진짜 장난 아니네! 피부 좀 만졌다고 이러기야!

"폐하! 제가 잘못했습니다! 제발 주급을 줄이진 말아 주세요!"

"뭐?"

더 빌자. 빌어야 해. 연구원 월급이랑 시녀 주급을 다 받고 있어서 삶이 윤택해졌지만, 이런 일로 감봉이라니!

"토끼."

"예. 폐하! 잘못했어요!"

"네 벌은 이거다."

그는 한 손으로 내 얼굴을 억지로 돌려서 시선을 내리게 했다. 눈을 깜박였지만, 별거 없었다. 그냥 떨어진 장갑이 보일 뿐이었다.

'뭐가 벌이라는 거지?'

정원 청소라도 하라는 건가?

그때였다. 갑자기 장갑에 불이 붙었다. 깜짝 놀라서 일어서려고 하자, 그는 다시 날 잡은 팔에 힘을 줬다.

"짐이 가면 다시 주울 생각이었지?"

나는 눈을 깜박였다. 장갑을 태운 불은 언제 그랬냐는 듯 사그라졌다.

"아니, 장갑이 무슨 잘못이라고!"

도무지 영문을 알 수 없었다. 황당해서 그를 바라보자, 폐하는 만족스러운 듯 웃었다.

"토끼."

"예. 폐하."

"짐에게 집중해라."

"그렇다고 장갑을 태워요?"

"주급을 제하진 않았으니 그걸로 하나 사라."

"저 장갑 많아요! 장갑이 중요한 게 아니라 스승님이 준 거라 소중한 건데요. 폐하."

왜 저걸 태우고 그래! 스승님한테는 뭐라고 하지. 그냥 솔직하게 말해야 하나. 아니, 가뜩이나 복잡한데 왜 걱정거리를 늘려요!

'하긴. 내 복잡함의 원천은 이 양반이긴 하지.'

바랄 걸 바라자. 이화윤.

나는 한숨을 폭 내쉬었다. 그러고는 그를 향해 고개를 돌렸다.

"마음에 안 드는군."

또 뭐가.

"원하는 대로 하셨는데 무엇이 마음에 안 드시나요."

폐하의 표정이 또 새초롬해졌다. 예쁘긴 한데 왜 이러세요. 진짜 누가 보면 제가 잘못한 줄 알겠습니다.

'이래서 왕정제는 안 돼.'

시민혁명이 괜히 일어난 게 아니야. 나라를 위해서는 뭐든 하는 왕이고, 잘생겼으며, 몸도 좋고, 능력도 장난 아니지만, 배알이 뒤틀려.

그때였다. 폐하의 뒤로 인기척이 들렸다. 나는 고개를 더 빼서 소리가 난 쪽을 바라보았다.

'사비나 님이랑, 성녀님이시네.'

두 분이 이야기를 도란도란 나누며 다가오셨다. 나는 황급히 자리에서 일어나려고 했다. 하지만 폐하의 팔은 여전히 요지부동이었다.

나는 작게 속삭였다.

"폐하. 사비나 님 오셔요."

그는 아무 말도 하지 않았다. 나는 폐하를 흘겨보았지만, 그는 팔에 힘을 줄 뿐이었다.

"저 지금 폐하의 무릎 위에 앉아 있는데요."

"계속 앉아 있어라."

가시방석이 따로 없었다. 백번 양보해서 사비나 님이라면 상관없을 수도 있겠죠. 하지만 폐하, 성녀님도 함께 오신다니까요.

별수 없었다. 나는 다시 일어나려고 몸을 버둥거렸다.

'계속하면 놔주겠지.'

폐하는 내가 진심으로 멀어지면 순순히 놔줬다. 그것이 이 사람에 몇 개 안 되는 장점 중 하나였다.

생각해 보니 진짜 별로네. 이게 장점이 될 수 있나? 당연한 거 아닌가.

"얌전히 있어라."

나는 아랑곳하지 않고 계속 일어나려 애썼다.

"좀 놔줘요."

슬슬 놓아줄 때가 됐는데 팔의 힘은 점점 단단해졌다. 게다가 내가 버둥거린 만큼 빈틈이 없어졌다.

'너무 착 붙어 있는 거 같은데……'

왜 이러세요. 폐하.

인기척이 지척에서 들렸다. 나는 더 버둥거렸지만, 팔을 풀어 줄 생각을 안 했다. 한숨을 폭 내쉬며 그들을 바라보았다.

'미치겠다.'

결국, 성녀님과 눈이 마주쳤다. 그 순간, 내 모든 행동이 멈췄다. 침이 꼴깍 넘어갔다. 아무것도 할 수 없었다. 숨을 작게 내쉬는 게 내가 할 수 있는 전부였다.

차가운 바람이 목덜미를 스쳤다. 이상하게 온몸이 부르르 떨렸다.

"토끼?"

나는 입술을 깨물었다. 비린 피맛을 느끼며 고개를 숙였다.

방금 본 성녀님의 표정을 잊을 수 없었다.

'어떡해.'

치워 뒀던 상념들이 밀려들어 왔다. 나는 입을 가리고 겨우 숨을 헐떡였다.

그래. 이게 문제야.

5년간 니나의 삶은 평온했다. 공부와 시녀 일을 병행하는 건 좀 피곤했지만 그래도 할 만했다. 열심히 살아서일까. 이제 평판도 더는 낮아지지 않았다. 내가 익숙해진 것인지, 카스텔리움성에 사는 이들이 니나에게 익숙해진 것인지는 모르지만 말이다.

솔직히 이제 원작의 소소한 건 기억나지 않았다. 아무리 죽기 전이라지만 딱 한 번 읽은 TL 소설은 머릿속에서 점점 잊혀 갔다. 적어 둘까 싶었지만 스파이로 의심받을까 봐 메모도 못 했다.

'변했다고 믿었어.'

니나는 죽지 않았고, 원작에서 죽고 못 살았던 둘의 관계는 냉랭했다.

'하지만 그게 아니었어.'

나는 그를 바라보았다. 무서울 정도로 잘생긴 남자가 나를 무릎에 앉힌 채 걱정스럽게 바라보았다.

'세라피는……'

피맛이 점점 진해졌다.

'왜 이 사람을 좋아하는 걸까.'

언제부터였을까.

성녀님이 폐하를 보는 눈이 달라졌다. 반짝반짝 빛나는 그 아름다운 눈에 다른 감정이 담겼다.

'나에게 숨기려고 했지만⋯⋯.'

세라피는 니나만큼 표정을 감추는데 서툴렀다. 덕분에 꽤 오래전에 그녀의 감정을 깨달았다.

'이야기는 바뀌었지만⋯⋯.'

몸이 계속 떨렸다. 나는 어깨를 꽉 쥐었다.

'달라지진 않았어.'

큰 줄기는 여전히 굳건하게 존재했다.

눈가가 시큰거렸다. 세라피의 감정을 안 순간, 나는 내 방에서 엉엉 울었다. 왜 눈물이 나오는지는 몰랐다. 그냥 슬프고 답답하고 힘들었다.

뜨거운 손이 내 어깨를 잡았다. 나는 멍하니 폐하에게 시선을 돌렸다. 아까 깬 줄 알았던 술 때문일까. 속이 불에 타는 거 같았다.

나는 그의 팔을 치우고 무릎에서 일어나려고 했다. 하지만 이번에도 강한 힘에 번번이 실패했다.

"사람이 와요. 아니, 벌써 왔어요."

"별걸 다 신경 쓰는군."

나는 작게 숨을 내쉬었다. 별거라니요. 뒤에 있는 사람은 당신을 사랑하는 세라피입니다. 폐하.

"누가 본다니까요."

"상관없다."

전 아주 많이 상관있는데요.

그들이 점점 다가왔다. 인기척이 가까워질 때마다 속이 너무 시렸다.

도대체 왜 이렇게 된 걸까. 언제부터 세라피는 이 사람을 좋아한 걸까.

'처음부터?'

그건 아닐 거 같아. 그런데 바보니. 이화윤. 언제인지가 뭐가 중요해. 지금 세라피가 폐하를 사랑한다는 게 중요하지.

속이 불에 타는 거 같았다. 나는 다시 그를 바라보았다. 절세 미남은 여전히 나를 놔주지 않았다.

'욕 나온다.'

내가 왜 이 남자 때문에 이런 감정을 느껴야 하는 걸까. 나를 순순히 놔줬으면 좋잖아. 그러면 세라피와 마주치지 않았을 테고, 그렇게 되면……

'그래 봤자, 또 닥쳤을 테긴 하지만.'

성녀님. 뭐 좋다고 이 사람한테 반했나요. 얼굴 때문인가요. 몸매 때문인가요. 아니면 절대 권력이 좋으신가요. 솔직히 성격은 별로잖아요.

'이유 많네.'

셋 중 하나만 있어도 괜찮은데 셋 다 있긴 하네.

'아뇨.'

속이 더 답답했다.

"토끼. 또 짐에게 집중하지 않는군."

아, 또, 왜! 보채는데! 듣기 평가도 아니고 무슨 놈의 집중이야!

"무슨 생각에 빠진 거지? 아무튼 좋다. 그 생각이 눈앞에 있는 짐보다 중요한 모양이군."

그놈에 머리카락 잡고 해초 말한 것 때문일까. 이 양반은 그 뒤부터 사람을 들들 볶았다.

"폐하 생각이요."

나는 그를 바라보았다. 그래요. 합니다. 집중해요!

"뭐?"

"폐하 생각을 더없이 진지하게 하고 있습니다. 그래서인데 요. 폐하. 뒤에 부인께서 오십니다."

허리를 잡고 있던 손이 조금 풀렸다. 피식 웃음이 나왔다. 와, 그렇게 안 풀어 주다가 세라피가 오니까 금방 풀리는구나. 그래. 선풍기보다는 에어컨이지. 진작 알았다. 그래도 너무한 거 아니냐.

속이 뜨거웠다. 열불 난다는 게 이런 거구나. 이성이 휴지 조 각 되는 게 느껴지네.

왜 웃음이 나는 걸까.

"폐하."

나는 그의 결 좋은 흑발을 손목에 둘둘 감았다. 이상한 행동 을 하는데도, 그는 나를 보지 않았다. 그래서 다시 한번 말했다.

"폐하."

그는 그제야 나를 바라보았다. 그래서 나는 더욱 환하게 웃 었다.

아주 작은 목소리로 속였다.

"다 당신 때문이야."

나는 그의 머리카락을 둘둘 감은 손을 확 내렸다. 순식간에 푹 꺼지는 그의 머리통을 보자 머릿속에 폭죽이 터졌다.

와, 아드레날린이 샘솟는 게 느껴져! 친애하는 폐하. 이런 거 당할지는 몰랐죠?

"그럼, 저는 이만!"

재빨리 손에 감긴 머리카락을 풀고 냅다 달려갔다. 등뒤에서 내 이름을 부르는 소리가 들렸지만, 절대 돌아보지 않았다.

뛰어가는 발걸음은 가볍기 짝이 없었다. 술이 다시 올라와서일까. 몸이 붕붕 뜨는 게 즐거웠다. 나는 한참을 정원을 달려가다가 멈췄다.

숨이 턱까지 차올랐다. 땀이 난 머리를 뒤로 넘기면서 나는 고개를 들었다.

구름 한 점 없는 파란 하늘은 아름다웠다. 태양을 가리는 게 하나도 없어서일까. 유난히 눈이 시렸다.

27

감히 짐에게

'내가 왜 그랬지.'

나는 숙취해소 음료를 한 모금 넘겼다. 상큼한 맛이 목을 타고 내려갔다. 내가 만들었지만 참 훌륭했다. 효과도 좋고 맛까지 괜찮았다. 그래서일까. 술이 너무 일찍 깨 버렸다.

'미쳤다.'

술이 깨자 집 나간 이성님이 돌아오셨다. 나는 돌아온 이성님을 붙잡고 울고 싶었다. 왜 그랬니. 이화윤. 네가 미쳤구나.

조용히 베개를 껴안았다. 후환이 두렵기 짝이 없었다.

'뭐 등짝 좀 긁은 건 그렇다 쳐도……'

그건 괜찮을 거야. 안 그런 척해도 폐하도 시원해서 좋아하는 거 같았으니까. 은근히 즐겼을지도 몰라.

"머리카락은 왜 잡아당겨! 왜!"

네가 일곱 살짜리 애냐. 도대체 그런 짓을 왜 한 거야!

도저히 가만있을 수 없었다. 나는 잠옷을 입은 채 침대 위를 한 바퀴 뒹굴었다.

"미쳤어! 진짜!"

나는 베개에 얼굴을 묻고 버둥거렸다. 시간을 돌릴 수 있다면 얼마나 좋을까.

"술 때문이다."

그래. 알코올이 요망한 거야. 그거 아니면 내가 그럴 리 없어.

"애초에 술 마시게 한 폐하 탓이지."

억지로 들이밀어서 취하게 한 건 그쪽이야!

뭐라고 하면 우겨야지. 어찌할 거야. 술만 마시지 않았으면 그렇게까지 막 나가진 않았다고.

한숨이 저절로 나왔다.

나는 천장을 향해 돌아누웠다. 커튼이 젖혀져 있어서일까. 노을빛이 방 안을 붉게 물들였다.

이유 없이 다리를 들었다가 놨다. 풀썩- 하얀 맨발이 잠옷 사이로 드러났다가 침대 위로 떨어졌다.

"많이 컸다."

이제 다 큰 거겠지. 우리 니나. 그런데 너는 왜 발도 예쁘니. 씻을 때 보긴 했지만, 이렇게 보니 대단하네. 잡지에 나오는 발 같아. 선 되게 곱다.

다시 다리를 들고 뻐근한 발목을 돌렸다. 발끝 사이로 붉은 빛이 왔다 갔다 했다. 맨발이 이렇게 투명하고 예쁠 수도 있구나. 시간 나면 이 몸 구석구석 점검 좀 해 봐야겠어. 아마 예쁜 게 또 있을 거야.

'뭐, 고이고이 쓰는 게 먼저지만…….'

나는 침대에 누워서 몸을 이리저리 쭉쭉 뻗었다. 긴장해서 일까. 근육들이 평소보다 뻣뻣했다.

몸이 뻐근한 건 다 폐하 탓이었다. 나는 목덜미를 쓸었다. 왜 갑자기 손을 넣은 거지. 볼때기나 좀 만지던 분이 무슨 바람이 분 거야.

"뭐, 시원하니 죽이진 않겠지."

그간의 패턴을 종합해 보면 그러진 않을 거야.

"벌은 받을 거 같지만……."

무슨 벌을 받으려나. 혹시 쫓아내려나? 다행히 무일푼은 아니네. 내가 돈이 얼마 있더라. 그렇게 되면 메어리 님 집에 가도 되나?

나는 굽혔던 허리를 펴고 한숨을 내쉬었다. 이상하게 몇 년 전 폐하가 했던 말이 떠올랐다.

'몸을 소중히 해라. 너는 나한테 관심받는 아이다. 귀여워해 줄 테니까, 오래오래 내 곁에 있어라.'

피식 웃음이 나왔다.

"퍽이나."

하여간 말은 잘해요. 나는 다시 베개를 껴안았다. 마음이 한 없이 싱숭생숭했다. 게다가 한기가 들렸는지 떨리기까지 했다.

'요즘 자주 이러네.'

보약이라도 먹어야 하나. 몸을 뜨겁게 하는 약초가 뭐가 있 더라. 사리초였나? 근데 니나는 기미 능력 때문에 뭐든 독하게 먹어야 하는데, 뭘 먹어야 하나.

나는 시트 아래로 비적비적 들어갔다. 하지만 목까지 덮고 나도 떨림이 가시지 않았다.

"뜨끈한 데 지지고 싶다."

보일러와 전기장판이 그리웠다. 따듯한 물에 맨날 몸 담그긴 하지만 그걸로는 한없이 부족했다.

'그러고 보니, 좀 뜨거웠어.'

나는 시트 밖으로 손을 내밀었다. 노을의 붉은 빛이, 니나의 손을 물들였다.

손톱이 귀여운 예쁜 손이었다. 하지만 약초를 다뤄서인지 흉터도 있고 거칠었다.

'나름 오일도 열심히 바르긴 했는데……'

그래도 쓰는 데는 장사가 없더라. 이건 좀 미안하다. 니나야.

나는 주먹을 꽉 쥐었다. 문득 아까 만졌던 폐하의 문장이 떠올랐다.

'그건 뜨거웠어.'

하지만 여전히 화상처럼 따갑지 않았다. 요즘 몸이 차서일까. 오히려 그 문장에 등을 지지고 싶은 심정이었다.

순간 피식 웃음이 나왔다.

"폐하가 온열 찜질 기구냐."

참 쓸데없는 생각이었다. 나는 고개를 저으면서 다시 팔을 시트 안으로 집어넣었다.

잠이 오지는 않았다. 하지만 머리가 복잡했다. 나는 멍하니 중얼거렸다.

"때가 왔습니다. 이화윤."

생각이란 걸 해 봅시다. 그동안 미뤄 왔잖아요. 그런데 교통
정리가 필요한 시점이 왔어요. 하기 싫은 건 압니다. 하지만 지
금 안 하면 큰일이 날 거 같아요.

"제발 피하지 말고."

숨지도 맙시다.

한숨이 저절로 나왔다. 솔직히 복잡해서 정리하는 것도 힘
들었다.

"쉬운 거부터 합시다. 니나 케이지, 스무 살, 기미 시녀 겸 약
초 연구가, 드러난 자산 만 오천 골드 이상, 주급과 월급을 꼬박
꼬박 모으고 있음."

나는 박수를 쳤다. 짝짝짝- 참 잘했어요. 자산관리를 잘하셨
군요. 뭐, 그냥 소비를 줄인 것에 가깝지만 그렇다고 칩시다.

"왜인지 모르지만 기미 능력이 있고, 이유는 모르지만, 피에
이상한 효과가 있으며, 어쩌다 보니 성당에서 만들어진 존재입
니다."

갑자기 상황이 심각해졌다. 나는 시트 안에서 꼼지락거리며
다시 정리했다.

"첫 번째는 잘 써먹고 있는 장사 밑천이니 넘어 가고, 두 번
째는 복잡하니 넘어가고, 세 번째는 이건 짐작도 안 되니 넘어
갑시다."

다 넘어가긴 하네요.

이 점에 대해서는 나중에 진지하게 고민해 봅시다. 자, 다음
으로 갑시다. 이제 뭐가 중요합니까. 이화윤 씨.

"아, 성녀님이 폭탄 날렸지."

뜬금없이 세라피가 자신의 능력이 줄어든다고 했지. 그러고
는 다시는 자신을 위해 다치지 말라고 했어.

나는 자리에서 벌떡 일어나서 앉았다. 왠지 머리가 아팠다.
이걸 어디서부터 따져야 하는 걸까.

'치유를 못 하는 성녀라니……'

복잡하기 그지없었다. 이유는 짐작조차 못 했다. 뭐, 손으로
꼽으면 보면 몇 개 나올지 모르지만, 아무래도 이쪽은 성력과
관계가 있었다.

'내 체질도 모르는데, 성녀의 성력은 어찌 알리오.'

이 사실은 꼭 누군 좀 아시려나. 성력에 대해서는 디오도 별
로 아는 게 없던데.

'내 체질에 관해서 연구하긴 했지.'

밝혀진 건 별로 없었다. 어릴 때만 효과 있다던 기미 능력이
더 나이 먹을수록 성장한 것을 증명한 게 다였다.

'아, 성녀랑 닿으면 아프다는 것도 실험했지.'

왜인지 모르지만, 성녀님과 접촉하면 그날은 쉽게 피로하고
열이 났다. 스승님은 마력과 성력이 불균형 때문에 그렇다고 말
했다. 그때부터 디오는 나에게 장갑을 줬다.

'닿지만 않으면 돼.'

방법은 간단했다. 생각해 보면 시녀복을 입으면 드러나는

부위가 손과 목밖에 없었다. 목은 닿을 일이 별로 없으니, 장갑을 끼면 충분했다.

'이따가 의논하자.'

생각해 보니까 디오는 폐하의 몸의 책임자지. 꼭 알아야겠네. 아, 진짜. 이거 폭탄 같은데 꼭 내가 돌려야 돼? 괜히 터져서 나만 다치는 거 아니야?

"왜 나보고 폐하께 말해 달라는 걸까."

성녀님, 무슨 속셈이세요. 왜 자기가 말을 못하고 나보고 대신하라는 건데.

아니 그건 그렇다 쳐도.

"폐하는 왜 좋아하는 거야."

그 양반 속 시커먼 거 아시잖아요. 그렇게 당했으면서 왜 하필 왕이에요.

나는 이마를 짚었다. 성녀와 폐하를 생각하면 머리가 지근지근했다.

'솔직히 좋아할 이유는 많지.'

얼굴, 몸매, 돈 다 되니까. 성격이 진짜 별로지만 성녀는 중요한 사람이니까 나처럼 굴리지는 않을 거야. 금이야 옥이야 잘해 주겠지.

'뭐, 무시는 하겠지만……'

나는 손을 내리고 다시 침대에 누웠다.

처음 그 사람은 세라피를 어지간히 경시했다. 하지만 그녀가 달라지자 폐하의 태도도 변했다.

'정중해졌어.'

그걸 깨달은 순간, 원작이 떠올랐다. 앞부분이 달라져서 내가 본 TL 소설처럼 되진 않겠지만, 그래도⋯⋯.

'원작을 따라가는 거 같아.'

그럼 결말은 어떻게 되는 걸까. 만리장성 쌓아서 예쁜 아이들을 낳고 잘 먹고 잘 살았습니다 하고 끝나나?

'그럼 나는 어떡하지?'

나는 깊게 한숨을 내쉬었다. 세라피에게 왜 그런 사람을 좋아하냐고 뭐라 할 자격이 없었다. 여기서 제일 바보는 나였다.

"미친 거지. 미친 거야. 미치지 않고서야 어떻게 그래."

왜 좋아하니. 바보야. 돈 많고, 잘생기고, 몸 좋지만 사기꾼이잖아.

'뭐, 이용당한 만큼 나도 내 것 챙겼다고 쳐도⋯⋯.'

나는 베개에 얼굴을 묻었다.

"그게 말이 되냐!"

현실적으로 생각하자. 이화윤.

5년 전에는 스파이 혐의 때문에 이러지도 저러지도 못했다. 솔직히 아직도 폐하의 비호가 필요하긴 했다.

"하지만 이제는 좀 달라."

약초 연구가로서 인정받게 되면서 선택지가 넓어졌다. 피가 좀 이상하긴 했지만, 평생 숨기면 살 각오도 했다.

'오라는 곳도 있어.'

정 안 되면 메어리 님 저택에서 사과나무를 돌봐도 됐다.

"뭐, 약초 연구원 월급이랑 기미 시녀 주급을 동시에 받고 있어서 여기서 더 버티는 게 이익이긴 하지."

계획은 얼추 세워 놓았다.

지금으로부터 10년만 더 일하고, 카스텔리움성에서 벗어나자. 오, 괜찮은걸? 서른 살에 여행 한 번 다녀오고 목 좋은 곳에 정착하자. 그리고 그곳에서 평생 쉬면서 살자.

"좋다, 좋아."

완벽하진 않지만, 방향은 제대로 잡았어. 이대로만 가자. 참으로 희망찬 내일이다. 고아에다 이방인이었는데 출세했네. 노력했구나! 이화윤.

차오르는 자랑스러움에 빙그레 웃는데, 다시 몸이 떨렸다. 나는 시트 안으로 파고들었다.

"그랬는데……."

그러면 그것만 생각하면 되는데…….

'왜 마음이 이렇게 심란한 걸까.'

인간관계와 감정을 다 거르면 결론은 참 깔끔했다. 여태 했던 대로 앞으로도 그렇게 살면 다 해결되었다.

나는 이마에 손을 얹었다. 붉은 노을빛이 손등에 어른거렸다.

'좋아하지 말지.'

왜 오르지도 못할 나무를 바라보냐.

"세라피가 그를 마음에 두면 게임 다 끝난 거잖아."

에어컨이 좀 고장나더라도 태생부터 선풍기와는 다르잖아. 시간이 좀 걸리겠지만, 그 두 사람은 결국 잘되지 않을까.

'그렇게 되면 니나는 점점 잊힐 거야.'

찬밥 신세 되기 전에 떠나자. 그때쯤이면 폐하의 허락도 필요 없을걸. 아주 깨끗하게 잊었을 거야.

'아, 욕 나온다.'

나는 몸을 웅크렸다. 몸살이라도 걸렸는지 떨림이 가시지 않았다.

"머리는 아는데 마음이 안 따라 주네."

바보인가 봐. 아직도 그 얼굴을 보면 좋아.

두 사람이 같이 있는 걸 본 적 있었다. 복도에서 우연히 마주친 순간, 나는 정신을 잃었다. 피로가 겹쳐서라고 핑계를 댔지만, 사실은 그때 알았다. 세라피는 폐하를 좋아했다.

"힘들다."

나는 잠옷 안에 있는 목걸이를 꺼냈다. 시녀 주급 백 년 치의 값을 가진 목걸이는 손안에서 예쁘게도 빛났다.

"어떡하지."

도망갈까.

나는 고개를 저으며 눈을 감았다. 눈에서 멀어지면 마음도 떠나겠지. 솔직히 난 어디서든 잘 살 수 있어.

'끝이 보인다.'

이런 관계는 정말 아니다. 정신 차리자, 이화윤.

'뭐 지금이야 쓰라리고 아프긴 해.'

하지만 나 혼자 둘을 먼 곳에서 보다가 알아서 사그라지지 않을까. 지칠 대로 지쳐서 무너지면 그땐 미련 없이 돌아서려나.

나는 시린 눈가를 내리눌렀다. 울어 봤자 아무것도 달라지지 않았다. 울어도 되지만 지금은 아니다. 이화윤.

얼마나 그렇게 있었을까.

갑자기 문밖에 노크 소리가 들렸다. 나는 침대에서 벌떡 일어났다. 슬리퍼를 신고 달려가서 여니 익숙한 이가 보였다.

"쉬고 있었니?"

나는 활짝 웃으면서 인사했다.

"네. 좀 피곤해서요. 어서 오세요. 사비나 님."

꼼꼼하게 넘긴 갈색 머리카락은 여전히 멋있었다. 그녀가 들어오자, 다른 시녀들이 줄줄이 들어왔다.

뭐라 말할 틈도 없었다. 그들은 궤짝을 내 방 안으로 밀어넣고는 서둘러 나가 버렸다.

'이게 뭐지?'

고개를 갸웃거리자, 사비나님이 말했다.

"생일 축하한다."

"아! 감사합니다. 저게 다 뭔가요?"

그녀는 웃으면서 내 손을 잡고 흔들었다.

"생일 선물들이야."

큼지막한 궤짝은 두 개나 되었다. 저기에 들어 있는 게 다 생일 선물이라고?

"시녀에게 들어오는 물건들은 다 확인하는 거 알지?"

"알다마다요."

스파이 혐의 때문에 독한 검문도 경험해 본 시녀가 저잖아요. 사비나님.

"며칠 전부터 꼼꼼하게 검수한 거야."

나는 궤짝을 덮은 천을 걷었다. 생각보다 많은 물건이 있었다.

고마워라. 이걸 다 언제 갚지. 주급과 월급으로 생활이 윤택해져서 좀 친해지면 평판 좀 좋아지라고 이것저것 선물하긴 했는데, 이럴 줄은 몰랐다.

"와, 저 인기 많아 보여요!"

내 말에 사비나 님은 입을 가리고 웃었다. 이것저것 둘러보는데, 낯익은 것이 눈에 띄었다. 나는 궤짝 안에 들어 있는 작은 나무 상자를 몇 개 꺼냈다. 다 꺼내서 세어 보니 열두 개였다.

"그건 폐하의 생일 선물이야."

나는 상자를 열었다. 아까 먹은 초콜릿이었다.

"이걸 왜 열두 개나 주셨을까요. 이미 하나 주셨는데요."

뭐, 정원에 폐하와 같이 팽개쳐 두고 오긴 했지만요.

"글쎄. 니나를 알아서 그러시지 않았을까?"

그게 무슨 말이죠. 사비나 언니. 저는 모르겠습니다. 제발 설명을 해 주세요.

"니나는 잘 나눠 주잖아."

나는 고개를 끄덕였다.

"제가 좀 그렇긴 해요."

혼자 다 먹을 수는 없잖아요. 이왕이면 나눠 먹는 게 좋죠.

아, 맞다.

나는 폐하의 선물인 나무 상자를 사비나 님께 공손히 건넸다. 이왕 말 나온 김에 하나 가져가세요. 언니. 항상 제가 민폐를 끼치고 있습니다.

그녀는 내가 준 초콜릿 상자를 받고는 또 입을 가리고 웃었다.

"이래서 많이 준 거야."

나는 고개를 갸웃거렸다.

"여기저기 많이 나눠 주라는 게 폐하의 뜻인가요?"

어렵네요. 성안 직원, 아니 시녀와 병사의 복리후생에 참여하라는 건가요?

내 말에 사비나 님은 고개를 절레절레 저었다.

"아니. 나눠 주면 니나가 먹을 게 없어지잖아. 그러니까 많이 주신 거야."

나는 미간을 찌푸렸다. 도무지 갈피를 잡을 수 없었다.

아까 나눠 준다고 하니까 억지로 입에 넣으시던데요. 덕분에 취해서 고생했는데, 이건 또 뭔가요.

'어느 장단에 춤추라는 거지?'

많이 줄 테니까 너 다 먹으라고 했으면 되잖아. 그럼 취하지도 않았을 텐데.

나는 머리를 쥐어뜯었다. 진짜 힘든 사람이었다.

"니나야?"

나는 사비나 님 앞치마를 잡고 속삭였다.

"어려워요!"

내 말에 그녀는 다시 입을 가리고 고개를 돌렸다. 나는 한숨을 내쉬었다. 웃음소리가 참 맑아서 슬펐다.

아니, 이 언니는 왜 이러시지. 내가 괴로운 게 즐거운가.

그녀는 한참을 웃다가 말했다.

"니나야. 폐하의 뜻을 너무 어렵게 생각하지 마."

아이고. 이분이 큰일날 소리를 하시네. 제가 그러다가 한번 당했어요.

"사비나 님! 폐하의 말을 쉽게 생각하면 안 돼요!"

사기꾼 말을 곧이곧대로 믿으면 어떡해요! 그러다가 피 봐요! 제가 얼마나 고생했는지 아시나요. 저 칼 맞았잖아요. 어머나. 그러고 보니 진짜 피 봤네.

그때를 생각하니 몸이 다시 떨렸다. 소름이 돋은 팔을 쓸면서 고개를 들자, 필사적으로 웃음을 참는 그녀가 보였다.

"사비나 님?"

자세히 보니 그녀는 눈물까지 어려 있었다.

"이, 이건 잘 먹을게. 고마워. 그럼 나는 이만 가 볼게."

"예. 아, 사비나 님! 잠시만요!"

나는 서둘러 책상 아래 둔 궤짝으로 달려갔다. 그리고 아직도 많이 남은 사과잼 하나를 건네 드렸다.

"저번에도 드렸지만, 하나 더 드세요. 아직도 많아요."

"메어리 님이 주신 거니?"

"네, 사과 농사가 잘 맞는가 봐요. 저번에는 놀러 갔다 왔어요."

"아, 그래. 프로펜 지방이었지. 잘 먹을게."

나는 그녀에게 살짝 묵례했다. 그녀는 살짝 웃으면서 밖으로 나갔다.

막 문을 닫고 돌아설 때였다. 밖에서 커다란 웃음소리가 들렸다.

-푸하하하하하!

시원하게도 터지셨네요. 나는 팔짱을 끼고 문을 바라보았다. 웃음소리는 꽤 오랫동안 들렸다.

'뭐가 그렇게 재미있으시지……'

얼마나 웃는지 숨이 넘어갈 거 같았다. 물이라도 챙겨드렸어야 하나. 나는 한숨을 쉬며 침대에 궤짝을 향해 걸어갔다.

요리조리 살펴보니 꽤 여러 가지가 들어 있었다. 나는 하얀 여름 원피스를 꺼냈다. 시원한 재질의 천이 손등을 타고 내려왔다.

카드에는 레오의 이름이 적혀 있었다. 나는 원피스를 몸에 대고 빙그르르 돌았다.

"레오다운 선물이네요."

다음 데이트 때는 이걸 입고 갈게요. 레오.

옷을 잘 정리해서 놓고 다른 선물을 꺼냈다. 척 봐도 알았다. 복슬복슬한 인형은 항상 스승님이 준 것이었다.

'니나가 어렸을 때 인형 만들었단 얘기를 해서 그런가.'

하얀 토끼는 귀여웠다. 나는 인형을 한번 폭 껴안고 침대 위에 가져다 두었다.

"오늘부터 네 자리는 여기다. 네 이름은 비비안이고 애칭은 비비야!"

니나 기억을 보면 토끼 인형은 항상 이 이름이더라. 세 시녀님이 가끔 베개로 쓰실지도 모르지만, 잘 견뎌라. 애야.

인형의 이마를 톡톡 건드리자, 왠지 기분이 좋았다. 나는 다시 선물을 정리했다. 자그마한 카드들도 다 모으고 나자 뿌듯하기 그지없었다.

"나, 인간관계 제법 괜찮구나."

메어리 님 선물은 직접 짠 따듯한 스웨터 비슷한 거였고, 사비나 님 선물은 발에 딱 맞는 구두였다. 신어보니 발이 편해서 놀랐다.

'치수는 어떻게 아셨지?'

나는 구두를 신고 빙그르르 돌아보았다. 바닥에 닿는 감촉이 남달랐다.

"비싸 보인다."

꼭 감사인사해야지. 자꾸 자라는 바람에, 구두는 항상 큰 거로 사서 그런가. 딱 맞는 거 되게 편하네.

'그리고 보니 이제 몸에 맞게 사도 되나?'

나는 침대에 앉아서 니나의 손과 발을 보았다. 키가 크려고 노력했지만, 그렇게 자라지는 않았다.

'그래도 잘 컸어.'

공부하느라 근육은 별로 없어도 니나는 잘 자랐다. 나는 궤짝에 있는 나무 상자를 하나 꺼냈다. 열어 보니 낮에 먹었던 초콜릿이 보였다.

구두를 벗고 침대 위로 올라왔다. 디오가 준 인형을 끌어안고 초콜릿 한 조각을 입에 넣었다.

달콤함이 입안에 맴돌았다. 희미한 우유 향이 부드럽게 섞였다가 사라졌다.

나는 인형을 꽉 끌어안았다. 코끝이 시큰거렸다. 낮부터 참 았던 감정이 결국 터져 버렸다.

"바보야. 진짜."

푹신한 침대에서 예쁜 인형 끌어안고, 비싸고 귀한 걸 먹는데 왜 이러니.

"이렇게 행복한데 왜 궁상이야."

인간관계에 성공해서 예쁜 생일 선물에 둘러싸여 있었다. 운이 없어서인지 자주 넘어졌지만, 그럭저럭 계획대로 다 잘 됐다.

그런데도 왜 이렇게 두려운 걸까.

"무서워."

도대체 이 이야기는 어떻게 끝나는 걸까. 결국, 원작대로 갈까? 아니면 또 다른 일이 벌어질까.

나는 계속 초콜릿을 입안으로 가져갔다. 반쯤 먹고서야 알았다. 상자 안에 있던 초콜릿에 술이 들어 있는 건 없었다.

'이럴 때만 섬세하지.'

나는 고개를 저으며 한숨을 쉬었다. 친애하는 폐하의 배려에 고개가 저절로 숙여졌다.

"진짜 나쁜 사람이야."

휘둘리는 내가 바보야. 정말.

나는 창밖을 바라보았다. 하늘에 걸려 있던 태양은 사라지고 어둠이 짙게 깔려 있었다. 나는 다시 인형에 턱을 얹고 계속 창밖만 바라보았다.

시간은 충실히 흘러갔다. 잡으려도 해도 결국 손아귀를 빠져나가는 게 느껴졌다.

"나는 나대로 잘 살면 돼."

그러니까 울지 말자. 이화윤. 어차피 막을 수 있을 거 같지도 않아. 신경 쓰지 말자. 네 할 일만 해.

작게 한숨을 쉬며 눈을 감았다.

슬프고, 무섭고, 불안했다. 한 개만 있어도 힘든데, 무려 세 개나 겹쳐 있었다.

'괜찮아. 괜찮아.'

안 괜찮으면 어쩌겠어. 신경 쓰지 말자. 이제 죽을 일도 없잖아. 다치지도 않을 거야. 시간 속에 묻히길 기다리면 돼. 내 마음만 잘 관리하면 될 거야.

혀끝에서 녹는 초콜릿이 달콤해서 슬펐다.

춥지도 않은데 다시 몸이 떨렸다. 나는 인형을 껴안았다. 폭신하고 좋은 향기가 났지만, 이 떨림이 가시지 않았다.

나는 부드러운 천에 얼굴을 비볐다.

"바보."

작은 속삭임이 허공에 맴돌다 사라졌다.

낮은 목소리가 울려 퍼졌다.

"벌을 줘야겠군."

사비나는 서류를 정리했다. 두서없는 말이었지만, 친애하는 폐하께서 누구에게 벌을 준다는 것인지 너무나 잘 알았다. 그래서일까. 충실한 시녀장은 그의 말을 한 귀로 듣고 한 귀로 흘렸다.

"감히 짐에게⋯⋯."

사비나는 고개를 저었다. 말만 들으면 니나가 곧 감옥이라도 갈 것 같았다. 하지만 그녀는 알았다.

사비나는 조용히 돌아서서 폐하를 바라보았다. 의자 등받이에 몸을 기댄 채 서류를 넘기고 있는 남자의 얼굴에는 웃음이 한가득하였다.

'폐하가 저런 얼굴을 할 줄이야.'

그 폐하가 바보같이 보일 날이 올 줄이야. 시녀장은 다시 돌아서서 할 일을 했다. 그때였다. 친애하는 폐하께서 말씀하셨다.

"사비나."

그녀는 대답하지 않고 돌아섰다.

"토끼는 어땠지?"

사비나는 미간을 찌푸렸다.

"좋아했습니다. 다른 선물도 많았으니까요."

폐하의 수려한 얼굴에 웃음이 사라졌다. 어라? 사비나는 그럴수록 더 미소를 머금었다.

"니나는 인기가 많으니까요. 시녀들에게도 평판이 좋아요. 싹싹하잖아요. 폐하. 하문하시기 전에, 제가 미리 답하겠습니다."

시녀장은 공손히 손을 모으며 말했다.

"선물은 레오 경도 있었습니다."

"디오도?"

"당연하죠. 안 줄 리가 없잖아요. 다른 병사들이 보낸 자잘한 선물들도 많았어요."

왕은 생각에 잠겼다. 사비나는 뭐라 한마디 보태려다 입을 다물었다.

"토끼의 사랑스러움을 다들 아나 보군."

"알다 뿐일까요."

시녀장은 무심코 나온 이죽거림에 놀라서 손으로 입가를 막았다. 하지만 이미 늦어 버렸다. 왕의 표정이 변해 있었다.

"또 뭔가 있나 보군."

"별거 아닙니다."

"보고해라. 사비나."

시녀장은 한숨을 폭 내쉬었다. 니나를 위해서 친애하는 폐하께 보고하지 않았던 게 참 많았다.

"니나가 병동을 거들 때 얼굴 보려고 오는 병사가 너무 많다고 하더군요."

"언제부터 짐의 군대가 그렇게 해이해졌지?"

"오늘 레오 경이 아시고, 적법한 절차에 따라 처리하신다고 합니다."

"굴리겠군."

사비나는 조용히 물러나려 했다. 하지만 왕은 그녀의 말을 막았다.

"더 있나 보군."

시녀장은 고개를 푹 숙였다. 이런 부분에서는 예리한 칼날 같았다.

"별거 아닙니다."

"얘기해라."

"아카데미에서 니나에게 반한 남자가 있나 봐요. 마음을 표현하는데 서툴고 니나가 워낙 사람을 기억 못 해서 화났는지, 디오 님과 엮어서 저급한 말을 했다고 하더군요."

"그래서?"

"니나는 그 남자를 시험에서 이기겠다고 무리하게 공부했나 봐요. 그래서 결국은 이겼는데, 문제는 선물입니다."

왕의 미간이 찌푸려졌다.

"의미가 깊은 고가품을 선물로 들어와서 반려했습니다."

"그게 뭐였지?"

"가문 대대로 안주인에게 내려오는 반지라고 하더군요."

왕은 헛웃음을 지었다. 성안에서만 돌아다니는 줄 알았는데, 토끼는 의외로 여기저기를 쏘다니는 모양이었다.

"우리라도 만들어서 가둬야겠군."

폐하의 마음이 너무나 잘 느껴졌다. 위험하기 짝이 없어서 사비나는 니나를 위해서 다시 뒷걸음질쳤다.

"더 있나 보군."

아, 들켰다. 시녀장은 다시 고개를 숙였다. 사실 자잘한 걸 따지자면 끝이 없었다. 거리에서 그녀에게 반해서 쫓아오던 남자도 많이 있었다. 그중에는 질 나쁜 사람도 있어서, 병사들이 알아서 처리한 것도 여러 번이었다. 그 뒤로 사비나는 니나를 혼자 내보내지 않았다. 병사를 뒤에 딸려 보냈다.

'니나는 둔해서…….'

사비나는 한숨을 내쉬었다. 니나는 눈치는 빠르지만 그런 점은 무뎠다. 그 외모를 하고 자각이 없었다.

"자잘한 건 제 선에서 해결했습니다."

왕은 보던 서류를 내려놨다. 기가 막혔다. 카스텔리움성에서 토끼가 자신과 관련 있다는 걸 모르는 이는 없었다.

"그런데도 대단하군."

"니나는 예쁩니다. 폐하."

시녀장은 머리를 숙였다가 다시 들었다.

"아주 드물게 예쁜 아이입니다. 게다가 싹싹하고 친절하죠. 그냥 니나는 평소대로 행동했을 뿐이지만 남자들에게는 자신에게만 하는 특별한 행동처럼 느껴지나 봅니다."

왕은 고개를 저었다.

"쓸데없는 것들이 많군."

"니나의 잘못이 아니란 얘기입니다. 니나는 그냥 똑같습니다. 오해하고 날뛰는 그들이 문제죠."

왕은 다시 서류에 시선을 돌렸다. 사비나가 무슨 말을 하는지 알았다.

"사람 많은데 혼자 놔두면 큰일나겠군. 지금처럼 처리해라, 사비나. 좀 철저해져도 괜찮겠군."

그는 아이를 떠올렸다. 허리까지 내려오는 보드라운 백금발

털을 가진 자신의 토끼는 언제나 청량하기 그지없었다.

피부를 매만졌던 감촉이 손끝에 맴돌았다. 분홍빛 입술과 목소리가 떠올랐다. 더불어서 그 아이가 벌인 깜찍한 행동에 저절로 웃음이 나왔다.

"벌을 줘야겠어."

다시 처음으로 돌아왔다. 사비나는 이번에야말로 도망가려고 뒷걸음질을 쳤다. 하지만 또 막혀 버렸다.

"사비나."

숙련된 부하는 그가 무슨 말을 하려는지 알았다. 그래서 미리 말했다.

"니나는 이번 주에 레오 님과 외출을 합니다."

"그렇군."

"제가 못 막습니다. 시녀장이 그리핀 제1기사단장을 막을 수 있을 리 없잖아요."

왕의 미간이 찌푸려졌다. 사비나는 순간 속이 답답했다. 무심코 넘겨 왔지만, 이제는 그녀도 헷갈렸다.

'어쩌시려는 거지?'

그 뒤로 5년이 지났다. 아이는 부지런히 자라서 이제는 성인이었다. 어릴 때야 두고 귀여워한다고 해도 흠이 되질 않지만, 이제는 상황이 달랐다.

'너무 예쁘게 자랐어.'

백금색 머리카락이 날씬한 체구에 잘 어울렸다. 동그란 붉은 눈은 어릴 때보다 아름답게 반짝였다. 아이는 시녀들 사이에 있어도 멀리서도 눈에 띄는 미인이었다. 그 아이를 보는 눈은 참 많았다. 그리고 하나같이 시선을 떼지 못했다.

'니나가 잘 웃어서 큰일이야.'

폐하의 명령으로 머리를 묶지 못한 아이는, 반가운 사람을 만날 때마다 활짝 웃었다. 복도에서도, 정원에서도 마찬가지였다. 사비나는 그 아이가 지나갈 때마다 눈이 돌아가던 병사들을 기억했다. 아이를 보고 있다가 넘어지는 사람도 있었다.

'오죽했으면 애가 아파서 쓰러졌을 때 병동에서 독방을 췄 겠어.'

칸막이로 꼼꼼히 가렸지만 보고 있는 사람이 많아서 어쩔 수 없었다. 디오는 당장 아이를 단독 병실로 데려갔다.

사비나는 고개를 저었다.

'언제까지 곁에 두실 건가요?'

아이는 결혼에 대해 생각이 없지만 사비나는 불안했다. 이 사람이 문제였다. 진심으로 니나를 좋아하는 사람이 있으면 함께 사는 게 나아 보였다.

니나를 오랫동안 봐서일까. 사비나는 그녀가 진정으로 걱정되었다.

'막냇동생 같아.'

한숨이 저절로 나왔다. 그 아이는 어쩌다가 폐하랑 엮여서 마음고생을 하는 걸까.

사비나는 조심스럽게 말했다.

"이제 슬슬 놔주세요."

왕이 서류에서 시선을 뗐다. 시녀장은 고개를 숙였다가 다시 들었다.

"아이의 피에 대해서 알면서 그런 말을 하는 건가?"

"위험하긴 합니다. 하지만 벌써 5년이나 지났습니다. 폐하."

약초 연구가로서 성과도 있고, 흠모하는 이도 많았다. 안전한 곳이라면 어디서든 행복하게 잘 살 수 있지 않을까.

"짐의 토끼다."

"니나 케이지는 이제 평범하게 결혼할 나이입니다. 폐하."

사비나는 이제 친애하는 폐하께서 니나를 만지는 걸 자제했으면 싶었다. 니나는 성녀가 아니었다. 사실 어떠한 구실도 없었다.

"못 들은 것으로 하겠다. 사비나."

"폐하!"

"그걸 왜 남한테 줘야 하는 거지?"

왕은 희미한 미소를 머금었다.

"그건 짐의 것이다. 구실이 없다고? 그딴 건 아무거나 갖다 붙여도 된다. 짐이 왜 사랑스러운 토끼를 품에서 놔줘야 하지? 탐내는 이가 많아서?"

사비나는 눈을 가늘게 떴다. 이상한 압박감이 느껴졌다.

"놔주지 않는다. 그렇게 정했어. 말릴 테면 처음부터 말렸어야 했다, 사비나."

시녀장은 쓰게 웃었다.

"그때도 말렸지만 듣지 않으셨습니다."

"그럼, 지금도 듣지 않는 게 당연하군."

사비나는 작게 숨을 내쉬었다. 기가 막힐 지경이었다. 솔직히 억지나 다름없었다. 원래 그랬지만 참 폐하다웠다.

'하지만 폐하, 아십니까?'

아이 쪽에서 떠나게 해 달라고 간청하면 어떡하실 생각이십니까? 그때도 지금처럼 넘어가실 수 있다고 보시나요?

'정말 안 보내실 생각인가?'

이러다 니나가 결혼 상대라도 데려오면?

사비나는 순간 깨달았다. 그리고 황급히 폐하를 바라보았다.

'설마……'

아닐 거로 생각하고 싶지만, 이것이 답이란 느낌이 들었다.

'폐하도 결론이 안 나온 걸까?'

방법이 없긴 했다. 어설프게 중독으로 얼버무렸다지만, 사실 왕비가 들어오면 니나의 위치는 미묘해졌다. 게다가 이 사람은 시녀의 몸에서 태어난 왕자였다. 자신과 같은 전례를 만들 만큼 뻔뻔스럽지 않았다.

'그렇구나.'

몇 수를 내다보는 사람이지만, 니나에 관해서는 방법이 없었다.

사비나는 살짝 묵례하며 돌아섰다. 이번에는 폐하도 막지 않았다. 문을 닫고 나오자 깊은 한숨이 저절로 나왔다.

'니나가 성녀였으면 좋을 텐데.'

그런 구실이 생기면 저 사람은 모든 걸 다 쳐내고 왕비로 만들었겠지.

사비나는 피식 웃었다. 자신의 생각이지만 참 어이없었다.

'별생각을 다 하는구나.'

시녀장은 차를 가져오라 지시하고 돌아섰다. 정말인지 복잡하기 짝이 없었다. 그래서 아이에게 미안했다.

'니나도 폐하께 마음이 있는 것 같긴 하던데……'

그녀는 고개를 저었다. 서로의 마음이 같다 하더라도 결론은 정해져 있었다. 그래서 끝이 보였다.

한쪽은 자신이 왕이란 것을 잊지 않았고, 다른 한쪽은 설사 마음이 기울더라도 올바른 길로만 가는 아이였다. 두 개의 길은 도저히 겹칠 수 없었다.

시녀들이 차를 가져왔다. 사비나는 쟁반을 들고 다시 문을 열었다. 그곳에는 여전히 서류를 보는 왕이 있었다.

그녀는 눈을 가늘게 떴다. 다른 이는 모르지만 사비나는 알았다. 서류가 전혀 줄어들지 않았다.

'이러려면 차라리……'

시녀장은 숨을 내쉬며 충동적으로 든 생각을 눌렀다. 그렇게 되면 니나가 너무 가여웠다. 아무리 폐하가 니나보다 먼저라지만 그건 아니었다.

미약한 죄책감이 흔들렸다. 그녀는 아이의 모습이 떠올랐다. 밝은 미소가 눈에 선했다.

사비나는 찻잔을 놓고 창문을 바라보았다. 서쪽에서 또 가뭄이 올 거 같다는 소식을 들은 날이었다. 시원한 바람이 불었지만, 마음까지 닿지 않았다.

나는 시녀복 소매를 걷어서 위팔까지 올렸다. 계속 올리고 있어야 해서 묶을 것을 찾으니, 디오가 끈으로 친절하게 묶어 줬다.

"감사합니다. 스승님."

"적당히 해라."

상냥도 하셔라. 나는 검은 진액을 팔등에 쏟았다. 알싸한 따가움이 느껴졌다.

이건 안 되나 보다. 나는 서둘러 거즈로 진액을 닦아 냈다.

"이 농도는 독하네요. 아파요."

스승님은 내 팔을 보더니 미간을 찌푸렸다. 진액을 다 닦아 내자, 바로 세이지 우린 물을 팔등에 뿌렸다.

"안 그러셔도 돼요. 금방 낫겠죠, 뭐."

그는 내 말을 듣지 않았다. 오히려 해독 효과가 있는 세이지 우린 물을 더 듬뿍 바르고 거즈를 얹어 놓았다.

디오가 한숨을 쉬며 말했다.

"넌 네 몸을 아껴야 해."

아이고, 간지러워라. 순간 웃음이 나왔다.

"왜 웃지?"

"스승님. 저 처음 여기 왔을 때 기억하세요?"

디오의 행동이 잠시 멈췄다. 아, 기억나셨나 보다. 나는 실험실 의자에 앉아서 살짝 다리를 흔들었다. 그러고 보면 그때는 다리가 땅에 닿지도 않았다.

"기름 나무 열매 기억하시죠?"

스승님은 나를 내려다보았다. 나는 축축한 거즈를 들추면서 말했다.

"그때 제가 속으로 얼마나 욕했는지 아세요?"

피부는 벌써 진정되는 게 눈에 보였다. 거즈를 떼려고 했지만, 스승님이 내 팔목을 잡았다.

"실험은 천천히 해도 되니까, 낫길 기다려라."

"이 정도면 괜찮은 거 아시잖아요. 봐요."

이미 피부가 예전으로 돌아와 있었다. 하지만 디오는 요지부동이었다.

"좀 더 놔둬라."

나는 피식 웃으며 거즈를 뗐다. 세이지 우린 물이 앞치마로 뚝뚝 떨어졌다. 나는 엉망이 된 앞치마를 보며 좀 웃었다. 걱정도 많으시다니까, 진짜.

스승님은 그런 나를 보며 작게 한숨을 내쉬었다. 사고 많이 치는 아이를 보는 눈빛이었다. 다시 실험하려고 일어났을 때였다. 디오의 목소리가 귓가에 닿았다.

"미안했다."

나는 빙글 돌아서서 그를 바라보았다. 왠지 웃음이 나왔다.

"사과는 안 하셔도 돼요."

디오는 내 머리를 한번 쓰다듬고는 다시 연구에 집중했다. 나는 스승님 뒤에 서서 속삭였다.

"잊었어요."

"조금 전에 말해 놓고 잊었다니……."

"지금부터 잊을 거예요. 아, 벌써 기억이 사라졌네요!"

그는 포기한 듯 고개를 저었다.

아이고, 귀여워라. 진짜 처음 만났을 때 이런 사람인 걸 알았다면, 바로 들이댔을 텐데. 붉은 머리 미남이 이런 성격인 줄 몰랐지.

"스승님. 저 할 말이 있어요."

그가 돌아섰다. 나는 조금 전 내가 단정하게 묶어 드린 붉은 머리카락을 보며 속삭였다.

"아주 중요한 얘기랑 별거 아닌 얘기가 있는데 어떤 것부터 말할까요?"

디오는 안경과 장갑을 벗었다. 오랫동안 봐 와서 알았다. 저건 내 말에 집중하기 위해 보고서를 나중에 읽겠다는 뜻이었다. 나는 멀리 두었던 의자를 그의 앞으로 끌어왔다.

"중요한 얘기부터 해 봐라."

나는 두 손을 모으고 깍지를 꼈다.

"성녀님 성력이 줄어들었대요."

그는 아무 말도 하지 않았다. 아, 생각 중이시구나. 나는 조용히 기다렸다.

"언제부터?"

"확실히 아신 건 제가 폐하의 두 번째 약혼녀 후보에게 칼 맞은 뒤인 거 같아요."

"이유로 꼽히는 게 너무 많군."

나는 피식 웃었다. 나도 비슷한 생각을 했었지. 오랫동안 같이 있으니 사고방식이 닮나 봐.

"성녀의 기적은 스물다섯 이후로 쇠퇴하는 건가?"

"그래서 교단은 그 나이 이후에는 강제로 은퇴시킨 걸까요?"

"성당은 모든 게 극비다. 교황과 성녀에 대해서 외부로 드러난 것은 거의 없어."

스승님은 다시 생각에 잠겼다. 나는 이제 다 나은 팔뚝을 쓸어내렸다. 세이지 잎 냄새가 났다.

"어느 정도 예상은 했었다."

나는 조금 놀랐다. 와, 스승님 대단하시네.

"어떻게 아셨어요?"

"네가 다쳤을 때 성녀가 몇 번이나 성력을 퍼붓더군. 얼굴에 당황한 기색이 역력했었어."

눈치도 빨라. 안 보는 척하면서 다 보고 계셨네.

"네가 다쳐서 당황한 건가 싶었다. 하지만 예전에 선왕비 때는 그러지 않아서 좀 이상하다고 생각했었지."

그렇군요. 나도 기절하지 않았다면 성녀님 성력이 좀 이상하다는 걸 눈치챘으려나.

한숨이 저절로 나왔다.

"어떡하죠?"

"그녀가 네게 말했나 보군."

나는 고개를 끄덕였다. 그러게요. 왜 갑자기 이렇게 중대한 비밀을 제게 말한 걸까요. 전 세라피의 의도를 모르겠어요.

"저더러 직접 말해 달래요."

"폐하께?"

"아무래도 그렇겠죠?"

본인이 말해도 되는데, 왜 나한테 부탁한 걸까. 내가 말하면 뭐가 달라지나?

"일단 놀라서 안 한다고 했어요."

5년 전 물렀던 저라면 우물쭈물 받아들였겠지만, 지금은 아니죠. 제 코가 석 자잖아요. 저는 더는 무른 애가 아니랍니다.

"이상하군."

"그렇죠? 그래서 스승님께 먼저 말한 거예요. 제가 어떡하면 좋을까요?"

스승님은 아무 말 없이 턱을 괴셨다. 진지한 사색 중이시군요. 제자는 기다리겠습니다. 나는 생각에 빠진 그를 찬찬히 바라보았다.

여전히 날카로운 턱선을 가진 남자였다. 타는 듯한 붉은 머리카락이 흰 가운 위로 흐트러진 게 참 좋았다.

'까칠한 사람인 줄 알았어.'

하지만 어느 순간 깨달았다. 이 사람은 굉장히 상냥하고 세심했다. 그래서 학술적인 면에서든, 인간적인 부분에서든 닮고 싶었다.

'판단력이 예리해.'

이 부분에 대해서 제일 잘난 사람은 친애하는 폐하시지만, 그 사람은 워낙 위에서 고고하게 앉아 있어서 그런가. 본받고 싶진 않아.

이런저런 생각을 할 때였다. 디오가 작게 속삭였다.

"말하지 마라. 누구에게든 하지 마."

"왜요?"

"네가 폐하께 말하면 그녀는 카스텔리움성에서 있을 이유가 사라진다."

"아직 폐하의 진통제이신걸요. 그 능력은 괜찮으신 거 같아요."

디오는 자리에서 일어났다. 그러고는 팔짱을 끼며 속삭였다.

"폐하라면 내가 잘 안다. 아마 다른 성녀를 데려올 거야."

세상에. 거기까지는 생각해 본 적 없었다. 나는 눈을 가늘게 떴다. 아니라고 하고 싶은데, 맞다는 생각을 지울 수 없었다.

'하긴 폐하라면 그러고도 남으시지.'

스물다섯 이후에 성녀의 능력이 쇠퇴한단 걸 아셨으면, 아주 어린 분을 납치할지도 모르겠네.

'싫다. 진짜.'

나는 마른세수를 했다. 와, 너무하네. 사람이 그렇게 사는 거 아닙니다.

'세라피가 불쌍해.'

자신을 버릴 남자를 좋아하다니. 아이고. 이게 무슨 일이야. 난 나만 생각했는데, 세라피도 입장이 장난 아니네. 아이고. 나야 밖에 나가면 약초사라도 할 수 있지만 세라피는…….

'아, 그러고 보니 이것저것 배웠지?'

설마 이것 때문에 그러신 건가?

한숨이 저절로 나왔다. 뭘 익히셨더라. 지리학이랑 원예를 배우셨는데. 이럴 줄 알았으면 기술을 배우시라고 할걸.

'사는 덴 기술이 최고인데…….'

지금이라도 진지하게 알려 드릴까. 이베리아에서 할 만한 직업이 뭐가 있더라. 아니다. 나가시게 되면 다른 곳에서 사시려나.

'진짜 상상도 못 했어.'

세라피가 낙동강 오리알이 될 줄이야.

나는 머리카락을 쥐어뜯었다. 복잡하기 짝이 없었다.

아니, 일이 왜 이렇게 되는 거지. 혹시 내 잘못인가? 내가 세라피를 탈출시키지 않아서, 그녀가 찬밥이 된 건가?

'아니야. 원작도 이랬을 수 있어.'

폐하. 『묶인 새』에서도 스물다섯 넘은 세라피를 쫓아냈나요? 아니다. 적어도 책에서는 좋아 죽었지. 그때는 이미 게임이 끝나서, 세라피가 고통을 줄여 주지 못해도 상관없었을 거야.

아이고, 미치고 팔짝 뛰겠네. 이 일을 어떡하지.

"저, 디오 님. 그런데요. 만약 성녀의 힘이 쇠퇴하는 게 나이가 들어서라 치면요."

나는 고개를 갸웃거렸다.

"그럼, 그 힘은 그냥 없어지는 건가요? 원래는 누군가가 물려받는 거잖아요."

스승님은 다시 생각에 잠겼다. 그러고 보면 새 성녀는 어떻게 되는 걸까. 뭔가 자격이 있는 걸까?

'세라피에게 물어볼까?'

주워듣기로는 그녀는 어렸을 때부터 수녀들이 예비 성녀라며 애지중지한 듯 보였다. 그러면 성당은 성녀가 될 재목을 안다는 건데, 그건 어떻게 정해지는 걸까.

머리가 너무 복잡했다. 한참 끙끙거리며 고개를 들다가 깜짝 놀랐다.

디오가 나를 빤히 보고 있었다. 시선을 맞추자 고개를 돌렸지만 조금 이상했다.

'아니, 왜 저런 눈빛으로 나를 보시지?'

한 번도 보지 못한 감정이 느껴져서 조금 당혹스러웠다.

그때, 그가 말했다.

"니나 케이지."

"예? 예."

"제대로 된 결론이 나올 때까지 아무에게도 얘기하지 마라."

나는 순순히 고개를 끄덕였다. 하긴 디오의 말이 맞았다. 이건 세라피의 삶과 바뀔 수 있는 문제였다.

'내가 말할 게 아닌 거 같아.'

그런데 왜 그녀는 나에게 말해 달라고 한 걸까.

일이 너무 복잡했다. 다시 머리를 쥐어뜯으려고 하자, 스승님의 손이 팔목을 잡았다.

"하지 마라."

나는 고개를 끄덕이며 팔을 내렸다. 뭐, 안 좋은 버릇이긴 하지. 이제 나이도 들었으니 잘못된 슬슬 고쳐야지.

"스승님 말대로 할게요. 그때 미리 거절하기 잘했네요."

"그건 잘했다."

나는 조금 웃었다. 혼자 끙끙 앓았는데, 의논 상대가 있으니 좀 나았다. 진짜 내가 5년 동안 헛일을 한 게 아니구나.

"디오 님이 제 곁에 있어서 다행인 거 같아요."

그렇게 말하고 돌아섰다가 조금 놀랐다.

"스승님?"

그답지 않게 넋이 나가 있었다. 눈을 마주치지 못하고 주먹을 꽉 쥔 채였다.

"어디 아프세요?"

"아니."

그는 탁자에 있던 안경을 다시 썼다.

이상하다. 기분 탓인가. 왠지 손을 떠시는 거 같아.

"몸이 안 좋으신 거 같아요."

"괜찮아."

디오는 여전히 내 눈을 피했다. 왜 저러시지. 죄지은 사람 같아. 진짜 어디 아프신가. 슬슬 걱정되네.

그때, 스승님이 말했다.

"별거 아닌 건 뭐지?"

순간, 무슨 말인가 싶었다.

"할 말이 더 있다고 했잖아."

"아. 맞다."

바로 떠올랐다. 정말 별거 아니긴 했다.

"스승님이 준 장갑이요. 폐하가 태웠어요."

그의 잘생긴 미간이 찌푸려졌다. 나는 작게 한숨을 내쉬었다.

"죄송해요. 왜 태웠는지 이유를 모르겠어요."

장갑을 주우려고 하는 게 그렇게 화낼 일인가. 왕이라서 물건 아까운 줄 모르나 봐요. 아니, 아깝게 왜 태우고 그래.

"폐하답군."

나는 고개를 갸웃거렸다. 저기요. 디오. 왜 그런 결론이 나와요.

"더 태워도 된다고 전해라."

"왜 태웠는지 아세요?"

디오는 나를 향해 고개를 돌렸다. 어라. 이상하네. 나는 어색하게 웃었다. 스승님은 아까 언제 그랬냐는 듯 묘하게 기분 좋아 보였다.

"너는 몰라도 된다."

"좀 알려 주면 안 돼요?"

나 때문에 벌어진 일 같은데, 왜 제가 소외되나요. 저도 좀 끼워 주세요.

내 마음을 아는지 모르는지, 그는 고개를 저으며 소매를 걷은 내 팔을 다시 확인했다.

"다 돌아왔군. 오늘은 여기까지 해라."

"한참 전에 괜찮아졌어요. 다른 쪽 팔도 있고, 더 해야 하는데요."

"혼자 연구할 게 있다. 이만 가 봐라."

나는 고개를 끄덕이며 돌아섰다. 문을 닫고 나가고서야 알았다.

'나 피하고 싶어서 억지로 내보낸 거 맞지?'

왜 저러시지. 안 그러신 분이, 좀 이상한데?

나는 닫힌 문을 보다가 고개를 저었다. 심각하게 생각하지 말자. 이화윤. 정말 중요한 일이 있을 수도 있지, 뭐.

병동으로 들어서니 간호사 언니가 보였다. 눈인사를 하니, 언니가 어깨를 펴면서 말했다.

"봐 봐."

뭘 보라는 걸까. 나는 주위를 둘러보았다. 그냥 한가한 병동이었다.

"사람이 많이 줄었네요?"

"다행이지?"

"다행이죠. 너무 바빴으니까요."

간호사 언니는 슬금슬금 다가와 내 허리를 껴안았다. 갑작스러운 스킨십에 나는 뒷걸음질을 쳤다.

"왜, 왜 이러세요."

"요, 예쁜 것. 선물 고마워. 맛있더라. 누가 달라 그럴까 봐 그 자리에서 다 먹었어."

나는 피식 웃었다. 폐하께서 많이 주신 바람에 주위에 돌리는 재미가 쏠쏠했다.

'예전에도 이런 적이 있었지.'

순간 알렉이 줬던 커다란 꽃다발이 생각났다. 색색의 꽃들의 진한 향기가 떠오르자, 나는 작게 숨을 내쉬었다.

'곧 온다고 했지.'

어떻게 자랐을까. 밝은 금발의 소년은 어떤 세상을 보고 온 걸까.

간호사 언니는 허리에 감은 팔을 풀며 말했다.

"아, 니나야. 들었니?"

나는 고개를 저었다. 또 성에 무슨 일 있나?

"선왕비님 돌아가셨대."

아, 그 사람. 나는 손으로 입을 가렸다. 순간 매캐했던 연기와 냄새가 떠올랐다 사라졌다.

'망할 트라우마.'

나는 진저리를 치며 말했다.

"오래 사셨네요."

"그렇지? 뭐, 생전에 폐하께서 먹을 것이랑 입을 거 풍족하게 챙겨 줬다고 들었어."

와우. 그러셨군요.

"폐하 대단하시지 않니? 나 같으면 멀건 죽에 감자만 줄 거야. 선왕비가 폐하 어렸을 때 괴롭힌 거 이베리아에서 모르는 사람이 없을 텐데. 대단해. 의사도 꾸준히 보내셨잖아요."

나는 어색하게 웃었다. 그렇게 볼 수도 있지만요. 언니.

'죽는 게 나은 사람의 생명줄을 억지로 늘린 거 아닐까요?'

굉장히 고상하게 복수한 거 같은데요.

'뭐, 고상하다 말하고 돈 지랄이라 읽지만요.'

양털 모포를 보낸다, 기름진 음식을 준다. 이런 말을 들을 때마다는 이 사람의 치졸함에 몸을 떨었다.

'무서운 사람이야.'

나는 고개를 저었다.

왕이란 게 원래 그래야 하는 위치인 거 같긴 하지만. 진짜 적이 되느니 납작 엎드려서 비는 게 나을 거 같아. 아니면 도망가던가. 진짜 골치 아픈 사람이야.

"이만 가 볼게요."

"잘 가! 맛있었어! 고마워!"

"뭘요."

나는 웃으면서 병동 문을 나섰다. 환한 햇살이 비치는 복도를 보며 천천히 걸어갔다.

'그러고 보면 선왕비가 죽었으니 장례식이라도 하려나.'

폐하라면 하고도 남을 거야. 크게 열면서 엄숙한 표정을 하고 속으로는 비웃을걸. 솔직히 말만 장례식이지 그 사람한테는 원수가 죽었으니 축제겠지.

"성격 진짜 별로야."

역시 미남에게는 가시가 있는 법인가 봐. 동서고금 다 털어도 이건 어쩔 수 없나. 이래서 남자는 겉모습만 보면 안 돼.

'뭐, 외모도 안 되는 주제에 능력도 없으며 성격도 거지같은 놈들도 많지만.'

게다가 그런 놈들일수록 남 탓은 오지게 하지. 예전에 사귀었던 놈이 딱 그런 놈이었어.

'끔찍하다.'

왜 갑자기 잊고 있던 놈이 생각난 걸까. 나는 고개를 저으며 생각을 털어냈다. 에비 지지. 더러운 거 생각하지 말자. 니나의 예쁜 얼굴 늙는다.

안 좋은 생각을 했더니 왠지 입안이 썼다. 그래서일까. 폐하가 준 초콜릿이 굉장히 먹고 싶었다.

'요즘 왜 이러지. 단 게 너무 좋아.'

전에는 이 정도가 아니었는데, 입맛이 변했나.

나는 계속 걸어갔다. 아직 초콜릿이 많이 남아 있어서 다행이었다.

햇살 아래 백금색 머리카락이 반짝였다. 셀리라는 이름의 시녀는 그녀의 머리카락을 쓸어 보았다. 곱고 부드러운 감촉이 느껴졌다.

살짝 들어서 입맞췄다. 입술에 닿는 촉감이 좋아서, 셀리는 웃었다.

'세라피……'

기적의 성녀는 지금 호두나무 의자에 앉은 채 단잠에 빠져 있었다. 셀리는 조심스럽게 묶었던 커튼을 풀었다. 햇살이 가려지자, 그녀는 더 편해 보였다.

웃음이 나왔다. 마음이 금빛으로 물드는 기분이었다. 보고만 있어도 세상을 다 가진 것만 같았다.

교황은 그녀를 보며 진심으로 웃었다.

세라피. 너는 이런 내 마음을 알까? 모르니까 이베리아 왕 따위에게 마음을 준 거겠지?

'나는 아주 먼 곳에서 널 그리워했어.'

이제야 만나게 됐는데 정체를 말할 수 없는 게 아쉬워. 너와 만나려고 그 늙은이를 겨우 이겼는데 말이야.

교황은 전대 교황을 생각하며 주먹을 꽉 쥐었다.

'미친 새끼. 감히 너를 팔다니…….'

성녀가 납치된 것을 알았을 때, 그는 당장 이베리아를 공격해야 한다고 주장했다. 하지만 늙고 약한 교황은 그를 만류했다.

'성녀는 또 만들면 된다.'

맞는 말이었다. 제물이 필요하지만, 성녀의 인장과 회로는 만들 수 있었다. 세라피가 아니었으면 그도 그렇게 생각했을지도 모른다.

셀리는 살짝 드러난 세라피 손목에 문양을 그었다. 병사들 때문에 꽤 눈치를 봐야 했다. 다행스럽게 몇 년간 지속해 왔지만 들키지 않았다.

이제 곧 교대시간이었다. 다른 전담 시녀가 방 안으로 들어오는 것을 보며, 그는 눈인사했다. 아무것도 모르는 시녀는 상냥하게 웃었다.

셸리의 몸을 한 교황은 안쪽 방 밖으로 나갔다. 성력과 마력이 잘 섞인 몸이었지만, 저곳에 들어서면 왕의 마력 때문에 손끝이 저릿했다.

그는 천천히 복도를 걸어갔다.

그때였다. 돌아가는 모퉁이에서 조금 전 입맞춤했던 똑같은 색의 백금발이 보였다.

셸리는 눈을 가늘게 떴다. 보고 싶지 않았던 아이가 맞은편에서 걸어왔다.

'니나 케이지.'

허리까지 오는 늘어트린 백금발이 햇살에 반짝였다. 하얀 피부와 옅은 분홍빛 뺨이 퍽 싱그러워 보였다.

'저게 이베리아 왕의 취향이라니…….'

세라피와 비교하면 격이 떨어졌다.

시녀의 몸을 한 교황은 니나 케이지를 아래위로 훑었다. 날씬한 체구와 남색 시녀복이 잘 어울렸다. 하얀색 앞치마를 맨가는 허리가 눈에 띄었다. 아이는 예쁘긴 했다. 마치 싱그러운 꽃잎을 보는 거 같았다. 하지만 저렇게 생긴 여자는 흔했다.

'저걸 놓지 못하는 이유가 뭘까.'

그도 교황이라서 알았다. 저 존재는 왕에게 별로 도움이 되질 않았다. 하지만 그렇게 철저한 놈이 저 아이를 놓지 못했다.

'그렇다고 밤에 이용한다는 얘긴 못 들었는데?'

그건 또 무슨 짓인지.

셸리는 팔짱을 끼고 그녀를 노려보았다. 니나 케이지는 아무엇도 모른 채 걸어가다 드디어 자신을 발견했다.

동글동글한 붉은 눈동자가 가늘어졌다. 마음에 안 드는 모양이군. 셸리는 피식 웃었다. 경계하는 게 작은 짐승 같아서 놀랍게도 귀여웠다.

"니나 케이지."

"무슨 볼일이라도?"

"소매가 걷혀 있네?"

시녀는 몰랐는지 자신의 팔을 내려다보았다. 그러고는 우물쭈물 끈을 풀고 소매를 내렸다.

"살을 더 드러낸 이유가 뭐야? 또 누군가 꼬시려고?"

"뭐?"

셸리는 말하고 아차 싶었다. 그러고 보면 니나 케이지는 생긴 것답지 않게 성질이 있었다. 한마디도 진 적 없었다. 말다툼 따위야 별거 아니지만, 자신이 있는 곳은 카스텔리움성이었다. 안타깝게도 이곳에서 저 시녀를 좋아하는 이들이 많았다.

"무슨 뜻이야?"

"말 그대로야."

"그래?"

니나 케이지가 자신에게 성큼성큼 다가왔다. 그러더니 양손으로 한쪽 소매를 붙잡고 셸리의 옷을 찢어 버렸다.

"무슨 짓이야?"

"나를 부러워하는 거 같아서. 너도 좀 드러내라고."

시녀의 몸을 한 교황은 헛웃음이 나왔다. 뭐?

"너 같은 애가 5년 전에도 있었지."

분홍빛 입술이 조곤조곤 움직였다.

"그냥 내버려 뒀더니 감옥 가더라. 그때부터 난 결심했어. 이런 일이 생기면 그때그때 바로 답해 주기로. 어때 시원해?"

니나 케이지는 동그란 눈매를 접으며 귀엽게도 웃었다. 교황은 이마에 손을 짚었다. 한 번도 여자에게 손을 올려 본 적 없지만, 저 애는 쥐어박고 싶었다.

"왜 매번 시비야. 짜증나게. 우리 곱게 곱게 갈 길 갑시다. 길이 겹치지도 않잖아요. 저는 바빠요. 시녀님. 실례했어요."

니나 케이지는 한쪽 다리를 살짝 굽혔다 피고 돌아섰다. 나풀거리는 백금발을 보면서 셀리는 손을 올렸다가 내렸다. 별것도 아닌데 이상하게 부글부글했다.

'세라피가 아니었으면 벌써 죽고도 남았을 스페어 따위가……'

천사 같은 그녀는 왜 저 아이의 심장을 고쳐 준 걸까. 그대로 있었으면 니나 케이지는 스무 살을 절대 못 넘겼을 텐데 말이다.

셀리의 몸을 한 교황은 바닥을 탁탁 치면서 숙소로 돌아왔다. 전서구를 살피던 쥬시는 그런 그녀를 보며 고개를 갸웃거렸다.

"성하. 왜 소매가 찢어져 있나요?"

"니나 케이지가 이랬어."

"네? 그 애가요?"

쥬시는 서둘러 찢긴 소매를 살펴보았다. 그러고는 피식 웃어 버렸다.

"왜 웃어?"

"봉제선을 따라 찢었네요."

"그게 웃을 일이야?"

쥬시는 작은 서랍에서 바느질 바구니를 꺼내 왔다. 교황은 단추를 풀어 놓고 한숨을 쉬었다. 그 빨간 눈두덩을 가진 여자애를 쥐어박고 싶어서 손이 근질거렸다.

"천을 상하게 하지 않는 게 니나답네요."

쥬시는 바늘에 실을 꿰어 천 안으로 밀어넣었다. 교황은 기가 막혔다.

"되게 좋게 보는군."

"귀엽잖아요. 봐요. 수선하기 쉽게 찢었잖아요."

"좋게 보지 마."

셀리의 몸을 한 교황은 침대에 누웠다.

"세라피의 모든 것을 가져간 간사한 년이야."

쥬시는 묵묵히 바느질했다. 셀리는 구두를 벗으며 속삭였다.

"이대로라면 니나 케이지가 성녀가 될걸."

"본인은 모르죠?"

"알았으면 이베리아 왕은 당장 니나 케이지를 침실로 끌고 갔겠지. 아직 손도 안 댔다며?"

"그런 거 같아요. 시녀들도 수군수군해요. 이제는 아이도 자랐으니까."

교황은 생각에 잠겼다. 이래서 니나 케이지를 기미 시녀로 이베리아로 오게 하는 걸 반대했다.

니나 케이지는 성녀의 스페어였다. 그것도 성녀 세라피의 대체품이었다. 그 재능이면 예비 성녀도 가능하지만 스페어가 된 것은 나이가 어설프게 걸렸기 때문이었다.

'하필 세라피가 심장을 고쳐서 문제야.'

그때 성녀의 회로가 어설프게 흘러가 버렸다. 그때라면 막을 수 있었다. 세라피가 더 많은 회로를 가지고 있으니, 서서히 다시 원주인에게 돌아갔을 것이다.

하지만 그 뒤로 그 빨간 눈은 어지간히 다친 모양이었다. 그때마다 선량한 세라피는 성력을 부었고, 그 결과 지금 성녀에겐 회로가 절반밖에 없었다.

'니나 케이지만 아니었다면…….'

그랬다면 이런 골치 아픈 상황이 생기지 않았겠지. 그래서 반대했는데, 추기경이란 새끼들은 안이하기 짝이 없었다.

교황은 침대를 주먹으로 내리쳤다. 둔탁한 소리가 시녀들의 방에 울려 퍼졌다.

'이 몸으로는 성녀의 회로를 뽑을 수 없어.'

그러면 참 간단했을 텐데. 안타깝게도 그건 교황 본연의 몸으로만 할 수 있었다. 그래서 더 머리가 아팠다. 본체는 지금 성지 안에 고이 잠들어 있었다.

'몸을 여기에 가져오든가, 세라피와 니나 케이지를 성지로 데려가든가…….'

5년간 기회를 살폈지만 영 마땅치 않았다. 어느 쪽도 힘들었다. 게다가 이번 이베리아 왕은 골치 아픈 상대였다. 빈틈이 더럽게 없었다.

"세라피가 회로를 잃으면 곤란해."

"성녀는 회로를 잃으면 죽으니까요."

"그럴 수는 없지."

셸리의 몸을 한 교황은 중얼거렸다.

"세상이 무너져도 좋아. 세라피를 위해서라면 어떤 희생도 할 수 있어."

"니나 케이지를 죽여야겠군요."

"어차피 세라피가 아니었으면 스무 살 이전에 죽었을 거야."

쥬시는 실을 끊고 셔츠를 교황에게 돌려줬다. 하지만 교황은 손짓만 할 뿐 다시 입지 않았다. 속옷 차림으로 침대에 누워서 이를 갈 뿐이었다.

"자신의 삶이 세라피 덕분인 것도 모르는 주제에 말은 잘하더군."

"똑똑해요."

"시네리필에 있을 때는 멍청했다고 하던데?"

쥬시는 셸리 옆에 앉으며 말했다.

"시네리필 보고서는 성의가 없잖아요. 거긴 스페어들이나 제물만 모아 뒀으니까요."

교황은 쥬시의 손을 잡았다. 충실한 신하는 그런 성하의 손에 살짝 입맞췄다.

"그 앙큼한 것이 영악한 걸 일부러 숨긴 거 아냐?"

"니나가 영악해요?"

쥬시는 고개를 갸웃거렸다.

"머리는 좋지만 무르지 않나요? 영 허술하던데?"

교황이 미간이 찌푸려졌다. 동그란 붉은 눈과 얄미운 분홍빛 입술이 어른거렸다.

"착한 척하는 거지. 그 허술해 보이는 것도 다 계산했을 거야."

쥬시는 순간 웃음을 참을 수 없었다.

"사람을 잘 보시는 분이, 억지를 부리시면 어떡해요. 니나 케이지는 허술해요. 애가 정에 너무 약해."

셸리의 몸을 한 남자가 쥬시를 노려보았다. 눈초리가 따가워서 그녀는 어깨를 으쓱했다.

"거북이 만들어 줘서 그래?"

쥬시는 고개를 끄덕였다. 교황은 그게 못마땅한지 그녀가 안 보이는 쪽으로 돌아누웠다.

"섬세한 아이예요. 제가 거북이가 좋다고 하니까 작은 천 인형으로 거북이를 만들어 줄 줄이야."

쥬시는 그 천 인형을 항상 앞치마에 넣고 다녔다. 벌써 3년 전이었다. 아이가 자신을 위해 만들었다며 붉은 눈을 반짝였다.

"여자들은 다 그런 걸 좋아하나. 쓸 데 없어."

"빈센트 추기경이 칠십 넘어도 솜 인형 안고 자던데요."

교황은 돌아누워서 토하는 시늉을 했다. 쥬시는 셸리의 몸을 한 남자의 등을 토닥였다.

"그러고 보면 여동생도 좋아했었어."

쥬시의 손이 허공에서 멈췄다. 교황에게 여동생이 있었나?

그는 고아 출신이었다.

"성당에 들어오기 전에는 있었어. 어머니가 만들어 준 토끼 인형에게 이름까지 붙인 애였지. 오빠 얘는 비비야. 이러면서 종일 뛰어다녔어."

교황은 쥬시의 손을 잡았다. 아직도 눈에 선했다. 세라피와 같은 백금발을 한 아이는 지치지도 않는지 산속을 뛰어다니며 헤집는 게 취미였다. 위험한 게 많다는 어머니와 아버지의 만류도 소용없었다.

아이를 말리는 건 결국 자신의 몫이었다. 그는 안전을 위해서 아이를 아예 묶고 다녔다. 매듭을 열심히 풀다가 지친 여동생은 결국 인형을 가지고 놀았다.

'오빠 이건 비비야. 인사해.'

'안녕. 비비.'

'앗! 오빤 비비라고 하지 마. 비비안이라고 해! 비비는 나만 부를 수 있는 이름이야!'

지금 생각하면 변덕이 심해서 비위 맞추기 참 힘든 아이였다. 하지만 백금발의 붉은 눈이 굉장히 귀여웠고, 오빠인 자신을 아주 많이 좋아했다.

교황은 피식 웃었다.

나무꾼인 아버지와 사냥꾼인 어머니. 유약한 자신과 변덕스러운 여동생. 언제나 넷이 함께 있을 거로 생각했던 나날도 분명 있었다.

"여동생 분은 어떻게 되셨나요?"

"성당에서 날 납치하면서 남은 가족은 다 죽였어. 그 작은 애를 호수에 던졌지. 그 예쁜 얼굴도 물고기 밥이 됐겠지?"

안타깝지만 교황은 그때 여동생이 죽는 게 나았을 거란 생각을 지울 수 없었다. 그 뒤로 자신은 갖은 실험 속에서 사제가 되었다. 신의 축복으로, 운이 좋아서 교황까지 올라갔지만, 동생이 그 고통을 견딜 수 있을 거 같지 않았다.

"그때 성기사가 그러더군. 스페어도 이미 있으니 여동생은 필요 없다고. 나중에 알았지. 그 스페어가 니나 케이지인 걸 말이야."

그래서 그 애가 더 싫었다. 존재를 알고 있을 때도 혐오스러웠지만, 설마 세라피의 회로까지 가져갈 줄은 몰랐다. 정말인지 어지간히 걸리적거렸다.

"여동생 분이랑 니나가 같은 나이인가요?"

"그렇더군. 그때 죽는 게 나았지만, 그래도 니나 케이지만 없었다면 살 수도 있었을 거야."

쥬시는 그제야 이 존귀한 분이 왜 니나를 그렇게 싫어하는지 깨달았다.

"살아만 있다면, 넝마가 되어도 좋았을 텐데. 내가 이 자리에 올라왔으니 행복해질 수도 있었을 거야."

더러운 놈들의 양녀가 되었어도 어떻게든 빼냈을 거야. 이제 나는 능력이 있으니까. 성녀를 시켜서 몸을 치료했겠지? 나쁜 기억이야 지우면 되지. 아마 그러면 여동생은 더없이 즐거운 삶을 살 수 있었을 텐데.

"니나 케이지만 아니었으면……."

동그란 붉은 눈을 볼 때마다 짜증이 나서 참을 수 없었다.

"성하."

쥬시는 그의 머리카락을 쓸어 올리며 속삭였다.

"제가 성하의 바람을 들어 드릴게요."

교황은 돌아누워 그의 것을 바라보았다.

"물에 빠트려 죽여야 하나, 불에 태워야 하나 고민했는데요. 성하께서 원하시니 물에 빠트릴게요."

"이왕이면 익사였으면 좋겠어. 내 동생처럼."

"그렇게 해 드릴게요. 제가 5년간 준비한 게 있거든요. 니나 케이지를 처리하려고 아주 좋은 걸 만들었어요. 이베리아의 자존심을 건드릴 것으로요."

쥬시는 조심스럽게 셸리의 몸을 한 교황의 이마에 입을 맞췄다. 셸리는 그런 그녀의 머리카락을 쥐었다가 놨다.

"이 나라는 왕에게 너무 많은 걸 의지하지."

쥬시는 자리에서 일어났다. 그러고는 앞치마 주머니에 넣어 놨던 거북이 인형을 꺼냈다. 꼼꼼하게 바느질이 된 솜 인형은 퍽 귀여웠다.

"미안해, 니나."

그렇게 속삭이니 교황이 웃었다.

"그거 버릴 거야?"

"아니요. 왜 버려요? 귀여운데요."

"그래? 내가 보기 싫어서 버리라고 하면?"

"버릴게요."

셀리는 피식 웃으면서 말했다.

"버리지 않아도 돼."

"감사합니다, 성하."

쥬시는 무릎을 꿇었다가 다시 일어났다. 그녀는 손바닥에 쥔 솜 인형을 보며 중얼거렸다.

"미안해. 니나야. 좀 차가울 거야. 그래도 네가 나한테 잘해 줬으니까 곱게 가게 해 줄게."

교황은 턱을 괴고 그런 그녀를 물끄러미 바라보았다. 진짜 그 인형을 좋아하는 듯 보였다.

'굳이 버릴 필요는 없지.'

그는 고개를 저으며 눈을 감았다.

"아, 교황님. 니나를 죽여 버리면요. 남은 회로는 세라피에게 가나요?"

"이 몸으로 통로를 겨우 만들었어. 하지만 일회용이고, 지금 시기가 지나면 내가 직접 뽑는 수밖에 없을 거 같아. 원래 몸이 있어야 하니 더럽게 번거로워지겠지."

"그렇군요. 이제까지처럼 기다릴 수는 없네요."

"갑자기 니나 케이지가 다쳐서 세라피가 힘을 쓰는 바람에 그래. 세라피가 힘을 안 썼으면 훨씬 전에 끝났을 텐데……."

조급해 봤자 달라지는 건 없었다. 교황은 느긋하게 웃으며 눈을 떴다.

"그러니까 기대할게."

쥬시는 무릎을 꿇고 고개를 숙였다.

"예, 성하. 기다리게 해 드려서 죄송합니다."

셸리의 몸을 한 남자는 손사래를 쳤다. 그녀 탓이 아니었다. 이베리아 왕은 굉장히 철저한 남자였고, 덕분에 틈을 벌릴 수 없었다.

교황은 손을 둥그렇게 말고, 그 틈으로 밖을 보았다.

'하지만 이쪽에서도 준비했지.'

니나 케이지의 목숨을 끊는 건 쉬웠다. 하지만 세라피의 회로가 건너간 탓에, 지금 죽이면 또 다른 예비 성녀나 대체품에게 성녀의 인장이 갈 수도 있었다.

"드디어 죽일 수 있어."

그래서 몇 년 동안 그는 세라피에게 곁에서 부지런히 통로를 만들었다. 그녀의 맨살에 손을 댈 수 있는 위치가 필요한 건 이 탓이었다.

그 통로가 완성된 건 2주 전이었다.

그는 환하게 웃었다. 그는 세라피를 위해서는 뭐든지 할 수 있는 사람이었다. 그래서 기분이 좋았다. 드디어 그 얄미운 것을 죽이고 세라피를 살릴 수 있었다.

콧노래가 저절로 나왔다. 쥬시는 그런 교황 성하를 보며 웃으며 돌아섰다. 전서구를 보내야 할 때였다.

"시작이군요."

작은 전서구가 날갯짓했다. 창문을 여니, 작은 새가 하늘로 날아갔다. 그녀는 돌아서서 교황에게 다가갔다.

그에게 쓰임 받는 게 기쁘기 그지없었다.

〈3권에서 계속〉

TL 소설 속 시녀가 되었습니다 2

초판 1쇄 인쇄 2020년 7월 2일 **초판 1쇄 발행** 2020년 7월 9일

지은이 다나리
펴낸이 연준혁

웹소설본부 본부장 이진영
책임편집 조윤희 오가진
디자인 함지현

펴낸곳 ㈜위즈덤하우스 **출판등록** 2000년 5월 23일 제13-1071호
주소 경기도 고양시 일산동구 정발산로 43-20 센트럴프라자 6층
전화 031)936-4000 **팩스** 031)903-3893 **홈페이지** www.wisdomhouse.co.kr

ⓒ 다나리, 2020

ISBN 979-11-90786-93-5 04810
ISBN 979-11-90786-91-1 (세트)

* 이 책의 전부 또는 일부 내용을 재사용하려면 반드시 사전에 저작권자와
  ㈜위즈덤하우스의 동의를 받아야 합니다.
* 인쇄 · 제작 및 유통상의 파본 도서는 구입하신 서점에서 바꿔드립니다.
* 책값은 뒤표지에 있습니다.

이 도서의 국립중앙도서관 출판예정도서목록(CIP)은 서지정보유통지원시스템
홈페이지(http://seoji.nl.go.kr)와 국가자료종합목록시스템(http://www.nl.go.kr/
kolisnet)에서 이용하실 수 있습니다. (CIP제어번호: CIP2020023490)